庭の背高のっぽのパパイヤの木の下で、
パパイヤの実を手にするオズワルド。

リビングストンの石碑の前にて。便利屋プラザと筆者。

「緑の館」の夏枯れの裏庭。黒々とした影が油椰子。雨季が来ると、芝生が青々と復活する。

「緑の館」の見取り図。

ブジュンブラの町と火炎樹の並木。左端に見えるのがスタンドバー。

二人の歩哨。オズワルド（右）と、後に殺害されるジュベナール。

裏庭の芝を芝刈り鎌で刈るオズワルド。背後の背の高い木がパパイヤ。

オズワルドとルサイファ村の家族。中庭を取り巻くのはバナナ畑。

背高のっぽのパパイヤとオズワルドの月

水野 隆幸
MIZUNO Takayuki

文芸社

プロローグ

一九九四年中央アフリカの小国ルワンダで八十万人以上が虐殺される大惨事が起こったが、その一年前、隣国ブルンジでも同じく部族間の紛争があった。これは、その時期たまたま首都ブジュンブラに駐在していた日本人家族と、彼らの下で働くことになった現地の青年オズワルドとの交流と、彼がたどる悲惨な運命を描いた物語である。

七年前、ユーカリの丘にある村から出稼ぎのため上京した主人公は、様々な職業を転々としながらやっと食い繋ぐ生活の中で、日本人の使用人となるのであるが、その頃首都では部族間抗争のあおりを受けて、盗賊団が暗躍していた。オズワルドの一番の任務は屋敷の警備であったが、屋敷を守る側も攻める側も、どちらも社会の貧困が生んだ双子のような存在で、ある意味、彼らは仲間であった。

ブルンジMAP

トルコ
イラン
イラク
アルジェリア
リビア
エジプト
サウジアラビア
マリ
ニジェール
チャド
スーダン
ナイジェリア
エチオピア
ケニア
コンゴ民主
共和国
タンザニア
アンゴラ

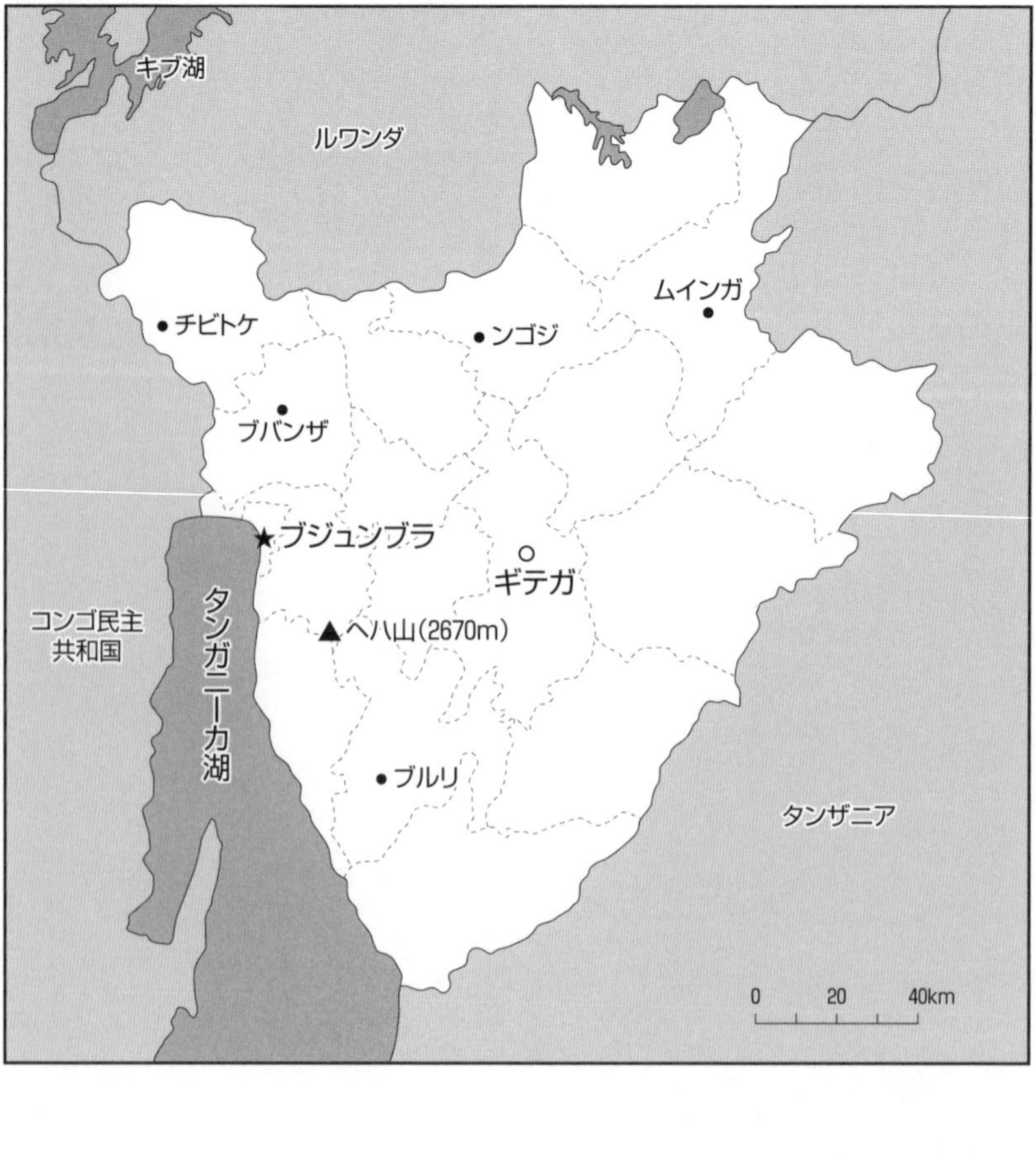
キブ湖
ルワンダ
ムインガ
チビトケ
ンゴジ
ブバンザ
ブジュンブラ
ギテガ
コンゴ民主
共和国
タンガニーカ湖
ヘハ山(2670m)
ブルリ
タンザニア
0
20
40km

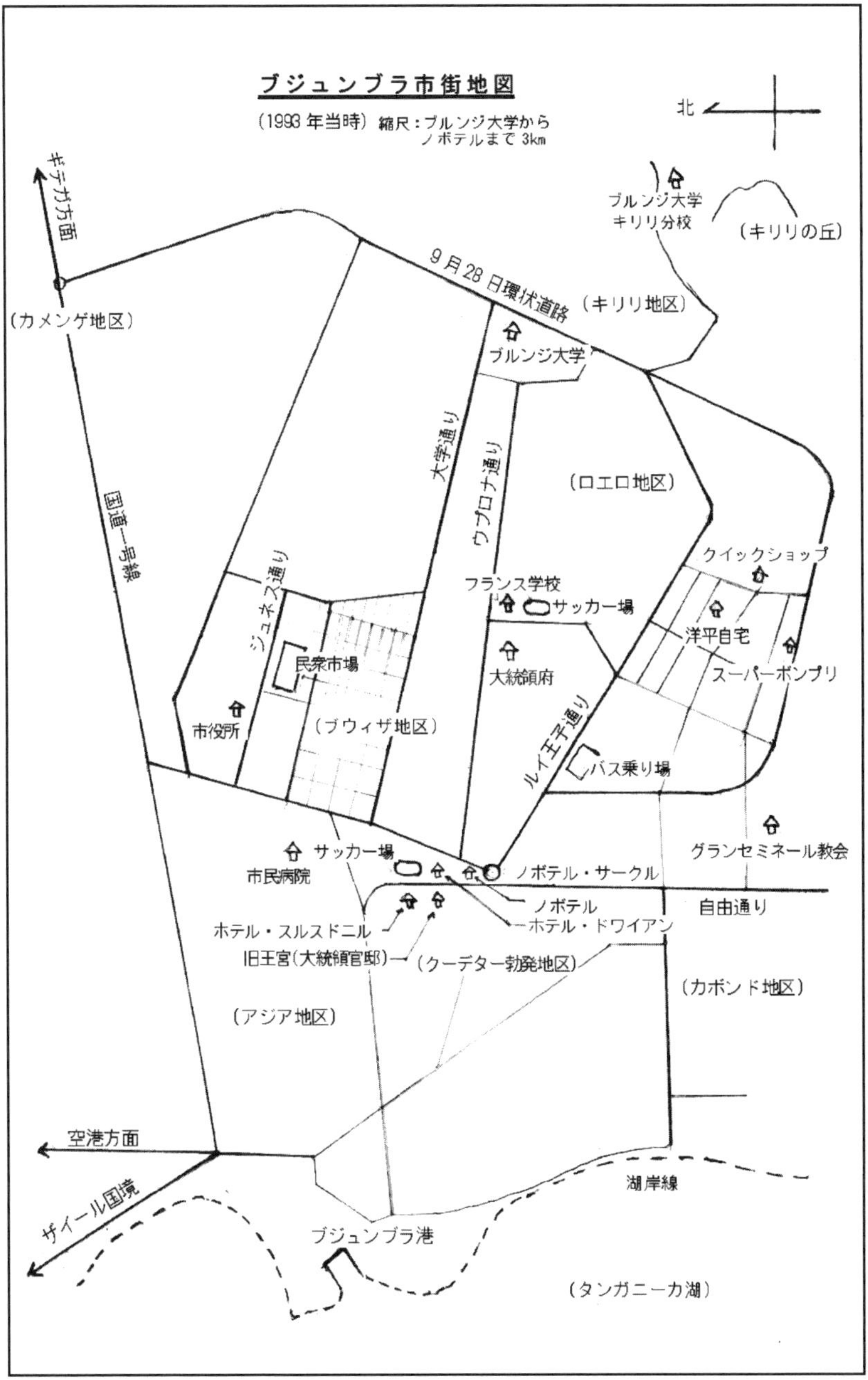
ブジュンブラ市街地図
（1993 年当時） 縮尺：ブルンジ大学から
ノボテルまで 3km
北
ギテガ方面
ブルンジ大学
キリリ分校
（キリリの丘）
（カメンゲ地区）
9 月 28 日環状道路
（キリリ地区）
ブルンジ大学
大学通り
ウプロナ通り
（ロエロ地区）
国道一号線
ジュネス通り
クイックショップ
フランス学校
サッカー場
洋平自宅
民衆市場
大統領府
スーパーボンプリ
市役所
（ブウィザ地区）
ルイ王子通り
バス乗り場
グランセミネール教会
サッカー場
市民病院
ノボテル・サークル
自由通り
ノボテル
ホテル・スルスドニル
ホテル・ドワイアン
旧王宮（大統領官邸）
（クーデター勃発地区）
（カボンド地区）
（アジア地区）
空港方面
湖岸線
ザイール国境
ブジュンブラ港
（タンガニーカ湖）

目次『背高のっぽのパパイヤとオズワルドの月』

【登場人物】

オズワルド＝主人公。洋平の使用人。ツチ族。ルサイファ村出身。美形。二十四歳。

ジュベナール＝オズワルドの従兄《いとこ》。二十六歳。混血。二人目の使用人となる。

デニス＝貧民地区ブウィザの街灯食堂の主人。フツ族。オズワルドの『ブジュンブラの親父』

セレスタン＝オズワルドの昔の仲間。十八歳の泥棒。カメンゲ計画（浮浪少年対策）に参加。

カミーユ＝オズワルドの同級生。ツチ族。木工芸訓練所卒業生。政治運動に参加。

ナディア＝オズワルドの妹。秀才。第二の地方都市ギテガの高校へ進学。

立山洋平＝主人公。四十一歳。民間ボランティアの所長。カメンゲ計画を推進。

佐和子＝洋平の妻。文枝・久枝姉妹の母。夫と共に四度目の海外赴任。

文枝・久枝＝洋平の娘。小学校五年と二年の姉妹。猫が大好き。

マリー夫人＝屋敷の家主。ツチ族。女王然とした高慢な女。使用人を顎でこき使う。

プラザ＝四十三歳位のタクシー運転手。便利屋。フツ族。イスラム教徒。

アデル＝識字教育ボランティアの代表。三十歳位。フツ族。カメンゲ計画に参加。

大佐＝隣人。四十五歳位。髭を蓄え温和な性格。ボランティアを救出。

ボドワン＝民衆市場の謎の手配師。四十歳位。カメンゲ計画に参加。

レオポール＝隣家の使用人。二十二歳。フツ族。オズワルドの親友になる。後に帰郷

サルバドール＝大佐の使用人。五十五歳位。ツチ族。急進なウプロナ派で、大佐に心酔。

早川・井上・遠藤＝日本人ボランティア。カメンゲ計画を現地指導。

フィリップ＝フランスボランティア組織の代表。洋平の友人。四十歳位。陽気な性格。

カトリーヌ＝フィリップの妻。三十七歳。神経質。佐和子の親友。エレーヌと対立。

エレーヌ＝フランスのボランティア。二十一歳。遠藤と恋愛関係。

第一部　緑の館

第一章　ぬかるみの街

太った女を避けようとして、オズワルドはぬかるみに足を取られた。危うく体勢を立て直すと、チェッと舌打ちして、彼は従兄のジュベナールを心の中でののしった。

『あいつめ、身内を裏切ることがどういうことか、そのうち思い知らせてやる』

貧民街の狭い路地で、次々とすれ違う男や女をオズワルドは虚ろな目で睨み付けるのだが、皆、足下《もと》のぬかるみに気を取られて、誰一人、怒りに我を忘れた一青年に注意を払う者はいない。

いつもなら裸足で追い駆けっこをしながら大人たちの脚の間を駆け抜ける学校帰りの子供たちまでが、前屈みになって帰宅を急ぐ。彼らが車のタイヤでえぐられてできた水溜まりを勢いよく飛び越えるたびに、重い通学カバンに揺さぶられて前につんのめりそうになる。そんな子供の突進を避けようと身を屈めた大男の肩越しに、街灯広場のデニスの飯屋がオズワルドの目に飛び込んできた。それがいやが上にも彼の空腹を呼び覚まし、従兄に対する怒りに油を注ぐ結果になった。

つい先ほど、マリー奥様の屋敷で、軒下のコンクリート敷きに昼食を広げたジュベナールが、そっぽを向いているオズワルドに、曲がったスプーンで二つに分けた昼食のウガリ（穀物の粉をお湯で練った主食）を差し出した。

「食っていけよ」

「いらないよ」

食事の誘いを断ることが仲間内の道義に反することを承知の上でオズワルドは腹立ち紛れに突っぱねたばかりか、憤懣やるかたない気持ちを突き付けるため、その鼻先でこれ見よがしにすっくと立ち上がると、足下にうずくまるジュベナールの前でくるりとくびすを返して立ち去ったのであるが、果たして頭の鈍い従兄に彼の思いが伝わったかどうか確かではない。

オズワルドがお屋敷の芝生を横切ろうとした時、突然分厚い雲の切れ間から太陽が顔を出し、雨水をたっぷり吸った円形花壇のカンナの一群を毒々しい血の色で染めた。

四方を高塀で囲まれ、俗世間と隔絶された感のあるマリー奥様の広大なお屋敷は、由緒あるお屋敷がひしめくロエロ界隈でも名だたる庭園との評判を取っているし、珍しい園芸植物の収集家である奥様は、花壇や植木の手入れのこととなると殊《こと》の外口うるさかった。

潜《くぐ》り戸を出て、鉄製の重い門扉をガチャンと音を立てて閉めた時、門柱を押し潰さんばかりに張り出したマンゴーの大枝から、大粒の水滴がぱらぱらと彼の縮れた髪に降り注いだ。仰ぎ見ると、油を引いたような艶やかな肉厚の葉が日光を跳ね返して、まるでオズワルドをあざ笑うかのようにキラキラと照り輝いていた。

従兄のジュベナールは、マリー奥様に告げ口したに違いない。貧民街への道をたどりながら忌々《いまいま》しさが募って、『そうに決まっている』と、怒りが声になって思わず口からほとばしった。

三か月ほど前、たまたま一緒に職探しをしていた二人は、庭園の隅にあずま屋を建てようとしていたマリー奥様に拾われたが、更に幸運なことに、あずま屋完成の暁には、そのうちの一人が庭師として引き続きお屋敷に留まることになっていた。

あずま屋の普請を庭師を選ぶための採用試験と見て取ったオズワルドは、当然自分にお鉢が回ってくるものと高をくくっていた。ところが蓋《ふた》を開けてみると、およそ何の取り柄もないジュベナールにしてやられたのである。頭の鈍い彼が先手を打って巧妙に立ち回ること自体思いもよらないことで、彼にできることは『告げ口』以外考えられなかった。

オズワルドには思い当たる節があった。半年前までフランス人のお屋敷の使用人をしていた彼は、そこでの出来事を退屈しのぎに相棒に面白おかしく話して聞かせたのであるが、その中に釣り銭をごまかす話があった。こうした些細なことを問題にする使用人仲間はどこにもいないが、馬鹿なジュベナールが奥様の耳に吹き込んだに違いない。

彼はぬかるみの道をたどりながら、『奥様も奥様だ……やつの話を真に受けるなんて！』と、心の中で恨み言を並べ立てた。

今回の普請では、マリー奥様に目を掛けてもらいたい一心で、柱一本、梁《はり》一本にも精魂を込めた。彼の手となって動くだけのジュベナールにこれだけの仕事ができないことはご承知のはず。ひどい仕打ちだと思ったが、その一方で、ご主人の気まぐれに対し忍従しかないという点で、彼に異論はなかったのである。

もう一つ、オズワルドには隠れた苛立ちの原因があった。それは、スリムな肉体と俊敏な身のこなしが自慢の彼が、美意識の欠《か》けらもない愚鈍な従兄にしてやられ、その高慢ちきな鼻がへし折られたことであった。

そんな使用人の傲慢さを、勘の鋭いマリー奥様は嫌ったのかもしれない。名門の誉れ高いツチ族の家柄の彼女は、使用人を顎でこき使うことにかけては人後に落ちないが、その反面、使用人の立場からすると、彼らの技量を見抜く目も確かである。どこから見ても恰幅が良く、堂々たる押し出しの奥様は、女王然と尊大に構えていて、すでに過去のものとなりつつある植民地時代を彷彿とさせる典型的な女主人であった。

独善的で高圧的な主人の下で働く場合、絶対服従の気持ちに揺るぎがない分、お仕えがしやすく、恭順であることに歓びさえ感じる。そんな奥様に野心を打ち砕かれたオズワルドの心の痛手は小さくなかったのである。

「ジュベナールは残りなさい。オズワルドにはそのうち別口を見つけてやる」

と、奥様は一言おっしゃった。奥様の『そのうち』とは、特に当てはないの意味である。最後の給金を手渡す時、あずま屋の出来栄えに難癖をつけなかったのは、彼の仕事に満足したからに違いないが、さりとてねぎらいの言葉一つない。使用人はあくまで使用人で、彼女の眼中にないのであった。

他方、マリー夫人と言えば、時代を先取りする形で、代々続いた旧家を高級レストランとして開放し、その経営に自ら乗り出す才覚の持ち主でもある。今もお屋敷の重厚な鉄製の門扉には、太筆で『エデンの園』と書かれた緑のペンキの文字が色褪せずに残っている。

一時期、ブジュンブラの上流社会でその名を馳せたレストラン『エデンの園』であるが、彼女の夫が勤め先の電力公社で横領事件を起こし投獄された際、世間をはばかって一旦は閉鎖に追い込まれた。その間も、勝気な夫人は『いずれ巻き返して見せますよ』と、事あるごとに声高に触れ回っていた。

あずま屋の普請は、間近に迫った夫の釈放に合わせ、『エデンの園』を再開するための準備と世間は受け止めている。夫は服役期間を大幅に残しての出所となるらしい。夫人の各方面への奔走と付け届けが功を奏したとのもっぱらの噂である。

マリー奥様の立派な庭園の庭師となれば、仕事も長きに及ぶだろう。久し振りに安定した職にありつけるものと呑気に構えていたオズワルドは、またも食いはぐれの浮浪者の身に逆戻りであった。しかし、彼は二十四歳。身に降り掛かる苦難を跳ね返すだけの強靭な若さに恵まれていたから、落ち込みも激しいが、気持ちの立て直しも早かった。

◆　◆　◆

今、オズワルドが立っている『街灯広場』の名の由来は、他の広場に先駆けてモダンな西欧式の街灯が設置されたことによる。ところが、貧民地区の広場はどこもその中央がゴミの収集場所になっているため、その黒塗りの格調高い街灯の支柱は中ほどまで雑多な生活ゴミで埋まっている。

彼は散乱したビニール袋を踏みつけ、ズボンのポケットの小銭を指先で数えながら、デニスの飯屋に立ち寄るかどうか思案した。あずま屋普請の給金の半分を前金で受け取り、田舎の実家へ仕送ってしまったから、蓄えは残り少なく、今後のことを考えると贅沢は禁物である。

デニスの飯屋は、土造りの民家がひしめき合う貧民窟の中にあって、間口が幾分広く、戸口の木枠に赤ペンキで『デニスの飯屋』と書いてあるが、デニスのDの字以外は消えかけている。穴倉のような窓の奥に人の気配があり、そこからじっくり煮込んだ豆の甘い匂いが漂ってきて、生ゴミのすえた臭いと混じり合い、四方を粗壁で囲われた街灯広場を満たしていた。

好物の肉入りの豆料理の匂いが空腹で過敏になったオズワルドの鼻腔をくすぐった。一皿四十フラン（約二十円）の湯気の立ち上る豆料理の誘惑に負け、飯屋に向かって足が動き出しそうになったが、小屋の片隅で自分の帰りを待っている昨日の残りのパン切れを思い浮かべ、ぐっと唾《つば》を呑み込むなり、デニスの店に背を向けた――その時であった。

「おおい、オズワルドの兄貴よ！」

飯屋の方でかすかに声がした。鼻にかかった少年の下卑た声は広場を這うように進み、オズワルドの鋭い耳にはっきりと届いた。飯屋の暗がりに身を潜めた声の主は、先ほどから広場に立ってポケットを探るオズワルドを観察し、その心の中まで見透かしたに違いない。彼は聞こえない振りをしてその場を立ち去ることもできたが、不良少年の挑発的な声の裏側に潜む、甘ったるい哀訴の響きが、その足を引き止めたのである。

オズワルドはペンキの剥げ落ちた飯屋の戸口を潜ると、暗闇に目が慣れるのを待たず真っ直ぐ奥へと進んだ。店の突き当たりの隅に水しぶきの飛び散る小さな手洗いと濡れた手拭いがあって、その横がセレスタンのお決まりの席であった。

「よお、兄貴、久し振り」

少年はそう言って、白昼の眩い光を引き連れて入って来たオズワルドの影を目を細めて見上げた。

「やあ、セレスタン、景気良さそうだな」

少年は「まあね」と答えて、曲がったアルミのスプーンをくるくると手の中で回し、指先の器用さを自慢して見せた。彼のいつもの癖である。

互いに内通する薄笑いを浮かべながら、薄汚れた身なりの十七、八歳の少年の前に座ると、オズワルドは世間ずれしたふてぶてしい面構えの中で小刻みに動く小さな瞳をのぞき込んだ。

「外人から失敬してやったよ」

セレスタンは汚れた歯を見せ、調子に乗って喋り出した。

「市場で車の見張りをしたら、五百フラン札を出して、この俺に煙草を買って来いってさ……。多分あれはアメリカ人だな。フランス人ならもう少し用心深いよ。もちろん俺は金を持ってトンズラさ。何であんなに簡単に騙されるんだろうね、兄貴」

「そんなこと、知るもんか。多分、お前が子供に見えたんだろう。外人は子供に甘いからな」

「ふん、そうか、そうなんだ。兄貴は何でも分かるんだ。その辺のあんちゃんと違って、学があるからな」

その時、注文を取りに現れた飯屋のデニスを見上げ

て、オズワルドが「いつもの……」と言い掛けると、

「俺にも肉入りを頼むよ、親父」

慌ててセレスタンが割り込んだ。彼はまだ注文前だった。隣の厨房にいたデニスは、開けっぱなしの仕切り戸を通して二人の話し声を聞きつけたに違いない。注文を取ると、彼はギョロ目を剥《む》いてセレスタンを睨み付け、持ち前の巨体を左右に揺らして厨房へと消えた。

残り少ない持ち金を思って『肉無し』と言うつもりが、セレスタンに先を越された。デニスの肉入りの煮豆はホテルの残り物の肉がふんだんに入っていて味は天下一品だが、値段も肉無しの二杯分である。

オズワルドは金策の悩みを強引に心からこそぎ落とすと、スープ汁で汚れていない場所を慎重に選び、ペンキの剥げ落ちた鉄製のテーブルに両肘を突いて身体を安定させた。

「そんなに稼ぐのなら、二百フラン貸せよ」

オズワルドが冗談めかして言った。

「どうしたんだ、兄貴。俺たちの間で貸し借りは無しだろう」と、セレスタンが嘲《あざけ》ると、

「分かったよ。けちん坊のろくでなし」

日頃教会で注意を受けている汚い言葉が思わずオズワルドの口を突いて出た。

「そのろくでなしから金を借りようっていう、兄貴の魂胆は何だよ」

「いいか、セレスタン、俺を気安くチンピラ呼ばわりするな」

従兄の件で苛立ちを募らせていたオズワルドは乱暴に言葉を投げ付けた。

「俺はちゃんと教会に行っているんだ。お前なんか、神父様の話まともに聞けないだろう……」

「…………」

オズワルドの勢いにひるんでセレスタンがうつむいた。恐ろしく気分屋の彼は、ちょっとした言葉に傷付きやすいのだ。

「おい、聞いてるんか、俺の話」

オズワルドがすかさず詰め寄ると、少し間があってつぶやいたセレスタンの声はか細く消え入りそうであった。

「昔、小さい時、誰かに手を引かれて、教会に行った

の、覚えてるよ……。いつのことか忘れたけど」

仕返しのつもりで投げた言葉がセレスタンの心の隙を突いたと見える。彼は小さな盗みを重ね、世間に背を向けて虚勢を張る不良少年だが、オズワルドにとっては憎めない仲間で、弟分でもあった。哀れを催したオズワルドが気遣うように声を掛けた。

「だったら来週、俺と教会に行くか？」

「来週だなんて……」

彼は急に怯えたように尻込みを始めた。

「お前の都合の良い時でいいよ。俺はいつだって同じなんだから」

と言って、オズワルドは落胆する自分をそっと脇に置いた。

「実を言うと、仕送りをした後で文無しなんだ」

「だったら、ボドワンに頼んだらいいよ」

しばらくして顔を上げたセレスタンの表情は意外に明るかった。

「今なら魚売りの仕事を回してくれる。何と言ったって、兄貴はフランス語ができるからなあ……」

その声からは先ほどまでの強がりが影を潜め、兄貴分を慕う弟分のいじらしさが滲み出ていた。

その時、大男のデニスが、温め直した豆料理を丸太のような両腕と両手に器用に載せて厨房から出て来た。

「さあ、オズワルド。今日のは特製だ。肉がいっぱい入っているから、精がつくぞ」

デニスが太い声で陽気にがなり立てた。彼は山盛りの皿を二人の前に並べ、申し訳程度に敷いたざら紙の上に大切れのパンを乱暴に置くと、セレスタンを顎でしゃくった。

「いいか、オズワルド、チンピラの話に乗るんじゃないぞ」と言ってから、彼はセレスタンに向かって野良犬を追い払うように手を振った。

「それを食ったら、金を置いてさっさと出て行くことだ。汚い金でも金は金……。心正しければすべてを清めると、神父様もおっしゃっている」

親父の悪口雑言にすっかり慣れっこのセレスタンは、へっへっへと卑屈な笑いで応じると、デニスが厨房に引っ込むのを待って安物のアルミ皿に鼻を突っ込み、ガツガツと豆を食らった。

「根は良い親父だけど……そうだろう、兄貴」

オズワルドに目配せして、セレスタンが利いた風な口をきく。

「でも、最近はいつもあんなだからさ、さすがの俺も参っちゃうよ」

　憎まれ口を叩かれても、彼らにとってデニスは親同然の存在である。二人が食いっぱぐれた時、彼が親身になって世話してくれなかったら、田舎に帰るか、野垂れ死んでいた。そのことは、セレスタンでさえ忘れていなかった。

　二人が食べ終わるのを見計らってデニスが再び現れ、つかつかとテーブルに近づくと、セレスタンの皿を乱暴に取り上げた。その勢いで豆の汁が跳ね飛び、彼の腕にかかった。

「何するんだ、親父！」

　セレスタンが血相を変えて叫んだ。

「食い終わったら、その汚い口を引っ下げて、さっさと消え失せろ！」

　と、デニスが喚いた。その尋常ならざる激しさにオズワルドは度肝を抜かれた。

「何で俺ばっかり目の敵にするんだよ、親父。こそ泥なんか、誰だってやってるよ……。そうだろう、兄貴。何とか言ってやってよ」

　セレスタンが助けを求めてオズワルドを見たが、一旦火の付いたデニスの怒りをオズワルドに止められるはずもない。

「俺、真っ当な仕事をしてるんだ。市場で餓鬼《がき》たちに段取りをつけてやっているのはこの俺だよ。そのどこが悪い」

　と叫んで、セレスタンはその痩せこけた胸をこぶしで叩いて見せた。結局、デニスの気迫に押されて席を立ったが、彼は最後まで減らず口を叩くことをやめなかった。

「餓鬼はつり銭をごまかすのもお手のもんさ。何だって餓鬼んちょを使うと、うまくいくんだ」

　そう言って、彼はポケットからしわくちゃの札を出して、テーブルに二人分の代金を置いた。

「金はあるよ」

　オズワルドは慌てて八十フランを押し返した。

「今日は俺に払わせてよ、兄貴。それに、この金、アメリカ人……」

と言い掛けて、仁王立ちしているデニスに気付き、急に口をつぐんだ。

最後にもう一度オズワルドに目配せすると、セレスタンはいつものチンピラ風情に戻って両手をポケットに突っ込み、精一杯虚勢を張って店を出て行った。その後ろ姿を戸口に立ってしばらく目で追っていたデニスが、他の客を振り返った。

「やつのような悪餓鬼が町中にわんさといる。強盗団に入るやつもいる。子供でも油断はできん。えらいご時世になったものだ」

店にはオズワルドの他にも四十歳前後の男が二人いたが、豆料理と格闘中の彼らは、デニスの独り言が耳に入らない振りをした。仕方なくデニスはオズワルドに的を絞ると、彼のテーブルへとにじり寄って来た。

間近で見るデニスの頬《ほお》のシワは、戸口から差し込む光で一層深く鋭く見える。子供用の聖書の挿絵に出てくるモーゼのようだといつも思う。彼がどこの州の出身で、どこの丘を下ってきたか誰も知らないが、その深いシワに彼の半生が刻まれているとオズワルドは信じている。

一陣の風が起こり、雨上がりの街灯広場からむせ返るような土壁の臭気が流れ込んできた。オズワルドは最後の豆をひとすくい呑み込み、苦しげに額の汗を拭った。だんまりを決め込む彼を力尽くで自分の方に振り向かせようと躍起になったデニスが、ぐいぐいと言葉を押し付けてくる。

「ツチが悪い。全部が悪いと言うんじゃないぞ。お前のようなツチ族もいるからな。問題は兵隊だ。やつらがこれ見よがしに武器を振り回している。考えてみろ。親たちがこれじゃ、子供が悪くなるのも当然だ」

デニスの話はいつもどこか飛躍している。オズワルドは相槌を打つのも嫌だが、そうかと言って抗議をする気力もなく、ただ黙ってテーブルに付いた豆汁のシミを凝視し続けた。

彼のだんまり作戦に業を煮やしたデニスは話を打ち切り、身を翻して調理場へ消えた。オズワルドがそっと二人の中年客へ視線を滑らせると、彼らは慌てて目を逸らした。

二人はデニスと同じフツ族である。そのうつむいた陰気な横顔からフツ族特有のだんご鼻が際立つ。ツチ族が少数のこの界隈では、オズワルドの端正な目鼻立ちが否応なく人目を引くのである。

腹が満ち足りると彼の頭は、どうやって明日から金を稼ぐか――目前の心配事で占められた。セレスタンの情報が確かなら、市場の手配師ボドワンに頼んで、魚売りの仕事にありつけるだろう。

タンガニーカ湖の巨大魚を担いで高級住宅地を売り歩く商売は重労働だが、その代わり、世情に疎い外国人に法外な値段を吹きかけてぼろ儲けが期待できる数少ない仕事の一つである。他にも外国人相手の仕事には様々な旨味があって、フランス語が話せると商売の世界で断然有利に立てる。オズワルドはそのフランス語を得意としていた。

◆　◆　◆

街灯食堂を出たオズワルドは民衆市場を目指した。貧民地区の路地は至る所でぬかるんでいる。靴を汚さないよう乾いた場所を拾って歩いていると、市場の喧騒のうねりに乗って、生臭いはらわたの臭いが漂ってきた。田舎の干草と牛糞の芳しい匂いに包まれて育った彼には、何年経っても馴染めない都会の臭いである。長距離バスがブジュンブラに近づくだけで、空気中に漂うかすかな動物の腐臭を嗅ぎ付け、息が詰まりそうになるのだ。

市場の傍まで来ると、頭に野菜カゴを載せた女たちの姿が目に付くようになる。オズワルドは若さの盛りにありながら、貧民街の陽気であけすけな女たちに心を惑わされることがない。

彼は田舎の実家に新妻と乳飲み子を残して来ているが、女たちへの無関心はそのせいばかりではなかった。首都在住がすでに七年に及ぶのに、彼にとって都会の女たちはいまだ得体の知れない謎の生き物で、彼女らの媚態や色香に対して極度の恐れを抱いていた。

若い女の一団が土壁の狭い路地をささやき交わしながら近づいて来て、すれ違いざまにオズワルドに一斉に流し目を送って寄越したが、彼には、その口元の忍び笑いより、野菜クズを蹴散らかして歩く彼女らの足下の方がずっと気懸かりであった。ゴム草履からはみ出した指の間に泥が食い込み、その脇を流れるどす黒い下水の中をどぶネズミが駆け回っている。

　ブジュンブラにある大小幾つかの民衆市場の中でも、町の中心地に近いブウィザの市場は最大で、首都住民の台所を賄っている。すでに正午を回り、押し寄せる人の波は峠を越していたが、人々の足で踏み付けられた地面はぬかるんで滑りやすく、敏捷なオズワルドでさえ歩くのに骨が折れた。

　野菜クズを積み上げた大きな山を迂回し、衣料地区の乾いた路地にたどり着いた彼はほっと一息ついた。間口一、二間の小規模な店が軒を連ねる衣料品街は、頭上を覆う防水性の粗いキャンバス地が、驟雨から商品を守るだけでなく、買い物客に格好の雨宿りの場所を提供してくれている。

　都会ではかなり前から女たちが洋服を着るようになったが、地方では今なお伝統的な巻き布が主流である。しかも派手な柄物だから、布地を商う店先は独立記念日の万国旗さながらの華やかさに溢れている。昨今は廉価な中国製の既製服に押されがちだが、布地と言えば依然としてインド木綿に人気がある。次に帰郷する際は、母と妹と妻の三人に布地を一枚ずつ買って帰りたいと、田舎の家族に思いを馳せていると、オズワルドの心までが自然と和んでくるのであった。

　彼は衣料品街を歩くのが好きである。色鮮やかな布地の他、ワンピースやブラウス、子供服を店先に目いっぱいに吊るした路地を、軽やかな身のこなしですれ違う買い物客を右に左にかわしながら進むのだが、避け切れず女物の薄手の下着が頬に触れることがある。目と肌の両方でくすぐるような感触を楽しみながら、極彩色のトンネルを更に潜って行くと、騒がしい楽器の音色と甲高い歌声が聞こえてきて、電気店街が近いことを教えてくれる。

　衣料品街に劣らず賑やかな電気店街は、客寄せのため大音量で流行歌を流している。豊富な品揃えを競い合う彼らは、品数を多く見せようとひな壇式に電気製品を陳列し、その最前列に今人気のラジカセを並べているが、その実手持ちの品には限りがあり、どの店も似たり寄ったりの品揃えなのである。

「ボドワンを知らない？」

　若い顔馴染みの店員に声を掛けたが、彼は一台のラジカセを間に挟んで背の高い客と交渉中で、オズワルドの声が耳に届かなかったようだ。

「ボドワンの手下、見なかった？」

オズワルドは店員に近づき、音楽に負けまいと大声を張り上げた。

「オズワルド……？」

店員より先に客の方が彼に気付き、目を丸くして頓狂な声を上げた。彼は手にしていたラジカセを置くと、オズワルドと向き合った。

「やあ、カミーユ、君なの」

「ほんと驚いた。君に会うなんて！」

「僕の方こそ。それより、どうして君がここにいるんだい！」

オズワルドが手を差し出すより先にカミーユが彼に歩み寄った。ルサイファ村の幼友達は感嘆の声を上げて肩を抱き合った。

家族以外はオズワルドの連絡先を知らないし、手紙や送金は定期的にルサイファを往来する村の商人に託していたから、故郷から知人が訪ねて来ることはこれまで一度もなかった。

二人は昔の絆を取り戻すのに一瞬の戸惑いもなかった。変わらぬ友情を確かめ合うと、すぐさまふざけ合いを始めた。オズワルドが長身のカミーユの首に腕を巻き付けて身体を揺さぶり、カミーユも手の甲で相手の胸倉を突き返した。心から信じられる友もなく気の休まらない都会暮らしに明け暮れていたオズワルドは、長らく眠っていた温かい感情が湧き上がるのを覚えた。

この時、自分がなぜ店にいるか思い出したカミーユが若い店員を振り返り、「これはまた今度……」と言って、おずおずとした態度でラジカセを彼の方へ押し返した。

「これは人気の品ですから、すぐに売り切れますよ」

と言って店員は他の客の応対に回ったが、その顔にはいいカモを取り逃した口惜しさが滲んでいた。

親友の弱気な交渉態度を見て、自分が上京した頃と同じ経験を今まさにカミーユがしているのだと思い、オズワルドは有頂天になった。

「買い物なら僕に任せてよ、手伝うから……。僕は交渉事に慣れているんだ」

「いや、そうじゃないんだ」

はにかむように慎み深く笑うと、カミーユは足下に置いてあった小卓を手に取り上げた。

その時まで、オズワルドは足下の小卓の存在に注意を払わなかったが、それは細い彫刻を施した木製のチェス台であった。

「君は知らないと思うけど、僕は高校卒業後、ギテガの木工芸訓練所で二年間ハンディクラフトを学んだんだ。そこでみっちり仕込まれたお陰で、やっと何とか彫れるまでになったよ」

そう言うとカミーユは、誇らしげにチェス台を親友の手にゆだねた。艶やかな木の素材を活かしたチェス台は、カーブした脚の先まで隙間なく彫刻が施されている。よく見ると、蔦《つた》の蔓《つる》の間にサルとワニが絡まっていた。

「これを、君が?!」

思わず立ちすくみ、オズワルドが叫んだ。

「それで、分かった。商売のために、君はブジュンブラに来たんだ。そうだね！」

カミーユが小さくうなずく。彼はクラス一番の秀才で、出世して当然の男である。そんな彼に対して先輩風を吹かそうとしていた自分にオズワルドは気付いた。

自分はと言えば、いまだ目標も定まらないその日暮らしで、つい先ほども従兄と仕事の取り合いをしたところであった。

「なるほど、チェス台が売れて、それで、君はラジカセを買いに来たんだ……」

と、オズワルドが一人早合点する。

カミーユが交渉していたラジカセは、オズワルドが以前から目を付けていたラジカセより一ランク上で、しかも購入の見通しさえ立っていない。一瞬鋭い妬みが彼の心を走った。

「いや、そうじゃないんだ」

慌ててカミーユがオズワルドの言葉を遮った。

彼によると、上京して三日経つのに捌《さば》けたのはたった一台で、逗留中の木賃宿にはまだ二台あると言う。一台売れただけでも凄いと内心オズワルドは思ったが、彼の考えは違っているようだ。

「それじゃ、チェス台を全部売るまで、君はブジュンブラにいるんだ！　だったら話は早い。お誂え向きに僕の部屋のベッドが一つ空いてる。まるで君が来るのを待っていたみたいにね」

「ほんとうに？　僕が泊まってもいいんだね」

「無論だよ。僕の方からお願いしてるんだ」

オズワルドは得意であったが、友人や知人、特に同郷の者に宿を提供することは古くからの習わしで、ごく当然のことであった。

事の成り行きに有頂天の二人は、幼い頃のように手を繋いで歩き出した。普段無口なオズワルドの舌が滑らかになり、次々と軽口が口を突いて出た。職探しの件はすっかり忘れた。

騒々しくて話もままならぬ電気店街を足早に脱出した彼らは、矢継ぎ早に家族の消息を尋ね合いながら貧民街を彷徨《さまよ》ったが、しばらくするとカミーユがそわそわし始めた。木賃宿を引き上げる前に、朝から持ち歩いていているチェス台を売り捌いてしまいたいと彼が思っていることが分かった。

「君はどこで客を見つけるの？」

「そこなんだけど、僕はまだブジュンブラをよく知らないんだ」

カミーユが選んだ場所は、外国人や金持ちがよく利用するノボテル（フランス資本の高級ホテル）とゴルフ場付きの高級ホテル、それに観光レストランだった。そうした所は容易に客が見つかる代わりに商売敵も多い。皆その道のベテランで、カミーユの話から察するに、彼らを相手に苦戦を強いられているようだ。

道々、オズワルドは従兄のジュベナールの裏切りについて話した。

「仲間を裏切るのは、クズのクズだよ……」

と、セレスタンの口振りを真似て従兄をののしった。普段オズワルドは不平不満を口にしたり感情を露わにしたりする男ではなかったが、この時は幼友達と遭遇したことで気持ちが高ぶっていた。

並んで歩きながら、時折肩と肩が触れるのを感じ、オズワルドははやる気持ちを抑えられない。すっかり調子づいた彼は、お上りさんの友人に対し、話に尾ひれを付けて語って聞かせた。

「近頃はひどいものさ。押し込み強盗は日常茶飯事だし、少年強盗団の話も本当らしい……」

無意識に彼はデニスから仕入れた話の受け売りをしていた。内容から言葉遣いまで、そして腕を振り回す仕草までそっくりであったが、実のところ彼の話をオズワルド自身あまり信じていなかった。

カミーユは幼友達が失業中と知って驚いたらしい。仕事を転々と変える大都市の綱渡りのような暮らし振りが、田舎者の目に途方もなく映るのだろう。

「君の話はどれも驚くばかりだ」

友の率直な感想に触れ、益々いい気になったオズワルドが、一風変わった仲間のデニスやセレスタンについて話すと、カミーユは泥棒を友人に持つ彼が理解できないと言った。オズワルドにとってごく日常的な事柄が、カミーユの目を通すと常軌を逸して見えるらしい。

「デニスは、子供が盗みをするのは大人のせいで、その本当の原因はツチ・フツの争いにあると言っている」

そうオズワルドが話すと、

「僕もそう思う」

と、カミーユはあっさり同意した。彼は会ったこともないデニスの言葉が理解できるらしい。

民衆市場から新市街地に向かって歩きながら、先輩格のオズワルドは、貧民地区の迷路のような路地を迷わず巧みに通り抜ける秘訣をカミーユに伝授する機会を見逃さなかった。

首都人口の大部分が集中する貧民地区は巨大な蟻塚を押し潰したようで、そんな人間の掃き溜めのような町に神の妙なる福音と天上の秩序を届けんがため、中心部に巨大なカテドラルが聳えているだけでなく、それよりずっと慎ましい教会堂が幾つも点在している。貧民地区で方角を見失わないためには、目印になる教会堂と自分との位置関係を知ることが肝心だ。教会堂の大屋根の形や色には特徴があって覚えやすい。信心深いオズワルドは、どこにいても素早く教会堂を見分けるのを得意としていた。

彼は常日頃から思っている。貧民地区の陰惨な土色の景色の中から、厳格な父親のような存在の教会堂を取り除いてしまったら、価値あるものは何も残らない。あるのは、平和な貧しさと退屈な日常だけであると……。

庶民生活が奏でる雑多な音に混じって耳障りな車の警笛音が聞こえてきたら、新市街地に近いことが分かる。美しい石畳の並木通りに突き当たった所で、突然ぬかるみの街が終わり、白い石灰岩で美しく化粧したビジネス街が始まる。そこは、きらびやかな衣装がショーウインドウを飾るブティックや、瀟洒《しょうしゃ》な佇まいのレストランやホテルなど、上中流階級のための店や建物が軒を連ねる、まさに新世界である。

ブルンジの首都ブジュンブラは、土壁の貧民社会と白壁の上流社会が通り一本隔てて背中合わせに同居している。貧民社会の住人であるオズワルドたちは、検問所のない『国境』を渡った。新世界に足を踏み入れた途端、監視されているような気がして、話し方から歩き方までが変わる。二人は声を潜め、そっと顔を見合わせた。

カミーユの主戦場であるノボテルが近づくにつれて、彼はそわそわと落ち着かなくなり、オズワルドの話にも上の空である。戦いに臨む兵士のように心を高ぶらせている様子から、自作の民芸品を手に首都に打って出ようとする友の意気込みがひしひしと伝わってくる。こんな時、彼が一見おどおどして見えるのは彼らしい気負いのせいで、実は持ち前の強い意志と根性を隠し持っていることをオズワルドはよく知っていた。

外国人が利用する高級ホテル、ノボテルの真向かいには観光レストラン『アカプルコ』がある。一段高い所に設置された広いベランダでは、赤と黄色のパラソルを立てたテーブルで、何組かの白人たちが遅い昼食をとっていた。

オズワルドは、通りを一つ挟んで自分とは無縁の世界を無感動に眺めた。入口に近いテーブルで子供が一人、木彫りの土産品を手にぶら下げ、食事中の客に付きまとっている。

「僕も一度、やってみたけれど、ウェイターにこっぴどくやられたよ」

ベランダの動きから目を離さず、カミーユが忌々《いまいま》しげにつぶやいた。

「あいつだよ。あのウェイターだ。オズワルド、僕を追い払ったやつは……。そら、あの子には見て見ぬ振りだ。この意味が分かるかい」

「子供だから、大目に見てるんだろう？」

「初めは僕もそう思った。でも、後でそのからくりが分かったよ」

カミーユによると、子供の物売りの背後には若いボスがいて、ウェイターに金を握らせているという。それを聞いてすぐに、その若いボスがセレスタンかもしれないと思ったが、そのことはしばらくカミーユに伏せておくことにした。

その時、食事を終えた一組の男女が指を立ててウェイターを呼んだ。それを見たカミーユの反応は素早かった。彼はあっけに取られるオズワルドをその場に残し、車の流れに身を躍らせた。

オズワルドも彼の後を追って大通りを渡った。そしてベランダの階段の登り口にカミーユと並んでお目当ての客が姿を現すのを待った。

ところが、客が支払いを済ませて立ち上がる絶妙のタイミングを見計らい、三人の物売りが首飾りや絵葉書を手に現れた。どこにいたのか、突如地から湧いて出た感じである。何も持たないオズワルドは、物売りの一団から四、五歩後ろに退いた。

物売りたちは最後の瞬間まで冗談を飛ばし合っている。場慣れした彼らのこれ見よがしの態度がカミーユの神経を逆撫でする。それでもカミーユは百戦錬磨の彼らを相手に果敢に挑んだ。肘を張って割り込み、チェス台を白人男性の前に突き出そうともがいた。更に数人の子供が加わり、全員が共謀してカミーユ一人を押しのけ、客が迷惑がって振りきるまで、彼ら独特のしつっこさで責め立てた。最初、子供に愛想を振りまいていたブロンドの女までが嫌悪を露わにした。

「あれじゃあ、だめだ」

すごすごと引き返してきたカミーユをオズワルドが慰めた。

「あんなに邪魔されて、よく一台売れたものだとむしろ感心するよ」

彼の告白によれば、一台目が売れたのは全くの幸運でしかなかった。ブジュンブラに着いた翌日の早朝、下見のつもりでチェス台を手にノボテルの前をうろついていたら、朝食前の散歩から戻った白人に出会い、思い掛けず売れたのである。首尾よく事が運んだのを見て、カミーユは残りの三台も案外簡単に捌けると思ったと言う。

「この三日間、町を歩き回ったけど……見ての通りだよ」

と、彼は苦しい胸の内を打ち明けた。

「大丈夫、君のチェス台は必ず売れる」

オズワルドは力を込めて請け合うと、意気消沈している友の手を引いて近くの街路樹の根元に座らせ、先ほどの勝ち目のない戦い振りを観察していて心に浮かんだことを、自分の中で整理しながら考え考え話し出した。

「いいかい、カミーユ、このままでは、君も気付いているように見込みがないよ……。さっき道々、君にセレスタンのことを話したよね。彼も物売りをしてるけど、とても君が太刀打ちできる相手じゃない」

あっけに取られるカミーユをよそに一気に喋りまくると、オズワルドは一息ついた。

「いいかい、ここから先が肝心なんだけど、君のチェス台は実に見事な代物だよ。さっき君は言っていたよね、木工芸訓練所の卒業のバザールで最優秀賞を取ったと。白人は君のチェス台を絶対に欲しがる。喉から手が出るほどにね。彼らは本物が大好きなんだ。そのためなら大金を払う。僕はフランス人に奉公していたから、彼らの気持ちがよく分かるんだ」

「でも、君も見ただろう？　僕のチェス台は下らないガラクタと一緒くたさ。さっきの白人、僕のチェス台に目もくれやしなかった」

憤慨するカミーユの肩に腕を回し、オズワルドが言った。

「僕はね、君にお誂え向きの場所を知っているよ」

「それ、どこなの？」

「もちろん教えるけど……ちょっと待って。その前に、君は、そのチェス台、確か三千フランと言ったよね。僕なら五千フランで売ってみせる」

「五千！」

カミーユがあっと叫んだ。

「そんなに目を丸くすることないさ。僕にだって少しはモノを見る目があるよ」

「そうか……でも、五千フランなんて、うまくいくかなあ」

「何ならひとつ、僕にやらせてみないか？」

もどかしさを覚えながら、オズワルドは自分がやっと最終地点にたどり着いたことを知った。最初から『俺に任せろ』と思ったわけじゃない。一本の細い糸を手繰り寄せていくうちに、自分の考えが次第に形を成してきたのだ。

カミーユは友の提案に飛び付いてきた。オズワルドの自信に溢れた語り口と、白人に対する確かな観察眼が彼を圧倒したのだろう。他方、これまでブジュンブラで長らく新参者の地位に甘んじてきたオズワルドである。マリー夫人やデニスはもとより、年下のセレスタンに対してさえ『教えを請う立場』にあったから、カミーユとのやり取りは、彼を狂喜させるに十分であった。

◆　◆　◆

カミーユの木賃宿は、タンガニーカ湖に近い工業地区にあった。ここは、家具屋、鍛冶屋、金物屋、自動車修理などあらゆる種類の町工場と各種材料を取り扱う店が揃っていて、通りの至る所に鉄粉や機械油が黒い染みを作り、また様々な臭いと様々な金属音が入り交じって、部外者にはどこか近寄りがたい一種独特の雰囲気を漂わせている。

一軒の自動車修理店の前を通り掛かった時、油塗《まみ》れになってオートバイを修理している見習い工に気付き、オズワルドが「やあ」と声を掛けると、彼は白い歯を見せ、手にしたスパナを振って寄越した。彼はブジュンブラで出世を果たした昔の仲間の一人で、オズワルドが一番の目標にしていた。

自動車修理工は、首都の若者の間で一、二を争う憧れの花形職種である。工業地区にある従業員二、三人の工場はどこも徒弟《とてい》制で、無資格の整備工が修理を担っている。他方、新市街地では、トヨタなど外資系の会社がガラス張りの店を構えているが、そこで扱う純正部品は一般市民には高嶺の花。工業地区のベテラン整備工なら、大方の修理を中古品や加工品で何とか間に合わせてしまう。

カミーユの木賃宿は、工業地区の奥まった路地にあって、ベッドを並べただけのむさ苦しい宿であった。支払いを済ませ、二人は着替えを詰めた大型バッグと、紐で束ねたチェス台を携えて、ブウィザの貧民地区へと引き返した。

デニスの街灯広場に近い長屋風の掘っ建て小屋が、オズワルドの小屋であった。各部屋の扉には大きな錠前が掛かっていて、その周囲の地面は垂れ流された下水で暗緑色に黒ずんでいる。ブジュンブラに上京して以来、宿無しの一時期を除き、オズワルドは概ねここに住んでいる。相棒が一緒のこともあったが、今は気楽な一人暮らしである。

彼がここを根城に選んだ理由は、仕事場である民衆市場に近いためだ。田舎からの出稼ぎ組が手軽に仕事にありつける場所と言えば、民衆市場か港に近いアジア地区に限られる。市場には仕事を求める者が大勢たむろしていて、情報交換ができるし、運の良い者は買い物に来た金持ち連中の目に留まり、お屋敷奉公や雑用にありつける。オズワルドはそんな幸運な出稼ぎ組の一人であった。

彼が『ブジュンブラの親父』と慕う飯屋のデニスに拾われたのも、市場で炭袋の担ぎ屋をやっていた時のことだった。何度も指名を受けたことが縁でデニスの秘蔵っ子となり、一時期は彼の飯屋をセレスタンと二人で手伝ったこともあった。

また、彼がマリー夫人の『子飼い』となった経緯も似たようなものである。こちらは、市場から家具を運ぶ担ぎ屋を皮切りに、お屋敷に庭木を移植する仕事を何度か言いつかるうち、オズワルドがフランス語に堪能なことを知った夫人が保証人となって、フランス人のお屋敷に奉公人として滑り込んだのであった。市民の交流の場でもある民衆市場は様々なチャンスに溢れている。

「結構広いじゃない」

部屋を見回してカミーユが感嘆の声を上げた。

「これが、都会暮らしというものさ」

と、オズワルドが慎ましく自嘲してみせる。

「ブジュンブラで小屋持ちなんて、それだけで凄い。そうなんだろう？」

「僕は幸運だったのさ。そうでないやつをたくさん知っている。そりゃ何度も食いっぱぐれたけど、その都度誰かが助けてくれた。道々、君に話したデニスの親父もその一人だよ。とってもいい人なんだ。そのうち君に紹介するよ」

オズワルドが板張りの小窓を押し開けると、暗い部屋に薄汚れた外の光がどっと流れ込んだ。部屋の半分を占める二つの鉄パイプベッド以外に目に付くものと言えば、戸口付近の水道の蛇口と、壁に立て掛けた水浴び用の桶《おけ》と、炊事道具が幾つかと炭の袋、それに洗面道具。電気も電灯もなく、衣装ケース代わりの大型バッグがベッドの下からのぞいている。

小窓の台には、ほとんど使われたことのない灯油ランプと携帯ラジオがある。オズワルドがラジオのスイッチをひねると、陽気な曲が勢いよく飛び出してきて、ひんやりとして土臭い部屋の空気を追い出しにかかった。

自分のベッドの具合を確かめていたカミーユが、ロックのリズムに合わせて肩を左右に揺らし始めた。ダンスならオズワルドも負けてはいない。二人は腕を振り、腰を揺らして軽くひと踊りした。その時、オズワルドの中で一人暮らしの侘しい日々が突然くるりと鮮やかに反転した。

二人の幼友達は、膨らむ共同生活への期待を一旦《いったん》脇に置いて、チェス台を手に取り意気揚々と再び町へと繰り出した。

首都ブジュンブラは、町の中心と東の外れのブルンジ大学を結ぶ大学通りを挟んで、北と南に分断されている。北が広大な貧民地区で、南が高級住宅地区。そしてノボテルや観光レストランがある商業地区は町のほぼ中心に位置する。オズワルドらは大学通りを通り過ぎ、その次のウプロナ通りの中ほどにあるフランス学校の正門にたどり着いた。

三時を少し過ぎた頃だろう。時計を持たない彼らの時間感覚は鋭く、遅れることがあっても十分と違わない。三時半になると午後の授業が終了し、校門から一斉に生徒が吐き出されてくる。その時、迎えの車でごった返す駐車場が物売りたちの主戦場で、十五分ほどの短い時間が勝負である。オズワルドはフランス人の主人のお供をした経験から、その辺りの事情に詳しかった。

東側を深い林と接する赤土の駐車場は、アクセス道路を挟んで学校の正門と向かい合っている。すでに待機中の四、五台の車の運転席には、新聞や雑誌を広げる人影がある。物売りの姿もちらほらあって、野菜や果物の詰まったカゴを手に提げ、あるいは頭に載せ、思い思いに車から車へ渡り歩く。運転席に近づくと、彼らはカゴを傾け、慎ましく笑ってみせる。運転席の人影も時折顔を上げる程度で互いに息が合っている。中には、顔見知りの物売りに『今日はいらないよ』と片手を振る者もいる。どちらものんびり構えていて、まるで午後のひと時を共に楽しんでいるかのようだ。

　オズワルドは、数分後に車の出入りで混み合う正門付近を避け、少し離れた独立通りの歩道でカミーユに説明を試みた。

「いいかい、カミーユ、ここはホテルじゃない。ブジュンブラに何年も住んでいる白人か、子供をフランス学校へ通わせる金持ちのブルンジ人が相手だ。彼らは物売りをよく知っていて、言葉で騙されたりはしない」

「それじゃ、やりにくいだろうね」

　と、腑に落ちない様子のカミーユ。チンピラ相手に苦杯をなめてきた彼の頭は、すっかり『押し売りが商売』という考えに取り憑かれている。

「君はよく分かっていない。僕がやってみせるから、ここで見てて」

　オズワルドはじれったそうに友を見て言った。

　ブジュンブラにはフランス学校とベルギー学校がある。どちらも、幼児から小中高まで一か所で学ぶが、中学生以上になると午後の授業が加わるため、家で昼食をとる生徒の場合、一日四回送迎ドラマが繰り広げられる。

　頻繁に送迎車が行き来する校門前の侵入路は、地面がタイヤで深くえぐられ、昼の驟雨で泥の海と化していた。次々と到着する車は、泥水を跳ね上げないようスピードを落とし、整然と列をなして駐車場へと吸い込まれて行く。

　カミーユからチェス台を受け取って身構えるオズワルドの目に、タンガニーカ湖の巨大魚を手に提げて並木道を駆けて来る一人の男の姿が飛び込んで来た。オズワルドがボドワンに頼むつもりだった魚売りである。男は外国人が多く住む高級住宅地から回って来たのだろう。巨大魚に身体を揺さぶられながら、時間に遅れまいと必死に駆けて来る男の額を流れる大粒の汗を見て、戦意を駆り立てられたオズワルドは、彼の後を追うように駐車場へ飛び込んだ。

　物売りたちのカゴの中は主に季節の野菜か果物で、切り花や雑貨もある。駐車場が人と車で混み始めると、彼らは運転席から中身が見やすいよう、手に持ったカゴを高く掲げる。

　正門を潜って三々五々現れた生徒を迎え入れるため、助手席のドアが内側から次々と開かれ、子供たちは両手を使って車高の高いジープをよじ登る。オズワルドはチェス台を頭上に掲げ、小さな合図をも見逃すまいと四方に目を配りながら、ゆっくりとした足取りで車の間を練り歩いた。

「野菜！」、「パパイヤ！」、「花！」と口々に甲高く叫ぶ物売りたちの興奮が最高潮に達すると、オズワルドも次第にその熱気に呑み込まれ、気が付くと右に左に小走りに駆けていた。物売りを手招きする車を見ると慌てて駆け寄り、野菜カゴの脇からチェス台をちらつかせた。

　値段を交渉しているタンガニーカの巨大魚売りの男の脇を通った。幸運な男は客を見つけたのだ。オズワルドより後に来て客を手に入れたと思うと、焦りに悔しさが追い打ちをかけた。

　ドアが閉まり、次々と出て行く車をオズワルドは悄然と見送った。『任せて』と大見得を切った自分が情けなく、惨めな気持ちでカミーユの元へ戻ろうとした時、彼は空っぽの駐車場の奥に止まっている一台の大型ジープから自分に注がれる視線を感じた。車に近づくと、運転席の窓がすっと下りて白人の毛深いシミだらけの太い腕が現れ、チェス台に向かって伸びてきた。彼はシャツの胸元をはだけ、助手席の男の子とお揃いの野球帽を被っている。

　しばらく眉をひそめてチェス台を手の中で転がした後、「いくら？」と不機嫌そう言ったが、オズワルドはそれに応えず、駒の入った木箱を黙って差し出した。男は馬の横顔を彫ったナイトの駒を手に取って満足げに眺めてから、再び値段交渉を始めた。売り手が五千フランを譲らないのを見て、彼は車のエンジンを始動させ、交渉を打ち切る素振りを見せたが、オズワルドは騙されない。

「これは最高級品です。その辺の安物とは全然違います……」

　オズワルドはいかにも残念そうに、きっぱりと首を横に振る。が、その場を動かない。ここからが正念場である。

　再び四千、四千五百のやり取りの末に、白人はオズワルドの軍門に降《くだ》った。交渉が済めば、一人の子煩悩な父親である。チェス台を助手席の子供に預けて言った。

「素晴しい彫刻だ。ところで、これ、自分で彫ったのかい？」

「いいえ、作ったのは、彼です」

カミーユはちょっと前からオズワルドの傍らに立って、二人の交渉の行方を見守っていた。

「なるほど、君が作り手で、君が売り手か」

「ところで旦那様、正直な使用人はいりませんか？」

オズワルドの口からとっさに言葉が突いて出た。彼のような気さくなフランス人は、主人として理想的である。

「残念だけど、もうすぐ帰国するんでね。でも、チェス台の方は、知り合いに声を掛けてみてもいいよ」

「どうもご親切に……。それから、使用人の方も、お知り合いの方によろしく……。時々、彼がここへ来ていますから」

動き出した車に向かって、オズワルドが叫んだ。白人は『分かった』と、手で合図して走り去った。

二人の黒人青年は揃って白い歯を見せ、遠ざかる車を見送った。白人と仲良くしておけば何か良いことがある。とにかくチェス台が予想外の高値で売れて最高にいい気分だった。彼らは一つ肩をぶつけ合ってから、空っぽの駐車場を後にした。

「帰国だなんて残念だ。フランス人のお屋敷が僕の第一希望なんだ」と、オズワルドが言った。

「君って大胆だなあ。あんな風に自分を売り込むなんて……僕には真似できないよ」

「長く住めば、君だって僕みたいになるさ」

並木通りの歩道に出ると、大きなカバンを背負った白人の女の子が、のろのろと道草を食いながら二人の前方を歩いていた。家が近いのだろう。人影の途絶えた大統領府の正門付近で二人はその子を追い越した。上機嫌のカミーユが「ボンジュール」と声を掛けると、女の子も青い瞳をちょっと持ち上げ、小さくそれに応えた。

眠気を誘う官庁街の気怠《けだる》い昼下がりである。カミーユと女の子の心和む一場面を、大統領府の二人の衛兵が見ていた。ブルンジの三色旗の下で、銃を手に直立不動の姿勢で立つ彼らの口元からかすかに笑みがこぼれるのをオズワルドは見逃さなかった。

白亜の大統領府を取り囲む広大な芝生は、金色の穂先を模した鉄柵で取り囲まれている。いつもは、この厳めしい鉄柵の前を足早に通り過ぎるオズワルドであったが、この時ばかりは衛兵に向かって一言挨拶を送らずにいられなかった。

「白人の子って可愛いね」

感に堪えない様子で、カミーユが女の子を二度振り返った。田舎の町しか知らない彼には、白人の子が珍しいのだろう。そんな都会ずれしていない友の純真さが、オズワルドに妹ナディアを思い出させた。

少年時代のカミーユはオズワルドの妹をとても可愛がった。というより、八歳年下の幼いナディアに思いを寄せているように見えた。カミーユ自身が気付いていなくても、人一倍妹思いのオズワルドには、二人の仲睦まじさに対し、少年らしい戸惑いと反発があった。

お互いに成人した今なら、胸襟を開いて語り合うことができる。この瞬間にカミーユから『妹への想い』を告白されても、兄として冷静に受け止めることができただろう。少年時代とは違う。ブジュンブラでの歳月が彼をたくましく変えていた。それでもナディアの兄として、カミーユの方から打ち明けてくれることを願わずにいられなかった。

「もうすぐナディアが高校に進学する。そうなれば九月からはギテガで暮すことになる」

オズワルドがそれとなく水を向けた。

「それはおめでたい。僕が卒業し、ナディアが入学する。お互い、そんな歳になったんだ」

「残念だよ。そうでなきゃ、君に色々と頼むことができたのに……」

と言って落胆するオズワルドにカミーユは気付かない。

「そうなると君も物入りだ。僕の方も来年、妹の嫁入りが控えている。お互いに長男だから、ばりばり稼がないとね」

「実はそうなんだ。女子寮に入る準備や、他にも色々と物入りだよ……。それに、僕の父はあまり当てにならないしね」

「君は相変わらずだね、妹のことになると……。昔と全然変わらない。でも、僕には君の気持ちがよく分かる。家族を支えるため高校進学を諦めた君が今、妹の進学をどれほど喜んでいるか、痛いほど分かるよ」

　と話すカミーユの言葉からは、彼自身の『ナディアへの想い』が伝わってこない。あれは単なるオズワルドの思い過ごしであったのか……。それともその後、カミーユ自身に心境の変化があったのか……。

　思い当たる節と言えば、ギテガでの空白の七年間である。木工芸訓練所で進むべき道を見出したカミーユの前から、ルサイファ村の子供時代はどんどん遠ざかり、消えていったのかもしれない。

◆　◆　◆

　本来なら幼友達との再会をデニスの飯屋で祝いたかったが、いつまで続くか知れない失業の身を思い、オズワルドは夕食のウガリに豆料理を一品加えることに決めた。彼はカミーユに炭火を熾《おこ》すよう頼んで、自分は近くの雑貨屋へ走った。最初野菜だけで済ませるつもりだったが、結局すじ肉一欠《ひとか》けらと米を一握り買って戻った。

　カミーユは戸口の炭袋に腰を据え、マニオック（キャッサバ芋）の黒い皮を剥《む》いていた。その傍らでは、コンロの炭火がちょろちょろと赤い舌を揺らしている。今日から始まる二人のささやかな共同生活を思うと、オズワルドははしゃぎたくなる気持ちを抑えられずまくしたてた。

「最近、炭が値上がりして参っているよ。昔は薪だったね、覚えてる？」

　と言って、オズワルドがカミーユと並んで炭の袋に腰を下ろした。

「鍋の底が真っ黒になって、お袋泣かせだった」

「首都では、ガスや電気を使って料理する人がいるって聞いたけど、本当なの？」

「それが大嘘さ」

　そう言って、オズワルドが格好の話題に飛び付く。

「確かにガスコンロはある。だけど、ガスより使用人の方が安上がりなのさ。お陰で僕らは相変わらず炭を熾している」

　オズワルドは身体を揺さぶって笑った。すると、一日中引きずってきた従兄のジュベナールへの恨みの最後の一欠けらが吹き消えた。こんな風に腹の底から笑ったのは久し振りのことである。

カミーユも一緒に笑ったが、その声はどこか虚ろだった。この時、窓際のラジオが消されたことに気付いた。オズワルドが外出している間、彼は何やら物思いに沈んでいたらしい。チェス台が売れた後だけに、塞ぎの虫が気になった。

オズワルドは米とすじ肉を煮立った豆の鍋に放り込み、火吹きで炭火の勢いを整えると、我が城の居心地を再確認するようにベッドに仰向けになって両手を広げ、剥き出しの天井を見上げた。

コンロの赤い炎で、トタン屋根を支える不揃いな丸太の梁がかすかに揺れている。友が傍にいると思うだけで、みすぼらしい小屋が御殿に思われてくるから不思議だ。歓喜の波が彼の肢体を伝って、指先にまで広がるのを感じた。

「オズワルド、この辺はフツが多いのだろう」

その時、カミーユが喉の奥から濁った声を絞り出し、上機嫌のオズワルドに冷水を浴びせた。その一声は、過去の亡霊が今も彷徨う暗い沼地へ、彼を引きずり込もうとするかのように不気味に響いた。

「うん……」

小さく唸って、今度はオズワルドが沈み込んだ。首を横に向けると、カミーユがうずくまった姿勢で炭火を凝視している。

「首都に不穏な動きはないの？」

と声を潜めて言うと、彼は顔を上げ、隣の小屋との仕切り壁をそっと目でなぞった。オズワルドは頻繁に入れ代わる長屋の住人のことなどこれまで一度も気に留めたことがなく、実際お隣がフツ族なのかツチ族なのかさえ知らなかった。

「別に……」と、口ごもるオズワルド。

彼は言葉を濁すことで『政治の話は迷惑だ』と、それとなく幼友達に分からせたかったが、カミーユはそんな彼にお構いなしである。

「大統領選挙の公示があってから、パリペフツがルワンダの国境から侵入しているって噂で持ち切りだよ……」

カミーユは隣人に漏れ聞こえるのを恐れるかのよう

に声を押し殺した。

　フツ族の解放戦線パリペフツの動きについては、デニスからあらかた聞いて知っていたが、不思議なことに、オズワルドと対立関係にあるフツ族のデニスが話すと気楽に聞き流すことができるのに、自分と同じツチ族のカミーユが話すと、なぜかひどく胸騒ぎを覚えるのだった。

　そんな彼の不安を煽り立てるかのように、カミーユがぼそぼそと小声で話すのをもどかしい思いで聞きながら、オズワルドは伸ばしていた腕を頭の下で組み直し、そして天井を睨んだ。彼がカミーユの話に気を取られている隙に、戸口から夕闇が一歩二歩と小屋の中へと忍び込んできて、気が付くと、屋根のトタンに映ったコンロの赤い炎とカミーユの揺らめく人影が格闘を演じていた。

　オズワルドの意識の仄暗い領域で、戦闘を知らせる小太鼓が不気味なリズムを刻み始めた。よせばいいのに、ブルンジ中で交わされるひそひそ話が『邪悪な心』を呼び覚まし、有毒ガスとなって丘を流れ下り、ユーカリの森を窒息させ、そして妹の高校進学の夢を打ち砕く。オズワルドにとって、政治は疫病神でしかなかった。彼はカミーユの口を塞いでしまいたい衝動に駆られた。

「その話、皆、ただの噂だろう？」

　オズワルドは自分を包み込もうとする不気味な影を払いのけようと、肺の奥から言葉を吐き出した。彼はカミーユに対してだけでなく、ツチの軍隊を人殺し集団と決め付けるデニスに対しても抗議していた。今日の昼、カミーユと白人の少女の微笑ましい一場面を見て思わず笑みを漏らした大統領府の衛兵が、ある日突然、残忍な人殺しに変身するなどと、どうしたら信じられるだろう。

「僕としてもただの噂であって欲しいよ」

　そう言って、カミーユは突然話の矛先を転じた。

「僕はこれからも時々上京したいと思っている。だけど、僕の親父が反対なんだ。とても心配性でね、僕の留守中に何か起こるんじゃないかと不安がっている」

「どこの親もそうしたものさ」

　それ以上この話に深入りしたくないオズワルドは、勢いよくベッドから跳ね起きた。すると、スプリングが軋んでギーと悲鳴を上げた。

彼は鍋から、すじ肉と米を加えた豆料理をスプーンですくってカミーユに味見をさせた。

「凄くうまい！　どこで覚えたの？」

「昔、デニスの飯屋で働いていたのさ」

「へえ、君は飯屋でも働いていたんだ」

「生活のためなら僕は何でもするよ。選り好みしていられないからね」

月の明るい晩であった。煙と熱気のこもる屋内を出て、二人は敷居に腰を下ろすと、のろのろと食事を始めた。夕食時は貧民地区が一番活気付く時間帯である。そこかしこの路地から子供の泣き声や母親の叱る声、男が喚く声が立ち昇り、生暖かい夜気と交じり合う。いつもは周辺住民に無関心なオズワルドであるが、この晩は違っていた。彼は故郷ルサイファ村を身近に感じていた。

オズワルドは、食事の間、口数が少なく静か過ぎるカミーユが気懸かりであった。というのは、彼の『心配性』の父親には恐ろしい噂が付きまとっていたからである。それは二十年前の大虐殺の際、彼の父親が仲間と共にフツ族の村に忍び込んで一家の寝込みを襲い、蛮刀で皆殺しにしたという噂であった。オズワルドたちが赤ん坊の頃の事件で、誰もがこうした話題をタブー視して避けたがるが、噂は地に染み付いた血の臭いと同様、時を経ても消えることがない。

食事の後、オズワルドが冷えたペプシを買いに出た。路地の排水溝を飛び越えると、夜でも往来が絶えない通称『国民通り』に出る。名ばかり立派なこの未舗装の大通りは、十二ブロックに区画された貧民地区の中央を東西に貫いていて、その片側には素掘りの排水路が平行に走っている。

大通りから脇に入った暗く狭い路地は累々と連なる土壁で、その内側に人々の慎ましい暮らしがあることを証明するかのように、粗壁の所々に開いた戸口や小窓から明かりが漏れる。時折そのか細い光の束を人影が横切る。ここでは、日中の明かり取りの小窓が夜になると、通行人の足下を照らす唯一の照明となっている。

数年前から、主要な通りが交差する広場に街灯が灯るようになった。オズワルドが目指す雑貨屋も街灯の明かりの下で営業するバーで、夜な夜な冷えたビールと仲間との談笑を求めて集まってくる若者にとって格好の溜まり場になっている。

それは、トタンの波板で屋根を覆っただけの簡素な造りで、ひさしに吊るした裸電球を浴びて人影が濃い。時折、カウンターに陣取った若者の間から小さな笑い声が湧き起こるが、大声で騒ぐ者はいない。その中にオズワルドは顔見知りを見つけたが、彼らの話題が六月の大統領選挙と知って、気付かれぬようそっとその場を離れた。

オズワルドとカミーユは、ペプシのビンを手に会話が途切れるのを恐れるかのように夜が更けるまで低い声で話した。時折、雲の塊が漂ってきて月を遮り、地上を薄闇で覆ったが、再び雲間から月が顔を見せると、貧民屈の灰色の泥壁を一段と侘しげに照らし出した。

果てしない話に倦《う》み疲れ、ベッドに入ったが、頭の中を今日一日の出来事が駆け巡って寝付かれないでいると、広場のバーで小耳に挟んだ若者たちの会話が鎌首をもたげてきた。

「カミーユ」隣のベッドの闇に向かってオズワルドが呼び掛けた。

「このままだと、いずれ戦争になると思う？」

息詰まるような沈黙の後、カミーユの喉に引っ掛かるような乾いた声が返ってきた。彼もまた同じことを考えていたことが分かった。

「皆、心の中で恐れているよ……。先月、ギテガの村でツチの女が死んだ。フツが井戸にヒ素を入れたという人もいるけど、僕はデマだと思う。不安に駆られて、根も葉もない噂を流すやつがいるんだ。これがどういう結末を招くか分かるかい？」

「二十年前のこと？」

暗闇の壁に向かって目を見開き、オズワルドがそっと声に出した。

「親たちは隠すけど、虐殺は本当にあったんだ」と言った時のカミーユの声は、幾分落ち着きを取り戻していた。

「あの頃、僕たちはまだ赤ん坊で記憶なんてあるはずないのに、なぜか実際に見たような気がしてならない。今でも時々、バナナ畑を見ると、畑に穴を掘って隠れたという大人たちの話を思い出し、訳もなく身体が震えるんだ……」

「あんなことは二度と起こらないさ」

と言って、勢いよくオズワルドが話を遮った。

「あれは、野蛮だった時代のことさ。バナナ畑に穴を掘ったなんて馬鹿げた話は……。今は違う。テレビも車もある。それに、ちょっと考えてもみてよ。従兄のジュベナールはどうなる？　彼のお袋はフツだけど、僕のお袋とは大の仲良しだ。フツだからって、僕はちっとも怖くない。ここにもフツの友達が大勢いて、仲間同士助け合っている。君に話したデニスやセレスタンがそうだ。皆、僕の仲間だよ……」

『二度と起こらない』という強気の言葉とは裏腹に、漠とした不安が彼を押し包んだ。確かにセレスタンとは不思議な絆で結ばれているが、果たして彼が裏切らないと言えるだろうか……。一瞬オズワルドの心を掠めた疑念を、彼は力強く振り払った。『小さい頃、誰かに手を引かれて教会に行ったことがある……』とつぶやいた時の彼の消え入りそうなか細い声が、耳の底に今も残っていたからだ。

しばらくして、もう一度「カミーユ」と小声で呼び掛けたが、闇の中に沈んだ隣のベッドからは反応がなかった。チェス台を抱えて一日中歩き回り、疲れて寝入ったのだろう。それからすぐ、パラパラと雨粒がトタン屋根を叩き始めた。雨の襲来がオズワルドの心を現実世界へと連れ戻した。彼は『トウモロコシの芽がまた伸びる』と心の中でつぶやくと、かすかに身震いし、毛布代わりのぼろ布を身体に巻き付けた。

小雨期に入って一か月になる。『父ちゃん、草取り、大変だろうな』――貧しいオズワルドの実家は、農耕牛を飼っていない。お金が貯まったら必ず牛を買おうと心に念じてきたが、七年経った今も実現していない。身体を屈めて鍬《くわ》を振るう小柄な父の姿が目に浮かんだ。元町役場の帳簿係で野良仕事に不向きな父に対する気遣いと、仕送りが滞っていることに対する自責の念が、胸の中でごちゃ混ぜになって膨れ上がった。

外では雨粒が波板のトタンの上を滝のように流れ落ち、砂粒を飛ばして地面をえぐる。耳をつんざく大音響に身をゆだねていると、カミーユが持ち込んだ不気味な小太鼓の音は、陽気な水しぶきの音楽に呑み込まれていった。いつの間にかオズワルドも寝入っていた。

第二章　歩哨

その古色蒼然たる館は、まさに植民地時代を彷彿とさせる代物だった。オレンジ色のスレート瓦の大屋根は苔むして色褪せ、重たげに大きくたわんでいるし、石灰岩を積み上げた荒削りの外壁は砲弾にも耐える堅固な造りで、天井にまで届く縦長の観音開きの窓にはがっしりとした唐草模様の鉄格子がはまっていた。

やっと隣の二匹の番犬が鳴き止んで、広大な屋敷に静寂が戻った。長らく空き家だった隣家に、日本人一家が引っ越して来るのを見て興奮したのだろう。二匹のドーベルマンはブーゲンビリアの生け垣の隙間に鼻を突っ込み、けたたましい吠え声で佐和子らを出迎えた。

大家のマリー夫人によると、猛犬を飼っている右隣の屋敷には、国連に勤務する若いベルギー人夫婦が住み、正門が隣り合う左隣がブルンジ軍の大佐一家の屋敷で、そして道路向かいがフランス大使館の借り上げ住宅という。要するにマリー夫人は、この界隈は家柄が良く素性の知れた人々で占められていると強調したいのだ。

ところが佐和子は、隅々まで手入れの行き届いた広大な庭園にすっかり心を奪われ、マリー夫人のお喋りには上の空であった。取り分け芝生を敷き詰めた裏庭は、赤レンガの塀と赤紫の花をつけたブーゲンビリアの生け垣に取り囲まれ、小さな植物園といった風情であるし、右隣のベルギー人の屋敷は、鬱蒼とした熱帯の屋敷林に埋もれ、わずかに屋根瓦をのぞかせるばかりである。

佐和子が今まさに手に入れようとしている屋敷は、俗世から隔離された『緑の館』であった。周辺を木々の緑で縁取られた紺碧の空の下で、お茶を飲むことも素足になって読書に耽ることも、彼女の思いのままというわけである。

ここは、日本から遥か遠く離れた中央アフリカの謎に満ちた小国ブルンジの首都で、ロエロと呼ばれる由緒ある住宅地区の一角……。植民地時代から続く火炎樹の並木が節くれだった枝を絡ませて灼熱の太陽を遮り、ラテライトの赤茶けた地表に濃い影を落とす。地球上でここだけが深い眠りからいまだ覚めやらずひっそり息をしている、そんなアフリカの歴史の生き証人と思しき古びたお屋敷に、佐和子は自分の足で立っていた。

家の賃貸契約を済ませた夫の洋平がマリー夫人を門の外に送り出し、裏庭で待っている妻の元へと戻って来た。夫と話がしたくてうずうずしていた佐和子は、表玄関から小径伝いに館の角を曲がり、椰子《やし》の大木に絡み付いたブーゲンビリアの茂みの間から姿を現した洋平に向かって、興奮を抑え切れない様子で早速喋り出した。

「あの時代がかったドレス、どこかで見た覚えがあるわ……。それに、あの横柄な態度、見たでしょう。あの人、今もリビングストンの時代に生きているんじゃないかしら……」

佐和子はマリー夫人をこき下ろすのに、著名な探検家を引き合いに出さずにいられなかった。佐和子ら夫婦は先日、家探しの合間を縫ってブジュンブラ郊外をドライブし、国道脇の草むらに建っているリビングストンとスタンレーの石碑を訪れたのであるが、二人の間ではそれ以来、ナイルの源流を求めて先陣争いを繰り広げた十九世紀の探検家の話で持ち切りであったからだ。

彼女は日本を発つ時、手荷物にアフリカ探検の本を数冊加えるのを忘れなかった。その一冊『リビングストン発見記』を、飛行機の長旅の間夫と交代で朗読し合った。それは、ナイル川の源流探しに出掛けて行方不明になったリビングストン博士を、新聞記者のスタンレーが苦労の末に発見するという実話である。二人が出会った場所はタンガニーカ湖畔の国境の町なのに、なぜか彼らの石碑はブジュンブラ郊外にあった。

大家の人物批評が一段落したところで、佐和子は自分が本当に話したかったことをやっと思い出した。

「大家は確かにちょっと変わっているけど、このお屋敷は素敵ね。初めはちょっと広過ぎると思ったけど……。この庭を見てよ！」

そう小さく叫んで、周りを見回した。

「君はすっかり気に入ったようだね」

洋平は妻に調子を合わせているが、先ほどからどこか浮かない顔付きである。

「実は、その大家が二、三日の内に夜警を連れて来るって言ってる」

「夜警って?」

　怪訝そうな顔をして、佐和子が夫の顔をのぞき込んだ。

「警備員のことだよ……。ちょっとでいいから、会うだけ会ってみようと思う。断るのはいつでもできるからね」

　それは夫らしからぬぶっきら棒な言い方で、それに歯切れが悪い。妻に相談せずマリー夫人に返事したことで気が咎《とが》めているのだろうか。その時、夫が『使用人』ではなく『警備員』と言ったことにも目敏く気付いた。そんな妻の思惑を知ってか知らずか、洋平が続ける。

「マリー夫人に言わせると、このブジュンブラで警備員を置かないのはうちだけで、非常識極まりないということらしい。もっとも大家の本音は、僕らの責任で屋敷を警備して欲しいのだろうが……」

「でもあなた、誰も雇わないでいこうって話し合ったじゃない」

　いつも自分の意見をまっすぐ切り出す夫が、『大家に言わせると』と前置きしたことも、佐和子は気に入らなかった。

　彼女は話が長引きそうなのを見て、野外用の籐椅子を二つ、軒下から椰子の木陰へと運んだ。佐和子は裏庭を観賞するのに最適な場所をすでに見つけていた。右手に石造りの古びた館がどっしりと構え、左手にブーゲンビリアの生け垣を突き抜け、青空に頭を突っ込む格好でパパイヤの木が数本聳えている。二人はユーカリの枝を曲げて作った軽くて柔らかい安楽椅子に身体を預けた。

　佐和子ら夫婦にとって『使用人問題』は決して大袈裟ではなく、文字通り永遠のテーマと言ってもおかしくなかった。

　開発途上国で仕事をする外国人駐在員や大使館員は、安上がりの現地人を多数雇う。女中、子守、料理人、警備員、専属運転手と数名に及ぶことも珍しくない。三度に及ぶ海外生活で、駐在員仲間の派手な暮らし振りを間近に見てきた佐和子ら夫婦は、これまで一度も使用人を置かなかったのである。

それは、取り分け夫、洋平の強い信念に支えられていた。佐和子はそんな夫に共感し、彼の主義主張を受け入れてきた。それがいつしか約束事の範疇を超えて不文律となり、夫婦の絆の一部となった。使用人問題に限らず、佐和子は自分の気持ちに反する場合でも、夫の反骨精神を優先した。

そんな夫が使用人の話を自ら持ち出すこと自体、にわかに信じ難かった。佐和子は四十一歳というもう若くはない夫の歳を思った。煩わしいことの多い海外生活を、これまで通り夫婦だけで切り回すことに限界を感じているのかもしれない。それとも、妻の佐和子を気遣ってのことかとも思った。

「しかし今回は、本当かもしれない」

と、しばらくして洋平が言った。

横に並んでいながら、佐和子がうっとり見とれている庭のことなどまるで眼中にないかのように、夫は眉をひそめて自分の思考を追っている。

「本当って、何が?」

「いずれここが海外ボランティア事務所だと世間に知られれば、高価な事務機器に目を付ける強盗団が現れるだろうということだよ……。そうそう、マリー夫人の話は夜警だけじゃなかった。お隣みたいに番犬を飼うことも勧められたよ。いつでも適当な犬を世話しますって言われた」

「あなた、大攻勢をかけられたのね」

「仕方がないさ。彼女はここの事情に通じているのだから……。少なくとも我々よりも」

「でも、これまでも、危険だ、危険だって、散々大使館に脅されたのに、何とか二人でここまでやって来たじゃない」

佐和子はわざと夫に抵抗する姿勢を見せた。

「それに、今回は大使館のない国で良かった、厄介事から解放されたって喜んでいたのに、大家から干渉されていいの?」

彼女は夫の気持ちを確かめたかったのだ。いつにもなく他人の意見に屈服する夫を見て、女性特有の天邪鬼が頭をもたげてきたのである。その相手が傲慢不遜なマリー夫人となれば尚更であった。

「確かにそうだが、今度ばかりは、少し用心した方がいいのかもしれない……」

　佐和子の追及をかわそうと考えを述べれば述べるほど、夫の気持ちはむしろ確信へと傾いていくように見えた。

「やっとホテル住まいから解放されて、今度は使用人に悩まされるってわけね」

　そう言って、佐和子は口を尖らせて見せたが、それは夫の意思を受け入れる心の準備であり、合図でもあった。

「君が嫌だと言うなら、いつだって考え直すよ。使用人にその辺をうろつかれるのは、僕だって好きじゃないからね」

　洋平は優しく微笑んだが、それは妻の承諾に対する彼らしい配慮と感謝の表明でもあった。

　彼はその時になって初めて椰子の木陰でくつろいでいる自分を発見したらしく、目を細めて辺りを見回してから、妻の麦藁の日除け帽を手に取ってその止め紐に指を掛け、くるくると回した。

「このユーカリの肘《ひじ》掛《か》け椅子、軽くていいね。お客用にあと幾つか買い足しておこう」

　夫は客を招いて行う野外パーティーのことを早速頭に描いているらしい。佐和子らが赴任した一九九三年一月のブルンジは、赤道直下にもかかわらず、高地にあるため日本の初夏を思わせる快適さ。パーティーが好きな佐和子は、肘掛けの上に置かれた洋平の手を取った。思いが募ってくると、彼女は夫の手に触れる癖があった。

　洋平はＮＧＯのアフリカ支援協会に所属する海外駐在員で、事務局長から『君をおいて他に適任者はいない』と懇願され、治安が悪く政治的にも不安定なこの国への赴任を承諾した。彼はボランティアの若者たちの派遣に先立ち、現地事務所を構えるため、十日ほど前、謎のベールに包まれた未知の国に、二人の幼い子供を伴い、家族で乗り込んで来たのであった。

　ブルンジは四国ほどの面積に五百万人がひしめく小国で、日本大使館もなく、空港での出迎えもなかった。この国には、洋平の家族を除くと日本人はただの一人も住んでいないのである。

「使用人ね……」

彼女は夫に聞こえるように声に出してつぶやいた。

「そうね、庭がこんなに広くては、私一人では無理だわ」

「そう言えば、マリー夫人も庭のことを気にしていた」

と言って、洋平が話に弾みをつける。

「芝刈りはどうしているんだろう？　芝刈り機が見当たらないけど……。次に来た時、聞いてみるよ」

こうして、二人は一歩一歩使用人の雇用へと傾いていった。夫と違って佐和子は、『強情を張るばかりが人生じゃない』と、頭の切り替えが速い。堅苦しい信念とか信条とかは夫のもので、元来彼女には似つかわしくないし、過去との折り合いは後で徐々につければ済むこと。楽天主義こそが彼女の本来の姿である。ただ彼女には気懸かりなことがあった。

「ところで、マリー夫人はどんな人を連れて来るつもりかしら？」

「誰だろうと、雇うのはあくまで僕らだから、大家の一存で押し付けることはできないよ。会ってみて君が気に入ればそれでよし、気に入らなければ断るだけさ」

と、断固とした調子で洋平が言った。

「そうね。そうしてね」

「夫人は屋敷の管理にうるさそうだから、自分たちで探すより、彼女に任せる方がいいかも」

と言って、洋平は妻の手を握り返したが、夫は佐和子の本当の『不安の正体』を知らない。

佐和子は夫に黙ってうなずき返したが、彼女の心に貼り付いたあの名状しがたい不安を払拭することはできなかった。あの『地を這いつくばる得体の知れぬ生き物』について、夫にどう説明したらいいのか、皆目見当がつかないのである。

ブルンジに入国した翌日、どこから情報が漏れるのか、早速、胡散臭い不動産屋が二、三人、ホテルに姿を見せた。洋平は小手調べのつもりで、最初の数日間彼らの案内で空き家巡りをしたのであるが、その時垣間見た『空き家の番人』たちのおぞましい生態が、彼女の脳裏に焼き付いて離れないのである。皆、揃ってボロを身にまとったその姿形からは、年齢はおろか、人間かどうかさえ定かでない。不動産屋が車の警笛を鳴らすと、彼らは決まって屋敷の軒下から大トカゲのように這い出して来て、重い門扉を開けて車を迎え入れる。そして光のない目でじっと訪問者を窺うのである。その不気味さと言ったら、到底言葉で表現できなかった。

「お母さん！」

その時、佐和子の不吉な想念を突き破るかのように、娘の甲高い声が裏庭に響き渡った。子供部屋として二人の娘にあてがった一番奥の寝室から、長女の文枝が窓の鉄格子に額を押し付けて叫んでいる。

「戸棚の上の段、文枝が使っていいでしょう！」

「いいわよ！」

我に返って、佐和子が反射的に叫び返した。すると、光り輝く芝の上を、自分の声がテニスボールのように楽しげに転がって行く様が目に見えるようであった。

「窓際のベッド、お姉ちゃんが取った！」

今度は鉄格子から姉を押しのけて、妹の久枝が泣きじゃくりながら訴える。

「つまり、そういうことなのね」

と言って、夫を振り返った。

「早速始まったわ。あなた、娘たちのところへ行ってやってちょうだい。私は洗濯紐を張る場所を探すから」


夫を追い払って庭を一人占めした佐和子は、早速草履を脱いで素足になると、瑞々しい芝の感触を楽しみながら館に沿って歩き、奥まった庭の一隅に耕作の跡を発見して小躍りした。

『使用人の初仕事は畑の草抜きから……。それが済んだら、日本から持って来た野菜の種を蒔いて、ここに菜園を作らせよう』と、まだ見ぬ未知の使用人の仕事の段取りを考え始めていた。

裏庭を一巡して、佐和子はライムとレモンの木に鋭いトゲがあるのを見つけて、少女のように目を見張った。マリー夫人自慢の『牛の心臓』という奇妙な名の熱帯の果物の木の前では、どんな味がするのだろうと思案した。そして、子供部屋まで来た時、幼い娘たちの奇声が漏れ聞こえてきた。父親が加わったことで、かえって蜂の巣を突いたような騒ぎになったようだ。

小学五年の文枝と二年の久枝は、それぞれ異なる国で生まれた。娘たちのことを考えると、佐和子の胸はかすかに疼《うず》く。海外から日本、日本から海外へと目まぐるしく移動する生活に、幼い二人がけなげに耐えているのが、母親の佐和子には痛いほど分かっていた。

住居が決まるまで長期滞在者向けホテルに長逗留した佐和子らであるが、窮屈なホテル住まいにうんざりしていた娘たちは、親の家探しについて来て、空き家の中を走り回り、『ここが子供部屋』と叫んで子供らしいやり方で家探しを楽しんでいたが、その実、子供心にも自分たちの運命が気懸かりだったに違いない。

今やっと落ち着ける場所を手に入れた彼女らは、子供部屋にこもりっきりである。だだっ広い空間をベッドや洋服入れ、それに机と椅子と電気スタンドで仕切り、更に枕や小物入れなど利用できる物すべてを使って周りを固め、そこにできた狭い空間を日本から持ち込んだ記念の品々、縫いぐるみ、小物類、ポスター、本や文房具、それに洋服や靴や帽子の類に至るまで総動員して飾り立て、心の空白を埋める作業に没頭している。その果てしない作業が終わった時、ペンキを塗り直してシミ一つなかった真っ白い部屋が、装飾過剰な子供部屋に生まれ変わっていた。

一方の佐和子もまた台所で、子供達に負けず劣らず『心の復元作業』にいそしんでいる。食器棚に真新しい布を敷き、その上に昨日購入した食器類を並べたが、棚の片隅をわずかに占めたに過ぎず、大部分は、いずれ様々な調理道具や各種香辛料の小瓶で塞がるのを待っている。新生活がスタートするこの瞬間は、心改まる特別な時である。長くて数年間の仮住まいであるが、それでも必要な品を一つ一つ買い整え、自分の好みに合わせて配置することが、佐和子にとって大切な儀式となっている。

あれこれ食器類の配置に頭を悩ませている間も、彼女の心は台所の小窓を通して、裏庭へと繰り返し連れ戻される。開放的な芝生が単調になり過ぎないよう、随所にレモンとライムの植え込みが浮き島のように配置され、庭の周辺には、バナナやパパイヤなど熱帯の果樹がこんもりと茂みを作っている。一幅の絵のような景色を毎日台所に立つたびに見るのだと思うと、彼女の心はいやが上にも浮き立つのであった。

佐和子の視線は、熱帯の樹木の間を小鳥のように自由に飛び回った挙句、生け垣のブーゲンビリアから突き出した数本の背高のっぽのパパイヤの木の上に止まった。その先端では、紺碧の空を背に黄金《こがね》色の実がヤギの乳房のように重たげにぶら下がっていて、『さあ、早く私を取って』と佐和子を誘っているかのようである。あんなに高い所に生っている実をどうやって取るのだろう？　彼女は仕事の手を止めて、外の景色にしばし見入るのであった。

台所と通じる中央の大広間に、備え付けの本棚がある。その前で夫の洋平が床に屈み込み、日本から携えてきた図書を収納していた。夫が海外で愛読書に取り囲まれていないと落ち着かないところは、佐和子の台所の食器と同じ理屈である。

彼のお気に入りに江戸時代の武芸帳があって、自分で楽しむだけでなく、若いボランティアたちに貸し出し、彼らと親交を結ぶ手立てとしている。海外生活が長くなると、人はなぜか軽い時代物を渇望するようになるというのが夫の持論である。

佐和子はこの深紅の絨毯を敷き詰めた大広間を大サロンと名付けた。この格式ばった大部屋は屋敷のほぼ中央に位置し、台所の他、玄関口のある控えの間、奥の寝室に通じる廊下など、三か所と結ばれている。台所に近い所に、マホガニー製の大きな食卓と硬い椅子が六脚ある。そして部屋の中央にやはり深紅で統一されたソファセットがあって、その真上の白い高天井からは、極めつきの豪華なシャンデリアが吊り下がっている。

夫が本の整理をしている本棚の上の白壁を窪ませた壁龕《へきがん》には、扇状に並べたミニチュアの剣と大航海時代の帆船の模型が飾られているが、これらビクトリア朝の置物はマリー夫人の貴族趣味をよく表している。

佐和子は、玄関口から入ったガラス張りの明るい控えの間を、大サロンに対し小サロンと名付けた。二つのサロンの仕切りが珍しい蛇腹式になっているのは、植民地時代のベルギー人が大勢のパーティー客を一堂に収容できるよう、部屋を広く使うための仕掛けであったに違いない。

天井が高く豪奢なしつらえの大サロンも、日本人にはただだっ広く感じられる。佐和子がベランダにある鉢植えの観葉植物の幾つかを室内に移す算段を巡らしながら観音式の窓を開け放つと、レースのカーテンが風になびいてレモンの木漏れ日が侵入し、午後の爽やかな日の光が部屋中に漲った。

「どうこの部屋、素敵じゃない？」

佐和子がコーヒーカップを左右の手に持って、本棚に向かって屈み込んでいる洋平に背後から話し掛けた。自分の声が天井と壁に反響する。耳が慣れるのにしばらく掛かりそうだ。

「確かに、誰にも邪魔されず人生を一からやり直したいと思っている人には、ここはもってこいの国だね」

と歌うように言って、洋平はコーヒーカップを佐和子から受け取った。口元が笑っていても眉間が引き締まっている。何か考え事をしていた時の顔付きである。

「誰にも邪魔されないというのは、本当ね」

佐和子が軽く相槌を打つと、

「僕は予想以上にここが気に入ったよ」

と、洋平が真剣な表情でうなずき返した。

「もしかして、あなた、単身赴任を考えていたの？」

佐和子が探るように夫を見た。

「まさか、全然、考えてないよ」

洋平の駐在員仲間は、子供が小学校に上がった辺りで妻子を日本に残し、単身赴任に切り替え身軽になることが多い。そうなると海外生活は次のステージに入り、全く違ったものになる。佐和子は藪蛇《やぶへび》になるのが怖くてそれ以上この問題に深入りしなかったが、夫が一度も単身赴任を考えなかったとは信じていない。

「子供部屋が静かね。一日中遊んでいて、よく飽きないこと……。あなた、後で本を読んでやってよ」

と、佐和子が言った。

「僕だって忙しいよ」

「でも、子供たちはあなたがいいのよ」

「時々僕は思うんだけど……」

洋平がゆっくり咀嚼するように話した。

「娘が二人で本当に良かったよ。一人じゃ遊び相手がいない。今度みたいに他に日本人家族がいないとなると、特にね……」

「私たち以外日本人が誰もいないなんて、あなた、信じられる?!」

コーヒーカップを食卓に置いて、佐和子が弾かれたように叫んだ。

「でもそれって、私たち家族に何が起こっても、助けが来ないってことよね」

「そういうこと」

「でも、それも悪くないわ。南海の孤島の王様か、ロビンソン・クルーソーって気分よ」

「また、なぜ南海の孤島なの？　それを言うなら陸の孤島と言うべきだよ」

　と、妻の他愛のない話に調子を合わせる。

「それも、しばらくの間だけで、すぐに忙しくなる」

「でも、ここには日本人会もないし、婦人の会もない……でしょう？」と、佐和子。

「それに大使館もない」と、洋平が続ける。

「あなたの望みが叶ったわね」

　佐和子がクスクスと思い出し笑いをした。

　前回の派遣国では日本大使館との間で海外援助団体に対する支援を巡って確執があり、担当の若い書記官から受けた嫌がらせを、二人は忘れていなかった。

「ああ、今回は気楽にやるさ」

　その短い言葉に込められた夫の静かな決意を、佐和子は心に受け止めた。ブルンジという未知の国を相手に何の足掛かりもなく、彼は一から始めようとしている。それが先の読めない困難な道のりであることを、彼女はよく理解していた。

『私たちには家族しかいない。私とあなたと二人……』

　そう言い掛けて、佐和子は胸が熱くなり、言葉にならなかった。

「明日から仕事に取り掛かる。まず作業工程表を作ろうと思う」

　洋平がきびきびとした口調で言った。

「私は、近いうちにフランス学校を訪ねるつもりよ。久枝は行きたくないって言っているけど……」

　娘たちのことを思うと、佐和子の気持ちは自然と引き締まる。

「無理強いすることはない……。学校のことは君に任せるよ」

◆　◆　◆

　ドンドンドンと門扉を叩く音がした。洋平が車寄せの砂利を踏み締めながら昼下がりの日差しの中を歩いて行くのを、佐和子は小サロンのガラスのドア越しに眺めた。門扉を叩いたのは、若い黒人だった。物売りかなと思って見ていると、若者を押しのけて、狭い潜り戸から恰幅のいいマリー夫人の姿が現れ、門扉の前で洋平と立ち話を始めた。状況から察して、若い黒人は夫人が連れて来た警備員に違いない。

佐和子はそれが健康そうな若者であることにむしろ衝撃を受けた。歳を取ったむさ苦しい男を頭に描いていたからだ。ズボンに大きな鉤裂きのあるその青年は、二人の主人から二、三歩離れたところに立ち、右手で左の腕を掴み、所在なさそうにうつむいている。その機敏そうな細身の身体と、神経質そうにしているが瓜ざね顔のすっきりした顔立ちを見届けると、佐和子は直ちに日除け帽を手に取った。庭を横切り洋平の横に並ぶと、差し出されたマリー夫人のぽっちゃりした手を握り返した。

「彼だよ」と、洋平が日本語でささやく。

「いいわよ」

間近で再度若者の値踏みを済ませた佐和子が、ほとんど声に出さず目で返事をした。

「えっ?!」

夫は妻のあまりに素早い反応に面食らったようだ。

「いいわよ、彼で……」

と、今度は小声だがはっきりと告げた。

「その点は保証します」

マリー夫人が早口のフランス語でまくしたてる。佐和子の登場で、使用人の売り込みに一段と拍車がかかったようだ。

「彼は夜警だけでなく、ここが肝心な点ですが、庭師としての経験を積んでいます。もしお望みなら、他に家事でも何でもさせますよ」

「なるほど……ですが……」

洋平が言葉を濁して返事を渋る。

「紹介できるのは彼だけですか? 私としては慎重に選びたいですが……」

「嫌ならいいんです、ムッシュー」

拒否されたと思い機嫌を損ねる夫人。

「雇うのはあなたですから、ご自由に……」

洋平はマリー夫人を慌てさせたことに満足し、佐和子の方を見て日本語で尋ねた。

「本当に彼でいいの? 他に比べなくても?」

「良さそうな子じゃない。歳は幾つかしら？」

と言って、佐和子は青年に向き直った。

「名前は何と言うの？」

「オズワルドです」

「歳は？」

「二十四歳です、マダム」

改めて間近に見る青年の肌の色は炭のように黒かったが、佐和子は小気味良く整った目鼻立ちに強く心を惹かれた。彼は警備員の例に漏れず貧しい身なりで、ボタンの取れたシャツから胸元がのぞいていたが、かえってそれが彼の若さを主張していた。彼は自分の運命が日本人の手にゆだねられていることを知っているのだろう。神経質に自分の腕を掴んだり離したりしている。

「オズワルドには、こちらに来る車の中で十分言い聞かせたんですけど……」

と言いながら、マリー夫人が、虫けらのように彼を脇に押しのけて、佐和子との間に身体ごと割り込んでくると、社交婦人の如才ない仕草で佐和子の手を取り、隣の大佐の屋敷との境界に植わっている不思議な姿をした植物のところへ強引に引っ張って行った。

それは、背丈が二メートル以上あるシュロの一種で、楕円形をした大きな団扇《うちわ》のような葉をクジャクの尾羽のように扇状に広げている。赤いレンガ塀を背にしたその姿は、実に優雅であった。

「マダム、お願いですから、これともう一本の木には、毎日必ず水をやってくださいね。」

「いいですとも」二人の後に付いてきた洋平が、佐和子に代わって返事をした。

「何という木ですか？」

「これは珍しいシュロの一種で、『旅人の木』と呼ぶ人もいます。苦労して隣国のタンザニアから手に入れたものですから、絶対に枯らしたくないんです。雨が降らない日はバケツ一杯の水をお願いしますよ……。

それから、これはレモングラスです」

そう言うと、夫人はススキに似た一塊の草むらを指さした。

「雑草と間違えて抜いたりしないでください。料理に使いますから、マダムならご存じでしょう？」

「私は知りません」

佐和子の返事は素っ気ない。

「それに、この香りがマラリア蚊を追い払ってくれます……。それから鉢植えの観葉植物にも肥料を忘れずに……。どこでどんな肥料を買うか、メモにしてオズワルドに渡しますから」

マリー夫人は使用人を売り込むに当たり、予め色々と彼に言い含めたようだ。オズワルドを押し付けてきたのも、自分の手となって動く使用人を屋敷内に送り込むことが目的であることがこれではっきりした。

『これじゃ、誰が雇い主か分かりゃしない。それに、他に何を言い含めたか、知れやしない』と、密かに夫人に対抗心を燃え上がらせたが、その一方で彼女が連れて来た青年に対しては好感を抱いた。

マリー夫人は借家人である佐和子らを従えて花壇や植え込みの間を歩き回りながら、おしゃべりに夢中である。珍しい草花の自慢話から手入れの仕方まで彼女の話は止《と》め処《ど》なく、取り分けハーブと薬草の退屈な講釈にはうんざりした。

「ところで、マダム・マリー」と、佐和子は堪らず話の腰を折った。

「台所のドアの鍵の件ですが、明日にも修理していただけます？　あそこのドアが使えないととても不便です。お分かりでしょう？」

「もちろんですとも」と言って、夫人は大袈裟に溜め息をついてみせた。

「ただ、今日明日というわけにはいかないことも分かってください。ここでは、部品一つ手に入れるにも大変なんですから」

「いつにならできます？」

と肉薄する佐和子に、すっかり逃げ腰のマリー夫人は、大きなお尻を左右に揺すりながら、出口に向かって後退した。

マリー夫人が車で去った後、オズワルドが最初にしたことは、夫人の言い付けを守り、『旅人の木』にバケツで水を遣ることであった。

◆　◆　◆

空が白み始める頃、佐和子は鳥のさえずりで目を覚ました。表通りの生け垣と館との間の長細い空間に、花を付ける木々や灌木の植え込みがあって、熱帯の野鳥の格好の溜まり場になっている。そこにタンガニーカ湖沼から飛来するハタオリドリまでが加わるから、その騒がしさときたら尋常ではない。

一方、ベッドのすぐ脇の大きな窓は開け放したままだから、寝室は野鳥たちの朝駆けに無防備である。眠りの浅い佐和子はノイローゼになりそうであるが、隣に横たわる夫は野鳥の饗宴で安眠が妨害されることはなさそうだ。

今朝は、小鳥のさえずりにシュッ、シュッ、シュッという奇妙な摩擦音が混じっている。夢うつつの中を彷徨いながら、佐和子は耳障りな音の正体を突きとめようと必死にもがいた。

謎の音は次第に近づいてくる。それが軒下のコンクリート敷きを掃く手箒《てぼうき》の音らしいと気付いた時は、すでに窓際に迫っていた。うっすら目を開けると、レースのカーテンに人影があった。枕元から一、二メートルと離れていない距離だ。彼女ははだけていた薄い掛け布団を慌てて肩まで引き上げた。信じられないことだが、こんなことをする者はオズワルドをおいて他にいない。人影は身体を屈めた姿勢で通り過ぎて行った。

『こんな早朝に！』と思い、続いて『本当にゴミが落ちているのだろうか』と不審を抱いたが、当初の驚きと興奮が去ると、些細なことで大騒ぎする自分が滑稽に思われてきた。夫の安らかな寝顔と、白い掛け布団の上にまき散らされた木漏れ日の水玉模様を眺めながら、佐和子は改めて、『自分はアフリカに来ているのだ』という思いがじわじわと身体の隅々まで染み渡るのを覚えた。

枕元の置時計は六時を指している。夫を起こさぬようそっと彼の脇腹から腕を引き抜いて携帯ラジオに手を伸ばし、イヤホーンを耳に刺した。フランス語のニュースが始まる時間である。

夜は日本語のモスクワ放送が、早朝はフランス語のブルンジ放送が入る。ラジオと新聞から役立ちそうな情報を見つけて夫に知らせるのが、佐和子の仕事であった。海外赴任を始めてしばらくすると、夫婦はそれぞれの持ち味を活かし、役割を分担するようになっていた。

今朝のブルンジ放送は、隣国ルワンダの緊迫した政治情勢を伝えていた。それによると、ツチ族の反政府軍ルワンダ愛国戦線が首都キガリの奪取を目指し、各地で攻勢に出ているらしい。ブルンジの兄弟国といわれるルワンダは、ツチ対フツの部族紛争の歴史という点でもここブルンジと瓜二つである。

そのルワンダでは、現政権がフツ族であるのに対し、ブルンジはそれとは反対のツチ族が政権を掌握している。いずれにしても、着任したばかりの佐和子には、隣国とはいえ所詮他国の出来事でしかなく、現実感がまるでなかった。ところが、ルワンダとの国境は、彼女がいる首都ブジュンブラから近い所で百キロと離れていなかったのである。

佐和子が朝食の支度をしているところに、パジャマ姿の洋平が起きてきて、しばらく目をこすっていたが、

「あれ、何の音?」と言って首をかしげた。

耳を澄ますと裏庭で「バサッ……バサッ」と数秒間置いて歯切れの良い音がする。

「何だと思う?」

コーヒーポットにお湯を注いでいた佐和子が忍び笑いを噛み殺し、待っていましたとばかりに聞き返す。

洋平が台所の小窓に顔を近づけると、庭の外れで鉄棒のようなものを振り回すオズワルドの姿が目に入った。何かの遊びのようにも見えたが、その様子は真剣である。バサッと音がするたびに、芝の小さな束が辺りに飛び散るところを見ると、どうやら鉄棒の先で芝生の頭を引きちぎっているようだ。

「何のつもりだろう?」

「分からないの?……芝刈りよ」

「あれが!」

それはまさにゴルフのショットである。一回のショットで一握りの芝の頭を跳ね飛ばすのが精一杯。気が遠くなるような作業に見入っていた洋平が、ややあって溜め息交じりにつぶやいた。

「あれでは、何日掛かるか知れたものじゃない」

「何日じゃなく、何か月よ!」

と、佐和子がしたり顔で訂正する。

「屋敷を一周した頃には、元の芝はとっくに伸びているでしょうね」

「振り出しに戻るか。まるで双六だ」

と、洋平が呆れ返る。

湯気の立つコーヒーポットを手にした佐和子が、夫の頬に顔を近づけ、一緒になって小窓からその途方もない『シジフォスの苦行』を眺める。朝の六時頃始めたというから、二時間ほど掛けてやっとニメートル四方をトラ刈りにした勘定である。誰かが命じたわけではなく、使用人のオズワルドが自発的に始めたことであった。

「何とも、いやはや！」

洋平はもう一度溜め息をつかずにいられない。

「これがアフリカ流なんだろうが、想像を絶すると言うか、これでは国が発展しないはずだよ」

洋平らがこれまでに赴任した国は、主にサハラ砂漠の北と西に位置する元フランス領で、そのほとんどが乾燥地帯にあるため、芝生どころか砂漠化が大問題になっている。

「あの鉄の鎌、お隣の大佐の屋敷から借りたそうよ。オズワルドの話だと、使用人同士、色々と物を貸し借りするらしいわ」

スクープをものにした新聞記者のように佐和子は得意そうである。

「さすがに早耳だよ、君は」

「それに、彼のフランス語、予想以上よ」

「それは良かった……。だけど、彼がほんとに役に立つかどうかはこれからだ」

洋平はコーヒーポットを受け取ると、思わせぶりな台詞を吐いて隣の大サロンへ消えた。佐和子には夫の『役に立つ』の真意が推測できた。彼女もオズワルドに期待しているが、夫のそれとは全く別の意味合いである。それでも、夫が彼を気に入ってくれたことは良い兆候に違いない。

芝を刈る音がはたと止んで、梢《こずえ》を飛び交う小鳥のさえずりばかりが佐和子の耳に届く。『休憩かな』と、好奇心に負けて再び外をのぞくと、彼のシャツがレモンの小枝に吊り下がり、植え込みの間から斜めに差し込んだ朝の光が、オズワルドの肩と首筋に当たっていた。その位置から汗の粒までは見えないが、彼の黒檀《こくたん》のような上半身を汗が滝のように流れる様が目に見えるようである。

彼は一息入れる間もなく、光のシャワーを眩しそうに掌で遮る仕草をしただけで、再び天道を駆け昇る太陽と競うように鎌を振り始めた。光溢れる『緑の館』で小柄な肉体が軽やかに躍動し、バサッバサッと小気味よく芝の束が飛び散る。肋骨の上にわずかに盛り上った若い筋肉が、佐和子の目に眩しかった。

「おいしそう」

甲高い声を上げて、姉の文枝が食卓のバゲットを鷲掴みにした。焼き立てのパンの皮がパラパラとテーブルクロスに落ち、香ばしい香りを放った。

「久枝が切る！」

妹の久枝が素早くパン切りナイフを取ると、姉の手からバゲットを奪いにかかる。夫はその脇で新聞に目を通している。

朝一番、バゲットと新聞を買ってくるようオズワルドに命じたのは女主人の佐和子である。彼は芝刈りを中断して、五分ほどの所にある雑貨店クイックショップからバゲットを買って戻って来た。これで、彼が自分の手足となって動くことが証明された上、毎朝、焼き立てのパンが食卓に上るかと思うと、心が躍るのであった。

「文枝、これをオズワルドにあげてきて」

佐和子が姉の文枝にお盆を差し出した。いちごジャムをたっぷり挟んだバゲット半切れと甘い紅茶が彼の朝食である。

「ハムはないの？」

オズワルドの朝食を見て、妹の久枝が怪訝そうに言った。今まさに久枝が小さな口で頬張ろうとしているバゲットからは、大切れのハムとサラダ菜がはみ出している。

「オズワルドは使用人だから、いらないの」

そう言って文枝が姉の貫禄を見せる。

「そうだよね、お姉ちゃん。だって、オズワルドは真っ黒で、汚いんだもん」

すかさず久枝が姉に追従する。

「それにオズワルド、バゲットを持って来た時、裸足だったのよ、お父さん」

文枝が妹と一緒になってまくしたてるのを聞き捨てならないと見て、佐和子が口を出した。

「ちょっと、あなたたち、何、勝手なことを言ってるの。いい加減になさい！」

「だって、ちゃんと見たもん。ほんとに裸足だった」

と言って文枝が口を尖らす。その仕草はむしろ母親似である。

「オズワルドが靴を脱ぐのは、家の中を汚さないためだよ」と、洋平が割って入った。

佐和子がどんなに当惑している時でも、夫は心憎いほど悠然と落ち着いている。その自信たっぷりの態度に出会うと、佐和子は決まって平静でいられなくなる。その顔には『今は戸惑っていても、娘たちはすぐに慣れる』と書いてある。

食事の間中洋平は、この場で持ち上がった『人種問題をどうすべきか』と考えを巡らしていることが、彼のぼんやりした表情から窺える。いずれ模範解答を拝聴することになるが、今は聞きたくない。佐和子は素早く食卓を片付けると、夫が口火を切る前に台所へ立った。

夫婦は結婚して十年余りになるが、夫が信条としている『論理的思考』なるものが、近頃とみに佐和子の鼻に付くようになった。仕事に関してはそれを良しとしても、こと家庭内のこととなると問題は別である。

この点、佐和子は夫とは真逆で、直感や感情に信を置く感覚的人間。楽しいとか、面白いとか、幸せとかいった事柄が人生の第一の関心事である。そんな彼女が正義や哲学を振りかざす夫と議論しても勝ち目はなく、口をつぐむ他なかった。

◆　◆　◆

佐和子が『小サロン』と名付けた控えの間は、玄関と大サロンの他に、奥のドアでもう一つ、八畳ほどの小部屋と繋がっていた。この袋小路のような空間は、窓が車寄せに面し、洋平の執務室兼ボランティア事務所に打って付けの部屋であった。

窓と反対側の壁は天井まで届く書棚になっていて、その一角に仕事関係の書類が寂しげに並んでいる。そして、この空箱同然の部屋にどっしりと据えられた焦げ茶色の事務机と、その上にぽつんと置かれた黒い電話器が、かろうじてここが海外事務所であることを主張していた。

洋平が開封した段ボール箱の中身を整理していると、佐和子が来て、机と壁の間にある回転椅子に腰を下ろし声を掛けてきた。

「電話が付いて、少しは事務所らしくなったわね」

「これで、ファックスさえなければ、静かに仕事ができるのにね」

そううそぶいて、洋平は床の隅に放置された、先日購入したばかりのファックス機の方をちらっと見た。ファックスは、ブルンジと東京を直接結ぶ連絡手段で、日本に通じる小窓のような存在である。同時に、それは様々な雑音でもって、洋平の平穏を掻き乱す部外者の侵入路でもあった。

つい一昔前までは、小さな海外事務所が本国と連絡を取る手段と言えば、日本大使館のテレックスしかなかった。鉄の塊のような機械から打ち出されてくる穴の開いたテープを殊の外懐かしがる洋平である。その後、手軽なファックスの時代になり、便利になった反面、業務連絡が大量に届くようになり、現地は事務処理に忙殺されることになった。

ファックス専用回線の取得にはまだしばらく掛かる。その間、東京の意向に振り回されることなく静かな日々が送れるというもの。そんな洋平が部屋の拭き掃除をしに来た佐和子を相手に、『コピー機は戸口の脇に、金庫はドアの陰に……』などと、出航を控えた外国航路の船長さながら、平和なひと時を楽しんでいる。

「ブルンジの地図が一枚必要ね。観光局に行けば手に入ると思うの……。考えていたんだけど、貼る場所はドアの裏側がいいわ」

と、夫の秘書役を自ら任じる佐和子もまた、船出前の心地よいひと時を共に過ごしている。

「窓際に観葉植物を幾つか並べるとして、朝日が相当きつそうだから、窓には何か日除けが必要だと思うの」

「ブラインドを下ろすと外が見えなくなる」

「そこで、私、思ったんだけど、窓の外にひさしのようなものを作るのはどうかしら？　それなら、眺めを遮らないわよ」

その口振りから察するに、その場の思い付きではなさそうだ。

佐和子は回転椅子に座り、赤いレンガ塀を背にした

『旅人の木』を眺めている。その風変わりな名前と、その風になびく爽やかな姿は、アフリカの赤茶けた広大な大地を連想させ、仕事に倦み疲れた洋平の心を癒してくれるに違いない。

「日除け棚ね。そのアイデア、悪くないけど、でも簡単に作れるかな」

あくびを噛み殺しながら洋平が言った。

「あなたに作れって言ってるんじゃないわ。オズワルドがいるでしょう」

「確かに……」

と、生返事をする洋平の視線の先を、昼休みから戻ったオズワルドが通り掛かった。

「彼、案外上手かも。私が頼んだ野菜畑もちゃんとやってくれたし……。そのうち、日本の野菜が食べられるわよ」

佐和子がオズワルドの姿を目で追いながら自信たっぷりに言った。

「じゃ、試してみるか？」

「後で、私から彼に聞いてみるわね」


事務室の拭き掃除を終えた佐和子は、隣の控えの間『小サロン』へと移った。ここは庭に面した側が全面ガラス張りの明るい部屋。合皮のソファセットが備わっていて、事務所に出入りするボランティアや来客の控えの間となる。

この小サロンで、いわば公的な業務空間と私的な生活空間が交差する。一段高くなった大サロンの奥の左手が台所で、そこから裏庭に出られる。大サロンの正面奥のドアは廊下に通じていて、その両側に夫婦の寝室、客室、それに浴室があり、突き当たりが文枝らの子供部屋という間取りである。

そのすべての部屋が巨大な長方形の石室にすっぽり収まり、スレート瓦の大屋根を石灰岩の壁と高い切妻が支えている。

洋平は住宅の選定に当たって、建物の一角に事務所が設置できることを条件とした。海外ボランティアの黎明期においては、主に経済的な理由で駐在員住宅の一室を事務所に当てたが、昨今は小さな事務所といえども、自宅との分離方式が建前となっている。洋平が固執する従来方式は、事務局で懐古趣味と揶揄され煙たがられている。

住居と事務所の公私混同を巡る問題は、使用人問題と並ぶ夫婦間のいわば懸案事項で、やはり洋平のボランティア理念に押し切られる形で、佐和子が譲歩し続けてきた項目の一つである。

佐和子自身、かつて海外ボランティアを経験していたから、若者らによって多少私生活が乱されるのは許容の範囲であったが、しかし問題もあった。それによって被る微妙な女性の心の負担を、夫が男特有の無頓着さで理解しようとしない点である。洋平はそれを精神論で片付けようとするが、妻の佐和子にとって、それは心理学的、生理学的問題である。そのことが元で、時々夫婦間で小さな諍いや心のズレが引き起こされるのであった。


「マダム。鍵をください」

オズワルドが小サロンのガラス戸を細めに開け、協会の機関紙に目を通している佐和子に向かって遠慮がちに声を掛けた。前の雇い主に厳しく躾《しつ》けられたのだろう、むやみに家に立ち入らない。戸口で、佐和子が門扉の鍵を手渡してくれるのを待つ。

鍵は手渡すというより、彼が広げている手のひらの上に置く格好になる。しかも、彼の広げた右手には下から左手が添えられていた。昨夜の戸締まりの際も同じで、その時、妙にこそばゆい感覚が佐和子の指の先に走ったのを覚えている。彼が施錠を終えて鍵を返す時は、その逆のコースをたどる。右手の手首を左手で支え、鍵を摘んだ指先を上に向けて、佐和子の前に差し出すのである。つまり、どんな時も彼の手は常に主人の下にあって、主人の手から鍵を掴み取ったり、主人の手の中に鍵を落としたりしないのである。

こうしたオズワルドの仕草に気付いて、佐和子は衝撃を受けた。ベルギーから独立して三十年を経た今なお、王国時代の伝統的しきたりが、彼らの黒い皮膚の下で脈々と受け継がれているように思われたからだ……。

彼女は、自分の『大発見』をオズワルドに悟られないよう用心しながら、彼と並んで歩いた。小柄に見えるが、横に並ぶと佐和子より背が高い。芝刈りの後でシャワーを浴び、洗い晒しのワイシャツに着替えたのだろう。腕まくりした彼の細身の身体からは、若々しい精気が発散していた。

「朝食はどう、満足してる？　もしコーヒーの方が良かったら、そうするけど？」

「………」

好みを尋ねられると、彼は決まって戸惑いを見せ、言葉に詰まる。自分の気持ちを表現する習慣がないからなのか、あるいはただ苦手なのか分からない。その時、オズワルドのワイシャツのボタンが二つほど取れているのに気付いた佐和子は、そのうち適当なボタンを見繕ってやろうと心に決めた。

仮眠を取りに家に戻るオズワルドを屋敷から送り出し、潜り戸を施錠した彼女は、若い娘のように自分に向かって微笑んだ。そして早速、オズワルドの手の仕草の『大発見』を夫に話すため、執務室へ向かおうとしてふと足を止め、何気なく油椰子《あぶらやし》の巨木を振り仰いで、東の丘陵地帯から湧き上がる白い入道雲に目を奪われた。その時、『オズワルドと主従関係を結んだ』という密かな思いが、リビングストンのアフリカ探検物語と重なり、幾分滑稽な、しかし魅惑的なファンタジーとなって、佐和子の胸の中を駆け巡ったのである。

★　★　★

昼間入道雲が空を覆い、蒸し暑い日が続いたかと思うと、真夜中になって猛烈な雷雨がブジュンブラを襲った。稲光が寝室の闇を引き裂き、就寝中の佐和子の耳元で雷鳴が轟いた。アフリカのサバンナは一年のうちに乾季、小雨季、大雨季が規則的に訪れるが、しばらく前からブルンジは暦の上で大雨季に入っていた。

続いて、大粒の雨が窓ガラスを割らんばかりに叩き付けた。その尋常ならざる激しさに、洋平と佐和子は同時にベッドから身を起こした。二人が薄暗闇の中で顔を見合わせた時、妻の心中を察したかのように洋平がつぶやいた。

「オズワルドを入れてやろう」

「そうしてやって」

夫のつぶやきにかすかなためらいを感じ取った佐和子は、決断を促すように立ち上がった。彼女は肩から部屋着を羽織ると、先に寝室を出た夫の後を追って、手探りで真っ暗な廊下へ進み出た。

「オズワールドー、オ…ワ…ドー」

洋平の叫び声が風雨に引きちぎられ、掻き消され、切れ切れになって、稲光が走る深夜の館に不気味にこだまする。

やっと明かりの灯った台所にたどり着いた時、ずぶ濡れのオズワルドが戸口に立っていた。彼の足下の床には、身体から滴り落ちる雨水で水溜まりができ始めている。佐和子が身近にあったタオルをオズワルドに手渡すと、彼は身体に張り付いたシャツとズボンの上から拭き始めた。

「彼、どこにいたの?」

佐和子が部屋着の襟元を掻き寄せて言った。

「ヤモリみたい……外の壁にへばりついて……」

と叫ぶ洋平の声が半ば雷鳴に呑み込まれる。

蛍光灯の灯りで洋平の顔は蒼白く、その声は遠くからやって来るかのようだ。彼がふざけて喩えた『ヤモリ』が、この凄まじい状況の中で妙にリアルに響いた。

砂粒のように固い雨粒が鉄製の扉にバリバリバリと激しく打ち付ける。雨音と雷鳴が奏でる大音響の中、三人は深夜の台所に閉じ込められた格好で、身動きが取れない。

一方、いかにも居心地が悪そうにしているオズワルドは、ご主人たちの外国語のひそひそ話に背を向け、雷雨が弱まり次第いつでも外へ飛び出す構えでノブに手を掛けている。

オズワルドをどうすべきか……。家に入れてやったものの、すぐに終息しそうにない嵐を前に、洋平は困惑している。

「今晩は、家で寝かせるしかないわね。小サロンのソファは、どうかしら?」

佐和子がそれとなく夫の背中を押した。

雷鳴は幾分遠のいたものの、激しい風雨は一向に衰える気配がない。他に選択肢がないのに、洋平は『使用人を家に泊めるべきか否か』という難問と格闘し、決断を前に足踏みをしている。日本語とは言え、二人のやり取りをオズワルドに聞かれているようで、佐和子は心中穏やかでなかった。

洋平がためらっていると、案の定『外に出る』とオズワルドが言い出し、それを見てようやく洋平の心が固まった。オズワルドの説得を夫に任せ、佐和子は毛布を取りに子供部屋へ行った。予想通り久枝が姉のベッドに潜り込み、二人は抱き合って震えていた。

　佐和子は毛布とバスタオルを持ってオズワルドを小サロンへと連れて行き、ソファに休ませた。そして、彼女が煙草を一本吸う間、夫婦は大サロンの食卓に留まったが、その位置からソファに横たわる彼の姿が灰色の闇に溶けて見えた。

「あっ、鍵が……」と、洋平が小さく叫んだ。

　彼は躊躇することなく「閉めて来る」と言うなり、戸棚から鍵を取ると小サロンへ行き、執務室のドアに鍵を掛けて戻って来た。

　ドアの鍵穴はソファに横たわるオズワルドの頭のすぐ近くである。事務所に現金が保管されているとは言え、彼の耳元で音を立てて鍵を掛ける露骨な行為を想像すると、佐和子は居たたまれない気持ちになった。

　ベッドに戻った後も、しばらく彼女は寝つかれなかった。鍵を掛けるのは当然と思う一方で、なぜか心が咎《とが》めた。


　オズワルドのように屋敷の警備を行う者を、フランス語で『歩哨《ほしょう》』と言う。現地語だとザムーである。夜警とか門番とかいう呼び方もあるが、ブルンジに暮らし始めてしばらくすると、『歩哨』という軍隊式の呼び方が、いかにも似つかわしく思われてくる。それほど犯罪が多いからに違いない。

　雇用して二週間もしないうちに、オズワルドが有能な歩哨で陰日向なく働く好青年であることが分かった。事務所の日除け棚の製作を命じると、わずか二、三日の間に立派に仕上げて見せた。

　彼は、民衆市場で調達した木組み用の丸棒を、ナタ一本で器用に加工して組み立て、椰子の葉で屋根を葺いて仕上げた。洋平らは、オズワルドが軽業師のように椰子の木に素手でするするとよじ登り、地上六、七メートルのところで、ナタを振るって椰子の葉を切り落とす作業を見物した。

　日除け棚の製作以降、洋平は屋敷に関わる一切をオズワルドに任せるようになった。彼は朝日と共に起きて、館の周囲を掃き掃除した後、涼しい間に重労働の芝刈りを済ませる。彼の振り回す柄の長い鎌で刈られた芝生の面積は、毎日わずかずつではあるが着実に広がっていった。

　そして、一番に目覚めた佐和子が、挨拶代わりに言いつけるのが朝のお使いで、この時、一日分のフランスパンと新聞を買いに行かせる。台所の戸口に立って「オズワルドー」と叫ぶと、彼は芝刈り鎌を放り出して駆けてくる。女主人の声に間髪入れず反応し、手にした鎌を文字通り放り投げ、必ず駆け足で来る。飼い犬を連想させ最初気が咎めたが、慣れてしまうと、その躍動感溢れるきびきびした動作が大変好ましく思われるのである。

　朝食後は、芝刈りの続きか、あるいは佐和子が命じた屋内作業、床磨きなどの雑用を行う。あの雷雨の夜を境に、洋平ら夫婦は安心して彼に屋内の仕事を任せるようになった。

　車で外出する際、オズワルドを同乗させることがある。洋平が訪問先で用を足している間、車上荒らしから車を守るのが彼の役目であるが、週末の買い物の際も時々彼を伴って行く。買い物カゴの運搬だけでなく、民衆市場で彼の助言を求めることがしばしば生じるからである。

　また、主人の外出と帰宅の時、車の警笛を聞き付けて正門に駆け付け、重い門扉を内側から開閉するのも歩哨の仕事の一つだ。時に来客を取り次いだり、あるいは物売りを追い払ったりもする。他にも、佐和子が命じることは何でも優先的に行うが、たとえ指示がなくても、こまめに動き回って怠けるということがない。

　彼は昼に五、六時間仮眠を取りに家に帰る。屋敷に戻る途中どこかで夕食を済ませて来るらしいが、屋敷の外の行動については全く分からない。そして夕方、屋敷に戻るとまず洗濯物を取り込み、小サロンでアイロンを掛ける。それが済んだ後、本来の仕事である夜警に就くのである。

　夜になると、大屋根の軒下に取り付けた防犯灯が点灯し建物の周辺を煌々と照らし出すが、照明の光は庭木や藪《やぶ》などの障害物に遮られて庭の隅々には届かない。オズワルドの夜の見張り場がどこか、当初、洋平たちは知らなかったし関心もなかったが、かなり経ってから、その一つが照明の死角である建物の角であることが分かった。

彼は軒下のコンクリート敷きに敷いたムシロに横たわり、一晩中片目を開けて見張っているというが、その信憑性はかなり怪しい。毎日重労働をこなし、しかもあの若さで睡魔に勝てるわけがないと洋平は睨んでいる。

一か月が過ぎた頃、庭でバーベキューをしたが、オズワルドの炭火の熾し方は実に独特であった。彼はブリキで作ったコンロの柄を掴み、風車のように腕をぐるぐると回し始めたのである。

暗闇が迫る中、火の玉が唸り声を上げて回転する様は凄みがあって、見る者を興奮させる。取り分け文枝と久枝の幼い姉妹を驚嘆させるに十分であった。彼女らの喝采を浴びて満更でもない彼は、二人の求めに応じて『火の風車』を何度も演じて見せた。これを機に、姉妹がこの黒人青年に一目置くようになったのは間違いない。

満天の星の下、羊肉を焼く香ばしい香りが庭中に漂った。小皿を手にした洋平が、一人離れて椰子の根元にうずくまっているオズワルドに近づき、骨付き肉を彼に勧めた。

「ここの仕事に満足しているか？」

「はい、ムッシュー」

洋平はオズワルドと並んで腰を下ろし、幾つか型通りの問答を試みた。かつての植民地時代の白人たちが同じように使用人と軽い会話を楽しんだに違いないと想像を巡らしながら……。

すると、突然オズワルドの方から持ち掛けてきた。

「旦那様、来月、田舎に帰らせてください」

「いいとも」

と即答したものの、その時までこの若者に田舎がある可能性について、一度も思いが至らなかったことに洋平は気付いた。

「給料日の後がいいだろう。お土産を買って帰るのかい？」

「はい、旦那様」

「何を？」

「お米とか、パンです。パンは妻の好物です」

と、何気ない調子でオズワルドが答えた。

「結婚していたの?!」

二人のそばに来ていた佐和子が驚いて叫んだ。

彼女は携えて来た籐の小椅子をオズワルドの正面に据えると、早速質問を浴びせた。

「どんな奥さん？　まだ若いんでしょう」

「はい、でも、お産の後、ずっとおなかを患っていて……」

「じゃあ、子供がいるの？」

『病気がちの妻と幼子がいる！』――不意をつかれて、なぜか洋平も佐和子もひどく狼狽した。考えてみれば伝統的に早婚のアフリカで、二十四歳の男に妻子がいて何の不思議もない。だが、洋平らは勝手にオズワルドを独り者と決め込んでいた。マリー夫人に尋ねなかったし、彼女も何も言わなかった。ただ目の前の青年に心を奪われるばかりで、一度として話題に上らなかった。しかし、事実を知った今、彼らの使用人はもはや単なる一人の好青年ではなくなった。その背後で『家族』という未知なる人々がうごめいている。

「きっと、産後の肥立ちが悪かったのね」

先にショックから立ち直った佐和子が、女性として彼の若い妻に同情すると、

「薬が高くて」と、オズワルドが訴える。

「ところで、故郷はどこなの？」

話の風向きを変えようと、洋平が口を挟んだ。

オズワルドの故郷はどこか山奥の貧しい村であるらしい。使用人は自分の方から話題を選べないから、主人が尋ねてくれるのを待っていたのだろう。とても嬉しそうに村の様子を彼は話した。

二人の主人に挟まれて、郷里の話をしていたオズワルドが突然話題を転じた。洋平らの気を引こうと思ってのことに違いない。

「昨夜、屋敷の前を泥棒が通りました」

「本当に?!」

と、オズワルドの話に佐和子が飛び付く。

「でも、どうしてそれが泥棒だと分かる？」

と、洋平が怪しむ。耳を疑う話である。

洋平が執拗に追求した結果、オズワルドが深夜の通行人を『泥棒』と断定する根拠が実に不確かであることが分かった。要するに、深夜にこの辺りを徘徊する輩《やから》は皆泥棒である。彼らの活動は夜中の三時から明け方までと決まっているから、昨夜の男たちは泥棒という恐ろしく短絡的な話であった。

「見なくて分かるなんて、きっと特別な目なのね」

佐和子が半ばからかうように言った。

「はい、マダム、耳はもっといいです。月のない夜は耳で聞き分けます……。歩き方で分かります」

洋平は『幾ら夜目が利き、耳が鋭いからと言って、通行人と泥棒の見分けがつくものか』と、初めから胡散臭い話だと決めつけていたが、佐和子の見方は違っていた。確かに、オズワルドの話し方は自信に溢れ、気負いを感じさせない。彼は他でも歩哨をしていたと言うし、それに何より未知のアフリカ人である。

話は再び彼の故郷ルサイファ村に戻って行った。そして『新月の夜は、どんなに目を開いても何も見えないことがある』と、淡々と語る彼の言葉には、不思議な実感がこもっていた。首都ブジュンブラと違って電灯のないブルンジ内陸部では、漆黒の闇が太古の昔から変わることなく、今も夜の世界を支配していると言うのだ。

ぼそぼそと低い声で話すオズワルドの顔は闇に溶け、目だけが獣のように光っている。彼の話に聞き入るうち、根っからの懐疑主義者である洋平までが、黒人の研ぎ澄まされた五感を総動員すれば泥棒を嗅ぎ分けることも満更不可能ではないと、幾分なりとも彼を信じる気持ちに変わっていた。

★　★　★

ブルンジの夏も、夜は凌ぎやすくなる。防犯灯の明かりの下でバドミントンに興じていた文枝と久枝が、父の執務室に駆け込んできた。

「オズワルドが倒れてる！」

娘の通報を受け、その時たまたま事務所で経理の簿記を手伝っていた佐和子が席を蹴って、オズワルドの夜の見張り場へ急行した。

彼女は建物の角をのぞき込もうとして、危うく足下に転がっているオズワルドの頭を踏み付けそうになった。佐和子は膝を突いて、コンクリート敷きに仰向けに横たわる彼の顔の上に屈み込んだ。喘ぐような息遣いである。

「マラリア……」

薄目を開け、オズワルドが辛そうに訴えるのを見て、佐和子は反射的に彼の額に手を当てた。その手のひらに伝わる異常なぬくもりが、彼女を毅然とした行動へ駆り立てた。

「お父さんを呼んで来てちょうだい！」

母親の肩越しにのぞき込んでいた文枝は弾かれたように走り出した。

「安心なさい。今すぐ、薬をあげるから」

そう言うと、佐和子は薬を取りに家に入った。

彼女がコップの水とタオルを持って戻ると、洋平が腕組みをして所在無さげに立っていた。マラリアの特効薬を呑み込もうとして、オズワルドの歯がコップに当たりガチガチと音を立てた。

「悪寒がひどいけど、初めてじゃなさそう。すぐ薬が効き始めると思うけど、一晩中、ここに置くわけにいかないわね」

と言って、佐和子が硬いコンクリート敷きを足先で軽く蹴った。

「家まで送ってやろう」

何事にも慎重な洋平だが、この時の決断は早かった。病気で倒れた使用人を家に置いておくより、手の届かないところへ追い払ってしまった方が気楽でもあった。

洋平がジープの鍵を取りに戻っている間に、佐和子がオズワルドを助け起こして、車の助手席に座らせた。彼女は数日分の錠剤と一緒に薬の飲み方について細かく注意を与えた。

洋平が車を出そうとした時、佐和子が「ちょっと待って」と言って家の中へ戻って行った。

車の窓枠に頭を載せて身体を震わせているオズワルドに、洋平は何と声を掛けたらよいか分からない。こんな時、男とは不器用で不甲斐ないものだと思い知った。

間もなくして、買い物カゴを提げて現れた佐和子が、窓からオズワルドの膝の上にカゴを押し込み、我が子に言い含める調子で言った。

「食べ物を入れておいたからね。良くなるまで何日休んでも構わないのよ」

更に動き出したジープに向かって、

「明日も熱が続くようなら、病院に行くのよ」

と一言叫んだ。

洋平が押し黙って夜のしじまを走らせていると、薬が効いてきたのか、オズワルドは身体を起こし、お土産のカゴを両腕にしっかりと抱いて、前方を真っ直ぐ見詰めている。

「いつもの市場の道を行けばいいいな？」

ヘッドライトの先を凝視する洋平の耳に、自分の声がやけに冷たくよそよそしく響いた。彼は人並みの親切心を持っていたが、オズワルドに同情を寄せたわけではない。

マラリアはありふれた風土病の一つで、現地人が特に注意を払っているようには見えない。薄暗い雑貨店の片隅で蚊を見つけて怖気《おじけ》をふるうのは決まって外国人の方で、洋平も日本から持参した予防薬を飲んでいた。

車が路地に突入した途端、車体が大きく排水溝に向かって傾いた。でこぼこ道を前進していると、激しく上下するヘッドライトの輪の中に突然人影が飛び込んできて洋平を慌てさせた。狭い路地の両側には、土壁が延々と連なり、所々に開いた小窓から灯りが漏れている。戸口で動く人影を垣間見たと思うと、子供を叱る母親の甲高い声が聞こえる。

四つ角の街灯の下では、飯屋、雑貨屋、スタンドバーがひっそりと営業していて、その店先には、夜のアバンチュールを求める若者の姿があったが、彼らの声が広場に響くことはない。

夜の貧民屈は昼間とは様相を異にしている。不気味で危険な臭いがする一方、謎めいていて魅惑的にすら見えた。そこは、洋平が漠と思い描いていた空っぽの暗い迷路ではなく、人々の温かい息遣いが感じられるもう一つの世界であった。彼は広場の一つに車を止め、オズワルドを降ろした。

「何か栄養のあるものを食べろ」

洋平はそう言って千フラン札を差し出した。食料を詰めたカゴに触発され、彼もまた雇い主としての心遣いを示そうとした。それから、たまたまポケットにあった名刺を渡して言った。

「何かあったら、誰かに頼んで電話しろ。電話番号が書いてある」

カゴを手に歩き出したオズワルドが、二、三歩行って、引き返して来た。

「炭がないんです」

「えっ、何だって？」

「家に炭が一日分しかないんです」

と、至極真面目な顔でオズワルドが言い放った。

十分な心付けを弾んだと思った矢先のこと。洋平は一瞬自分の耳を疑った。一呼吸おいて『炭は別ということか……』と心の中でつぶやくと、憮然として更に五百フランを渡した。思いっ切り横っ面を張られたような気分であった。

家に引き返す道すがら、洋平は深い思いに囚われた。オズワルドは土壁の町の住人であって、洋平の住むエロとは目に見えない境界で何重にも隔てられていて、この一か月足らずの間に彼について知り得たことは、ほんの上っ面でしかないと……。その時になって、名刺を手渡した自分の行為がひどく滑稽に思われ、我ながら可笑しくて、運転しながら思わず苦笑を漏らした。

第三章　オズワルドの椅子

毎年、大雨季の頃になると、決まってぶり返すマラリアの発作で、オズワルドは高熱にうなされ、まる二日間床に臥せっていた。

その間、彼の看病に当たったのは、たまたま上京中のカミーユだった。しばらく前ブジュンブラで幼友達のオズワルドと遭遇し、彼の助けを借りてチェス台を全部売り捌いたカミーユは、今回、チェス台に加えて、木工芸訓練所の仲間から託された民族楽器や人面の彫り物など十数点を引っ下げ、四日ほど前からオズワルドの小屋に泊まり込んでいる。

カミーユの話に時々訓練学校の仲間でフェルミという一級下の仲の良い訓練生が登場する。バナナの葉の切り絵を得意とし、この部門で優秀賞を獲得したというフェルミは、いつの日か仲間と共に自分たちの工房を持とうとカミーユに持ち掛けているというが、目端が利き弁の立つフェルミに、彼が一目置いている様子が見て取れる。

カミーユが仲間の話をするようになって、オズワルドにもギテガの様子が一段とよく見えてきた。彼と出会った最初の夜に交わした部族抗争の暗い話題は、その後二度と口の端に上らなかった。

カミーユは到着したその日の午後、フランス学校の駐車場で例の野球帽を被った白人の親子にチェス台をもう一台売ることに成功したが、彼のチェス台に惚れ込んだフランス人もその翌日には帰国してしまい、カミーユの強運もそこまでだった。その後、チェス台も民族楽器も思うように売れていない。今日も成果なく、病床に臥せている親友の元へすごすごと引き上げてきたところであった。

「薬の時間だ。起きろよ」

と言ってカミーユは、なみなみと水を注いだコップを片手に、ぐったりしたオズワルドを助け起こした。

オズワルドは、虚ろな目をベッドの脇の小さなテーブルに這わせた。この見慣れないテーブルは、病気で臥せっている友人のためカミーユが市場で見つけてきたもので、その上にゆで卵一個とチーズ一切れがある。オズワルドが奉公先のお屋敷から頂いた見舞いの品々は、彼の意識が朦朧としている間にカミーユがあらかた食べてしまい、空っぽの買い物カゴが悲しげに床に転がっていた。

オズワルドは、カミーユが殻を剥いてくれたゆで卵に手を伸ばしてみたが、匂いを嗅いだだけで胸がむかむかした。

「無理するな。俺が食べてやる」

と言って笑いながら、カミーユがゆで卵を口に放り込んだ。

奥様はここに冷蔵庫があると思ったのだろう。せめて日持ちする物なら良かったのにと、世間知らずの奥様が恨めしくなる。

カゴの中には、白人がよくピクニックに携えて行く豪華な品々が詰まっていた。カミーユに『構わないから食べてくれ』と勧めたのは、他ならぬオズワルド自身である。三日間かいがいしく看病してくれた親友を恨む気持ちは毛頭ないが、釈然としないのもまた正直な気持ちであった。

カミーユは最後に残った一切れのチーズを睨み付け、えいとばかり口に放り込んだ。彼は昼食も取らずに歩き回っていたのだろう。商売のコツを掴んだとは言え、物売りの世界は浮き沈みが激しい。昨日あんなにうまく運んだのに、今日は全くついてないこともざらである。一日中足を棒にして売り歩くことと比べ、安定したお屋敷勤めが良く見えることもある。魚売りの経験があるオズワルドには、友の苛立つ気持ちがよく分かった。

その時、カミーユがオズワルドの主人について執拗に聞いてきた。高価なマラリア薬や食べ物を持たせて、夜中に使用人を家まで送り届けてくれる日本人を彼は不思議がるが、お屋敷勤めの本当の辛さを知らないからそのようなことが言えるのだ。不平不満のない使用人はこの世にいないが、オズワルドの場合、少し説明が難しい。

「僕の家族の話をすると嫌な顔をするし、他にも腑に落ちないことがあるよ……」

実際にはそんなに不満に思っていないのに、なぜかカミーユの前だとつい愚痴が出てしまうのだ。

「ブジュンブラに出て、君は変わったね」

カミーユが冷ややかな目で彼を見て言った。

「それも当然かもしれない。君はここで、僕には想像もつかない苦労を味わったんだから……」

「カミーユ……」と、オズワルドが苦しそうに喉から声を絞り出した。

「君に言われなくても、今の生活はとても恵まれているし、こんなチャンスは二度とないと思っている。だから余計に焦るんだ……」

「どうしたって言うの？」

「実はね、僕がこんな気持ちになったのは、カミーユ、君のせいなんだよ。君に会うまで、僕は何でもなかった。満足していた」

「へえ、僕と何の関係があるの？」

「僕は君が工芸作家として成功しているのを知って、焦りを感じてるんだ……」

「成功だなんて……」と呆れるカミーユ。

彼はベッドの脇に並べた工芸品の山に目をやった。

「今日も一日中歩いて小物が二つ売れただけ……。僕は、少しでもお金を持って帰ることができれば、それで満足だよ。成功だなんて……」

「君は家族のことを考えているんだ」

「当然だよ。ギテガの高校や訓練学校に行けたのは、両親のお陰だからね。一生懸命働いてお返ししなくっちゃ」

と言って、カミーユが射るような目でオズワルドを見返した。

「君はどうなの？　都会生活が長くなって、家族やルサイファの仲間のことを忘れたんじゃないの？」

それを聞いて、オズワルドは急に身体から力が抜けるのを感じ、ぐったりとベッドに沈み込んだ。天井の丸太の梁《はり》がゆっくり目の中で回転する。お屋敷を休んで丸二日になるが、まだ身体が完全に回復していなかった。

彼はカミーユに追及され、実家に残した妻と赤ん坊の顔を思い浮かべようとしたが、できなかった。浮かんで来るのは、なぜかお屋敷の日本人家族と、デニスらブジュンブラの仲間の顔であった。

「今日、市場で年寄りが倒れているのを見たよ」

カミーユが思い出したように言った。

「嫌だね、都会は……田舎は貧しくても行き倒れを見たことがない」

「僕は村に戻らない」

唐突にオズワルドが荒い息と共に言葉を吐き出した。

「戻らないって……君には妻子がいるだろう？」

「でもルサイファには働き口がないんだ。うちの畑だけでは家族が食っていけない。父ちゃんもここで働くことを望んでいる」

家が苦しいのは本当だが、妻子に対し思い遣りがないのもまた事実だった。彼は嫁取りを条件にブジュンブラで働き続けることを両親に承知させ、その妻に年老いた両親の面倒を見させている。子供の出産に際しても、彼はルサイファに帰らなかった。

「じゃあ、どうするの？　君は一生、使用人をやるつもり？」と、カミーユが追及してきた。

「無論、そんな気はないさ」

オズワルドのこめかみはまだ疼いていたが、その痛みを忘れるほど真剣に目の前に広がる白いモヤを見据えていた。ところが、どんなに見据えても、彼の『将来計画』は一向に姿を現さず、そのため、自分の胸の肉を友に語って聞かせられない口惜しさを、彼は今まさに味わっていた。

彼は七年間、大都市ブジュンブラでただ無我夢中でその日暮らしを送ってきた。片やルサイファ村では、家族がいつか錦を飾って帰郷する息子と夫を待ちわびている。そんな中で、次第にはっきりしてきたことが一つある。それは、彼の中で家族のためという目的意識が次第に薄れていき、代わりに自分のために生きたいという欲求が日増しに強くなってきたことである。その点を、孝行息子のカミーユに見透かされ、指摘されたと思い、オズワルドはうろたえたのであった。

★　★　★

倒れて三日目、オズワルドの若い肉体は見る見る回復した。別れ際のご主人の様子から、あと数日休んでも構わないと分かっていたが、少し外をぶらついて生気が蘇ってくると、三日間お屋敷を空けていたことが急に気になり出した。仕事に戻ると一旦心に決めると、デニスの肉入り料理が無性に食べたくなり、自然に足が街灯広場に向いた。

店内に漂う肉の甘い匂いが、外に漏れ出るのを堰止《せきと》めるかのように、巨漢のデニスが戸口を塞いで立っていた。そして、いつもの荒っぽいやり方でオズワルドを迎えてくれた。

「しばらく顔を見せなかったな」

のんびりと声を掛けてきたデニスの大きな目が、間近にオズワルドを見て急に曇った。

「どうした？　頬がこけたじゃないか」

彼はオズワルドの身体のどんな小さな変化も決して見逃さない。彼の巨体をすり抜けようともがくオズワルドを、太い眉をしかめて、恐ろしいぎょろ目で頭の天辺から足の爪先まで無遠慮になめ回すのである。『まるで人食い鬼だ』と、オズワルドは気恥ずかしさと可笑しさを一緒に噛み殺して、苦笑せずにいられない。

「いつものマラリアだよ」

「そうならそうと、どうして連絡しなかった？」

「今回は、看病してくれる友達がいたから……」

オズワルドはマラリアの発作に襲われるたびに、デニスの世話になっていた。ベッドから起き上がれない彼の元へ、デニスは店のスープを運ばせてくれた。こんな時、彼のようにこまめで気の利く律儀な男を他に知らない。ただ最近はいささか図に乗って、臆面もなく父親面をするが……。

「ああ、カミーユのことか、知ってるぞ」

デニスはオズワルドの腕を取って力ずくでテーブルに座らせ、それから急に声を潜めた。

「いいか、オズワルド、今は平時じゃない。もっと気を付けんといかん」

「気を付けろって、何のこと？」

「お前、やつと住んでるだろう？」

「カミーユのこと？　それが、どうかしたの？」

オズワルドは、デニスがカミーユの名前を知っているのが不可解で、そして不愉快でもあった。

「お前の友達をどうこう言いたくはないが、お前たちツチの集会はこの辺じゃ、やばいんだ」

「集会だって！」

オズワルドは開いた口が塞がらない。

「たった二人だよ」

「それだって集会は集会さ」と、デニスがうそぶく。

「いいか、よく聞け。俺はこの先のことを忠告してるんだ。いずれ二人が三人になり、それが四人、五人と増えていく。それが事の成り行きというものだ。たとえお前がそのつもりでなくても、ここの住人はそうは取らない。やつらは危険分子を『ここ』で感じるんだ」

デニスは人差し指で自分のだんご鼻を指し、『嗅ぐだけで分かる』と言わんばかりに、重ねて『ここだ』と繰り返した。皆がひそひそ話をする時、慎重を要する政治問題に乱暴に切り込んでくる男は、オズワルドの知る限り、デニスをおいて他にいない。

「それは考え過ぎだよ、デニスの親父！」

オズワルドは本気で馬鹿馬鹿しくなった。

「考え過ぎとは、どういうことだ。それは、お前たちにとってか？　それとも俺たちにとってか？　ここを取り違えるな、オズワルド。フツの住民に考え過ぎってことはない。用心だよ。必要な警戒心というやつだ」

「驚いたな……。そりゃ、僕とカミーユはツチだけど、ただの幼友達で村の話をしているだけだよ。家族の話をしちゃいけないと言うの？」

オズワルドは悪戯を咎められ、先生の前に引き出された小学生のように惨めな気分であった。

　デニスが何を心配しているか、政治に疎いオズワルドにもぼんやりとは想像できたが、それにしても集会とは論外である。デニスの理不尽な攻撃から身をかわすうち、彼の脂ぎっただんご鼻に目が止まった。今更ながら『デニスはフツなんだ……』と思った。

「いいか、オズワルド、お前が眠っていようが、横を向いていようが、事態はどんどん進んでいる。いい加減に目を覚ますんだな……。ところで、彼はどこで何をしているんだ？」

　ツチ・フツの部族問題になると、デニスは人が変わったように興奮し攻撃的になる。そんな彼に慣れっこのオズワルドであったが、親友のことを根掘り葉掘り訊かれるのには辟易した。

　不意にデニスが口を閉ざし、立ち上がった。彼が厨房に退きドアを閉めると同時に、ひと目でフツと分かる作業服姿の中年男が入って来た。鋭い眼光をしたその男は、オズワルドを一瞥すると、ノックもせず、デニスのいる厨房に吸い込まれるように消えた。その客の到来とデニスの動きが同時だったことに気付き、オズワルドの胸を漠とした不安がよぎった。

　オズワルドはお屋敷に戻る前に、遠回りしてアジア地区に立ち寄った。ここは、お屋敷のある山の手とは正反対の、町の中心部とタンガニーカ湖に挟まれた低地で、インド人が多く商売を営んでいることからその名がある。未舗装の幅広い本通りを挟んで庶民的な店が軒を連ねる商業地区で、民衆市場が主に貧困層向けとすれば、アジア地区はいわば中産階級の町と言える。

　オズワルドが目指した店は、ありふれた衣料品店の一つで、棚はもとより壁にも天井にも極彩色のインド綿布が溢れ返っていて、店員を見つけるのも容易でないほどである。

　店には先客がいた。子供連れの白人女性である。彼女は一人しかいない店員を右へ左へと走らせて、高級な布地を次々と自分の前に広げさせ、たっぷり時間を掛けて選んでいる。オズワルドは彼女の前に積み上げられた布地の山の中から、その一枚でもルサイファの妻の元に届けてやれたらと思うと、溜め息が出た。白人女性が連れている七、八歳の男の子が片目をつぶって、指で作ったピストルをオズワルドに向けた。オズワルドが怖い顔を作ると、子供は慌てて母親のスカートの陰に隠れた。

彼の番が回ってくると、白人には平身低頭だったインド人の態度が豹変し、『何が欲しいんだ？』と言わんばかりにオズワルドを見た。

彼は店員が差し出したビニール袋の中身をあらためもせず、そそくさと店を出た。その時、突然『アッラーアクバル』と、イスラム寺院の尖塔から礼拝を呼び掛けるアザーンが青く澄んだ大空に鳴り渡った。

この界隈には、ヒンズー教徒の他にもイスラム教徒が多数住んでいて、礼拝の時刻になると、どこからともなく男たちが集まってくる。旧式の拡声器ががなりたてるアラビア語に急き立てられるようにして、オズワルドは埃っぽい異教徒の町を後にした。

その彼の手には、喉から手が出るほど欲しかったカーキ色のつなぎの作業服がしっかり握られていたが、その代償として、マラリアの発作と引き替えにご主人からせしめた千五百フランが消えていた。ブルンジではどこの使用人も着ているつなぎのお仕着せを、オズワルド一人が持っていなかったのだった。

彼はお屋敷に着くと、使用人用のシャワー室で真新しいお仕着せに着替え、意気揚々として小サロンに回り、ガラス戸を細く開けて「マダム」と小声で呼び掛けた。大サロンで子供たちの勉強を見ていた佐和子が急ぎ足でやってきた。

「もう大丈夫なの？」

彼女は口元に笑みを浮かべてから、少し不安気に眉をひそめたが、オズワルドの真新しいお仕着せに気付かない。

「今晩から仕事に戻ります」

「じゃあ、すっかりいいのね。電話がなかったから一応安心していたけど……」

電話番号を書いた名刺を洋平から渡されたことをオズワルドはすっかり忘れていた。確かに、大きな雑貨店には電話があるにはあるが、庶民の多くは受話器に触れたことさえない。そんな世間知らずの奥様だが、今は笑って許せる。

「オズワルド、その服は？」

遅れて事務所から姿を現した洋平が彼のつなぎに気

付いた。

「はい、旦那様、これが前にお話したお仕着せです」

と言って、誇らしげに胸を張ってみせた。

「あら、買っちゃったのね」

佐和子が残念そうにつぶやいた。

「まあいい、私が払ってあげよう」

そう言って、洋平がお金を取りに戻って行った。

「寛大なご主人で良かったわね」

と、自分のことのように佐和子が喜ぶ。

「私はね、それではなく、普通の服を買ってあげたかったの。でも、お前はそれが欲しかったのね」

★　★　★

ブルンジでは、洗濯物にアイロン掛けが欠かせない。それというのも、下着やシーツに産み付けられた肉バエの卵が孵化して、ある日突然、蛆虫《うじむし》が皮膚を食い破って出てくるからだ。実際は滅多に起こらないのだが、植民地時代、白人に植え付けられた恐怖心が今も尾を引いていて、肉バエの卵を焼き殺すアイロン掛けが使用人の仕事の定番となっている。

フランス人の屋敷で働いていた時、オズワルドは『ブルンジ人はアイロンを掛けません。そんなことウソですから』と余計な世話を焼いて、ご主人の不興を買ったことがある。それ以来、外国人にとってアイロン掛けは何にも増して大切な宗教儀式のようなものだと了解したのである。

アイロン掛けを始めてしばらくすると、小サロンでのアイロン掛けがテレビ観賞付きであることが分かり、オズワルドを狂喜させた。

彼はテレビがお屋敷に来た日のことを忘れない。夕方お屋敷に戻ると、大屋根の上に見知らぬ男がいて、地上の佐和子と大声でやり取りしていた。彼女は、小サロンと庭を何度も出入りして、「右、左」と屋根の男にアンテナの向きを指示する。そこに文枝ら娘が加わり、大騒ぎである。彼らの興奮がオズワルドにまで乗り移り、植木の水遣りをしながら気もそぞろであった。

放送の開始時間に家族が小サロンに集まった。オズワルドは窓に近づき、ガラス越しにテレビ画面を斜めにのぞき込んだ……。ところが、アイロン掛けは小サロンの低い応接用テーブルで行うため、期せずしてテレビ観賞の特典を彼は手にしたのである。

ブルンジのテレビ放送は夜に限られる。夕暮れ時、子供たちがアニメ番組を観るため小サロンに集まるのを知って、オズワルドはアイロン掛けの時間をアニメに合わせて少しずらした。ご主人が見るニュース番組は退屈だが、その点、派手なアクションが売り物のアニメの方は結構楽しめた。

二人の娘は小サロンに二つある長椅子をそれぞれ独占する。姉の文枝が窓際である。彼女は長椅子に腹這いになると、両腕で抱きかかえたクッションにその尖った顎を載せ、羽根のように軽くほっそりした肢体を爪先まですらりと伸ばし、上目遣いに睨むようにテレビを見る。妹は反対の壁際である。姉と比べ実際の年齢以上に幼く見える久枝は、つぶらな瞳が愛らしく、ふっくらとした頬はピンク色で、口元からは花の蜜がこぼれそうである。

ソファに寝そべった二人の姉妹は、アニメに興奮すると何やら日本語で叫ぶ。テレビ画面に目を釘付けにしたままクスクスと笑ったり、口先だけでお喋りを交わしたりする。二人が同時に笑うと、水玉が弾けるように部屋の空気が振動する。

姉の文枝は幾分面長で、流れるような黒髪を肩まで垂らしている。バドミントンに興じている時、黒髪は薄絹のようにたなびくのである。そして、どこか凛としたところのある姉と異なり、どこまでも天真爛漫な妹の久枝は、姉の一挙手一投足に笑い転げるのであった。

オズワルドは毎晩のように、姉妹の小さなブラウスや花柄のドレスにアイロンを当てた。応接用テーブルの前で床に膝を突いて仕事をしながら、自分の周りを飛び交う異国の言葉を聞いた。二人はアニメとお喋りに夢中で、アフリカの一青年が目に入らないようだ。お陰で、唾を呑み込む音が聞こえるほど間近にいながら、息苦しさを感じなかった。

時間になってもテレビが点いていないことがあった。近くにいる文枝に頼むと、彼女は嫌な顔をせず黙ってスイッチを入れてくれた。アイロン掛けをしながらテレビを観る彼の既得権を、彼女はちゃんと認めてくれていたのである。

　またこんなこともあった。目でアニメを追っていたオズワルドが、キャラクターのオーバーアクションに思わず吹き出した。彼の立てた笑い声に文枝が振り返った時、二人の目が合い、同時に二人の口元から笑みがこぼれ出た。

　こうしたお屋敷で日々繰り広げられる些細な出来事や、そこで演じられる悲喜こもごもの物語が、オズワルドの平凡な日常に潤いを与え、時に幻想さえも抱かせるのであった。


　オズワルドは、マリー奥様との取り決めで、奥様の屋敷へ月に二回顔を出すことになっていた。スパイのような役目であったが、奥様の関心はもっぱら庭の管理が中心で、日本人家族の私生活に立ち入るようなことはなかった。

「向こうの奥様に、肥料の撒き方を書いたメモを渡しただろうね」

「もちろんです、マリー奥様」

「そうかい、お前はよくやっている。あちらの奥様もお前がたいそうお気に入りのようだ」

「ところで、マリー奥様、ジュベナールはどうしていますか？」

　返事はなく、顔をしかめただけであった。使用人ごときが口出しする事柄ではないからだ。しかし、奥様の表情から、彼女がジュベナールに満足していないことが見て取れた。

　マリー奥様のレストラン『エデンの園』は、オズワルドが手掛けたあずま屋の普請に続いて、後に残ったジュベナールの手で、花壇や芝生の土の入れ替えなどの地道な作業が行われているが、いまだ営業再開に至っていない。時折顔を見せる旦那様の様子から、何かトラブルを抱えているように見えた。

　そして先日マリー奥様のお屋敷に寄った時、奥様から耳よりな話を聞かされた。

「ボランティア事務所はこれから十年以上続くという話だから、お前も忠勤に励めば将来良いことがあるだろう」

　オズワルドは一時期、タクシー運転手か、さもなくば車の修理工になる夢を抱いたが、どちらも実現できそうになかった。ところが、マリー奥様の話を聞いた時、彼の中で閃《ひらめ》くものがあった。

タクシー運転手が無理でも、十年もあれば、事務所の専属運転手ならきっとなれる、なれるはずだと思った。十年と言わず、二年もあれば必ずチャンスが訪れる……。マリー奥様も忠勤に励めばと言ってくれたではないか。

気が付くと、彼が心に宿してきた夢が手の届くところまで下りて来ようとしていた。歩哨の夜は長い。『運転免許証さえ手に入れたら……』と熱い期待を募らせながら物思いに耽っていると、いやが上にも夢は膨らんでいき、夢の実現がさほど遠い先ではないことのように思われてくる。夢見心地の彼は佐和子を助手席に乗せて、颯爽とハンドルを握る自分の姿を思い浮かべて一人悦に入った。


夕食前大サロンの食卓で、父親と一緒の姉妹を見掛けることがある。ある日、オズワルドが奥様に頼まれた買い物を手にして近づくと、食卓の上に広げた地図帳とノートが目に入った。二人は父親から世界地理を習っていた。

その後も、毎日のように親子の勉強風景を目撃するようになった。ある晩、いつものようにアイロン掛けをしていたオズワルドは、大サロンの光景に突然目を奪われた。

マホガニーの食卓の中央に父親が座り、その両脇に幼い娘が寄り添い、彼らの頭上にシャンデリアが煌めいている。その構図は、子供の頃読んだ聖書物語の中の挿絵を彷彿とさせた。ジェスチャーを交えて話す父親と一心不乱に聞き入る姉妹……。そのつぶらな瞳は一途な思いに溢れ、あどけない口元は今にも喋り出しそうである。

この時彼は、この神に祝福された親子を、隣の小サロンからではなく、ルサイファの仄暗い記憶の小窓からのぞき見ていたが、少年オズワルドが父親について勉強する姿はついぞなかった。

その頃、オズワルドの家は、貧しいルサイファ村の中でも一段と貧しく、不作の年に親戚から食べ物を分けてもらうことも稀ではなかった。彼が小学生の時、妹ナディアが生まれ、それから間もなく、自分を可愛がってくれた歳の離れた姉が遠方の町へ嫁いだ。口減らしであった。

　オズワルドは涙に暮れる姉に味方し、父に反抗した。父は息子を平手打ちにしたが、そんな時、優しい母までが父に付いた。中学卒業後、彼が村を出たのは、家計を助けるためだけではなかった。大好きだった姉を家から追い出した両親が許せなかったのである。

　ルサイファの子供時代を回想していると、突然台所のドアが開き、両手に料理を抱えた佐和子が姿を現した。すると姉妹の歓声と共にシンメトリックな『聖家族の構図』が崩れた。

　姉妹が教科書を放り出し、食事の席を巡って言い争いを始めると、神々しかった光景が一挙に平凡な家族団欒に取って代わった。文枝が高飛車に言い放ち、妹が泣きべそを掻いて母親に訴える。父親は眉をひそめてそれを見守る。すべてが騒々しい奇声と混乱のカオスの壺に投げ込まれたのである。

　オズワルドは最後の服にアイロンを当て終わると、気付かれないよう、そっと小サロンを辞した。

★　★　★

「オズワルドー、オズワルドー」

　電灯の光を全身に帯びて玄関のポーチに姿を見せた佐和子が、暗闇に向かって大声で叫んでいる。その外国訛りの呼び声は、いつもよりうわずり、奥様は興奮している。声の微妙なニュアンスを聞き分けることで、彼女の心の状態を推し量ることも、時には言葉で告げられる前に話の内容が分かることもある。

　彼は夜のしじまに響き渡る奥様の異国情緒を帯びた声の抑揚にほんの一瞬酔い痴《し》れた後、椰子の茂みから走り出た。

「さあ、中に入って」

　扉の取っ手を押え、佐和子がオズワルドを小サロンに招き入れようとしたが、彼は尻込みした。小サロンは暗闇に慣れた彼の目には眩し過ぎる上、家族団欒の濃密な空気が充満していて、部外者の闖入を拒んでいたからだ。

「テレビを見てごらん」

　戸口に近い所にいた洋平が、上機嫌でオズワルドに声を掛けて来た。誘われるまま靴を脱ぎ、足を踏み入れたものの、場違いな感じで猛烈に居心地が悪い。所在なく立っていると、佐和子が自分の隣の肘掛け椅子を指さした。

「ここに座って……。あなたの席よ」

勧められるまま着席すると、

「結婚パレードだよ」

今度は洋平がテレビ画面に目を釘付けにしたまま一言、言った。

オズワルドはしばらく放っておかれた。テレビの正面に陣取った文枝と久枝の姉妹は、両腕で膝を抱きかかえる格好で絨緞に直接座っている。二人は飛び入りのオズワルドには気付かないかのように、テレビ画面をゆっくり進む一台のオープンカーを食い入るように見ている。オズワルドは神経質になった時の癖で、右手の指で左の腕の皮膚を頻りと突いたりつねったりした。

「何か、分かる？　オズワルド」

佐和子がようやくテレビから目を離し、彼を振り返って悪戯っぽく笑った。なぜ自分がここに呼び入れられたのか理解できない彼は、ただぎこちなく笑って返すしかなかった。それでも奥様の気持ちに少しでも応えようと、大群衆に取り囲まれたオープンカーについて何か一言気の利いた感想を述べようとして、思い留まった。文枝らのいる前で滑稽なことを喋って、嘲笑されることを恐れたのである。

「日本は皇太子さまの結婚で大騒ぎなの」

と、佐和子がやっと謎解きをする気になってくれた。

「日本のニュースがブルンジで流されるなんて珍しいでしょう。もしかしたら、これが初めてかもしれないわね」

沿道の群衆の顔が大写しになった時、愉快そうに洋平が一言付け加えた。

「全部、日本人だよ」

この時、皆が一斉にオズワルドの方を振り返った。彼らの目が口々に『これが私たちの国、日本よ』とささやき掛ける。

テレビは結婚の祝賀パレードを映していた。オズワルドはオープンカーから手を振る若い皇太子夫妻より、小旗を振る沿道の群衆に興味を引かれた。彼はこの部屋にいる四人以外に、こんなにも大勢の日本人がいることが信じられなかった。

「ほんとに全部、日本人ですか?」

オズワルドが何を言うか、皆が固唾を呑んで注視する中での発言である。文枝が何か言って母親と目配せした。彼の舌足らずな感想が皆の失笑を買ったことが見て取れたが、彼は笑ってごまかした。

彼の発言を機に部屋の空気が和み、皆がてんでに口を利き始めた。文枝が手にした袋からピーナッツを一掴み取り出して、オズワルドの手のひらに分けてくれた。

テレビ画面が変わり、祝賀パレードが転じて、近代的な工場や研究所の内部を映し始めると、日本の先端技術について、洋平がオズワルドのためにフランス語で短い説明を加えた。次に、場面が日本の伝統的な田園景色や日本家屋に移ると、今度は佐和子が障子や畳の紹介をすると言った具合に、不案内なブルンジの若者のため、夫婦がリレーで案内役を買って出た。

オズワルドはご主人の心遣いに内心小躍りしながらも、その一方で、有頂天になって軽はずみなことを口走りはしないかと怖気づいていた。というのも、ご主人の打ち解けた態度に乗せられ、恥を掻いたことがあったからである。

一週間ほど前の晩、椰子の持ち場で休息を取っていると、ご主人夫婦が裏庭に姿を見せ、オズワルドに声を掛けた。二人は暗い庭の中ほどに立ち、頭上の月を見上げている。煌々と輝く美しい半月の晩であった。

「見てごらん」と言って、洋平が彼の手に渡したのは双眼鏡であった。

初めて手にする双眼鏡を、言われるがまま目に当てた。やっと接眼レンズの狭い視野に半球を捕らえた時は、その奇妙な光輝く球体が手の届きそうな所にあって、今にも自分の頭上に落ちてきそうで、恐怖のあまり一瞬声を上げそうになった。

横で洋平が説明してくれたが、彼には水疱瘡のようなあばた面が、肉眼で見ている同じ月とはにわかに信じ難かった。月面に大小無数に刻まれたリング状の陰影とその臨場感に圧倒された彼は、思わず喉の奥から「ああ」と、自分でもびっくりするような溜め息を漏らした。

「二十年前、アメリカ人が月の上に立った時は、皆がテレビに釘付けになった……」

洋平が月面征服の講釈を始めたが、その頃のブルンジにはそもそもテレビがなく、話題にもならなかった。

「信じろと言われても無理よね。月の上を逆さまになって人が歩くなんて、絶対無理だわ」

と、佐和子が自己流の解釈にオズワルドの共感と同意を求めた。

「今も空を人工衛星が回っているけど、オズワルドは知っている？」

いつも夜空を眺めて過ごしている彼は、星間を滑るように進むジェット機の点滅灯と、それよりずっと暗く点滅しない光があることは知っていたが、飛行機に乗ったこともない彼は、その違いに全く関心がなかった。

「日本人で宇宙飛行士になった人もいるのよ」

と、佐和子が自慢げに言った。

黙ってばかりいては無粋な男とみられると思ったオズワルドが一言漏らした。

「お金をいっぱい稼いだんでしょうね」


軽く応じたつもりが、大失敗だった。洋平と佐和子が互いに目配せするのが、月明かりの下ではっきり見て取れた。彼はこうした場面でお金の話を持ち出した自分の無分別にすぐ気付いたが、後の祭りである。二人の主人の口元に浮かんだ冷笑を見過ごすほど、彼の感性は鈍くなかった。しかも、途中から文枝と久枝が天文観察会に加わっていた。幼い彼女らの前で非文明人振りを演じたかと思うと、居たたまれない気持ちであった。

三十分ほどで皇太子ご成婚の特別番組が終わった。姉の文枝がパチパチパチと手を叩くと、久枝がそれに倣った。それを見て、オズワルドは未練がましくならないよう潔く席を立った。

その時、彼が今し方まで座っていた椅子を洋平が指さし厳かに宣言した。

「それがお前の椅子だ。私たちがテレビを見ていたら、好きな時に見に来て構わないからね」

オズワルドがいた場所は普段空っぽであったから、『オズワルドの椅子』のため、ご主人が肘掛け椅子を一つ小サロンに持ち込んだことは明白だった。

夜の見張り場に戻ったオズワルドが、混乱した頭を芝生に横たえると、湿り気を帯びた夜気が椰子の葉から降りてきて、彼の上気した頬を優しく撫でた。その葉陰を通して、背高のっぽのパパイヤの天辺に懸かった月が、オズワルドを見下している。彼は起き上がると、降り注ぐ月光に向かって十字を切った。

そこは、わずかに窪地になったブーゲンビリアの根元で、防犯灯が濃い陰を作っているため、正門を見張るのに絶好の場所で、また誰にも邪魔されず一人夢想に耽ることのできる、オズワルドの『隠れ家』でもあった。

窪地に身を沈め、目を閉じていると、『オズワルドー』と彼の名を呼ぶ声が、深いユーカリの森にこだまする。母か妹ナディアの声である。ナディアは誰からも好かれる村一番の器量好しだ。しかも勉強好きで、高校進学が決まっている。オズワルドは妹を自慢したくて堪らないのだが、一度もご主人から聞かれたことがなく、話す機会もない。

先日、オズワルドは子猫と戯れている姉妹に近づき声を掛けたのだが、その時の歯ぎしりしたくなるほど苦々しい思いが、今も脳裏に蘇ってくる。

「フランス学校へ行かないの？」

オズワルドから声を掛けられ、姉の文枝は驚いた様子をしたが、すぐに膝の上の子猫の喉を撫でながら答えた。

「復活祭のお休みが終わったら行くって、お父さんが言ってた。妹は家でお母さんと勉強するの」

そう答えてから、逆に文枝が質問をしてきた。

「オズワルドは、どこの学校へ行ってたの？」

「どこって、遠くにある田舎の学校だよ」

不意を突かれてオズワルドがうろたえる。

「フランス語はそこで習ったの？」

「そうだよ。中学でちゃんと習った。でも、高校へは行かなかった……。行けなかった……」

家計を助けるため、優等生の自分が進学を諦めざるを得なかったことを、小学生の文枝に話せない口惜しさを埋め合わせようとして、彼はつぶやいた。

「妹は十月に高校に進学するよ。ナディアと言うんだけどね、僕よりもずっと優秀で、特に数学が得意で、クラスでいつも一番なんだ……」

「カイ！」

　文枝が叫んだ。その時、灰色の子猫が彼女の膝から飛び降りたのだ。

「どこ行くの。戻っておいで！」

　二人の姉妹は、オズワルドの傷付いた自尊心なぞお構いなしに、逃げた子猫の後を追って走り出したかと思うと、ふいに彼の前からいなくなった。彼は幼い姉妹相手に妹の自慢話をしたことで、かえって惨めな思いを味わう羽目になった。

「ふう」と深い溜め息と共に、オズワルドは目を開けた。彼が物思いに耽っている間に、パパイヤに懸かっていた月は、澄み切った夜空をわずかに移動しただけで、変わらずレモンの植え込みやバナナの茂みに銀色の光を降り注いでいた。テレビの放送時間が終了して小サロンの明かりが消え、一家は皆、大サロンと子供部屋へ移動した。彼は薄暗闇の小サロンにぽつんと残された『オズワルドの椅子』を思い浮かべた。

　オズワルドは夢見がちな少年時代を過ごした。彼の夢想は決まって巨人の登場で始まる。抗《あらが》い難い不思議な力に導かれてユーカリの森を登って行くと、峠で雲を突くような大男に遭遇する。少年オズワルドはユーカリの空を背に巨人が峠の反対側から突如雲のごとく湧き出てくる場面が好きで、何度見ても心を揺さぶられるのであった。

　その後は、子供向けの荒唐無稽な騎士道物語となって話は展開し、大方の場合、諸国の漫遊を終えて帰郷した勇者オズワルドが、悪党どもに囚われた村人を救い出すという、ありきたりの結末で終わる。

　こうした白昼夢を、彼は少年の頃から繰り返し見てきた。取り分け学校への行き帰り、ユーカリの尾根をとぼとぼ独り歩いている時、少年は空想という名の大地を自在に闊歩し、奇想天外な英雄伝や武勇伝を創っては一人悦に入っていた。妹ナディアの役どころは、悪党にかどわかされて危うく救出される姫である。彼女を襲う山賊どもは辺境に棲むフツ族だ。フツ族が悪党なのは、単に悪役を必要としたからであった。

　オズワルドが夢想に耽っていると、耳元でカサッ、カサッ、カサッと地面を踏む足音が彼に危険を知らせる。歩哨の本能が目覚め、オズワルドは現実世界へ引き戻された。うとうとしていたに違いない。カサッ、カサッと地面を踏む音は、レンガ塀の方から聞こえてくる。彼は脇にある護身用の鎌にそっと手を触れた。

「オズワルド、おい、オズワルド」

低い声が地を這って彼の耳に届いた。大佐の歩哨、サルバドールのしわがれ声であった。彼は鎌を元に戻すと、レンガが崩れて一段低くなっている二人の連絡場所に近づいた。

「もっと傍に来い。ニュースがある」

サルバドールが声を潜め、どすの利いた声でささやく。オズワルドが塀に手を掛けて身を乗り出すと、小柄なサルバドールの醜悪な顔が間近にあった。

「どうしたの？　こんなに遅く」

お隣同士とは言え、サルバドールとはこんな夜更けに言葉を交わす間柄ではない。オズワルドと同じツチ族の彼は、ツチ同士もっと腹を割って付き合えと要求するのだが、自分とは親子ほど歳の離れた陰気臭いこの小男を、オズワルドは一目見た時から嫌悪し、できるだけ避けるようにしていた。

「お前、知っているか？　チビトケで流れている噂のこと……。軍隊が出動して、フツのやつらを五十万ほど抹殺するって話だ」

前置き抜きで、サルバドールが若いオズワルドを脅しにかかる。

隣国ザイールと国境を接するブルンジ北部のチビトケ州が危険な紛争地域であることや、二十年前の大虐殺がチビトケから始まって全国に伝播したこと、そして、各新聞がチビトケをブルンジ内紛の火薬庫と呼んでいることぐらいの予備知識なら持っていたが、『五十万人の虐殺』とは途方もない話で、到底信じられない。

「まさか……嘘に決まってる」

「無論、噂だ」

相手を小馬鹿にしたようにサルバドールはあっさり認めた。

「問題は、誰がこんな噂を流しているかということだ」

彼は言葉を切って、オズワルドに考える時間を与える。

「僕には想像もつかないよ」

オズワルドが渋々と答える。

サルバドールによると、噂を流しているのは、虐殺される側のフツ族自身だと言う。やつらが自ら危機を煽り立て、暴動を起こす準備工作をしているというのがサルバドールの説である。大統領選挙が今のように神経質な展開を見せると、人は噂を信じやすくなる。こうして噂が噂を呼び、人々は疑心暗鬼に陥る。そして、それがたとえ現実離れした馬鹿馬鹿しい話でも、実際にそれを信じる住民がツチの側にもフツの側にも大勢出て来る。

オズワルドは、月光に浮かび上がるサルバドールの恐ろしい形相を間近に見た。深いシワがなめし皮のような皮膚に縦横に走っている。『だからこうだ。それはだな……』と、ぐいぐい押して来るその気迫に圧倒され、オズワルドはたじたじである。

「慌てふためいたチビトケの知事が、大佐殿の話だと、『噂を信じるな』と住民に説いて回っているらしい。噂が本物になるのが怖いのだ」

サルバドールは何気なく『大佐殿』と付け加えたが、彼がその言葉を『襟を正して厳かに』発音したことにオズワルドは気付いていた。

「へえ、大佐殿の話なの」

「無論、直接、聞いたわけじゃない」

軍の大佐であるご主人の忠実な腹心を自認している彼は、自分の軽率な発言が大佐に累を及ぼさぬよう、細心の注意を払っているのだ。

サルバドールらお屋敷の使用人には『内々の情報網』なるものがあるらしいが、それが何か、オズワルドはあえて尋ねなかったし、知りたくもなかった。彼がサルバドールを嫌う第一の理由は、事あるごとに彼に陰謀の片棒を担がせようと仕向けてくることだった。

大佐の屋敷には三人の外回りの歩哨に加え、屋内専門の使用人が二人いる。使用人五人は、大きな屋敷が多いロエロでもかなりの大所帯だ。彼らの一人が大佐の会話を立ち聞きし、それをサルバドールに伝えるのだろう……。軍人なら尚更だが、大佐はツチの中から使用人を選ぶ。中でも最古参のサルバドールは大佐の信任が厚く、二十年この方一途に大佐に仕えてきたというのが彼の自慢だ。

サルバドールの話から察するに、大佐は使用人の監督を彼に任せているらしい。監督だけでなくスパイも……。従って、オズワルドの言動についても当然、大佐殿に筒抜けということになる。

「お前を見込んで教えてやったんだ。大佐殿が言ったって誰にも言うな」

と釘を刺して引き返そうとするサルバドールを、オズワルドが引き止めた。

「ねえ、戦争になると思う？」

「そうなったところで、どのみち、軍隊がついている俺たちの勝ちさ。その方が大統領選挙より手っ取り早いというもんだ」

そう言うと、サルバドールは不気味な笑みを残して闇の中に消えた。

サルバドールの背筋の寒くなるような話を聞いた後は、先ほどまでの夢見心地が吹っ飛び、『オズワルドの椅子』までが味気なく思われてきた。辺りを見回すと、甘い夢の消え去った跡には、夜盗の跳梁する情け容赦ない夜の闇があった。

彼は護身用の鎌を手に、いつもの手順に従って定期巡回を始めた。屋敷と表道路との境をなすブーゲンビリアの生け垣は、以前から二、三か所が薄くなっていて賊の進入路になり兼ねない。ご主人に報告し、ガマを編んで応急処置を施した方が良い。鋭い棘のあるブーゲンビリアはどこの屋敷でも生け垣に利用されているが、昨今の盗賊団は剪定鋏で大穴を開けて進入するというから、その棘もあまり役立ちそうにない。

更に他にも改善すべき点が多い。万が一、チビトケで暴動が勃発すれば、ブジュンブラとて無事では済まないだろう。彼はサルバドールの言葉の信憑性を疑っていなかった。何しろその背後には『大佐殿』が控えているのだ。

わずかな異変も見逃すまいと物陰に神経を尖らせながら、オズワルドは境界に沿って進み、ご主人の寝室の前を迂回して裏手に出た。ここは防犯灯の灯りが届かず警備上一番の死角だが、お隣のベルギー人の番犬のお陰で幾分安心していられる。

暑い日の昼下がり、生け垣を透かして、プールサイドで遊ぶベルギー人の子供の白い肌が見えることがある。しかし生け垣に近づき過ぎると、すかさず二頭の猛犬が飛んでくる。

ベルギー人の屋敷は使用人が三人で、全員フツ族だ。表通りで出会った時立ち話する程度だが、特にフツを意識してのことではない。近所付き合いはとても大切だ。警備上情報交換が不可欠だし、日常的に物を融通し合うなど生活上の利点も多い。しかし、オズワルドの親密な付き合いは、今のところ大佐の屋敷に限られている。

お屋敷を取り囲む三つ目の境界は、裏庭の最も深い所に張られた金網の長い柵である。その金網の四分の三ほどで境を接しているのがルーマニア大使館の裏庭で、オズワルドの屋敷とは背中合わせの位置関係にある。最も警戒を要するのが、この金網に沿った暗い隅や藪陰だ。パパイヤなど背の高い木々がフェンスを跨いで枝を伸ばし、金網を乗り越える際の足場を提供している上、大使館の裏庭がバナナ畑で、垂れ下がった大葉が視界を遮り、夜盗の接近を許している。そして最悪なことに、この屋敷には歩哨がおらず、番犬もいない。

そして大佐の屋敷との境界は、人の頭が見えない程度の低いレンガ塀で、乗り越えることも容易であるが、サルバドールらが厳重に警備しているので、最も安心していられる。そのため、オズワルドが身を隠す『見張り場』もレンガ塀に比較的近いところにある。

巡回を終えたオズワルドは、水道の水で喉を湿らせると、軒下のコンクリート敷きにムシロを敷き横になった。彼が仮眠を取りながら警備をする所は他にも二か所あるが、警備の点でここに勝る場所はない。防犯灯の濃い陰が彼の身を守ってくれる一方、建物の角から顔を少し出すだけで、正門から車寄せまでが見通せる。

だが、彼がここを選ぶ最大の理由は、床のコンクリート敷きに耳を押し付けて休むため、玉砂利を踏む音はもとより、反対側の窓が軋むかすかな音も彼の鋭い聴覚を免れることはできないからである。つまり、居ながらにして屋敷内の動きを監視できるポイントなのだ。

オズワルドは護身用の鎌を手元に引き寄せ、横向きになって両腕を身体に堅く巻き付け、全神経を耳に集中させた状態で眠る。眠ると言っても、あくまで警戒心を解かない程度の浅い眠りである。歩哨が前後不覚になって夜盗に寝首をかかれれば、物笑いの種にこそなれ、文句は言えないのである。

★　★　★

ブルンジには鉄道網がないため、長距離バスが次々と発着する朝のバス広場は、地方へ行く人々や物売りで喧騒を極めている。行き先の町の名を叫んで集客するのは、首都と近郊を結ぶミニバスの運転手で、特に乗り場も決まっておらず、満席になり次第出発する。

慌ただしく発着するバスの間を、大きな荷物を引きずって右往左往する帰省客が混乱に拍車をかけている。彼らのバッグは一様に郷里の親戚縁者への土産物で張り裂けそうである。その中に、久々に懐を膨らませて帰省する出稼ぎ組もあれば、その懐を狙ってスリが横行するのも、バス広場の日常風景と言えよう。こうした混乱に誰もが辟易しながら、その独特の熱気に当てられ、気が立っている。

そんな興奮のるつぼから取り残され、広場の片隅でひっそり身を寄せ合う一群が人目を引く。彼らは内乱のザイールを逃れ、タンガニーカ湖畔の国境から不法に流入した難民たちで、子供を抱きかかえて途方に暮れる女たちの姿が哀れを誘う。

難民の中には、二十年前の大虐殺の際に、ブルンジからザイールへ逃れ、そこで避難生活を送っていたブルンジ人も含まれる。彼らは鍋釜を担いで国を渡り歩く『流浪の民』で、久し振りに祖国の地を踏んだものの、落ち着き先のあてもなく、バス広場にたむろして救済の手を待っている。

最近では珍しくもない光景で、通常なら通行人の格好の気晴らしであるが、今は誰もが目を背け、足早にその傍らを行き過ぎる。大統領選挙が近づき、各地から民族抗争の不穏な空気が伝えられる中、『明日は我が身』と思うと、他人の不幸を憐れむ心のゆとりもないのである。

今朝のオズワルドはバス広場の喧騒の只中に身を置いていた。彼のポケットは昨日洋平から渡された給料で膨らんでいる。大金を手にしての帰郷は久し振りである。帰郷だけならいつでもできるが、出稼ぎ組がお金も土産も持たずに帰ることなど論外であった。

長距離バスの切符売り場は、我先にと殺到する人々で殺気立っていた。土煙が立ちこめ、人いきれでむっとする中、誰もが必死の形相で押し合いへし合いしている。オズワルドは痩せこけた老人の肘でしこたま胸を突かれたが、顔をしかめただけで哀れな老人を許した。この日の彼はいつものオズワルドと幾分違っていた。『人生に見通しをつけた男』として、多少なりとも胸を張っての帰郷であった。

バスの切符売り場から道路一つ隔てた商店街の一角に、洋菓子を製造販売するギリシャ人の店がある。洋平が仕事の帰りに時折立ち寄るので、オズワルドにも馴染みの店であった。洋菓子は、彼のような使用人には手の出ない贅沢品であるが、今のままお屋敷勤めが続けば、いつか手土産に買って帰り、皆を驚かすこともできるだろう。

他愛のない空想に耽りながら洋菓子屋の店先を眺めていると、一人の白人の男が紙袋を抱えて店を出てきた。彼が道路を渡り始めた時、その男の車が切符売り場に近い街路樹の下に駐車したワゴン車だろうと、オズワルドは見当を付けた。なぜなら、彼のご主人である洋平が、しばしばその場所に駐車したからである。

白人の男がワゴン車のドアに手を掛けた時、十二、三歳の子供が駆け寄り、チップを要求した。町中でよく目にする駄賃稼ぎの光景である。自分が車を見張っていたと主張する子供に、男は首を強く横に振った。それを見て、他の子供たちが加勢し、男を取り囲み、口々にはやし立てた。

最初の子が男のわき腹を突いて、「マネー、マネー」と叫んだ、その時、隣に止めてあった大型ジープの陰からすっと手が伸びて、白人のズボンの後ろポケットから財布を抜き取ったかと思うと、次の瞬間、その姿は人込みの中へと掻き消えた。

バスの切符を手にしたオズワルドがお土産を求めて通りを渡ろうとした時、けたたましく鳴るクラクションの隙間を、獣のように背を丸くして駆け抜ける黒い影があった。

『セレスタン……』

驚いてブレーキを踏む車を尻目に走り去る彼を見て、オズワルドは先ほどのスリがセレスタンだと確信した。デニスの飯屋で『白人は皆、ちょろいもんだ』とうそぶいた彼のふてぶてしい顔が頭を掠めた。オズワルドは、子供たちを使ってスリを働く彼のやり口に衝撃を受けると同時に、その大胆さに度肝を抜かれた。教会に誘った時『そのうちね、兄貴』と、しおらしく項垂れて見せたセレスタンに心を動かされたことを思うと、にわかに怒りが込み上げてきた。

彼はお土産を求めて、バス通りの雑貨屋を数軒回ったが、その間も世間を嘲《あざけ》るセレスタンの顔がちらついて、それが異様な欲望となって渦巻き、一向に興奮が鎮まらない。オズワルドは虚ろな目で米やパンなどの食料品を物色していたが、突然雑貨屋を飛び出すと、バス通りを曲がって電気屋街に入り、最初に見つけた店のドアを押し開けた。

ショーケースには、オズワルドが以前から目星を付けていた最新型のラジカセが納まっていた。その前で釘付けになった彼を見て、若い店員がラジカセを取り出し、すぐに値段交渉を仕掛けてきた。彼はいきなり値を下げた。それは、オズワルドが何度も通った馴染みの電気店より二千フランも安かった。ズボンのポケットの中で、彼の指先が昨夜洋平から渡された札束に触れた。

彼は逡巡《しゅんじゅん》した。一万四千フラン（約七千円）は手持ちのほぼすべてである。自分の欲望を満たせば、両親に渡す金も食料を買う金も消えてしまう。真っ先に悲嘆に暮れる両親の顔が浮かび、お産の後、病気がちの妻の恨めしそうな顔が続いた。それでも、セレスタンによって触発された得体の知れない欲望が、悪魔に心を売り渡すようにオズワルドをそそのかした。

彼の妻は両親の勧めに従って結婚した女だ。働き者で、母との折り合いもよい。取り分け可愛い孫を授けてくれた嫁に両親は満足していた。彼女はどこから見ても難点のない嫁ではあったが、オズワルドが好きで結ばれた女ではなかった。そんな新妻に年老いて日増しに体調不良を訴える両親の面倒を見させている彼は、帰郷に際し、妻の好物であるふかふかのパンを土産のリストの一番に加えた。今ここでお金を使い果たせば、帰省は中止する他ない。

ためらっていると、店の主人と思しき男の声が奥の方から「おい、ちょっと……」と店員を呼んだ。オズワルドの父親に似たそのしゃがれ声を耳にした時、彼は呪縛から解き放たれた。

もう一押しと意気込んでいた店員が「ちょっと待って」と言って、その場を離れた隙に、オズワルドはラジカセを残して店を出た。そして、すでに品定めを済ませていた雑貨屋に戻ると、今度は迷うことなく米、パン、砂糖など、妻の欲しがる食料品を詰めるだけバッグに詰め込んだ。

第四章　便利屋プラザ

外務省などの中央政府機関が新市街地へ次々移転を果たした後も、下町に留まっているブジュンブラ市庁舎は、あちこちペンキが剥がれ落ちた年代物の木造公舎である。その二階にある市長室は、ブヨヤ大統領の額入り写真が目立つ質素な執務室であったが、風通しが良くとても爽やかである。

会議に参集した四人は、型通りの挨拶を済ませて、接客用の応接セットに納まった。市長と向き合って洋平が座り、市長の左手に青少年課の若い課長が、その正面、洋平の横に識字教育ボランティア代表のアデルが、それぞれに席を占めた。

先ほどテーブルの上に資料を並べていた女性秘書が隣の控え室でタイプを打っている。入口ドアの薄い化粧板を通してガチャガチャと気ぜわしく音が鳴り響き、眠たげな午後の空気にある種の活気を与えていた。

ブジュンブラ市の開発計画に関する市長の型通りの説明に、適当に間を置いて相槌を打つのは、主賓である洋平の役目だ。市長の淀みのない話し振りからは、市長室を訪れる外国の視察団から経済援助を最大限に引き出すため、幾度となく説明を繰り返してきた執念が伝わってくる。

彼はここ数年間の首都における浮浪少年の増加と家出少年の流入問題、取り分け青少年犯罪の爆発的増加を憂えて、好人物らしく大仰に嘆息してみせた後、対策については、隣の三十歳前半の新進気鋭の課長に場を譲った。彼は配布資料のグラフと数値を盛んに引用して話したが、数か月前にフランスで開発セミナーを受けたというから、資料もその時の焼き直しに違いない。

一方、識字教育のボランティア組織を代表して参加したアデルに発言の機会がない。彼のような弱小の民間組織は、援助獲得のいわば『撒き餌』として利用されるが、聡明なアデルは自分の立場を十分心得ているのだろう。きりっと唇を真一文字に結び、無駄口を叩くまいと決めているようだ。

最後に洋平が、用意した計画概要のコピーを提示しながら、その骨子の説明に移った。彼が練り上げた計画は、アデルの識字教育と連携し、十二歳から十八歳までの浮浪少年を雇用して彼らの生活を保障すると共に、社会に役立つ技術の習得と就業意欲の向上を目指すものであった。年端の行かない浮浪少年を雇用し、その社会的自立を助けるという発想は、洋平が海外援助に関わり始めた頃から温めてきたもので、これこそコペルニクス的な発想の転換だと自負している。

洋平は赴任に当たり、この点に関して協会の主なスタッフと議論した。スタッフの多くが、これは国際条約が禁止する『児童労働』に当たるとして懸念を示したが、最後は理事長の裁定で洋平の案が入れられた。国際労働機構によると、世界の児童労働は二億人に達するという。ここブジュンブラでも、小中学の学齢に当たる子供たちが、観光地や市場で物売りをして実際に生計を立てている。机上の空論ではなく、現実に即した解決策こそが、洋平が追求して来た現場主義の真骨頂であった。

「このプロジェクトの成否は、少年らをいかに繋ぎ止めるかに懸かっています」

そう言って、洋平はアデルの顔をちらっと見た。

「しかし、我々外国人にその力はありません。現地語も話せないし、少年らの心を掴む術も知りません。資金とアイデアこそ出しますが、これは実質的にアデルさんとの共同プロジェクトと言えます……」

アデルへ話を振ろうとする洋平の意図を察した市長が、そこで手を一振りして話の腰を折った。

「いいえ、これはプレゼントです。日本からブルンジへの本物のクリスマスプレゼントです。子供たちを不憫に思う親心なら私たちも負けませんし、アイデアにも事欠きません。問題は資金です。そのため、私たちは手をこまねいてきました。そこが肝心な点で、アデル君も考えは同じだと思いますよ」

　と言って、市長はおざなりにアデルを一瞥すると、テーブルから洋平の名刺を手に取った。相手の名前を呼ぶ時の彼の癖らしい。

「ムッシュー・タテヤマ、いいですか。ざっくばらんに言いわせてもらうと、外国から大勢の使節団がここを訪れます。そして実に真心のこもったアドバイスを残して行きます。ですが、言葉の置き土産をもらったところで、一体何になります？　言葉で子供たちの腹を満たすことはできますか？……」

　そう言って、市長は顔をしかめ、手のひらを上に向けて空っぽの仕草をしてみせた。また『子供たちの腹を……』の下りでは、実際に自分のおなかを手でさすり、情に脆い洋平を当惑させた。その自嘲めいた演説が市長の名演技だったとしても、胸を打つものがある。

　最後に、市長は「大使館がなくては、何かとご不便でしょう。困った時は、いつでも私に直接電話を……。できるだけのことはさせてもらいますよ」

　と紋切り型の口上を述べ、いそいそと洋平たちを執務室から送り出しにかかった。

★　★　★

　洋平のジープは、ゴミの散乱する市庁舎脇の空き地にあるユーカリの大木の下に止めてあった。市長との会議を無事に終えた洋平は、足のないアデルに、彼の事務所まで送り届けることを申し出た。

「オニヴァ（さあ、行こう）！」

　フランス語の掛け声と共にエンジンを始動させ、人と車が錯綜し、警笛の鳴り響くジュネス通りを、通行人を掻き分けるように車を進めた。車道に溢れ出た人々の多くは民衆市場で買い物を済ませた人たちで、手に黒いビニール袋を提げている。

　隣の助手席を振り返ると、会議中硬い表情を崩さなかったアデルの眉間が緩んでいる。彼のような堅物は付き合いづらい反面、協力者としては理想的だ。洋平が彼をドライブに誘ったのも、そんな彼と親交を深めるのが目的であった。

　途中、道路の混雑を避けて右往左往するうちに大学通りに出た。首都を南北に分ける大学通りは、町の東の外れにあるお椀を伏せたようなキリリの丘に向かって一直線に延びている。アデルは、その丘の北方に広がるブジュンブラ最大の貧民地区カメンゲで、識字教育の活動を行っている。従って、洋平のプロジェクト名は『カメンゲ計画』である。

ブルンジ大学工学部のキャンパスの前まで来た時、通りいっぱいに広がって歩く学生の群れに出くわした。自分たちが交通の妨害になっていることなどお構いなしに三々五々そぞろ歩きをしながら、全員が口角泡を飛ばして議論を戦わせている。寡黙で控えめな日本の大学生を見慣れている洋平の目には、異様な光景に映った。

「彼らは何を話しているのだろう？」

洋平がアデルを振り返った。

「国の将来ですよ」

と、アデルはこともなげに答えた。彼の耳は学生らの話の内容が聞き取れるのだろうか。

「なぜ、そう思う？」

「なぜって、そうですから」

「やけに自信があるね」

洋平が言葉に少しばかり皮肉を込めた。

「僕も少し前まで学生でしたから……」

「ほお、そうなの。君はブルンジ大学の学生だったの……知らなかった」

ブルンジには総合大学が一つあるきりで、幸運な大学生は一握りしかいない。洋平は驚くと同時に、アデルという若者に一層強く惹き付けられるものを感じた。

「それで、何を専攻したの？」

「医学です」

食事の話でもするように、アデルはさらりと答えた。洋平は、知り合ってから随所で彼の意外性に気付いたが、学歴にまでは考えが及ばなかった。何となく教員養成学校くらいに思っていた。一方、ブルンジ大学卒といえば大変なエリートで、卒業生の多くが高級官僚の道を行くと聞いている。取り分け医学部となれば将来を嘱望されるはずだが、アデルの外観からは、そうした気負いのようなものを全く感じさせない。

ブルンジ大学のメインキャンパスは大学通りの突き当たりにあるが、アデルが学んだ医学部、それと文学部、体育学部は本部から切り離され、その背後に控えるキリリの丘の頂上付近にある。

　洋平は、体育指導の派遣要請を受けてキリリの体育学部を訪れたことがあり、その時、半裸でサッカーに興じる若者たちと言葉を交わした。グラウンドは非常に高い金網のフェンスで囲まれており、さもなければ、サッカーボールは山麓の樹海に飛び込んだきり永久に戻って来ないだろう。

　眼下に広がる白亜の町ブジュンブラと、モヤに霞むタンガニーカ湖のえも言われぬ美しい景色が、洋平の目に今も焼き付いている。こんなにも恵まれた環境で勉学に打ち込む若きエリートたちを、彼は羨望の念で眺めたが、アデルもかつてはそうした仲間の一人であったのだ……。

「君はせっかく医学部を出たのに、ボランティアをしていて残念だとは思わないの？」

「…………」

　どう答えるべきかアデルは考えている。

「医者になりたいと思わなかったの？」

　重ねて洋平が追及する。アデルの口からぜひとも彼の回答を聞きたかった。


「今でも十分役立っていると思いますよ」

　少し間をおいて彼が答えた。

「識字教室のない日は、近くの村に行っています。村には診療所がなく、村人は今も呪術師に頼っているんです。ブルンジは今も魔術がまかり通るような国ですから、必要なのは医療よりも教育だと僕は思うんです」

　アデルは力説したが、それは模範的過ぎて、洋平が聞きたかった答えとは違っていた。彼は故意に話をはぐらかそうとしているのか、ただ真摯に話しているだけなのか、真意を計りかねた。

　アデルと話しながら、洋平の心中は穏やかでなかった。彼らの捨て身の奉仕活動と比べた時、日本の海外ボランティアがボランティアの名に値するものかどうか、深刻な問いを突き付けられている気がしたからである。日本の場合、ボランティアと称しながら、実際は十分な海外手当を受け取っている。そこで、洋平はわざと意地悪な質問をアデルに投げ掛けた。

「日本だと医者は社会的地位が高く、大金が稼げる。でも、君はそうじゃないんだ」

「…………」

再び黙り込む。彼は洋平の挑発に乗って来ないばかりか、にこりともしない。ユーモアに欠けるだけの野暮な男なのか、傑物なのか……。洋平はそんな若造に苛立つ自分に気付いた。それでも、アデルをよりよく理解しようと、無意識に自分の過去を振り返ったが、どこを探っても、何一つ共通点らしきものが見つからない。

ジープは『九月二十八日通り』に突き当たった後、キリリの山麓に沿って大きく左にカーブを切り、北西に進路をとる。この独立記念日に因んで名付けられた真新しい環状線に沿って現在都市開発が進み、その外周の山麓には高級住宅がひっそりと緑の中に身を潜めている。

先日、文枝の通うフランス学校のＰＴＡに出席した洋平は、大使館関係者の多くがここに居を構えていることを知った。

洋平が住むロエロ地区がベルギー統治時代の旧住宅地とすれば、展望の開けたキリリ地区は新興住宅地と言える。ここに別荘を構える地元の有力者もいて、一握りの特権階級が深い木立に包まれたプール付きの閑静な屋敷で豪奢な生活を送っている。アデルやオズワルドらが住む貧民地区とは、まさに天と地の差がある。

『九月二十八日通り』を更に進むと、今も盛んに工事が行われている、赤土が剥き出しの新開発地区が広がり、短期大学、職業訓練所、総合病院、軍の施設など真新しい公共施設が次々と現れる。そして、この近代的な環状道路の終点にカメンゲの大サークル（環状交差点）があり、このサークルを起点に国道一号線が内陸部へと向かって延びている。

車がサークルを越えて北部地区に入ると、町の様相がガラリと変わる。素掘りの排水路に沿って土壁の貧しい人家がひしめき合い、穴ボコだらけの道路にゴミが散乱し、裸足で子供が駆け回る。ここが、首都ブジュンブラ市の面積の半分を占める、最大の貧民地区カメンゲの入り口である。

アデルの識字教育施設は、カメンゲの真ん中辺りにある。貧民地区はどこも路地が網の目状に複雑に込み入って、荷車がやっと通れる道も多く、外国人が一旦迷い込んだら簡単には戻って来られない。アデルが誘導してくれた道は、小型ジープがかろうじて通れる下水溝の堤で、溝に向かってタイヤがずり落ちそうであった。

人家の裏側を貫く堤は、裏庭を幾分見下ろす高さにある。表通りからは無味乾燥な土塁の連なりでしかない貧民窟も、裏側に回ると、下水溝に沿ってバナナの葉が垂れ下がり、各家の流しの周辺にはブーゲンビリアなどの草花が咲いていて潤いを感じさせる。

裏庭はまた、どこも女の仕事場である。地面にしゃがみ込んでタライで洗濯をする女、乳飲み子をあやす女、垣根越しにお隣と雑談する女、その傍らで水遊びをする素っ裸の幼子もいれば、上半身裸の女もいて、時ならぬ闖入者に驚いたように、洋平のジープを振り仰ぐ。

図らずもアフリカ住民の赤裸々な生活の只中に投げ込まれた洋平は、彼らの私生活を裏窓からのぞき見しているようで気が咎める一方、その牧歌的ともいえる素朴な日常風景を間近に見て、彼は自分が心のどこかで密かに抱いてきた憧憬と出会ったような不思議な気持ちにとらわれたのである。

みすぼらしい掘っ立て小屋の手前で車を止めた。その周辺は石ころだらけのだだっ広い空き地になっていて、その奥の方に、土造りの平たい小学校の校舎が小さく見えていた。

車を降りると、アデルは数人の子供に取り囲まれた。彼がキルンディ語で声を掛けると、子供たちが一斉に洋平に向かって「ボンジュール・ムッシュー」とフランス語で挨拶してきた。手を出し握手を求める勇敢な子供もいた。

アデルの後について掘っ立て小屋に足を踏み入れた途端、猛烈な臭気が鼻をついた。洋平は逃げ出したい衝動と戦いながら、汚れた空気を小刻みに少しずつ肺に送り込んだ。その悪臭の詰まった穴倉で、十五、六人の子供が黒板に向かって並べた木のベンチに座り、授業を受けていた。

生徒たちの背後を素通りして、アデルは突き当たりの鍵の掛かったドアを開けた。暗闇の小部屋は臭いが一段と激しく、空気が淀んでいる。彼が三十センチ四方の板窓を押し開けると、太陽光線がどっと小部屋になだれ込んだ。そこは天井の低い三畳ほどの空間で、長身のアデルが身を屈めるようにして立っていた。

「ここが、我々の事務所です」

と、腕を折り畳むようにして小さく広げ、臆することなくアデルが告げた。

「村の篤志家が家畜小屋を提供してくれたのですが、何しろ、ご覧の通り、とても狭くて……」

「それに、電灯もないね」

やっとの思いで、洋平が口を小さく開けて喋った。胸の悪くなる悪臭の源が判明したが、洋平はあえてその点には言及しなかった。

彼は他にも識字教育の現場を視察したことがあるが、アデルの教室が、このようにむさ苦しい家畜小屋とは想像だにしなかった。これで、市長がアデルに対して取った、見下すような態度が幾分理解できた。

『それにしても、家畜小屋とは！』

しばらくまともに口が利けないほど、洋平が受けた衝撃は大きかった。その一方で、アフリカの農民にとって、家畜は人間と同等以上に大切な財産で、家畜と共に寝起きしている部族がいることを知識として持っていたし、日本も江戸時代まで同様であった。

目が闇に慣れるにつれ、『事務所』の様子が見えてきた。窓際にスチール机が一つと、それに旧式のタイプライターと数冊の本とファイルが、明り取りの白い光に哀れな姿を晒している。四方は粗壁以外に何もない。

アデルは、洋平に一つしかない椅子を勧め、自分は立ったままで、資材不足がどんなに活動の足枷になっているかを話し始めた。彼は窮状を訴える上で、最も効果的な場所を選んだと言える。

「ノートが不足しています」と嘆くその下から、洋平の意表を突く、突拍子もないことを言った。

「コピー機があれば、もう少しましな授業ができるのですが……」

海外協力の世界で長らく働いていると、このような現況説明を暗黙の『機材の支援要請』と受け取る体質ができてしまう。驚いて洋平が尋ねた。

「でも、電気がないんでしょう?」

「そこは何とかなります」

その質問を予想していたかのようにアデルは即座に答えた。

『家畜小屋に最先端機器とは……』

アデルという男は、自分を誠実この上ない男と思わせておいて、次の瞬間、人を食ったようなことを平気で言う。彼はボランティアのために医者を投げ打つ男だ。一筋縄でいくはずもない。

開発途上国からの要請には、コピー機など高価な事務機器が多い。機器は売り払えばいつでも現金に化ける。援助に群がるハイエナという点で、アデルもまたブジュンブラ市長と同じ穴のムジナと結論するのはたやすいが、その前にもっと彼という人間を知りたいと思った。

小屋を出て車に向かって歩き出したところで、洋平はポケットを探り、五千フランをアデルに差し出して言った。

「子供たちのノートの足しにして欲しい」

洋平の偽善的行為はすぐさま絶大な効果を発揮した。アデルは洋平の手を掴んで教室に連れ戻すと、子供たちに洋平を紹介して言った。

「このお金は、君たちのノートを買うために寄付されました」

アデルは五千フラン札を生徒らの頭上でこれ見よがしにひらひらと揺らして見せた。

「このお金で、ノートが何冊買えるか、分かる人？」

「千冊！」「八百冊！」と、次々と元気な生徒が手を挙げて大声で答えた。

「鉛筆なら？……」と、アデルが続ける。教室の中は、我先に発言を求める子供たちで大騒ぎになった。その全員がくりくりとした丸顔で、そのあどけない目は、元家畜小屋の薄暗闇の中で星のように煌めいている。

彼らを巻き込むアデルの手法は実に狡猾で、いかにもわざとらしく、洋平を哀れな子供たちのパトロンに仕立て上げようとする意図が見て取れる。

思い掛けない展開にすっかり面食らった洋平は、一人ジープで帰途についた後も、アデルの見え透いた称賛振りも、子供たちの熱烈な拍手も、共に事前に仕組まれた茶番劇ではなかったのかと一瞬疑ったほどであった。

★　★　★

「お父さん、また何か考え事してる」

洋平の右隣に座っている文枝が、食卓の大皿から天ぷらを箸で摘み上げながら、母親の口真似をした。

「聞こえてないわよ」

娘に加勢する妻の冷ややかな声が、箸を持つ手の止まった洋平の耳に届いた。

「お父さん！」

今度は左隣の久枝が袖を引っ張って、耳元で金切り声を上げる。

「食事中に考え事はやめてください、お父さん！」と、だめ押しにもう一度文枝が歌うような調子で畳み掛けた。

三人の集中砲火を浴びて我に返った洋平は、バツの悪さを取り繕うため「久枝、声が大きいよ」と一言注意を与えた。

その日朝から、洋平の惨めな意識にはおどけた男の顔が貼り付いて離れない。仕事に集中しようとするのだが、今朝方の忌々しい出来事がまざまざと蘇ってきて、それが憤懣《ふんまん》のはけ口を求め、彼の頭の中をぐるぐると駆け巡るのである。

洋平は少し前、タクシー運転手のプラザと正式に雇用契約を結んだ。ところが早速、彼は『アフリカ式』という言葉を発明して、雇い主である洋平を手玉に取り、ちゃっかり金をせしめたのである。物の見事にプラザにしてやられたと思うと、その日一日心が穏やかでなかった。

洋平はブルンジ到着の翌日、ノボテルの前で客待ちをするプラザと知り合い、事務所の車を購入するまでの期間、タクシーの借り上げ契約を結んだ。タクシー運転手の例に漏れず口八丁手八丁の彼は、洋平の頼み事を何でも引き受けてくれた上、しばらくすると、ドルの闇取引を持ち掛けるなど、ブルンジの裏社会に通じる役に立つ男であることを証明してみせた。

彼の立場からすれば売り込みに成功したと言えるが、現地人の扱いに自信のある洋平からすれば、便利屋プラザに惚れ込んだのであって、彼の口車に乗せられたのではない。

こうして、洋平はプラザと郵便物の受け取りや物品の調達などを主な業務とする雇用契約を結んだ。長女の文枝がフランス学校に通うようになると、娘の送迎を追加契約した。それからしばらくして、彼の胡散臭い本性が露わとなる事件が起きたのである。

今朝方、郵便局から小包を引き取って事務所に顔を出すや、プラザは郵便局員に手渡したという賄賂の代金千フラン（約五百円）を洋平に要求してきた。元より賄賂に証文があるはずもなく、その時は怪しみつつも金を渡したのであるが、後になって、千フラン札を受け取った時のプラザの手付きが目にちらつくたびに、それが彼の懐に入ったと確信するのであった。今更返せとは言えないし、無論彼のウソを証明する手立てもない。つまり、これからも彼と付き合って行く以上、こうした不快な思いを覚悟する必要があった。

「賄賂を渡さなかったら、とんでもない関税を払わされるところでした」

プラザは昂然とうそぶいてみせた。

確かに、小包にはかなりの量の医薬品が含まれていたから、その可能性は無きにしも非ずではあったが……。彼は千フラン札を小さく畳んでズボンのポケットに押し込むと、潰れた顔にニタニタと得意満面の笑みを浮かべ、この時とばかり恩着せがましくまくしたてた。

「旦那は汚いやり方だとお思いでしょうが、これが『アフリカ式』というやつです。万事スムーズに事を進めるには、これが一番の嗅ぎ薬というやつで……。旦那もご存じでしょうが、役場はどこもかしこも賄賂なしでは夜も明けない始末でさ」

「ああ、無論、知ってるさ。私もアフリカが初めてじゃない。四か国目だからね」

プラザごとき輩から、『世間知らずのお坊ちゃま』と見くびられては堪らない。彼のような男と渡り合っていくとなると、心ならずも彼の汚いやり方に加担し、時には積極的に利用せざるを得ないが、それはそれで、相手の思うツボなのである。つまり洋平がどう足掻いたところで、忌々しいが彼の術中にはまってしまうのだ。

「そうでしょうが、旦那、ブルンジのことは私に任せてください。ここの役人とはそれは長い付き合いですから……」

そう言うと、プラザは平たい顔でへらへらと笑った。そのしたり顔は、『泥を被る仕事は私がします。その代わりチップは弾んでくださいよ。手始めにこの千フランがそれです』と言っている。

先進国の人間は、皆こぞって開発途上国の要領を得ないやり方や面倒な行政手続きを嫌う。そのため、プラザのような現地人が重宝されることになる。彼らはしばしば雇い主の弱みに付け込んで甘い汁を吸おうとするが、それも一種の『了解事項』と言えなくもない。時に目に余る横暴を我慢することになっても、洋平は現地社会に通じた有能な腹心を必要としていたのである。

プラザは本業のタクシー稼業の合間に、洋平から依頼された用事をこなす。これは、あくまで彼にとってサイドビジネスだから、洋平からすると月々の支払いはわずかで済むし、他方プラザから見ると、月々の収入に手当が確実に加算される。双方、納得尽くであった。

海外事務所は一般にどこも現地雇用のスタッフと正式な雇用契約を結ぶ。そのため、社会保険など煩雑な問題が生じることが多い。その点、プラザのような自由契約は面倒がなく、とてもシンプルだ。

世界は郵便配達制度のない国が多く、郵便局に私書箱を開設する必要がある。毎日午前中に私書箱をのぞき、郵便物を事務所に届ける仕事は、タクシー運転手にまさに打って付けの仕事である。事務所に立ち寄った際、小サロンで煙草を一服やるのが彼の楽しみで、その時、洋平から用事を言い付かればそれに従うが、何もなければ本業に戻るまで。いつも決まって用事があるわけではなく、気楽な稼業と言える。

ずんぐりした体形のプラザは、分厚い胸のポケットから潰れた煙草を取り出し、テーブルの灰皿を引き寄せ、うまそうに煙草を吸う。数年前に禁煙した洋平は、指をくわえて眺めるしかない。

「ところでプラザ、先日、タクシーの助手席にビデオデッキが載っていたが、あれも君の商売なのか？」

「あれですか。知り合いに頼まれて、買い手を探しているんですが、ちょっとした稼ぎになりますね」

と言って、プラザがほくそ笑んだ。

「なるほど、乗客にちょっと声を掛けるだけで商売ができるんだ……。当然、相当のコミッションが君の懐に入るのだろうね」

「三割です」

「結構旨味のある商売だな。そうか、君は何でもコミッション次第というわけだ」

と、小包の賄賂の件を念頭に一言当てこすったつもりだが、果たして相手に通じたかどうか疑問である。

「私も商売人ですから……。でも、旦那は別ですよ。旦那とは商売っ気抜きですから」

洋平の言葉を逆手にとって、臆面もなく取り入ろうとする。

彼は売上の三割と言ったが、ビデオデッキを幾らで売ったかは自己申告である。結局、コミッションはプラザ次第……。不正や賄賂がはびこるアフリカで、詐欺と斡旋業の境界線は限りなく曖昧で、真実は彼の胸三寸ということになる。

その時、佐和子が気を利かせて、プラザのために甘い紅茶を運んで来た。

「マダムもお元気で」

と、醜い顔を歪めて、彼は精一杯愛想を振りまくのだが、それが逆効果であることを知る由もない。佐和子は濡れた厚い唇でプラザにニタニタと愛想笑いされると虫酸が走ると言って、当初から彼を生理的に嫌っているだけでなく、今では、胡散臭い男だと言って、できるだけ彼を遠ざけようとしている。

この点、洋平は妻と意見を異にする。プラザに心惹かれるものがあるし、妻とは違い、彼の風采は少しも気にならない。ずんぐりとした肩に大きな頭が載っている姿は七福神のほてい様のようで、醜さより愛嬌を感じる。確かにずる賢い男に違いないが、そんな彼の油断ならないところに、洋平はむしろスリルを覚えるのである。

饒舌もまたプラザの魅力の一つ。先日輿に乗った彼が、若い頃大儲けしたという商品取引について話した。タクシー稼業に転身する前のことで、最初は儲けの薄い雑貨類を手広く商っていたが、いつしか隣国ザイール（現コンゴ民主共和国）の国境を越えて持ち込まれる密輸品を扱うようになり、それが当たって小金を作ることに成功し、結局、中古車を一台手に入れて、今のタクシー稼業に落ち着いたという。

このように、たまたま彼の口から突いて出る話が、すべてとは思えない。彼は、自分が歩んだ人生からスリルに満ちた物語を幾らでも紡ぎ出すことができる男だ。そのふてぶてしい鉄面皮の下に、アラビアンナイト風の小話が幾らでも眠っているに違いないと、洋平は信じている。

また、洋平はプラザが麻薬取引にも関わったと睨んでいる。彼と付き合い始めてまだ日が浅い頃、タンガニーカ湖ルートで密輸入される麻薬についてプラザが冗談めかして話したことがあったが、後で思い返すと、運び屋についての描写が微に入り細に入りしており、実際に関わった者でないと知りえない内容であったような気がしてきたのだ。

洋平がプラザの止め処ない話に疲れて、窓の外に視線を這わせると、彼は即座にソファから腰を浮かせる。一見無神経なようで決してそうではない。相手をよく観察していて、妙に洋平と呼吸が合う。こうした男同士の以心伝心の妙味を、女の佐和子に理解させることは難しい。

「ところでプラザ、佐和子の話だと、今朝も遅刻したそうだな……」

洋平の信頼をいいことに、プラザは近頃文枝の学校送迎に時々遅れてくるらしい。佐和子が注意しても一向に改まらないという。

「旦那、今朝はノボテルのサークルで捕まって……」

と、ぬけぬけと言い訳するプラザに、

「とにかく明日からは遅刻するな」

少し声を荒らげることで、洋平は佐和子の頼みを果たすと同時に、自分の苛立つ気持ちにケリをつけた。

プラザが引き上げると、入れ替わるように佐和子が小サロンに現れ、プラザが千フランの賄賂と引き替えに受け取った小包を楽しげに開封した。小包は東京の協会本部からのもので、経理に関わる図書とマラリアの予防薬などが入っていた。中身が業務用であっても、とにかく日本から届く郵便物は、何でも彼女の好奇心をそそるのである。

「随分と話が弾んでいたわね」

半ばからかうように話しながら、何か気になる情報はないかと佐和子は夫の顔を探っている。プラザという人物に問題があっても、彼のもたらす情報には大いに心が惹かれるのである。

「彼の話だと、カメンゲのどこかに、ザイールからの密輸品を専門に扱う店があるらしいよ」

と、洋平が妻の期待に応える。

「密輸品?」

佐和子の目が輝く。彼女の最大の趣味はゴシップの収集である。フランス語の新聞『ル・ヌボー』のゴシップ欄を毎日切り抜いては、せっせとスクラップ帳を積み上げている。その熱中振りは、赴任国が変わっても変わることがなく、『ゴシップこそ真実が埋もれた宝の山』が妻のモットーである。洋平は口にこそ出さないが、低俗な趣味と思っている。

「面白そうね、いつか、その店に行きましょう」

あっさりとプラザの話に終止符を打ち、彼女はお気に入りのオズワルドへと話題を移した。

「オズワルドの話だと、貧民地区に本物のブルンジ料理を食べさせる店があるそうよ……」

「そのうち、行ってみよう」

今度は、洋平が妻に譲歩する番である。

「彼、色々なことを知っているわよ。プラザばかりでなく、少しは彼とお喋りしてみたら?」

実際のところ、オズワルドのことは妻に任せ、彼と話すことは滅多にないが、それは彼を避けているからではなく、単に妻ほど接点がないからに過ぎない。

これを機に、洋平は最近とみに夫婦間の火種となりつつある『二人の使用人問題』について話し合うべき時が来たと思った。佐和子がプラザを嫌うのは仕方ないとしても、オズワルドに肩入れする余り、プラザに対抗意識を燃やすのは筋違いだという点をはっきりさせたかったのである。

「確かにオズワルドはいいやつだ……」

と、洋平が論戦の口火を切った。

「しかし、それだけに社会の裏側を知らない。生真面目な上あの若さだから、どうしたって気が利かない。その点プラザは違う。自分の手を汚してでも、僕が命じたことをやってくれる。今日も賄賂を使って小包を引き取ってくれた。オズワルドには真似のできない芸当だ……」

「賄賂って、それほんと……。あなた、プラザに騙されてない?」

「確かに、その可能性はある……確かめようがないからね」

妻から痛いところを突かれ、洋平が顔をしかめた。

「じゃあ、払ったのね」

「仕方ないだろう。彼の言葉を信じる他に方法がないのだから……。逐一彼を疑っていては、一緒に仕事はできないからね」

「そうよ、彼は根っからの食わせ者よ。あなただって知っているでしょう」

と、即座に戦闘態勢を整える佐和子。すでに喧嘩腰である。

「ガソリンの件だって、あなたはうやむやに済ませたけど、プラザが犯人なんだから……。これからだって色々面倒を起こすわよ」

プラザとタクシーの借り上げ契約を結んでいた頃、車のタンクからガソリンが抜き盗られる事件が起こった。前日満タンにしたはずなのに、翌朝彼が出勤して来ると燃料メーターが下がっている。はっきりものを言わない洋平に業を煮やした佐和子が『おかしいじゃないの！』とプラザに食って掛かる場面もあったが、結局、洋平はあいまいに処理した。

実際問題、プラザのような男は初めてじゃないし、騙されるのは癪だが、こちらが一枚上手に出るしかない。『少し金を与えて飼い慣らすのも手の内』と、洋平は負け惜しみではなく思っているが、佐和子には全く通じない考え方である。

「あなた、見て、ここを！」

佐和子がソファから飛び上がるように叫ぶと、自分の足下を指さした。

「プラザのせいよ。ここで朝食を取った後は、いつもこうなの。こぼさずに食べられないのかしら！」

怒り心頭の佐和子に逆らうのを恐れて、洋平は少し腰を浮かして彼女の白いスラックスの間をのぞき込み、真新しいカーペットの上に散らかっている、取るに足らぬパン屑の存在を認めた。

「明日から庭で食べてもらうわ」

佐和子は憤然として言い放って席を立った。

早朝、文枝をタクシーで学校へ送っていくプラザに朝食の提供を申し出たのは佐和子自身だった。だが、朝食欲しさにプラザが時間を厳守するだろうという彼女の目論見は、見事に裏切られた。遅れてきた時は、文枝を学校へ送り届けた後に、朝食を出すようにしている。

朝食の内容はオズワルドと同じだが、プラザは小サロンで朝食をとる。事務室への出入りが許されている関係で、それが自然であった。その結果、オズワルドは屋外で、プラザは屋内で食事をとるのが一種の了解事項となったのである。

この相違点は、図らずも二人の社会的地位の違いを際立たせる結果となった。この点について佐和子と議論した時、洋平は、プラザに責任の重さを自覚させるため、優遇はむしろ良策だと主張した。その背景に、プラザは事務所の所属、オズワルドは屋敷の所属、公的領域と私的領域の区別を明瞭にすべきだという気持ちが働いていた。

しかし、それはいわば表向きの理由で、明らかに洋平はプラザに一目置いていた。仕事の手腕に加え、彼に内在する『ある種の人間的深さ』に対して当然払うべき敬意を払ったのである。それは、ある出来事がきっかけだった。

洋平が仕事で外出する時、プラザのタクシーを使うことも契約の一部となっている。ある日、洋平がブルンジの外務省との打ち合わせを終えてタクシーに戻ると、プラザが新聞を広げていた。それは、フランス語の新聞『ル・ヌボー』である。その時、洋平はプラザという男が並のタクシー運転手とは違うことに気付いた。語学力はもとより一定の教養がないとル・ヌボーは読みこなせない。他方、オズワルドと言えば、娘たちとテレビのアニメには興ずるが、地元のキルンディ語の新聞にさえ見向きもしない。

「何を読んでいる？」

「何でも」とプラザが答えた。

「でも、何か好きなジャンルがあるだろう」

「時間潰しだから、全部読みます」

そう言って、プラザは新聞を丁寧に折り畳んだ。

タクシー運転手には、客待ちの時間がたっぷりある。彼は街角の新聞スタンドでル・ヌボーを買い求め、一日かけて隅から隅まで目を通す。政治から三面記事まですべてである。それがプラザ流の一日の過ごし方なのだ。洋平は一生をかけて百科事典を読み切った男の話をどこかで聞いたことがあるが、プラザもまためっぽう活字好きな人種らしい。

彼はその奇怪な骨相の下に、雑多な知識を貪欲に溜め込んでいる。ガタガタとおんぼろ車を走らせる巷の粗野で無教養なタクシー運転手の中にあって、プラザは異色の存在なのだ。このル・ヌボーの出来事以降、洋平にとって彼は、佐和子が言うところの単なる『食わせ者』ではなくなったのである。

★　★　★

新聞ル・ヌボーは、ルワンダ国境から侵入を繰り返す愛国戦線パリペフツの逮捕を一面記事で大々的に報じていた。後ろ手に縛られて壁の前に立たされた六人の男の写真は、銃殺刑を連想させる。

午前十時、強烈な照り返しでレモンの茂みが銀色に照り輝き、緑の芝が白っぽく色褪せて見える。すでに太陽光線は裏庭の大部分を征服し、その最前線は佐和子がくつろいでいる油椰子の木陰に迫りつつあった。その焼け付くような炎の舌先が足下に忍び寄り、縦縞のドレスを這い上がり、膝の上に広げたル・ヌボーの紙面に達した時、反射光が彼女の目を鋭く射たのである。

思わず眉をひそめ、目を細めて空を仰ぎ見ると、鋭く尖った椰子の葉先で、光の粒がガラス玉のように砕け散り、シャワーとなって頭上に降り注ぐ。その上空を、翼を広げた黒鳥が、飴色に熟した油椰子の実を狙って悠々と旋回していた。

袖なしのサマードレスのせいで剥き出しの腕が焼けるように熱い。肘掛け椅子を木陰の更に奥へと移す時、彼女の素足は瑞々しい芝草のくすぐるような感触を楽しんだ。脚を組み直して、再び膝の上にル・ヌボーを広げると、佐和子は庭の奥まった一角にある野菜畑へ視線を走らせた。

先ほどからゴシップ記事を拾い読みする彼女の目の端に、畑に屈み込んで炎天下で草むしりをするオズワルドの姿が黒いシミのように付いて離れない。二人は光の海で隔てられていたが、お互いをぼんやりと意識していた。

草取りを終えたオズワルドは、次にマニオック（キャッサバ）畑の水遣りを始めた。佐和子が野菜畑の半分をオズワルドに与えると、彼はそこにサツマイモに似た根菜の一種マニオックを植えた。挿し木で簡単に増やせるマニオックは、アフリカ人の大切な主食である。

佐和子の意識は、再び愛国戦線パリペフツの記事に戻って行った。勢いを増すゲリラの動きにブジュンブラ在住の白人は神経を尖らせている。実際に首都に潜入したゲリラ兵が、佐和子たちの屋敷から一キロと離れていない大統領府で銃撃戦を展開し、首都を震撼させたのは、彼らの赴任のわずか一年ほど前のことであった。

現在、騒ぎの発端である六月の大統領選挙が、そもそも謎に満ちている。クーデターで政権を奪取したブヨヤ大統領が、なぜ今になって公選を決意したのか、理解に苦しむ。フランスなど民主勢力の圧力に屈したと評価する一方で、混乱を招くだけとの冷めた見方もある。

彼女の一番の関心事はもっぱら三面記事である。今日のル・ヌボーにも驚嘆すべき記事が載っていた。人工衛星の飛び交うこの現代に、『魔女』という言葉を聞くだけで正気の沙汰とは思われないのに、現に一人の女性が魔女と指弾され、その夫と息子によって撲殺されたという。妻であり母である女が、自分たちを呪い殺そうとしたと信じての所業らしいが、この暑さの中、背筋の寒くなる話だ。

『それにしても、魔女とは！』

紙面から顔を上げた佐和子は、オズワルドのきびきびした無駄のない動きを目で追いながら、ほっと溜め息をついた。菜園の作業を終え、彼は植木の水遣りに取り掛かっている。庭の中ほどにある水道の蛇口から、何度も往復してバケツで水を運ぶ。彼は自分に付きまとう女主人の視線をうっとうしく思っているに違いない。

そんな彼の意識の中にも、魔女は住んでいるのだろうかと訝り、その心の内をのぞいてみたい誘惑に負けて、佐和子は蛇口へ戻ろうとするオズワルドを呼び止めた。彼はバケツをその場に置き、光のシャワーの中を泳ぐようにしてやって来る。たくましい黒人青年が中年女性の命ずるままに動くのを見るのは、どこか幻惑的で危険な匂いがする。

「ウィ、マダム」

女主人の前に立つと、彼は決まって硬い表情になり、自ら忠僕に成り下がる。

「乾季には、水遣り、もっと大変ね」

「はい、マダム。でも、長いホースがあれば簡単です」

すかさずオズワルドが応じる。

「民衆市場で中古のホースを見ました」

「そうなの……。夫に話しておくわ」

洋平はオズワルドにせがまれて、最初に作業着と毛布、それから芝刈り鎌や剪定鋏、脚立などを次々と買い与えたが、彼の考えは『主人が買い与えるのはよいが、使用人から要求するものではない』と、案外保守的である。

「ところで、オズワルド、温水器の水漏れのことだけど、今日、マリー夫人のところに寄って、すぐにも修理の人を寄越してくれるように伝えてくれないかしら?」

「はい、マダム」

そう答えたが、彼がマリー夫人への使いを嫌がっている様子が見て取れる。

「台所のドアの修理をしてもらうのだって大変だったのよ。知っているでしょう?」

佐和子は『お前の主人はマリー夫人じゃない、私なの』と、暗に言っているのだが、彼の態度はどこか煮え切らない。

「はい、マダム」と返事してから、彼はちらっとバケツの方を見た。

「いいから、水遣りは後にして……。ちょっとお前の意見を聞きたいことがあるの。椅子を持って来て、ここに座りなさい」

雇い主の権威を振りかざしたものの、オズワルドが運んできたのは膝掛け椅子ではなく、高さ二十センチほどの丸椅子だった。それがあまりに低いので、佐和子の足下にうずくまる格好になった。

彼女がラジカセのボリュームを上げると、アンデスの民族音楽がその独特の笛の音に乗って、オズワルドの周りを陽気に踊り出した。

「ここに、毎日面白い事件が出てるけど……」

と話しながら、佐和子は新聞を折り畳んだ。

「お前の周りでも、何か変わった事件がないかしら? あったら、教えて欲しいの」

「旦那様も、そうおっしゃいました」

「そうなの？」

佐和子は出鼻を挫かれ、急に不快な気分になった。

「私のはただのゴシップよ。だから、お金は上げない」

洋平が報償金を使って仕事に役立つ情報を集めるのは以前からのことで、彼は東京に知られないよう、ポケットマネーから出している。彼女は夫のやり方を批判する気は毛頭ないが、オズワルドだけはその対象から外して欲しかった。

「ところで、オズワルドは魔女を信じている？」

「はい、でも見たことはありません」

と、彼の返事は歯切れがよい。

「見たことがないのに、どうして信じられるの？」

「魔女は色々悪さをします。人を騙したり、殺したり……。だから、姿を見せなくても分かるんです」

「なるほど、それもそうね」

「悪魔は自分では手を出さず、人間に暗示をかけて、後ろで操ります。それが、彼らのずる賢いところです」

佐和子は、物怖じすることもなく、淀みなく堂々と自分の意見を述べるオズワルドに気付いた。それに、難しいフランス語の語彙を使いこなしているのにも驚いた。

「随分と自信があるのね」

「神父様がそうおっしゃっています」

なるほどと佐和子は思った。ある朝、オズワルドがシャワーを浴び、こざっぱりした服装になって、割れた鏡の欠《か》けらを左手に持ち縮れた頭髪に歯の長い櫛を入れているのを見かけた。この時、彼女はオズワルドが日曜毎に特別な身支度を整えて教会のミサに行っていることを知ったのである。

「僕には、悪魔に取り憑かれた友人がいます」

と唐突に言って、オズワルドは顔を曇らせた。

「彼は、僕が誘っても教会に行こうとしません。悪魔に取り憑かれると神を恐れて、教会に近づかなくなります。それは本当です」

「へえ、本当にいるの？　お前の近くに？　ぜひ知りたいわ」

佐和子が身を乗り出すと、

「奥様の知らない人です」

と言って、オズワルドは黙り込んだ。

彼は指で芝草をいじりながら、芝生の上に転がっているバケツの方を再び見やった。オズワルドがこれ以上魔女の話題に触れたくないと知って、佐和子もまた興味が失せた。

彼女は足下で鳴り続けているラジカセのボリュームを下げた。もはや陽気な音楽はこの場に相応しくなかったし、話が終わったことをそれとなく知らせるためであった。

結局、オズワルドを試したい誘惑に駆られ、面白半分に始めた魔女談義が佐和子の苦手な宗教にたどり着いた。彼女は、日曜毎にオズワルドが教会の片隅で、神父の薄気味悪い説教を神妙に聞き入る姿を想像して、すっかり気分が塞いでしまった。

彼と話をしながら、膝の上の新聞に何気なく目を落としていた佐和子は、男たちが後ろ手に縛られたパリペフツの事件も、魔女の殺害も、そしておぞましい神父の説教も、すべて身の回りで現実に起こっていることだと認めざるを得なかった。

オズワルドが立ちかけた時、屋敷の表で車の警笛が鳴った。

「プラザだ」

と低く唸ると、彼は重い門扉を開けるため渋々と木陰を離れた。砂利を軋ませて車を乗り入れる音に続いて、大きな顔に汗を掻きながら、カッターシャツの胸元をはだけたプラザが手に郵便物を持って現れた。

「ご主人はお出掛けですか？」

そう言って、プラザはめくれ上がった分厚い唇を、『酸素不足の水槽の金魚』のようにパクパクさせた。

佐和子は、心に浮かんだこのシニカルな表現をいつか夫に話して聞かせようと記憶に刻んだ。そんな心の内をプラザに見透かされないよう、いつもにもなく愛想よく応じた。

「主人はカメンゲに行ってるわ」

「カメンゲですか！」

プラザは締まりのない口を丸くして、嬉々として叫んだ。

彼に釣られて佐和子が笑ったのは、魔女殺しの陰惨な事件を心の中から追い払うためだった。

「マダム、私の実家のあるチビトケと隣のカメンゲ、それにブバンザを加えて、ブルンジの北部三地区と呼びますが、そこがどんな場所かご存じですか？」

プラザの目が期待で輝く。佐和子が彼の術中にはまるのを、手ぐすねを引いて待ち構えているのだ。

「いいえ、行ったことないから」

「もちろん、もちろんです。あそこはマダムが行くようなところじゃありません」

芝居がかった調子で声を張り上げると、プラザは足下にある丸椅子から視線を移し、軒下の肘掛け椅子を物欲しげに見やった。先ほどまでオズワルドが座っていた丸椅子は、プラザのプライドには低過ぎるのだ。佐和子は彼の高慢ちきな鼻をへし折るため、彼の訴えをあえて無視し、カセットの音楽を切った。オズワルドに許されたはずの肘掛け椅子をプラザは諦める他なかった。

「カメンゲは、新聞が言うところの『ブルンジの縮図』ってやつです」

プラザは挫けかけた気持ちを立て直し、学のあるところを見せた。彼は不安定な姿勢で女主人の前に立ち、指先で手紙の束をもてあそんでいる。

「いいですか、マダム。ブルンジで起きる大事件の発生源は、いつも決まってカメンゲです。でなければ北部三地区です。暴動や犯罪だけじゃありませんよ、コレラも病気も何もかも……。それに、犯罪者があそこに逃げ込めば、警察だって手出しできません」

「どうして手出しできないの？」

「あそこには自警団のような組織があって、政府も彼らには手を焼いている。それにカメンゲ全体が迷宮のようで、余程慣れていないと車を走らせることも無理です」

と言って、口元に薄笑いを浮かべると、次に佐和子の膝の上の新聞に目を落とし、言葉を続けた。

「ところで、マダム、カメンゲの強盗団について聞いたことありますか？」

「いいえ、よく知らないわ」

それを聞いて、プラザがさも嬉しそうに舌なめずりをしながら、奇妙な盗賊団の名前を幾つか列挙してみせた。『狂人』とか『失敗なし』とか、中には『ズボンなし』というものもあった。縁起を担いでの命名のようだが、佐和子には子供騙しとしか聞こえない。ところがプラザによると、彼らは悪ふざけどころか、平気で人を殺すという。

「名前まで分かっていて、警察はどうして逮捕できないのかしら？」佐和子は合点がいかない。

「警察！　一体、彼らに何ができますか、マダム。ここはブルンジですよ」

「そうなの。でも、警察がだめなら、その自警団が代わりに取り締まったらいいんじゃないの」

「ところが、その自警団というのが曲者で、根っこのところで強盗団と繋がっているという噂もあります」

「さっぱり分からないわ」

「とても込み入っていて、分かるようになるにはブルンジ人にならないと……」

「それだけは、絶対無理ね」

『これで少しはブルンジが分かりましたか』と言わんばかりに、プラザが佐和子を見やる。彼は自分を高値で売りつけるコツを心得ている。巷のゴシップに目がない佐和子に近づき、一つ二つ小出しにして、煙に巻いて帰って行く。癪ではあるが、彼の話はオズワルドのよりも興味をそそられる。この点は認めざるを得ない。

　プラザは女主人に手紙の小さな束を手渡すと、意気揚々と引き揚げにかかった。

「ちょっと待って、プラザ。主人の帰りが遅いから、あなたの車で買い物に行きたいの。ボンプリまで付き合ってくれるわね？」

「はい、マダム」

　こんな時、喜んで女主人の我がままを聞いてくれるところが、プラザの如才ないところ。佐和子はプラザを使用人扱いすることで、日頃の憂さ晴らしができるし、他方、計算高いプラザは、ここで恩を売っておけば必ず報いがあると思っている。妻の公私混同を嫌うのはもっぱら夫の洋平の方で、彼女はこうしたルール違反を大人の他愛のないゲームだと割り切っている。

　こんな時、オズワルドが買い物カゴを持って女主人に付き従う。佐和子は彼がタクシーの助手席に乗る時、靴に付いた泥をこそげ落とさなかったのを見てほくそ笑んだ。洋平の車に乗る時は必ず泥を落とす。泥が付いていなくても、靴底を地面にこすり付ける仕草をする。

　オズワルドがプラザに対抗意識を持っていることに、佐和子はうすうす気付いていた。それはこうしたちょっとした仕草に垣間見える程度であるが、果たしてその意識の深層にツチ族とフツ族の長年の対立が横たわっているのかどうか、部外者の彼女には知りようがない。

★　★　★

「一番いい服を着て来いと言ったのに」

夕方出勤してきたオズワルドを台所の窓ガラス越しに見て、洋平が不満そうにつぶやいた。

「あれで、いい服のつもりなのよ」と佐和子。

彼女は誕生日ケーキの飾り付けに余念がない。

「どうして、それが君に分かる？」

「なぜって……？」と言って、佐和子がちらっと夫を見た。

「私が、あなたより知っていても別に不思議じゃないでしょう。私の方が一緒にいることがずっと多いんだから」

「先日、君が買ってやったシャツがあるだろう。どうしてそれを着て来ないんだ？」

「大切に取ってあるのよ。彼の誕生パーティーだと教えてないんだから、仕方ないわよ」

何でも自分が一番知っていないと気の済まない洋平は、妻にやり込められるのが嫌いで、時々つまらぬことで機嫌を損ねる。だが今日は、格別上機嫌の佐和子に笑顔でかわされている。それというのも、彼女が準備を進めてきたオズワルドの二十五歳の『びっくり誕生パーティー』に、夫が快く協力してくれているからであった。

「あなた、行って、アデルにビールを勧めてあげたら？」

佐和子が目障りな夫を台所から追い出しにかかる。

庭にしつらえたテーブルにはアデルが一人所在なく座っている。彼はフツ族にもかかわらず目鼻立ちの整った品の良い顔立ちをしているが、その反面、堅物らしく両脇を固めていて、正直者にありがちな無愛想な男の典型であった。

彼はカメンゲ計画の打ち合わせが終わって事務所を退出しようとしたところを、洋平に引き止められ、急きょパーティーへの参加が決まった。いかにも洋平らしい鷹揚でさばけたやり方である。

他方、佐和子からバーベキューの準備を言い付けられたオズワルドは、それが自分のパーティーとは知らず、例の腕回しの風車で炭火を熾している。

お気に入りの縦縞のドレスに着替えて佐和子が庭に現れた時、アデルと洋平は仲の良い兄弟のように肩を寄せ合い、カメンゲ計画の続きを議論していた。洋平の弟分に誰かを当てるとしたら、アデル以外の適任者は考えられない。

「カメンゲって、とても怖い所ですってね」

佐和子が二人の会話が途切れたのを見計らい、先日プラザから仕入れた話を何気なく切り出した。

「マダム、危険なのではなく、ただ貧しいだけです」

アデルがすかさず訂正を入れる。その態度は取り付く島もない。

彼は、進行中のカメンゲ計画に横槍を入れられたと思ったのだろう。二人はちょうど日本から派遣されるボランティアの受け入れの話をしていたから、『危険』という佐和子の発言にアデルが過剰に反応したのだ。洋平もまた迷惑そうに妻を見やる。『カメンゲ』は妻といえども部外者の割り込む余地のない彼らの聖域なのだ。

二人から素っ気なくされ、勢いをそがれた佐和子は、羊の骨付き肉を焼いている忠実なしもべ、オズワルドのところへ移動した。庭中に肉の焼ける香ばしい匂いが漂っている。

『緑の館』に夜の帳《とばり》が降りる頃、二人の幼い娘が台所のドアから飛び出してきて、奇声を上げて駆けっこを始めるとすぐに、すみれ色に暮れなずむ空に星が淡く瞬き始めた。

昼間洋平が時間を掛けてレモンの木から木へ電線を渡し、吊るした裸電球にスイッチを入れると、常緑の茂みがオレンジ色を帯びて幻想的に浮かび上がった。そこへ馳せ参じた娘たちが、浮かれ騒ぎながらテーブルのローソクに火を点すと、すっかりパーティー気分が整った。

ちょうどその時、頃合を見計らっていたかのように、車の警笛が鳴ってプラザが登場した。彼はいつものよれよれのワイシャツではなく、真新しい柄物を身に着けている。雇い主の招待に礼を失しないあたり、さすがプラザだと認めざるを得ない。

「こっちに座りなさい」

洋平が優しく声を掛け、自分の隣へ彼を招いた。

「ご招待に甘えさせてもらいました、マダム」

と、着席する前に彼は慇懃に口上を述べた。心なしかはにかんで見えるプラザからは、いつものふてぶてしさが影を潜めている。

プラザとアデルが着席し、それにオズワルドを加えれば、ささやかなパーティーの主役たちが顔を揃えたことになる。招待客は互いに顔見知りであっても、気心の知れた仲というわけではなかった。

「私は飲みません」

佐和子がビールを勧めると、プラザが慌ててコップを手で塞いだ。

「へえ、意外ね。たくさん飲むのかと思ったわ」

「それは……イスラム教徒ですから」

と告白し、プラザが胸を張った。

「私だけでなく、敬虔なムスリムは、酒を一滴も飲みません、マダム」

「ムスリム?!」

佐和子が頓狂な声を上げた。

「そんなこと、一度も言わなかったわね」

「一度も聞かれませんでしたから」

「それ、ほんとか?!」と、洋平が続く。

佐和子たち夫婦は、かつてアラブ世界で仕事をしたことがあり、イスラム教の知人も多く、その独特の教義や習慣に通じていた。

これまでもプラザが他の人とどこか違うと感じていた佐和子であるが、これで合点がいった。なるほど彼には人を食ったようなところがあるが、イスラム教徒と聞けばうなずける点も多々ありそうだ。

そう思うと、彼に抱いていたわだかまりが幾分和らいだ。醜い面相も、ローソクのか細い光の下では、洋平の言うところの愛敬のある『黒いほてい様』に見えてくるのであった。

ブルンジのイスラム社会について情報を得ようと、洋平が早速プラザを質問攻めにした。彼によると、港に近いアジア地区にイスラム教徒の多くが住んでいて、そこにモスクが二つ建っているという。

「肉が焼けたみたいね」

オズワルドの合図に気付いた佐和子が、ローソクの溶けたロウを指で触って遊んでいる娘たちに運ぶよう命じた。大皿に盛られた骨付きのあばら肉の焦げた匂いが全員の鼻孔と胃袋を刺激する。

「大丈夫、これ、豚肉じゃないわよ」

と言って、佐和子がプラザをからかった。

「ああ、マダム、知っているんですね。ムスリムのタブーを……」

プラザが感に堪えないという声を出した。

「それを知っている日本人に、ここで会うなんて、思ってもみませんでした」

彼は佐和子を相手に、イスラムの風変わりな習慣について話し始めた。彼女にはどれもお馴染みの話題であったが、プラザの口から語られると新たに興味を覚えるから不思議だ。

この日は、プラザの饒舌が冴え渡った。異文化に取り巻かれ、日本人家族に歓待されているのが余程嬉しいのか、黒い顔を更に黒々と輝かせる。

「意地悪はこの辺にしよう」

と、洋平が日本語で佐和子にささやいた。

「プレゼントの用意はできているかい?」

「ここにあるわ」

サマードレスのポケットの口を開けて、佐和子がリボンの付いた小さな包みをそっとのぞかせた。

洋平は妻の剥き出しの肩に軽く指先で触れてから立ち上がった。そしてビールを片手に、濃い影を引き連れ、漂うような足取りでオズワルドの方へ歩いて行った。佐和子は夫の指先を通して、彼らしい控えめな愛撫を受け取った。

「アデルさんは、お医者さんですってね?」

洋平が抜けた穴を埋めようと佐和子がアデルに話し掛けたが、彼はお義理で話に応じている。しきりとビールで喉を潤しているが、それでも会話は途切れがちである。

彼はプラザと好対照。仕事以外のこととなるとひどく寡黙だ。洋平の好みのタイプに違いないが、パーティーのような肩肘の張らない席では、プラザのように口の軽いひょうきん者の方が何倍も楽しい。しかも、今回分かったが、彼は相手の面目を立てることをちゃんとわきまえている。

佐和子は最初オズワルドの誕生日を内輪で祝うつもりでいたが、プラザの参加を強く主張したのは洋平だった。彼は自分の部下に対し常に公平であろうとする。佐和子は夫の公平主義をうっとうしく思うことがあるが、今回は彼が正しかった。

洋平に背中を押され、事情がよく呑み込めない顔をしたパーティーの主役が、暗闇から裸電球の明かりの中に姿を現した。

「誕生日、おめでとう！　オズワルド」

テーブルを囲む六人を前にして気後れする彼を元気づけようと、佐和子が陽気に叫んだ。母親に促されて文枝らが小さくそれに唱和し、それに続いて、アデルとプラザがキルンディ語で祝福に加わり、やっとオズワルドの緊張がほぐれた。

用意したラジカセから日本の童謡が流れると、急に場が華やいだ。赤と白のギンガムチェックのテーブルクロスの上に並べた、山盛りの焼き肉や果物など豪華な料理が四本のローソクの炎でゆらゆらと影を揺らす。

香ばしい肉の匂いがレモンの茂みを縫って夜空に向かって立ち昇る中、オズワルド、プラザ、アデル、洋平と、四人の男たちがてんでばらばらに壊れたレコードのように一斉に話し出す。

大人たちの気分が感染し、二人の幼い姉妹が曲に合わせて歌詞を口ずさむ。姉の文枝が手にした羊のあばらの骨をタクトのように振り回すと、久枝が空のコップをマイク代わりに歌う。物心付いた頃から海外に住み、外国人の間で育った娘らは、大人たちの間にあって臆することがない。

「いいわね。あんたたち、呑気で……」

娘たちの愛くるしい仕草に、佐和子が目を細める。日本では子供たちが学校と塾の掛け持ちで息つく暇もない日々を送っているというのに、彼女らはアフリカの楽園で自由気ままに暮らしている。

「マダム、ビールをもらっていいですか？」

ペプシを飲んでいたオズワルドが、洋平でなく佐和子に向かって尋ねた。

「いいわよ、少しぐらい。今日はお前の誕生日なんだから……」

そう言って、佐和子は彼のコップにビールを半分ほど注いでやった。

夕暮れ時、佐和子はビールが欲しくなるとコップを片手に庭に出る。一人で小瓶が飲み切れない彼女は、残りをオズワルドに勧めることがあった。そんな時、彼は遠慮がちにビールを口にしたが、自分から要求するのは初めてのことである。

間近に見る二十五歳の青年の横顔には、少年のあどけなさが痕跡をとどめている。彼はどんな少年時代を送ったのだろう。その短く縮れた鋼のように硬い頭髪の下で、かすかに血管の浮き出た黒檀のようなこめかみの内側で、どんな意識がうごめいているのだろう。

ある日、佐和子は田舎の暮らしについて尋ねたことがあった。その時、彼はただ一言『田舎には、何もありません』と答えた。まるでその言葉に彼の青春が凝縮されているかのように……。佐和子がはっと息を呑むほど、彼はその言葉をきっぱりと言い切ったのである。

またある朝、いつもより早起きした佐和子が庭をのぞくと、彼は自分に管理を任かされた菜園の端に座り込んで、もいだばかりのパパイヤの実を食べていた。その一心不乱に頬張る姿が、『どんなに主人に尽くしても、自分には何も残らない』と訴えているかのようにとても侘しげに見えた。

「プレゼントを……」

物思いに耽る佐和子の腕を掴んで、洋平が耳元でささやいた。彼女がポケットに忍ばせておいた小さな包みを夫に手渡すと、

「開けてごらん」

と言って、オズワルドの前に置いた。

中から腕時計が現れた。それは若者好みの多機能型の最新式デジタル時計で、選んだのは洋平自身であった。

佐和子がテーブルの下から手縫いの小さな服を取り出し、「お前の赤ちゃんに」と言って手渡すと、姉妹からも小さな包みが差し出された。矢継ぎ早のプレゼント攻勢に面食らったオズワルドは、「メルシー、マドモアゼル」と、満面に笑みを浮かべて、小さな姉妹にお礼を言った。

姉妹の包みからはボールペンとキャンディの類が出てきた。オズワルドはそれらを丁寧に包み直して、ぽつんと独り言をつぶやいた。

「これは、ナディアに……」

「ナディアって?」佐和子が尋ねた。

「妹です」

「妹さんがいたの。何歳?」

「この九月にギテガの高校に上がります……」

妻子がいて高校生の妹がいる。他にも家族が次々と出てくるかもしれないと思ったが、関わることも億劫で、それ以上は尋ねなかった。オズワルドはもっと話したそうな素振りを見せたが、それを無視して佐和子が叫んだ。

「さあ、あなたたち、ケーキを持って来て!」

母親の号令を待っていた娘たちは、「わあ〜」という歓声と共に駆け出し、台所から二人掛かりで大きな誕生日ケーキを運んで来た。皆の注目する中、佐和子がケーキにナイフを入れた。

「こんなにおいしいのは初めてです」

真っ先に口火を切ったのは、意外にもアデルだった。

「柄にもなく、お世辞を言うのね」

と佐和子がからかうと、

「お世辞じゃありません。僕、心にないことを言わない主義ですから」と、アデルがむきになる。

全員が黙ってケーキを口に運んでいる間、オズワルドがフォークを宙に浮かせてぼんやりとしている。そんな彼を横において、洋平はアデルを相手にカメンゲ計画へ話を戻し、佐和子は佐和子でプラザを相手にイスラムに関する問答を再開した。しばらくの間、二つのペアはそれぞれに熱のこもった会話を楽しんだ。

一人取り残されたオズワルドが、先ほどからコップを手の中で転がしている。ラジカセが鳴りやみ、退屈した文枝たちは家に入ってしまった。場がしらけ始め、誕生パーティーは終演を迎えつつあった。

「そうだわ、オズワルド」

と言って、佐和子が振り向いた。

「今からバゲットを買って来てくれる?　明日が日曜だというのを忘れていた」

「ええ?!」

オズワルドはまどろみから覚めたように顔を上げた。

「今ですか?」

いつもの『ウィ、マダム』と、歯切れの良い返事に慣れていた佐和子は、『今ですか?』という彼の気のない返事にまごついた。

こんな場合、どう対処すべきか戸惑っていると、プラザが身を乗り出して、キルンディ語で何かオズワルドにささやいた。恐らく彼の態度をいさめたのだろう。彼はプラザから顔を背けたまま、思い直したように立ち上がった。

「はい、行ってきます」

今度は潔く佐和子から小銭を受け取って、ブーゲンビリアの茂みへと消えた。遠くでガチャンと潜り戸が閉まる音がした。

「オズワルドは、酔っていましたね」

プラザが小声で佐和子の耳元で言った。

「そう？　私にはそうは見えなかったけど」

「間違いないですよ」

と言って、プラザが空になった二本目のビンの方に佐和子の注意を向けた。

「ほんと、でも、いつ開けたのかしら」

プラザの口振りからは、『使用人にビールを飲ませたのは、あなたですよ』と、暗に女主人をなじっているように聞こえた。佐和子は、むしろプラザから注意された時のオズワルドの態度の方が気懸かりだった。今頃、夜道を一人歩きながら、彼は何を思っているだろう。プラザに一言も抗弁しなかったが、キルンディ語とはいえ、主人の前で注意されたことは屈辱に違いない。

プラザとオズワルドの冷ややかな関係は、当初からのものである。いつだったたか、『ツチとフツはどこで見分けるの？』との佐和子の質問に対し、オズワルドは笑いを噛み殺しながら、自分の鼻を手のひらで押し潰す仕草をしてみせた。すぐには気付かなかったが、彼はプラザの平たく潰れた顔を冷笑したとも取れる。

「使用人には気を付けた方がいいですよ」

プラザが佐和子に余計な忠告をした。

「そう」と言って、佐和子はプラザを見返しながら、心の中で『自分のことは棚に上げて、あなたはどうなの？』とつぶやいていた。

「私は、オズワルドだけのことを言っているんじゃありませんよ」

と、プラザが声のトーンを少し上げた。

「ブルンジ人は、誰も彼も皆、根っからの酔っ払いですから……」

「私にはそんな風に見えないが……」

二人のやり取りを小耳に挟んで、洋平が口を出した。

「本当の話です、旦那。酒を飲まないブルンジ人がいるとしたら、それはムスリムか、でなければスカンピンです」

この時とばかり、プラザが洋平に向き直って息巻く。

「彼らは町ならビール、田舎ならバナナ酒を浴びるほど飲みます。田舎は酔っ払う以外楽しみがありませんから、男たちは最後の一フランまで飲んでしまいます。『働くのはバナナ酒のため』という言葉があるくらいです」

「でも一体、町のどこで飲むというの？」

と、洋平が不思議がる。

「町角にあるスタンドバーに気付きませんか？　小さくて目立ちませんが、町の至る所にあって、昼間はペプシを出しますが、夜になると、ゴロツキどもの溜まり場になります」

二人の主人を意識して、プラザの毒舌が一段と冴え渡る。


「ひと昔前、バーは一日中開いていて、朝っぱらから酔っ払いが町中にごろごろしていたものです。このまま放置しては国が危うくなると言って、当時の大統領が……ブヨヤの一つ前の大統領ですが、彼がビールの販売を午後五時以降とする法律を作ったので、今は……」

「誇張もはなはだしい。知らない人が聞いたら誤解する」

と、突然アデルが割って入ると、鋭くプラザを睨みつけてから、洋平に向き直った。

「僕も友人と時々バーで飲むことがありますが、彼らは断じてゴロツキではありません。それに、少しでも苦しい庶民の暮らしが分かるなら、『酒を飲むな』と言ったりはできないはずです」

「この私に、庶民の気持ちが分からないとでも言いたいのか」と、逆にプラザがアデルに噛みつく。

「プラザさん、君は、自分たちの宗教が酒を禁じているからって、カソリック教徒を偏見の目で見ているんじゃないのですか？……」

その先は、早口のキルンディ語による激論へ横滑りしていった。プラザは世間知らずの若造に意見されるのはまっぴらごめんだし、一方、アデルは正義感の固まりのような熱血漢である。しばらくキルンディ語の応酬が続いたかと思うと、洋平に聞かせるためか、アデルが一方的にフランス語に切り替えたため、キルンディ語とフランス語が入り乱れる騒ぎとなった。

そのやり取りの激しさは、傍から見ていると、今にも取っ組み合いに発展するのではないかと危ぶむほどである。ついさっきまで、あんなに紳士的だった二人が豹変するのを見て、佐和子は心底肝を潰した。

「カソリック教徒と酔っ払いを一緒にするな!」

アデルの叫び声で、話が宗教対立に及んでいることが知れた。意外だったのは、普段素っ気ないほど冷静なアデルが、こんなにも激昂したことだ。

洋平と佐和子がひやひやしながら成り行きを見守っていると、人生経験に勝るプラザがアデルをこれ以上刺激すまいと決心をしたらしく、急転直下、二人は口論の矛を収めた。嵐が過ぎ去ると、何事もなかったかのように普通の穏やかな話し方に戻っていた。その不可解な結末に、二人の日本人は二重に唖然とさせられた。

気が付くと、バゲットを腕に抱えたオズワルドが、少し離れて洋平の背後に立っていた。自分の飲酒が激論の発端とはつゆ知らず……。その、バゲットを抱えた彼の手首で、真新しいデジタル腕時計がキラキラと電球の光を跳ね返していた。

★　★　★

オズワルドの誕生パーティーから一週間ほど経った頃のことである。

「あなた、プラザが来たわよ」

食卓で朝食前のコーヒーを一人楽しんでいる洋平に向かって、小サロンで新聞を読んでいた佐和子が叫んだ。

『何だろう?　こんな時間に』

嫌な予感がする。夜が明けて間もない時間で、娘たちはまだ床の中だ。フランス学校が休みで、娘の送迎のない日である。妻と二人で心静かに過ごす朝のひと時を邪魔され、洋平はひどく不愉快になった。

　時間をかけてコーヒー一杯を飲み干すと、着替えの手間を省き、パジャマとサンダル姿で庭に出た。車寄せに止めたタクシーの周りをせかせかと歩き回っていたプラザが卑屈な笑いを浮かべ、いつもより腰を低くし、すり寄るようにして洋平に握手を求めた。

「仕事には早いだろう」

　と言って顔をしかめる洋平を尻目に、プラザは彼をタクシーの後部へと引っ張って行った。

「旦那、こっちへ……見てください」

　見ると、車の後部のガラスには大穴が開き、その周辺に蜘蛛の巣状のひび割れが入っていた。後部座席をのぞくと、割れたガラスの破片が散乱している。

「どうした？　事故か？」

「旦那、これが事故に見えますか！」

　プラザが呆れたように叫んだ。

「見たら分かるでしょう。子供が石を投げたんです！」

　洋平はそんなこと誰が分かるものかと腹の中で思ったが、タクシーの変わり果てた姿を目の前にすると、ただ唖然とする他なかった。

「ひどいものですよ。横でなく、後ろの大きい方を割ったんです……。こん畜生！」

　プラザがこんな風に我を忘れて口汚くののしるのを見るのは初めてである。普段、彼は案外と冷静でむしろシニカルな男であった。他方、洋平は自分に厄介事が持ち込まれようとしていることを即座に悟った。自分の与《あずか》り知らぬ事件だが、こうして胸元に突き付けられると、なぜか自分にも責任の一端があるかのような錯覚を覚えるのだ。

「子供の悪戯にしては、確かにひどいな」

「旦那、これが悪戯かどうか、よく見てください、車の中を！」

　と、プラザが怒りを募らせる。洋平の言葉が一々彼の癇に障るとみえる。

　プラザに促され、渋々開いたドアから車の中をのぞき込んだ。しばらく目で探して、座席の下に転がり込んだ野球ボール大の石を見つけた。

「大きな石だ」

「これを車に向かって投げたんですよ。悪戯ですることだと思いますか？」

　余程腹に据えかねたのだろう。犯人に対する恨みが洋平に向けられている。それが理不尽なことと理屈で分かっていても、なぜか、むげにプラザを突き放すことができなかった。

　車がプラザの大切な商売道具なのは分かるし、騒ぎ立てるのも無理はないと思ったが、このような早朝、他人の家に押しかけて、朝食の邪魔をする理由にはならない。

「それで、何か、盗られたのか？」

「そんな暇はなかったです。ガシャーンという音で庭に飛び出すと、子供が塀をよじ登っていました。」

　と言って、プラザはそれが犯行の偽らざる証拠とでも言いたげに、塀までの距離をわざわざ歩幅で測って見せた。

「それは、いつのこと？」

「つい先ほどですよ、旦那。まだ暗かったです」

　じれったそうにプラザがうめいた。

「じゃあ、警察への通報はまだなんだ？」

「警察？　警察なんか……」

　これで、事件発生後、車に石を残したまま、取る物も取りあえずまっしぐらに洋平の屋敷に駆け付けたことが判明した。そして、洋平の前で『現場検証』もどきを演じて、彼を強引に事件に巻き込もうと躍起になるプラザの意図が一層はっきり見えてきた。

　プラザの立場からすると、こんな時、唯一頼れる存在が雇い主なのだ。それなのに洋平は親身になって取り合ってくれない。気持ちの持って行き場を失った彼は、やおら財布から一枚の写真を取り出した。

　それは、家の写真であった。いつも財布に入れて持ち歩いているらしい。数年前に新築したというから、人一倍愛着があるのだろう。だが、彼の目的は、二人で小さな写真をのぞき込んで、犯行現場と逃走経路について最初からもう一度おさらいすることであった。洋平はプラザの執念深さにほとほと閉口した。

「保険は下りないの？」

　他に話すことがなくなった洋平は、余計なお節介と知りつつ尋ねた。

「そんなもの！」と、忌々しげにプラザが叫んだ。

　洋平は事務所のジープを購入した際、手続きをプラザに手伝わせた。免税、登記、自動車保険など面倒な事務処理がうんざりするほどあった。そんなわけで、彼は洋平が金に糸目をつけず、高額な保険に加入したことを知っていた。

「それで、替えのガラスは手に入るのか？」

これも余計な質問であった。洋平は自分がぐいぐいとプラザの仕掛けた罠に引き寄せられ、その手の中に落ちて行くのが分かった。

「下町の修理屋なら一万フランですが、町の自動車販売店ならその数倍です」

そう言ってしまうと、『万策尽きた』と言わんばかりに、プラザは乱暴に車のタイヤを蹴った。それから、空を睨みつけて、訴えるように言葉を吐いた。

「雨さえ降らなきゃ、このまま走らせても構わないんですが、これじゃあ、商売になりませんや」

彼は、それ以上話すことがなくなると、腕まくりした太い両腕をズボンのポケットに突っ込んで、朝焼けでほんのりとピンクに染まる東の空を見ていたが、おもむろに煙草を取り出すと、空に向けて勢いよく煙を吐き出した。

その時、夫がパジャマ姿で出たきりなかなか戻らないことに不審を抱いた佐和子が庭に姿を見せた。すると渡りに船とばかり、プラザは洋平から彼女へ乗り換え、最初から繰り返し話し始めたが、佐和子はそんな彼を押しのけ、車の後部に回って驚きの声を上げた。

その間、洋平は修理代について自問していた。同情する心は十分あったが、その一方で、散々振り回された挙句、彼の目論見通りに金を渡すのでは、さすがに洋平の沽券に関わる。男同士の心理戦に敗れたようで、面白くないのである。

他方、ゴシップのネタ探しが目的の佐和子は、事件について一通り聞き出すと、後は『残念ね』の一言できびすを返して家に戻って行った。

直訴する相手を失ったプラザが煙草をもみ消して、表通りへ車を引き出すのを、洋平は黙って見送った。門扉を開けるのを手伝ったオズワルドまでが彼に同情し、二言三言声を掛けたが、プラザはろくに返事もしなかった。

道路に姿を消した後も、『あなたは私のパトロンだろう』と訴え続ける車の排気音が、しばらく洋平の耳に残った。結局、プラザは金の無心を最後まで口に出さずに去ったのである。

★　★　★

事務局への報告書を書き終えた頃、洋平の胃は変調をきたしていた。早朝の『タクシー投石事件』が引き金となり、元々彼の意識の底に淀んでいた捉えどころのない憂鬱が鎌首をもたげてきたのである。その直接の原因は、仕事上の行き詰まりであった。近頃とみに彼の行く先々で、見えない壁にぶち当たる。そのたびに苛立ちが鬱積して、時々無力感に襲われ、何もかも投げ出したくなるのだった。

洋平は、後はボランティアの到着を待つばかりの、準備の整った事務所を見回した。窓の下の観葉植物は青々として涼しげで、日除け棚の下の赤いジープも光り輝いている。壁の棚はファイルで埋まり、コピー機とファックス機がそれぞれ納まるべき所に納まり、事務所長の号令を待っている。本来なら誇らしさが胸にふつふつと湧いてくるべきところなのに、今はすべてが重荷に感じられる。

彼はブルンジ着任と同時に事務所の開設に忙殺され、自分を振り返る余裕がなかった。そうした煩わしい業務が一段落し、本命の『カメンゲ計画』の好調な滑り出しに東京の受けも悪くない。プロジェクトが案件の段階から具体的に姿を現す今こそが正念場であることを、経験上よく知っていたにもかかわらず、洋平はつまずいたのである。

彼のデスクの上では、『ボランティアの住宅問題について』と題するワープロで打ち出された四ページの報告書が、午後のファックス送信を待っている。それは、洋平が午前中を使って作成したもので、彼の不甲斐ない交渉力の惨めな結果であって、手に取るのも気が重い。

頭痛の種は、二か月後に着任する三名の若者の住宅問題であった。すでに活動中の諸外国のボランティアは、どこもその見返りとして、ブルンジ政府から住宅提供を受けている。ところが日本に限って、予算不足を理由に政府が難色を示したのである。日本だけが除け者にされては、代表たる洋平の立場がない。

彼が契約書を盾に詰め寄ると、役人らはのらりくらりと言い逃れをする。その言葉の端々に、『金満日本にとって住宅費など些細な問題でしょう』と居直る態度が見え隠れする。

この件で、外務省を相手に交渉している時、洋平は自分がブルンジの木っ端役人から見くびられているような印象を持った。取り分け彼を憤慨させたのは、植民地支配を行ったヨーロッパ人を今も崇拝し、アジア人を見下す彼らの風潮である。関係機関を訪れた際も、先に来た洋平を待たせておいて、後から来た白人と長々と談笑するなどして、彼を苛立たせた。こんな時、愚痴をこぼしてうっ憤晴らしをする仲間が洋平にはいないのである。

佐和子はそんな夫の異変に気付いていたが、妻からその点を指摘されると、彼は傷口に触れられたように一層苛立ちを募らせた。住宅問題がつまずきとなって、彼は一種のうつ状態に見舞われた。これまで忍従してきたブルンジの各関係機関の許しがたい不愉快な態度の数々が堰を切って押し寄せ、洋平を嘲り苦しめるのであった。

彼は報告書を脇に押しやると、事務椅子の背にのけ反った。その視線の先にある天井の白い漆喰が病棟を連想させ、彼に苦い過去を思い出させた。

地方の大学の仏文科を出た洋平は、語学力を活かして海外援助機関に就職したが、都会暮らしとデスクワークが性に合わず、間もなくうつ病を患った。

結局三年で職を辞した彼は、本で知った南米の革命児チェ・ゲバラを手本に、バイクで日本一周を企て、最後にアメリカから返還されたばかりの沖縄に流れ着いた。そこで、たまたま逗留した民宿を手伝う羽目になり、結果的に二年間働くことになった。

当時の沖縄は海洋博を控え、一大観光ブームに沸き返っていた。取り分け、本土から観光客が到着する港や空港で行う『客引き』という幾らか荒っぽい仕事が、内向的だった青年時代の生き方を根本から変えた。更に、宿泊客を誘ってサンゴ礁の海に潜ったりするうち、南国の開放的な空気が、彼をうつ病から解放したのである。

沖縄で自信を回復し、東京へ舞い戻った洋平は、NGOのアフリカ支援協会のボランティアに応募し、西アフリカのセネガルで英語教師を経験した後、若いボランティアの世話をする仕事に就いた。こうして海外駐在員としてアフリカの国を幾つか渡り歩くうち四十一歳になった現在、家族と共にブルンジにいる。

事務所の掛け時計は、昼の十二時少し前を指していた。彼の塞ぎ込んだ心に、秒針がチクタクとやけに気ぜわしく響く。軽いめまいに襲われた洋平は、心の深淵をのぞき込むのをやめ、時計が正午を打つのを待って、憂愁の立ち込める灰色の部屋を逃れ出た。

庭に出ると、裏の方から佐和子の弾んだ声が聞こえてきた。洋平とは違い、生来楽天的な彼女は数か月の間にすっかり現地生活に馴染んでいる。

佐和子とは、最初の赴任地セネガルで出会った。彼女もまたアジアの奥地でボランティアを経験し、その後、人生を模索する旅に出ていた。洋平はダカールの行き付けのカフェで彼女を見掛け、声を掛けた。当時若い女性のアフリカ一人旅はとても稀有で、そのミステリアスな生き様に心を惹かれずにはいられなかった。二人はたちまち意気投合し、そして結婚。それから十三年の歳月が流れた。

ブーゲンビリアの小道をたどって裏庭に回りこむと、ルーマニア大使館の柵の前で、佐和子とオズワルドがパパイヤの木を見上げている。黄金色に熟れた実の収穫方法を話し合っているらしい。高さが六、七メートルはある木の天辺に、子供の頭ほどもある大きな果実がたわわに実っていた。

二人は何やら小声で相談していたが、突然佐和子が弾けるような笑い声を上げた。夫に見せたことのない底抜けに明るく屈託のない妻の姿を目撃して、洋平は戸惑った。彼は立ち止まり、椰子の陰から遠目に二人を眺めた。洋平の心を一瞬、鋭い嫉妬が走ったが、それと同時に、はっと息を呑むような情景が彼の心をとらえたのである。

肌の白い中年女性の傍らに黒人の若者が並び立つ姿は、紺碧の空と木々の緑と相まって、佐和子が好んで話題にする映画の一場面のようであった。それは、第一次世界大戦当時のアフリカを舞台に壮大なロマンスを描いた映画で、それを観てからというもの、佐和子は『植民地』という言葉を舌の上で転がすようにうっとりとして発音するのであった。

「ウィ、マダム」と叫んで、オズワルドが白い歯を見せ、少年のように勢いよく駆け出した。彼は軒下の脚立を担いで佐和子の傍らに戻ると、境界のフェンスに立て掛け、それを足掛かりにして、素手でするすると パパイヤの木によじ登った。そして実をもぎ取ると、下で待ち受けている佐和子の麻の買い物カゴ目掛けて投げ込んだ。

佐和子の口から「わあー」と叫び声が上がり、パパイヤを見事にキャッチした。その顔からは、眩いばかりの生気がほとばしっていた。

二人の様子を見て、洋平は『来月からオズワルドの手当を上げてやろう』と心に決めた。彼がひ弱な父親を助けるため、農耕用の牛を欲しがっていることを佐和子から聞いていたし、彼はもはやただの使用人ではなく、屋敷に掛け替えのない存在である。

そんな彼に報いてやることは、妻の密かな望みを叶えてやることでもあった。

確かに彼は正直者でいいやつだ。今朝のように、姑息な手段を弄して金を無心するプラザのことを思うと、もっと報いてやって然るべきだろう。使用人の給料を少し上げることで、心の憂さが晴れるものなら手軽なものである。彼の信念からは外れるが、これもまたルール破りのアフリカ式というやつだ。

いつかプラザが口にして以来、洋平の喉元に引っ掛かっていた『アフリカ式』という苦い丸薬を、彼はこの時ようやく呑み下すことができた。すると胸のつかえが取れて、口元から苦笑いが漏れ出た。

続いて、『プラザのパトロンか……。それも悪くなかろう』と心の底でつぶやいた。プラザが洋平をパトロンと慕うその下心が、日本人の金銭的豊かさ、詰まるところ洋平の懐だとしても、それが何だと言うのだろう。

明日にもガラスの修理代をくれてやると決めると、もう一方の肩の荷を下ろしたかのように、気持ちが晴れやかになるのを感じた。それが、朝方から半日足掻いた挙句にひねり出した彼の答えであった。

答えを得たことで、ようやく洋平はブーゲンビリアの陰から光溢れる裏庭へと一歩踏み出すことができた。佐和子とオズワルドに合流するために……。

第二部　新生への希望

第五章　パパイヤと月

裏のルーマニア大使館に警備員が雇われた。それまで、大使公邸を兼ねたこの大使館には小間使いと運転手がいるのみで、肝心の歩哨が配備されておらず、大使館と背中合わせであるオズワルドのお屋敷にとって、この方面の守りは大変手薄であった。

大使館の裏庭で人の気配がすることは滅多になく、これまでに数回、散歩する白髪の大使夫妻を見掛けたが、その姿もすぐに重たげに垂れ下がったバナナの葉陰に隠れて見えなくなる。視界を遮るバナナ園のせいでお屋敷内部の動きを窺い知ることはできないが、情報通のサルバドールによると、この東欧の大使館の財政状態は歩哨を雇うにも事欠く有様らしい。

この謎めいたお屋敷に雇われた二十四時間警備の歩哨の名はレオポール。大柄なフツ族の若者である。以前から金網のフェンスとブロック塀の境目に夜警小屋があった。ブロック塀に棒を渡してトタンで屋根を葺《ふ》いただけの雨露を凌ぐのがやっとという代物で、一度など板壁を猛毒のグリーンスネイクが這い上がるのを見たことがあるが、特にここがひどいというわけではない。夜警小屋と言えばどこもこんなもので、あるだけましと言える。

「日本人だって？　待遇はどう？」

金網のフェンス越しに声を掛けてきたのは、レオポールの方だった。

「俺んところは、そりゃ、ひどいものさ」

「大使館なんだろう？」と、オズワルド。

「そんなこと知るもんか。全く妙な所に来ちまったものさ」

レオポールは南部訛り丸出しでぶっきらぼうな話し方をする。

「表に国旗があるのを見たよ」

「それは知ってる。けどさ、警備員にたった七千だぜ。これじゃ、干上がっちゃうよ。本物の大使館かどうか、怪しいもんだ……。そっちは、どう？　何してる？」

レオポールの野太い声が裏庭に響き渡る。彼は話をしながら、その巨体で金網にしがみ付くので、体重がかかるたびにフェンスを支える鉄の支柱がギシギシと軋み、悲鳴を上げる。

「君と似たり寄ったりさ。ここがどんな所か、実は僕もよく知らないいんだ」

と答えて、オズワルドは給金の話題を慎重に避けた。彼の給金はレオポールの倍であった。

「へえ、知らない？　もう長いんだろう？　ご主人の羽振りはどう？　儲かってるの？」

彼は田舎者特有の無神経さで、他人の領域にずかずか踏み込んでくる。同じ田舎でも、南部と中北部では話し方も風習も異なるが、それにしてもレオポールのような無骨者は珍しい。

「よく知らないよ。詮索しないから……」

『良い使用人はお屋敷のことを詮索しない』が使用人の心得の一つであるが、レオポールに言われるまで、ご主人の仕事について何も知らないことにオズワルドは気付かなかった。

最近姿を見せるようになったアデルを除くと、ほとんど来客がない。時折、お供を命じられるので、ご主人の外出先は知っている。外務省、市役所、銀行など、どこもブルンジの国旗を掲げる公官庁である。ご主人が訪問の目的を使用人に漏らすことは元よりないし、オズワルドも分をわきまえ、立ち入ったことを尋ねたりしない。

その一方で、お屋敷で働くようになると、嫌でも家庭の内情が目に入る。使用人はご主人の顔色を窺い、小さなサインを見逃さないよう機敏に立ち回る必要があるが、表面上は無関心を装おうのが良いとされる。

ところが、レオポールという若者は、お屋敷の機微に関わる作法やしきたりなどお構いなしである。図体ばかりでかくて粗野な同年代の若者の出現に、オズワルドは最初戸惑いを覚えたが、しばらくすると、ざっくばらんで面白いやつだと、むしろ好感を抱くようになった。

彼はちょっとした用事を除くと、屋敷を離れられない。その反面、警備以外の仕事があまりないから、一日暇を持て余している。そのため、境界の金網を鷲掴みにし、声を掛けるのはもっぱら彼の方である。オズワルドは彼からどんなに話し掛けられても、仕事を中断したり、持ち場を離れたりはしない。

レオポールの声はよく響き、屋敷の隅々までオズワルドを追い回すが、他方、オズワルドの声はか細くこもりがちなため、自然と聞き手に回ることが多くなる。

レオポールが陣取っている場所は、オズワルドのお屋敷の最も奥まった、いわば見捨てられた片隅で、辺りに潅木が生い茂っていて、芝刈りの時以外滅多に近づくことがない。そのうら寂しい一角が、レオポールの出現でがらりと変わった。

「いつからここで働いている?」

質問をするのは、決まってレオポールの方だ。

「三か月になる」

「何だ、たった三か月か。それで、前は?」

「キリリだった」

「へえ、そうなんだ。高級住宅地か。外国人専門って、いいんだろうな。羨ましいよ……」

と、溜め息をつくその口元は、子供のように締まりがなく、止め処なくだらだらと一方的に話が続く。

「ここへ来る前は厳しかったよ。殴られるし、蹴られるし、さすがの俺も音を上げた。全く俺の肩ぐらいしかないチビのくせに、人をのろま呼ばわりしてさ。結局、クビになっちゃった……。あっ、クビのこと、誰にも話すなよ」

『クビ』という言葉は使用人仲間の禁句である。世間に知られると、次にまともな仕事に就けなくなるからだ。『秘密だからな』と言いながら、彼は愉快そうに身体を揺すって笑う。根っからの呑気者で、それでいて気のいい若者である。彼の底抜けの明るさは神様からの授かりものに違いないとオズワルドは思った。

二人は使用人の慣習に従って、それぞれの略歴を矢継ぎ早に交換した。これは互いに腹蔵ないことを示す使用人の挨拶のようなものである。それによるとレオポールは、南部でも特に極貧で知られる地方の出身で、オズワルドより三歳年下の二十二歳。その分厚い胸板から押し出す野太い声が、華奢で繊細なオズワルドを圧倒する。

彼に限らず南部出身者は、押し並べて粗野で荒っぽいことで知られ、首都圏では『辺境の野蛮人』の呼び名が付いているが、レオポールほどあけすけな男は珍しい。使用人稼業が長くなると、皆一様に疑り深くなり口が重くなる。大佐のお屋敷のサルバドールがその典型であるが、その彼をオズワルドはひどく嫌っていた。

オズワルドの午前中は特に忙しい。一か月半掛かってやっと一周し終えた芝刈りが、今三周目に差し掛かっている。芝生は彼をあざ笑うかのごとく瞬く間に伸びる。芝にかまっていると、生け垣のブーゲンビリアからシュートが伸び放題。一息つく暇もない。洋平は仕事に関し何も言わないが、時たま監視に訪れる家主のマリー奥様に見つかるのが怖い。一休みするには、雨季の終わる夏枯れの季節を待たなくてはならないだろう。

ある日洋平が、『中古の芝刈り機が見つかるなら、買ってやる』と言ったが、これはよくあるご主人の気まぐれに過ぎない。それが証拠に、散水用のホースさえ買うと約束して一週間以上になるが、いまだ探しに行く気配もない。『ご主人の約束は神頼み』とは、言い古された言葉である。

雨季がもたらすもう一つの厄介事に洗車がある。外出のたび足回りが泥だらけになって戻って来るので、毎日の洗車が欠かせない。面倒がって泥を被ったジープでご主人を外出させたとあっては、使用人の名折れである。

洗車はオズワルドが特に気を配り、力を入れている仕事だ。そのせいで仕事がお昼近くまで延びることがあるが、彼は丁寧にやり遂げてからでないと屋敷を離れなかった。洗車は目に見える成果をご主人にアピールできる機会であるが、何と言っても、彼の一番好きな仕事であった。

一方、庭仕事と言えばわずかな芝生とバナナ畑の手入れしかなく、暇を持て余しているレオポールは、一日中働き詰めのオズワルドを眺め、金網の向こう側から盛んに冗談を飛ばしてくる。

「おい、小屋無しオズワルド、お前、雨の日はどうしてるんだい？」

小屋付きか小屋無しかは、夜警にとって重大な関心事である。雨露を凌ぐ上での実際的な有用性は言うに及ばず、屋敷内の地位や処遇、更に使用人仲間の上下関係や面子に関わる問題でもある。たとえ形ばかりの夜警小屋であっても、歩哨の社会で『小屋無し』呼ばわりされるよりはましなのである。

「どうするか、当ててみろよ」

いつも年下のレオポールに押され気味のオズワルドが、珍しく芝刈りの手を休め、上半身を反らして言い放った。

「俺に分かるはずないじゃないか」

「俺はな、雨が降ってくれたらといつも思っている。雨の日は泥棒も動かないし、俺もぐっすり眠れるからね」と、オズワルドはうそぶいてみせた。

彼が雨を凌ぐ場所はジープの中であった。それを話すと、レオポールが驚き呆れた。

「大胆なやつだな。それが本当なら、お前、見掛けとは大違いだ……。バレたらヤバイぞ！　俺は車の中をのぞいているところを見つかっただけで、クビになったやつを知っている」

どこの主人も車に触られることを一番嫌う。ボディのかすり傷一つ疑われたら最後、命取りになることを使用人なら誰でも知っている。だから、彼らは洗車の時以外決して車に近づこうとしない。

オズワルドは激しい雷雨の夜、小サロンの長椅子で一夜を明かしたことがあったが、それからしばらくして、洗車中の彼のところに洋平が現れ、

「雨季の間、鍵を閉めないでおくから、車で雨宿りをしなさい。私の許可は要らないからね」

と言って、リクライニングシートの使い方まで教えてくれた。ただ窓が開けられないため猛烈に蒸し暑く、お世辞にも快適とは言えなかった……。

オズワルドはレオポールのことを、田舎でよく見かけるお喋り好きな老婆のようだと思うことがある。彼はひっきりなしに話し相手を必要とした。オズワルドがやり掛けの仕事を予定通り終わらせたいと思えば、『面白い話があるから、ちょっと来いよ』と呼び止める彼をすげなく振り切るしかない。

レオポールの四方山話は、遥かな彼の故郷にまつわる出来事が大半で、オズワルドの目から見ても、彼らはいまだ昔ながらの伝統社会に生きている。そのためか、部族間対立が根強い北部と比べて、南部地方は至って平和でのんびりとしている。その代わり極度に貧しい。

「違う、違う、オズワルド」

そう言って、しばしばレオポールが相手を遮る。

「南部に暮らしたことのないよそ者には絶対分からんのさ。お前の姉さんだって北部に嫁に行ったんだろう。誰が好き好んで南部なんかに嫁ぐものか。俺たちのところは、嫁の扱いだって手荒いんだ。泣き言を言う嫁は、持参金の牛だけ取って、里に返してしまう。これが南部流だ……」

こんな調子で南部地方の生活習慣について、際限なく話して聞かせるのであるが、その開けっぴろげで飾らない話し方がとても可笑しくて、仕事中のオズワルドまでがつい引き込まれ、挙句の果て、腹を抱えて笑いこけてしまうのだ。

しばらくしてレオポールが、『食費が浮くから』と言って、共同炊事を持ち掛けて来た時は、即座に彼の提案に乗った。境界のフェンスを挟んだ場所が二人の炊事場で、物の受け渡しは金網越しに行う。お金は均等に出し合い、食材の買い出しは、オズワルドの担当。料理をする役は一日交替。大抵マニオック（キャッサバ）か豆料理で、どっちが作っても同じである。


始めてすぐ、相棒が共同炊事を持ち掛けて来た狙いが判明した。レオポールの食欲は半端じゃなかった。大食漢の彼にとって、食費の折半は俄然有利な取引なのだ。オズワルドも負けじと食べるが、到底敵う相手ではなかった。

共同炊事はオズワルドの夜を一変させた。それまで彼は、自分の家かデニスの飯屋で夕食を済ませて出勤していたが、今は気心の知れた相棒が彼を待っている。孤独な夜を一人過ごすことに慣れたオズワルドであったが、共同炊事を始めて、自分がどんなに友情に飢えていたかを知ったのである。彼は夕暮れ時が待ち遠しくなった。

二人はまるで生まれながらの兄弟のように、金網を挟んで身を寄せ合い、食事後は夜が更けるまで話し込んだ。話疲れて互いに金網にもたれ掛かると、背中と背中がかすかに触れた。

レオポールが一方的に喋り、オズワルドが聞き手に回るのがお決まりのパターンではあったが、相棒の人懐っこい肉声に触れているだけで、オズワルドの心は十分満たされたし、レオポールはレオポールで、有り余るエネルギーを発散する相手を必要としていた。

夜が更けて、レオポールの四方山話が山場に差し掛かると、いつも決まって哀調を帯びてくる。

「姉ちゃんと妹が、赤痢で死んだ時のことは今でもはっきり覚えている。墓穴に降ろされる姉ちゃんたちを見て、明日から俺の食い扶持が増えるって、子供心に思ったよ。母ちゃんは泣いていたけど」

と言って、レオポールが愉快そうに笑った。

『はっはっは……』と、妙に抑制された彼のよく弾む声が夜のしじまを転がって行く。夜空を見上げると、背高のっぽのパパイヤに懸かった月が、金色の光を二人の若者の頭上に惜しげもなく降り注いでいた。


「来月、給金をもらったら、ラジカセを買う!」

ある日、オズワルドが宣言した。レオポールの小さな携帯ラジオは、雑音交じりのキルンディ語が飛び出してくるばかりで、若者に人気の歌番組に出合うことは滅多にない。

「ラジカセだって?」

レオポールが鼻先でせせら笑った。

「お前の給金で買えるかよ。それに電池とかテープとか、金が掛かるんだぞ。後になって手放すことになれば大損だ。俺はそんなやつを知っている」

しかし、相棒の忠告にオズワルドは耳を貸そうとしない。二人で好きなだけ音楽が聴けたら、夜の楽しみが倍増するからだ。彼は雇い主であるご主人の生活を羨んだことは一度もないが、たった一つの例外が、佐和子が木陰で読書する時、その足下で音楽を奏でるラジカセであった。

「オズワルド、お前、田舎の親父さんのために牛を買い、台所を直し、屋根を瓦にするって言っていたじゃないか」

レオポールは相棒が無駄遣いするのを本気で心配していた。彼は生活費を切り詰め、給金の大半を田舎に仕送る孝行息子だった。

「一、二か月、先になるだけのことさ」

オズワルドが迷惑そうに言葉を突き返した。

「それだけじゃないぞ。お前、最近、靴もシャツも新調したじゃないか」

確かにオズワルドは近頃金遣いが少し荒くなった。

レオポールと友情を結んで以来、張り詰めていた気持ちが緩み、生活が幾分派手になったのは否めないが、年下のレオポールから面と向かって意見されるとやはり面白くなかった。

更に共同炊事に問題が持ち上がった。燃料の炭である。オズワルドの屋敷には、時々庭で行うバーベキューのためと不意の停電に備え大量の炭が備蓄されている。それをオズワルドが少しずつ持ち出して共同炊事に当てていたが、しばらくすると、炭の目減りが誰の目にも明白になった。ご主人から注意されはしないかと気を揉む日々が続いたが、そんな彼の心中を知ってか知らずか、洋平も佐和子も見て見ぬ振りである。

「俺たちで炭を買おうと思う」

ある時、思い切ってレオポールに相談を持ち掛けた。

「何、言っている。炭ぐらい、当然だろう。前の主人は古着や残り物をくれたよ……。俺に炭代を出せって言うんなら、お断りだね。出さないよ」

レオポールは金のこととなると、女のように締まり屋で、びた一文出さない構えである。

レオポールと親交を深めるにつれて、大佐の腹心サルバドールとはその分縁遠くなった。オズワルドの方からは、やむを得ない場合を除きレンガ塀に近づかないようにしているが、ある日、梯子を借りる必要が生じた時、筋金入りのツチの老兵サルバドールが、新しい隣人をどう思っているか、はっきり分かった。

「梯子はいつでも貸してやるさ。それが使用人の仁義というもので、政治とは別だからな」

そう言うと、彼は獰猛な黒鷲の目付きで、オズワルドの顔を食い破らんばかりに睨み付けた。

「政治って、何のこと？」

「やつのことよ」

と言って、サルバドールが金網の方を顎でしゃくって見せた。

「レオポールのこと？　彼が何か？」

「やつがスパイでないと、どうして言える？」

サルバドールが一段と声を落とした。

『スパイ⁈』

最初はあまりに馬鹿らしくて言葉も出なかったが、すぐに恐れと怒りとが交互に頭の中で早鐘のように鳴り響いた。

「いいか、オズワルド、大佐殿は軍の最高機密に関わっておいでだ……」

サルバドールは『最高機密』のところで声を潜めて厳かに発音した。

「その大佐の『部下』である俺たちに探りを入れるやつが現れたとして、何の不思議がある」

「サルバドールは何も知らないから……。レオポールはただの気のいい南部者だよ」

「馬鹿を言うな、フツに南部も北部もあるか」と、頭ごなしである。

オズワルドは混乱する頭で、手早く記憶のページをめくった。そして、いつかデニスがカミーユをスパイ呼ばわりしたことに行き着き、うんざりした。自分たちはただそっとして欲しいだけなのに、ツチもフツも躍起になって彼を試そうとし、巻き込もうとする。

ところが、一方のサルバドールは真剣そのものである。事の重大さを相手に分からせようと、彼は塀越しに手を伸ばし、オズワルドの腕をむんずと掴んだ。

「いいか、オズワルド、これは俺の考えではない。大佐の旦那が直接おっしゃったんだ。ここ数か月以内に近所で雇われたフツには注意しろと……」

「大佐がおっしゃったのなら間違いないけど、レオポールは別だよ。僕の友達だ」

「お前がそれほど言うなら、それもいいだろう。だが、今は非常時だということを忘れるな」

『非常時』とか『緊急時』とか、サルバドールが好んで使う大仰な言葉も、大佐からの授かりものに違いない。大佐を神のごとく崇める彼は、『自分の部下』であるオズワルドに、大佐の意向を徹底させることを自分の任務だと信じている。間違いなくオズワルドの日々の挙動を大佐に報告している。

「いいか、大統領選挙まであと一か月だ。何が起こってもおかしくない。共同炊事もいいが、お前の友達とやらにうつつを抜かして居眠りをこくなよ。首がふっ飛ぶぞ……」

「居眠り」の一言ほど、歩哨の自尊心を逆撫でするのに効果的な言葉は他にない。この場合、婉曲な意味であったが、それでもオズワルドを打ちのめすに十分であった。実際、彼は夢想中に眠り込むことがよくあったため、その事実をサルバドールから当てこすられたと思い、動揺したのである。何か一言やり返してやろうとオズワルドが言葉を探しているうちに、サルバドールは挨拶なしでレンガ塀を離れて行った。

サルバドールは大佐の威を笠に着て上官のように振る舞うが、オズワルドの方にも正面切って彼に逆らえない事情があった。先日マリー夫人の屋敷に顔を出した時、夫人から『仕事を続けたければ、大佐の言い付けを守りなさい』と、要領を得ないまま、厳しく釘を刺されたからである。

マリー夫人と大佐の関係は知らないが、上流階級とか、由緒ある家柄とか、旧家の出とかいった人々は皆、どこか根っこのところで繋がっている姻戚関係のようなものだと想像する他なかった。

★　★　★

オズワルドが貧民地区の小屋に戻ると、カミーユが彼の帰りを待ちわびていた。彼は髪に櫛を入れ、ぼろぼろだったズボンを新調し、以前とはすっかり様変わりしている。彼は土産だと言って、途中の村で買い求めた一ダースの鶏卵を差し出した。

「君がマラリアに罹った時、僕がゆで卵を全部食べてしまったのを覚えているだろう。その時の罪滅ぼしさ」

珍しくカミーユが軽口を叩いた。その言葉付きまでが自信に溢れている。

「卵なんて、すっかり張り込んじゃって……。それに、君、ちょっと見ないうちに、見違えちゃったよ。どこかのビジネスマンかと思った」

二人は肩を抱き合い、背中を叩き合った。久し振りに上京してきたカミーユは、変わらぬ友情を確かめて喜んでいる様子で、口が滑らかだった。正午過ぎに着いたというから、彼はお昼も食べないで、オズワルドの帰りを待っていたのだろう。

「でも、驚いたよ。途中のムランビアで卵を買った時、子供たちが次々道に飛び出して来て、皆、これなんだ」

そう言って、カミーユが右手の拳を天に突き上げる仕草をしてみせた。

「あの辺りはフツが多いと聞いていたけれど、急に誰も彼も政治に取り憑かれたみたいなんだ」

拳で天を突く仕草は、野党であるフロデブ政党への支持表明である。カミーユの話から、こうした大胆な示威行為の波が、フツ族が多数を占める地方から、ウプロナ政権のお膝元である首都近郊にまで押し寄せてきたことが窺える。

「へえ、子供までが！」と、驚くオズワルド。

「そうさ。突然、雨の後のユスリ蚊のように湧いて出る始末だ。誰か、子供たちに政治を吹き込んでいるやつがいる」

「そいつはひどいね」

「大人より子供の方が多かったな。皆、お祭り気分で騒いでいたよ」

「仕方がないさ。あの辺りはあいつらの土地だから……」

ついカミーユの物言いに乗せられて、まるでフツ族を敵視するかのように『あいつらの土地』と口走った自分にオズワルドは気付いた。

カミーユが大きな麻の袋を解くため、ベッドの上で活発に動き始めた。オズワルドは袋から顔をのぞかせた彫刻の見事さに溜め息を漏らした。

「今度は、チェス台、いくつ？」

「折り畳み式を入れて、全部で五台。一人で運ぶのはこれが限界だからね……。実は、そのことがヒントで、僕は考えたんだ……」

と言って、カミーユは荷解きの手を止めてオズワルドに向き直り、突然真剣な表情になった。

「ねえ、ちょっと聞いてくれないか。時間を掛けて煮詰めたし、良い考えだと思うんだけれど、とにかくまずは君の意見を聞かないとね」

カミーユはつと立ち上がると、ベッドの周りを神経質に行ったり来たりし始めた。興奮を抑え切れず、どう話を切り出すべきか迷っている。

「カミーユ、ちょっと座ったら。そんなに歩き回られては落ち着かないよ。一体、君、どうしたと言うの？」

「実は、二、三日したら、ギテガの仲間が二人、民族楽器を携えて上京することになっている。彼らは運ぶのが役目で、その日のうちに帰る。僕が彼らに代わって、その楽器をチェス台と一緒に売り捌くことになっている」

ここまで一気に喋ると、カミーユはベッドの端にすとんと腰を下ろした。

要するに、彼は幼友達のオズワルドに『共同事業』を持ち掛けてきたのだ。ギテガで彼らが制作した民芸品を、定期的にオズワルドの小屋に運び、二人で手分けして売り捌こうと言うのである。カミーユにしては出来過ぎた話だ。この話には、きっと彼の仲間で目端の利くフェルミが一枚噛んでいるに違いないと、オズワルドは睨んだ。

「このやり方を拡大すれば、品数を増やすことができるし、それに、オズワルド、ギテガには『僕ら』を頼りにしている仲間がいる……」

『僕ら』と言ったところで、カミーユがオズワルドの手を取った。話が山場になるにつれ、どんどん早口になる。まるで、成功をすでに手にしたかのような話し振りである。

「ちょっと待って、カミーユ、とにかく今はだめさ。君を手伝いたいのは山々なんだけど、見ての通り時間がないんだ」

そう言うと、オズワルドは両手で当惑の仕草をしてみせた。

「今すぐ商売替えしてくれれば、それが一番だと思った……。今すぐがだめでも、近いうちならどう？　君だっていつまでも使用人をする気はないだろう。それに、二人にとって、これはチャンスなんだよ」

無我夢中で話すカミーユに、オズワルドは思わず呑み込まれそうになる。

「僕は、お屋敷の仕事が気に入っている……。急に言われても困るよ」

「そうなの……。君となら絶対うまくいくと思ったけど……」

未練がましく最後に一言つぶやくと、カミーユは中断していた作業に戻った。チェス台を手に取って、輸送中に破損がなかったか一つ一つ丁寧に調べ、ベッドの上に並べている。のろのろとした動作で、心の動揺を鎮めようと懸命に戦っている幼友達の心の内が痛いほど伝わって来た。

何事も人一倍慎重なカミーユである。ブジュンブラへ向かうバスの中で、共同事業の将来図を何度も書き直し、十分な検討を加え、これなら大丈夫と確信し、期待に胸を躍らせて来たに違いない。

実際、マラリアで臥せっていた時、オズワルドはいまだ先の見えない自分の不甲斐なさを親友に打ち明けたことがあった。カミーユはその時の会話を覚えていて、相棒は必ず話に乗ってくると確信したのだろう。ところがあの後、オズワルドを取り巻くお屋敷の事情は大きく変わった。だが、カミーユはそれを知らない。

友の勇み立つ気持ちは分かるが、しかし、今のオズワルドは、親友のたっての頼みであっても、簡単に『僕たちの協同事業』へと鞍替えするわけにはいかなかったのである……。

打ちひしがれた友の姿は見るに忍びなく、テーブルのお土産の卵までが恨めしい。彼はマラリアの件を口実にしたが、卵は二人の共同事業の前祝いの心積もりであったに違いない。如何《いかん》せん、彼の期待を粉々に打ち砕いてしまった上は、二人の間に気まずい空気が流れることは避けられなかった。

「昼飯、どうする？　僕は腹ぺこさ。これで何か作ろうか？」

気を取り直すかのように、カミーユが鶏卵の方に手を伸ばした。

「ああ、でも僕はもう済ませたよ」

オズワルドは、隣の屋敷に雇われた歩哨と共同炊事を始めたことを手短に話した。

「そうなの、でも、僕が戻って来たんだから、明日からは以前のようにやるんだろう？」

と言って、カミーユが無理に笑顔を作った。

「いや、そう簡単にはいかないよ」

「なぜ？」

カミーユの声がかすかに震える。

「なぜって、君はいつもブジュンブラにいるわけではないだろう？……」

「確かにそうだ。君に同意するしかないね。僕は時々しか来ない……。もっとも、これからはもっと頻繁に来られると思っていたけど、それもダメになった」

もはやカミーユは不機嫌を取り繕ったりはしなかった。

「君を待っていて、腹が減った。どこか外で飯を食って来るよ」

そう言い捨てると、彼はぷいと小屋を出て行った。

オズワルドは、『なぜ？』と言った時のカミーユの目に怒りの炎を見た。彼との共同事業を断ったのに、レオポールとの共同炊事をやめるとオズワルドは言わなかった。カミーユは友人として、当然の誠実さを要求しただけなのに……。

　そんな彼と仲違いすることになるとは、つい先ほどまでつゆほども思っていなかったオズワルドである。友に裏切られ、茫然と町を彷徨い歩く親友を想像して居たたまれなくなり、もう少しで小屋を飛び出し、『さっきは冗談だよ。もちろん君と一緒にやるよ』と叫びたかったが、その誘惑に彼は必死に堪えた……。月一万五千フランの安定収入のためではなく、やっと掴みかけた彼自身の夢のために……。

★　★　★

　それから数日後のこと……。オズワルドは、仮眠から覚醒すると、まず板窓の透き間から漏れてくる光に左腕をかざし、誕生日プレゼントの腕時計に目を走らせた。夕方の五時十分過ぎ……。いつも決まった時間に目が覚める。

　ベッドの足下には、チェス台や民族楽器などが所狭しと置かれ、足の踏み場もない。今朝方オズワルドの留守中に、カミーユの仲間がギテガから楽器類を携えて上京して来たとみえるが、どこへ行ったのか、夕方近くになっても戻らない。売り物を抱えて、町中を彷徨っているのだろう。

　どんより曇って、今にも一雨降りそうな空模様だった。彼はお屋敷へ急ぐ道すがら、カミーユたちが立ち寄っていないかと、街灯広場のデニスの飯屋をのぞいた。

「ちょっと寄っていけ。話がある」

　デニスが待っていたかのように、戸口に顔を出した。浮かぬ表情である。

「最近、姿を見せんな」

「隣の使用人と共同炊事を始めたから……」

「それは構わんが、時々顔を見せろ。まあ、こっちへ来い」

　デニスの有無を言わせぬ強引な態度はいつものことである。テーブルを取り囲んで、三人の客がウガリと小魚のダガラ料理を食べていた。デニスはオズワルドを調理場に引き入れドアを閉めた。ダガラを揚げた時の癖のある油の臭いが鼻をついた。

部屋の片隅を大きな炭の木箱が占め、もう一方の土壁には、一斗缶を加工して作ったコンロが四台並び、三種類の豆料理とスープが湯気を立て、窓際の大きな丸型コンロには、煮えたぎるダガラの油鍋が掛かっている。

久し振りに調理場に足を踏み入れたオズワルドには、油と煤で汚れた壁と、そこかしこに付いたデニスの大きな手形が懐かしい。ペンキの剥げ落ちた鉄製の重いテーブルは、明かり取りの真下から微塵も動いていないし、テーブルの下に押し込んだ豆の麻袋と、マニオックの箱の位置も昔と同じで、まるで時が止まっているかのようだ。

わずかな変化といえば、各種調味料の缶をぎっしり並べた木の棚が、その重みに耐えかねて以前より少し余計にたわんで見えるぐらいである。

オズワルドがまだ駆け出しの頃、仕事にあぶれて切羽詰っているところをデニスに拾われ、調理場を手伝いながら飢えを凌いだことがあった。それ以来、彼はデニスを『親父』と呼んでいる。

首都へ出稼ぎに来た若者を家に住まわせ、食事を与え、親身になって世話を焼くデニスのような存在はさほど珍しくない。それが遠い親戚のこともあれば、見ず知らずの篤志家の場合もある。そうした奇特な人たちを、若者たちは親愛を込めて『ブジュンブラのお父さん、お母さん』と呼ぶ。オズワルドもまたそうした幸運に恵まれた若者の一人であった。

彼が炭の木箱に腰を落ち着けると、デニスは一つしかない椅子を引き寄せて馬乗りに跨がり、オズワルドが気恥ずかしくなるほどしげしげと彼の身体を眺めてから、改まった調子で尋ねた。

「ところで、お前のツチの仲間は元気か?」

「ああ、カミーユのこと。毎日すれ違いの生活だから、よく知らないんだ。僕が寝に帰ると、彼は決まって商売に出た後だから」

オズワルドは『お前のツチの仲間』というデニスの当てこすりを無視した。

「やつは、今朝、二人の仲間を連れて来た」

「何だ、親父の方がよく知ってるんじゃないか」

「その二人だが、何しに来た?」

　オズワルドはデニスの毎度の詮索に辟易していたが、彼を満足させるため、カミーユとその仲間が始めた最近の商売について話して聞かせたが、喋りながら、自分が情報提供者に成り下がったような不快感を、みぞおちの辺りに感じていた。一方、オズワルドに絶対の信頼を置くデニスは、うなずきながら彼の説明を額面通りに受け取ってくれた。

「実は、オズワルド、お前を呼び止めたのは、ボドワンに会ってもらいたいからだ」

「ボドワンって、手配師の？」

「そうだ。理由は俺も知らんが、彼が会いたいと言っている。お前を名指してきたんだから、とにかく会いに行け。それがお前のためだ」

　不安と疑惑が彼の心に渦巻いたが、それ以上追及することは控えた。デニスは実の親同然の存在である。その彼が勧めるのだから従うしかない。それにボドワンには、昔仕事を回してもらった恩義があった。と言っても、彼の部下と話しただけで、ボドワン本人と顔を合わせたことは一度もない。

「ボドワンって一体、何者なの？」

「彼のことは誰もよく知らんが、間違いなく、あいつは男の中の男というやつだ」

　と言うとデニスは立ち上がり、ボドワンの話を始める前に、四つ並んだ鍋の中身を順番に掻き回した。

「あれは市場の手配師として名が通っているが、その本当の姿は名うての実業家だ。中古車や不動産のブローカーをやっているが、他にも金になることなら何にでも手を出す。近々、彼は新しい事業を始めるらしい。ここに飯を食いに来る連中が皆、噂している。オズワルド、お前に用があるというのは、俺の勘だが、その新しい事業に何か関係があるのかもしれん」

　ボドワンの噂話は、歩哨仲間からもよく聞かされるが、そのどれも不確かで、何が事実で何が噂か全く分からない。一説によると、若い頃、東アフリカ方面で命知らずのやくざな稼業を転々としたという。最も確からしいことは、エチオピアの外人部隊で秘密工作員をしていたという噂だ。その証拠に、ブルンジでは珍しく彼は英語を話す。そして帰国後、その語学力と経験を活かして、次々と事業を成功させた……。

　また、ボドワンは貧民地区の住民の間で絶大な人気があって、パリペフツの大統領府襲撃事件に関与したとか、少年強盗団の黒幕だとかいった類の噂話は後を絶たない。巷では、彼を義賊のように取沙汰する者もいて、噂が噂を呼び、謎が謎を生む。それが、彼を伝説的人物に祭り上げている。

「選挙が近づいている。なるだけ早く行け」と、デニスが念を押した。

「何の関係があるのさ」

選挙と聞いて、オズワルドはぎょっとした。

「今は何だって大ありだ。それに、選挙が近づけば、お前に会う暇がなくなる。あいつは大物だ。当然、選挙を仕切ることになる」

『大物?』

確かサルバドールが大佐のことを『大物』と呼んだ。現役の大佐と元秘密工作員……ツチ族とフツ族の大物同士の取り合わせ。そんな突拍子もない考えが、オズワルドの頭を掠めた。無論サルバドールのことはデニスには内緒である。

「ところで親父、セレスタンを見てない?」

「あの小悪魔か。相変わらずさ、たまに顔を見せる」

と吐き捨てるように言った。

「先日、バス広場で、あいつが外国人の財布をスルところを偶然見たんだ。外国人のうちはいいけど、そのうち俺たちのような歩哨に捕まる。そしたら、叩き殺されるよ」

オズワルドはセレスタンを止められるのは、デニスの親父以外にいないと信じている。

「今更、俺に何ができる? 放っとくさ。やつのようなワルは町中にわんさといる。お前も、あいつの肩を持つのはいい加減によした方がいいぞ」

デニスはいつもそう言ってセレスタンを付き放すが、オズワルドは『まだ本物のワルじゃない』と、信じたかった。

「親父、実はね、僕のご主人が変わった事を始めるらしい。宿無しの子供ばかりを集めて、排水溝の工事をするんだって……。仕事の仕方も教えるし、ちゃんと給金も払うらしいよ」

オズワルドはプラザから仕入れた耳寄りな話を持ち出した。デニスは、最初彼の話を胡散臭いと端《はな》から信用しなかったが、資金が日本から来ると聞いて、耳を傾ける気になったようだ。

「セレスタンもそこで雇ってもらえるかもしれない。この話、もっと詳しく聞いておくから、今度セレスタンに会ったら親父から話してよ。ねえ親父、僕たち、昔に戻れたらと思うんだ……」

　ブジュンブラに上京したてのオズワルドがセレスタンを知ったのは七年前、民衆市場の炭運びであった。これは、客の家まで十五キロの炭袋を頭に載せて運ぶという重労働で、炭の粉を被るため全身真っ黒になる汚れ仕事だが、その分実入りが良かった。

　その頃、セレスタンはまだほんの少年だった。客の取り合いでよく仲間同士、取っ組み合いの喧嘩をしたが、そんな中で、セレスタンが頭角を現し、自然と皆のまとめ役に納まった。また、生き延びるために皆、小さな盗みをやったが、そんな時は、仲間同士かばい合ったものだ。

　すっかり飯屋で話し込むうち、外では大粒の雨が土埃を弾き飛ばし始めた。遅刻が嫌いなオズワルドは、デニスの制止を振り切り、驟雨の中を一目散に駆け出した。

★　★　★

　日曜の朝は教会のミサに行くのがオズワルドの習わしであるが、その日は、洋平から民衆市場へお供を命じられた。

「お前が以前話していた中古の芝刈り機が見つかれば、買うとしよう」と、ご主人から告げられた時は、天にも昇る思いであった。

　重労働から解放されることは元より、肝心な点は、芝刈り機を所有する数少ない使用人の一人として、この界隈で羨望の的となることだ。それは、日頃オズワルドを見下しているサルバドールを見返すチャンスでもあった。

　外出前にシャワーが浴びられるよう、彼は朝食を急いで済ませた。植民地時代に建てられた屋敷は、外壁の一部が一畳ほどの使用人用のトイレ兼シャワー室となっている。彼は冷水を浴びてきりっと引き締まった身体に、洗い晒しのシャツを着け、先週誂えた中古の靴を履き、仕上げに縮れた頭髪に櫛を入れて、日曜日のための特別な身支度をした。

運転中の洋平はいつも気難しげで、唇を堅く結び、何か考え事をしている。滅多に口を利かないし、オズワルドもむやみに話し掛けない。馴れ馴れしい態度は当然慎むべきだが、ご主人が外国人の場合、事情は少しデリケートである。使用人といえども、むっつりただ黙りこくっていては嫌われる。こんな時こそ使用人の技量が試されることを、彼はフランス人のお屋敷で学んだ。

外国人の主人は一見気さくに見える。使用人を対等に扱おうとするが、ここが要注意。彼らは親しげに接してくる反面、使用人が調子を合わせて図に乗ることを不快がるのである。その辺の兼ね合いが難しいのだが、オズワルドには自信があった。

今日は日曜日の外出で、行き先も気楽な民衆市場とあって、普段着のご主人はいつもよりくつろいで見える。こんな時は幾分大胆な振る舞いが許される。車の発進後間もなく、足下のギアボックスに目をやりながら、思い切って口を開いた。

「今、セカンドですね」

「ああ……次がサードだ」

一呼吸おいてから、ギアチェンジと同時に、洋平が無表情で答えた。特に気を悪くしたように見えない。

「アクセル、ブレーキ、クラッチ、速度計……」

オズワルドは各装置を指さしながら、挑むようにフランス語で名称を並べ立てた。洋平から軽くあしらわれても、溜め込んだ知識の一端をひけらかすことで、ご主人の歓心を買おうとした。

「よく知っているな」

洋平は一言応じたきりで口をつぐみ、会話はそこで立ち消えになった。話の端緒を掴みながら、チャンスを活かせない自分がもどかしく、数分間の長い沈黙の後、オズワルドは途切れた会話の糸をもう一度紡ぎ出そうと果敢に挑んだ。

「運転って簡単ですね」

「本当に？」

と、訝しげな返事であったが、それでもとにかく返事は返事であった。

「私にもできます」

「………」無言である。

こんな場合、使用人の身分や礼儀作法ばかりに構っていられない。オズワルドは途中をすべてすっ飛ばし、一挙に結論へと飛び込んだ。

「運転は簡単ですが、免許証は高くって、簡単には取れません」

しばらく何の返答もなかった。彼のやり方は明らかに露骨に過ぎた。しかし始めた以上、最後まで突き進むしかないが、適当な言葉が見つからない。

「幾ら掛かるって？」

洋平が何食わぬ顔で助け舟を出してくれた。

「二万五千フラン（約一万二千五百円）です」

一瞬光明が差したかと思ったが、そこまでだった。洋平は再び押し黙ってしまい、『運転を習いたいのか？』という色好い言葉はついにその口からは聞かれなかった。

ジープはルイ王子通りを走って、日曜日の買い物客で賑わうスーパーの前に出た。店の入り口付近は、車と買い物客と物売りでごった返している。洋平は一つ先の角を曲がり、旅行代理店と薬局の間に一台分の駐車スペースを見つけた。

車の見張りにオズワルドを残し、彼は街角に消えた。裏通りへ一歩入ると、日曜の高級商店街は閑散としている。旅行代理店は開いているが、隣の薬局は閉店といった具合で、人通りがあまりなく、ただ並木通りの両側に駐車の列が切れ目なく続くばかりである。

通りから人影が途絶えた時、歩道にうずくまっていた二人の男がやおら立ち上がったかと思うと、辺りを窺うようにして、オズワルドのジープから三台前に停めた高級車メルセデス・ベンツに近づき、一人が運転席側のドアに身体を寄せるようにして立った。男は身体で隠しているつもりだが、もう一人が針金をドアの取手の隙間に差し込み、ロックを外そうと躍起になっている有様がオズワルドのところから丸見えである。

泥棒たちは道路に気を取られ、車の中のオズワルドに気付かない。反対側の歩道を人が通り過ぎた時も、男は手を止めなかった。車道を渡って人が近づいた時だけ、針金を折り曲げてポケットにしまい、何食わぬ顔でやり過ごすのである。

彼らは手間取っているが、『妖術師』と仲間内で呼ばれる凄腕になると、一分としないうちに開けてしまうらしい。車種が新しくなるたび難易度は増すが、彼らもまた車の解体場で日夜腕を磨いていると、知り合いの修理見習い工から聞いたことがある。

オズワルドは助手席で身じろぎもせず、車上荒らしの手口を見物していた。警笛を鳴らして彼らを追い払うことはできたが、そんなことをしても一文の得にもならない。運転免許の件で洋平に素っ気なくされ、彼の中で不満がくすぶっていた。この場合、うっ憤を晴らす相手がメルセデスの持ち主であっても、他の誰でもよかった。要するに彼らは皆、金に困らない大金持ちなのだ……。

突然、二人のならず者は仕事を放り出した。車のバックミラーをのぞくと、白人の老夫婦を追い越して、早足に車に戻ってくる洋平の姿があった。彼は後部座席に小さな買い物袋を放り込み、運転席に着くとすぐにエンジンをスタートさせた。

「車上荒らしです、旦那様」

オズワルドは叫んで、犯行現場に背を向けている二人の男を指さした。ご主人の帰還と、何より力強いエンジン音が歩哨の使命感を呼び覚ましたのだ。彼は洋平に向かってしどろもどろになって、男たちの犯行をまくしたてた。

車列の間を低速で前進するジープが、犯行現場から遠ざかって行く男たちを追い越そうとした時、オズワルドの「やつらです」の声に突き動かされるように、洋平が警笛を浴びせた。最初は気付かぬ振りを決め込んでいた二人組だが、二度三度の執拗な警笛音に耐えられず、『何だ』とばかりジープに向かって両手を広げて見せた。

洋平はしばらく車列の頭越しに男たちと睨み合いながらジープを進めたが、やおら窓ガラスを下ろすと、「泥棒！」と一声叫んだ。すると、男の一人が自分の胸を指さし、『俺が?』と、さも驚いたようにジェスチャーをしたが、相手がそれ以上手出しできないと見ると、洋平をあざ笑うようにゆっくりした足取りで横丁へと姿を消した。

その後の洋平は不機嫌が顔に現れていた。民衆市場に来るとオズワルドを相手に物を尋ねたり、冗談を飛ばしたりする陽気なご主人がすっかり塞ぎ込んでいる。車上荒らしの一件が尾を引いているようであったが、本当の原因が分からないオズワルドは、自分が何かとんでもない失策をしでかしたような気がして、惨めな気持ちでいっぱいになった。

ジープを止めると、十人ほどの子供たちが一斉に駆け寄って来た。商売用のビニール袋を小脇に抱えている子もいる。

「お前だ……十フランやる」

オズワルドは年長の男の子を選び、車の見張りを命じた。

背後から洋平が急き立てるようにして歩くので、オズワルドは叱られた子犬のように黙々と歩くしかなかった。民衆市場の外れにある屑鉄置き場に着いたが、店番の姿がなかった。山と積まれた屑鉄の間を探し回って、大型冷蔵庫の陰でゲームに興じている若者をやっと見つけた。

「おい、芝刈り機はないの？」

工作機械の上に立ってオズワルドが声を掛けた。

「ないよ」

野良犬のように薄汚れた格好の若者がそれに答えた。

「あるって聞いたけど」

「半年前ならあったよ」

と笑ってから、彼はオズワルドの背後に姿を見せた洋平を顎でしゃくって言った。

「あれ、お前の主人か？」

しかめ面をした洋平が片手をズボンのポケットに入れ、不安定な格好で屑鉄の上に立っている。芝刈り機が売れたと報告すると、洋平は露骨に眉をひそめ、

「あると言うから、来たんじゃないか」

と一言、オズワルドをなじった。

引き返す時は更に惨めだった。通行人のサンダルが巻き上げる土埃が、オズワルドが磨いた洋平の革靴と、アイロンを掛けたズボンの裾を白く被った。それを見て前の主人のフランス人が市場の土埃を病原菌のように忌み嫌い、いつも口にハンカチを当て小走りで行くのを思い出した。

脇目も振らず先を急ぐ洋平の足下には、スカーフで髪を被った女たちが地面に座り込み、その日畑で採れた一カゴ分の野菜を売っている。わずかな日銭を稼ぐため、女たちは毎日何キロもの道のりを歩いて市場にやってくるのだ。

女たちの好奇な視線の中を、オズワルドは日本人のご主人の後について進んだ。この日、芝刈り機が見つからなかったことも、日曜ミサを犠牲にしたことも悔やまなかったが、ただご主人の不興を買った自分が無性に悲しかった。

★　★　★

カテドラルのひんやりした石の壁には、聖母マリア像と並んで、殉教した聖人の磔刑図が多数飾られている。彼ら聖人が見詰める薄闇の中で、頭を垂れる人々の魂に神父の声が厳かに響き渡る。

一時間の日曜ミサが終わり、オズワルドとカミーユは死者が支配する灰色の不透明な精神界から、太陽が照り輝く気怠い生ける者たちの戦場へと飛び出した。

二人の若者は、グランセミネール教会堂のファサードを背に最上段の石段に並び立ち、空に向かって大きく伸びをした。この瞬間に、俗世の塵芥に塗れ、欲得で魂をすり減らした人々が、黄泉の国で清められた後、糊付けされたシャツのように背筋をピンと伸ばして、週に一度の『よみがえり』を実感するのである。

「今日のお説教は、特に良かったね」

興奮覚めやらぬ面持ちでオズワルドが口火を切った。

「僕には古臭い戒律の引用ばかりで、若者向きとは思えない。途中で外の空気が吸いたくなったよ」

カミーユが太陽に向かって眩しそうに目を細め、考え深げに言った。

一心不乱に説教に聞き入るオズワルドの傍らで、彼の親友は冷めた心を抱いて薄暗闇に身を潜めていたようだ。そんなカミーユの大胆さに驚くと共に、彼が自分より大人びて見えた。ギテガから定期的に上京して来るようになった彼が、単なる気心の知れた幼友達ではないことに、オズワルドは少し前から気付いていた。

教会堂の白亜の壁に絡み付いた真紅のブーゲンビリアが風に揺れる。隣国ザイールの熱帯雨林で湧き上がり、タンガニーカ湖を吹き渡って来た風は、血気盛んな若者の夢想と野望を鎮めるどころか、むしろ掻き立てるのであった。二人の休日は始まったばかり、議論を戦わす時間は幾らでもあった。

彼らは町の雑踏に背を向けて、ベルギー人が多く住むカボンド地区の急な坂道をタンガニーカ湖に向かって下り始めた。すると、住宅地と同じくらい歳を重ねた火炎樹の曲がりくねった枝を通して、銀色の反射光が二人の目を射た。銀の鱗のように煌めくタンガニーカの湖面が不思議なほど間近に迫って見えた。

確か『歴史ある優れた二つの部族の和解』という言葉だったと、オズワルドは坂を下りながら、神父のお説教を反芻していた。ツチでもフツでもなく、ツチとフツで一つの民族……。白人との文化的、身体的な違いを考えれば、ツチとフツは生まれながらの兄弟のようなもの……。兄弟喧嘩はしばしば仲良しの裏返しだ、とおっしゃる神父様の言葉が一々胸に落ちた。人に指摘されるまでもないこの明々白々たる事実に、これまで思い至らなかった自分にオズワルドは呆れていた。

「いいかい、君」

早速カミーユがオズワルドに突っ掛かってきた。

「仮に内戦が勃発し、僕が教会堂へ逃げ込んだとしよう。そうしたら、神様が我々を守ってくださるという神父様の言葉が真実かどうか確かめられるけど、君なら試してみようと思うかい？」

「カミーユ、神様を試すなんて、君は何て恐ろしいことを言うのだ。それに、君は神父様の話を取り違えている……」

「オズワルド……」

カミーユの声には兄が弟をいさめる調子があった。

「こんな言い方を許してくれるなら、君はとんでもない理想主義か、でなければただの田舎者だと言われても仕方がないよ。我々に必要なのは、誰の目にもはっきりと見える和解であって、神父様の有り難い御託ではどうにもならないんだ。本物の和解は大統領選挙の中にあって、断じてお祈りの中じゃない。投票はごまかしの利かない現実で、その結果には誰もが従わざるを得ない。言わせてもらえば、たとえ神様だろうとね」

カミーユは、オズワルドが普段耳にしない言い回しを随所にちりばめて、堰を切ったように話した。政治に疎いオズワルドは、友の大言壮語の独演会から置いてきぼりを食った。

「驚いたな」

と、呆れてオズワルドが舌を巻く。

「何て雄弁なんだ。君は、いつもそんな調子で話をするの？」

「ギテガの訓練所では」

と言って、カミーユが一層気持ちを高ぶらせる。

「訓練生が二人集まれば激論になる。だから、僕も自然に鍛えられたんだ。最近は勉強そっちのけで、皆、政治に夢中だよ。ただ、議論するのは寄宿舎に限られるけれどね」

オズワルドの中で、政治サロンに集う若者たちのイメージが膨らんでいく。そんな魅惑的な寄宿舎で、気の置けない仲間たちとカミーユは寝食を共にしているのだ。驚嘆するオズワルドにカミーユが更に追い打ちをかける。

「あそこでは、僕の意見なんか平凡過ぎて、誰からも相手にされないよ。リーダーたちはもっと過激で、皆、本で勉強しているんだ」

「僕の周りでは誰も政治の話をしない。宿無しばかりで、僕は話をする相手がいないんだ」

と言ってオズワルドが肩を落とした。

『相手がいない』とは嘘ではないが、正確でもない。デニスもサルバドールも、フツ族とツチ族それぞれの立場からよく政治談議を吹っ掛けるが、それを嫌っているのはオズワルドの方である。ただ彼らが皆、無学な貧民窟の住人で、その点、カミーユとは住んでいる世界がまるで違っている。

胸の内を互いに告白し合ったことに満足した二人の若者は、政治談議に切りをつけ、火炎樹の坂道にあいた窪みを次々と飛び越える遊びに夢中になった。ラテライトの道はどこでもそうだが、特にこの古い地区は一面穴ぼこだらけで、洗濯板のように激しく波打っている。そんな下り坂の窪みを飛び越えるのだから、勢いが止まらない。若さの絶頂にある彼らの肢体は柔らかいバネのようにしなやかで、宙を跳ね飛ぶインパラのようであった。

火炎樹のトンネルを駆け抜けると、視界が開けた。遥か対岸のザイールはモヤで霞んでいるが、湖面を吹き渡る微風が爽やかさを増し、湖畔道路の砂丘に咲く一群の昼顔が二人を手招きする。

カミーユに続いてオズワルドが砂浜を駆け出し、息を切らして水辺に倒れ込むと、折り畳んだ腕に顎を載せ、呼吸が鎮まるまで、打ち寄せる波のざわめきに聞き入った。見渡す限りの砂浜に人影はなく、熱く焼けた砂に伏せていると、隣のカミーユの身体を流れる血管の脈動が伝わって来るようだ。昼が近く、二人は揃って空腹を感じていた。

「何か食べ物を持ってくるんだった」

カミーユが残念そうに言った。

「いつか、ここでバーベキューをやろうよ。君と二人で……白人たちみたいにね」

これはその場の思い付きというより、オズワルドがずっと心に抱いてきた『彼の計画』であった。

「白人みたいにか……」

しばらくあって、幾分冷ややかにカミーユがつぶやいた。

フランス人のお屋敷に奉公していた時、一家は時々タンガニーカ湖畔でピクニックをした。そんな時、オズワルドの頭に砂を掛けたり、棒で追い駆け回したりする性悪な男の子さえいなければ、ピクニックも決して悪くない。

もしそれがあの日本人姉妹だったらと思うと、心が浮き浮きしてくる。彼女らは、貝を採ってとか、小魚をすくってとか、オズワルドに頼むに違いない。ちょうど子供の頃、小さい妹が兄にせがんだように……。ナディアを思って我知らずこぼした笑みを、隣のカミーユに気付かれないよう、そっぽを向いてそっと口元から消した。

隣に寝そべっているカミーユは眉をひそめて、小さな砂山を作っては手のひらで崩している。彼の考えていることはおよそ察しがつく。『僕らの共同事業』を断って以来、彼は外国人の下で働くお屋敷奉公を快く思っていない。そんな彼にお屋敷での生活を分からせるのに、どのように話せばいいか、オズワルドには皆目見当も付かないのである。

「今のお屋敷に、とても可愛い姉妹がいる。十歳前後かな。うまく言えないけど、小さい頃のナディアとそっくりなんだ……」

相変わらず砂いじりをするカミーユを盗み見しながら、ためらいがちにとつとつとオズワルドは話した。話しながら、無意識に砂の上に指で大サロンの勉強風景を描いていた。だが、肝心のカミーユは要領を得ない友の話を聞き流しているらしく、指の間からこぼれ落ちる砂をじっと見詰めている。

言葉で表現することのもどかしさから、最後まで話すことなくオズワルドは口を閉じた……。そんな友をよそに、カミーユが話し掛けてきた。

「僕たちツチの先祖が遊牧民だったということ、オズワルドは知っている？」

オズワルドがお屋敷の話をしている間、砂をいじりながらカミーユが何を考えていたか、これで分かった。

「どういうこと？」

「今はツチもフツも農耕民族だよね。牛を使って畑を耕している。だけど、かつてツチは放牧だけをして、フツは農耕だけをやっていた。それぞれ住んでいる社会が違っていたんだ」

「だからって、何んだって言うの？　今はどっちも農業をしている。うちもそうだ」

「そうさ。ただ、昔は違っていた。ツチ族は土地に縛られず、自由な暮らしをしていたんだ」

オズワルドはこれまで一度も遠い先祖に思いを馳せたことがなかった。アフリカのどこかの土地から牛を連れて移住してきたツチの先祖が、ドイツやベルギーの植民地支配を受けるまで、先住民のフツ族と諍いもなく平和に暮らしていたことは、今は懐かしい語り草となっている。

「しかし、結局、争いになった」

と、最後にカミーユが腹立たしげにつぶやいた。

彼が何を言いたいのか、オズワルドには分からなかったが、ただこうしたテーマがギテガの寄宿舎で日夜議論されているらしいことは、彼にも想像できた。

「少し歩こう」

と乱暴に言って、カミーユは立ち上がった。彼は服に付いた砂粒を払い落とすと、砂文字を後に残し、せかせかと歩き始めた。オズワルドは波打ち際の湿った砂に足跡を印しながらゆっくりと進んだ。砂浜は数百メートル、緩やかな弧を描いて港の突堤に向かって続いている。

下を向いたまま黙々と歩いていたカミーユが足を止め、オズワルドが追い付いて来るのを待って、苦いものを口から吐き出すように言った。

「選挙には、絶対、勝たなきゃ」

「勝つって、どっちが？」

カミーユの思い詰めた様子にオズワルドは驚いた。

「もちろん、ブヨヤ（現大統領）とウプロナ（与党）に決まっているよ」

と言ってから、カミーユは奇妙な生き物でも見るような目で友を見た。

「それとも、君はどっちが勝っても構わないとでも言うの？」

その点について、オズワルドは本気で考えたことが一度もなく、正直、それが自分の日々の生活と関係があるのかどうかさえ分からなかった。

興奮気味のカミーユは、無意識に手を伸ばし、足下の小石を拾い上げ、湖と向かい合った。そして、ひと呼吸すると、

「負けたら、やつらにやられる」

と、歪んだ声を一気に絞り出して、小石を投げた。小石はまるで見えざる手によって押し戻されたかのように、小さな弧を描いて近くの水面に落ちた。それを見て、彼はオズワルドを振り返った。

「誰もが自由に投票するというのなら、選挙もいいさ。だけど、数にものを言わせるだけなら、選挙に正義なんてないよ」

カミーユの正義とは、とりもなおさず『フツがツチに投票する』ことを意味するようだが、それは、政治に疎いオズワルドにもひどく身勝手な願望に思えた。

二人は同じ場所に立っているのが苦しくなり歩き出したが、興奮を抑えられないカミーユは再びオズワルドに詰め寄ってきた。

「君は、フツに支配されたブルンジが想像できるかい？　僕にはできない。もしフツが勝ったら、僕の商売も若者の未来も、何もかも終わりだ！」

「………」

友のあまりに深い絶望を前に、オズワルドは言葉を失くした。

砂浜に沿って、ブジュンブラ港の埠頭の見える所までたどり着くと、二人の青年は巨大なコンクリートの排水溝に並んで腰を下ろした。小船が数隻、浜に向かって漕ぎ寄せてくる。早朝、網を積んで出た漁師が戻って来るのだ。港の外れの護岸提に小さな人だかりができている。間もなく魚の競りが始まろうとしていた。玉石の突堤には、先に戻った四、五隻の漁船が係留さ

れ、その一隻からタンガニーカの巨大魚が運び揚げられるのが見えた。

目前に迫った大統領選挙に対し、オズワルドは実感がないし、ツチが負けたら『この世の終わりだ』と絶望するカミーユにも賛同できない。根っからの部族主義者でないカミーユが、こんなにも選挙を恐れるのは、やはり彼の父親にまつわる恐ろしい噂のせいだろうかと、オズワルドは訝った。

彼が知っているカミーユの父はとても温厚な人柄で、人殺しをする人には全く見えない。しかも、農夫には珍しくバナナ酒を全く飲まず、誰もが認めるところの働き者である。そして、噂の真偽がどうであれ、カミーユが父親思いの孝行息子であることは揺るぎのない事実だった。

正午の太陽がじりじりと砂浜を焼いていた。いつの間にか湖面が凪ぎ、時が止まったかのように静かだ。競りに間に合わせようと、必死に櫨を漕ぐ漁師の姿が次第に大きくなる。憑かれたように小船を見詰めるカミーユに、何と声を掛けたらいいのか分からず、オズワルドは黙って沖を眺め続けた。

★　★　★

少し早めにお屋敷を出て、民衆市場にやって来たオズワルドは、真っ直ぐ衣料地区へ向かった。色鮮やかなスカーフのトンネルを潜り抜けて、一人の老人に声を掛けた。老人はひな壇式に山と積まれた古着の間から、目をしばたたかせてオズワルドを見た。彼は一時期ここで古着の仕入れや仕分けを手伝ったことがあり、老人とは知己の間柄であった。

「ボドワンを知らない？」

「ちょっと前、一人がそっちへ行ったよ。その先を右に曲がったから、今なら追いつく」

くわえ煙草を渋々口から離し、老人は大儀そうに返事をして寄越した。この界隈で『ボドワン』と言うと、それは彼の手下のことを意味する。老人は一日中煙草をくゆらせながら、かび臭い古着に埋もれて眠っているように見えるが、ちゃんと通りを見張っていて、何一つ見逃すことはない。

老人の言葉通り、すぐ先の下着屋街でボドワンの手下に追い付いた。三十歳ぐらいの帽子を斜めに被ったチンピラ風情の男である。彼は女物の下着を吊り下げた店先をのぞき込んで、一言ずつ冗談を飛ばしては、客で混雑する狭い通路を右へ左へとジグザグに歩くから、一見してそれと知れる。

「あの、ボドワンに会いたいんですが」

オズワルドがおずおずと声を掛けた。

男はちらっとオズワルドに目をくれたが、歩みを止めない。オズワルドは仕方なく、しばらく肩で風を切って歩く男の後に付いて歩いた。

「お前、ボドワン、ボドワンって気安く呼ぶが、うちの親父に呼ばれたのか?」

そう言って振り返った男の目は、思いの外優しげであった。彼はオズワルドが『ボドワンの正式の客』と分かると、やくざな態度をがらりと変え、入り組んだ路地を巧みにすり抜けて、ボドワンの事務所に案内してくれた。市場に隣接した建物の裏側の二階が彼の事務所であった。

外壁に取り付けられた鉄製の階段は、二階の広いベランダに通じていて、そこから市場が一望できた。色取り取りのトタン屋根で埋め尽くされた市場のモザイク模様を、オズワルドは初めて上から眺めた。噂によると、市場の要所要所にボドワンの手下が配置されていて、緊急時にはいつでも本部と連絡が取れるようになっているという話である。

観音開きのフレンチドアから直接応接室に足を踏み入れたオズワルドは、ソファで談笑する数人の男たちが吐き出す煙草の煙でむせ返った。彼を案内してきた男は、部屋の奥のドアの脇に陣取る若い女に馴れ馴れしく耳打ちをすると、ソファで談笑する仲間に加わった。見るからに屈強な男たちはボドワンの用心棒に違いない。

しばらく女秘書の横に立って気もそぞろにしていると、内側からドアが勢いよく開いて、髭を蓄えたインド人らしき客が出て来た。秘書の意味ありげな流し目に背中を押されて、オズワルドはボドワンの執務室に吸い込まれた。

正面の大きな窓を背に男が座っていた。彼は手を振ってオズワルドを招き寄せたが、背後から差し込む光で顔の輪郭しか見えない。ボドワンはオズワルドが近づいて行く間、目を離さなかった。その大きなマホガニー製の事務机の上には、山のような書類が今にも崩れそうに乱雑に積まれている。オズワルドは来客用の丸椅子までやっとたどり着いたものの、すっかり浮き足立っていた。

「街灯広場のデニスに言われて来ました」

デニスの名を告げた途端、若者を見るボドワンの鋭い眼光が柔らかい光を帯びた。その一言が彼の警戒心を氷解させたらしい。机の陰から右手を出して、煙草を手繰り寄せた。

「そう、そうだった。確かに親父さんが君の話をしていた。ふむ、思い出したぞ」

すっかり怖気づいていたオズワルドは、彼の『思い出した』の一言でほっとすると同時に、彼がしがない飯屋の店主を『親父さん』と親しげに呼ぶのがとても意外であった。

その時、机の電話が鳴った。黒光りする受話器を取り上げると、「待たせておけ」と一言、ボドワンが喉の奥で吠えた。その命令調がとても『軍隊式』だと思うと同時に、ボドワンが若い頃外人部隊にいたと言う巷の噂話を思い出した。

「わざわざ呼ばなくても済むことだが、ちょっと君の顔が見たくなってね」

甘ったるい声で話し掛けると、ボドワンはガスライターを取り出して煙草に火を点け、吐き出した煙を通してオズワルドを鋭く睨んだ。

「君は働き者だっていう評判じゃないか。君のような歩哨が俺のところにも欲しい。今、どこで働いている?」

「日本人のお屋敷です」

「なに、日本人……ロエロのか?」

ボドワンは、細めていた目をかっと見開いた。噂通りの恐ろしい形相である。

「ご存じですか?……」

「いや、まだ面識はないが……。なるほど、彼の屋敷か……。それは面白い。いずれ役に立つことがあるだろう」

と、ボドワンが謎めいたつぶやきを漏らした。

「ところで、君は警備員の制服が欲しくないか? 上下揃いの紺の制服だ。無論帽子も靴もある」

「……?……」

「驚くことはない。ただでやるとは言ってない。君がうちの警備員になったらの話だ。私は優秀な者には倍の金を払う……。その顔は、まだよく分かっていないらしいな。警備会社のことだよ」

　ボドワンはニヤリと笑って先を続けた。

「もっとも私が一声掛ければ、なりたいやつは幾らでも集まるが、ごろつきか、こそ泥ばかりだ。それが悪いと言っているんじゃないぞ。悪党の手口に通じている方が、いいに決まっているからな。だが、問題は世間の評判だ。ごろつき集団の評判が立っては、会社の名に傷が付くし、やりにくい。そこで、優秀な君の出番というわけだ。いわば我が社の看板警備員と言ったところだ。君だって、いつまでも無宿者でいるより、一生働ける会社の方が良かろう。君次第で出世もできる。どうだね？」

　と、ボドワンがせっかちに返事を促す。何事も即決即断という態度も『軍隊式』だった。

　警備会社のことは、使用人の間で時々話題になる。主に銀行や大企業に警備員を派遣しているが、身元の確かな者しか採用しないというから、オズワルドら社会の半端者とは縁のない話と思ってきた。だから、制服を支給すると言われた時、彼は危うく『はい』と言葉を返しそうになった。

「返事がないということは」一転してボドワンの表情が険しくなる。

「私の頼みが聞いてもらえないということかな？　それとも……まあいい、ゆっくり考えるがいい。私が無理強いしたと、君の主人に取られては困るからな。分かったら、帰れ。返事はいつでも構わん」

　オズワルドは逃げるように、ボドワンの事務所を後にした。どうやって若い女秘書の前を通り、外部の階段を下ったのか、思い出せないほど彼の頭は混乱していた。

★
★
★

　コンロの上に掛けた夕食用のインゲン豆の鍋の蓋が、コトコトと楽しげな音を立てて踊る。レオポールがとめどなく繰り出す紋切り型の低俗な話や、彼の開けっぴろげで滑稽な言い回しが、熱く乱れたオズワルドの心を鎮めてくれる。ツチとフツの二人の友は、ブルンジ中を巻き込んでいる大統領選挙の空騒ぎから切り離され、金網を挟んでひっそりと寄り添っていた。

台所のドアが開き、文枝と久枝が飛び出して来て、ふざけ合いながら走り出した。運動不足解消のため、毎日建物の周囲を駆け足で五周するのである。煌々と明かりの灯った台所では、佐和子の姿が窓枠に見え隠れする。夕食を食べ終わったら、オズワルドは洗濯物を取り込んで小サロンに行き、アイロン掛けをするだろう。お屋敷での平和な一日を締め括る時間が近づいていた。

レオポールは物思いに耽けるオズワルドを相手に、好き勝手にお喋りを続ける。疲れを知らないその口からは、南部地方の滑稽話が次々と飛び出して来る。

彼はその野太い声にもかかわらず、声色を操るのが実に巧みで、彼の家族の声を使い分けてみせる。時々話が奇抜過ぎるので、『それ、作り話だろう』とオズワルドが水を差すと、その都度、すかさず『俺の頭で作り話ができるかよ』と言い返してくる。それを聞いて、また声を上げて笑い転げると言った具合である。全くお喋りにかけては凄いやつである。

「レオポール、君は田舎に帰らないのかい？」

「遠いからな、ちょっと帰るってわけにはいかないよ。うちの大使殿が休暇を十日間くれて、交通費を出してくれるなら別だけど……」

と言って、彼は自分の屋敷に向かってペッと唾を吐いた。

「僕は君の田舎を見たことがないから、たとえ君の話が全部ほら話でも、僕には確かめようがないっていうわけだ」

オズワルドがしみじみとした調子で言った。

「全部、本当の話さ」

「分かってる。でも、何だか妙な気がする」

オズワルドがレオポールの田舎を知らないように、レオポールもまたオズワルドの心の中で燻っている『カミーユの苦悩』など深刻な問題について何も知らない。二人は、何時間も一緒にいながら、別の世界に生きている。

「匂いばかり嗅がされたんじゃ堪らない」

レオポールのいつもの決まり文句を合図に、食事が始まる。彼は手の汚れをこすり落とし、湯気が立ち昇る鍋に鼻を突っ込む。それから、インゲン豆を山盛りにした皿を、金網のフェンスの上に張った鉄条網の隙間からオズワルドに渡して寄越す。

食事中もレオポールの舌が止まることはない。むしろ一段と滑らかに回転する。しかも話しながら、スプーンを口に運ぶ手の動きは、機関車のように素早く正確で休むことがない。

彼の田舎に行き着くには、長距離バスを二、三度乗り継ぎ、更に徒歩で半日以上掛かる。そこは、ブルンジの最南端で最深部の、タンザニアと国境を接するマバンダ州である。

内陸では丘陵地帯に農家が点在しているため、最も近い小さな町でも歩いて一日掛かりということが珍しくない。レオポールによると、部落の近くに井戸がないため、住民は一番近い川や溜め池から飲料水を運ぶ。子供だった頃、彼は三十分ほどの道のりを姉と一緒に小川まで水汲みに行かされた。身体が大きく頑丈な姉は、レオポールの二倍大きいポリタンクを頭に載せて運んだという。

レオポールの話に頻繁に登場する彼の姉は……後に赤痢で死んでしまうのだが……、小川で洗濯をして、ついでに水浴びをするので、彼は小さい頃から姉の裸を見慣れていた。また姉は魚捕りの名人だったらしい。モリで川魚を突くのは男の仕事である。女が魚捕りの名人と言われるのが恥ずかしくて、姉は村に魚を持ち帰ると、レオポールが捕ったと偽って小さな弟を自慢したという。その他にも、男勝りで剛毅な気性の姉の逸話には事欠かず、レオポールは夜が更けると、死んだ姉ちゃんの思い出話を好んでするのであった。

ある時などは、これは絶対に人に話すなと彼から釘を刺された逸話がある。それは、弟が喧嘩に負けて泣いて帰って来るのを見かねた姉が、女だてらに取っ組み合いのし方と、棒きれの使い方を弟に教えたという。そんなこともあって、最後まで彼は姉には頭が上がらなかったらしい。人並み以上に図体の大きいレオポールであるが、小さい頃は心根の優しい子であったようだ。それで、姉があんなにも彼を可愛がったわけが納得できる。

オズワルドが小サロンで、彼の最後の日課、アイロン掛けをしていると、家族全員が車寄せに出て、防犯灯の明かりの下でバドミントンを始めた。バシッ、バシッと羽根を打ち合う音と、グシャ、グシャと砂利を踏み締める音が、夜の屋敷に小気味よく響き渡る。最近は暑い昼間を避けて、毎晩のように行われる。

初めて目にする日本人の遊びを、オズワルドは椰子の木の持ち場からただ眺めていたが、近頃は羽根を打ち合う音を聞くとなぜか身体がむずむずする。その日、アイロン掛けを急いで済ませて庭に出ると、バドミントンに飽きて家に戻る文枝らと玄関先ですれ違った。

「オズワルド、やってみるか?」

タオルで汗を拭いていた洋平が声を掛けてきた。

申し合わせたように佐和子が自分のラケットを差し出して、戸惑う彼の手に握らせた。最初、ラケットのグリップの感触が気になったが、目で羽根を追い続けているうち、自然にリズムを掴んだ。彼の手足がほぐれたと見るや、洋平は容赦なく打ち込んでくる。羽根を追って左右前後に駆け回るうち、肢体を巡る血がたぎるのを感じた。

佐和子は低い丸椅子を持ってきて、飲み物を手に『二人の男』の熱戦を見守っている。奥様の視界の中で、ご主人と互角に打ち合ううち、オズワルドはいつしか使用人の殻を脱ぎ捨てて一人の若者になっていた。しなやかな肢体と俊敏な動作、ほとばしるエネルギー、そして全身に漲る闘争心に彼は酔い痴れた。打ち損じると「あっ」と思わず声が出た。

黒い夜空を背景に煌々と灯る防犯灯の光の中を、羽根が白い軌跡を曳いて飛び交う、その喩えようもなく美しい飛翔を一心不乱に追い続けるうち、かつて味わったことのない恍惚感へ彼は引きずり込まれて行った。

ひと時打ち合った後、洋平はタオルで汗を拭き拭き、満足そうに言った。

「とても初めてとは思えない」

オズワルドは慎ましく笑みを浮かべて、ラケットを返そうとすると、それを待っていたように、

「今度は、私が相手よ」

と言って、佐和子が洋平のラケットを手に立ち上がった。

「それとも、少し休む? オズワルド」

「いいえ、マダム」

これで終わりかと内心密かに落胆していたオズワルドは、佐和子の誘いに勇み立った。洋平のスマッシュに翻弄され、全身に汗を掻いていたが、逆に身体はゴム毬のように柔らかく、羽のように軽やかだった。佐和子は全力で攻めてきたが、すでにオズワルドの相手ではなかった。素早く羽根の落下点に駆け寄り、奥様の正面へ丁寧に打ち返すだけの余裕すらあった。

こうして、オズワルドのバドミントンのデビューは成功裏に終わった。忠実な下僕に戻って、両手を重ねて恭《うやうや》しくラケットを返すと、代わりにいつ準備したのか、洋平が氷のように冷えた清涼飲料水のビンを彼の手に握らせた。

この時、オズワルドは二人のご主人に挟まれて、花壇の縁石に腰を下ろしていた。

「学校では、どんなスポーツをしたの？」

彼の中学時代についてあれこれ聞きたがる佐和子に受け答えしながら、オズワルドは彼らと友人のように語らっている自分に気付いた。

三人が腰を下ろしている辺りに、ハーブの一種が群生していた。その小さな群青色の花が、防犯灯の光を受けて砂粒のように輝いて見えた。話に夢中になって、佐和子の腕がくさむらに触れるたびに、ハーブは香りを辺りに放った。その強烈な芳香を吸い込んで頭がくらくらしたオズワルドは、佐和子の話し声が遠くから聞こえて来るような気がした。

第六章　凱旋将軍

三人を乗せた赤い小型ジープは、ギテガに通じる国道一号線を外れた後、小さな集落を幾つか通り過ぎ、やがて鬱蒼としたユーカリの原生林に突入した。そこからは、プラザの巧みなハンドルさばきで、地上に露出したユーカリの太い根っこを乗り越え、あるいは迂回し、車体を左右前後に大きく波打たせながら、丘のどこかにあるというオズワルドの郷里を目指し、深い森の中を尾根伝いに喘ぎ喘ぎ登って来たのである。

「ずっと、こんな風なのか？」

次第に心細くなってきた洋平が、後部座席から身を乗り出し、どちらにともなく二人に尋ねた。

「しばらくこんな状態です、旦那。これでも道かと驚いてはいけません。ブルンジの内陸部はどこでもこんなもんですから」

プラザが道案内役のオズワルドに代わって洋平に答えた。

「これが道だって、言うのか」

洋平はすでに驚き呆れる段階を通り越し、不安と腹立たしさを覚えていた。

「これでも良い方です。雨が降ったら、地獄と化しますがね」と、プラザが平然と言う。

彼によれば、大雨の後はこんなことでは済まないらしい。道が至る所で泥海と化し、タイヤがぬかるみに取られたら最後、脱出は不可能だ。プラザは実際自分の身に起こったエピソードを語った。助けを呼ぶにも近くに人家がなく、数日間泥の中で身動きできなかったというが、その話のどこまでが事実か、洋平には知りようがない。ブジュンブラからの道中、彼の愚にもつかないお喋りに付き合わされてきた洋平は、内心うんざりしていた。

今回のギテガ出張に当たって、洋平は雇用契約に基づき、プラザに運転代行と道案内を頼んだ。当初は国道一号線を真っ直ぐギテガへ向かうはずだったが、三日ほど前になって予定を変更し、オズワルドの郷里ルサイファ村に立ち寄ることを決めたのである。彼は途中ちょっと寄り道するだけと気楽に考えたのであって、このように危険なドライブになるとは予想だにしなかった。

そもそも地図にない道なき道に車を乗り入れること自体、正気の沙汰ではない。この先、道がどうなっているのかと思うと気が気でない上に、肝心のプラザがのらりくらりと洋平の質問をかわしてまともな返事をしないため、先ほどからイライラを募らせていたのである。しかし、こうなった以上、二人を信頼して任せるしかない。

尾根道をかなり進んだ頃、ジープに向かって道を下って来る人々とすれ違い始めた。どこから湧いて出てくるのか、人の数が次第に増え始める。彼らは文明社会の闖入者『四輪の乗り物』に格別驚いた風もなく、傍らのユーカリの幹に寄り掛かるようにして、ジープをやり過ごすのである。

「皆、どこへ行くのだろう」

「青空市ですよ、旦那。国道の脇に人だかりがあるのを見たでしょう」

やれやれと言った調子でプラザが答えた。

「ああ、それで、カゴを運んでいるのか」

洋平は、すれ違う女たちが皆一様に頭にカゴを載せていることに、やっと合点がいった。

「市場で野菜を売って、帰りに日用品を買って帰るんです。それが彼らの現金収入ですから」

「カゴでは大して運べそうにないな」

洋平のもっともな話に、プラザは答えるのも面倒臭そうに肩をすくめてみせた。今日の彼は、ブジュンブラを出発した時から不機嫌が顔に表れていた。洋平の命令とはいえ、帰省する使用人の運転手を務めることが彼のプライドを傷つけるのか、それとも、単にその日たまたま虫の居所が悪かっただけなのか、洋平には知る由もない。

プラザによると、ブルンジでは第二水曜日、全国一斉に定期市が立つと言う。女なら頭に大きなカゴを載せ、男なら手にカゴを提げて行く。定期市は村人にとって晴れの日である。女たちは身体に巻きつけた赤、青、黄と色鮮やかな民族衣装で精一杯着飾って市へ繰り出す。こうして、全国のユーカリの丘やサバンナの草原で、月に一度、壮大な絵巻物が繰り広げられることになるのである。

ふと目をやると、助手席のオズワルドがためらいがちに右手を上げ、すれ違う村人に合図を送っている。オズワルドに気付いた村人は驚き、慌てて手を振り返す。

「村の者なのか？」

「はい、旦那様。ルサイファの者です」

ジープの窓越しに手を振るオズワルドの横顔はぎこちないが、こみ上げる喜びがその目元に見て取れる。彼は村人たちの驚きの表情の中に、自分の颯爽とした姿を見ているのだろう。そしてジープが去った後、彼らが顔を見合わせ、『見たか。今のは小倅のオズワルドだぞ』と言い交わす様を思い描いてほくそ笑んでいるに違いない。

深閑とした森の奥で「ココッ、ココッ」と甲高く呼び交わす声がする。サバンナモンキーだとオズワルドが言う。ユーカリの高枝から高枝へ飛び移る、リスのように小型の動物の影を洋平は認めた。ジープはすでに野生動物の生息域へと分け入っていた。

ユーカリの尾根は登り詰めるにつれて益々険しくなり、それと共に、プラザとオズワルドのキルンディ語のやり取りが一段と刺々しくなった。出張先との約束の時間が気になる洋平は、軽はずみな冒険旅行を企てたことを後悔し初めていた。

出発の前日、国道から村まで徒歩で一時間と聞いて、洋平は車ならせいぜい十分程度と踏んだが、今にして思えば、オズワルドは主人を騙したわけではなく、車でも徒歩と同じじか、それ以上掛かるとわざわざ言及しなかっただけのことなのだ。

洋平が引き返すべきか否か、逡巡している間に、突然ユーカリの森が終わり、草原に出た。人の腰ほどあるイネ科の植物が行く手をびっしりと埋め尽くしている。このまま進めば、オズワルドの家の前を通ってギテガに通じる主要道路に出ると彼は主張するが、目の前にあるのは人がかろうじて歩ける程度の一筋の野道でしかなかった。

バンパーで草を押し倒しながらのろのろと前進していた車が完全に停止した。ザワザワと風の吹き渡る草原の只中である。草の穂を右左になぎ倒す風の唸り声が車のボディを通して伝わってくる。洋平はこの不気味な景色の中で、プラザとオズワルドのキルンディ語の口論を他人事のように聞いていた。

「ルサイファはまだ遠いのか?」

洋平がいつまで待っていても決着のつかない二人の口論に割って入った。

「ここがルサイファです」

オズワルドが泣き出しそうになって訴える。

「こいつの言うことなんか……旦那、全部デタラメなんだから」と、プラザが喚き散らす。

「ほんとにもう少しです」

オズワルドが助けを求めるように洋平を振り返る。

「よし、もう少し行ってみよう」

自分の言葉に不安を覚えつつ洋平が決断した。

プラザは小さな唸り声と共にハンドルをはっしと叩

き、ギアを入れた。もはや大幅な遅刻は避けられない。それならば、一日だけでもオズワルドの家を見てやろうと洋平は腹を括った。

程なく、オズワルドの予告通り、野道に沿って左側の展望が開けた。緩やかな斜面に畑が広がり、そこには野良仕事にいそしむ村人や牛を追う牧童の姿があった。オズワルドは窓から身を乗り出し、笑顔を振りまきながら村人に手を振る。彼らは思わず棒立ちとなり、首都へ出稼ぎに行った村の小倅の風変わりな里帰りを茫然として見送った。

オズワルドはこの場面を心に描いていたのだろう。草原で立ち往生し、『後は、歩いて帰れ』と怒鳴り散らすプラザと激しく衝突した時、車で行くことを最後まで譲らなかったのは、まさにこのためだったのだ。

ジープが止まり、オズワルドと洋平は車を降りたが、プラザはハンドルに手を掛けたまま動こうとしない。洋平が声を掛けても、頑として機嫌を直さない。荷台のお土産を降ろす段になって、やっと運転席を降り、オズワルドに手を貸した。

洋平らは二日間掛けてお土産の準備をした。父親にはジャンパー、母親ら三人の女には派手な絵柄の布地を一枚ずつ贈った。これは、アジア地区に行った時、オズワルドが妻のために布地を欲しがっていることを知った佐和子がこっそりと買い揃えたものである。そして、大きなカゴの中には、キャンディやビスケットの他、砂糖や食用油など食料品がふんだんに詰まっていた。

お土産のカゴを担ぐオズワルドの後に付いて、鋭い刺のある枝を絡ませた畑の囲いに沿って小道を進むと、ひどく貧相な風采の小男と出食わした。彼は一言、オズワルドと言葉を交わすと、洋平の前に進み出た。オズワルドの父であった。

生け垣の門を潜ると、赤土を固めた中庭を取り囲んで、レンガ造りの家と家畜小屋、それにバナナ畑があった。中庭で日向ぼっこしていた男が洋平を見て姿を消した。きっと彼が先回りして、洋平の到着を家族に知らせたに違いない。

天井の低い土間に洋平を招き入れた後、オズワルドは部屋を出たり入ったりと、落ち着かない。ひんやりした窓のない小部屋には、小さなテーブルが一脚あるきりで、身体を落ち着かせる椅子もないが、目が薄暗闇に慣れるにつれ、ここがとても清潔であることが分かった。

『清涼飲料水を買いに、妹を行かせる』と言い張るオズワルドを、洋平が必死に止めた。この大草原の村で、清涼飲料水なるものを売る店が何キロ先か、知れたものではない。ユーカリの森の深さに懲りた洋平は、ご主人を歓待したいという彼の切なる思いをあえて打ち砕かざるを得なかった。

「お金を貯めたら、床をタイル張りに……屋根を瓦葺きに……」

オズワルドが家の改造計画を話し始めた時、土壁に掛った小さな写真が、洋平の目に留まった。

それに気付いたオズワルドが素早く額を取り外し、写真に写った家族を洋平に紹介した。彼には家の改修と、そこに住む四人の家族だけが、ご主人に提供できる話題であった。

遅れて部屋に入ってきたオズワルドの父親は、柔らか過ぎる声で流暢なフランス語を話した。彼はしばらく役人時代の話をした後で、生活苦をくどくどと訴え始めた。息子のオズワルドと違って、彼の態度がどこかずる賢く卑屈に見えるのは、染み付いた役人根性のせいに違いない。

しかし、父親のなりふり構わぬ『陳情』は、洋平自身が招いたのかもしれない。オズワルドと話している間に、奥の部屋に運び込まれた豪華な贈り物の品々を吟味して、洋平の気前の良さに心を揺すぶられたとしても不思議ではないからだ。

そこへ、父親より更に小柄な母親が現れ、黙って小さな手を洋平に差し出した。その手は温かく湿っぽく病みがちな母の手をしていた。息子のオズワルドは幸いにも、その端正な容貌と柔和な気質を母親から受け継いだのだ。

彼女は、自分の身体に巻きつけた花柄の布を指の先で摘んで見せた。フランス語が話せない彼女は、自分に贈られた布を早速身体に巻き付け、洋平にその喜びと感謝の意を伝えようとしたのだった。

母親に続いて、赤ん坊を抱いたオズワルドの妻と彼の妹が、それぞれにお土産の布を身体に巻いて詰め掛けたため、小部屋は人で溢れ返った。洋平は全員を後ろに従える形で中庭に出ると、そこで家族の記念写真を申し出た。

　赤ん坊を抱き上げるオズワルドを真ん中に、両親と無表情な若い妻と、十五、六歳の妹が横一列に並んだ。洋平がファインダーをのぞくと、賢そうな顔をした妹が眉をひそめてカメラを睨んだ。

　いつの間にか、お返しの品々が並んでいた。この家の女たちはあの短い時間に素早くお土産を品定めした上、お返しの品までも準備したのだ。三人が手分けして立ち働いたに違いない。

　バナナの巨大な房を担いだオズワルドの後に、裏の畑で収穫したパイナップルと野菜を満載したカゴを頭に載せて、彼の妻と妹が続いた。その小さな行列は、エジプトの王墓の壁画に描かれた『貢ぎ物を運ぶ奴隷』を彷彿とさせた。

　車が動き出した時、洋平はやっと息苦しさから解放され、手を振るオズワルドら家族の顔からは安堵の笑みがこぼれた。見送りの姿が豆畑の囲いの陰に消えるとすぐに、しみじみとした調子でプラザが口を開いた。

「オズワルドは鼻高々でしたね。気が付かれましたか？　パトロンの車で送ってもらって、彼には夢のような里帰りだったんでしょう。ほら、『錦を飾る』と言うでしょう。あれですよ」

　プラザの言葉からは、先ほどまでのオズワルドへの対抗意識が消えて、むしろ共感と思い遣りの気持ちが滲み出ていた。

　ジープはオズワルドが教えてくれた分岐点に出た。ユーカリの尾根道で散々な目に遭った洋平は、ギテガに通じる道がよく整備された道路であることを知り、胸を撫で下ろした。

　村の一つを通りかかった時、大声で喚き散らす大男に出会った。顔付きも歩き方も異様なその男は、ジープの前に立ちはだかると、恐ろしい形相で車をのぞき込んだ。プラザによると、こうした狂人はどこの村にもいて、神懸かりとして大事にされていると言う。

　狂人に続いて、裸足の子供が半ダースほどばらばらと道路に飛び出して来て、口々に何か叫びながら、ジープと並んで走り出したかと思うと、一斉に小さな腕を空に向かって突き立てる。

　子供たちの奇妙な歓迎に応えて、プラザが車のスピードを落とした。すると今度は、子供たちの騒ぎに誘われ、数人の大人が道路脇の茶店から姿を見せ、「フロデブー、フロデブー」と叫んで、ジープに向かって拳を突き上げた。

彼らの拳が自分に向けられているように感じて、一瞬洋平はたじろいたが、プラザが平然と笑っているのを見て安堵した。

「あれは何だ？　プラザ！」

プラザはもったいぶってすぐには答えず、村を出たところでようやく口を開いた。

「フロデブ（野党）の支持者です」

「あの腕は？」

「あれが、彼らの支持表明なんですよ、旦那。字も読めない輩《やから》ですから、他にやり方を知らないんで……。私も話には聞いていましたが、実際に見るのは初めてです」

村人の拳突きの示威行為を目にして、プラザの中の部族の血が騒ぎ出したのだろう。興奮を抑え切れない様子で言葉を続ける。

「今まで彼らを沈黙させてきた結果が、これですよ、旦那。ご自分の目でご覧になったでしょう。内陸ではフツが道路に飛び出して、『フロデブ』の大合唱をやらかしているんです。旦那、想像できますか？　この村だけじゃありませんぜ、今やブルンジ中で起こっているんです……」

フロデブ（ブルンジ民主戦線）とは、ツチ族の既成政党ウプロナに対抗して、大統領選挙のため急きょ結成されたフツ族の政党のことで、選挙が終盤に近づいた今、党首ンダダイエの名前と共に、テレビにも登場するようになっていた。

フロデブ党はにわか仕立ての烏合の衆であるが、その支持基盤のフツ族は人口の八十五パーセントを占めるから、彼らが結束したら怖い。洋平はこの時初めて、お茶の間のテレビや新聞からは伝わって来ない、部族主義の危険なうねりをひしひしと肌に感じた。

道沿いの次の小さな村でも、その次の村でも、洋平のジープはフロデブ支持者の熱烈な歓迎を受けた。内陸部は大統領選挙で確かに沸騰している。現政権のお膝元である首都しか知らない洋平にとって、それは異様な光景であった。

ユーカリの森に突入するまで、こうした示威行為を全く見なかったから、この辺りは、政府の目が届かない地域に違いない。大人も子供も皆一様に土色のシャツとズボンを身に着け、土埃の舞う沿道にたむろして無為な日々を送っている。彼らは村の土塁に溶け込んで、まるで土塊のようにしか見えないが、車が通り掛かると見るや、やにわに活気付き、彼らのにわか政党、フロデブの名を叫びながら、まるで獲物を襲うハイエナのように道路に飛び出して来るのである。

「旦那、やつらは狂ってますよ」

プラザが熱病患者のように興奮で鼻腔を膨らませて口走る。村人たちの歓迎に感極まった彼は、わざとスピードを落とし、フロントグラスに向かって小さく拳突きをしてみせる。まるで自分がフロデブ党の候補者であるかのように……。

しかしそれも束の間、興奮から覚めると、彼はブルンジ初の大統領選が無知蒙昧《むちもうまい》な輩にとって危険な落とし穴となるだろうと話した。プラザという男は、どんなに血が騒いでいる時でも、事態を冷静に観察し、将来を見通している。

沿道での歓迎はこれが二度目であった。洋平は移り変わる沿道の景色を目で追いながら、この日に起こった全く無関係の二つの出来事を頭の中で見比べていた。郷里の人々に手を振って応えたオズワルドと、フロデブ支持者に対し拳突きをしてみせたプラザ……。そのように考えた時、『オズワルドは将軍のように鼻高々でしたね』と評したプラザの言葉が、真実味を帯びてきた。

あれは、パトロンとお抱え運転手を従えて故郷に錦を飾ったオズワルドの大芝居ではなかったかと気付いた時、今回の帰郷に賭けた彼の意気込みが見えてきた。この日の彼は、使用人の衣をまとった『凱旋将軍』であったのだ。

★　★　★

ギテガの町の入り口のサークルを右にとり、三十分ほど車を走らせて、町とは名ばかりの山麓の村を目指した。曲がりくねった坂道を登る間、木々の切れ間からずっと丘の上にある大聖堂の威容が見え隠れしていた。

目指す洋裁訓練センターに着いた時は、約束の時間を大幅に過ぎていた。洋平は大聖堂の広場の端にある共同井戸にジープを止めさせた。

赤茶けた真昼の大広場に人影はなく、登って来た丘の斜面に立つと、壮麗な装飾を施した赤レンガ造りの大聖堂に向かってひれ伏すように粗末な民家が折り重なる様子が手に取るように分かる。この極度に貧しい村と、ベルギー統治時代の重厚な大聖堂は誰の目にも不釣合いであるが、その一方で、神の福音を原住民の素朴な心に届けるという伝道の目的には大変適っていると言える。

大広場の片側に『洋裁訓練センター』の横看板を揚げた平屋の建物があった。洋平はプラザを共同井戸に残し、管理棟と思しき建物に入って行った。

取っ付きの小部屋に若い女が一人いた。洋平が訪問の目的を伝えると、センター長は商工大臣に呼び出され、あいにくギテガに出張中と言う。すれ違いである。面会の約束と言っても、村に電話が引かれていないため、ブジュンブラ市役所の紹介状を添えた手紙を一方的に送り付け、返事を待たず現地に乗り込んで来たのであるから、洋平にしても相手に文句を言える立場ではなかった。

センター長は教育主任に対応を指示して行ったというが、洋平の到着が遅れたため、教育主任は昼食をとりに自宅に帰ってしまった。対応してくれた事務主任を名乗る若い女は、引き出しから洋平の手紙を取り出し、簡単に目を通してから、手渡された名刺と見比べた。

「確かに今日ですわね」

とは言ったが、その声は今日か明日かはさして重要でないかのように洋平の耳に響いた。

彼が約束に遅れたことを詫びると、若い事務主任がちょっと驚いた顔をしてから白い歯を見せ、美しいフランス語で言った。

「外国の方はよくそうおっしゃいますが、一時間や二時間、遅れたうちには入りません。ここは何でも、のんびりしていますから……。あなたの方こそ、遠くから来ていただいて申し訳ありませんわ。大変でしたでしょう？」

「遠いと言っても、日本から直接飛んで来たわけではありませんから」

とっさに洋平の口から冗談が飛び出した。若い美人主任の如才ない対応ぶりに、思わず彼の舌がほぐれたのである。

彼女はかすかに口の端で笑ってから、不思議なものを見るようにまじまじと洋平を見た。他に話す相手がいないので、これは日本からボランティアを派遣するための予備調査であると訪問の目的を話すと、彼女の方から提案してきた。

「ここは昼休みが長いので、教育主任が戻るのに二時間待たなくてはなりません。私でよかったらご案内しましょう。と言っても、教室と実習室があるだけですから」

「では、そうしてください」

そう言って立ち上がった時、すでに洋平は若い黒人女性の虜になっていた。言葉を交わした瞬間から、自分を驚きの目で見る彼女の黒い瞳に魅せられたのである。その間、言葉を交わしてわずか五分ほどしか経っていなかった。


彼女の後に付いて訓練センターの中庭へ出た。中央にマンゴーの木がある四角い庭を回廊風に教室がぐるりと取り囲む、一風変わった造りである。洋平は彼女の横を歩きながら話し掛けた。

「日本人は初めてですか？」

「ええ、初めてです」

と、女は悪戯っぽく笑って洋平を振り返った。

「でも、映画の中でなら何度も見たことがあります」

「日本の映画ですか？」

「ええ、昔、上映会で……。とても変わっていたので、印象に残っています」

「どこで？　ここですか？」

「ここではなく、私が子供の頃住んでいた村です。その頃、巡回車が回って来て、村の広場にスクリーンを立て、発電機で電気を起こしたんです。大人も子供も皆、上映会をとても楽しみにしていたんですよ」

と言って、当時の情景を思い出そうとするかのように、女は歩みを止めた。

洋平もまた紙芝居が回って来るのを楽しみにしていた自分の子供時代と重ね合わせ、彼女の村の上映会を心に描いた。

「何本も見たのですか?」

「ええ、二、三本……。それが私の頭の中で混じり合って、よく覚えていません……。私、今、ちょっと混乱しているんです。映画の中で見た日本人に実際に会うなんて思ってもみなかったから……」

そう言うと、女は少女のように無邪気な笑みを浮かべたが、実際は三十歳前後である。

「そうですか。それで、私の顔を不思議そうに見ていたのですね?」

面白そうに洋平が言った。

「私、見ていました?」

「ええ、見ていましたよ」

と言って、思わず顔を見合わせると、二人は再びゆっくり歩き出した。

彼女はアフリカの鄙びた田舎町で、一体どんな日本映画を見たというのか。きっと侍のまげや着物姿に違いない。洋平は少女の脳裏に映し出された不思議の国日本を、自分の横を歩く女と一緒にのぞき見ているような奇妙な錯覚を覚えた。


その時、午前の授業の終了を知らせるベルがけたたましく鳴り響き、五つあるすべてのドアから生徒が一斉に吐き出されたため、中庭は満員のプラットホームさながらの混雑状態となった。洋平と事務主任が彼らの勢いに押し戻され、中央のマンゴーの幹に身体を寄せ合った時、ほっそりとした黒人女性の肩が洋平の腕に触れた。そんな二人を上目遣いに見てクスクス笑う生徒や教師がいたが、まるで波が引くように、彼らは底抜けに陽気なざわめきを引き連れて、センターの外へと出て行った。

「実は私、ここの卒業生ですの」

生徒たちの後ろ姿を目で追いながら女が言った。

「私、ここの建物がとても気に入っているんです。由緒があるんですよ。昔、尼僧院でしたの。ここで大勢の尼僧が共同生活をしていました」

すべての部屋が中庭を向いている理由がそれでうなずけた。尼僧院と知って、洋平は一層彼女の話に興味をそそられた。

「正面の一番広い部屋、あそこが厨房兼食堂でしたが、今は作業場になっています。生徒はいませんが、ちょっと中をのぞいてみましょうか」

　彼女の後について入ると、薄暗い小体育館のような大部屋に、旧式の足踏みミシンが三、四十台は並んでいた。近づいて見ると、機種にばらつきがある。先進国からの寄贈品、お下がりに違いない。どのミシンもよく使い込まれ、よく手入れされていることが見て取れた。

　他に裁断用の大きなテーブルが幾つかあり、壁には生徒たちの作品と思しき衣装がハンガーに吊るされていた。どれも皆、とてもカラフルである。アフリカの職業訓練所を訪れたことのある洋平にとって、作業場は心の安らぐ場所の一つで、いつも決まって少女たちのきらきらと輝く黒いつぶらな瞳が彼を迎えてくれた。

　風変わりな小窓が彼の目を引いた。作業場の採光を主に天井付近の高窓に頼っているため、部屋に差し込む光が柔らかく、尼僧院だった頃の瞑想的な雰囲気を今も漂わせている。洋平は幾つか専門的な質問をしたかったが、それは午後の部に回し、二人は眩い日差しの中へと舞い戻った。

　中庭のマンゴーの木陰はとても居心地が良かったが、これ以上そこに留まる理由もなく、事務主任の昼食時間を妨げていることも分かっていた。他愛のない話でずるずると会話を引き延ばしていた洋平が、書類バッグを持ち直して彼女に告げた。

「教育主任が戻るまで時間がありますから、私はその間カテドラルを見学させてもらいます」

「あれは植民地時代のものです。そうですね、今日は色々と手違いがありましたから、お詫びに私がご案内します」

　そう言うと洋平の返事を待たず、彼女は先に立って歩き出した。

　大聖堂の広場では、プラザが共同井戸に水を汲みに来た村の女たちの相手をしていた。洋平に気付いて彼がジープへ取って返そうとするのを、洋平は手を振って止めた。

「あれがあなたの車ね。とってもきれい！」

　と言って、女は目を見張った。

「赤い車が珍しいですか？」

「そうでなくって……。村には車が二台しかありませんの。その一台を今日、センター長が使っています。

私なんか、一度も車に乗ったことありませんわ」

それを聞いて、洋平は愕然とした。経済支援のために遥々と海を渡って来た日本人と、アフリカの貧しい村で育った黒人女性——二人の境遇の隔たりはあまりに大きかった。

「実に壮大ですね」

赤レンガを積み上げた教会堂を見上げ、洋平が幾分皮肉混じりに言った。

「今も使われているんですか?」

「もちろんです」

女は驚いたように洋平を見やった。

「日曜になると、周囲の村から大勢の人が集まってきます」

洋平は軽い気持ちで尋ねたが、彼女からは逆に重い返事が返ってきた。その時、何を思ったか、女は洋平に向かって唐突に言い放った。

「私、生まれてこの方、一度も日曜ミサを欠かしたことはありませんの」

宗教に無縁の洋平であったが、女の言わんとすることは理解できた。彼は『一度も車に乗ったことがなく、一度も日曜ミサを欠かしたことがない』と言う途方もない話を言葉通りに受け取った。

村人が生涯通い続けるという大聖堂は、灼熱の太陽に焼かれ、歳月の重みに押しひしがれ、人の手になる人工物から神の創造物である自然へと回帰しつつあった。その正面を飾る半円形のファサード(正面の外観)の複雑な文様は、老いさらばえた長老のシワと似ている。

マホガニーの重い扉を押して、一歩、その胎内に足を踏み入れると、広場に鳴り響いていた太陽の光のシンバルが止み、たちまち宗教的静寂に包まれた。長方形をした大空間を礼拝用の長椅子が埋め尽くしている。その数に洋平は瞠目した。

「シスターですわ」彼女がつぶやいた。

黒衣に身を包んだ尼僧が遠くから二人に軽く会釈して、足早に祭壇の奥へと消えて行った。生涯ミサを欠かしたことがない彼女にとって、尼僧は子供の頃から馴染み深い存在に違いない。

「昔は大勢いましたけど、今、わずかなの。それで、空き家になった尼僧院を洋裁訓練センターが使わせてもらっています。私、もしセンターで働き口を見つけられなかったら、きっとシスターになっていたと思うわ」

「あなたがシスターですか、想像できませんね」

と軽く応じてから、洋平は思い切って尋ねた。

「ところで、この長椅子ですが、満席になることがあるのですか？」

「ええ、いつも満席です。日曜礼拝には遠い所から集まってきます。中には、暗いうちに家を出て、半日掛かりで来る人もいるんですよ。そうした人のため、一日二度、ミサを行うこともあります」

と、彼女は事も無げに言ってのけた。

「あなたも、遠いんですか？」

「私は幸い、二時間ほどでした」

「えっ、二時間も！　片道？」

「もちろんです。でも、今は違います。今は近くに家を借りていますから」

『幸い、二時間！』洋平は心の中で叫ぶと同時に、オズワルドの郷里のユーカリの森を青空市場に向かって丘を下る人の列を思った。次に、日曜毎に何百万もの人間が各地の丘に建てられた教会堂を目指し、蟻のようにアフリカの大地を移動する様を想像し、言葉を失った。

ヨーロッパ人宣教師による中央アフリカ支配から数えて二世紀。文明社会の奴隷とされた黒人たち。彼らは疲れを知らない不屈の民族は、週に一度、丘の頂に超然と聳える大聖堂へと参集する。その気の遠くなるような人間の営みを思う時、ブルンジを支配するのは、ウプロナ党でもフロデブ党でもなく、キリスト教であることを洋平は確信した。

昼休みはまだ一時間以上残っていた。洋平は教会堂を出たところで午後の見学を取りやめ、日を改めて訪問することを事務主任に告げた。すると、赤いジープに向かって歩きながら、彼女の方から提案してきた。

「それなら、来月行われるバザーの日に、いらしてはいかがですか？」

「生徒の作品を販売するんですね。それは楽しそうだ」

「でも、場所はここではなく、ギデガの木工芸訓練所です。木工の作品と一緒なので、毎年大盛況なんですよ。ギテガ周辺だけでなく、遠くからも人が来ます。

私も手伝いに行く予定ですから、ぜひその日にいらしてください。詳しくは、招待状を差し上げますから……」

女が歩き去ると、プラザがやきもきしながらジープから降りてきた。この近くに食べ物を売る店が見当たらないため、彼はお昼を食べ損なうのではないかと気を揉んでいたのだ。

「このまま真っ直ぐ戻りますか、旦那?」

「いや、ギテガに寄って、お昼を食べよう」

洋平はプラザを誘って食事をするついでに、バサーが開かれるという木工芸訓練所の場所を予め確認しておきたいと思ったのである。

★　★　★

「これ以上時間を掛けていられない。早急に監督官を決めよう」と洋平が催促した。

アデルの表情は揺るがない。こうと決めたら梃子《てこ》でも動かない彼の性格を、洋平もこの時ばかりは持て余した。佐和子が注いでくれた紅茶は冷えてしまっているし、茶菓子にも手を付けない。小サロンのテーブルを挟んで、二人の膠着状態は一時間近く続いていた。

『アデルは潔癖症なんだ』

と、洋平は改めて思った。ボランティアを信奉する若者の中に、時々彼のように杓子定規で融通が利かず、極端に不正や狡さを嫌う者がいる。

この日の話題は、洋平がカメンゲ計画の最重要ポストと位置付けている工事現場の監督官の人選であった。ところが、彼とアデルの意見が分かれ、決まらないのである。監督官は勝手気ままな浮浪少年を扱うのだから、彼らを黙らせる貫禄と有無を言わせぬ豪腕が求められる。また、社会の底辺に通じていて、彼らの就職を手助けできる、社会にコネのある人物が望ましい。アデルの同意を得たい一方、洋平としても譲れない一線であった。

「とにかく一度、そのボドワンなる人物に会って、それから決めようと思う。最終的に決断する前に、もう一度、アデル、君の意見を聞くから、それでいいかな?」

アデルには、ボドワン採用に反対する切実な、そして隠れた理由があった。ボドワンに当てる高額な特別支出である。彼の頭の中を想像するのは簡単だ。そんな資金があるのならコピー機の購入に回すべきだと信じている。元家畜小屋の彼の事務所に設置する、あのコピー機のことである。そこでアデルは、ボドワンへの対抗策として、無料奉仕で働く彼の同僚を推薦してきたのであった。

「午後にボドワンを連れて来ますから、ご自分で判断してください」ついにアデルが折れた。

「その時、彼のような野心家がなぜこのような計画に興味を持つのか、立山さんから探ってみてください」


約束の時間に男は現れた。小太りでがっちりとした体格の持ち主で、自分の胆力に自信を持っている男特有の不敵な面構えをしていた。アデルから紹介を受けている間、彼は無関心を装いつつ、油断なく辺りに注意を配っていた。

洋平はもう少し狡猾な男、幾分プラザのような男を想像していたのであるが、彼はそれよりずっと荒削りで武骨な印象を与えた。底知れぬ不気味さを秘めている一方で、実直で浮ついたところがなく、仕事をする上で与し易いと思われた。

「細かい点は別にして、ボドワンさん、どうでしょう。宿無しの子供たちのため、一肌脱ぐ気はありますか？」

と単刀直入に切り出すと、

「もちろん、そのつもりでうかがいました。アデルから計画を打ち明けられた時、私は即座にこれは『行ける』と直感しました」

と、ボドワンもまた率直に応じた。

「どんなところがですか？」

「直感ですよ」

そう言うと、ボドワンは剥き出しの太い腕を組み直した。

「これは、どこから見ても私に打って付けだとね。それに、私は昔から外国人と組んでやる仕事が好きなんです」

「なるほど、もう少し具体的に教えてください」

「人のやらないことをやる。そこに目を付ける。私にも警備会社の設立計画がありますが、実に面白いですよ。巷に放てば泥棒になる男たちを集めて、警備会社を作るんですから。その点、浮浪少年を集めて下水工事をやらせるあなたの発想とそっくりだと思いませんか？　私はここに惚れ込んだのかな」

ボドワンは明らかに故意に洋平をはぐらかしに掛かっている。面接官の前に立たされる自分が気に入らないのだ。むしろそれを逆手に取って、洋平を試そうとしているように見えた。

「しかし、ボドワンさん、警備会社と違って、カメンゲ計画はお金になりませんよ」

「無論、承知の上です」

そう言うと、彼は真面目な顔になった。

「世間は私を一端の成功者と見ています。ですから商売はもう十分……。私の考えは別にあります。ムッシュー・タテヤマ、これからは政治の時代です。私は国会議員に打って出るつもりです。カメンゲ計画はそのための足場固めです」

「しかし、本気で国会議員を目指すのであれば、子供に構っている暇はないでしょう」

堪らずアデルが割って入った。

と、

「その点は、ご心配なく」

ボドワンは小生意気な若造を軽く一蹴する。

「商売は部下に任せ、私は国会議員とカメンゲ計画に専念するつもりです」

「なるほど、あなたの狙いが見えてきました。政界進出にカメンゲ計画を利用する考えですね」

洋平は特に非難する風もなく言った。

挟み撃ちに合い、ボドワンは組んでいた腕を広げて、

『そのどこが悪い。お前たちも俺を利用したいのだろう？』とジェスチャーで答えた。その不遜な顔には、

『国会議員と慈善事業、悪くない組み合わせだろう』

とも書いてある。

大統領選挙後に初の国会議員選挙が実施される。フロデブの勝利が確実視されている中で、国会議員に打って出るのは、彼のような野心家にとって極めて現実的な選択だ。時機到来と見るや、企業家から政治家に転身しようとする発想の柔軟さに、洋平は感心させられた。自分が欲しいのは、こういう男だと思った。

「ところでボドワンさん、あなたは子供好きですか？」

最後に、相手の不意を突く奇抜な質問を洋平は用意していた。

「私には家庭も子供もない。どちらかと言えばノーでしょう」

　と告白してから、彼は考え深げにうなずいた。

「ですが、私の子供時代の境遇は彼らと同じです。その意味ではイエスでしょうね。私は餓鬼の扱いには慣れています。彼らに必要なのは、強いリーダーシップです。彼らはリーダー次第でどうにでもなるから恐ろしい。要は偏見に左右されずに、彼らを扱えるかどうかですよ」

　と言って、ボドワンはじろりとアデルを見返した。

「私でしたら、偏見はありませんよ」

すかさずアデルが反発すると、

「確かに」

　と言って、ボドワンの目が急に優しくなる。

「しかし、私が言う偏見は、君とは違う。私は君たちのような道徳家ではない。だから、公平なんだ……。ところで、今最も肝心なことは、フツとツチの子供をどう扱うかということだろう。私なら問題がない」

　このデリケートな政治問題に土足でずけずけと踏み込んでくるボドワンに、アデルも洋平も不意を突かれた形だ。二人は不用意にこの問題に触れたくない点で、同じ思いを共有していた。

　洋平はボドワンとの会談に満足だった。予想以上に実りある成果といってよかった。残るは、ボドワンとアデル、この二人の個性的な部下の間に協力関係を築くことだが、この水と油の取り合わせは案外と生産的かもしれないと内心ほくそ笑んだ。

「ところで」と膝を乗り出し、不動産業を営むボドワンに向かって洋平が言った。

「ボドワンさん、来月到着する日本人の住宅探しをあなたにお願いできますか？」

「お安いご用です、ムッシュー・タテヤマ。部下に任せず、私自身でやりましょう。もちろん仲介料はきちんと頂きますよ」

「住宅は妻の担当ですから、後で彼女と打ち合わせてください」

「奥さんですね。先ほどお茶のサービスをしていただいた。なるほど、なるほど」

　と、ボドワンは顎をさすってにんまりとうなずいた。

★　★　★

ボドワンとプラザの後に付いて、佐和子はアパートの階段を上った。二階の外付けの廊下からは、街路樹の梢を透かして車の行き交うルガンソール大通りと、その角地にある豚肉屋の赤と白の縞模様の日除けが見える。アフリカではあまり見掛けない豚肉屋は、佐和子ら家族の朝食に欠かせないハムやベーコンを扱う馴染みの店でもある。

四軒並んだ二階の廊下の一番端のドアを開けると、生ゴミ「のすえた臭いが鼻を突いた。前の借家人が片付けもせずにアパートを出たのだろう。ボドワンが各部屋を回って窓を開け放った。

すぐに手頃なサイズだと思った。住宅を見て回ることが好きな佐和子は、忙しい夫に代わって、ボランティアの住宅探しを一手に引き受けてきた。風土も慣習も異なる海外の住宅事情に通じることに一種のロマンを感じる彼女は、海外援助の機関紙のコラムニストの一人として、『海外住宅事情』を投稿し、好評を得ていた。

海外の住宅はどこも寝室が複数あって、家族連れの日本人にとってさえ広過ぎるが、このアパートはコンパクトな間取りである上に、家具や電気製品が整っていて申し分ない。昔気質の素朴なボランティア精神の持主である佐和子には、むしろ贅沢過ぎて眉をひそめたくなる。

彼女は、ボドワンを従えておざなりに各部屋の点検を済ませると、居間のフランス窓を押し開けて、裏庭を見下ろす小さなベランダに出た。そこは、白いペンキの壁と手摺りで挟まれた快適な空間で、やはり白いプラスティック製のテーブルセットが設置され、その上に裏庭から伸びてきた樹木が影を落としていた。

タンガニーカ湖畔の扇状地に広がる緑豊かな白亜の町ブジュンブラは、平屋建てが多く眺望を遮らないから、佐和子のいる二階のベランダからでも町の大半が見渡せる。取り分け東の丘陵地帯から出城のように突き出した、お椀を伏せた姿のキリリの丘が間近に迫って見えるのが、彼女には新鮮な驚きだった。

佐和子は看護学校卒業後、政府系の海外支援に応募し、カンボジアで保健婦として活動したが、当時のボランティアにあてがわれる住居といえば、台所も浴室もない掘っ立て小屋が一般的で、近年の若者なら数日間と我慢できない代物であった。

ベランダの手摺りに身体を預けて、カンボジア時代の物思いに耽る彼女の脳裏を、モノクロのネガフィルムのような物悲しい記憶が去来する。佐和子は四半世紀の間、胸の奥にしまい込んできた重い溜め息を、キリリの丘に向かってそっと吐き出した。

ボドワンとプラザが連れ立ってベランダに現れた時、彼女はどちらともなく声を掛けた。

「気に入ったわ。申し分なしよ」

二人の男は佐和子を間に挟んで、手摺りにもたれかかった。手摺りの下の裏庭は、周囲を塀に囲まれた空き地で、佐和子たちが乗ってきた赤いジープがその出入り口付近に駐車してある。

二人はどちらも四十歳前後の男盛り。ずんぐりした体型は似ているが、筋肉質でいかつい感じのボドワンの横に置くと、プラザの滑稽味のある小男振りが一層際立つ。個性的で変わり者の男を自分が左右に従えていると思うと、佐和子はなぜか愉快であった。

「明日にも契約書を持って行きます」

と、ボドワンが佐和子に答えた。

「まだ一軒目じゃないか。二、三軒見せるのが常識だろう」と、プラザ。彼は世事に疎い女主人の守護神を自ら任じている。

「俺が出し惜しみしていると言いたいのなら、大間違いだ」と、ボドワンは一瞬いきり立ったが、すぐに佐和子に向き直って重々しく言った。

「マダム、私は駆け引きを好みません。お望みなら幾らでも見せますが時間の無駄です」

一喝されて憮然として階段を下りて行くプラザの後をボドワンが追った。佐和子が裏庭を見下ろしていると、ジープに寄り掛かって煙草を取り出したプラザのところへボドワンが歩み寄った。

そこに、突然男が駆け込んで来た。男は必死の形相でプラザの脇を走り抜けたが、そこが出口のない中庭と気付いた時は、すでに背後に追っ手が迫っていた。逃げ場を失って半狂乱になった彼は、板壁を打ち破ろうともがいた末、万策尽きて物置の陰にうずくまったところを、三人の男に取り押さえられた。

その位置が死角だったお陰で、佐和子は男たちの暴行シーンを見ないで済んだ。屈強な男たちに首根っこを押さえられ、引っ立てられて行く男の額が割れているのを見て、佐和子は膝から力が抜けそうになり、慌てて手摺りにしがみついた。

彼らがジープの傍を通り過ぎようとした時、突然男が暴れ出し、追っ手を振り解くと、ボドワンの足下に身を投げた。思わぬ展開に、その場にいた誰もが動けなくなった。三人の追っ手は、その時になってボドワンに気付いたらしく、手出しを控え、遠巻きにして彼の反応を窺っている。

捕まった男がボドワンを見知っているのは明らかだった。ボドワンが低い声で追っ手に声を掛けると、それが合図となり、彼らは攻撃の構えを崩した。更に二言三言話すと、それが魔法のような効き目を現し、ボドワンの足下にひれ伏していた男までが喚くのを止めて立ち上がり、追っ手の男たちにおとなしく引き立てられて行った。

二階のベランダから一部始終を見ていた佐和子には、凄惨な結末を予感させた事件が、ボドワンの一声で事無きを得たかのような印象を持った。

帰りのジープの中でプラザが、哀れな男が近くのガソリンスタンドで金を盗み、追っ掛けられて、捕まったことを話してくれた。

「ボドワンさんは、あの男を知っていたの?」

と、佐和子が疑問をぶつけた。

「ええ、知っていますよ」

ボドワンが事も無げに言った。

「どこかで一度顔を見たという程度ですがね……」

「ボドワンさんは町中に顔を知られていますが……」

プラザは口を挟まずにはいられない。

「彼もまた、全員の顔を知っていると言う人もいます……。彼はオズワルドを知っていますよ」

「えっ、ほんとに?!」

「私は相手が大臣だろうと歩哨だろうと、選り好みしない主義なんでね」

ボドワンが重々しく言った。

佐和子には今回の泥棒事件もショックであったが、ボドワンがオズワルドを知っている事実に比べたら、些細なことに思えた。

「ボドワンさんの人気は町一番です。彼を盗賊団の首領だと噂する人もいますよ」

面白がってプラザがはやし立てると、

「私には歩哨も泥棒も皆同じです」

と言って、ボドワンが不敵な笑みを浮かべた。

「世間では彼らを敵同士のように言いますが、本当は貧乏が生んだ双子の兄弟のようなものです。私はそれを誰よりもよく知っている。それだけです」

★　★　★

大佐の屋敷の方角で、朝からずっと話し声がする。

揃いの白シャツを着た十五人ほどの少年たちが、表通りに面したブロック塀で働いている。よく見ると、ブロックを積み増しする者と、塀の上に葦で柵を編む者との二組に分かれて作業しているのが分かる。

始まって一週間になるが、オズワルドの情報によると、彼らは全員少年囚で、労働奉仕に駆り出されたのだという。それを聞いても、佐和子は特に不安を感じなかったが、ただ屋敷内を四六時中のぞかれているようで気分が落ち着かない。

懸案のお茶会の日である。午後から薄曇りとなって暑さが幾分和らいだ。佐和子は少年囚の方に目をやらないようにして、屋外テーブルの準備に取り掛かった。真新しい水色のストライプのクロスを敷き、その中央の花瓶に、昨日スーパーの店先で花売り娘から買った色鮮やかな熱帯の草花を挿し、それに庭のレモンの枝を加えて生け花風に仕上げ、その出来栄えに一人ほくそ笑んだ。

三日前、お隣の大佐から『ご招待をお受けする』との丁重な手書きの伝言を受け取った。その時から、大佐とのお茶会に向けて佐和子の頭はフル回転を始め、前日に手作りケーキを焼くなど、周到に準備を進めてきたのである。

彼女は軍人という古風な職業に対し、滑稽とも言えるほど畏敬の念を抱いていた。取り分けフランスやロシアの文学の中で頻繁に出会う『大佐』とか『中尉』といったロマン溢れる呼称に至っては、少女時代の憧憬から今も抜け出せないでいる。彼女は口の中で『コロネル（大佐）』と発音して、その甘い響きにうっととりするのであった。

　生活が一段落したらお茶に呼びたいと、かねがねチャンスを窺っていたのであるが、今回、煮え切らない夫の背中を押して招待状を書かせた背景には、もう一つ別のより現実的な動機があった。

　招待の引き金となったのは、大佐の屋敷とは反対側に住む隣人で、国連職員であるベルギー人の若い夫人との間で持ち上がったある事件であった。

　お茶会から遡ること一か月ほど前、ベルギー人の屋敷で催されたディスコパーティーの騒音が元で、若い夫人との間で軋轢が生じ、それが一挙に佐和子を大佐の方へと押しやる結果となった。真夏の夜のディスコ事件を思い出すたびに、今も忌々しさはいやが上にも募るのである。

　ある日、騒音に堪りかねた佐和子は、単身隣の屋敷に乗り込んだ。案の定、プールサイドに設置した二台の大型スピーカーから、ボリュームをいっぱいに上げたディスコ音楽が、閑静な住宅地の夜空に鳴り響けとばかりがなり立てる中、奇抜な衣装の子供たちが踊るのを、十人余りの大人たちが飲み物を手に眺めている。

　佐和子の訪問を受け、二十代と思しき若い夫人が出てきた。彼女は隣家の抗議を予想し、待ち構えていたのだろう。

「許可を取ってある。文句がありますか」

　と啖呵をきって、市役所の許可証を突き付けたのである。それに対し、佐和子は憤懣やるかたない気持ちを小生意気なベルギー女に叩き付けるため、悪夢のようなプールサイドの光景にくるりと背を向け、立ち去ったのであった。

　真夜中のパーティーは、その後も定期的に催された。彼女はオズワルドに『これが外国人でなくブルンジ人だったら、絶対許されないわよね』と言って、ささやかな賛同を求めたが、期待したような反応は返って来なかった。

　洋平が大佐を招く気になったのは、妻のたっての希望でもあったが、彼には彼なりの打算があった。『大佐と知り合いになっておけば、何かの折りに力になってもらえるかもしれない』と言ったのである。

　ところが、当日の朝になり、小サロンの観葉植物の水遣りに来た佐和子に対し、新聞を読み耽っていた洋平が顔を上げて言った。

「いいかい、佐和子。お茶会では、政治の話を持ち出さないようにしよう」

「何か気になることが新聞に出ているの？」

「ブヨヤの顔写真ばかりだ」

と言って、洋平は新聞を脇に押しやった。

「彼は小さな村の開所式とか授与式に出て写真を撮らせている。今日の記事も、大統領がポケットマネーで賞品を贈ったとある。こんな見え透いた手を使うのは、選挙戦で苦戦を強いられている証拠だよ」

「大佐も同じツチだから、当然気になるわね」

「僕としては立場上、政治問題に巻き込まれるのはまずいからね」

洋平が政治的に中立であるのは当然だが、そうしたことに無頓着な佐和子は、軍の中枢にいる大佐の発言に興味があった。それなのに、夫から釘を刺され、自由な会話を楽しみたいだけの彼女は面白くなかった。

大佐は時間ぴったりに使用人を一人従えて乗り込んで来た。門扉を開けに出たオズワルドが、大佐の来訪を執務中の洋平に取り次いだ。

直接裏庭で大佐を迎えると決めていた佐和子はその場を動かず、生け花を整えるなど、最後の手直しを加えていた。

堅苦しい挨拶を済ませた大佐と洋平が、ブーゲンビリアの茂みの間から姿を見せた。片手を緩めのズボンのポケットに入れて、佐和子に向かってゆったりと歩を進める大佐の目元は、すでに笑みを湛えている。薄茶のスーツの着こなしがとても粋で、慇懃に佐和子の手を取った彼の手は、肉付きが良くてとても柔らかであった。

時折、草色の軍用ジープで屋敷を出入りする大佐の姿を目にするが、厳めしい軍服姿で素早く走り去るため、スーツ姿の大佐を間近で見るのは、やはり特別な感じであった。

「お茶をお持ちしますわ」

佐和子がテーブルを離れるなり、洋平はボランティアの紹介パンフをテーブルに広げ、写真を示しながら活動の概略を説明し始めた。個人的な場や私的な付き合いにおいても、洋平は決まってここからスタートする。佐和子はそのお決まりのコースに立ち会うのが嫌で、いつも適当な理由を見つけて場を外すことにしている。

オズワルドがお茶とケーキをトレイに載せて運ぶのを見て、久枝と文枝が庭に飛び出して来た。それに気付いた大佐が、話に夢中の洋平を押しとどめ、

「ボンジュール、マドモワゼル」

と如才なく声を掛け、尻込みする久枝の目の高さに身体を屈めると、その顎に軽く手を触れた。

彼にはベルギー学校に通う小・中学生の学齢の子供が五、六人いて、よく道端で遊んでいる。その子供たちが、昼食時に帰宅する大佐のジープの後を歓声を上げて追いかける姿を、佐和子は時々見かける。

洋平より幾らか年上の大佐であるが、歳とは関係なく上流階級の品の良さが香り立つ。そんな彼を横に置くと、心ならずも髪がぼさぼさで半袖シャツの夫が見劣りする。彼らの生まれ持った優雅な物腰は、現代日本のサラリーマンには到底真似できないと佐和子は思った。

「少年の囚人がお宅の塀を修理していると聞きましたが……」と、洋平が話題を作る。

「危険はありません。もしその点をご心配でしたら」

サバサバした表情で大佐が答える。

「あの中に凶悪犯や政治犯は混じっていません。彼らは愛すべき囚人たちですよ」

「愛すべきとは、面白いですね」

「少年院の刑務所長をしている私が言うのですから、間違いはありません」

と言って快活に笑うと、大佐は首を横に曲げ、赤レンガ塀越しに少年囚へ目を走らせた。

「問題があるとすれば、見張ってないとサボるくらいですかな」

「刑務所長ですって！」

佐和子が驚く。

「ぜひご意見をうかがいたいわ。最近、ル・ヌボーに少年の犯罪が急増していると出ていますが……」

「おっしゃる通りで、お恥ずかしい次第です。なぜ村でじっとしていられないのか。老いも若きもぞろぞろ丘を下りて来る」

持論を展開する大佐の口髭が滑らかに上下する。

「マダム、先ほど、ご主人から不良少年の更生活動についてお話をうかがいましたが、犯罪防止の観点からその道のプロに言わせてもらえば……」

大佐の話し振りは軍人らしく実に歯切れがいいが、佐和子には退屈な内容であった。一方の洋平はさも興味深げに相槌を打っている。夫は人の話の腰を折ることを潔しとしない忍耐の人で、佐和子には到底真似できない。

彼女は頃合を見て大佐の長話に切り込み、気になっていた疑問をぶつけた。

「大佐はブロック塀を高くしていられますが、強盗の侵入を心配していらっしゃるのですか？」

「ああ、そうではありません。軍人の屋敷に侵入するほど大胆な強盗はいませんよ」

と言って、一口お茶をすすってから、人を魅了する柔らかな笑みを浮かべた。

「間違って我が家に侵入したりすれば、不運な目に遭うのは彼らの方です。私は肌身離さず拳銃を携帯していますから……」

「えっ、いつも持っているんですか！」

驚いて、佐和子が反射的に身を引いた。

「今は持っていません、奥さん。いつもとは言っても、場所柄はわきまえていますよ」

「そうすると、ブロック塀の嵩上げは何のためです？」

今度は洋平が話を引き取る。

「私が警戒しているのは、もっと質の悪い犯罪者どもです。一応、何て言うか……我々上級士官の間の合意に基づいて、身辺警護を強化しているというわけです」

「もっと悪いと言うと？」

「パリペフツのテロリストどもです。彼らは一昨年首都の中枢を脅かしました。その時は難なく撃退しましたが、どんな時も常に身辺警護を怠らないのが軍人たる者の務めです。自分を守れない者に市民は守れませんからね」

大佐は隣人である日本人家族が、彼の守るべき『市民』に含まれることを示そうと、洋平と佐和子に向かって代わる代わるうなずいてみせてから、少し声を潜めて言った。

「ご心配なく。かえってこの辺りは安全と言えます。ここだけの話ですが、私の家の周辺をシークレットサービスが二十四時間パトロールしています。これも緊急対策の一つです。ところで、大変失礼ですが、うちの使用人によると、お宅の生け垣が破れているそうですよ。修理される気がおありでしたら、囚人を二、三人そちらに回しましょうか？」

「それには及びません。手配済みですから」

と、洋平がとっさに反応した。

「それは結構。それからもう一つ、歩哨のことですが、老婆心ながら、二人をお勧めします。お宅の使用人、オズワルドといいましたね。彼は合格ですが、一人じゃ可哀想。どんな場合も二人一組が鉄則です。私は軍事の専門家ですが、治安も同じこと。それに、これだけは隣人としてぜひご忠告させてもらいます……」

一息入れてから、大佐は厳かに口髭を震わせた。

「素性の知れない警備会社を使わないことです。巷には泥棒経験者を使う会社があります。いえ、噂ではありません。これも調査済みです。彼らを雇うことは、泥棒の手引きをこちらから申し出るようなもの。私は、こうしたゴロツキどものリストを持っていますから……」


大佐は生け垣の破れ箇所を指摘しただけでなく、オズワルドについても調査済みだと匂わせた。シークレットサービスが近所を嗅ぎ回って、大佐に報告しているのだろうか。これには、洋平も佐和子も驚いたが、あえて聞き流した。

「話は変わりますが、大佐」

と、今度は洋平が切り出した。

「時々隣のディスコが騒がしくはありませんでしたか？　先日は、私はちょうど風邪を引いて熱を出していたのですが、一晩中、騒音で眠れませんでした」

「ああ、確かに騒がしかったですね。ああいう時は窓を閉めてカーテンを閉じ、布団を頭から被って寝るに限りますよ。それが一番です」

大佐は洋平の話の意図を取り違えたようだ。

「大佐は腹が立ちませんか？」

洋平が珍しく憤慨してみせた。

「ベルギーに帰国したら、彼らは決してあんな真似はしませんよ。ここがブルンジだから、無茶なことを平気でしているのです」

「日本なら間違いなく警察沙汰です」

夫との連携を意識して、佐和子が追い打ちを掛ける。

「ところが、市役所が許可を与えているんですから、呆れてしまいます」

「ムッシュー・タテヤマ、お忘れなく。ここはベルギーでも日本でもありません。彼らは国連職員です。ブルンジの大切なお客さんが少々羽目を外した時や、そうしたいと言ってきた時は、我々の方が我慢してあげるのが作法というものです」

『それは礼儀でも作法でもない、ただの奴隷根性だわ』

喉まで出かけた言葉を佐和子は呑み込んだ。あわよくば、『私が市役所に掛け合ってみましょう』と大佐が言ってくれるかもしれないと、期待していた彼女は大いに失望したのである。

話が意図しない方向に逸れてしまったのを見て、洋平がパンフと一緒に置いてあった小さな包みを手に取り上げた。

「大佐、どうぞ、これを収めてください……。ブルンジの友人にプレゼントしようと、日本から用意して来たのですが、家内と相談して、大佐に受け取って頂くのが一番いいだろうと……」

大佐は包みを解き、ブルンジでは当時まだ珍しい英語版の電子ノートを興味深げに手に取った。

「となると、私がブルンジを代表して、この貴重な品を頂くということですね」

洋平は日本が得意とする最新型のエレクトロニック製品について、その機能と取り扱い方を簡単に紹介した上で、分からない時はいつでも説明に上がりますと付け加えた。

「実に素晴らしい！　小型のコンピューターですね、これは……」

大佐は大袈裟に芝居掛かった口調で感嘆した。

「我が国が日本に追い付くのは、いつのことやら……。ご存じのように、いつまでも内輪揉めをしているようでは、我々に未来はありません。民主政治のスタート台に立ってこれですから、実に嘆かわしい」

と言ったかと思うと、突然紳士の仮面をかなぐり捨てて、口上を述べ立てた。

「ムッシュー、どうか、日本政府にお伝えください。ブヨヤに支援の手を差し伸べてくださるようにと……。反対勢力は大統領の温情を逆手にとって、ブルンジを混乱に陥れようと画策しています」

大佐は知り合って間もない一介の日本人に胸襟を開き、愁いを湛えた瞳を潤ませて熱っぽく訴えた。

「待ってください、大佐。私は民間ボランティアの代表に過ぎません。とても……」

洋平が狼狽して大佐を押しとどめようとする。

「ブルンジにあなた以外日本人はいないと、先ほどおっしゃったではありませんか。どうか……」

と言って、自らの弁舌に感極まった大佐はプレゼントの電子ノートを手に取って振り回した。

結局、情に脆い洋平は『機会があれば、必ず日本政府に伝えましょう』と、荒唐無稽な空約束をする羽目になった。幾分芝居掛かっていたとはいえ、感激の交歓によって、二人を隔てていた垣根が一気に取り払われた。

洋平にすっかり気を許した大佐が、自らの出身地である南部の暮らし振りと、自分の生い立ちについて語ると、洋平までが珍しくエピソードを交えて、子供時代を過ごした雪深い金沢の話で返した。

場が和んだのを見計らって佐和子がビールを出すと、一層開放的になった大佐の言葉や仕草の陰から、地方の豪族特有の洒落っ気が見え隠れする。彼は目を細め、時に軽くウインクして、『マダム、マダム』と親しみを込めて佐和子を呼んだ。そんな大佐にすっかり魅了され、彼女はよく動く彼の口髭に見入っていた。

「奥さん、ブヨヤが私と同じ南部のルトブの出身で、軍人としては、私より二階級下の少佐なのをご存じですか？　大統領になってからは、彼の足元にも及ばなくなってしまいましたが……」

「まあ、本当ですか」

「実は、私の家内のことですが……」

と言って、大佐は佐和子がはっと身を引くほど彼女の目を真っ直ぐ見た。

「当時、その女性を巡って、私とブヨヤは対立し、一時期絶交状態でした」

「まるで小説のような話ですが……」

と、洋平が愉快そうに口を挟んだ。

「いえいえ、これは冗談ではなく極めて深刻な問題だったのです」

「それで、今は？」

皮肉屋の夫の機先を制し、佐和子が話を自分に引き取った。

「今は、私がブヨヤ支持の急先鋒を担いでいます。ですが、彼は当時のことはおくびにも出しません」

と言ってから、急に大佐は忍び笑いを漏らした。

「ところが、ある会議の休憩時間に、ふとしたことで話が家内に触れたんです。ブヨヤは急に苦虫を噛み潰した顔になって話を逸らしましたね。私はすぐ気付きましたよ。二十年も昔のことを今も根に持っているとは……。男の嫉妬深さというものは、奥さん、実に底が知れないものです」

『竹馬の友の恋のさや当て』は、シェイクスピアの戯曲のようで、いかにもでき過ぎた話である。少女時代に憧れた『大佐』が本のページから抜け出して来て、茶目っ気たっぷりに佐和子をからかっているかのように見えた。

「一度ぜひ、その噂の奥さんにお会いしたいものです。次回はぜひご一緒に……」

と、大佐のユーモアに洋平が応えると、

「いえいえ、次はぜひ我が家で……」

と言う大佐の漠とした招待を合図に、お茶会はお開きとなった。

佐和子と洋平が門まで見送った際、大佐は門扉を開けるために駆け付けたオズワルドに、キルンディ語で一言、小声で話し掛けてから、おもむろに洋平の方に向き直った。

「何かあれば、このオズワルドが役に立ってくれるはずです」

と謎めいた言葉を残し、大佐は表で待機していた自らの使用人を従えて、わずか数メートルと離れていない潜り戸を潜って、自分の屋敷へと消えた。

「大佐はお前に何を言ったの？」

話を聞かれないところまで来た時、佐和子がオズワルドに尋ねた。

「特に何も……」

と素っ気なく答えて、彼はそそくさとテーブルの後片付けを始めた。

佐和子はそんなオズワルドの態度も気になったが、別れ際の大佐の一言も気になった。

第七章　目覚め

大統領府の正面は、『独立通り』と名付けられた長さ五百メートルほどの視界の開けた四車線の並木通りである。通りに面して、聖トリニテ教会堂とサッカー場、それにカミーユが仕事場としているフランス学校があるだけで人家がなく閑散としている。

『駐車場を出て、カミーユはこの辺りで通りを渡ったのだろうか？』

車道に身を乗り出したオズワルドの鼻先を、一台の車が猛スピードで行き過ぎた。交通事故の痕跡はどこにも見当たらない。時折行き交う車は、カミーユの死の記憶を一刻も早く拭い去ろうとするかのように風を巻き上げて走り去る。

特に用事がない限り、歩行者はこの厳めしい通りに足を踏み入れることを避けるが、独立記念日だけは別である。この時は、車が締め出され、万国旗で埋め尽くされた通りは、独立を祝う式典会場へと早変わりするのであるが、記念日以外は、日中でも人影がなく、通行人の不安を掻き立てるのであった。

取り分け、ホワイトハウスを模した大統領府の白い建物が不気味だ。建物の周囲が広大な芝地で、遮蔽物が一切ないのは、敵の奇襲や狙撃を警戒してのことだ。それにもかかわらず、一昨年、フランス学校の茂みに身を潜めたパリペフツの遊撃隊が、大統領府に向けて銃弾を撃ち込んだ。

大統領府の敷地をぐるりと取り囲む、金色の穂先を模した装飾鉄柵の中央にブルンジ国旗を掲げた正門がある。その前で、銃を手に持ち不動の姿勢で立っている二人の衛兵に近づき、オズワルドは恐る恐るその一人に声を掛けた。

「昨夜の自動車事故ですが、どの辺りで起こったか知りませんか？」

「あんたは？」

不動の姿勢を保ったまま、ヘルメットの奥の小さな目が訝しげに動いた。

「友達です。車にはねられた男の……」

「友達?……。ああ、そうなの」

その衛兵は素早い一瞥を大統領府の建物の方角に走らせると、もう一人の衛兵と目配せをした。

「昨夜の当番兵の話だと、あの辺りだ」

右側の衛兵は腹話術師のように口先だけで話すと、銃を持っていない方の腕をほんの少し持ち上げ、白手袋をはめた人差し指で中央分離帯の辺りを指さした。

するとキ、左側の衛兵がそれを補足するように言った。

「車は右から来て、あそこで男をはね、そのまま逃げたらしい」

『ひき逃げ』と聞いても特に驚かなかったが、衛兵が指さした場所にカミーユの死の痕跡が全く見当たらないことに衝撃を受けた。昨夜のうちにきれいに片付けられたのだろう。このような素早い対応は、大統領府という神聖な場所を人の血で汚したことへの懲罰のように思われた。

ちょうどその時、衛兵が指し示した辺りを、一台の高級車メルセデス・ベンツが気怠い午後の空気を引き裂いて走り抜けた。車がウプロナ通りの角を曲がって見えなくなると、通りは再び眠気を催す重苦しい空気で満たされた。

カミーユは、昨日の夕暮れ時、フランス学校の駐車場に出向いたらしい。下校時間ではないが、客から図柄の異なる別のチェス台を見たいと言われることがあり、その時も空っぽの駐車場で客と待ち合わせをしたのだろう。再び四車線道路を渡ろうとした時は、チェス台を持っていなかった。その砕け散った残骸がどこにもない。売上金を手に意気揚々と引き上げるカミーユにも油断があったに違いない。彼の身体はゴム毬のように撥ね飛ばされ、空中分解し、この地上から掻き消えた……。

彼はオズワルドが青春の悩みを分かち合うことのできた唯一人の友であった。今度の事故はカミーユが未来に向かって意気揚々と突き進もうとしていた矢先のことで、それに対し彼は、一言の抗議も発することなくこの地上から無慈悲に排除された。一言の抗議もなしにである。オズワルドには、その点がなぜか釈然としなかった。

「そこに立ち止まられては困るんだ。どこかへ行ってくれ」

やはり不動のまま、右側の衛兵がオズワルドに歩行を促した。任務とは言え、彼もまたオズワルドを排除しようとしていた。

立ち去りかけたオズワルドが、

「その時、もう暗かったのかなあ?」とつぶやいた。

「ここからははっきり見えたと言っていた」

今度もやはり左側の衛兵が教えてくれた。

「あんた、彼の友達なんだ……。ひどい話だよな、逃げるなんて……」

衛兵のその一言で、オズワルドの心は幾分救われると同時に、立っていた地面が突然足下から崩れるのを感じて慌てて歩き出した。そしてウプロナ通りまで来た時、

「逃げるなんて、ひどい……」

と二度三度、嗚咽ともつかない濁った声で衛兵の言葉を喉の奥で繰り返した。

一昨日カミーユは民族楽器を指でつま弾いて、『売れ筋だから、次から数を増やそうと思う』と楽しそうに語らいながら、ルサイファに戻る準備をしていた。彼のベッドの下には、家族や友達のために買い揃えた土産物がぎっしり詰まった鞄が押し込まれていた。

彼は迫り来る大統領選挙を異常なまでに恐れていた。その傷付きやすい心に、激しやすい情熱と豊かな思想が宿っていた。カミーユはオズワルドの空想世界で妹のナディアと結ばれていたが、そのことについて、ついに本人に打ち明けることもなく、永遠に彼を失ってしまった。


オズワルドにカミーユの死を知らせたのは、デニスである。彼によると早朝、制服の警察官が二人店に現れ、カミーユの写真入りの身分証明書を見せて確認を求めてきた。その時、デニスはオズワルドの名前と住所を警察官に教えたという。オズワルドはそのまま事故現場に取って返し、衛兵から事故の顛末を聞き出したというわけである。

放心状態で小屋に戻った彼を、二人の警察官が煙草をふかしながら待ち受けていた。その年長者の方の顔に見覚えがあるように思った。

「オズワルドか?　遅いじゃないか。身分証を出せ」

そう言って、年長者が嫌な目付きで彼を見た。

言われるままに、尻のポケットからシワだらけのビニール製の紙入れを取り出した。オズワルドの指の動きを見ていた年長者が、彼から身分証をひったくり、若い同僚に手渡して言った。

「間違いない。ここだ。よし、オズワルド、ドアを開けろ。中を調べる」

錠を外したオズワルドを押しのけて、警察官が踏み込んだ。若い警官がオズワルドの指さすカミーユのベッドの下から、大きなビニール製の鞄を二つ引き出した。一つには衣類などの滞在用品が、もう一つには土産物が詰まっている。彼らが乱暴に鞄をひっくり返したため、中身が床に散らばった。オズワルドが足下に転がってきた紙袋を拾おうとすると、

「お前は、そっちに離れてろ！」

若い方がオズワルドを彼のベッドへと追い立てた。そして、二人で手分けし丹念に荷物の中身を調べ始めた。

「逃げた車は、見つかったのですか？」

黙って彼らの仕事振りを眺めていたオズワルドが、思い切って質問した。

「何！　何でお前が知っている」

年長者がオズワルドを睨みつけ、そして凄んだ。

「誰から聞いた？　ええ、おかしいじゃないか！」

警察官の剣幕に震え上がり、オズワルドが現場を見に行った経緯を正直に話した。

「ふん」年長者は一応納得したようだ。

「いいか、これは警察の仕事だ。ひき逃げだなんて、他所で言い触らすんじゃないぞ！」

二人は再び所持品検査に没頭した。一度検査した鞄を互いに取り替えてもう一度最初から調べ直すという念の入れようである。鞄の検査が何の収穫もなく終わると、今度は苛立たしげにベッドのマットの裏側を隈なく探った。部屋の隅にうち捨てられた古靴まで手に取って中をのぞいた。

「彼はまとまった金を持っていたはずだが、オズワルド、お前、知らないか？」

何気ない調子で年長者が問い掛けた。

「…………」

「売上金のことは調べが付いている。隠すとためにならんぞ！」

と、脇から若い方が急に牙を剥き、オズワルドに詰め寄ってきた。

『それは……』と言い掛けて、オズワルドは危うく思い止まった。その時、彼らの執拗な所持品検査の目的が、おぼろげに見えてきたからである。二人は売上金の存在を知って、それを横取りしに来たのだ。それと気付かず、危うくオズワルドは自分が立っている足下の壁の割れ目に押し込まれたカミーユの虎の子のことを話すところであった。

「お金は、カミーユが持っていたんでは……」

と、とっさに口から出まかせが出た。

「身分証しかなかったぞ」

若い方が口を滑らせた。

彼が嘘をついているのは確かだ。なぜならカミーユが事故に遭った時、チェス台の代金を持っていたはずだから……。彼らが嘘をつくのは、死体からその金を奪ったからに違いない。

「誰か村人に預けたんでは?」

ちょっと考える振りをしてから、オズワルドが彼らに偽のヒントを与えた。郵便が信用できないブルンジでは、里帰りする同郷の者にお金を託すのが、ごく普通の送金手段であった。

警察官はそれ以上追及してこなかったが、とことん追及されていたら、オズワルドは持ち堪えられたかどうか、怪しかった。金の隠し場所を意識した時から、彼は立っているのがやっとで、しかも警官の注意を彼の足下へ引くことを恐れて、その場にへたり込むことも、ベッドに座ることもできないでいたからだ。

捜索を打ち切った二人は、カミーユの遺品を鞄に詰め直し、若い方がそれを担いだ。

「今朝、カミーユの実家に連絡を入れておいた。明日にも、遺体を引き取りに来るだろう」

戸口を跨いだところで、年長者が初めてカミーユの死に触れた。

『やつら、カミーユの毛布を忘れて行った』

一人になって真っ先にオズワルドが考えたのは、そのことだった。剥された毛布はベッドの上で団子状になっている。彼の体臭の染み込んだ毛布は友の抜け殻に見えた。突如深い喪失感に襲われたオズワルドは、呻き声と共にベッドに倒れ込んだ。

しばらくして、ノック無しで突然戸口が開いた。オズワルドの涙で霞んだ視界に人影が映った。顔を上げると若い警官が手ぶらで立っていた。

『毛布を取りに来たな』と思ったが、違っていた。警官はオズワルドの手の辺りに陰険な視線を這わせた後「立て」と命じた。オズワルドが脇に寄ると、ベッドの周囲を露骨に嗅ぎ回った。

「何か?」と、不審げに尋ねると、

「いや何、遺体の引き取りに立ち会いたければ、署まで来いと伝えに来たのだ」と、取って付けたように言い訳して、そそくさと出て行った。

再び一人になった時、若い警官の奇妙な行動を理解するのに時間は掛からなかった。執念深い彼らは、オズワルドがカミーユの隠し金を取り出す現場を取り押さえようと、彼の不意を襲ったのだ。「畜生!」と声に出した時、悲しみと怒りがごちゃ混ぜになって彼を襲った。

★　★　★

「オズワルド、お前、お酒を飲んだわね」

アイロン掛けをしていると、外から戻った佐和子が小サロンに入るや前置き抜きで言った。

「いえ、奥様」

と反射的に否定したが、女主人が一段と眉をひそめるのを見て、

「はい、奥様」

と一転して認めた。彼は悪戯の現場を取り押さえられた子供のようにうろたえたが、佐和子の顔は恐れていたほど険しくはなかった。

「角のバーで一本飲みました、奥様」

「今日だけじゃなく、時々飲んでいるでしょう。いいこと、仕事中は飲まないのよ」

とだけ言うと、佐和子は台所へ立ち去った。

オズワルドは黙ってアイロン掛けを終わらせた。一体、彼にどんな弁明ができたと言うのか。『カミーユの死』について奥様に分かってもらえる見込みはなかったし、第一、自分から話を切り出す気は全くなかった……。

しかし、なぜ飲酒が奥様に知れたのか。奥様は以前

から知っていたとおっしゃった。奥様に告げ口した者がいるとすれば、プラザに違いない。普段からオズワルドを目の敵にしている彼ならやりかねないと決め付けた。

飲酒のきっかけを作ったのは、大統領選挙だった。選挙が近づき、深夜に暴徒が集結することを恐れた政府が、早朝のパンの製造販売を禁止したため、夕方パンを調達することになった。

バゲットを売る雑貨屋の手前に、オズワルド行きつけのスタンドバーがあり、カミーユの死を知った夜、初めて彼はビールを注文した。その日は一本だけで屋敷に戻ったが、次第に長時間バーに留まってビールを飲む日が増えた。夜は警備以外仕事があるわけでもなく、見咎められる危険は小さかった。

ある日、佐和子から「随分と時間が掛かったわね」と言われた時は、「いつもの店が売り切れで、二ブロック先まで行って来ました」と言い訳して、その場を切り抜けた。またバゲットを持って台所に入る時は、酒の臭いに気付かれないよう、息を止めたり、バゲットをテーブルに置いたりした。

使用人のタブーの一、二は盗みと飲酒である。飲酒が元で解雇される使用人は多く、二度と雇用されないことを歩哨なら誰もが知っている。最初に飲酒に気付いたのはレオポールだった。

「酒はやめろ。やめると俺に約束しろ。お前、この頃、完全に飲んだくれてるぞ」

と、この時ばかりは、弟分のレオポールが厳しくいさめた。

「あれは事故なんかじゃない。カミーユはひき殺されたんだ」

酔った勢いでオズワルドが喚き散らした。

「レオポール、お前だってそうだ。一度だって俺の話をまともに聞いたか？」

「馬鹿やろう。死んだやつは大勢いる。俺の姉ちゃんだってそうだ……」

そんな会話が、レオポールとの間で何度も繰り返された。そして彼の忠告も空しく、すぐその後、飲酒がプラザの知るところとなった。

オズワルドがバゲットを手に小サロンに入った時、入れ違いに、洋平の執務室から退出するプラザと出くわした。

「おい、オズワルド」と、脇をすり抜けようとする彼を、プラザが呼び止めた。

「お前、酒を飲んだろう？　目が怪しいぞ」

プラザはそれ以上何も言わず出て行ったが、オズワルドは、彼に飲酒が見つかったことが忌々しく、注意されたことを殊更根に持った。

それから数日経ったある朝、オズワルドが裏の洗濯場で仕事をしていると、表で警笛が鳴った。プラザだと分かったが、彼は門へ走らなかった。鉄製の重い門扉の開閉は重労働である。自分の手で門扉を開けたプラザが不審に思い、裏手に姿を見せたが、オズワルドを一瞥しただけで何も言わなかった。

プラザは、郵便物を届けに来た時、しばしば車寄せに止めたタクシーにもたれて煙草をふかしながら、オズワルドの仕事振りを眺める。オズワルドにしてみれば、もう一人の主人に監視されているようでいい気がしない。そこに、飲酒が発覚し、彼は益々プラザに対し恨みを募らせたのである。

佐和子から飲酒を指摘されたその晩、レオポールと食事をしていたオズワルドは、台所の戸口の人影がじっと動かないのに気付き、呼ばれる前にご主人の元へと走った。

「お前、酒を飲んだって？」

洋平の顔は防犯灯の陰になってよく見えなかったが、その声はとても穏やかだった。

「もう二度としません」

消え入りそうな声でオズワルドが答えると、

「その言葉を私は信じたいね」

とだけ言って、洋平は家に戻って行った。

解雇の宣告を免れ、安堵の胸を撫で下ろしたオズワルドであったが、ご主人の思わせぶりな態度が気になった。声に出して厳しく叱責された方が、どんなにか気楽だったことだろう。

この不祥事で『専属運転手』の目標は一気に遠ざかってしまったかに思われた。オズワルドは椰子の根元でうずくまり、自分の頭を両手で抱え込んだ。彼を頼りにしている田舎の家族を思うと、悔しさよりも悲しさが彼を押し包んだ。

『今に見ていろ、プラザめ！』

オズワルドは恨みの炎を燃え上がらせ、復讐を誓った。チャンスがあれば、『奥様、プラザの女房は魔女です』と、告げ口のお返しをしてやるつもりだ。奥様は魔女に殊の外関心があるから、これは一石二鳥の作戦に思われた。

彼に魔女の話を吹き込んだのは、大佐の歩哨サルバドールだった。大佐の訪問があったあの日、帰り際に『サルバドールと連絡を密に取れ』と言われたオズワルドはこの指示を洋平と大佐の取り決めによるものと信じ、それ以降、努めてサルバドールと連絡を密にしている。

「プラザに用心しろ。やつの女房が、魔女だと知っているか?」

ある日、サルバドールがオズワルドの耳元にささやいた。魔女の話は時々耳にするが、プラザの妻と聞いて驚いた。

「やつの姉が離縁されて、プラザの元に転がり込んだ。出戻りと女房、二人が一つ屋根の下で鼻を突き合わせてみろ。察しが付くというもんだ……。女房の方が姉を呪い殺そうとしたらしい。それに気付いたプラザが、女房を祈祷師の元へ追い払ったという話だ」

「じゃあ、ほんとに魔女なんだ。でも、どうやってそれを知ったの?」

「やつの地区にも我々のアングラがある」

「アングラ……って?」

「秘密の地下組織のことだ。見てろ、そのうち我々のアングラがものを言う日が来るからな」

「教えてよ、サルバドール。これから、何が起ころうとしているの?」

「とてつもなくでかいウプロナの政治集会だ。詳しいことはまた教えてやるが、その時が来たら、絶対に参加しろ!」

「これは、大佐殿の命令なの?」

「馬鹿なやつだ。大佐殿が一々お前に命令なんかするか」

サルバドールは鼻先でせせら笑った。

「大佐のような大物になると、直接指揮は執らないものなのさ……」

大佐の命令ではないと知って、彼はひどくガッカリした。もし大佐の命令なら、ひとかどの人物になった気がして、張り切って参加できるのに……。

大佐のお声掛かりはあの訪問の日の一度切りで、それもたった一言だったが、それでも、その日を境にオズワルドの内側で何かが生まれ変わった。それまで単純に考えていた『歩哨の任務』がより重大な意味を帯びてきたのである。


オズワルドはしばしアイロン掛けの手を休め、テレビ画面に見入った。しばらく前から彼はアイロン掛けの時間を、子供向けアニメ番組からキルンディ語のニュースに変更していた。

彼は、最近スタンドバーで知り合ったツチの仲間との政治談議に付いて行くため、情報を入手するチャンスを逃さないようにしている。

テレビはムインガで決行されたフロデブ党（ブルンジ民主戦線）の集会を映し出していた。サッカー場を埋め尽くした大群衆の熱狂振りを目の当たりにして、オズワルドは度胆を抜かれた。これまでメディアは現政権のブヨヤ大統領に偏ったニュースを流して、対立するフツ政党フロデブの動きを黙殺してきた。今回、テレビがこのような場面を映したのは、これ以上フロデブの勢いを無視できなくなったからに違いない。

隣の執務室で仕事をしていた洋平が、ワァーと狂ったように吠える群衆の声を聞きつけて、何事かと小サロンに姿を現し、オズワルドの脇に立ってテレビ画面に釘付けになった。

「ここはどこだ？」

「ムインガです、旦那様」

「ムインガ、ムインガ……どこだったかな？」

洋平が事務室のドアに貼り付けたブルンジの壁掛け地図の前に歩み寄り、独り言をつぶやきながら指先で地名を探し始めた。

「ギテガの北の方です」

「ふう、ここか。首都からはかなり遠い。タンザニアとの国境付近か」

「見てください。今、マイクを持っている男がンダダイエです」

ご主人の反応に気を良くしたオズワルドが、得意満面になって言った。

「あれがそうか。なかなかの面構えじゃないか、オズワルド」

と言って、洋平がフツと対立するツチのオズワルドをからかった。

「はい、凄い人気です」

洋平から対等に扱われた嬉しさで、オズワルドの顔が輝く。

実際問題、ンダダイエがフツの党首かツチの党首かという点は、オズワルドにとって大した問題ではなく、賛美の妨げには少しもならなかった。彼が今をときめくブルンジの国民的英雄だということだけで、十分に名誉と賞賛に値した。

ンダダイエは選挙戦の終盤になって彗星のごとく登場した感があるが、実際は、非合法下で、以前から党首の地位にあった。今、サッカー場に集結した数万の群衆の両の目は、ただ一人の男に注がれている。顎が張り口元が締まって眼光鋭く、その面構えは意志の男を思わせる。この時期、反政府勢力のリーダーに名乗りを挙げることは、命を賭するに等しい。人口の八十五パーセントを占めるフツ族からその首領と仰がれ、一身に危険を引き受けた男が、マイクを手に群衆に語り掛けている。

「旦那様、来週の日曜日、ブジュンブラで集会があります」

ニュースが終わった時、興奮冷めやらぬオズワルドの口から自然に言葉が突いて出た。

「どっち側の？」

「ウプロナです」

「ふん、誰から聞いた？」

「隣からです」

と言って、オズワルドが窓の方へ視線を振った。

「それから、これは別の情報ですが、フロデブの集会も近々あるそうです」

「本当か。いい情報だ。正確な日時が分かったら知らせろ」

と言ってから、洋平が怪訝そうに彼を見やった。

「最近、お前、随分と政治に目覚めたな。いつもニュースを見ているじゃないか……。他にもキルンディ語で流された情報があれば、何でも教えてくれ。報奨金を出す」

ご主人に褒められ、オズワルドは有頂天である。洋平は彼がニュースを見ているのをちゃんと知っていて、正当に評価してくれた。これは飲酒の件で望みを絶たれたと落胆していたオズワルドにとって、失地回復のチャンスでもあった。

「アイロン掛けの後、雑貨屋まで行っていいでしょうか？」と勇気を奮い起こしてオズワルドが尋ねた。

「ビールは飲むなよ」洋平が釘を刺す。

「はい、旦那様」

外出の目的は、バーで知り合ったツチの仲間と情報交換をするためだった。彼らの政治談議に加わることで、一端の男になった気分が味わえる上、情報収集はご主人の要望にも適っていた。

オズワルドのような内気な男が、ツチの若者のサークルに参加するきっかけを作ったのは、サルバドールがくれた『ブジュンブラの大集会』の情報であった。この頃、彼は情報を右から左へ受け渡しすることの面白さに目覚めたと言える。

ある夕暮れのこと、バーの片隅で一人離れてペプシコーラを飲んでいると、四人のツチの若者の会話が耳に入ってきた。彼らは、内陸でフロデブが勢いを付けているのに、有効な対抗策を打てないウプロナ党の無策ぶりを盛んになじっていた。

「すぐにも我々は大集会を開くべきじゃないのか。ブヨヤは何をしているんだ」と、一人が言う。

「首都が混乱するのを恐れてるって話だよ。やつは腰抜けだ」と、もう一人が気炎を吐く。

「そう興奮するなよ。そういう態度は良くないって、うちの親父が言ってた。穏健が一番だって」

と、リーダー格の若者が言った。

「そうだよ。穏健派がブヨヤを支えてきたことを忘れちゃいけない」

最後の一人がリーダー格の男の肩を持った。

その時、胸をドキドキさせながら彼らの会話に割り込む隙を狙っていたオズワルドが声を掛けた。

「僕は知ってるよ、近々集会があるって！」

皆が一斉に振り返り、胡散臭そうな視線を自分たちと同年代の若者に向けた。

「君は誰？　どっちの集会のこと？」

少し間があって、リーダー格が口を利いた。

「ウプロナに決まってるさ」

と言って、彼らに近づき、オズワルドが胸を張った。

「僕もウプロナ党さ。君らと同じツチだもの」

「時々見掛けるけど、この辺の者じゃないな」

「僕はこの近くのお屋敷の歩哨だよ」

四人は全員このロエロ界隈に住む良家のお坊ちゃんである。ビールを互いに奢り合う羽振りの良さからも、またその服装や態度からもそれと知れる。いつもは金持ちという人種に気後れするオズワルドであるが、その時は、自ら進んで自分の階級を明かすことで、彼らに接近する作戦をとった。

「僕はブウィザの住人さ。あそこは、君たちみたいに話のできる仲間がいなくって……」

「フツの巣窟だからな」

一人が口元にさげすむような笑みを浮かべた。

「それで？　君はまだ僕らにいつ集会があるか言ってないよ」と、もう一人が促す。

「来週の日曜日……。確かな情報だよ」

「初耳だな。どこから入手した？」

別のが疑わしそうにオズワルドの目の中を探る。

「実は、それは話せないんだ。約束だから……」

「言えない？……」

「でも、一つ、僕に言えることは……」

皆の顔が急にしらけるのを見て、オズワルドは慌てて付け加えた。

「それが、軍の関係筋からの情報ということさ。僕のようにお屋敷勤めをしていると、アングラという情報網があって……秘密情報だって手に入りやすいんだ」

『軍の関係筋』と聞いて、四人が互いに目配せした。リーダー格の若者が『アングラって何だ？』と聞いてきたのを機に、オズワルドは彼らに取り巻かれ、政治談議の中心に収まっていた。

ツチの若者との政治談議から二日後、『日曜日のウプロナ大集会』を伝えるビラが巷に配布された。こうしてオズワルドは若者のグループの端くれに迎え入れられたのである。

★　★　★

空港に通じる弾丸道路を時速百キロの猛スピードで車を飛ばしながら、プラザは走行バランスを確かめるためハンドルを左右に軽く振ってみた。乗り慣れたタクシーより車幅がなく安定性に劣っていて、どこかしっくり手に馴染まないが、その代わり燃費は良さそうである。

『早いとこ買い手を見つけ、処分しよう』と、プラザは口の中でつぶやいた。

それは、古参の税関職員と渡り合い、散々苦労してやっと昨日港湾の保税倉庫から引き出すことに成功した中古の日本車である。プラザはこれを、フランスの代理店を通してヨーロッパから輸入した。車はダルエスサラーム港に陸揚げされた後、タンザニアのサバンナを鉄道で延々数千キロの旅をし、更にタンガニーカ湖を船でブジュンブラまで運ばれて来た。長旅で車体に傷が付いたが、今のプラザには塗装に出す金もなければ、洗車する気力さえ湧かないのであった。

現在、仮手続きの状態で、正式な通関には更に五万フラン必要だが、その工面を考えると無力感に打ちひしがれる。『なるだけ早く売ってしまおう』と、彼は心を固めた。このところ、彼はずっと不運続きで、気分的にも追い詰められていた。

埃で真っ白なダッシュボードの上には、午前中にボランティア事務所に届けるはずの郵便物が放置されたままだし、燃料計の針はゼロを指している。思わずバシッとハンドルを叩き、「インシャラー」と声に出してイスラムの祈りを唱えたが、その傍らで、彼の心は『ガソリン代、治療代、ああ、金、金、金』と悲鳴を上げていた。

実際、彼はアッラーの神に惨状を直訴したいほど、すっかり参っていた。これまで八方塞がりの苦境を何度か経験し、そのたびに鼻歌交じりに切り抜けて来たプラザであったが、今回ばかりは命運が尽きたかと思われた。

金策だけならまだしも、彼は病気の妻を抱え、商売と家庭問題の挟み撃ちに遭っていた。今朝事務所の郵便配達をすっぽかしたのも、久し振りに祈祷師のもとに妻を見舞うためだった。今はその帰り道である。

空港近くに仮住まいする祈祷師のもとで、十人ほどの患者が共同生活をしながら治療を受けている。彼の妻は住み込んで二か月になるが、回復の兆しが見られず、治療代がかさむばかりである。

「予定より長引いているようですが……」

と遠慮がちに言って、プラザは小さく折り畳んだ紙幣を祈祷師の前に押し出した。

「プラザさん、焦りは禁物ですよ。それが、何よりも治療に悪いのです」

祈祷師はプラザの疑念をさらりとかわした。

この調子では、後どのぐらい治療代がかさむのか、見当もつかない。今回は金の工面がつかず、高名な祈祷師にわずか三千フランしか渡せない自分をプラザは殊更恥じていた。

彼は詐欺まがいの取引に手を染めることがあっても、厚顔無恥はあくまで商売上のこと、人の道となると話は別である。『稼ぐ人と施す人は別の人』と言うプラザなりの道徳律はイスラムの教えにも合致していた。

妻の具合が悪くなったのは五年前のことで、しばらく医者のもとに通ったが、症状は悪化するばかり。そこで親戚筋の助言を入れ、妻を祈祷師に見せたところ、一時期かなり回復した。妻の治療期間中は、近所に嫁いでいた姉が家事と子供の面倒を見てくれた。

この頃はタクシー稼業も順調で、プラザは事業の拡大を考えていた。親戚筋から資金を調達して、日本車の輸入にも着手した。ところが、半年ほど前姉が突然夫と離縁し、プラザの家に転がり込んで来た。同居が始まって間もなく、女同士の確執が元で妻の症状が再び悪化した。

そんな折、ブルンジでも屈指の祈祷師がエチオピアから帰国したという耳寄りな話が飛び込んできた。すぐさまプラザは、身の回り品一式を車に積み、祈祷師のもとに妻を送り込んだのであるが、今のところ治療の効果は芳しくない。

車が町の中心部に近づき、路地に入ったところで、時ならぬ渋滞に出遭った。渋滞の場所と時間を熟知しているタクシー運転手の彼は何事かと訝った。待てども動かない状況に誰もが苛立つ中、プラザの後ろに付いたメルセデスが警笛を鳴らした。金策のことでむしゃくしゃしていたプラザは、自分の尻を槍で突かれたかのように飛び上がった。彼はバックミラーに映った背広姿の老紳士に対し目を剥いて睨みつけ、両腕を広げて威嚇した。

ついに脇道に逸れる車や引き返す車が現れ始め、路上が騒然となった。そのお陰で少し前進し、パルミエ通りに入ったところで、車両の間を縫うようにして群衆の異様な息遣いが伝わって来た。通りに面した雑貨屋、八百屋、金物屋などの店主や小僧までが商品をほったらかし、雁首を揃えて自由通りの方角を眺めている。

車をその場に残し、通りの先まで行ってみると、ノボテルのサークルが無数の群衆に埋め尽くされ、うごめくようにして自由通りに向かって押し出されていく。プラザは傍らで腕組みして見物をしている老人に尋ねた。

「一体、何があるんだ？」

「チラシを見てないのか……フロデブのデモだよ。あんたら、戦争でもおっ始めるつもりかい？　一体、何のつもりだ」

ツチ族と思しきその老人は、プラザに食って掛かってきた。

「そんなこと、俺が知るもんか！」

プラザは憤然として言葉を突き返した。

「それじゃ、これは一体何の真似だ！」

と叫んで、老人が更にいきり立つ。太鼓腹を突き出したいかにも商店主といった風采である。

「歩いているだけじゃないか。これが民主主義というものなら、彼らの好きにさせたらいいだろう」

と、プラザがやり返すと、

「それを言うなら、人騒がせな民主主義だ。全くけしからんやつらだ」

「さっきから、あんた、何をカリカリしてるんだ？　世の中が変わろうとしてるんだぞ。それとも変わっちゃいけないのか？」

顔いっぱいにせせら笑いを浮かべたプラザに、逆に脅され勢いをそがれた店主はこそこそと人ごみに紛れて姿を消した。

今朝方、町に撒かれたチラシのことは知っていたが、悩み事で頭がいっぱいの彼は、フロデブの集会のことを完全に失念していた。元々ノンポリのプラザであるが、これほど大規模なデモになるとは全くの予想外であった。

ブルンジ初の大統領選挙に際し、民主主義を標榜せざるを得なくなった現政府は、これまで禁止してきた政治集会やデモ行進を許可したが、彼らもまた市民と同様何が起こるか予想できなかったのである。デモ当日洪水のように通りに溢れ出た群衆を見て、人々が興奮するのも無理はない。興奮が熱狂を呼び、それが群衆を呼び込み、デモは雪だるま式に膨れ上がっていった。

デモの波が途切れそうにないと見たプラザは、デモ隊に先回りするため、公営の蛇園の中を突き切り、難なく五百メートルほど先で再び自由通りに出たが、すでにデモは到達していた。

事務所へ郵便物を届けるには、どこかで自由通りを横断する必要があった。普段ならクラクションを鳴らしながら遮二無二《しゃにむに》突っ込み、バンパーで群衆を掻き分けて進むくらい造作のないことであったが、この時は、デモ隊が発散する一種独特の雰囲気に圧倒され、彼は突入を思い止まった。

それは『民衆の川』という表現がぴったりであった。四車線の並木通りを埋め尽した男たちは、どこが頭でどこが尾か見当もつかない。彼らは皆チラシの注意書きを守って手ぶらである。アジテーションもシュプレヒコールもなく、ただ黙々と終着点のカテドラルを目指す。中には腕や肩を組む者がいたが、大多数の貧しく無骨な男たちは、見えない敵に抗うかのように項垂れている。それは、あたかも国民的英雄を悼む葬列を思わせ、アスファルトを踏む彼らの靴音ばかりが重々しく鳴り響いていた。

それまで政治といえば、部族間の憎しみと殺りくが国民的体質と化したブルンジで、滔々と流れる『民衆の川』を前にして、誰もが我が目を疑った。生来のニヒリストであるプラザでさえ、新時代の幕開けを告げる大事件に立ち会っていると思うと、胸の高鳴りを抑えられなかった。

その時、彼の冷めた頭の片隅で『役立つ情報には金を出す』とささやく洋平の声が聞こえた。その途端、ここ数日来、腑抜け状態だったプラザの商人魂が呼び覚まされ奮い立った。

町中の脇道に精通している彼は、すぐさまカテドラルの裏手にある寂しい林の抜け道へ回り込んだ。先ほどまで不運をかこっていたプラザの前に、パトロンという一筋の光明が差してきた。洋平なら車の通関手数料を立て替えてくれるに違いない。車の窓ガラスを割られた時、彼に助けられたことをプラザは忘れていなかった。

高級住宅地区ロエロは、どこも屋敷の門を固く閉ざして、下町のデモ騒ぎに我関せずを決め込んでいる。先ほどプラザに突っかかってきた商店主のように、時代の変化を恐れる金持ち連中の心情が透けて見えるようであった。万が一暴動に発展すれば、略奪などの憂き目に遭うのはああした手合いだ。彼は店主の太鼓腹を思い出して、いい気味だとほくそ笑んだ。

警笛を聞いて、オズワルドが門扉を開けに来たが、プラザを見る目に険がある。車止めに止めた日本車に誘われるように近づいて来た彼に向かって、プラザが脅すように声を掛けた。

「フツのデモ隊がカテドラルに向かっているぞ。サッカー場の何倍もの、もの凄い数だ！」

オズワルドの身体がこわばるのが分かった。フツの群れがこん棒を振りかざして襲い掛かって来る光景が、一瞬彼の脳裏を掠めたに違いない。

「お前が通っているグランセミネール教会堂に向かっている……。心配するな、デモ隊は静かなものさ。何も起こらんよ」

そう話してからすぐに、プラザは簡単にオズワルドを安心させたことを後悔した。彼は事務所に向きかけた足を止め、オズワルドを振り返った。

「お前、俺の家内が魔女だと言っただろう？　どういう魂胆か知らんが、でたらめもいい加減にしろ！　それにな、奥様はお前の話を聞いて、せせら笑っていたぞ」

「でたらめじゃない！」案の定、オズワルドはプラザの誘いに乗って歯向かってきた。

「僕はちゃんと大佐の歩哨から聞いたんだ」

「大佐だって？……何で、やつらが知っている？」

「使用人の情報網があるんだ」

プラザの鼻を明かそうと、オズワルドがつい口を滑らせた。

プラザは、オズワルドと隣の赤レンガ塀を交互にちょっと見比べてから、声を低め本気で怒り出した。

「何て馬鹿なやつだ！　いい気になって、大佐に近づいてみろ。とばっちりを食って怪我をするのが落ちだ。分かってるのか？……。お前のような田舎もんはな、利用されるだけなんだよ」

馬鹿者呼ばわりされて悔しくて堪らないが、遣り返す言葉が見つからず、オズワルドは憎々しげに睨み返すばかりである。

「俺は知っているぞ」

プラザがとどめを刺しにかかる。

「隣のサルバドールが、この辺のまとめ役だってことは……いいか、後で吠え面をかきたくなければ、隣とは関わるな。お前とは格が違うんだ！」

それだけ言うと、木偶《でく》の坊のように突っ立っているオズワルドをその場に残し、つかつかと事務所へ入って行った。

彼はワープロを叩いている洋平の前に黙って座ると、はやる気持ちを抑えて煙草に火を点けた。それから早口に町の状況を報告し始めた。

報告を聞く時の洋平の姿勢はいつも同じで、椅子の背に少しのけぞるようにして、プラザの肩越しにドアに貼ったブルンジの地図に視線を当て、軽く身体を前後に揺するのだ。

「ふん、『民衆の川』じゃあ分からん」

洋平は呆れるほど細部にこだわる。

「例えば横に何列で、長さが何キロか、およそでも分からんのか？」

「そんなことが重要なんですか？」

「東京へ送る報告書に『民衆の川』と書くわけにはいかないからね」

「しかし私には、横も縦も、そんなこと分かりっこありませんよ」とふて腐れるプラザ。

「お前の話と地図と突き合わせれば、デモ参加者の大雑把な推定値は計算できそうだ」

そう言うと、洋平はメモ用紙に数字を走り書きした。

意気込んで駆け付けたプラザだったが、彼の報告が十分パトロンの意に添わなかったことを知り、すっかりしょげ返った。

「プラザ、現場へ連れて行ってくれ。自分の目で確かめる」と言って、洋平が立ち上がった。

外出用の靴に履き替え、小型カメラを手に下げて庭に出た洋平が、見慣れない車に気付いた。

「これが例の日本車か？」

「昨日、やっと保税倉庫から出しました」

「随分と汚いな」

「タンザニア経由で何か月も運ばれて来たんですから」

と言って、プラザが忌々しげに付け加えた。

「ええ、手に入れるまで散々苦労しましたが、色々あって、結局手放すことになりそうです……。旦那、よかったら、乗り心地を試してみませんか？　少し埃を被っていますが、クッションは最高ですよ」

洋平はすんなりと彼の誘いに乗ってきた。チャンスとばかり、プラザは車を運転しながら、さりげない調子で話を問題の核心へと誘導する。

「日本の中古車はブルンジで人気ですよ。年式の割に走行距離が短くて……。実は、旦那、関税の五万フランがまだ未払いで……」

洋平はプラザの話が聞こえないようだ。彼は腕組みをして前方を睨み、デモ行進に間に合うよう頻りと先を急がせる。

商業地区まで来た時、三々五々車に向かって来る人々と行き合った。彼らの表情からは、デモの余韻からまだ覚めやらぬ様子が見て取れた。

「遅かったか……」

残念そうにつぶやくと、洋平は車の窓を下ろし、散り散りに去って行く人々をカメラに収めた。

プラザの方は、『民衆の川』を目撃した時の興奮がとっくに冷め、アフリカの未来はどうでもよく、今はただパトロンから五万フランを引き出す算段しか頭になかった。

「プラザはデモに参加しないのか？」

「私は興味がありません」

プラザが憮然として答える。

デモ行進はカテドラル到着と同時に流れ解散したと見え、カテドラルを警備する警察官が広場にたむろする若者のグループを追い払っている。


「どうして、小枝が……」

車道や歩道に撒かれた小枝や木の葉を見て、洋平が不思議がる。デモが通過した跡はどこも街路樹の小枝が散らかっていた。

「子供たちの悪戯ですよ」と、プラザ。

「どうして？」

「ヨーロッパでは、女たちが凱旋した兵士に花束を投げますよね。それを映画か雑誌で見て影響されたのでしょう」

そう話すと、興奮と感動が少し蘇ってきた。マンゴーの街路樹はどれも子供たちで鈴なり状態であった。彼らが小枝の先をへし折り、デモ隊に向かって投げると、大人たちの中にも面白がってそれを真似る者がいた。

プラザは、洋平の指示で交通規制の解かれた自由通りを、デモ行進と逆方向に車を走らせた。この辺りは、外務省、財務省など首都ブジュンブラの中枢機関が集中する美しい並木通りである。

デモの熱狂が去った後は人影もまばらで、男たちの靴底で踏み付けられた緑の小枝だけが、あの壮大なスペクタクルを物語っていた。今その小枝は、車のタイヤで無残にひき潰され蹴散らされ、路面を舞っている。

洋平は小枝の散り敷く光景を、小型カメラで熱心に写真に収めている。ノボテルのサークルを回った時、プラザが思い切って切り出した。

「旦那、この車を運転できるのは、今日から一週間だけです。その間に五万フランを納めないと、保税倉庫に戻されます……」

このまま屋敷に帰り着けば、せっかくのチャンスを失う。

「それは大金だな。例の『嗅ぎ薬』を試してみたのか？」

と、通りを眺めていた洋平がやっと答えたが、予想通り冷淡で嫌味な口振りであった。

「ええ、狡《こす》っ辛いやつらです。今回ばかりは無駄骨でした」

車はすでにロエロに入り、あと角を一つ曲がれば屋敷に着く。『旦那は金輪際、金を貸さないつもりだ』重い溜息と共に、頼みの綱が切れたことを悟ったプラザは、恥も外聞もかなぐり捨てた。

「実は、旦那、二か月ほど前から妻が入院している始末で、他にも何かと物入りで……。嘘じゃありません。本当に予定外だったんです……」

警笛音が静かな住宅街に空しく響き渡った。オズワルドが駆け付け、ギイギイと音を立てて、門扉が押し開けられた時、やっと洋平が重い口を開いた。

「奥さんの病気のことは、オズワルドから聞いて知っているよ」と、気遣うように言った。

「あいつ、私の家内を魔女呼ばわりして、とんでもないやつです」

プラザは扉を押さえているオズワルドを睨み付け、口の中の煙草のカスを車の窓から地面に吐き捨てた。

「魔女？　そうらしいね」

愉快そうに笑うと、洋平は車のドアノブに手を掛けた格好で、事も無げに言った。

「それで、私から金を借りたいんだね？　給料の二か月分でよければ、構わんよ」

彼はプラザの返事も待たず車を降り、すたすたと先を行く。その後を小走りに追うプラザは、すっかり騙し討ちにあった気分である。

『ああ、旦那のいつものやり方だ。散々気を持たせておいて、これだ。人をからかって楽しんでいなさる』

そう思ったが不思議と腹が立たない。

実際のところ、彼はパトロンに無心することを少しも恥じていない。イスラム教で、富者が貧者を救済することは徳を積む行為で、立場が変われば、プラザ自身が日常的に行っていることであった。

洋平が差し出した札の束をシャツのポケットにねじ込む時、彼は何か一言気の利いた台詞を口にしたい気分に駆られた。

「旦那、私は金のためだけに働いているわけではありません。旦那には分からないでしょうが、私のようなしがないタクシー運転手が、人間らしい気持ちになれるのは、ここに立ち寄って一服煙草をやる時だけなんです……」

「分かっているよ、プラザ。君は出入り自由のタクシー運転手だ。用事がなくても一息つきたければ、いつでも寄るがいい」

★　★　★

「十時三十分、独立通りのサッカー場」と、オズワルドはサルバドールに耳打ちされた。集合時間は、日曜ミサを済ませた後、そのままウプロナ党の政治集会へ横滑りできるよう周到に練られていた。

カテドラル・グランセミネールを出たオズワルドは、

数日前同じ通りを埋め尽くしたフロデブの大行進に対抗意識を燃やしつつ、日曜日の清々しい朝の日差しの中を、自由通りを一人、誇らしく胸を張って突き進んだ。

ミサの後、よくこの美しい並木通りをカミーユと歩いたものである。彼が生きていれば、議論を戦わせながら党大会に参集するため、二人は肩で風を切って歩いていることだろう。親友の死後、いじけて卑屈になったオズワルドは胸を張って町を歩かなくなったが、今日は違っていた。カミーユの面影が彼に寄り添い、自信を与えていた。

今もオズワルドの耳の奥に、民主主義を声高に論じ、政治に疎い彼を小気味よくこき下ろす親友の懐かしい声があった。政治嫌いのオズワルドがどうして熱烈なウプロナ党の支持者になったのか、彼自身に自覚はないが、カミーユの突然の死が一つの転機となったことは間違いなかった。

十歩進む毎に、オズワルドを取り巻く人の数は増えた。誰もが無愛想な顔付きをしているが、意志が強そうである。痩せた男やたくましい男、暗い顔や陽気な顔、体付きや表情は千差万別だが、皆、同じ志で結ばれている。

独立通りのサッカー場が近づくにつれ、彼は群衆の渦に呑み込まれていった。自分が周囲と区別できなくなったと知った時、自分の中に潜んでいた奔放なエネルギーが一気に解放され、歓喜の中で群集と一つに溶け合うのを感じた。

どこかで小太鼓が連打されていた。その単調なリズムがサッカー場を取り囲む楕円形の観客席にこだまし、無数のウプロナの党旗が青空に棚引く。

大型バスが次々と到着し、ブジュンブラ周辺で掻き集めたツチ住民を大量に吐き出した。バスの付近で、組織委員会が準備したウプロナ党の紅白のタスキが配られていた。タスキを手にした男たちが、身に着ける前に、それを誇らしげに頭上にかざすのを見て群衆が殺到した。気が付けば、オズワルドもタスキの争奪戦に身を投じていた。

男たちの喧騒と熱気が、村で催される盛大な復活祭を思わせた。女たちは広場で料理を作り、男たちはバナナ酒を飲んで踊り騒ぐ。夜は映画会が開かれ、子供たちにお菓子が配られる。政治集会はオズワルドの中で村祭りの記憶と混ぜ合わされて、次第に現実離れしたものとなって行った。

サッカー場の中央の演台で誰かがマイクを手に演説を始めたが、群衆のどよめきに掻き消された。男たちの熱気が渦巻く中、見知らぬ者同士、肩が触れ合うと、まるで旧知のように視線を交わし、肩を叩き合い、抱き合う者もいた。

しばらくすると、群衆は演台を中心にゆっくりと渦を巻き始めた。回りながら次第にエネルギーを蓄え、興奮を高めていった群衆は、狭過ぎる囲いに押し込められた牛の群れのように、サッカー場から次々と吐き出されて行く。

形ばかりの集会からデモ行進へと移った群衆は、独立通りに出ると、互いに声を掛け合って五列縦隊に隊列を整え、ウプロナ通りを西に進み、ノボテルのサークルの手前で、しばらく体育祭の行進のように足踏みをさせられた。

その時、隊列の中から男が躍り出て、沿道の店に予め準備しておいたプラカードを引っ張り出して、人々の頭上に掲げた。すると、それに呼応するように群衆の中から『ブヨヤ！　ブヨヤ！』の連呼が湧き起こり、それが津波のように人々の頭上を伝播した。中には、『ウプロナ！　勝利！』を叫ぶ少数派もいたが、しばらく進むうち『ブヨヤ！』の連呼に呑み込まれていった。

沿道には野次馬の人垣ができていた。電気屋街を通り掛かった時、顔見知りの店員と目が合った。紅白のタスキを着けたオズワルドを見て、驚く彼の顔が可笑しかった。自分が見る側ではなく見られる側にいることに、彼はその時気付いた。

ウプロナ通りでは、街路樹の太枝に跨った子供たちが、男たちに向かって火炎樹やマンゴーの小枝を投げた。その歓呼に応えて、屈強な男たちが路上に散り敷かれた小枝を靴音高く踏みしだく。その軍隊式の行進にオズワルドは酔い痴れた。

彼はルサイファの家族を思い、彼らに自分の勇壮な姿を見せられないのが残念であった。興奮のるつぼの中、すっかり大胆になったオズワルドは、沿道の見物人に自分の姿を晒すため、隊列の中ほどから端の方へと場所を移した。

デモ行進はサークルを一周してウプロナ通りを引き返すと、軍の兵士が固める独立通りを進んだ。普段はその前を通り過ぎることさえはばかられる大統領府であるが、気分が高揚し、怖いもの知らずの男たちは、小銃を掲げた警備兵の列に向かって『ブヨヤ！　ブヨヤ！』のシュプレヒコールを浴びせ掛けた。押し合い圧し合いするうち、カミーユが車にはねられた場所に気付く間もなくそこを通り過ぎていた。

独立通りの出口付近で、サッカー場を遅れて出発した別のグループが合流して来たため、身動きが取れなくなった。それが混乱に拍車をかけ、隊列が乱れ、デモが濁流と化した。身も心ももみくちゃにされ、気が付くと、佐和子が懇意にしている豚肉屋の店先まで押し流されてきていた。

店の赤白のストライプの日除けの下で、花売りの少女たちの一団がデモ行進を見物していた。その中にセレスタンの姿を認めたオズワルドは、とっさに男たちの背後に隠れた。彼を兄貴と慕うセレスタンの目をなぜ避けたのか、彼自身説明ができなかった。彼は動揺を紛らわすため、一層声を張り上げてシュプレヒコールを叫んだ。

スーパーマーケットの前を過ぎ、デモ行進はいよいよ主戦場の中央繁華街に突入した。熱狂したデモ隊の『ブヨヤ！　ブヨヤ！』の嵐のようなコールの中で、オズワルドは半ば目を閉じ、半ば耳を塞いで、男たちの息遣いを全身で受け止め、そのうねりに身を任せた。世界が逆巻き、部族の熱い血が血管をどくどくと流れ、彼のこめかみを連打した。

終着点のバス広場が見えた時、デモ隊の中からやおら喚声が沸き起こり、列を乱して走り出す者が現れ、野次馬がそれをはやし立てた。騒ぎが拡大し、現場に駆け付ける警官隊の制服を見た時、『カミーユの弔い合戦』という激しい叫びとなって彼の身体を突き抜け、気が付くと、二人が救世主と崇めるブヨヤの名を力の限りに叫んでいた。

広場で待機していた警官隊によってデモは抑え込まれ、流れ解散を始めた。群衆は突然求心力を失い、ウプロナの紅白のタスキを掛けた男たちが四方へ散り始めた。オズワルドはデモの余韻が漂う商店街をしばらくぶらついた後、静かな住宅地を選んで帰途についた。緑滴る路地裏を一人とぼとぼと歩くうち、弾む息と共に泡立つ血潮が引いていった。

　休日であったが、彼の足はロエロの屋敷へと向かった。このまま『フツの巣窟』である貧民地区へ戻る気になれない。うっかり街灯広場を通って、デニスに見咎められる恐れもあった。彼はご主人にデモの様子を報告し、興奮が鎮まるまでお屋敷に留まることを考えていた。

　潜り戸をそっと押し開けたが、ジープがない。洋平がデモの偵察に出ているのだろう。裏庭に回ると、いつもの椰子の木陰で佐和子が読書をしていた。籐椅子の周りを薄紫色のブーゲンビリアの花が額縁のようにぐるりと取り巻いている。奥様お気に入りの場所だ。オズワルドは『何を読んでいるのだろう?』といつも思う。中学校を卒業して以来、彼は本を手にしたことがなかった。

「あら、オズワルド!」

　と言って、佐和子が顔を上げた。

「デモから戻りました」

　オズワルドがしゃがれた声を出した。

「そうらしいわね。お前の声、変よ」

　そう言って、佐和子が上目遣いに眉をひそめた。

　オズワルドは奥様に身体を見られているのを感じ、突然気恥ずかしくなった。

「それがウプロナのタスキね」

　佐和子に指摘されるまで、肩から斜めに掛けた紅白のタスキのことをすっかり忘れていた。お屋敷までの道中ずっと『ウプロナの勲章』を身に着けていたと知って、彼は慌てて外した。隣の金網の方へ目を走らせたが、幸いレオポールの姿はなかった。

「ここでも、騒ぎが聞こえていたわ」

　と言って、佐和子がやっと白い歯を見せた。

「あっちでお前のご主人の車、見掛けなかった?」

「いいえ。奥様は行かないのですか?」

「私は好きじゃないの。日本では誰も見物に行ったりしないわ」

「日本でも、デモがあるのですか!」

　驚いて、オズワルドが頓狂な声を出した。

「ただのデモよ」

そう言ってから、佐和子はしげしげとオズワルドを眺めた。

「お前は、近頃、変わったわね。デモに参加するなんて知らなかった。興味がないのかと思っていたわ」

「………」

「別に非難しているんじゃないのよ」

佐和子からその点を追及されると、オズワルドは先ほどまでの自分に急に自信が持てなくなり、群衆に紛れてシュプレヒコールを叫んでいた自分が自分ではないように思えた。

「余計なお世話かもしれないけど、あまり深入りしないでね」

そう優しく言ってから、佐和子が突然はしゃぎ出した。

「せっかくお休みに来てくれたのだから、パパイヤの実を落としてよ。自分でやってみたんだけど、案外と難しいわ」

「はい、奥様」

いつもの女主人の従順な使用人に戻れたことが無性に嬉しくて、紅白のタスキをくしゃくしゃに丸めて尻のポケットにねじ込むと、オズワルドは背高のっぽのパパイヤに向かっていつもの軽やかな足取りで駆け出した。

その時、昼寝をしていたレオポールが小屋から起き出してきた。金網の向こうで目をこすりあくびをしてから、オズワルドを見てニヤリと屈託のない笑顔を見せた。

「パパイヤ、採るのなら、俺にも一つくれよ」

「分かった。奥様に頼んでやる」

オズワルドは長い竿を頭上にかざし、パパイヤの木を振り仰いだ。

★　★　★

「この調子なら、勝利は間違いない」

ボドワンは心もち首を後ろにねじ曲げ、断固とした調子で言う。彼はハンドルを握る隣のプラザではなく、後部座席のアデルに向かって話すので、プラザは自分が蔑《ないがし》ろにされているようで面白くない。

洋平の事務所で開かれたカメンゲ計画の打ち合わせ

が終了し、プラザがタクシーでボドワンとアデルを送り届ける途中である。

「ボドワンさん、油断は禁物ですよ」

臆することなくアデルが彼の楽観論をいさめる。

裏社会の首領と自他共に認めるボドワンが、ブルンジ大学卒の青二才に一目置いているのは明らかだ。ボドワンに弱点があるとしたら、それは学歴に違いないとプラザは見ている。

「勝利は確実ですよ」と、アデルへの対抗心から、プラザがボドワンに加担した。

「先週開かれた二つの集会を比べれば、はっきりしています。よくあんなに動員できたものですね」

「あれでも目立つのを恐れて、家に残ったフツがいる」

ボドワンは腕を堅く組み、言葉付きも司令官然としている。

「しかし、選挙当日はもっと圧力が加わると見なきゃならん。すでに、当局の回し者が俺の事務所を見張っている」

「露骨な選挙妨害も考えられますね。フツ住民の選挙名簿を隠すとか……。平気で卑劣な手を使うやつらですから」と、アデルが息巻く。

ボドワンとアデル、『カメンゲ計画』ではそりが合わない二人だが、フツ族同士、大統領選挙では息が合っている。どちらかと言えば、若造のアデルの方が、ツチ族の現政府に対し一段と辛辣である。

「国際監視団がいますよ」

と、ハンドルを操作しながら、同じフツ族のプラザが二人の会話に割り込む。

「今朝、空港からノボテルまでその一人をタクシーに乗せましたが、そのカナダ人の話だと、世界各国から選挙監視団が送られてくるって話です」

「監視団ぐらいで騙されるものか。今の政府は腐りきっている」と、アデル。

「カッカするな。もっと冷静になれ。相手がやるなら、こっちもやり返すまでだ。策なら俺の頭の中に幾らでもある……。いいか、当日の動員は、徹底してやるぞ。いくらノンポリでも、君もそれくらいは協力してくれるだろう?」

そう言って、ボドワンがぎょろりとプラザを睨んだ。

「そうですね」

と、生返事で返すプラザ。口先だけなら幾らでも彼に尾を振ってみせるが、実力行使はごめんである。第一に彼の主義に反する。生活のためなら危険を冒しもするが、政治に命を懸けるという考え自体愚かしい。

プラザの先祖は、百年以上前にタンザニア方面から移り住んだイスラム教徒で、商売を生業とし、スワヒリ語を話した。その子孫に当たるプラザは根っからの現実主義者である。一日五回のお祈りは守っていないが、いずれ余裕ができたら、メッカ巡礼を決行するつもりだ。

そんな彼の宗教的立場からすれば、日増しに緊張が高まる部族間対立は、多数派であるキリスト教徒の内輪揉めと言える。植民地時代、ヨーロッパの宣教師から迫害されたイスラム教徒からしてみれば、今になって突然手のひらを返し、『同じフツ族ならフツ政党を支持しろ』と言われても、身勝手なご都合主義としか思えないのだ。

しばらく会話が途絶えた。狭い車内でボドワンの沈黙は不気味である。プラザが横目で盗み見ると、彼は腕組みを崩さず前方を睨んでいた。

「ところで、ボドワンさん」

アデルが身体を乗り出して重い沈黙を破った。

「今日の会議であなたが提出したリストですが、事前に私に見せて欲しかったですね」

「何の話だ?」

物思いから呼び戻され、ボドワンが唸り声を上げた。

「あなたは少年たちを四班に分け、班長を指名しましたよね。その班長のことですが、四人ともフツではありませんか?」

と言って、アデルが論争を仕掛ける。

「それがどうなんだ?」

「一人はツチにすべきです」

アデルはボドワンの座席の背もたれに手を掛け、彼の耳元にささやいた。

「今度の選挙では協力しますが、部族対立を子供に持ち込むことは反対です……」

「そんなことか」

さもつまらなさそうにボドワンが言葉を遮る。

「そのことなら大いに君に賛成だ。だが過敏になり過ぎてもいかん。私は見込みのある子をリーダーに据えた。それだけだ」

「そうおっしゃるなら、リーダーからセレスタンを外してもらえませんか。私は一度ならず教室に参加させようとしましたが、あれは実に手に負えないやつです」

「彼は外せん」

ボドワンはさらりと、しかし断固として撥ね付けた。

「あいつはこそ泥ですよ。こそ泥をリーダーにしては示しが付きません」

「その言い方は気に入らんな。実に気に入らん」

と言いながらも、ボドワンは格別腹を立てている風もなく、後部座席を振り返った。

「アデル、君のクソ真面目にも程があるぞ。今日も報告書のことで、くだくだ言ってたな。まあ、それはいいとして……。いいから、セレスタンのことは大目に見てやれ。俺にも若気の至りってことはあった。もっとも君には間違ってもなさそうだが、それが君の欠点だよ……。だが、君がそこまで言うのなら、一人やろう。ツチを一人、君が推薦したらいい。だがセレスタンは外さないぞ」

と、ボドワンは手綱を緩めたり締めたりと自在に言葉を操る。

「実はな、アデル、俺の古い友人からやつの面倒を頼まれたんだ。俺は義理に弱い。それが、俺の最大の弱点というやつだ……。今回は一つ、セレスタンにチャンスをくれてやろう。彼は人をまとめるのがうまいらしいぞ」

プラザは二人の会話を聞きながら、生意気な若造を手玉に取るボドワンの貫禄とその歯切れのいい物言いに心底感服した。

ボドワンの事務所に着いた時、プラザは辺りを見回したが、治安当局からの回し者らしき人物は見当たらなかった。そこでボドワンが降り、プラザはアデルと二人きりになった。

洋平の事務所で紹介された当初から、プラザはこの真面目腐った若造が好きになれなかった。人の好みに頓着しない彼は、大抵の相手なら誰とでも気心を通じ合える自信があったが、そんな中で、アデルはプラザの世渡り術が全く通じない数少ない例と言えよう。

「君はなぜ自分の仕事をしないんだ？　医師の免状を持っているのに、実に惜しいなあ。俺なら一生懸命働いて、どんどん金を稼いでいるよ」

　仕方なくプラザの方から話し掛けた。そうしないと、アデルとは一生口を利くことがないように思えたからだ。だが彼は返事もせず、黙りこくっている。振り返るまでもなく、バックミラーの中のアデルは沈み込んでいる。そのうつむき加減の姿勢からは、人を寄せ付けない深い孤独感が漂っていた。

　気詰まりな沈黙を乗せたまま、タクシーはアデルの事務所に着いた。別れの挨拶もなく車を発進させようとした時、サイドミラーに映ったアデルの顔は、はっと息を呑むほど暗かった。

　しばらくギアに手を触れず、プラザは識字教室へと消えていく彼の後ろ姿を見送った。アデルの『高潔な人格』が、あの薄汚い家畜小屋と折り合いを付けているとは到底信じられない。彼は葛藤を抱える心を悪臭ふんぷんたる小屋の中に無理やり封じ込めようともがいているように見える。そう思うと、プラザはやりきれない気持ちでいっぱいになった。

第八章　大統領選挙

　姉の文枝がフランス学校に通い始めてからは、家に残った妹の久枝の学習を見てやるのが母である佐和子の朝の日課になった。夫と話し合い、嫌がる久枝に無理強いせず、学校問題には柔軟に対処していくことにしている。

　海外生活に付きものの子供の教育問題が元で、家族ぐるみの赴任に二の足を踏む仲間は多い。佐和子たちは試行錯誤を重ねた末に、独自の『親子学習方式』にたどり着いた。夫が数学・理科・社会を、佐和子が国語と外国語を受け持っているが、やはり娘の学力低下を考えると、親として不安がないわけではない。

　一方の洋平は、教育の原点は家庭学習にあると断じてはばからない頑固者だ。彼は現代の画一的な学校教育より江戸時代の寺子屋の方が勝るという考えの持ち主で、吉田松陰を敬愛している。佐和子は夫の思想に不安を覚えながらも、その熱意にほだされる形で彼に付き従ってきた。

　彼女は先ほどから子供部屋の大きなテーブルの端に頬杖を突き、久枝が書き取りをする横で、両肘の間に広げた『子供新聞』を眺めている。その上段には不揃いな文字で『お父さんと子供たちのチェス』と題して、勝負の結果が得意の挿絵と共にユーモラスに綴られている。下段には、娘たちがカイと名付けて可愛がっている子猫の籐椅子に寝そべる姿が色鉛筆で描かれている。

「ふう」と、娘に気付かれないよう佐和子は小さく溜め息をついた。ブルンジに赴任して五か月、やっと現地に馴染み、生活が順調に滑り出したのも束の間、その熟した果実は『不安』という名の害虫によって芯の部分から蝕まれようとしていた。一週間後に迫った大統領選挙が、暗雲となってブルンジ全土を覆い、日本人家族の上にも不気味な影を落とし始めたからである。

　先ほどから子供部屋の窓の外で、バサッバサッと葉っぱを叩く水の音がする。先日願いを聞き入れて夫が購入した非常に長いホースを使って、オズワルドは子供のように散水を楽しんでいる。バサッバサッという重たげな音は、ホースの先から勢いよく飛び出した水が『旅人の木』の大きな葉に当たる音である。

　赤道直下のブルンジは、目下夏枯れの季節である。五月に入って、過熱する大統領選挙に油を注ぐかのように大乾季が訪れた。連日の猛暑とカラカラ天気で庭の菜園は完全に干からび、勢いのあった芝生が散水を止めたところから枯れ始め、庭が次第に茶色に変色していく。

　雨季から乾季への変わり目で、オズワルドの日課もスイッチが切り替わる。芝刈りという重労働からは放免されたが、その代り長くて重いホースを庭中引きずり回している。散水は芝刈りより楽だが、時間帯によっては水圧が低下するため、広大な庭となると結構時間が掛かるのである。

　一九六〇年代、アフリカの国々が次々と独立する中、少し遅れてブルンジも独立を果たした。それから三十年が経った今、当時の古屋敷は、歳月という名の破壊をかろうじて免れているが、その苔むした大屋根と同じく、時代の大変革を経た今も尚、屋敷の主人と使用人の主従関係の中にかつての名残を色濃くとどめている。そして、その背後で、植民地時代の負の遺産である部族対立が危機を孕んで進行していた。

先日政治集会から戻ったオズワルドのことが、佐和子の脳裏に鮮やかに蘇る。パパイヤの収穫を頼むと、彼はウプロナ党のタスキをかなぐり捨て、喜び勇んで主人の命に服した。その時の邪心のない笑顔が彼女をほっとさせる。その後も彼の態度に些かの変化もない。愛すべき青年オズワルドの存在は、ブルンジの善良な民族性が失われていない証拠である。彼のような若者が突如暴徒と化し、屋敷に押し入って来るとは信じられないのであった。

他方、夫の洋平は、妻の佐和子とは異なる視点でこの事態を見ている。たとえ内乱になっても直接日本人がターゲットになることはないが、無政府状態になった町で略奪が横行すれば、オズワルド一人では防ぎきれない。彼に頼り過ぎるのは危険だ。万一略奪が始まった時は、家を捨て庭の藪に隠れ潜むのが一番だ。家の中は荒らされるが、命が助かればそれでいい。数日掛かるだろうが、嵐はいつか必ずやむと言うのだ。

夫から大真面目にこの話を聞かされてからというもの、佐和子は台所に立つたび、『藪なるもの』が気になり出した。そこは大佐の屋敷とルーマニア大使館が直角にぶつかる角地で、滝木が鬱蒼と生い茂っていて人を寄せ付けない。藪を少し伐採して、滝木とレンガ塀との間に小さなテントを張れば、完璧な『隠れ家』となるに違いないが……。

時々夫は突拍子もないことを言い出す。思い付くだけでなく、実行の人である。だが、今回は彼に同意できそうにない。マラリア蚊の出る藪にじっと身を潜めるなんて惨め過ぎる。自分なら大佐の屋敷にかくまってもらう。大佐の家はかえって暴徒の標的になると洋平は言うが、藪の中で数日間過ごすなんてとてもやりきれない。

佐和子の案に対して、夫は時間的に余裕があればプラザの家にかくまってもらうと言った。彼は気心も知れているし遠慮も要らない。十分な謝礼を払えば済むこと。こうした時のために彼を雇っているとも言った。洋平はたまたまプラザの家の中をのぞいたことがあるが、案外とモダンな住宅であったらしい。

一方の大佐の屋敷は、大統領選挙が近づくにつれ、ジープの出入りが慌しくなった。ブヨヤの片腕を自認する大佐が政治の中枢にあって、重要かつ危険な立場にあることは想像できる。たとえそうだとしても、佐和子は、お茶会で知り合って以降、二人の娘を連れて彼の屋敷に駆け込む覚悟ができている。夫が反対してもそうするつもりだ。

国語の教科書を音読する久枝のたどたどしい声が、佐和子を物思いから引き戻した。久枝の傍には、娘たちの宝物である日本の友達から届いた手紙の束が積んである。手紙には課外活動や宿題のことなど、日本の学校生活の様子が挿絵付きで生き生きと描かれている。

「漢字の書き取りをしていなさい。お父さんにコーヒーをあげて来るからね」

と久枝に言って、佐和子は漢字練習帳の次のページを開いた。

「久枝には、後で紅茶を作ってあげる」

「それとビスケット！」

久枝が甘えた声を出して母親を見上げる。椅子の上でぶらぶらさせている足は床から十センチ以上離れている。「はい、はい」と言って、思わず佐和子は頬ずりしたくなる。

久枝が漢字帳に取り組むのを見届けてから、佐和子は席を立った。学業優秀な姉に負けまいと、久枝はけなげに勉学に取り組んでいる。これから数週間、ほんの少しでも我が子の命を危険に晒すことになるかと思うと胸が苦しくなる。

コーヒーとビスケットをお盆に載せて、洋平の執務室をのぞくと、彼は領収書の山を前に経理帳簿と格闘していた。彼女は事務机の端にお盆を置いた後も、その場を立ち去りかねた。

佐和子は洋平の働く姿を眺めるのが好きだ。机に幾分前屈みになっている彼は、彼女の所有する夫ではなく、一介の社会人である。時々身近過ぎる夫に対し精神的倦怠感を覚える彼女であるが、家族を忘れて仕事に没頭するその姿からは、新鮮な息吹が伝わって来るのである。

海外事務所は独特の雰囲気がある。それが自宅の一角となるとまた格別である。夫の執務室は、寝室や食堂などの生活空間と違って、社会と繋がる公的な空間であり、夫はその事務所長である。ここに足を踏み入れるたび、身の引き締まる思いがするのは多分そのせいだろう。

佐和子はお盆をデスクに置いて、仕事の邪魔をしないよう日除け棚が影を落とす窓際に近づき、いつもの習慣でファックスの受け皿をのぞき込んだ。真昼の窓ガラスに、彼女の白いワンピースがうっすらと映っている。その背後で、洋平が帳簿から目を上げてコーヒーカップに手を伸ばした。

「話にならないよ」

いつもの調子で彼がぼやきの口火を切った。

「ブルンジが危険な国なら、最初から派遣なんか考えないってさ。だから、予定通り送る……。全く東京らしい論理だよ」

彼は帳簿を閉じると、今朝着いたばかりのファックスを未処理のトレイから探り出し、よせばいいのに再び目を通して憤慨を募らせる。

「じゃあ、来週来ることに決定ね」

そう言って、佐和子が目を輝かせた。来るのは三人のボランティアの若者である。

「僕がせっせと現地事情を送っているのに、東京は読んでない。何のためやら……」

洋平は自分の足で稼いだ街の様子や、プラザやオズワルドから仕入れた情報を、このところ二日おきに新聞記事の翻訳と一緒に東京へ送信していた。

「あなた一人が騒いだところで、何も響かないわよ。日本の新聞が一言取り上げようものなら、大騒ぎするくせに……」

こんな時、佐和子は夫と一緒になって散々事務局をこき下ろす。事務局とか大使館とかいった権力機構を相手にする時、二人は自然と共同戦線を張る。

「しかし、選《よ》りに選《よ》って、選挙の前日に来ることはないよね。一週間出発を遅らせれば済むことだ。全くお粗末な話だよ」と、洋平が憤慨する。

「クーデターが起これば、真っ先に空港占拠でしょう。そこに三人の乗った飛行機が到着する。そうなれば、あなたの忠告を無視したことを局長は後悔することになるわね」

「そうだよ。選挙結果が不利と分かれば、選挙前のクーデターだって十分考えられる」

「でも、ブヨヤがそんなことするかしら」

「彼にその気がなくても、軍部が勝手に動き出す可能性がある。日本でもかつて『五・一五事件』や『二・二六事件』で軍が暴走した」

洋平の話は単に推論でしかないが、彼の癖で、とことん自分を追い込まずにはいられないのだ。軍部と聞いて、佐和子は隣の大佐の屋敷の、ここ数日の慌ただしい動きが再び気になった。

「三人が到着したら、しばらく家に泊めようと思う」

と、洋平がためらいがちに言った。

「うちに？　しばらくって？」

「そうだね、一週間ぐらいかな」

「一週間も……。まあ、いいわよ」

と、佐和子は小さく溜め息をついたが、ここは夫の協力者として気丈に振る舞うべき場面である。

「部屋のことは、私が何とかするわ」

一つしかない客室を二人の男の子に回し、女の子は娘たちと同居させる。佐和子は三人の若者の受け入れについて素早く頭を巡らした。

「ホテルの予約を取り消さなくちゃあ」

と言いながら、洋平が電話に手を伸ばす。

「それから、今日中に銀行へ行って現金を下ろして来る。万一の場合、銀行は当てにならないからね」

危機に際し、彼は徹底した現金主義者である。日本から持参した個人のドル紙幣をビンに詰めて、寝室の窓のそばの小さな庭木の根元に埋めてある。これは、海外赴任を始めた頃からの彼の流儀であった。事務所には規則で小型金庫が備えてあるが、『お金の在り処を盗賊に教えるようなもの』と端《はな》から馬鹿にしている。

事態が切迫した時の夫の機敏な動きを、佐和子はその傍らで見てきた。彼が何気なく触れる電話機までが、単なる道具ではなく、彼の分身となって縦横に動き出す、そんな感じである。洋平のフランス語はとても流暢とはいえない。日本語のアクセントが抜けず、とつとつと話すが、しかし彼はこれで世界を相手に仕事をしてきた。

「今朝、他のボランティアに電話を入れてみた。アメリカとフランスは投票日の前に全員を首都に集めると言っている。ベルギーは特に手を打たないらしい。あそこは人数も多いし、大半が地方に展開しているからね」

「フィリップと話したの？」

「うん。彼にフランス大使館の情報が欲しいと言ったら、一緒に担当官に話を聞きに行こうと言ってくれたよ。アポが取れたら、連絡をくれることになっている」

「彼、親切ね」

「有り難いよ。何しろ、あそこが一番の情報源だからね。それに、入手先がフランス大使館となれば、東京にもアピールできる……」

フィリップはフランスのボランティア組織ＡＦＶＰの代表で、歳は四十歳前後。茶目っ気たっぷりの髭面男で、洋平とは同世代である。洋平は着任して二、三日後にＡＦＶＰの事務所を訪れ、フィリップと親交を結んだ。

洋平は人の心を掴むことにかけて天賦の才を備えている。妻の目から見ても、カリスマ的なところがなく、ユーモアにも乏しく、どちらかと言えば凡庸だ。特に組織の上に立つ者として精彩を欠く。ところが、彼はどこの国へ行っても外国人や現地人に好かれるのである。


「電話した時、フィリップ、招待のことで何か言っていなかった？」と、佐和子。

「食事の件なら、今度の騒ぎが一段落してからだと、僕は思うよ」

「そうかしら」と、佐和子が首をひねる。

「彼、そういうことに無頓着でしょう？」

三人のボランティアの着任に合わせ、洋平らを昼食に招待したいという話は、一週間ほど前、日本料理を教わりに来た妻のカトリーヌの口から出たものだ。

最近、佐和子は暇を持て余しているカトリーヌと頻繁に付き合っているが、神経質でいつもイライラしている彼女よりも、実は物腰が柔らかく陽気な夫のフィリップの方に好感を抱いている。

「カトリーヌが言っていたけど、子供をフランス本国へ一時避難させる人がいるって」

佐和子がさりげなく情報を夫に流す。

「なるほど、いざ国外脱出となれば、真っ先に学校に動きが出るはず……。君も気を付けていてね」

と、洋平の表情が急に引き締まる。

「そのせいかしら？　日本車が売れないって、プラザがぼやいていたわよ。この調子だと、あなたの五万フランも貸し倒れになりそうね」

「プラザのやつ、今回は相当参っているようだ。奥さんの入院も長引いているようだし。君も彼をからかうのはよした方がいい」

「あなたも、プラザが何を言っても、もうお金を貸さないでちょうだい」と、佐和子がむきになってやり返す。

「プラザに貸すくらいなら、オズワルドにあげた方がましだわ」

「君は、オズワルドの話は何でも信用するんだ」

「牛を買いたいという話の方が信用できるし、第一堅実よ」と、佐和子も負けていない。

「とにかく、あなたはプラザに甘いんだから」

使用人に対する夫の考え方を理解しているつもりでも、こと話がオズワルドに及ぶと、つい感情的になる自分を抑えられない。特に『オズワルドは使用人、プラザは雇用人』という夫の観念論にはついていけないし、オズワルドをプラザの下に置く理由など何もないと思っている。

「お母さん、私の紅茶、まだ?」

娘の久枝が母親を探しに事務所に姿を見せた。

「すぐに持って行くから、勉強の続きをしていなさい」

「だって、漢字帳、全部終わったんだもん」

夫の執務室につい長居して油を売っていた自分に気付き、佐和子は立ち上がった。

★　★　★

寝室の洋服ダンスの中身を片っ端からひっくり返した後、再び事務所に取って返した時は、いつもの冷静さを完全に失っていた。『厄介なことにならなければよいが』と念じる洋平の意識の裏側では、もう一人の冷めた自分が最悪の事態を予見し、それに備えていた。

大サロンの食卓で勉強中の文枝と久枝が、両親の不可解な行動を横目で観察している。父親と母親が代わる代わる独り言をつぶやきながら、家の中を行ったり来たり、戸棚の中を引っ掻き回したりする姿を見て、彼女らが不審に思わないはずがない。

「きっと事務所よ」

と言って、捜索の手を事務所に戻す佐和子。普段何事にも楽観的な彼女の声が心なしか力無く響く。

「しかし、おかしいなあ。財布が自分で勝手にどこかへ行くはずがないし……」

妻の言葉に応えてつぶやく自分の声までが耳に空々しく、洋平はほとんど諦めていた。事務机の引き出しをのぞくのも三度目だ。もはや手が機械的に中を探っているに過ぎない。

最後に財布を見たのは小サロンである。昨日の午後、洋平がボランティアの住宅の賃貸契約を済ませ、ボドワンに契約料を支払ったところで、記憶の糸はぷつんと切れ、それを最後に『あの黒皮の財布』はこの世から掻き消えてしまった。どこかにうっかりしまい忘れたのでなければ今もテーブルの上にあるはずだが、それがないとなれば、不愉快な事態を想定するしかない。つまり紛失でなければ盗難である。誰かを疑わざるを得なくなる。

そのおぞましい結論を先送りしたいがために、およそ考えられない場所まで探し回った。念のためと自分に言い聞かせて、観葉植物の鉢を動かし、薬品保存用の小型冷蔵庫の裏側まで調べたのである。そうした見え透いた探索が、第三者の目にどんなに滑稽に映るかを洋平は意識していた。

二人は「忘れた頃、ひょっこりでてくるかもね」と軽口の応酬をしながら、最後にもう一度と空しい努力を続けた挙句、ついに小サロンのソファにへたり込んだ。その間、三十分。財布の中身が惜しかったからではなく、意識の中から『盗難』の二文字を消去したかったからに他ならない。

「誰かが盗ったとしたら、可能性は三人だ」

できたらその名前も出したくなかったが、これ以上の回避はもはや欺瞞でしかない。

盗みか紛失か判然としないまま、使用人に嫌疑をかける話はよくあることだ。洋平たちが使用人を置かなかった第一の理由はそこにある。この時まで、自分たちは忌まわしい事件や揉め事の埒外にあると思ってきたが、結局、等しく彼らの上にも災難が降り掛かったというわけである。

「オズワルドが盗ったのよ」

背後で文枝の声がした。二人は驚いて振り返った。

いつの間にか背後に来て、両親の会話を立ち聞きしていたのだ。その子供らしい残忍な告発に親はただ茫然とした。

「何よ、見てもいないくせに。決め付けちゃだめよ。あっちで勉強をしていなさい」

と、佐和子が怖い顔で子供たちを追い立て、それから洋平に向き直って言った。

「ちゃんと秩序立てて、最初から推理してみましょうよ」

「ボドワンに支払いを済ませた後、ちょっと席を外したことは覚えている」

洋平は頭の中で繰り返し検証したことを言葉にした。

しかし、二人しかいない状況で彼が盗ったとは考えにくい。ボドワンが帰った後も、誰にも気付かれず財布がテーブルにあったとしたら、次の可能性はオズワルドだ。夕方そのテーブルでアイロン掛けをしたのだから。財布を見過ごしたとしたら、それこそ不自然極まりない。

「そうとも言えないわ。テーブルから財布が落ちたのかもしれないでしょう」

と言って、佐和子がオズワルドを弁護する。

「なくなったら、いの一番に自分が疑われることを彼は知っている」と、妻に賛同する洋平。

飲酒が発覚した際に見せたオズワルドの怯え様を思うと、彼の仕業だとは考えにくい。

「以前、釣り銭をごまかしたことが一度あったけど、私、あなたに黙っていた……」

ここに至って、佐和子がオズワルドの不正行為を渋々認めた。

「でも、洗濯物のポケットに入っていた小銭を正直に私に渡してくれたこともあるのよ」

財布の中身は五、六万フラン。洋平らにははした金でも、彼には大金である。オズワルドが盗らなかったとすれば、財布は今朝もテーブルにあったことになる。それまで、誰もそれに気付かなかったと言うのは奇妙な話ではあるが……。その場合、今朝、郵便物を届けに来たプラザにもチャンスがあったことになる。

「彼が一番怪しいわね」

プラザのこととなると佐和子はにべもない。

「ただし、チャンスは一番小さい。なにしろ一番後なんだから」

「それに、プラザには動機があるわ」

まるで刑事のようなことを佐和子が言い出す。

「車が売れなくて、お金に困っていたから……」

「それはどうかな。目の前にあるお金に手を出すのに、特に理由は要らないと思うよ」

結局、事件をうやむやにして収めるのが最善と思われた。しかし問題は犯人の名指しを保留しても、身内の一人が容疑者であるということを消し去ることができないという事実だった。

事件の翌日、プラザはいつも通り姿を見せ、洋平と世間話をして帰ったが、特段彼を疑う理由は見つからなかった。他方、ボドワンはその直後の会合をすっぽかし『もしや』と思ったが、その翌日顔を出した。彼の不敵な面構えからは何一つ読み取れない。オズワルドはといえば、紛失事件の数日後、佐和子に千フランの前借りを願い出た。

「ほら、やっぱり犯人じゃないわよ」

と、彼女が鬼の首でも取ったように小躍りして執務中の洋平に報告に来た。


それから十日ほどが経ち、事件のことを忘れかけていたある朝のこと。洋平の横で目を覚ました佐和子が、突然弾かれたように小さく叫んだ。

「間違いないわ。あれはプラザよ!」

驚いて洋平が振り向くと、佐和子が目を見開いて寝室の白い天井をじっと見据えていた。忽然と消えた『黒光りする革の財布』が、今も妻を悩まし続けていることを知って洋平は愕然とした。彼は犯人捜しを忘れてしまいたいと思っていたが、佐和子は違っていたのだ。

妻に近寄りがたい鬼気を感じて、洋平は布団の下で伸ばしかけた手を思わず引っ込めた。常日頃、プラザが自慢げに話す『怪しげな所業』の数々を思い合わせれば、彼女が『プラザ犯人説』に傾くのも無理からぬことである。返事をためらう洋平に、佐和子が怒りの矛先を向けて来た。

「あなたは、オズワルドとプラザの二人を公平に疑えと言うけど、それ、変よ。その考えは、どこか変なのよ」

「僕だって、オズワルドを信じたいよ」

そう言ったものの、妻をなだめるためだけに喋っている自分に気付き、洋平はうんざりした。

「でも、あなたは疑っているんでしょう？　本当に彼が盗んだのなら、私、一緒にはいられない」

と、佐和子が声を震わせた。

洋平もオズワルドの無実をほとんど信じていたし、そう断言したかったが、妻の要求は一片の疑惑をも許さない厳しいもので、彼女の心に『公平』という名の疑念を持ち込もうとする夫を非難していた。洋平は今更ながら妻のオズワルドに対する思い入れの激しさを思い知ったのである。

それから数日というもの、彼は居心地が悪かった。自分が感じていることを真っ直ぐ口に出さない洋平に対し、『あなたは不正直な人間よ』と暗に妻から指弾されているように感じたからだ。

★　★　★

一九九三年六月一日、ブルンジ大統領選挙の投票日の朝、洋平は昨日着任した三人の若者に対し、現地生活に関するガイダンスを行っていた。これは、着任初日に行う事務所長の大切な仕事である。

洋平がソファでかしこまっている三人を前に『ブルンジにおける生活の手引』を拾い読みしている時、明るい小サロンの窓を通して、潜り戸を滑り込むオズワルドの姿が目に入った。

『随分時間が掛かったな』

と、彼は心の中でつぶやいた。投票所に指定されたサッカー場まで歩いて十五分ほどである。

オズワルドは真っ直ぐにレンガ塀の崩れた箇所に行き、背伸びして隣の屋敷をのぞき込んだ。小サロンからは見えないが、大佐の歩哨サルバドールと連絡を取っているのだろう。また、昨夜彼がツチの仲間との会合に出掛けたことも洋平は知っていた。オズワルドのこうした一連の行動は、何か不穏な動きがあった場合、いち早く彼を通して情報が集まるという意味で、洋平にも好都合であった。

洋平の講義を聞いている若者は皆、二十代半ば。三人の中で最年長の女性は、洋平の話を几帳面にノートに書き留めているが、時差ぼけが取れない二人の青年は必死に睡魔と戦っている。

海外事務所設立時に緊急に取り組むべきことの一つに、現地の医療事情の調査がある。これは、ボランティアの不慮の事故に備えたもので、熱帯の感染症予防もこれに含まれている。しかし洋平がどんなにやきもきしたところで、肝心の本人たちに緊迫感がまるでない。日本の安全神話と無菌社会で育った彼らからは、自らの命を守ろうとする気概が全く感じられないのである。

「君たちはアフリカの肉バエについて聞いているか？」

と言って、洋平が三人を見渡した。

「こいつは、洗濯物に卵を産み付け、それを人間の皮膚の下で孵化させる。用心していないと、ある日君たちの皮膚を食い破って、ハエが飛び出してくる……」

彼らの鈍った脳を覚醒させようと、ブルンジの恐ろしい風土病や頻発する犯罪、将来予想される暴動や内戦について話す時、洋平は故意に誇張し凄みをきかせた。

ガイダンスを終えると、洋平は三人を引き連れて、オズワルドがホースで打ち水をしている裏庭へ出た。眠気から解放された井上と遠藤が、ギラギラと照り付ける太陽に向かい両腕を広げて大きく伸びをした。それを見て洋平は、自分の過去の出来事の一コマが鮮やかに蘇るのを感じた。

彼の海外初体験は西アフリカのセネガルであった。首都ダカールに到着した翌朝、洋平もまた同じアフリカの空を振り仰いで大きく伸びをしたのである。

その時のダカールの空もまた、どこまでも青く澄み渡り、身体ごと吸い込まれそうであった。洋平が空を振り仰いだ瞬間、彼の空っぽの心に向かって歓喜のようなものがどっと流れ込み、意識が裏返るような不思議な体験をした。目くるめく紺碧の中空に奇妙な幻影が現れ、そして消えて行った。それが、自分に取り付き悩ませ続けた青春との決別であったことに後で気付いた。

乾季のため庭の大半の芝生は茶色く枯れたが、植木の周囲だけは散水によってかろうじて緑が保たれている。そんな緑の飛び地の一つにしつらえたテーブルの脇で、佐和子が歓迎のためのローストチキンを炭火で焼いている。そこに早川が加わり、その傍らで井上と遠藤が野良猫をからかっている。ルーマニア大使館の金網の境界では、レオポールが一人昼食の準備に忙しい。
オズワルドはといえば、レオポールに背を向け、散水のホースを手に浮かぬ顔付きである。兄弟のように仲の良かったツチとフツの二人は、しばらく前から仲違いをしている。オズワルドによると金銭上のトラブルということだが、時期が時期だけに洋平は大統領選挙との関係を疑った。

そのオズワルドにキルンディ語のニュースを聞かせるため、軒下に置いたラジオは朝から鳴りっぱなしである。投票の日は何事もなく半日が経過しようとしていた。洋平はかすかなざわめきを聞き取ろうと、キリの丘に向かって耳を澄ませたが、不気味な静寂が支配する大空の一角を、翼を広げた黒鳥が緩やかに旋回するばかりである。

ブルンジの内陸部はどうなっているのか。洋平は、ユーカリの丘の上に建つ壮麗なカテドラルを心に思い描いた。洋裁センター訪問後、日曜ミサを一日も欠かしたことがないという黒人女性と会っていない。今頃、マンゴーの木が影を落とす元尼僧院の心地よい中庭で、彼女は投票所の受付係をしているのだろうか。

★　★　★

投票の翌日になっても、報道機関は沈黙したままだ。投票が正常に行われたか、投票率はどの程度かといった肝心な点にテレビもラジオも一切触れない。報道管制が敷かれているのだろうか。蚊帳の外に置かれた国民は、政府内で何か異変が起こっているのではないかとつい勘ぐってしまう。

公共放送が当てにならないとなると、巷の噂に頼るしかないが、肝心な時にプラザが現れない。彼が事務所に顔を出したのは投票の翌日、それもかなり遅い時間で、やきもきしながら彼の出現を待っていた洋平は不機嫌を露わにした。

「昨日からずっと待っていたぞ」

「取り込んでいたもので……」

と言い訳をして、プラザがずる賢そうな目付きで洋平を見た。

「旦那、さっきまで何していたと思います？」

「そんなこと知らんよ。それを知りたいから、待っていたんじゃないか」

洋平はすこぶる機嫌が悪い。

「実は、先ほど国際選挙監視委員の一人をノボテルに送り届け、その足でここへやって来ました。それから、昨日はカナダの監視委員を乗せて、町中の投票所を回ったんです」

ここまで話すと、プラザはワイシャツの胸のポケットから潰れた煙草の箱を取り出し、苛立ちを隠せない洋平を尻目にゆっくりと火を点けた。

「旦那、私だけじゃありません。ノボテル専属のタクシーは全員徴集されました。こんな時ですから、借り上げ料金も国際並みで、私も少し稼がせてもらいました。でも、旦那のことを忘れていたわけじゃありませんぜ」

と、息もつかず喋りまくると、プラザはニンマリと笑った。

「それで、何か耳寄りなニュースがあるのか?」

「どこへ行っても、私はちゃんと聞き耳を立てていましたよ、旦那のために……。それで、ついさっき、ノボテルのロビーでスイスの監視員がフロデブの勝利を話すのを小耳に挟みました……」

よく回転するプラザの舌と狡猾な目が『旦那、この情報の値打ちは幾らですか』と言っていたが、洋平はそれを無視した。

「監視委員の話なら確かだろう。それにしても、どうしてラジオは何も話さないのだ。実は、その点が一番気になる」

意気込んでパトロンの元へ馳せ参じたのに、洋平の態度はどこか素っ気ない。

「旦那は、結果を早く知りたかったんではないんですか?」

「もちろん、それもある。ただフロデブの勝利は動かないと分かっていたから、問題は政府がそれをどのような形で発表するのか、しないかだ。プラザ、次はその辺を探ってくれ」

やはり噂によると、フロデブの得票率は六十パーセントといったところらしい。その数値を聞いて洋平は落胆した。フツ族の人口比率は八十五パーセントだから圧倒的勝利とは言えない。小差なら軍が動き出す公算が高まるからだ。

「ところでプラザ、町が静か過ぎると思わないか？　住民は、投票結果をまだ知らないんだろうね」

と言って、洋平が窓の外に目をやった。

「政府の発表がなくても、明日には間違いなく町中に知れ渡りますよ」

「それにしても、選挙戦であんなに盛り上がったのに、この沈黙、変だと思わないか？」

洋平の脳裏を、ブジュンブラを騒然とさせた大決起集会や、プラザが『民衆の川』と呼んだデモ行進がよぎったが、あの時の騒ぎよりも今の沈黙の方がずっと不気味に思われる。

「ツチは怯えて、家に隠れているんでしょう。選挙前から色々噂が流れていましたから」

と、プラザがほくそ笑む。結局、彼もフツ族である。

「それは分かるが、勝ったフツの方はどうして町に出て来ないんだ？　何を恐れているんだ？」

「お互い、腹を探り合っているんですよ」

プラザの目が急に不安で曇った。

「私はここ二、三日が山場だと思います。フランス大使館が動いていると、ノボテルで誰かが話していました……。」

フランス大使館が調停に乗り出すと聞けば、誰もが一応安堵する。ヨーロッパ諸国が先手を打って水面下で動くことは容易に察せられた。彼らの盟友ブヨヤ大統領に圧力を加え、政権を穏便にンダダイエに譲渡するよう説得工作を始めたのかもしれない。

情報を出し尽くすと、プラザの目が急に虚ろになった。彼が事務所に現れるのは、報奨金だけが目当てではないと洋平は見ている。プラザ自身もやはり不安なのだ。

「私はしばらくノボテルで探ってみます。情報が集まりそうですから」

プラザが帰る素振りを見せた。

「頼む。そうしてくれ」

と言って、洋平は引き出しから財布を取り出した。

「国際監視委員か……いいところに目を付けたな。それに、ノボテルにも気付かなかった」

「褒美がもらえるんで？」

「今回は四千フラン（約二千円）出そう」

と言って、洋平が白い歯を見せた。

「お前には小遣い稼ぎのいいチャンスだな」

プラザが帰るや否や、洋平は彼の情報に基づいて、東京に送信する文面を練り始めた。今回、プラザは洋平の期待に応え、一級の情報屋であることを証明した。『五万フランの借金』に値する働きと認めざるを得ない。彼は佐和子の言うところの胡散臭い男でイライラさせられることも多いが、その人間臭さが魅力でもある。佐和子にプラザが永久に理解できない理由は、彼女が女であるせいかもしれないと、密かに洋平は思った。

『明日辺り動きがある』というプラザの予測は、その日のうちに当たった。夜七時頃、異変を知らせに来たのはオズワルドだった。

「旦那様、ちょっと外に出て来てください」

と、執務室の窓ガラスを叩いて彼が言った。

庭に出ると、オズワルドが空気を嗅ぐように北の空を仰ぎ見て、『耳を澄まして』と人差し指で自分の耳に触れた。空には月影がなく、一番星が金剛石のように冷たく瞬き始めていた。彼が示した方角には人々のひしめく貧民地区がある。

「何も聞こえないぞ」

「もっとよく……」と、彼が一層声を潜める。

すでに夕闇が迫り、オズワルドの黒い顔面は見分けられない。彼に倣って両耳の後ろに手を当てると、空気のかすかな振動が向かいの屋根を乗り越えて伝わってきた。そして一旦鼓膜が波長を捉えると、虫の羽音のようなざわめきが耳から離れなくなった。

「聞こえるよ」

自分の声が緊張のあまり胸に冷たく響いた。

「一時間前、家を出た時は騒いでいませんでした。暗くなってからです」と、オズワルド。

「ブウィザの方角だと思うか？」

「はい、フツの住民です」

「どうして分かる？」

「先ほど隣のサルバドールが祝賀の騒ぎだろうと言っていました」

『隣』と聞いて洋平はびくっとした。彼は大佐のことをすっかり忘れていた。果たして彼はウプロナの敗北を冷静に受け止めているのだろうか。囚人によって嵩上げされたブロック塀の内側は、心なしか普段より灯りが仄暗く静まり返っている。

　佐和子の話だと、しばらく前から道路で遊ぶ大佐の子供たちの姿もないし、塀越しに声も聞えてこないという。思慮深い大佐のことだ、子供たちを一時南部の郷里に帰した可能性がある。

「レオポールはどうしてる？」

　突然、周辺の屋敷の様子が気になり、洋平が尋ねた。

「彼は何も知らないと思います」

『思います』と歯切れが悪いのは、仲違いのせいだろう。こんな時、他愛のないことで喧嘩し、今も口を利かないでいる彼らの無邪気さを思うとむしろほっとする。

　夜が更けてからも再三庭に出てみたが、下町のざわめきは一向に収まる気配がなく、聞き耳を立てているロエロの住民の不安を煽るかのように、大気の層に乗って高く持ち上がりそして低く沈む。洋平は一瞬『視察』の二文字が頭を掠めたが、すぐにそれを打ち消した。そして明朝のプラザの報告を待つよう、自分に言い聞かせた。


「いいか、オズワルド、今日は一晩中、耳を研ぎ澄ましていろ。決して眠るなよ」

「眠ったりしません！」

「もし騒ぎが大きくなったら、知らせろ。何時でも構わん。寝室の窓を叩くんだぞ」

「分かりました、旦那様」

　と、本物の歩哨のようにきびきびと答える。

「それから、お前にラジオを預けるから、何か聞いたら、その時も私を起こしてくれ」

　オズワルドを歩哨に立たせて、洋平はベッドに入ったが寝付かれず、パジャマ姿で庭に出た。茂みでラジオが鳴っている。洋平が姿を見せると、『ちゃんと目を覚ましていますよ』と言わんばかりに、オズワルドが闇の中から現れ、ぴたりと洋平の傍に寄り添う。フツによる祝賀の騒ぎは、夜の十二時過ぎにやっと収まった。

　翌朝、プラザが昨夜の騒ぎのニュースを携え、颯爽と姿を現した。文枝の送迎がないのにちゃっかり朝食の時間にやって来た。

「やっぱり騒ぎ出しましたね」

プラザがしたり顔で言う。

「私の家からは手に取るようでした」

「それなら、なぜ知らせに来なかった?」

昨夜一睡もせずに見張ってくれたオズワルドの忠義心と引き比べ、プラザの人を食ったような態度が洋平には気に入らなかったのだ。

「夜中にですか!」と、驚くプラザ。

「今は特別な時だ。危険でなきゃ、ぜひそうして欲しかった」と、洋平は澄ました顔で言った。

「私は君を頼りにしているんだよ」

結局、プラザからは戦勝気分に酔い痴《し》れる住民の空騒ぎを確認したにとどまった。選挙後、政府の公式発表もなければ、大統領選挙関連のニュースも皆無である。まるで選挙そのものがなかったがごとく時が過ぎる。

次の夜も、民衆の叫び声が首都を震撼させた。夜のしじまを伝播する不気味な低重音は、母のお腹から生まれ出ようともがく新生ブルンジの胎動のように力強さを増していくようであった。

北の貧民地区とは対照的に西の商業地区、東の高級住宅地は沈黙の淵に沈んでいる。何ブロックも先で立てる犬の悲しげな遠吠えまでが、間近に聞こえる。町がこれほどまで静まり返っているのは、人々が眠りに就かず耳をそばだてているからだろう。この夜は、遠く離れた所に住む、見知らぬ住民同士が互いを身近に感じていた。

今に不測の事態が起こるのではと怯える高級住宅地の住人たちの胸騒ぎをよそに、祝賀騒ぎはあっけなく二日で幕切れになった。プラザによると、官憲の取り締まりが本格化したからというが、本当の理由はよく分からない。

★　★　★

洋平夫婦は三人のボランティアと共に、フィリップから昼食の招待を受けた。彼らはフィリップが迎えに寄越した『ＡＦＶＰ』と車体に大書された大型ワゴン車で彼の自宅へ向かった。

ＡＦＶＰとは政府の支援を受けて、西アフリカの仏語圏を中心に海外支援活動を展開するフランス最大の民間ボランティア団体で、洋平とは盟友の関係にある。

昼食会にAFVPの若い女性が一人同席した。日本の早川が彼女と同じ職場で活動することになるため、顔合わせを兼ね、フィリップが気を利かせて特別に招いてくれたのである。

庭に大きく張り出した、優に一部屋分はありそうなベランダに漫然と配置された肘掛け椅子に、洋平ら客人は各自思い思いに陣取った。

肘掛け椅子は十脚以上あって、実に種類も形もまちまちで、しかもよく使い込まれた代物である。そんな外見にこだわらないところに何事にも鷹揚なフィリップの人柄がよく出ている一方で、背もたれのほころびを覆う色彩豊かな織物からは妻カトリーヌのセンスの良さが窺い知れる。

室内装飾が趣味の佐和子は、早速家の中を見て回り、常識に囚われないフランス人の自由な気風を随所に発見した。マリー夫人好みの格式ばったビクトリア朝とは真逆で、アフリカの民族色豊かな調度品の間に、ゴーギャンやゴッホのコピーが掛かっているといった具合である。

佐和子は使い込まれて柔らかい籐椅子に深々と身を沈め、二児の母親であることを忘れて、大統領選挙以来遠ざかっていた心の安逸をむさぼった。彼女は他人の家でくつろいでいる時、不思議と心が満ち足りることがある。大抵の場合、一歩そこに足を踏み入れた途端に、昔馴染みに再会したような懐かしさを感じるのである。フィリップの家もそうした特別な家の一つであった。

取り分けフィリップお気に入りの庭は、かなり風変わりである。薄暗く湿った雑木林と庭との境に、恐ろしく年輪を重ねたひときわ目を引く巨大なゴムの木があって、伝説に登場するタコのように身をくねらせて八方に枝を広げ、そのうちの一本が横に長く伸びてベランダに覆い被さり、格好の日陰を提供していた。

そしてゴムの幹が枝分かれするところに、板が水平に固定され、その下に縄梯子が吊り下がっていた。屋根のないツリーハウスである。

「一人で作ったから見栄えが悪い。何しろカトリーヌが全然手伝ってくれないんでね」

と、大袈裟にジェスチャーを交え、客に向かってフィリップがぼやいて見せる。

「私たち子供もいないのに、この人、ちょっと変だと思わない？　あんな高い所で何して遊ぶのよ」

と、カトリーヌが辛辣な言葉を夫に投げ返した。

彼女は夫の度を越したリップサービスが我慢ならないのだ。佐和子が想像するに、フィリップは客をもてなすことが好きで、客がいると人格が変わるタイプに違いない。そんな彼に佐和子は好感を抱いているが、同じ屋根の下で暮らす妻ともなると、見方は自ずと違ってくるだろう。

フランス語の会話に付いていけない日本の若者たちのために、フィリップがステレオに音楽テープを掛けると、巨大なスピーカーから癖のある男性の歌声が流れた。彼の趣味はフォークの他にも世界の民族音楽などで、世界各地で収集した音楽テープを若いボランティアに貸し出しているというから、洋平の武芸帳とよく似ている。

佐和子はカトリーヌと話しながら、若者たちを相手に愛敬を振りまくフィリップのお喋りに聞き耳を立てた。彼がおどけた表情を作ると、目尻が下がり、金色の口髭が踊り出す。一見豪放磊落な男に見えるが、周囲に気配りを怠らない繊細な神経の持ち主で、日本の若者にジェスチャーを交えて易しいフランス語で話し掛ける。三人はすっかり彼のユーモラスな語り口の虜になっている。

「フィリップがあんな調子だから……」

と、カトリーヌが目じりを吊り上げる。

「我が家は毎日お客に占領されて、気の休まる暇もない有様よ」

彼女によると、フィリップは交友関係がとても広く、知り合ったブルンジ人や外国人を皆、家に招きたがる。その上、ボランティアの若者に食事を勧めるから、彼らは図に乗って人の迷惑を顧みなくなる。夫がボランティアに甘い顔をし過ぎるため、負担だけが妻に回って来るというのがカトリーヌの言い分である。

しばらくすると、洋平とフィリップは二人だけで最近の政治情勢について意見交換を始めた。彼らから少し離れて、若者らが椅子を寄せ合ってもう一つの輪を作り、ＡＦＶＰのエレーヌを中心に若者同士交流を深めていた。エレーヌが明日から同じ職場で働くことになる早川に向かって話している。

「あなたも来たら分かるけど、毎日、腹の立つことばかり……。ひどいものよ。私がヒステリーを起こすと、あの子たち、陰でくすくす笑うの。顔をひっぱたいてやりたくなる……」

自分で話しながら、エレーヌは実際に腹を立て始めた。彼女は話しているうちに気分が高じてきて抑制が効かなくなる性格らしい。すると、エレーヌの話にカトリーヌが割って入った。

「いいこと、これから仕事を始めようとする人に、そんな話をするもんじゃないわ……。職場は大統領選挙の後で、今少し混乱しているだけよ。あなたのヒステリーと同じで、すぐに収まるわ」

「私とはなんの関係もないわよ」

と言って、エレーヌが悔しそうに唇を噛んだ。すると、薄ピンク色のソバカスの顔が見る見る赤く染まった。

佐和子は二人のやり取りを見ていて唖然とした。カトリーヌの言い草は冗談の域を超えている。まるで反目し合う母と娘である。佐和子の驚きをよそに、カトリーヌが皆に呼び掛けた。

「さあ、食事にしましょう」

全員がベランダから庭に下り、ゴムの大樹の下にしつらえたテーブルに向かった。フィリップが慰めるようにエレーヌの肩を抱きながら、一番後から続いた。佐和子はエレーヌの若くて向こう見ずなところに心を惹かれ、彼女の隣の席を選んだ。

エレーヌより二、三歳年上の早川は、向こう気の強いフランス娘と親交を取り結ぼうと、辛抱強く話し掛ける。その悪戦苦闘振りを見ていると、エレーヌに対するカトリーヌの辛辣な態度が幾らか理解できた。

ボランティアの中には手を焼かせる若者が必ずいるが、特に世間知らずの若い女性にそうした厄介者が多い。エレーヌは触ると火傷を負いそうな、見るからに癇の強い子だ。ボランティアの職場で同僚同士の揉め事は珍しくない。この先、早川が彼女とトラブルになれば、佐和子も無関係ではいられなくなるだろう。

「情勢が落ち着いたら、ちょっと遠いが、日仏共同で『水鳥の湖』に行ってキャンプするというのはどうだろう？」

と、フィリップが皆に向かって発表した。

彼によると、ボランティアの一人がルワンダの国境付近の国立公園で自然保護活動をしていて、彼に頼めば宿泊場所の手配も、ボートの調達も容易にできるという。

フィリップは手にしたフォークを厳かに立て全員の注目を促すと、「えへん」と一つ咳をしてから、吟遊詩人さながら流麗なフランス語で『水鳥の湖』の夜明けを描写してみせた。それは、聞く者の脳裏に、水鳥が何万羽、何十万羽と朝日を浴びて一斉に湖面を飛び立つ幻想的な光景を彷彿とさせるものであった。

「ぜひ一緒に行きましょうよ」

カトリーヌが嬉しそうに佐和子を振り返った。

「私の帰国に間に合わせてね、お願い」

と、エレーヌが甘い声を出した。

「あなたの帰国、いつ？」

「四か月後よ」

「驚いた。もう四か月なの?!」

先ほどとは打って変わって穏やかな口調のカトリーヌである。

「じゃあ、あなたの『さよならパーティー』は、水鳥の湖でやりましょう」

フィリップが吟遊詩人の真似事を演じている間に、メイドが料理を運び終えた。テーブルに並んだカトリーヌお手製の料理は、子牛の赤ワイン煮にキノコのソースを添えたもの。特にニンニクを効かせたオレンジ色のキノコの一品が一同を唸らせた。

「南フランスの田舎料理よ」

皆の称賛の嵐にカトリーヌが応える。

「この珍しいキノコ、どこで手に入れるの？　この辺じゃないわね」と、佐和子。

「フィリップが、出張先で村の子供から買ったの。残念だけれど、簡単には手に入らないわね」

「ほんとにきれいなキノコ。図鑑で見たことがあるけど、カトリーヌ、名前、ご存じ？」

「これ、アンズタケです」

すかさず遠藤が日本語で口を挟んだ。それから、彼はポケットから小型の携帯用辞書を取り出し、『アンズタケ』の単語を見つけると、それをエレーヌに見せてから、たどたどしいフランス語で話し出した。

「田舎の母が、山でキノコを採る……」

「あなたの実家は田舎なの？　それどこ？」

とエレーヌ。彼女は遠藤の正面に座っていた。

キノコをきっかけに、エレーヌを中心に若者の間で日本の地理の勉強会となった。エレーヌは東京っ子の井上より長野県出身の遠藤に心を引かれたようだ。佐和子は会話を交わしながら巧みにナイフとフォークを使う彼女の手つきがとても洗練されていることに気付いた。乱暴な口を利くようでも、どこか育ちの良さを感じさせる。

「どこで手に入れたか、場所も秘密なのかしら？」

アンズタケをフォークに刺し、フィリップに向かって佐和子が言った。

「残念ながら、少し遠方です」

「それなら、次の時は、ぜひとも私の分も買って来て欲しいわ」

「マダム、お安いご用です。今度、運よく森の小人に出会ったら、バケツ一杯買ってまいりましょう」

と、フィリップが茶目っ気たっぷりに言った。それを見て、エレーヌが叫んだ。


「フィリップ、いつもの詩を詠ってよ！」

フィリップは『待ってました！』とばかり、ワイングラスを手元に引き寄せ、一口飲んでから咳払いをし、言葉を一つ一つ舌の上で転がすように詩を吟じ始めた。するとうっとりと彼を見ていたエレーヌが小声で最後の一小節を唱和した。

「これ、ランボーが十六歳の時の詩なの」

そう言うとエレーヌが得意げに日本の若者たちに向かって、風変わりなこの詩人の生涯について話した。

「あなた、随分詳しいのね。何という詩？」

佐和子がこの時初めて、ただ彼女と口を利きたくてエレーヌに声を掛けた。

「『わが放浪』……。フィリップが皆によく聞かせるので、所々覚えちゃった」

「でも、これ、フィリップよりあなたに相応しい詩だと思わない？　歳も近いけど、あなたの気性にぴったりだわ」

「私の気性って、どういうこと？」

と言って、彼女が怪訝そうに佐和子を見返した。その目は『なぜ私に興味を持つのか？』と尋ねている。

佐和子が言葉を探している間に、エレーヌはくるりと背を向け、若者らとの会話に戻っていった。彼女をもう少し自分に繋ぎとめておきたかったのにそっぽを向かれ、佐和子は仕方なく同年代のカトリーヌらとの会話に合流した。

最初周囲に溶け込めず、もどかしそうにしていたエレーヌであるが、神経的なところが影を潜めるとなかなかチャーミングである。美形とは違うが、ある種の魅力を備えている。絵画向きではないが、文学的な雰囲気を漂わせていた。

「私、アルザス出身なの。アルザスってどこか知ってる？ とても小さな村で、閉鎖的なの……。閉鎖的の意味が分からないのね……」

と、エレーヌが会話をリードする。若者同士である。他愛のないことがきっかけで、打ち解けるのも早い。

このアルザスの小娘と同じ歳頃に、佐和子はカンボジアでボランティア活動をしていたが、そこで知り合ったフランス人の女の子の奔放なところがエレーヌと似ている。今は、その名前さえ忘れてしまい、顔もおぼろげであるが、エレーヌが発散する生気のようなものが、その子を彷彿とさせる。

そのフランス娘を佐和子に紹介したのは、佐和子のボーイフレンドであった。その後、佐和子が彼との関係を解消すると、そのフランス娘はすぐに彼と好い仲になり、三人で一度ドライブ旅行をしたことがあった。

その頃、カンボジアは内戦のためアンコールワット遺跡へは近づけなかった。三人はトンレサップ湖で漁船をチャーターして水上マーケットで食事をし、夜は湖畔にテントを張って朝まで語り明かした。それは、佐和子の記憶の奥に眠り続ける、悩ましくも不思議な旅であった。それから数か月して内戦が激化したため、佐和子は日本に帰国し、二度とカンボジアに戻らなかった。

今は懐かしい思い出であるが、その当時は、フランス娘の眩いばかりの自由奔放な生き方に対する羨望の念と反発が佐和子の中で渦巻いていた。東洋的道徳観に縛られた自分との葛藤と、呪縛からの解放がない交ぜになって、二十歳を過ぎたばかりの佐和子を悩ませたのである。

一人ぼんやりと思い出に浸っていると、突然忘れかけていた歌が心に蘇ってきた。それは、歌詞の中に『私は十六歳……』という語りのある、当時カンボジアで流行っていた、フランスの女性シャンソン歌手ミレイユ・マチューの歌で、プノンペンの行き付けのカフェで繰り返し流されていた。

そのカフェはフランス統治時代の白い瀟洒な目抜き通りにあって、通りの向かいをチョコレート色をしたメコン川の支流が流れ、近くのサークルにシアヌーク殿下の巨大な立て看板があった。佐和子はココ椰子の木陰に並べられたテーブルの一つに座り、歌詞をそらんじてしまうほど、マチューの歌を聞いたものであった。

「エレーヌ、あなた、ミレイユ・マチューを知っている？」

佐和子はもう一度彼女を振り向かせたくて声を掛けた。

「誰、それ？」

と、エレーヌが嫌々返事をするのが分かった。

「いいの、いいのよ、分からなくって……昔の古い歌手だから」

『その頃、あなたにそっくりの子がいたの』と、喉元まで出掛かった言葉を、佐和子はグラスに残ったワインと共に飲み下した。

幸いカトリーヌは洋平らとの話に夢中でエレーヌとの会話に気付かなかった。カトリーヌがミレイユ・マチューを知らぬはずはないが、佐和子は同世代の彼女とカンボジアの思い出話をする気はなかった。それは彼女の心の奥に秘めた大切な青春の一コマで、詳しくは洋平も知らない。

食後は、それぞれ気の合った者同士、小グループに分かれてくつろいだ。遠藤は画用紙を所望して、ゴムの木のツリーハウスにエレーヌを座らせてスケッチを始めた。佐和子は、フィリップたちのグループにも若者らのグループにも加わらす、一人カンボジアの思い出の余韻に浸っていた。

時折、人は『素晴らしき人生』に感謝したくなる至福の時がある。それは決まって、予期せぬ時に予期せぬ場所で不意に訪れる。佐和子の場合、なぜか外国で、しかも友人に取り巻かれている時に訪れるが、今もって謎である。それが、時に渋りがちな夫の尻を叩いて、海外で暮らしたいと願う彼女の本当の動機であった。

★　★　★

「ブヨヤよ！」

この数日間、テレビに釘付けの佐和子が大声で洋平を呼んだ。彼女は時間のない夫に代わって『テレビ担当』を務めている。投票から数えて四日目、やっと政府が重苦しい沈黙を破った。

三人のボランティアも小サロンに集合し、緊張した面持ちで、フロデブ新政権への権力譲渡を宣言するブヨヤの演説を聞いた。淡々と原稿を読み上げる大統領の顔からは疲労が滲み出ていた。

四日間悩み抜いた末に、ようやくたどり着いた決断であろう。発表に至るまでの過程で、ブヨヤと彼の仲間は幾度となく秘密会議を開いて、様々なシナリオを検討したことだろう。その中には危険極まりないものも含まれていたに違いない。演説はいつものようにフランス語とキルンディ語で二度繰り返された。

「これで、やっと仕事ができる」

と言って、洋平はテレビのスイッチを切ると、その日の午後にも遠藤らが引っ越せるよう、プラザに荷物の運搬を命じた。遠藤との窮屈な共同生活に辟易していた井上の顔に安堵の色が見える。彼は直情的な遠藤と違い、自分を押し殺すタイプの男である。二年間二人は同じアパートに暮らすが、それぞれに個室がある。これで井上も一息つけるだろう。

洋平はオズワルドの昼食を手に庭に出た。キルンディ語のラジオ放送が、彼の持ち場である椰子の下の茂みで鳴り続けている。

「ブヨヤの演説を聞いたか？」

「先ほどからラジオはその話ばかりです」

「良かったな。戦争にならなくて」

「はい」と、彼は素直に白い歯を見せた。

洋平が昼食を届ける役を買って出たのは、一言オズワルドに声を掛けたかったからだ。危機を孕んだ数日間を共に乗り切ったことで、主従である二人の間に一種の連帯感が生まれていた。

今回の政変劇の真の主役は名も無き民衆である。ブルンジが民主国家としての第一歩を印した。この日、洋平は彼と二人で『歴史的朗報』の感激を分かち合いたいと願ったのだ。

洋平から大盛りの皿を手渡されたオズワルドは、そわそわと落ち着かない様子で、境界の金網へ視線を走らせる。選挙を境に彼とレオポール、対立するツチとフツの友人は仲直りした。それを知った洋平が、この記念すべき日を共に祝うことができるよう、二人分の食事を用意させたのだった。

主人から解放され、ご馳走を手に親友の元へ駆けつける彼の後ろ姿からは、テレビニュースに興奮し、政治集会に熱狂した『新生オズワルド』を想像することはできない。

ツチの若者によるスタンドバーの政治談議も、彼らの救世主ブヨヤが地に落ちた日を境にぷっつりと止んだ。オズワルドは憑き物が落ちたように、従来の晴れやかな笑顔と献身的な仕事振りを取り戻していた。

そして投票から一週間後、次期大統領ンダダイエが初めてテレビ画面に登場した。彼の勝利演説は、投票前と打って変わって『部族間の和解』を訴える極めて穏便な内容であったが、その反面、彼の表情からは運命と対峙する男の悲壮な決意が滲み出ていた。

一方、巷ではフツ住民による祝賀騒ぎが官憲の力で収拾されると、それを待っていたかのように、今度は危機感から結束したツチの巻き返しが始まった。ブルンジ大学の学生を中心に、ブヨヤ支持のデモが発生したのである。

大学キャンパスを出発したデモ隊は、ロエロに近い『九月二十八日通り』を通って町の中心まで、時折リーダーの音頭でシュプレヒコールを叫びながら、プラカードを先頭に整然と行進する。彼らはブルンジ最高学府のインテリらしく見事な統制の下に動いている。

ンダダイエ新政権はツチの反発を恐れて、学生デモを放置しているという噂が飛び交った。それが学生たちを勢い付かせ、無期限デモを宣言するに至った。大学当局は学業に戻るよう呼び掛けたが、後戻りの利かなくなった若者は、卒業試験と進級試験をボイコットするという思い切った行動に出た。これにツチ系の役人たちが共鳴し、デモの規模は徐々に拡大したが、軍と警察を掌握していない新政権は静観を決め込む他ないようだ。日本の六十年代の過激な学生運動を経験している洋平は、運動の先鋭化を危惧した。

洋平は、はやる気持ちを抑えられない井上と遠藤を連れて、下水溝工事の現地視察に出た。現場は広大な貧民地区カメンゲの懐深くにある上、この付近は今も騒動の火種がくすぶっていると、プラザとボドワンから忠告を受けていた。

揃いのベージュの作業服に身を固めた若い二人が、日本から持ち込んだ測量機器をジープの荷台に積み込む。そのテキパキとした手際のよい動作から、彼らの意気込みが伝わってくる。一見頼りなさげに見えても日本では一端の技師である。

カメンゲの現場には事前の打ち合わせ通り、ボドワンとアデル、それに市役所の青少年課長が日本の若い技師を待ち受けていた。

フランス語が不得手な井上らは挨拶もそこそこに、技師の威厳を示すに最善の方法を取った。早速仕事に取り掛かったのである。二人は、手書きの設計図を手に下水溝の予定コースに沿って踏査を行い、デモンストレーションのため測量機器を据えた。すると、瞬く間に汚い身なりの子供たちの好奇の目に取り囲まれた。

「おい、そこをどけ。機械の前に立つんじゃない。見えないだろ」と、遠藤が日本語で怒鳴る。

もう一人の技師井上は、ボドワンを相手に片言のフランス語で格闘している。『測量なんかせず、真っ直ぐ掘ればいい』と言うボドワンの主張に反発する井上。若くても技術者の端くれ、簡単には引き下がれない。

そのフランス語は千々に乱れて、ほとんど意味不明であったが、設計図を振りかざして迫って来る小柄な日本人の迫力にボドワンはたじたじの態である。洋平はこれから先の長い道のりを思い、にんまり笑みを浮かべた。

その時、彼はアデルの横に十六、七歳の少年四人が控えているのに気付いた。

「少年隊の班長です」

アデルが四人を洋平の前に押し出し、一人一人名前を紹介した。

彼はできるだけ親しみを込め、垢に塗れた少年の手をそっと握って言った。

「君たちは、これまで何をしてたの？」

　少年たちは互いに目配せしていたが、四人の中で年長らしき一人が一歩前に出た。ひどく髪の汚れた、すばしっこそうな目付きの少年である。

「決まってるさ、物売りか、かっぱらいだよ」

　少年は洋平に向かって乱暴に答えた。

「かっぱらい？」

　驚いた洋平が、フランス語を聞き違えたのかと思い、アデルを振り返った。

「黙れ！　セレスタン」

　怒ったアデルが少年の痩せた肩を鷲掴みにしてキルンディ語を浴びせ掛けたが、少年の不敵な目はアデルの剣幕に臆するどころか、相手を嘲るように一段と不遜な色を帯びる。

「だって、この人が聞いたから答えてやったんだ」

　と減らず口を叩くと、セレスタンと名乗るその少年は不服そうにして引き下がった。

　アデルは少し離れた所へ洋平を連れて行き、そっと耳打ちした。

「あの生意気な少年は、実はボドワンのお気に入りなんです。私は彼の班長採用に強く反対したんですが、押し切られて……」

　二人の確執を知っている洋平は、アデルの訴えを今は聞き流しておくことにした。

　洋平は井上と遠藤を傍らに呼び、少年隊の班長に引き合わせた。四人の班長は下水溝工事に従事する四十人の少年隊のリーダーで、キルンディ語が話せない日本人のパイプ役を兼ねることになる。アデルが双方の紹介を終えると、洋平が班長らを前に一言訓示を垂れた。

「皆、いいかな、井上さんと遠藤さんの二人は、君たちの仕事を手伝うために遠い国から来た君たちの兄さんだと思って欲しい……」

　アデルがフランス語の難しい部分をキルンディ語に言い直すと、少年らの無愛想な表情に変化が現れ、四人の瞳が一斉にベージュの作業服を着た二人の日本人に注がれた。

　井上たちは早速四人の班長を率いて測量器械のところに戻り、代わる代わるファインダーをのぞかせたり、測量の真似事をさせたりして交流するうち、その粗暴で貧相な外見と違って、彼らが皆思いの外聞き分けの良い生徒であることが分かった。

第一回の現地調査が終了し、帰り支度を始めた時、ボドワンが近づいてきた。

「間もなく住民デモがある。すぐ、ここを立ち去った方がいい」

「危険なのか？」と、驚く洋平。

「皆、気が立っている。何が起こるか分からん」

と話すボドワンの落ち着き払った態度からは、凄みのようなものが伝わってくる。

「一体、どっちの？　君たちの側か？」

「そうだ。当局が民衆のデモを取り締まって学生のデモを放置するからだ」

いきり立つボドワンの目が怪しい光を放つ。

「ボドワン、一つ教えてくれ。選挙に勝った君らが、どうして騒ぐ必要がある。学生デモに対抗することが目的なのか」

「それは、ンダダイエが……」とボドワンが声を潜める。

「パリペフツの扱いを巡って、仲間を裏切ろうとしているからだ。少なくともそう思っているやつが大勢いる。デモの本当の狙いは、弱腰のンダダイエに圧力をかけることにある」

洋平の懸念が的中した。選挙前はフツ族の解放戦線パリペフツの記事がル・ヌボーの紙上を踊っていたのに、選挙後はパッタリと影を潜めた。民主的手段で政権を勝ち取った今、用済みの厄介者をどう処遇すべきか――パリペフツ問題は、ンダダイエのアキレス腱になり始めていた。

洋平は、井上と遠藤を急かして現場を離れた。彼らが一緒でなければ、デモを偵察する誘惑に負けたかもしれないが、立場上ボランティアを少しでも危険に晒すことはご法度である。

労働者が昼食をとりに自宅に戻る時間と重なって、ジープは狭い路地を思うように前進できない。一刻も早く住宅地を抜けようと焦って、近道のつもりで脇道に入ったのが間違いであった。数ブロックと進まないうちに群衆に行く手を阻まれ、身動きが取れなくなった。一ブロック先の十字路を群衆が押し合い圧し合いして流れて行くのが見えた。洗練された学生デモと違い、民衆のデモはプラカードもシュプレヒコールもなく、不機嫌な羊の群れのように遮二無二《しゃにむに》突進するのである。

「すごいなあ、これが民衆のエネルギーというやつですね」

後部座席から身を乗り出し、高みの見物とばかり、遠藤が呑気な声を上げた。

デモの列は途切れそうにない。戻るべきか否か思案しているうち、悪いことに、ジープはデモに合流しようとする群衆の流れを塞ぐ格好になった。通りすがりに車のボディを平手で叩く者や、胡散臭い目で東洋人を睨み付ける者がいた。留まることに不安を感じた洋平は、彼らを押し分けるようにゆっくり車を後退させた。後方に気を取られていた彼は、横に突き出たサイドミラーが男の顔に当たるのに気付かなかった。

「あっ」と叫ぶ井上の声で、ブレーキを踏んだが、遅かった。若い黒人がよろけて路上に倒れた。『しまった』と頭の中で叫んで、ドアの取っ手に手を掛けた時、いち早く起き上がった男が外側からドアを引っ張った。ドアと一緒に腕を持って行かれそうになった洋平は、反射的にドアを閉めロックした。ドアがロックされたと知って、男は周りの男たちに向かってキルンディ語で喚く。

「どうします？」

井上の声が震える。男たちが窓ガラスに顔を押し付けて中をのぞき込む。このまま放置してはかえって騒ぎが大きくなると、自分の過ちに気付いた洋平はロックを外して一歩外に出たが、その男は喚くのをやめない。

「誰かフランス語の分かる人はいませんか？」

と叫んで周りを見回した時、見覚えのある少年が、その男と洋平の間に割って入って来た。

「金をよこせと言っている」

少年は若者の要求をフランス語で伝えた。

「いくらだ？」

金で解決できると知って、洋平は内心ほっと胸を撫で下ろした。

少年は金額を告げる代わりに、若者と激しく言い争いを始めた。その時になって、その少年が少年隊の班長の一人で、生意気な口を利いてアデルにこっぴどくやられた、あの鼻っぱしらの強い少年であることが分かった。

彼は自分より年も身体も大きい若者を相手に一歩も引かなかったが、ついに洋平に向き直り「五百フラン」とだけ言った。その十倍もの金額を覚悟していた洋平はむしろ拍子抜けした。その時になって、少年が執拗に値引き交渉をしてくれていたことも分かった。洋平が金を渡すと、それを見て野次馬たちが皆満足そうに笑みを浮かべ、ジープを取り巻いていた人垣の輪が一挙に解けた。

「ありがとう。ところで、君の名前だが……」

と、洋平が尋ねた。

「セレスタンだよ」

汚い髪を引っ掻きながら少年が答えた。それを聞いて、洋平はアデルが彼のことを『ボドワンのお気に入り』と言って、ひどく嫌っていたことを思い出した。

「町にはタチの悪い当たり屋がいるから、気を付けなよ」

世間ずれした話し方をするセレスタンは、身体の割に頭が大きく、ひどくませた顔をしていた。

「ありがとう、セレスタン」

遠藤が窓から顔を突き出して言った。

「じゃ、またね、兄貴」と言って、彼が片手を上げた。

「明日も来るんだろう?」

「もちろん、毎日行く」と、遠藤が応えた。

「そのうち、機械、教えてやる」

今度は、動き出したジープから井上が呼んだ。

それを聞いて、セレスタンのはにかんだ顔が嬉しそうに輝いた。彼は両手をズボンのポケットに突っ込むと、デモ隊が通り過ぎてまばらになった群衆に紛れ、姿を消した。

★　★　★

執務室の閉まったドアを通して、プラザの話し声が漏れ聞こえる。隣の小サロンで、遠藤が彼からキルンディ語を習っているのだ。最初は軽い気持ちで始めた勉強会らしいが、今では授業料を払って、夕方週二回、時間を決めてやっている。

他の二人が現地語の学習にそっぽを向く中、遠藤一人が熱心に取り組んでいる。それに、師弟の呼吸がとてもよく合っている。遠藤が習い立てのキルンディ語で舌足らずな冗談を言うらしく、時々楽しそうな笑い声が漏れ聞こえてくる。

勉強会が終わった後、二人は井上らを誘って食事に行ったりしているようだ。洋平は、彼らに誘われても断るようにしているが、一度だけタンガニーカ湖畔のレストランに同行したことがあった。

その時、若い頃のボランティア活動について聞かれたが、洋平は多くを語らなかった。若者を相手に経験談を面白可笑しく語って聞かせるのがこうした場合の常となっているが、洋平はそれを避けている。彼は遠藤ら若者とではなく、むしろその土地の人々と付き合うことの方を好む。若者たちが集って楽しそうにしている時は、『そんな時が自分にもあった』という風に考えるようにしている。

そんな洋平が密かに人生の好敵手と見なしているのが、プラザである。ある日、壁に掛かった月捲りのカレンダーを眺めていた彼が言った。

「旦那、先月のカレンダー、ありませんか？　あったら、私にくれませんか？」

「捨ててしまったけど、欲しければ次から取っておいてやるよ」と洋平が答えた。

それは、事務局が毎年海外事務所に発送しているカレンダーで、日本の自然を題材とした色刷りの写真が十二枚納まっている。プラザが見ているのは日本庭園の四季を写したものだが、四季のないブルンジには紅葉がないし、雪を被った庭園はプラザの想像と理解を超えているに違いない。彼が尋ねてきた。

「本当にこんな所が、日本にあるのですか？」

「もちろんだよ」

「旦那は、自分の目でちゃんと見たんですか？」

「日本には庭園が幾らでもあるから、一々覚えていないよ」

「幾らでもあるんですか？　本当に?!　私が何も知らないからといって、いい加減なことを言って、騙しちゃいけませんぜ、旦那」

小サロンにはもう一つ、彼を魅了する物がテレビの横に飾ってあった。それは、半ば目を閉じて眠るように微笑む少女を彫った大小一対のコケシである。ある日、佐和子が庭から戻って来ると、プラザがコケシを手にとって眺めていたという。

「とても変わった彫り物ですね」

「日本の伝統工芸よ」

「マダム、できたら、私のためにこれと同じものを日本から取り寄せてくれませんか？」

「それは難しい問題ね」

と笑って、佐和子は真剣に取り合おうとしなかった。それは両手に入るほど小さなものだし、それに事務所には毎月のように段ボール箱に詰めた荷物が届くのだから、そこに紛れ込ませれば済むことだと、プラザは思ったに違いない。

「ちゃんとお金は払います」

と言って、彼は食い下がったという。妻からこの話を聞いて、洋平は次に赴任してくるボランティアに頼んで、コケシを入手してやっても良いと思った。ただ、なぜプラザがそれほどまで日本に興味を持つのか、理解できなかった。

それからしばらくして、プラザは洋平にある提案を持ち掛けてきた。それは、彼が一度手掛けて失敗に終わった日本の中古車の輸入事業の片棒を、洋平に担がせようとするものであった。洋平と彼が手を組み、日本での中古車の調達とブルンジでの販売を、それぞれの国で分担するという、いかにもプラザの思い付きそうな話である。

彼によると、遠戚に当たる男がタンザニアの港町ダレサラームで手広く商売しているから、彼を抱き込めば輸入業者の手を通さなくても、輸送ルートが確保できる。前回の失敗は、輸入業者に多額の手数料を支払ったせいであって、もし日本から直接輸入できれば濡れ手に粟の商売と彼は踏んでいる。当然のことだが、商売が軌道に乗るまでは洋平が手持ちの資金を注ぎ込むことになるが、その点についてプラザはあえて触れなかった。

「ふん、面白そうな話だが……」洋平は言葉を濁した。

「ただ君と違って、私は商売とは無縁の環境で育ったからね」

プラザによると、彼の先祖はかつてタンザニアでインド人を相手に貿易と商品取引をしていたが、曽祖父の時代にブルンジに移住し、事業に失敗。プラザはその末裔ということになる。

今はタクシー運転手に身を落としているが、その身体に商魂たくましい先祖の血を受け継いでいる。プラザは言及しなかったが、彼の先祖の話というのは、一枚帆の巨大なダウ船がインド洋を航海していた頃のことかもしれない。

「旦那とならうまくいくだろうと、タクシーを運転していて、ふと閃いたんです」

と、いつになく真面目な顔でプラザが言った。

洋平は話に乗らなかった。プラザの提案に一瞬目が眩み、心を動かされたのは事実だが、今の仕事を投げ打ってまで、未知の世界に飛び込んで行く勇気がなかったのである。

彼はこの話を佐和子にしなかった。秘密にしたのは、彼女がプラザを嫌っていたからではなく、むしろ洋平自身が彼と組んでやる共同事業に心底魅了されたからである。プラザには彼を引き付けて止まない何かがあった。

洋平にその気がないと知って、彼は二度とその話を持ち出さなかったが、その後も洋平はその話を時折思い出し、自らに問い掛けることがある。

『あの時、プラザの話に乗っていたら、その後の人生はどうなっていただろう』と……。

第三部　大虐殺

第九章　新しい相棒

お屋敷の玄関先が砂利で敷き詰められているのは、車止めのためばかりではなく、盗賊の足音を感知する役割があることをオズワルドは知っている。ある生暖かい夜だった。彼は夢うつつのうちにも、グシャ、グシャと砂利を踏む音が耳元で戯れるのを聞きながら、それがむしろ異常にかすかであること、その間隔が開き過ぎていることにすぐ気付いた。

爪先で地面を探る音がコンクリートの敷居で増幅され、オズワルドの鋭い聴覚器官に達してから全身が反応するまで、長い一瞬が過ぎた。まどろみから覚醒し、その足音がご主人のものでないことを確信するや否や、自分の全身の筋肉が見る見るこわばっていくのが分かった。

「藪に気を付けろ」

オズワルドが敷居からそっと身を起こし掛けたその時、盗賊のささやく声がした。彼は音を立てないよう身体をねじって腹這いになると、いつでも前に飛び出せるよう肘を立て猫のように背中を丸めた。

砂利を踏む音は門扉の方角から更に複数近づいてくる。敵は三人？　あるいは四人？　オズワルドは彼らの注意が藪の方に向いていると知り、自分にもチャンスがあると思った。実際、彼はよく椰子の根元を見張り場にしていたが、その日はたまたま建物の角に場所を移していた。

防犯灯の照明の中に頭を突き出すのは危険過ぎた。オズワルドは陰に身を潜めた状態で、全神経を研ぎ澄ませ、足音を頼りに敵の人数と位置を測った。敵は多数……。捕まれば撲殺される。自分の死を告げる早鐘が頭の中で鳴り響いた。

彼は足首に力を入れようとするのだが、つま先がコンクリート敷の表面を上滑りするし、膝と腰の関節が宙に浮いているようで頼りなく、身体は彼の意思に逆らい、数ミリずつ後退りしていた。

突然、ジープの脇へ回り込んだ男の身体の一部が視界に飛び込んで来た。男は短い棍棒を手に前方を窺っている。防犯灯の青白い光に晒され、痩せこけた小男の背中が無防備に見えた。その距離、二メートルほどである。

その時、後退りしていたオズワルドのかかとが何かに当たり、かすかな音を立てた。『しまった』と思ったその瞬間、背骨に電流が走り、彼は弾けるように前に飛び出すと、車の運転席をのぞき込んでいる小男の脇腹に肩から体当たりを食らわせた。車体との間に押し潰され、男はグゥという妙な音を立てて足下へ崩れ落ちた。オズワルドはその跳ね返る力で後方へと走った。

彼の背後で、切迫した声とダッと砂利を蹴る音が入り乱れた。オズワルドは障害物の多い建物の陰を離れて、光の中を一目散に駆けた。自分の足がシュッシュッと芝草を切る音が異様に大きく聞こえる。レモンの木の横を走り抜けた時、枝の鋭い刺が彼の上腕の皮膚を引き裂いた。

つむじ風のように裏庭を駆け抜けた彼は、防犯灯の届かない裏手へと回り込んだ。建物の角を曲がる時、コンクリートの敷居に激しく足のくるぶしを打ちつけ、その衝撃で身体ごと数メートル前方へ跳ね飛んだ。倒れ込んだ時、背後から蛮刀で切り付けられたような衝撃を覚え、彼は「ギャー」と断末魔の凄まじい絶叫を上げた。

一瞬の間、芝生にうつ伏せていたオズワルドは、恐る恐る顔を上げ、前歯で噛み切った芝生の束を口から吐き出した。そして、背後に追っ手が来ていないと知ると、暗闇の中を四つん這いになって、ご主人の寝室を目指し蛇のように身体をくねらせた。寝室の窓の下にたどり着いたその時、寝室の電灯が灯って、カーテンの隙間から漏れ出た光が彼の身体を照らした。彼は慌てて近くの植え込みに飛び込み、息を殺した。

しばらく間があって、「オズワルド！」と呼ぶご主人の声が屋敷内に響いた。その数秒後、次々と潜り戸を潜る盗賊の姿が、『旅人の木』の葉陰から見えたかと思うと、続いて彼らの乱れた足音がバタバタバタと深夜の住宅街に鳴り渡った。なりふり構わず遁走する盗賊に向かって隣のベルギー人の番犬が吠えかかり、激しく彼らを追い立てた。

ほっと一息ついたその時、大サロンの明かりが煌々と灯り、人影が格子窓に近づくのが分かった。それに勇気付けられて、『泥棒！』と叫んだつもりが、オズワルドの破れた喉からは「ううう」と奇妙な唸り声が漏れたに過ぎない。一時して小サロンのドアが開き、人影が玄関のポーチに現れた。

「オズワルド！」

洋平の呼び声に応えて、オズワルドが闇の中から姿を現した。パジャマ姿のご主人は二人とも長い棒を手に油断なく身構えている。

「大丈夫？」

佐和子が恐る恐る声を掛けてきた。

その時、命が助かったことを知ったオズワルドの肺から「ヒュー」と口笛のような安堵の溜め息が押し出され、その音に自分でもびっくりした。余程深く息を止めていたに違いない。

「何があったんだ？」と、洋平。

「四人……」

と一言、オズワルドは声に出すのがやっとだった。

彼は自分が盗賊を相手に戦ったことを伝えたかったが、潰れた喉からは枯れ葉を引っ掻くような音しか出てこない。そんな自分がもどかしくて、彼は入り口の門扉のところへ行き、その目で見たわけでもないのに、両手でよじ登る真似をして見せた。

「そこを乗り越えたんだな、四人が」

と、洋平が一々確認をとる。

「ジープで……一人、やった」

オズワルドがしゃがれた声を絞り出した。喉が焼け付くように痛んだ。

「その声、どうしたの？」

佐和子が驚いて彼の顔をのぞき込んだ。

「お前だったのか、さっきの悲鳴は！」

続いて洋平が小さく叫んだ。

そう言われて、今も耳の奥に鮮明に残っている『ギャー』と言う叫び声を思い出し、それが自分のものかどうか定かでなかったが、猛烈に痛む喉を思うと認めざるを得ない。

洋平の矢継ぎ早な質問に彼は何一つ満足に答えられない。ジープをのぞき込んだ小男と、潜り戸から逃走する男たち以外何も見ていなかったし、四人というのも確かではなかった。

その時、佐和子がオズワルドの左腕に鋭い引っ掻き傷があるのに気付いた。

「あら、これ、血じゃない！　黒いからよく分からなかったわ」

彼女は彼を小サロンの灯りの下へ引っ張って行った。黒い皮膚が裂け、ピンク色の肉質が露出している。佐和子は事務所から救急箱を持ってきて、手際よく傷口を消毒し包帯を巻くと、「恐ろしいこと」と二度三度声を震わせてから、彼の目を見詰め、咎めるように言った。

「盗賊に刃向かったりして、ほんとに馬鹿ね。殺されたらどうするの……」

オズワルドは手当てを受けながら、奥様の生温かい息を肌に感じた。真っ白い包帯ばかりか、不快な消毒の臭いまでが彼を誇らしい気持ちにさせた。盗賊と戦ったという熱い思いが、いやが上にも彼の野生の本能を揺さぶるのである。

「旦那様、マシェット（蛮刀）を買ってください。私には鎌しかありません」

これを好機とオズワルドは訴えた。彼は、隣のサルバドールが持っている柄に彫刻の入ったマシェットが喉から手が出るほど欲しかったのである。

「とんでもない。蛮刀なんて！」

怖気《おじけ》をふるう佐和子の目が恐怖で大きく見開いた。

ご主人も一緒になって『こんな時は、刃向かわず、逃げろ』と忠告してくれたが、歩哨が盗賊を前にただ逃げたら、それこそ恥さらしである。

佐和子の手当てが終わるのを見て、洋平がオズワルドの手にペプシのビンを握らせた。冷えた液体が彼の破れた喉に激しく滲み、あの『断末魔の叫び』をまざまざと呼び覚ました。

ご主人夫婦の看護と手厚いねぎらいの言葉から解放されたオズワルドは、レオポールの元へと急いだ。彼は境界の金網にしがみ付いて、オズワルドの出現を今や遅しと待っていた。

「やあ、レオポール……」

どんな風に話を切り出すべきか、オズワルドは迷った。

「お前、大丈夫か？……良かった」

「僕はやったぜ。一人、やっつけた」

「やったって……本当か？」

レオポールが疑わしそうに華奢なオズワルドを見下ろした。彼は頭半分オズワルドより大きかった。

「これを見ろ」

オズワルドは左腕を突き出すと、闇夜に包帯が青白くぼうっと浮かんだ。

「怪我しただけか……。俺はお前がてっきりやられたと思って、びびったよ」

「じゃあ、俺が倒すところ見なかったんだ」

と言って、オズワルドは激しく落胆した。

「俺は、お前の悲鳴を聞いて腰が抜けたよ。凄い悲鳴だったからな」

と言って、レオポールが鼻の先で笑った。

「でも、その前に一人倒したんだ。本当のことさ。お前ぐらい図体のでかいやつだった。逃げてしまったから、証拠はないけど……。旦那様はよくやったって褒めてくれたし、ペプシをもらったよ」

彼は話を信じようとしないレオポールに苛立ち、少し嘘を混ぜた。

「そりゃ、あんな悲鳴を聞かされたら、盗賊だって逃げるよ。ロエロ中に響いたからな」

「そんなに凄かった？」

オズワルドが消え入りそうに言った。隣のサルバドールの耳にも届いたと思うと残念だった。明日吹聴するつもりの手柄話が予め値切られたような気がした。

「気にすることないさ。多分そのお陰でお前は助かったんだ」

今度は皮肉ではなくレオポールが神妙に言った。

当初の興奮が冷め、二人は地面に座り込んだ。レオポールが手に持っていた芝刈り鎌を金網に立て掛けるのを見て、彼が武装していたことを知った。

その時になって、オズワルドは右足に異常を感じた。そっと手で触ると、くるぶしが瘤のように腫れている。佐和子も足まで調べなかったし、オズワルドも興奮で痛みを忘れていた。この事実を明朝ご主人に一番に報告しなくては、という考えが彼の頭に浮かんだ。その時まで証拠の瘤が引いたり、小さくなったりしないか心配だった。レオポールにも指で瘤を触らせたかったが、金網が二人を隔てていた。

「俺は屋敷なんか、どうでもいい」

と、突然レオポールがいじけたように言葉を吐いた。

「これっぽっちも、大使殿に義理立てする気はないね。名誉の負傷なんてまっぴらだよ」

彼は溜め息と共に、館の方角に向かって小石を投げた。すると、小石は近くのバナナの葉に当たってバコッと乾いた音を立て地面に落ちた。

「どうした、レオポール。何か言われたんか?」

「だって、そうだろう。命懸けでお屋敷を守ってどうなる……。それに、俺はもうすぐここにいられなくなる」

「えっ、どういうこと?」

「大使の運転手が言ってた。もうすぐ大使が帰国するって。そうなると、俺たちは全員クビだ」

あまりに急な話に、オズワルドは言葉を失った。

『レオポールがいなくなる……』そう思うと、先ほどまで友情のほのかな明かりに照らされていた金網の周辺の闇が急に濃くなった。

翌朝、いつものように日が昇った。佐和子から朝食を手渡された時、改めてねぎらいの言葉を掛けられた。

すると、たちまち若いオズワルドの身体は歓びに満たされ、喉の痛みも和らいだ。

朝食を終えた時、腕の傷を消毒するため小サロンに呼び入れられた。佐和子の隣に洋平がいた。

「お前の今度の働きに対し、報奨金を出すことに決めた」

洋平は五千フラン札を一旦差し出してから、おもむろに付け加えた。

「いつものように貯金するのなら、預かるが……」

「はい」と答えて、オズワルドは手の切れそうな新札には触れず、眺めるだけで我慢した。思わぬ大金である。八月のボーナスと合わせて、貯金は一万フランになる。しかもご主人に預けると、半年毎に五パーセントの利子が付く約束であった。

「今回のような働きには、今後も報奨金を出す。これからも頼むよ」

そう告げると、洋平はそそくさと席を立った。

小サロンを辞した時のオズワルドは、枝から枝へ裏庭を飛び回る小鳥の心境であった。だが、彼の歓びは長続きしなかった。その足で、お隣のサルバドールに昨夜の出来事の報告に行くと、早速その出鼻を挫かれたのである。

「なぜ昨夜のうちに、来なかった」

サルバドールが不満を露わにした。大統領選挙以来、オズワルドは彼の子分扱いである。

「あの悲鳴はな……」

と言って彼は言葉を切り、口元にうすら笑いを浮かべた。彼は普段からオズワルドを見くびっていたが、今回ははっきりと嘲っていた。歩哨仲間から『よくやった』と称賛の言葉を期待していたオズワルドは、逆に冷水を浴びせられた形である。特にその勇猛さで一目置かれているサルバドールに『臆病者』の烙印を押されたとあっては、界隈に彼の芳しからぬ噂が広まる懸念さえあった。

サルバドールに徹底的に打ちのめされた後、プラザの登場が、オズワルドの惨めな心にとどめを刺す結果となった。

その日、たまたま庭に出ていた佐和子は、プラザから郵便物を受け取ると、早速その場で立ち話を始めた。ホースで水遣りをしながら、オズワルドは遠くから二人の様子を窺った。

話題は当然、昨夜の侵入事件である。ジェスチャーを交えて嬉々として一部始終を物語る佐和子を遠目に見て、命懸けで屋敷を守った彼の武勇伝が奥様好みのスキャンダルにすり替えられていると思った。彼女の興味本意な語り口を想像して、彼の心は激しく傷ついた。

「はっはっはっは」と、プラザの高笑いが届くばかりで、オズワルドが必死に聞き耳を立てても肝心な点は何一つ聞き取れない。いつもはプラザに対し距離を置く奥様が、この時ばかりは心から打ち解けているように見えた。彼のしたり顔からは、『マダム、請け合いますが、オズワルドが盗賊に一撃を加えたというのは、とんでもないホラですよ』と、話をでっち上げているのが聞こえてくるかのようだ。

芝の水遣りからジープの洗車に移った時、佐和子との会話を堪能したプラザがオズワルドに近づいて来て、何食わぬ顔で声を掛けてきた。

「やあ、オズワルド、昨夜は大活躍だってな」

「今度は、何を告げ口したんだ？」

オズワルドは洗車の手を休めず、憎々しげに呻くように言い放った。彼は、プラザのニタニタしたその嫌らしい口元に、バケツの水を浴びせてやりたい衝動をやっとの思いで抑えていた。

「何のことだ？　オズワルド。何が気に入らないのか知らないが、告げ口と言えば、お前の十八番じゃないのか」

　言葉遣いこそ荒っぽいが、態度は平然としている。奥様に『プラザの妻は魔女です』と告げ口したのは事実だから、当てこすられても悔しいが反撃できない。オズワルドは機械的に手を動かしていたが、怒りのあまり何も見えなくなっていた。

「近頃のお前、おかしいぞ」

　と哀れむように言って、その場を離れかけたプラザが、何を思ったか、突然笑い出した。

「何だ、そうか、そう言うことだったのか。哀れなやつだ！」

　それを聞いて、我を忘れたオズワルドは、バケツの中の残った水を歩き去るプラザの背に向かって浴びせ掛け、そして叫んだ。

「お前こそ、『飲酒』を告げ口しただろう！」

　幸いバケツの水は近くの砂利に撒かれただけで、プラザの足元にも届かなかった。それを見て、オズワルドは内心ほっとした。

　彼の悔し紛れの捨て台詞を聞いて、プラザは一層腹を抱えて笑ったと思うと、そのままタクシーに乗り込み、土埃を立てて走り去った。

　オズワルドは重い門扉を閉めながら、『プラザに馬鹿にされるのは、選挙のせいだ』と決め付けた。フロデブの圧勝で、イスラム教徒までが増長している。一時とはいえ、選挙に期待をかけて舞い上がっていた自分の愚かさ加減を彼は呪った。

　翌朝、プラザが小さな包みを持って現れた。洋平が庭に出て来て、包みから取り出した小さな器具を手に、頻りと建物を見上げて話している。疑心暗鬼のオズワルドは、昨日に続いて、自分が物笑いの種にされているのではないかと疑い、植木の水遣りを装って二人の方に近づいた。

「これなら旦那、どんな盗賊だって肝を冷やしますよ。あっちこっち店を駆けずり回って、港の付近まで来た時、汽笛が鳴るのを聞いて、これだと、閃いたってわけです……」

などとプラザが話すのが聞こえた。

後で、ご主人から受けた説明によると、それは、船が霧に呑み込まれた時、衝突を避けるために鳴らす『霧笛』というサイレンであった。実際に建物の上方にある通気口に設置して鳴らすと、『ウウーン、ウウーン』と近隣にけたたましく鳴り響いた。次に盗賊団に襲われた時は、室内と屋外の二か所に取り付けたスイッチを使ってこれを鳴らせば、身を危険に晒すことなく盗賊を撃退できると洋平は言った。

この時、後々までオズワルドの心に引っ掛かることがあった。それは、立ち話をしている時のご主人とプラザの二人の様子だった。プラザの奔走をねぎらう洋平に対して、彼はだぶだぶのズボンのポケットに片手を突っ込み、くわえ煙草で話していた。ご主人に取り入る風もなく、ごく親しい友人のように振る舞っていたのである。

★　★　★

「もう一人、歩哨を雇おうと思う」

主人の洋平がそう宣言したのは、例の侵入事件から間もない頃であった。アイロン掛けをするオズワルドのところに来て、彼は警備を二人体制にすると告げたのである。

「お前も知っての通り、大統領選挙以降、首都の治安は悪くなる一方だ。先週、井上たちのアパートの分電盤が盗まれ、先日は白昼、早川が暴漢にネックレスをひったくられた」

妻の佐和子が外出する時、ネックレスのみならずピアスまで外していることを知っている洋平は苦い顔をした。オズワルドはご主人の愚痴を用心深く聞き流し、次の洗濯物に手を伸ばした。話が何であれ、ご主人の決定に異議申し立ては許されないが、ことが二人目の歩哨となると、彼とて心中穏やかではいられなかった。

「オズワルド、ちょっとアイロンをやめないか」

洋平は大事な話をする時の常で、正面に相手を据えようとする。

「一緒に働くのはお前だから、お前の意見を聞きたいと思っている」

「…………」

「家内の話だと、隣のレオポールが近々解雇されると言うことだが……。それで、彼の新しい勤め先を探して欲しいと頼んだそうだな」

「はい。見つからないと、田舎に帰るしかありません」

「そうか。それで、もしお前がよければ、うちで雇っても構わないが……」

レオポールにとってこんな耳寄りな話はない。渡りに船とはこのことである。にもかかわらず、オズワルドは返事をためらった。彼は無二の親友に違いないが、『自分の相棒』として考えたことは一度もなかったからである。

レオポールの解雇が現実のものとなった時、彼は仕事の斡旋を佐和子に依頼した。彼女は『遠藤さんたちが使用人を欲しがるかも』と言ってくれたが、無駄骨であった。

「レオポール以外でも構わんよ」

洋平がオズワルドの頑なな沈黙に苛立ちを見せた。

「気が合う方が良いからね。その点、レオポールなら、家内も安心だと言っている」

「彼でいいです」

ご主人の催促に押し切られて、オズワルドが答えた。

「そうか。じゃ、そうしよう。お前に任せるから彼を誘ってみてくれ。彼がオーケーしたら、明日、私が面接をするとしよう」

ところが、アイロン掛けを終えたオズワルドは吉報を携えて親友の元へ行かなかった。できたが、そうしなかった。彼は椰子の木の下の隠れ家に潜り込んだ。ここなら思う存分考え事ができる。

ご主人が『オズワルドに任せる』と言った時、これが人の運命を左右するカードであることを彼は即座に悟った。この黄金のカードをレオポールに配るべきか、それともジュベナールに配るべきか、思い迷ったのである。

従兄のジュベナールも現在失業中だ。カミーユの事故からしばらく経った頃、マリー夫人の元を解雇された従兄がオズワルドの小屋に転がり込んで来た。生来怠惰な彼は植物を扱う仕事に向いていない。マリー夫人の大切な庭木を枯らして、あっさり御払い箱となった。オズワルドは過去を水に流し、従兄を温かく迎え入れたが、それは親族として当然の義務でもあった。

幸運に値する人間は、どっちだろう。血の繋がった従兄か、それとも無二の親友か……。オズワルドは二人を天秤に掛けたが、それはこっちを載せてあっちを下すという果てしない作業で明け方まで続いた。佐和子が朝食を運んできた時、一晩悩み抜いた結論をオズワルドは彼女に告げた。

「その従兄とは、一度も会ったことがないわね」

と言って、佐和子が不安げな素振りを見せた。

「はい奥様、ジュベナールは、最近までマリー奥様のところで庭師をしていました」

「またマリー夫人ね。まあ、それはいいとして、よく考えた結果なの？」

佐和子は再考を促しているように見えた。

「そうなると、レオポールは失業ね。それで、お前はいいのね？」

「はい、奥様」

オズワルドは迷える心を振り切るようにきっぱりと答えた。


「オズワルド、パパイヤを取ってちょうだい」

花壇に小石を積んで遊んでいた久枝が、小さな奥様然として、傍を通り掛かったオズワルドに、母親の口調を真似て言った。

姉の文枝がフランス学校へ通うようになったため、一人で遊ぶ久枝の姿をよく見掛けるようになった。つい先日は、子猫のカイを捜して来るようせがまれ、困ってしまった。久枝はその場の気分で他愛ない頼み事をオズワルドにするのである。

「はい、マドモアゼル」

オズワルドは、やり掛けの仕事を中断して、パパイヤの木をするするとよじ登ると、木の上から相棒のジュベナールを呼びつけて、彼の広げた手の中に大きな実を投げ落とし、素早く木を滑り下りる。そして、突っ立っているジュベナールの手から黄金色に熟れたパパイヤの実をひったくると、久枝の元へ駆け戻り、その小さな手のひらにそっと載せた。わずか一、二分の早業である。これほど敏捷で優雅な身のこなしは、相棒のジュベナールには到底真似できない。

「メルシー、オズワルド」

そう言うと、久枝は自分の頭ほどもある大きなパパイヤを両腕に抱きかかえ、スカートの裾を翻して台所に駆け込んだ。

オズワルドはこうした機微に触れるご用向きを独占することで、彼が独力で築き上げたお屋敷における特別な人間関係や特権的地位を新参者のジュベナールに分からせる必要があった。

そこでオズワルドが従兄に割り当てた仕事といえば説明を要しない外回りの単純作業ばかりで、特に、フランス語を解さない彼は、奥向きの仕事から一切除外されていた。

醜く不器用で行き届かない彼は、若い牡鹿のようなオズワルドの横に並ぶと、誰の目にも『番犬』くらいにしか見えない。そんな彼をオズワルドは文枝と久枝の姉妹に近づけないように注意していた。

また、洗車の仕事からもジュベナールを締め出した。

「手伝わなくてもいいよ。お前は午後の水撒きをやってくれ」

洗車は多少とも技術を要する仕事であるが、オズワルドにはそれ以上の意味があった。車がどんなに泥を浴びて戻っても、再び磨き上げてご主人を送り出すのが彼の誇りになっていて、雨季なら一日二度の洗車も厭わない。ジュベナールが加わってからは以前に増して洗車に力を入れたが、それは『これは俺の仕事だ』と相棒に無言の警告を発するためでもあった。

実際問題、相棒に手伝わせて車体に傷を付けたりすれば、彼の落ち度となる。他方、仕事の手順を正しく他人に教えることは案外と難しい。ジュベナールが加わるまで気付かなかったが、どんな仕事にも自分流のやり方があることをオズワルドは知った。朝食の紅茶のコップの洗い方一つをとっても、相棒のやり方は見ていると歯がゆい。

彼が来て間もない頃、水道の水圧が下がって、ホースの先から水が飛ばないことがあった。夕方、オズワルドが屋敷に戻ると、庭の土が乾いたままである。仕方なくバケツで水を運んだが、ジュベナールはただ眺めるだけで手伝おうとしない。オズワルドに注意されて、やっと動く始末だ。

「なぜ手伝わない？」

「もっと長いホースを買ってくれるように旦那様に頼んだらいい」と言って、渋々腰を上げる。

「これだって、やっと買ってもらったんだ。二度も頼めるか」

「だって、水圧が下がっちゃったんだ」

「たまのことなんだから、バケツで運べば済むだろう。少しは自分の頭で考えろ！」

およそ機転の利かない従兄であるが、心の片隅で、そんな彼を見てほく笑む自分がいた。頭の鈍い男だから、彼と既得権を争うこともないし、一々気を回す必要もない。

結局、夜警と水撒き以外の仕事は、これまで通りオズワルドが一人で行った。使用人が二人になっても、実質仕事はさほど軽減しなかったが、忙しいことは少しも苦にならない。

彼が自分の優越をまざまざと知ったのは、ジュベナールが来た初日であった。アイロン掛けをする彼のところへ洋平が来て、次のように言い渡した。

「ジュベナールのことはお前に任せて、私は口を出さない。彼に話のある場合も、お前を通すことにする。いいね……」

ジュベナールの給与はオズワルドより三千フラン少なかった。それについて、「その分、お前の責任が重いということだ」と洋平は言った。

オズワルドはこの日洋平と交わした会話を、一部しか相棒に伝えなかった。ご主人から特に指示されなかったのも事実だが、彼の本心を明かせば、ジュベナールをのけ者にすることで、ご主人の寵愛を独り占めにできると思ったのである。

彼はしばらく前から、心の内を誰かと分かち合おうという気持ちを失くしていた。親友カミーユの事故死が彼の内向的傾向に拍車を掛けたのも事実だが、実際のところ、デニスにしてもレオポールにしても打ち明け話をする相手ではなかったし、ジュベナールに至っては論外であった。

お屋敷の仕事の中で、オズワルドが手放したくない特権の一つに、アイロン掛けがある。アイロン掛けをしながらテレビの正面に陣取るのだが、入室が許されないジュベナールは窓越しにテレビをのぞき見ることになる。頬に跡が残るほどガラスに顔を押し付け、疲れる姿勢で斜めから見るのである。

二人はこうして建物の内と外に分かれてブルンジのコミック劇を堪能するのだが、それでも一人より二人の方が数倍楽しい。「ケッケッケッ」と田舎者丸出しにジュベナールが外で笑うと、釣られてオズワルドまでが下卑た笑い声を立てた。相棒が来る前は、文枝らと一緒に子供用アニメを観たが、今はキルンディ語のコミック劇に合わせて、アイロン掛けを少し早い時間帯にずらした。

アイロン掛け以上に絶対に手放したくない既得権に、朝のお使いがあった。

ある朝のこと、芝の水遣りをジュベナールに任せ、ブーゲンビリアの生け垣の薄くなった箇所の補強作業をしていると、そこに佐和子がやって来て、背後から声を掛けた。

「ここにいたの？　台所から呼んだけど、聞こえないはずよね……。でも、忙しそうだからいいわ。バゲットはジュベナールに頼むから」

「いえ、私が行きます、奥様」

オズワルドは慌てて服の土埃を払い落とし、立ち上がった。

「いいわよ、これくらい、彼にもできるから」

「いいえ、私が行きます」

ときっぱりと断り、オズワルドは小銭を受けるために差し出した手を引っ込めなかった。

「すぐ戻ってきます。修理の続きは、その後でもできますから」

ちょっと怪訝な顔をしたがすぐ笑顔に戻って、佐和子は小銭を彼の手に置いた。一度お使いの特権をジュベナールに譲ればそれが慣例となり、いつか失ってしまうことを彼は恐れたのである。そのため、多忙な彼を気遣ってくれた奥様の厚意に、あえて逆らうようなことまでしたのであった。

お使いは少額でもお金を扱うし、時々バゲット以外の買い物を言い付かる。そんな時、釣り銭をごまかすのは使用人の世界ではごく普通のことで、ささやかな楽しみでもある。ジュベナールに任せれば、小銭をくすねるだろう。そうなれば、結局オズワルドが巻き添えを食うことになる。

しかし、お使いに固執する彼の本心は、それとは別にあった。彼が手放したくないのは、奥様の眼差しである。お金の受け渡しは、時に家族の前で演じられる。そんな時、佐和子の眼差しが『あなたは家族の一員よ』とささやいているようにオズワルドには思われたのである。

★　★　★

その日、オズワルドは朝から仕事がまるで手に付かなかった。お昼の時間が近づくにつれ、一分おきに金網の境界を振り返った。レオポールの話だと、お昼頃、彼は大使夫妻と共に屋敷を引き払うことになっている。この数日間、レオポールが大使の帰国準備に駆り出されたため、オズワルドは彼とゆっくり別れを惜しむ時間さえ持てなかった。

朝食後、彼はレオポールと二人だけの時間を作るため、「ジュベナール、今日は休みをやるから、家で寝てていいよ」と、まるでご主人のように言って、お屋敷から邪魔者を追い払った。

こうしてオズワルドは一人になったが、バナナ畑に視界を遮られ、大使館の正面玄関の方で何が起きているか、皆目分からない。そのため、かえって想像が駆り立てられ、砂利を踏むタイヤの音が聞こえるたび、レオポールが挨拶なしに立ち去ってしまわないかと、不安で心が掻き乱された。

昼近くになっても、レオポールは姿を現さない。荷造りの手伝いで片時も現場を離れられないに違いない。オズワルドの胸のポケットには、いつでも彼に手渡せるよう、腕時計が納まっている。ご主人から頂いた誕生日の贈り物である。記念の腕時計を人にあげたと洋平が知ったらと考えると不安であったが、オズワルドが無二の親友に贈ることのできるものが他になかったのである。

時計を持たないレオポールは、「オズワルド、今何時だ。そろそろ夕飯の準備か？」と、金網越しに怒鳴る。あるいは、ただ単に話がしたくなると、「今、何時？」と用もないのに尋ねる。「今、何時？」がすっかり彼の口癖となった。

田舎に帰ったレオポールは、腕時計を見るたびオズワルドを思い出し、腕時計を話のネタに周囲に笑いをまき散らすに違いない。

オズワルドは境界を見張るため、他の仕事を中止して、朝からブーゲンビリアの剪定をしているが、心ここにあらずの彼は、生け垣の同じ箇所を鋏で突っつくばかりで、作業は一向にはかどらない。

従兄のジュベナールに義理立てし、無二の親友がブシュンブラに残るチャンスを奪ったのはオズワルド自身であった。二人の離別が日を追って現実のものとなるにつれて、良心の呵責が彼を苦しめた。数日前、苦しい胸の内を告白すると、レオポールが逆に慰めてくれた。

「お前の立場なら、俺も同じことをしたさ。従兄を差し置いて、友達を選んでみろ。親戚中から袋叩きに遭うぞ。南部なら殺される……。義理は義理、そして友達は友達ってことさ」

彼の態度はさばさばとして、その表情はむしろ清々しかった。彼の『友達は友達さ』の言葉を反芻しているうちに、二人の友情もあと一日に迫った。レオポールはこうも言った。

「きっと今が、おさらばする潮時なんだろう。俺たちに分からなくても、神様だけがそれをご存じなのさ」

そして、その日の朝が来た。時間はほとんど残されていない。剪定したブーゲンビリアの枝を掻き集めていると、佐和子が彼を呼んだ。

「レオポールに餞別を渡したいの。彼を見たら、私を呼んでくれる？」

と言ってから、佐和子はいつもと違うオズワルドに気付いた。

「仲良しがいなくなってしまうわね」

レオポールが金網に姿を見せたのは、そのすぐ後だった。オズワルドは偶然そこに居合わせたかのように軽く右手を上げ、佐和子に知らせに走った。そして奥様の後に付いて金網に近づき、二人から少し離れたところに立った。

「もう行くのね。オズワルドが寂しがるわ」

と言って、佐和子が金網の間から餞別を差し込んだ。

大使館の表通りで甲高く車の警笛が鳴った。警笛に急かされ、その場を離れ掛けたレオポールは、一瞬悲しげな目でオズワルドを見てから、すぐにキルンディ語で力強く叫んだ。

「オズワルド、行くぞ！」

「おお！」

と一言、オズワルドが吠えると、レオポールが駆け出した。はっと我に返ったオズワルドが金網に駆け寄った時は、すでにバナナ畑に彼の姿は消えていた。

オズワルドは足下の地面に目を落とした。そこだけが、芝生が禿げて剥き出しになり、炭の粉で黒ずんでいた。それは、二人が金網を挟んで兄弟のように共に過ごした『共同炊事』の痕跡であった。偶然、背中合わせのお屋敷に雇われ、そして無二の友となった二人の若者は、互いに一度も境界線を跨ぐことなく、永遠に別れた。項垂れるオズワルドの耳に大使館の表通りでトラックの排気音が悲しげに鳴り響いた。

「しまった」と声に出して、オズワルドは駆け出した。目を丸くする佐和子の脇をつむじ風のように駆け抜け、乱暴に潜り戸を押し開けて道路に飛び出すと、火炎樹の根っこを跳び越え、大佐のブロック塀に沿ってT字路まで走った。

ちょうどその時、木漏れ日が降り注ぐ火炎樹の明るいトンネルの中を、小旗をはためかせた黒塗りの車が砂埃を巻き上げて、オズワルドの目の前を行き過ぎようとしていた。少し遅れて、荷を満載した二台の小型トラックがその後を追う。

「レオポール！　レオポール！」

最後尾のトラックに向かい、オズワルドが叫んだ。

窪みに車軸を取られ、ギシギシ、ガタガタと激しく跳ね回るトラックの荷台の、山と積まれた荷物の間から、レオポールの大きな身体が現れ、オズワルドに向かって長い腕を激しく振り回した。

トラックが正面に差し掛かった時、オズワルドが右手を高々と上げたが、トラックはスピードを緩めることなく行き過ぎた。その場に佇むオズワルドの右手には、親友に贈られるはずだった腕時計がしっかりと握られていた。

★　★　★

「受け取れません。これは……」

そう言って、プラザは差し出された約束手形を指で押し戻した。たとえ相手が闇の帝王と呼ばれる男でも、こと商売に関しては、これまでに培った己の直感を頼りに世渡りをしてきたプラザである。断固圧力に屈するわけには行かない。

対するボドワンは、書類の間から煙草の箱をおもむろに摘み上げ、緩慢な動作でガスライターをカシャッと音を立てて点火し、その柔らかい炎をちょっと眺めてから、ライターの蓋を指先で閉じた。彼の身体からは、結果が何であれ、最後に自分の口が閉じるまで、誰一人、自分の前を立ち去ることを許さないという気迫が漂っている。

彼をよく知るプラザは、姑息な駆け引きが無駄だと悟り、一度浮かしかけた腰を再び下ろした。ここは、不穏な噂が飛び交うボドワンの事務所、裏社会を取り仕切るならず者の本拠地である。実際、ボドワンはこの牛革の肘掛椅子にふんぞり返って大統領選挙の戦略を練り、ここから様々な指令を飛ばしていたとプラザは見ている。

「要するに、君は手形が信用できないってわけだ。たとえ私のものでも……」

と言って、ボドワンがぎょろりと相手を睨んだ。

「これは、れっきとしたビジネスですよ」

即座にプラザが突き返すと、

「それは私の好きな言葉だ。それならば百二十万でどうだ」と、ボドワンが切り返す。

政情不安が続き、中古車市場がだぶついている現在、心ならずもボドワンを頼ったプラザであったが、百二十万フラン（約六十万円）では、半年掛け苦労してフランスから輸入した車を一銭の儲け無しでみすみす手放すことになる。相手に手玉に取られまいと、プラザは内心反発を強めた。ボドワンが噂通りのやり手だとしても、プラザとて若い頃数々の危ない橋を渡ってきた男である。取り分け、誰とも手を組まず守り抜いて来た一匹狼としての勝負勘に、彼は並々ならぬプライドを持っていた。

ただ、今回の計画は大失敗であった。政変は想定外の不測の事態である。ンダダイエ新政権発足後、ブルンジ経済は試練の時を迎えているが、それがフツであれツチであれ、彼らと運命を共にする気はプラザには毛頭ない。長年培った勘働きに従い、多少の損を覚悟で車を手放すつもりでいた。

「ところでボドワンさん、小耳に挟んだのですが、近々ナイロビに出張なさるとか。それなら、金銭のことは出発前に後腐れなく片を付けるのが、理に適っていると思いませんか?」

「ううん、さすが早耳だな」

彼のプラザを見る目が用心深くなる。

「何も秘密じゃないが、ナイロビに事務所を置く計画があって、その調査に私自身出向くつもりだが、何か問題か?」

「ただ、今のこの時期、事業の拡大を考える人は珍しいですから……。いや、これは、私みたいな素人が口幅ったいことを……」

プラザは恐れ入った振りをしてみせたが、無論本心ではない。

「いや、なかなかの洞察力だ……。君とは、いつか一緒に仕事をしたいと考えていた。それで、百三十万なら売るか?」

「ボドワンさんにかかっては、かないません。百三十五万で手を打ちますよ」

「この商売人め。まあ、いいだろう。金を準備しておくから後で取りに来い。その代わり、一つプラザに頼みがある。実は、君も知っているオズワルドのことだが……」

ボドワンは、近々立ち上げる予定でいる警備会社の看板警備員に、オズワルドを据える計画をプラザに打ち明けた。

「どうも、あいつの心のうちが読めん。彼の後ろ盾が、『エデンの園』のマリー夫人だというところまでは調べがついている」

「マリー夫人なら知っています。旧家の出のでしゃばり女ですよ」と、プラザが調子付く。

「オズワルドは夫人の『子飼い』ですから、夫人に義理立てしているのでしょう」

「マリー夫人のやり方はもう古い。子飼いなんて、時代遅れもいいところだ。これからは、時代に合わせて、全員が制服を着用し、会社が身元保証人となる。『古い革袋に新しい酒』の喩えじゃないが、この業界は体質が古くてかなわん。彼らを『歩哨』と呼び慣らすのもその表れだ。プラザ。君からひとつオズワルドに勧めてやってくれ」

「ボドワンさんの考えに私は大賛成ですが、果たしてオズワルドにどこまで理解できるか……。ところで、ボドワンの旦那がなぜそこまで彼にこだわるのか、そのところが、さっぱりですね」

「実は、これには、私の古い友人が絡んでいる。飯屋をしているんだが、その親父がオズワルドにぞっこんなんだ。私自身、その青年に会ってみたが、なるほど見込みがある男だと思った」

「彼がツチということも、承知なんですね？」

「もちろんだ。と言うより、警備会社をフツばかりで固めては様にならないだろう」

　と言って、ボドワンが顔をしかめた。

「選挙が終わっても、ツチだのフツだのとこだわるやつがいる。ハエのようにうるさくてかなわん。政治が俺の性に合わんのは、そこだよ。その点、ビジネスは正直だ」

　国会議員の出馬を表明していたボドワンは、先日立候補の取りやめを公表したばかりである。

「オズワルドのことは君に任すから、よろしく頼む。それから、ムッシュー立山に来週の会合を欠席すると伝えてくれ」

　ボドワンはそう言うと、用済みになったプラザを追い払いにかかった。

　ボドワンの事務所はブジュンブラで最も古いジュネス通りにあり、その目と鼻の先に通り一つ挟んで古ぼけた市役所の建物がある。いわば首都の表と裏の両ボスが対峙している格好だ。しかし、ボドワンの事務所の裏口が民衆市場の路地に通じていることを知る者は少ない。彼はその立地を活かし、首都の食糧を賄う戦略上の要所に睨みを利かせている。そして万が一、官憲の手入れがあった場合、裏口から市場に紛れ込んでしまえば捕まる心配はない。彼に従う命知らずのならず者や、彼を慕う純朴な民衆が多数いて、官憲も容易にボドワンには手出しできないのである。

　昼食時間を過ぎプラザは空腹を感じていたが、口喧しい姉の待つ自宅に戻る気がしない。今夜にも、プラザの商才を当て込んで中古車に出資した彼の親族が大挙して自宅に押し掛けて来るだろう。散々景気の良い話をして出資を募った手前、少しでも配当を付けて返済しないと収まりがつかないところまで来ていた。車は売れたが、実質損を出した。洋平には借金があるし、妻を治療する祈祷師への支払いも滞っている。依然として四面楚歌のプラザであった。

★　★　★

気が付くと、プラザは洋平の屋敷にいた。近頃、気分が落ち込むと、知らず知らずのうちにボランティア事務所に足が向く。俗世のしがらみとは唯一無縁のこの小さな事務所は、彼にとって心安らぐオアシスであった。

小サロンのドアを入ると、遠藤が前屈みになって日本語の雑誌を読み漁っていた。彼は少しでも暇ができると、事務所に油を売りに来る。プラザからキルンディ語を習っている彼は、プラザが自分と同様、暇潰しに来たのだと思い、片言のキルンディ語でまくし立てた。

「暑い、暑い。今日、暑いよ。すごく、すごく暑い。これはどうした？　プラザ」

遠藤の長袖の作業服から汗が染み出ていた。彼はひょうきんで憎めない若者だが、白い頬に黒い不精髭が醜い。それに興奮するとフランス語とキルンディ語に日本語が交じる。取り分け、文法がでたらめのフランス語を聞いていると、知性派を自任するプラザは胸が悪くなる。

「遠藤さん、その格好では暑いですよ。半袖にしたらどうです？」

と言ってプラザが顔をしかめる。

「これ、ポケット、たくさんね。とてもとても良い。一、二、三……ええと」

遠藤はおどけた調子で作業服を裏返し、全部で八個あるポケットをすべて数え終わった。胸のポケットからは折り畳んだ地図がのぞいているし、どのポケットもはち切れそうである。

「そんなに詰め込むと、重いでしょう？」

「問題、ゼンゼンない。これ、ちょっと見て」

遠藤は足下のビニールの袋を手に取って、結び目を解き、腹を上に横たわる蛇を見せた。

要領を得ない彼の話をまとめると、下水溝の工事現場で少年が殺した蛇が毒蛇かどうかを鑑定したいから、プラザに蛇園へ案内しろと言っている。プラザはお義理で袋の中をのぞき込んだが、興味が湧くはずもない。

「蛇園は明日にしましょう」

「プラザの明日はだめね。ずっとずっと明日、明日、明日……」

勘の良い遠藤はプラザの腹の内を見通している。

「アッラーに誓うが、私、嘘、つかない」

遠藤の片言会話に惑わされ、プラザのフランス語までが乱れる。言葉や文字に対し畏敬の念を抱いている彼はイライラを募らせた。

「それ、プラザのアッラー、信用できないね」

調子に乗って、遠藤がイスラムの神アッラーを不謹慎にも冗談のネタにする。プラザは相手がブルンジ人のクリスチャンだと我慢できないが、それが、日本から来た不信心な若者だと、なぜか腹が立たないから不思議だ。

「今晩、レストラン行く……アッラーの話、聞く。皆、来る。タクシーが要る」

タンガニーカ湖畔のレストランへは、三人の若者を乗せて何度か行った。彼らはタクシーを利用するだけでなく、プラザを仲間に迎えてくれる。彼はタンガニーカの小魚ダガラのフライに舌鼓を打ちながら、他愛ない冗談にうち興じるという楽しみを、日本の若者から教えられたのである。

同じ若者の中でも遠藤は一人特別で、知り合ってすぐプラザの家に出入りするようになり、時々プラザの姉の手料理を食べて帰る。驚いたことに、ひどく気難しがり屋の姉が、遠藤の人懐っこさに心を開いたことだ。

「今日はレストランへ行けない。大事な用事がある」

プラザは遠藤の誘いを断った。はした金で車を叩き売ったことが、彼の心に今も重くのしかかっていた。

その時、二人の会話を聞きつけた洋平が隣の執務室から顔を見せた。

「プラザ、暇があるなら、測量機器を積んで、遠藤をカメンゲまで送り届けてやってくれ。向こうで井上が待っている」

「はい、旦那」と、プラザが渋々応じる。

洋平から命じられた以上、契約業務の一部とみなされ、タクシー代を要求できない。プラザは、ボランティアの若者を送迎する仕事が、公私にまたがり想定以上に頻繁であることを理由に近々昇給交渉を行うつもりでいた。

ボドワンとの交渉で神経をすり減らした彼は、お茶を一杯ご馳走になる魂胆で事務所に寄ったのに、佐和子は奥に引っ込んだまま……。遠藤には捕まる。その上、昼飯前なのに仕事まで命じられ、泣きっ面に蜂である。いつもなら多少のことは意に介さないプラザだが、この時ばかりは虫の居所が悪く、誰かに八つ当たりせずにはいられない気分だった。

プラザは、『次の定例会議を休む』というボドワンの用件を伝えると、車寄せに出た。遠藤が測量機器を積み込んでいる間、コップ一杯の水道水を所望しようと周りを見回したが、こんな時に限ってオズワルドの姿が見えない。彼は車のタイヤを思い切り靴で蹴った。

いつも隣の助手席に着く遠藤が、今日に限って測量機器を腕に抱きかかえるようにして後部座席に着いた。一瞬、料金メーターに目が行ったが黙って車を出した。後は、人の良い遠藤が自分から支払いを申し出てくれるのを祈るしかない。そのためにも、彼の機嫌を損なうまいと心に決めた。

「プラザ、二つある」

運転席に身を乗り出し、遠藤が指を立てた。

「カメンゲの前、どこか、もう一つ行く？」

プラザが遠藤の片言会話に調子を合わせる。

「銀行と、ええと……市役所」

「二つも！」

さすがのプラザも口元をゆがめた。寄り道と言っても方角がまるで違う。

「実は、腹ペコなんだよね」

「僕は事務所で食べた」と遠藤。彼はプラザの言葉を何か誤解したようだ。

幸運なやつだ。彼は奥様の手料理を食べたと言う。それに引き替え、お茶の接待さえなかった己の不運を呪わずにはいられなかった。

「どこの……銀行は？」

と、喉の渇きで舌が絡み、プラザは滑らかに発音もできない。

「どこも、オーケー。ドル交換、簡単ね」

「銀行は損だよ、遠藤さん。ブラックマーケットがいい」と、プラザが勢い込む。儲け話が絡むと、俄然元気が湧いてくるのだ。

「いくら換えたいか、言ってみて、遠藤さん。プラザには友達が大勢いる。彼らは全く心配ないね」

「トラベラーズチェック、だめ！」

「大丈夫。全然、問題ない。コミッションはちょっと高いが、銀行よりずっとましですよ」

と言うが早いか、次の十字路の手前でプラザは車を道路の脇に寄せた。

「プラザ、だめ、だめ。所長が言った、チェック、危ない」

遠藤がプラザの肩に手を載せ、すまなそうに言った。

「アパート代、お金がたくさん要る……。現金の時、プラザに頼むよ」

「分かりました、遠藤さん」

と言ったが、心は地団太を踏んでいた。アパート代なら多額の換金となる。プラザの懐に転がり込む手数料も少なくないはずである。

手近なブルンジ銀行に乗り入れ、前庭の小さな木の横に駐車したが、車を覆うにはあまりに貧弱な木陰であった。

プラザは、バックミラーに映った遠藤が銀行の正面階段を駆け上がり、ガラス張りの回転ドアを押して、モダンな建物へと吸い込まれるのを眺めた。中は冷房が効いているに違いない。

十分ほど待つ間に、プラザは銀行の道路向かいにスタンドバーがあるのに気付いた。木陰で乾いた熱風に吹かれ、一段と渇きを覚えた彼は、喉を通る冷えたペプシを想像し我慢できなくなった。彼がドアに手を触れたちょうどその時、バックミラーの端に遠藤の姿が映った。

回転ドアを押して眩い日差しの中に颯爽と立ち現れた遠藤を見て、プラザは彼の次の行動に興味をそそられた。階段の下で、足萎えの物乞いが彼を待ち受けていたからである。銀行やスーパーマーケットなどの出入り口には、こうした哀れな物乞いが一人や二人必ずいる。

手で作業着の内ポケットを押さえるようにして階段を下りて来る遠藤を見て、プラザは彼が物乞いに施しをしない方に賭け、そして勝った。イスラム教徒にとって喜捨（施し）は日常的行為である。札束でポケットを膨らました遠藤に向かって、プラザは『所詮、彼らは異教徒だ』と吐き捨てるようにつぶやいた。

遠藤は後部座席に乗り込むと、作業着を脱ぎ、背もたれに投げ掛けた。そして、手に持ったタオルで顔の汗を拭いながら、盛んに「暑い、暑い」と喚き散らした。

ビルの立ち並ぶ町の中心部は、溶けた硫黄が天空から降り注ぐ灼熱地獄さながらである。焼けたアスファルトでタイヤが焦げ、その臭いで頭がくらくらしている時、背中から『暑い、暑い』の連射を浴びせられたのでは堪ったものではない。

独立広場のサークルで、プラザのタクシーは横から割り込んで来た高級車と危うく接触しそうになった。『いっそのことぶつかったら、修理代をふんだくってやったものを……あんたは運がいいよ』と、ネクタイを締めた初老の男を睨んで、プラザはキルンディ語でつぶやいた。

「次、市役所」

と、遠藤が念押しする。金も払わないのに一端の客を気取っている。

「分かってますよ、遠藤さん」

プラザは不機嫌につぶやいた。プロのタクシー運転手に行き先を二度告げる客は聞いたことがない。

バックミラーをのぞくと、遠藤は車の振動で飛び跳ねる測量機器をしっかり両腕で押さえている。プラザは背もたれに乱暴に投げ掛けられた彼の作業服を苦々しい思いで眺めた。ベージュ色をした真新しい作業服は、半ば裏返って白い腹をのぞかせ、ポケットの重みで無様に垂れ下がっている。

車は穴ぼこだらけの道を走るから、車中の物は上下左右と暴れ回る。車内を掃除している時、座席の隙間から客のペンや鍵束や小銭を発見することがよくある。プラザはわざとタイヤを穴ぼこに落として乱暴な運転をしたが、作業服のポケットから中身が飛び出すことはなかった。ポケットに押し込まれた札束は、プラザの鼻先で彼をあざ笑うように踊り狂うばかりである。

市役所では、いつもタクシーを止めるアカシアの木陰に先客があった。仕方なく剥き出しの空き地に止めた途端に、体中からどっと汗が噴き出した。Ｔシャツのまま速足で市役所に駆け込む遠藤を、プラザが呼び止めた。

「近くのスタンドバーまで、ペプシを飲みに行く時間はあるか？　喉がカラカラだ」

フランス語の通じない遠藤に分からせるため、プラザは大きく口を開けて犬のようにハァハァと息をし、喉元を指さして「ペプシ、ペプシ」と叫びながら、そんな自分に彼は屈辱を感じた。

「少しなら！……」

と叫んで、遠藤は建物のひさしの下に逃げ込んだ。

耐え難い熱気に急き立てられ、プラザは道路に飛び出した。すり減ったタイヤが軋んで不快な音を立てる。大通りを闇雲に走るうち、見えない力にハンドルを操られたかのように脇道へ滑り込み、最初に目に入った市民病院に乗りつけた。

敷地内のレンガ塀に沿って駐車の列がある。プラザは、一番奥まった所にある作業小屋と木立との間の狭いスペースに、車体を隠すように止めた。病院を出入りする人は多くはないが、タクシーの白黒のボディは人目を引く。客待ちのタクシーと間違えられないとも限らない。

彼は辺りを見回してから、後部座席に手を伸ばし、背もたれからずり落ちかけている遠藤の作業服を手元に引き寄せた。内ポケットの一つからパスポートが顔をのぞかせている。その表の扉を開くと、カバーの内側にドル札が数枚見つかった。

『呆れたやつだ』と、プラザはずぼらで横着な遠藤に対し腹立ちを覚えた。彼がもしプラザの実の弟なら、叱り飛ばしたことだろう。

パスポートをひっくり返すと、裏の扉に旅行用の小切手帳が挟まっていた。手に取ってちぎられたミシン目を数えると、百ドル札が数枚なくなっている。赴任して間がないから大部分の小切手は手付かずのままだ。別の内ポケットからは銀行で換金したブルンジフランがのぞいていたが、それには目もくれなかった。

真新しい深紅のパスポートは何とも言えぬ良い感触である。パスポートを右手から左手に、表から裏へと二度三度転がしている間に、プラザは誘惑の手に落ちる心の準備を整えた。行為に及ぶ前に『遠藤は罪深い異教徒だ』と、二、三度心の中で唱えてから、百ドルの小切手を二枚、慎重に切り離し、パスポートを作業服に戻した。

なぜ小切手だったのか、プラザにも分からない。彼は切り離したものは元に戻せないと、自分に言い聞かせて、『遠藤が気付いたら、あくまでシラを切るまでだ』と腹を括った。彼は更に一旦作業服に戻したパスポートから百ドル札を一枚抜き取り、小切手と一緒に小さく折り畳み、運転席に屈み込んで靴下の中に押し込んだ。

病院を出たプラザは、最初に目にしたスタンドバーに車を止め、やっと手にしたペプシで渇いた喉を潤し、心の中でつぶやいた。この日の出来事は死ぬ程の喉の渇きが原因であったと……。

プラザが何食わぬ顔で市役所へ引き返すと、Tシャツ姿の遠藤が建物の陰で彼を待っていた。タクシーに乗り込むと、遠藤は降りた時と変わらぬ調子で、「暑い、暑い」を連発し、背後からプラザの肩を掴んだ。

「スタンドバー、行く。僕も、ペプシ」

「分かった、遠藤さん」

大通りに出て、先ほどのスタンドバーの前を、プラザが気付かぬ振りをして通り過ぎようとすると、遠藤が彼の肩を突いて叫んだ。

「あそこ、あそこ。止めろ、止めろ」

★　★　★

「そんなもの、何になる」

鉛筆と紙切れを手にフランス語の単語と格闘しているオズワルドを、ジュベナールがせせら笑った。その締まりのない口の周りにはパパイヤの黄色い汁が付いている。

木陰に座り込み、思案顔でオズワルドが書き綴っているのは、高校進学が決まった妹ナディアの学用品リストである。彼は父が送ってきたキルンディ語で書かれたリストを、フランス語に翻訳している最中であった。

「旦那様が買ってくれるもんか」

と言って、またしてもジュベナールがへらへらと笑う。実に癇に障る笑い方である。こんなやつに返事をするのも癪で無視していたが、ついに我慢できずオズワルドは嫌々顔を上げてやり返した。

「いいか、ルサイファに戻ったら、ちゃんとナディアに届けてくれよ。父ちゃんじゃなく、直接ナディアにだよ」

「へっへっへ、父ちゃんに渡すと、バナナ酒に化けちゃうからな」

と知ったふうな口を利くと、ジュベナールが、

「バナナ酒、バナナ酒……」

と、節をつけて囃し立てた。

「うるさいやつだ。ちょっとあっちへ行ってろ」

彼が本気で怒ると、ジュベナールは飼い犬のようにしょげ返る。そんな気弱な従兄を邪険にあしらった後で、オズワルドはすぐに後悔した。

「書き終わったら、トランプをやるか？」

「おお、やろう、やろう」

トランプで釣ると、ジュベナールは他愛なく乗ってくる。オズワルドもゲームは嫌いではないが、ジュベナールのゲーム狂は尋常ではない。いつもは『うすのろ』と小馬鹿にしているが、ゲームに集中した時の彼には舌を巻かざるを得ない。実際、滅多に彼には勝てないのである。

買い物リストを書き終えたオズワルドがジュベナールと並んで腹這いになると、微風がブーゲンビリアの葉陰を揺らし始めた。芝の尖った葉先を歩いているアリを見つけた二人は、指先にアリを挟んで押し潰した。彼らの身体を這い回って皮膚を噛むアリは、小さくても歩哨の天敵なのだ。二人は辺りにアリがいなくなるまでアリ退治に夢中になった。

トランプゲームを始めて間もなく、ジュベナールの口から鼻歌が漏れ出る。彼が口ずさむ歌は二人の郷里に代々口伝えで受け継がれてきた古い民謡で、ツチ族とフツ族が仲良く暮らしていたという遥か遠い時代へと心を誘う。オズワルドは子供の頃母から聞かされたが、節回しが案外と難しい。ツチ・フツの二つの部族を両親に持つジュベナールだから、彼の血が不思議な民謡を歌わせるのだとオズワルドは信じている。

民謡を一通り歌い終わると、次に頭に浮かぶ言葉を同じ節に乗せて、ジュベナールは止め処なく口ずさむ。

「サルバドールが……怒っている」

トランプをめくりながら彼が歌う。

「猫が……大佐のヒヨコを襲ったのに……なぜ殺さないかって……」

「何を言っている。あれはお嬢様お気に入りの猫だぞ」

と、オズワルドが注意した。

ジュベナールはカードを前に広げて、間延びした声で『勝ち』と宣言をしてから、一言つぶやいた。

「俺なら殺す」

「お前、一体、どっちの味方だ?」

オズワルドが呆れ果てて、カードを放り出した。

「どっちって? 決まってるよ。歩哨だから、泥棒をやっつける」

「何てやつだ、お前は誰の歩哨をしてる。サルバドールのか?」

オズワルドは相棒の無邪気さにいつもイライラさせられる。

「猫を殺したことがお嬢様の耳に入ったら、ここに居られなくなるかもしれないんだぞ」

「オズワルド、お前、サルバドールが怖いんだろう。そうだろう。へっへっへっ……」

彼に痛いところを突かれたオズワルドは、やり返す言葉が見つからない。頭が弱くても、ジュベナールは勘が鋭いのだ。しかも、その汚い口で当てこすられるほど、ぞっとすることはない。

日が西に傾いた。炎の舌で大佐のレンガ塀をなめ回していた太陽がベルギー人の大屋根に遮られて、辺り一面が急に陰った。微風が余熱を持ち去ると同時に、裏庭の緑が息を吹き返す。

その間も、ジュベナールの鼻歌の伴奏付きで二人はトランプを続ける。その傍らで、レオポールが残していった小さな携帯ラジオが、ニュースに続いて定時の『各州の訃報便り』を流し始めた。今日はカヤンザ州であった。

しばらくして、突然ジュベナールが鼻歌をやめ、頓狂な声を上げた。

「姉ちゃんだ……姉ちゃんだよ! お前の姉ちゃんの名前だったぞ!」

ラジオは抑揚のない女性の声で、「葬儀は九月……喪主は夫……」と、淀みなく読み上げる。

「姉ちゃんは、カヤンザに行ったよな?」

と、ジュベナールが念を押した。

「そうだけど、同じ名前は幾らでもある」

オズワルドはにわかに信じられない。

『訃報便り』は、茫然とする二人をその場に置き去りにして、次々と死者の経歴を読み上げる。灰色をした不吉な沈黙が一瞬、辺りを支配したかのように思われ、二人は怯えたように相手の目を探り合った。

「最初に、生まれがルサイファで……　それから三十一歳と言った。姉ちゃんの歳、幾つだった？」

ジュベナールがそれと気付かず、オズワルドの一縷ののぞみを残酷にも断ち切った。

ジュベナールは超人的記憶力の持ち主である。ゲーム中でも耳にしたことは絶対に忘れない。携帯ラジオは、彼の正しさを証明するかのように、再び最初から訃報を繰り返した。オズワルドの手からカードが滑り落ち、ダイヤのクイーンを上にして芝の上に広がった。

「三十一歳……。ああ、姉ちゃんだ」

と、喉を絞るようにして小さな悲鳴を上げた。

二人は、トランプを膝で踏み付けて、同時に芝の上に座り直した。オズワルドは自分の肉親が不幸に見舞われたというのに、膝の上に置いた自分の両手がなぜかひどく気になった。

「何で死んだのだろう？」とジュベナール。

「死んだなんて言うな」

「赤痢だよ、きっと……」

神懸かりにあったように、ジュベナールが突然雄弁に喋り出した。

「ずっと雨が降らなかったから、悪い水を飲んだんだ。きっとそうだよ。たくさん人が死んだって、ラジオが言っていた。お前も聞いただろう？　オズワルド」

「知ってるよ、赤痢のことは……。でも、姉ちゃんにそんなこと……」

「お前の姉ちゃん、良い人だったよな……」

「死んだって言うなって、言ってるだろう」

と言って、オズワルドが怒り出した。

「ラジオが言ったんだ……俺じゃない」

と言って、ジュベナールが泣きべそを掻いた。

「『うすのろ、うすのろ』って虐められた時、お前の姉ちゃん、いつもかばってくれた」

まだ半信半疑のオズワルドは涙も出なかったが、子供のように泣きじゃくるジュベナールを見ていると、ルサイファに残した家族のことがひどく気懸かりになってきた。薄暗い台所の片隅で、半狂乱の母を取り囲む父と妹の姿が目に浮び、胸が張り裂けそうになったが、こんな時、長男である自分は、今何をなすべきかを考え始めると、休止状態だった頭がゆっくりと回転を始めた。

『明朝一番のバスなら葬儀に間に合うかもしれない。今日中に旦那様に話をしなくちゃ……』

そう思ったが、すぐに思い直した。日が傾いたとはいえ、姉の死を話すには明る過ぎたし、頭の混乱を鎮めるのに時間が必要だった。

彼は使用人のシャワー室に行き、棚のバッグから姉の手紙を取って戻って来た。マリー夫人を通して、最後に受け取ったのはわずか三か月前である。一枚の便箋の表と裏にびっしりと綴られた手紙を手にすると、姉が生きているように思われた。

『オズワルド、お屋敷奉公はうまくいっていますか？辛くはありませんか？……』

弟の身を案じる姉の温かい息遣いが、柔らかい肉筆を通して伝わってくる。ラジオ電波に乗って届いた『訃報』が非現実的でどこか怪しげであるのに対し、手紙には血が通っている。こっちの方がずっと手応えがあって真実に思われた。口減らしのため遠くカヤンザに嫁がされたが、そこで子宝に恵まれ、幸せな人生を送っていた姉であったのに……。

手紙の終わりに『もうすぐ四人目が生まれる』とあった。それなのに死ぬなんて、騙されているような気がする……。明日、カヤンザに着いたら、臨月のおなかを抱えた姉が両手を広げ、『冗談、冗談』と笑って弟を迎えてくれる、そんな情景が目に浮かんだ。だが、風船玉のように膨らんだ彼の空想は長く続かなかった。我に返ると、傍らでジュベナールが一人トランプで遊んでいた。

辺りが夕闇に包まれた頃、台所に近づき、こつこつと小窓を叩いた。いつもなら自分からドアを開けて声を掛けるオズワルドだが、この時は、佐和子が顔を出すのを待った。彼は外の薄暗闇を選んだのである。

「明日、カヤンザへ行きたいんです……姉の葬儀があるので……」

「葬儀って、何のこと？」

事情が呑み込めない佐和子が驚く。

「姉が死にました」

「ええ、何ですって？　あなたのお姉さんが死んだというの？　本当に？……」

そう言って佐和子は絶句したが、いかにも解せない顔付きである。

「でも、どうして分かったの？　今日、誰かが知らせに来たの？　カヤンザって遠いんでしょう？」

「さっき、ラジオで聞きました」

「ラジオ？」

オズワルドの要領を得ない説明を受けて、佐和子は夫の洋平を呼びに行った。彼もまた同じ質問を繰り返した。彼らは二人共『ラジオの訃報便り』に不信感があるらしく、『本当にお前のお姉さんなのか？』と二度も三度も確かめようとした。

肉親のオズワルドがやっと『姉の死』を受け入れる気になったのに、姉と一面識もない赤の他人が彼の言葉を疑うのが奇妙に思えた。

「そういうわけなら、とにかく、明日カヤンザへ行って来なさい。万一葬儀の場合、ジュベナールがいるから、何日休んでも構わんよ。ところで、旅費はあるのか？」

オズワルドの返事を待たず、洋平は佐和子に財布を取りに行かせた。そして五千フラン札をオズワルドの手に握らせ、「返さなくてもいい」と念を押した。五千フランは旅費にお悔やみを加えても十分過ぎる額であった。そのことが彼にポケットの中の学用品リストを思い出させた。佐和子が場を外した時、折り畳んだ紙切れを洋平の前に無言で差し出した。

「何だね、これは？」

洋平は手に取って広げ、じっと見詰めるが理解できない。

「今度、妹が高校へ進学します」

「誰のこと？　カヤンザの姉さんじゃなく？　……」

「違います。妹の方です」

「ああ、思い出した……。確かに妹さんがいたね」

ルサイファの実家を訪れた時のことを、眉をひそめて必死に思い出そうとする洋平が、もう一度メモに目を落として言った。

「それで分かった。これは学用品のリストだね。突然見せるから、何かと思ったよ」

　ご主人の困惑振りを見て、オズワルドは自分が取り返しのつかない失敗をしでかしたことに気付いた。五千フラン札に惑わされ、こともあろうに『姉の死』と『妹の入学』というおよそ相容れない事柄が鉢合わせしたのである。

「ごめんなさい。これは……」

と、オズワルドはメモを取り返そうと手を伸ばした。

「妹さんというのは……」

　洋平はメモを手放さず、記憶を紡ぎ出そうとするかのようにゆっくりとつぶやいた。

「確か、一緒に写真に写った女の子だね。とても賢そうな顔をしていた」

「成績は学年で一番です」

　オズワルドが即座に応じた。これまでも妹の自慢をしたかったが、チャンスに恵まれなかったのである。

「それは凄い。で、どこの高校？」

「ギテガです」

「それじゃ、下宿するんだ」

「はい、女子寮に入ります」

「そうか、なるほど。それで、色々と物入りなわけだ。お前は長男だから、姉さんのことも妹のことも、お前の肩に掛かっているんだ。よく分かったよ。ところで、このリスト、全部を揃えるのは大変だろう？」

　洋平は丹念にメモに目を通していたが、それを丁寧に折り畳み、そして意外なことを言った。

「オズワルド、お前のフランス語、初めて見たが、とても良く書けている。綴りが正確で誤字がないぞ。よく勉強したんだろうな……。このリスト、私が預かってもいいかね？」

「いえ、それは……」

と、手を伸ばすオズワルドに向かって、洋平が優しく言った。

「お前がカヤンザから帰るまでに、このリストの品を買い揃えて置くよ。それでいいんだね？」

「…………」

「これを私に見せたのは、私に援助して欲しかったからだろう。そうだね？」

「はい、旦那様」

「お姉さんのことは、もし本当ならとても残念だ。明日行って、自分の目で確かめて来なさい」

第十章　悲劇の前兆

『先に目を逸らした方が負けだ』と、お互い自分に言い聞かせているかのように、二人は渾身の力を振り絞って睨み合った。

洋平が「プラザ、遠藤の金を盗ったな！」と言い放った時の鈍い衝撃波が、今も小さな事務室の壁に反響し、灰色の空気を震わせていた。それにもかかわらず、二人の人間関係が根底から崩壊せずに奇妙な均衡状態を保っていられるのは、化粧板を張った重厚な事務机が二人を隔てているからである。

「もし私が盗ったとしたら……」

と言い掛けるプラザを洋平が遮り、

「もしもではなく、事実だ！」と押し返す。

「濡れ衣です……誰かが」と抵抗すれば、即座に、

「誰かでなく、お前だ！」と断じ、

「証拠がありますか？」と居直れば、

「その必要はない」

と言った具合に、プラザが投げ付ける言葉をピンポン玉のように洋平が軽快に打ち返した。

プラザは舌先三寸で世渡りをしてきた狡猾な商売人である。彼が必死に抵抗することも、得意の舌戦に持ち込んで、相手をはぐらかしに出ることも目に見えていた。これまでも苦杯をなめさせられてきた洋平は、断固とした態度で機先を制し相手の動きを封じているが、その作戦は今のところ功を奏している。

「アッラーにかけて、潔白です」

追い詰められたプラザは、彼の神の衣の裾に逃げ込み、そして黙り込んだ。神という切り札を持ち出せば、もはや言い訳も説明も要らないと言いたいのだろう。洋平は無神論者であるが、それでも実際に神の名を唱えられるとやはり薄気味悪く、気持ちがひるむのを覚えた。

敬虔なイスラム教徒にとってアッラーの誓いはとても重く、一時凌ぎで神の名を唱え、地上の揉め事に神を巻き込めば、自分の信仰心を抜き差しならぬ状況に

追い込むことになる。洋平はゆっくりと視線をプラザから彼の背後の事務室のドアへと移し、戦闘態勢を立て直すため、気付かれぬよう小さく溜め息をついた。

閉じられたドア板に鋲留めされたブルンジの地図は、洋平がブルンジ事務所長であることを無言で突き返してくる。その最も重要な任務は事務処理ではない。光沢を放つ事務机の背後で腕組みをし、革張りの回転肘掛け椅子にふんぞり返って威厳を示すことである。時として、白い壁に取り囲まれた小部屋で、誰の助けもなく一人決断することである。たとえ彼と対峙している相手が偉大なイスラムの神であったとしても逃げ出すわけには行かない。

ここで、プラザの挑発に乗って盗難事件と宗教を絡ませ、問題を複雑化する愚は避けなければならないと、洋平は心でつぶやいた。彼に求められるのは論争ではなく決断である。その決断とは『プラザのクビ』である。しかし、たとえ証拠に裏打ちされていても、それが唯一絶対の答えかと問われれば、やはり心が揺らぐ。

彼は何度も事実関係を洗い直した。換金済みの控えと照合し、旅行用小切手が二枚、何者かに切り取られたのは確実である。最も注目すべきは、大金の中から三百ドルだけが抜き取られた点である。これは通常の物盗りではない。盗難をごまかそうとする身近な者の犯行で、それに該当する者はプラザただ一人だ。更にうがった見方をすれば、友人である遠藤が困らないよう、金額に手心を加えたと受け取れなくもない。

「私は、泥棒と一緒に仕事はできない」

と、プラザの頑なな沈黙に風穴をこじ開けようと、洋平が心ならずも嫌々攻撃を再開した。

「たとえ私が許しても、遠藤たち若者は許さないだろう。彼らは日本人の頭でモノを考える。そして、『泥棒は悪』と言うことになる……」

多弁は攻撃の矛先を鈍らせる前兆である。洋平が軟化したのを見て、プラザは『どこまで行っても平行線ですね』と言わんばかりに肩をすくめる。実際のところ、自分の言葉がどこに着地すべきか、洋平自身決めかね、ずるずると結論を先延ばししていた。最初はプラザに言い訳をさせまいとしながら、今は窮地に追い込むのを避けたがっている。要するに『プラザ、観念しろ！』と迫る一方で、心を許した部下の悪あがきや修羅場を見たくないのだ。

「旦那がそれほどおっしゃるなら、誰にでも尋ねてみて下さい。私が盗みを働くような男かどうか。遠藤さんは毎週のように家に来て、一緒に食事をする仲ですし、私の姉は彼を弟のように可愛がっています。それなのに私を告発するなんて、神が許すはずがありません」

プラザの態度が微妙に変化した。反撃の振りをして、雇い主の温情に訴えているようにも見える。盗みの事実を棚上げにし、『自分が不実な人間かどうか』という人間論に問題をすり替えている。それに気付きながら、洋平があえて手厳しく追及することを控えたのは、彼の訴えが図らずも洋平の日頃の主張と共鳴したからに他ならない。

盗みの事実とその善悪を切り離そうとする二元論は、洋平に対し一定の説得力があった。ある種の魅力さえあった。この命題は、遠藤から告発を受けた当初から、洋平の中でくすぶっていた。プラザは、これまでも時々『アフリカ式』という言葉を使って、洋平から金をせしめた。その都度、『プラザは私に対し不実か』という根源的問いを、洋平は自分自身に発してきたが、今に至るまで確かな答えはない。最終的な答えが見つからない中、彼をとことん追い詰めたくないという心情が洋平に働いたことも確かである。

「遠藤とのことは、私も知っている。親しくしていたから尚更、お前の行為は恥ずべきだ。そうでなければ、罪は軽かったと言える……」

洋平はこの辺で泥仕合に終止符を打つため、あからさまな皮肉を浴びせ掛けると共に、徐々に追及の手を緩めていった。それに対し、プラザは抵抗を示したものの、その態度は妥協的で、その表情からはかすかに安堵の色さえ窺えた。

盗癖を知りながらプラザを雇い続けていた洋平である。彼は自分の部下の功罪と人間性を天秤に掛け、針がどっちに振れるか見定めようとした。こうして、洋平は告発する側の原告席を下り、公平がすべての裁判官席へと徐々に自分の立場を移していったのであった。

「決めるのは、あなたです」

最後に一言、プラザはつぶやいた。言外に『もうじたばたはしません』とその首を差し出していた。居直ってみせる彼のふてぶてしさからは、パトロンの『下働き』に徹してきた男の悲哀と意地のようなものが伝わってきた。結局、洋平はそれに負けた。

洋平の耳元で、自分を除く全員から『彼のクビ』を求める大合唱が聞こえる。彼が一言『クビ』と言えば、プラザは黙ってこの部屋を出て行く。だが、それはあまりに素っ気なく、寂し過ぎる結末だ。この場合、世間の声と良識に逆らう方がずっと魅力的である。周囲の反発をあえて受け止め、意地を通す方が事務所長の権限を最大限に行使したと言える。一匹狼の意地が洋平の最後の砦であった。

また、盗みを不問に付すことで、プラザに貸しを作るのも洋平の計算の内だった。常々彼はプラザに手玉に取られる自分が忌々しかった。雇い主というだけでは十分に優位とは言えない。今回の事件を逆手に取り、プラザに対し優位な立場を築きたいという思惑が彼にはあった。

それに加えて、プラザと密かに交わす『不問』という暗黙の取引が痛快の一事であることも洋平の興味をそそった。こうした一種の紳士協定は、相手が盟友として不足のない場合にのみ有効で、例えばオズワルドとの間では成立しない。その点、プラザは十分気骨のある好敵手と言える。

「私は仕事がありますから、これで……」

そう言って、プラザはゆっくりと立ち上がると、自分の勝利を確かめるため、ドアノブに手を掛けた状態で一言付け加えた。

「明朝、郵便物を届けに寄ります」

洋平は黙ってうなずき返した。プラザが退出した後、洋平は自分が出した結論を、含みを残した良い決断だと信じた。

当初から、彼にはプラザを免罪する心積もりがあったと言える。悪事が発覚するたび人を解雇していたら、この世界で仕事はできないというのが洋平の持論である。前にも紛失事件はあったが、その時も不問に付した。こんな場合、自分が彼らよりしたたかになるしかない。その上で彼らとどう対決し、あるいはどう妥協を図っていくか……自分の力量が試されると洋平は思っていた。

プラザが帰り、一人になって仕事を続ける洋平の心は穏やかだった。もし別の選択をしていたら、全く違っていただろう。何よりも洋平はプラザを手放すことが惜しかった。彼との関係を築くため多大な努力を積み上げ、葛藤を乗り越えてようやく現在に至ったのに、一人の若造の告発でそれが水泡に帰してしまうのを見るのはいかにも忍びなかったのである。

実際に、洋平の意識の深層で彼の気持ちを決定付けたものは、プラザを訴えてきた時の遠藤の自信たっぷりの物言いだったかもしれない。

昨日の午後のことである。文枝をフランス学校から連れ帰った後、プラザが執務室のドアを閉めて出て行くと、それと入れ替わりに、小サロンで雑誌を読み耽っていた遠藤が入って来て、開口一番言い放ったのである。

「所長、プラザは手癖が悪いですよ」

「何があった？」

「私の金を盗みました」

遠藤としては、盗難に気付いてから一週間迷った末の通報であった。その時、彼の傍らに井上が付き添っていた。どうやら同僚の勧めで、事務所長の洋平に通報する気になったらしい。

遠藤の話を聞き終えた洋平は、九分九厘プラザの犯行だと確信した。そのような状況下であれば、彼ならやりかねないと思ったからである。その一方で、洋平は正義を振りかざす血気盛んな若造に対し、無性に腹立たしさを覚えた。それで、まず容赦なく遠藤を攻撃することから始めた。

「金の詰まった作業服をタクシーに置いて行けば、『さあ、盗ってください』と言っているようなものだ。プラザでなくても、立場が変われば、私だって誘惑に駆られたかもしれない」

盗難と治安に関し、事ある毎に口酸っぱく警告を発してきた洋平である。このような事態を招いた今となってみれば、オリエンテーションの際、彼の目の前で居眠りしていた遠藤と井上の不遜な態度が思い出される。

「プラザを友人だと思って、気を許していたんです、僕は……」と、遠藤は不満げに言った。

信じていた友人に裏切られたのだから不注意とは違

うと彼は言いたいのだろう。『それなら、自分の胸一つにしまって、俺のところへ持って来るな』と言いたいのを洋平はぐっと堪えた。

口出しこそ控えているが、遠藤と並んで座っている井上が心の中で洋平に反発しているのは、その仏頂面を見れば明らかだ。彼はこうした場合、慎重に事態の推移を見守るタイプである。熱血漢と慎重派、普段意見が分かれることが多い二人だが、今回の盗難事件では、上司への対抗意識から結束しているように見えた。

彼らの『安直な正義感』を胸元に突きつけられ、以前からくすぶっていた若者に対する苛立ちがむくむくと湧き起こってきた。洋平は彼らの上司であるが、同時にプラザの雇い主でもある。

「私が甘かったんでしょうか？」

と言って、遠藤が不承不承項垂れて見せる。

遠藤にとって予想外の展開だったに違いない。彼は洋平から『プラザの過ちは雇用主の過ち』と、慰めの一言でも聞けると期待してやって来たのに、これでは逆に叱責された形である。

「甘いなんてものではない。許されない行為と言える。見ようによっては、遠藤、君が彼を泥棒に仕立ててしまったようなものだからね」

洋平は喋ってから『しまった』と思ったが、後の祭りである。遠藤がむっとして下を向いた。

「所長、それは言い過ぎじゃないですか？」

すかさず井上が口を挟んだが、その声は緊張でかすかに震えている。

「いや、悪い、悪い。井上の言う通りだ。いつもの癖でちょっと言い過ぎた」

こんな場合、頭を掻いて素直に非を認めるところが洋平の持ち味でもある。ただ、論争の口火を切ってしまった手前、最後まで話さなくてはならない。

「私は、一旦日本を出たら、日本の尺度が通用しないことがあると言いたかったんだ……」

地球上には極端な貧富が実在し、その二つが接触すれば火花が散るのは避けられない。その場合、豊かな国の人間の行動は限りなく『傲慢』に近づき、貧しい国の人間の行動は限りなく『正義』に近づく。これが洋平の伝えたかった『彼の哲学』である。

彼は、昨年日本で起こったある事件を例にとり、遠藤らにその考えを説明しようとした。それは、研修のため日本へ招かれた三人のアフリカ青年の失踪事件だった。彼らは、ボランティア協会が準備したホテルから、格段と安い簡易宿泊所へ無断で移った後、行方知れずとなった。東京のホテルの一泊の料金は、彼らの母国での平均的月収に相当したのだ。これは、貧しいアフリカ青年にとって人生観がひっくり返りかねない出来事であった。

「だからと言って、プラザの行為は正当化されませんよ」遠藤が一段と熱くなった。洋平の例え話がかえって彼を勢い付かせたようだ。

「要するに、所長がおっしゃることは、私がプラザなら盗みを働くかどうかという点に尽きると思うんです。私ならやりません。第一、貧しさから友情を裏切るなんて最低です。これは、貧しさとは関係のない話だと思います」

「なるほど……。しかしだね、『友情は貧しさに勝る』と言う君の論理は、条件次第ではないのかな。君が本当の貧しさを知っているというのなら、話は別だが……。井上はどう思う?」

井上を巻き込むことで、議論に終止符を打とうとしたが、抜け目のない彼は巧みに返答を避けた。洋平にも遠藤のように正義を振りかざして息巻いていた時期があった。冷静沈着な井上を前にすると、遠藤に親近感を覚えるのもそのせいである。そして、彼の『傲慢さ』を容赦なく打ちのめすことができるのも、多分同じ理由によるのだろう。

「とにかく、プラザと話してみよう」

とだけ言って、洋平は会話に一旦けりをつけたが、その時すでに、『彼らの安っぽい人道主義のため、プラザを切り捨てるのはごめんだ』という気持ちが洋平の心に芽生え始めていたのかもしれない。

★　★　★

「全く馬鹿にしてるわ。マリー夫人たら!」

佐和子は、洋平がワープロで月間報告書をしたためている事務所に足を踏み入れるや否や、矢も盾もたまらず不満をぶちまけた。

彼女は、『車で送る』というマリー夫人の申し出を撥ね付け、夫人の屋敷から日除け帽も被らず炎天下を歩いて帰って来たところだ。砂埃を浴びた自分の靴が、今朝方掃除したばかりの絨緞を踏み付けているのに気付き、一段と腹立たしさを募らせた。例年だと十月はすでに雨季であるが、このところの日照り続きで、外出のたびに砂埃を浴びるし、口の中まで妙な味がする。

「お茶に誘われたんだろう?」

ワープロを打つ手を止めずに洋平がつぶやく。彼は頭に浮かんだ文章が消える前に書き留めたいのだ。

「そうよ」

と、事務机の前で両手を腰に当て、仁王立ちの佐和子である。

「それで、マリー夫人がどうしたんだって?」

ようやく洋平が顔を上げ、涼しげな眼差しをいきり立つ妻の方へ送って寄越した。

一時期つまずき掛けていたカメンゲ計画が順調に動き出したことで、洋平は深刻なうつ状態を抜け出し、公私共に充実した日々を送っている。佐和子は、『僕に話せば君の取るに足りないトラブルは即刻解決』と言わんばかりの、自信に溢れた夫の表情に出会って、安堵すると共に憎らしくもある。彼がいつもの小気味良い語り口で、マリー夫人が吹っ掛けてきた無理難題を一刀両断の下に切り捨ててくれればいいが、今回はさすがの彼も途方に暮れることだろう。なにしろ『オズワルドを返せ』と彼女は要求しているのだから……。

マリー夫人からのお茶の誘いは二度目だ。初回の訪問で、彼女の趣味の園芸を散々吹聴されてうんざりした佐和子が、今回の誘いに応じたのは、口約束ばかりで一向に果たされない『洗面台と温水器の水漏れ』について、直談判するという実際的な目的があったからである。

久し振りに訪れたマリー夫人の庭園は、芝が張り替えられて美しく蘇っていた。このように庭の緑を維持するのには膨大な水道料金が掛かるはずだが、夫人のことだ、裏から手を回して水道局を丸め込むことなど造作もないことだろう。

マリー夫人と共に庭園を一巡し、佐和子が懸案の話を持ち出そうとした矢先に、夫人がオズワルドの返還を要求してきて、佐和子を仰天させたのであった。夫人は長らく休業していた高級レストラン『エデンの園』

を再開するに当たって、フランス語に堪能でお客に気配りが利くオズワルドがどうしても欲しいと言うのだ。

佐和子はサロンに通された時、夫人の夫で、勤め先で詐欺を働き、つい先頃恩赦で出獄したという噂の人物を紹介された。夫の釈放でマリー夫人の忍従の季節がついに終わりを告げた。建物の改築から庭園の改造まで、用意周到な準備期間を経て、彼女の念願が叶おうとしていた。佐和子は、彼女の話を聞きながら、女手一つで再開に漕ぎつけた夫人の気迫と執念に圧倒された。

それにしても『今更オズワルドを返せ』とは……。寝耳に水とはこのことである。

帰宅後も、佐和子の怒りはいよいよ募り、夫に対してまでむかっ腹を立てていた。常日頃から彼が食わせ者のプラザに肩入れし、オズワルドに冷淡なこともその一因であった。夫の態度がそんな風だから、マリー夫人に付け入る隙を与えたのではないかとまで疑ったのである。

「ねえ、それにしたって、今になって返せって、そんな無茶な話が通ると思う?……」

佐和子は噛みつきかねない剣幕でまくしたてる。

「僕だって今更困るよ。ジュベナールでは彼の代役は務まらない……」

洋平の態度はどこか他人事のようで、共感を求める佐和子の期待からはほど遠いものであった。

「だって、オズワルドは物じゃないのよ。れっきとした人間よ。それをまるで右から左へ……。マリー夫人は、人を何だと思っているのかしら? 植民地時代の生き残りのような女だから、使用人を奴隷と思っているのよ」

佐和子の怒りは止まらない。洋平の方は、マリー夫人に対する妻の積もり積もった恨み言を聞き流し、腕組みして考え込んでいる。

『夫が何か良い対策を思いついてくれればいいけど』と、佐和子は願わずにいられない。

「それで? 君は、はっきり断ったんだろう?」

妻の怒りが一段落したところで、洋平が言った。

「当然でしょう。『それはできません』って、ピシャリと言ってやったわよ」

『今更こんなことを聞くなんて、この人、分かっているのかしら？』と心の中でつぶやきながら、夫の落ち着き払った態度に歯がゆさを覚えた。

「それなら、何も問題はない」

と、洋平が自分に言い聞かせるように言った。

「自分が家主だと思って高飛車に出ているんだろうが、こっちがあくまで屈しなければいいんだ」

「あなたもそう思う？　そうよね。いくら横暴でも、そこまで身勝手なことはできないわよね」

夫の言葉に幾分胸を撫で下ろしたものの、それでもやはり不安が払拭できない。

「でも、マリー夫人は『返してもらいます』って、それは自信満々なのよ……。それだけじゃなく、あなたにはジュベナールがいるでしょう、とまで言ったのよ。私、頭に来て、それならジュベナールをどうぞ。のしを付けてお返ししますと言ってやろうかと思ったわ」

「念のため、夫人が直接オズワルドと話をしないようにした方がいいかもしれない」

と、洋平がつぶやいた。彼はすでに先を見通し、頭の中で対策を立てているようだ。

「でも、そんな必要あるかしら？　そうでしょう、私たちが雇い主なのよ」

と息巻いたものの、言葉とは裏腹に『私たち、本当に彼の雇い主なのかしら？』という疑念が佐和子の中で渦巻いていた。

洋平にも、マリー夫人の強硬姿勢の本当の狙いが分からないらしい。二人はそれぞれ『ここはアフリカ、まだ私たちの知らないことがある』と内心思っている。そして、そこが一番の不安の種であった。

二人が窓の方を眺めていると、折しもバケツを手にオズワルドがその視線の中を横切った。彼は埃を被ったジープの洗車を始めようとしている。連日の異常乾燥で、風に舞い上がった土埃が降り積もるため、車を使用しない日でも彼は洗車を欠かさない。そんな彼をマリー夫人に横取りされようとしているのかと思うと、オズワルドに対する佐和子の愛着はいや増しに強まっていくのだった。

「そうだ。あんまり腹が立っていたものだから、危うく忘れるところだった……。あの人、午後、あなたに会いに来ると言っていたわ」

そう言うと、再び怒りが噴き出してきた。

「私が断わったのに、彼女、平然としているのよ。私なんか鼻にもかけない様子だった。きっと、あなたの方が説得しやすいと思っているのよ」

それは皮肉でも当てこすりでもなく、女性特有の勘である。自分がマリー夫人の立場でもやはりそう思ったに違いない。

話に行き詰まった二人は窓の外を眺め、ジープを布で丹念に水拭きするオズワルドの動きを目で追った。その傍には、ホースの先を手で掴んだジュベナールが所在なく立っている。

「内陸じゃ、トウモロコシの播種が一か月も遅れているらしい」

洋平がぽつんと言った。

「今年は数年来の干ばつになりそうだって、新聞にも出てたわ」と、佐和子が応じた。

夫のもの思わしげな表情は『国中が水不足の時に洗車をしている』と言いたげである。

「それはそうと、マリー夫人が来るのなら……」と言って、洋平が佐和子を振り返った。

「やっぱり一言、オズワルドの意見を聞いておくべきかな？」

「あなた、さっき必要ないと言ったじゃない。これは、雇い主の戦いよ。余計なことに彼を巻き込むべきじゃないと思うの。それに、オズワルドはプラザが持ってきたボドワンの話だって蹴ったのよ」

「警備会社の話か……。いや、あれとこれとは話が全然違うよ」

「それはそうだけど、彼が『断ります』と言った時、私には、『ずっとここで働きたい』と言っているように聞こえたわ」

「ところで、君、話は変わるけど……」と、洋平が改まった調子で言った。

「マリー夫人は、オズワルドにどんな仕事をさせるつもりなんだろう。聞いてる？」

「給仕長に据えるんですって」

「レストランの給仕長か……。そうか、それは悪くはないな。歩哨よりずっといいかもしれない」

夫が考えていることは、佐和子にも分かる。彼の将来を考えれば、選択の機会を与えてやるべきだろう。自分たちはいつかブルンジを去る……。それは分かっているが、佐和子の本音は、ただオズワルドを手放したくないの一心であった。取り分け強盗事件があってから、彼に対する信頼は不動のものとなっていた。

更に、オズワルドの姉が急死して、葬儀のため彼が三日ほど屋敷を空けた時、彼の存在の大きさを佐和子は痛感した。オズワルド不在の屋敷は火が消えたように寂しく心許なかった。夜の帳が深く感じられ、庭へ出るのをためらったほどだ。

★　★　★

午後、屋敷の門を叩いたのは、マリー夫人一人ではなかった。彼女はオズワルドの代わりとなる黒人を伴っていただけでなく、何と驚いたことに隣の大佐がその傍らに付き添っていた。

大佐の出現は佐和子らを大いに面食らわせた。予め立てておいた作戦に狂いが生じ兼ねない事態である。大佐とマリー夫人の繋がりは、それまで全く念頭になかったのであるが、考えてみれば共に上流階級に属すツチ族の隣人である。彼らが旧知の間柄であっても不思議ではなかった。

「私がここへまかり越したのは」

と、一歩前に出た大佐が口髭を大きく上下させ、堅苦しい口上を述べた。

「奥さんが使用人のことで、その、お困りと聞いて、僭越ながら隣人の義務として、無用な誤解を解くお手伝いをさせて頂くためです」

「それは、わざわざ有り難いことです」

と、口の中でもぐもぐと不明瞭なフランス語を発音しながら、洋平は大佐の背後に立っている四十歳前後の長身の黒人をちらっと横目で見た。

大佐が来たからには、彼らをサロンに招き入れるのが礼儀であったが、あえて佐和子は一団の前に立ち塞がった。そして一刻も早く、オズワルドの交代要員らしき目障りな黒人を、自分の目の前から追い払ってしまおうと決心した。

「しかし、強引ではありませんか、代わりの男を連れて来るなんて……オズワルドのことなら、お断りしたはずですよ」

佐和子は大佐の手前、高ぶる感情を極力抑えてマリー夫人に詰め寄った。

「この男のことならご心配なく、一目見てもらうため連れて来ただけですから」

　マリー夫人は佐和子の抗議を無視して、男を顎でしゃくってみせた。

「彼の経歴を聞いたら驚きますよ。大使公邸や大臣の自宅など、そうそうたるお歴々の歩哨を務めてきたのですから」

「私からも一言口添えさせてもらいます」続けて大佐がにこやかに口を開いた。

「これは、私の知り合いの家で働いたことのある男です。身元が確かで『堅い男』、これが使用人の第一条件です。私が譲って頂きたいくらい得難い男だと言っても過言ではありません」

「おっしゃる通りかもしれませんが、私たちはオズワルドが気に入っていますから」

　洋平は大佐の介入をむしろ好機と捉え、彼に向かって丁重に話し掛けた。

「もちろん、そうでしょう」大佐はどこまでも物腰が柔らかい。

「しかし、ムッシュー・タテヤマ、歩哨を選ぶ時、人柄だけでは不十分ですよ。この男のように経験豊富で屈強な強者《つわもの》はそうざらにはいません……」

　大佐の称賛の言葉に『その男』は口元にかすかな笑みを浮かべた。それが感情を表に出した唯一の例外で、後は終始無表情であった。

「分かっていただきたいが、私もマリー夫人も老婆心ながら良かれと思い、お薦めしているわけで……」と、熱心に話す大佐の誠意は本物に見えた。

「オズワルドは今、確かにあなた方に仕えています。ですが、元々マリー夫人の使用人で、私たちの社会で言うところの『子飼い』です。どうかその辺をお忘れなく……。よろしいですか、あなたがたはいずれここを立ち去られる。その後、オズワルドが頼るのはマリー夫人をおいて他にないのです……。私がお話できるのはこんなところで、だからと言ってオズワルドを無理やり引き離すつもりはありませんよ」

　と一気に話してから、大佐は佐和子に優しい眼差しを投げ掛けた。

「私はとても良い取引だと思いますよ……」

と、大佐の援護射撃を受け、マリー夫人が主導権を取り戻そうと勢いづく。

「私の方の事情を申し上げますと、レストランにはオズワルドのような、上客の受けのいい若い男の子が必要です。なにしろ、お歴々がお食事をされる場で、無作法や不調法があってはいけませんから……」

「そうでしょうとも」

と、佐和子が皮肉たっぷりに言葉を引き取った。

「とにかく、私の意見が尊重してもらえるのなら、どうかお引き取りください」

「私が心を割って話しているのに、それを何ですか」

と、突然マリー夫人が喧嘩腰になる。

「それに、この屋敷は私の持ち物ですからね。先日のように強盗に押し入られるようでは、私だって困るんです。評判に傷が付きますから」

これで、オズワルドが強盗事件をマリー夫人に報告していたことが知れた。佐和子は、前々から夫人が彼を使って佐和子の屋敷の状況を探らせ、報告させているると睨んでいた。

「ちょっと、マリー夫人」

と声を荒らげて、大佐が彼女を諫めようと割って入った。

「そのような見苦しい態度は、日本のお客さんに対して大変失礼ですぞ……。ここは、一つオズワルドの希望を聞いてみてはいかがですか？」

「それは……」

と、言い掛ける洋平に対し、

「オズワルドが嫌なら、仕方がありませんわ」

と、マリー夫人が素早く応じた。旗色の悪い彼女としては、そこに最後の望みを繋ぐしかなかった。

「どうです、ムッシュー、これでマリー夫人も諦めが付くというものです。お国では、こうした方法を民主的と言うのでしょう」

と言って、大佐がにんまりした。

まさにそこが洋平らの弱みであり、佐和子の不安の種であった。オズワルドがマリー夫人の圧力に屈するのではないかと二人は恐れているのだ。

裏庭で芝の水遣りをしていたオズワルドが、洋平に呼ばれて姿を現した。しかし彼は主人の洋平に対してではなく、大佐とマリー夫人と向かい合う位置に立った。ズボンの裾は水しぶきで濡れている。

　洋平がオズワルドの置かれた状況を説明した。彼は眉をひそめて苦しそうに聞き終えると、一言も聞き返すことなく答えた。

「ここに残ります」

「私の話をろくに聞かないで、何を寝ぼけたことを！」

　と、マリー夫人がオズワルドを脅しつけた。

「私は、お前を接待係のチーフにするつもりだよ。それでも、ここがいいと言うのかい？」

「はい」と、今にも消え入りそうに答え、

「でも、どうしても行けとおっしゃるのでしたら
……」

　と、彼は助け船を求めて洋平を振り向いた。

「絶対なんてないの！」

　と、佐和子が横から口を出し、我が子に言い含めるように言った。

「すべては、お前次第。お前次第なの、どっちを選ぶのもね。だから、よく考えるのよ」

「これで決まりですな」

　大佐が、オズワルドの重ねての返事を待たず、そしてマリー夫人の機先を制して言い渡した。

「今、この場で決めなくても、よく考えて……」

　と言って慌てるマリー夫人を尻目に大佐が佐和子に向き直った。

「奥さん、これでオズワルドはあなたのものです。幸せなやつです。主人からこれほどまで望まれるとは……。こんな話、私は初めてですよ」

　マリー夫人は苦虫を噛み潰したような顔をして引き下がった。大佐の裁定とあっては、夫人といえども問題を蒸し返すことは難しいだろう。

「もう用はないから、仕事に戻りなさい」

　と、佐和子がオズワルドに命じた。

「ただし、ムッシュー」

　オズワルドが立ち去るのを見届けると、大佐が言葉を改めた。

「オズワルドをボドワンの警備会社にやらないことも、この場で約束してもらいたい。彼はあなたのもので、他人に譲り渡してはならないのです。万一手放す時は、どうか元の持主に返してあげてください」

　不意を食らい、洋平も佐和子もしばらく口が利けな

かった。ボドワンの件で、大佐が洋平の屋敷の問題に通じていることが知れたからである。

こんなご時世である。裏社会を流れる地下水脈を通じて、ツチの大佐とフツの手配師の二人は、何か関わりを持っているのだろうか……。お茶会以来、佐和子の中で育まれた『温和でフェミニストという大佐の偶像』が壊れて、この時、危険で不気味な一面を垣間見た気がした。

「いずれにしても、それはオズワルド自身が決めることではありませんか？」

と、洋平が先ほどの大佐の言葉をそのまま丸ごと返した。

「使用人が決めるんですって？」

大佐は大袈裟に驚いて見せると、ふふんと鼻先で笑った。

「さっきは成り行き上そう申しましたが、ここはアフリカです。今回の大統領選挙でもお分かりのように、本当の民主主義はまだまだ遠い先の話です。この国で、実際に物事を決めるのは、使用人ではなく、あなたやマリー夫人です」


洋平らが唖然としている間に、大佐とマリー夫人は、この件で一矢を報いたことに満足し、大佐お墨付きの警備員を従えて悠々と引き上げて行った。二人は屋敷を出る時、上流社会の隣人らしくキルンディ語でにこやかに言葉を交わしていた。

彼らが去った後興奮から冷めてみれば、一人の使用人を巡ってマリー夫人と力ずくの四つ相撲を演じた佐和子が一人取り残された。そんな自分が突然浅ましく思われ、彼女は勝利の美酒に酔い痴れる気にはなれなかった。

★　★　★

オズワルドのことで、佐和子には別の気懸かりがあった。姉の葬式を終え、カヤンザの長旅から戻った彼は、幾分人が変わったように見えた。いつも通りお屋敷の務めを果たしてはいるものの、どこかなおざりでジュベナールを相手にゲームにのめり込んでいる。

「しばらく、そっとしておいてやろう」

と、洋平が言った。

妊娠七か月のオズワルドの姉は、おなかの子供が原因で死亡したと言うが、設備の整った病院で検査を受けたわけではない。洋平はアフリカで大流行しているエイズを疑ったが、真相は分からずじまいだ。姉の死のショックが大きかったのだろう。オズワルドの顔から笑みが消えた。

彼がマラリアに罹った時、さほど気遣いを示さなかった夫が今回は親身になっている。そのため、このところ、しっくりいっていなかった夫婦仲まで改善の兆しが見られた。

洋平は仕事が溜まると、夕食後も一人執務室にこもる。夜の仕事は大抵、事務局宛ての資料作りか報告書の作成で、深夜に及ぶこともある。

ワープロから顔を上げた洋平が、コーヒーを運んで来た佐和子に向かって人差し指を口に当てて、窓の方へ視線を振った。

静かな夜である。耳を澄ますと、ポチンポチンと乾いた音が窓の下から立ち上ってくる。それは、指先から板の穴に落とし込む時、木の実が立てる音で、遠い世界からのモールス信号のようである。

事務所の窓の下のコンクリート敷きは、防犯灯で明るく照らされるため、いつからかここがオズワルドらの夜の遊び場になったらしい。以前は夕暮れ時、椰子の下で、二人の歩哨が腹這いになってトランプをするのをよく見掛けたが、最近は、ブルンジの伝統的ゲーム、バオ（アフリカ版双六）へと移っていったようだ。

佐和子が椅子を洋平の隣に移し、仕上がった報告書に目を通していると、ポチンポチンの『モールス信号』に低い唸り声が交じる。これは、佐和子たちの間ですでに知られている『ジュベナールの鼻歌』である。

オズワルドから教わるまでしばらくの間、この奇妙な音の正体が分からなかった。台所の裏口を開けると、熱帯の花やレモンの香りに交じって鼻歌が漂ってくる。それは、人の声とも虫の羽音ともつかない繊細な音で、聞く人の耳に心地よく響くのであった。

また、ある満月の夜、庭の散歩に出た佐和子は、大佐の屋敷のレンガ塀の上に、黒々とした人型の異形を見てぎょっとした。目を凝らすと、それは月明かりの中、レンガ塀に跨がってゲームに興じるジュベナールと隣の使用人の影法師だった。

辺りにオズワルドの姿がなく、椰子の下の藪の中で一人、死んだ姉を思い、悲しみに暮れているのではないかと気になったが、何と声を掛けてよいか分からず、佐和子は黙って家に入った。

ンダダイエの新政権発足から四か月が経った。ツチ族との対立感情を払拭するため、首相にツチ族の女性を据えるなどして、穏健な中道路線を模索する新大統領の真摯な姿勢が窺える。彼はブルンジ屈指の銀行メリディアンの元理事の肩書きを持つ、経済界出身の現実主義者である。その張り出した顎に高潔さが表れていると、骨相学をかじったことのある佐和子は新生ブルンジの明るい未来を予感するが、夫の洋平はむしろ懐疑的だ。

彼によると、新政権の最大のジレンマは、ツチ主体の正規軍と勢力の温存を図るパリペフツがンダダイエの足を両側から引っ張り合っていることだという。大統領選挙直後の七月に起こった小さなクーデター未遂事件で、軍部の膿が出たという見方もある中、AFVPのフィリップは政権発足から三、四か月過ぎた頃が一番危険だとの見方をしている。

「どうして三、四か月後なのかしら?」

フィリップと聞いて、佐和子は興味を引かれた。

洋平の解説によると、民主的に選ばれた新政権をすぐに転覆させては国際世論の反発を招く。しばらく泳がせておいて、難題の経済改革で行き詰まった頃を見計らい、それ見たことか、経験の浅いフツ政権ではだめだ、政権担当能力がないと、国民の批判を煽り立てておいてから、おもむろにクーデターを仕掛ける。三か月間はそのための執行猶予期間ということらしい。

「でも、その思惑は外れるかもね。だって、ンダダイエ、結構活躍しているじゃない。今日のル・ヌボーに、ニューヨーク国連本部での彼の演説が載っていたけど、新人の大統領なのに、よくやっていると思わない?」

この頃になると、佐和子はすっかりンダダイエのシンパである。

現在開催中の国連総会に自ら乗り込んだンダダイエは、『アフリカ初の民主的政権誕生』というセンセーショナルな触れ込みで、早速国連とアメリカの信頼を得ることに成功した。新聞記事によると、世界銀行と国連開発計画から援助の約束を取り付けたとある。誰の目にも順風満帆の船出に見えた。

新政権が安定期に入ったこの時期、洋平のカメンゲ計画も順調に進捗している。このままいけば、早晩ボランティアの数を増やし、第二ステージに移れると確信している。彼は首都に次いで第二の地方都市ギテガに白羽の矢を立てているが、ギテガは首都から八十キロ奥地にあるため、ボランティアを送り込む上で、政権の安定が鍵となる。

一方、佐和子の周辺は若者らが加わったことで急に慌ただしくなった。先日も、職業訓練センターに勤務する早川が原因不明の腹痛を起こした。佐和子は診療契約を結んだクリニックへ彼女を連れて行き、薬を処方してもらったが、腹痛は一向に収まらない。早川の心細そうな様子を見かねて、当面彼女を家に引き取ることにした。夫は精神的なものだろうと言う。

遊び相手ができた娘の文枝と久枝は、早川の滞在を『入院』と呼んで喜んだ。一週間ほど、仕事を休んで症状が改善したことから、職場に起因するストレス性の腹痛ということで、夫の見立ての正しさが証明された。話を聞くと、案の定、同じ職場のAFVPのじゃじゃ馬娘エレーヌのご機嫌取りで神経をすり減らしていたようだ。

子供たちから『お姉ちゃん』と慕われるのが嬉しいのか、『入院』をきっかけに、早川はその後もちょくちょく事務所へ遊びに来るようになった。時々佐和子たち家族と夕食を共にし、帰りが遅くなった時、暗い夜道を心配した洋平が、タクシーが拾える大通りまで、オズワルドに彼女の御供を命じた。

ナイト役を仰せ付かった彼は、懐中電灯を手に早川の数歩前を歩く。後日、早川によると、オズワルドが決まってタクシー運転手に顔を近づけ、二言三言キルンディ語で話し掛けてくれたお陰で彼女は安心していられたという。

「エスコートを言い付けられて得意なのよ。早川さんを送って戻って来た時のオズワルドの顔を見てご覧なさい」

と言って、佐和子は男女の機微に疎い夫に注意を促したことがある。

故郷に妻子を残しているとはいえ、オズワルドも生身の青年である。同年代の日本女性に心引かれたとしても不思議ではない。姉の死後、長らく塞ぎ込んでいたオズワルドに、この頃を境に少しずつ笑みが戻って来た。

★　★　★

貧民住宅地区の測量を終え、下水溝を四分の一ほど、掘り進んだところで、カメンゲ計画は思わぬ事態に直面した。現場責任者のボドワンが姿を消したのだ。プラザによると、仕事でナイロビに行っているのではないかということだが、事前の通告もなく、その後も行方知れずである。仕事を放り出したとしか言いようがない。謎の多い男だが決して無責任な男ではないと、彼を擁護してきただけに洋平の落胆は大きかった。

「しばらく、誰かボドワンの代役が必要だな」

と、遠藤と井上に対し洋平が発言した。

今日はカメンゲの定例会議である。洋平は、識字教育担当のアデルが姿を見せる前に、二人の若者の意見を取りまとめておこうと画策した。

「キルンディ語ができれば、僕らでボドワンの穴埋めをすべきでしょうが……」と、遠藤。

「君はできるじゃないか」

と、井上が珍しく同僚を褒めそやした。

「所長、遠藤は通訳なしで結構やっていますよ」

フランス語が遅れている遠藤であるが、がむしゃらに食らい付いていく彼のチャレンジ精神を洋平は高く買っていた。彼は着任するとすぐ、プラザからキルンディ語の手解きを受けた。大切な先生を失ったという意味でも、あの三百ドル盗難事件は遠藤にとって痛手であった。

「僕のキルンディ語じゃあ……あの餓鬼どもを叱り飛ばすのが関の山です」

と、さすがの遠藤も少年たちの扱いには手を焼いているようだ。

「そうだろう」と、洋平がうなずく。

「カメンゲの成功は、少年隊の統率いかんにかかっている。ここまでやって来られたのは、あのボドワンの働きによるものだ」

「凄い男ですよ、あいつは」と、遠藤が口を挟んだ。

「時々しか顔を出さないので最初は気付かなかったのですが、ボドワンが一言声を掛けると、手に負えない餓鬼どもが急に大人しくなります。中には震え上がるのもいます」

計画が軌道に乗り始めた矢先だけに、ボドワン失踪の影響は甚大で、洋平の焦りも大きかった。新政権下で着任したブジュンブラの新市長もまた、カメンゲ計画を先進国からの援助獲得のためのモデルケースに仕立てようと野心を燃やしていた。今が好機である。ここで評価を得れば、洋平が練り上げてきた『新・草の根方式』が信任を得たことになり、事務局に対しても鼻が高い。

ところが、政界進出に野望を抱くボドワンは、フツの新市長と反りが合わない。プラザによると、市長の方が彼を煙たがっているという。他方で、地道なボランティア活動を身上とするアデルは、行政主導型の展開に嫌気が差しているようだ。ここに至ってカメンゲ計画に軋みが生じてきた。

「ボドワンの失踪が知れ渡って、現場の規律が乱れています。子供たちが僕らの言うことを聞かなくって困っています」と、井上が訴えた。

「それで、掘削工事の方は止まっているのか?」

「それは、何とか続けています。実は、班長の一人が代わりに彼らを取りまとめてくれるので、助かっています。セレスタンという……」

「セレスタン?　どこかで聞いた名前だな」

洋平は首をかしげた。

「いつかの少年です」と言って、遠藤が勢いづく。

「車がデモに捕まった時、我々を助けてくれた、あの少年です」

「ああ、思い出した。大人みたいな口を利く子だな」

洋平もその少年を忘れていなかったが、これまで話をする機会がなかったのだ。

「少し擦れていますが、ちゃんと鍛えれば見込みのあるやつです。ただ、彼に関して、井上と僕は意見が合いませんが……」と、遠藤がつぶやく。

「困ったことに」と、井上が顔をしかめる。

「彼は仕切り屋で、他の班長を押さえ付けるんです。今はたまたまそれが功を奏しているのは認めますが、いずれ問題を起こしますよ」

「面白いことにセレスタンの評価は人により千差万別です」

と言って、遠藤が更に意気込む。

「アデルときたら、彼を目の敵にしています。彼はボドワンの秘蔵っ子だから、『坊主憎けりゃ袈裟まで憎い』ってやつです」

「アデルに関する限り、遠藤は間違っている」

と、井上が同僚の不用意な発言に反発する。

「彼はボランティアの鑑です。僕は心から尊敬しますね」

二人の若者に十分意見を戦わせた後で、洋平が当面という条件付きで、ボドワンの穴埋めにセレスタンを抜擢することを提案した。

「ただ、所長、彼には悪い噂があります」

と、井上が最後の抵抗を試みた。

「ここに来る前、彼はかっぱらいをやっていたらしいです。アデルに確かめたけど、彼も否定しませんでした」

「遠藤はそのことを知っていたのか？」

と、洋平は気付かれない程度に皮肉を込めた。三百ドル盗難事件で、彼がプラザを糾弾したのはつい最近のことである……。

「ええ、知っていました。セレスタンが自慢するので……。変わったやつです。普通、『俺、泥棒です』とは言いませんよね。それで、僕は言ってやったんです。『僕もお金を盗られたことがある。だから二度とするな』って。そうしたら、案外素直な返事が返ってきました」

「とても信用できないな」と、井上。

「僕は信じてやろうと思います。それから、彼、自慢しなくなりました……。所長、セレスタンの面倒は僕がちゃんと見ます」

泥棒の過去を持つアフリカ少年が、何かの拍子に日本青年の純な心を掴んだのだろう。ありえることだ。ボランティアの気概を重視してきた洋平である。多少のリスクは承知の上で、彼らにチャンスを与えるだけの度量はあった。

案の定、少し遅れて現れたアデルは、セレスタンの現場監督昇格に難色を示した。そもそも彼はセレスタンの班長指名にすら反対だった。結局、アデルは折れたが、これには、アデルに心酔する井上がこの件で賛成に回ったことが大きかった。

この時のアデルはいつもの彼らしさに欠け、どこか投げやりであることに洋平は気付いた。彼は賢者アデルの目をのぞき込み、その仄暗い脳裏に渦巻く謎を読み解こうとした。

「アデル、もしかして君は引退を考えているのか？」

洋平はふと頭に浮かんだ言葉をぶつけてみた。

「まだ先のことですが……」

と口ごもって、アデルはその可能性を認めた。

「カメンゲ計画に目途がついてからと考えていましたが……。僕には大統領選以降、色々と政治絡みになってきたことが気懸りなんです」

「本当に、それだけ？」

洋平はアデルの目を真っ直ぐ見据えた。

「実は……」

と、洋平の目を避けるようにして彼は言った。

「実は、ある人から小さな個人病院を継ぐことを勧められているんです」

「ああ、そうなの」

洋平は当惑する自分を押さえつけ、『そうだろう』と心の中でそっとつぶやいた。ブルンジ大学医学部卒の彼が医学の道に戻るのは当然の理だ。むしろこれで幾らかアデルが理解しやすくなったと言える。これまでの彼は絵に描いたような『聖人君子』で、人並みの欲望を拒んでいるように見えたからだ。世の中が大きく動き出したこの時期、真っ当な道へ引き返すチャンスかもしれないと思った。

「君は医師になるんだ。君のために喜ぶべきなんだろうね」

アデルは洋平の控えめな祝福に「ええ」と曖昧にうなずいたが、この話題にこれ以上深入りすることを避けたがっていることが分かった。

彼にはいつも暗い影がつきまとっていたが、今日は一段とその影が濃い。しかし、自分を語ろうとしないアデルの慎み深さが障害となって、洋平には手を差し伸べる術がないのだ。彼は、言葉少なに定期報告と来週の予定を述べると、他に用事があるからと断って、そそくさと帰って行った。

アデルが帰った後、佐和子が用意してくれたお茶とお菓子でくつろぎながら、洋平はアデルと交わした会話に関して二人の若者と話し合った。ボドワンの失踪に続いて、アデルまでがカメンゲ計画から手を引くと聞いて、取り分け井上が意気消沈し孤立感を深めた。

「最近、彼、よく考え込んでいるよね。井上は気付かなかった？」

と遠藤。

「そういえば、彼のところに一度、若い女の人が訪ねて来たことがあったな……」と、井上。

「白い車に乗った女性のこと？」

「僕も一、二度見掛けたけど、あれ、アデルの彼女だったの？」

「とても親しそうにしていた。どこか育ちの良いお嬢さんという感じで……。白いブラウスを着て、とてもお洒落な感じだった」

「へえ、見直したよ。煮ても焼いても食えない堅物とばかり思っていたけど……違っていたんだ」

と、遠藤が頻りと感心する。

洋平は二人の会話を興味深く聞いた。若い女で車を持っているといえば、裕福な家の娘に違いない。それがアデルの恋人か婚約者ということになれば、『個人病院を引き継ぐ話』とどこかで繋がっていそうな気がする。

★　★　★

「マラリアは、今年、これで二人目よ」

カトリーヌが愚痴をこぼした。

佐和子はこの日の午後を彼女とプールサイドでお喋りをして過ごす予定でいるが、今は庭の木陰でくつろいでお茶を飲みながら、お出掛け前のひと時を楽しんでいる。

「マラリアに罹ったボランティアが、ブジュンブラに上って来るの」カトリーヌが続ける。

「予防薬を飲まないのは本人の勝手だけど、結局、こっちへ付けが回って来るからかなわないわ。所長の妻なんてほんとに割が合わない。そちらは、三人しかいなくていいわね」

「それも今のうちだけ。いずれは、お宅と同じことよ」

生粋のパリジェンヌのフランス語に聴き惚れていた

佐和子が、カトリーヌのアクセントを真似て言った。

「フィリップの方針に口出しする気はないけど、地方展開も程々にして欲しいわ」

とカトリーヌは言ったが、夫の仕事に口出ししているのは確実だ。

彼女は話の合間に氷の入ったグラスを頬に当て、眩しげに眉をひそめる。その灰色がかった緑色の瞳はフランス人独特のシニカルな表情を湛えていて、とても魅力的だと佐和子は思った。

夫の仕事が縁で知り合って以来、カトリーヌとは時々お茶をする間柄である。彼女はブルンジ滞在が三年になるというのに、一向に現地の生活に馴染めず、いつも不満をくすぶらせている。

彼女の口癖は『私が結婚したのはフィリップで、ボランティアじゃない』である。夫がボランティアの若者との付き合いにかまけて、妻を顧みないというのが苛立ちの原因らしい。

彼女はいつも決まって、右手に煙草、左手にグラスを持ち、気怠げな仕草をして見せる。佐和子を小柄で無粋な東洋人だと見くびり、『フランス社交界のマダム』を演じているのではないかと思うことがある。

そんな彼女を、最初は自己顕示欲の強い嫌みな女だと思ったが、お茶を飲みながら怠惰な時間を共に過ごすうち、次第に親しみやすいコケティッシュな女に見えてきた。彼女の気取りのポーズも、その内側をのぞいてしまえばなかなか粋でお洒落で、これがフランス文化なのかとむしろ興味さえ覚える。今では気の置けない佐和子の一番の親友で、洋平の的確な表現を借りると、『水と油のお友達』と言うことになる。

「数だけが問題じゃないの。あなたも分かると思うけど、女の子が大変なのよ。うちのボランティアは半分が女なんだから、ほんとに世話が焼けるったらありゃしない。あなたのところはどう？」

お喋りの種の尽きないカトリーヌである。話題も多岐にわたって次々と展開していく。話好きはフランス人の国民性なのだろう。『どう？』と尋ねておいて、佐和子に返事をする間も与えない。

「本で読んだ知識なんだけど、日本の女の子は違うらしいわね。そういうのを『おしとやか』って言って、日本の伝統文化なんでしょう？」

「まあ、そうだけど、『おしとやか』だけでは海外ボランティアは務まらないわね」

と、佐和子がさらりと訂正する。

カトリーヌの眉間がピクッと波打つ。癇に障った時にみせる反応である。些細な事でも人から意見されるのが我慢できない性質らしいが、佐和子はそんな彼女の仕草にもすでに慣れた。

その一方、佐和子はカトリーヌの愚痴を聞き流しながら、意地悪な想像が頭をもたげてくるのを止められない。彼女の欲求不満の本当の原因は他にあるのかもしれないと、詮索好きな佐和子は素早く頭を巡らせる。お喋り好きとは言っても、カトリーヌがいつも本心で話しているとは限らない。

『フィリップがボランティアの若い女の子にご執心なのかしら……』

例えば、あのエレーヌという癇の強いアルザスの小娘……。カトリーヌがひどく対抗心を燃やしているあの子に、彼は満更でもない様子だった。それとも他に誰か……。夫が泊まり掛けで地方へ出張する日は気が揉めるに違いない。彼は若い子に持てるタイプだし、ちやほやされるといい気になって浮気をしかねない男だ……。

佐和子は、カトリーヌの話に真顔で相槌を打つその心の裏で、淫らな想像を膨らませていた。こうしている今も、妻の知らないところで、ボランティアの女の子を相手に『おふざけ』を楽しんでいるフィリップの髭面が目に浮かぶのである。

文枝と久枝が台所のドアから裏庭に姿を見せた。プールへ行く準備のできた二人は、椰子の木陰で長話する母親の様子を見に来たのだ。その時、大人たちが飲んでいるライムジュースに目を付けた姉の文枝が、手を伸ばして手近な枝からライムの実をもぎ取ろうとするが、わずかに背が届かない。それに気付いたオズワルドが、野菜畑から駆け付け、堅くて青い実を幾つかもぎ取って文枝に手渡した。

「ジュース、オズワルドも欲しい？」

と言う文枝の声が佐和子たちのところまで響いた。

彼は文枝の申し出に「ウィ」と嬉しそうに答えた。

佐和子は彼らの微笑ましいやり取りを見て、思わずカトリーヌを振り返ったが、そこで無愛想な顔に出くわし、慌てて口元の微笑を消した。彼女には子供がいないのだった。

佐和子は、カトリーヌが一緒の時、使用人の話をタブー視していた。不用意に彼女の心の扉をこじ開け、白人優越主義が顔を出しはしないかと恐れている。その一方でブルンジに来て半年になる佐和子にとって、現地生活の一番の関心事は、ボランティアの若者でもその活動でもなく、『使用人オズワルド』であった。

カトリーヌの家へは、二度お茶に呼ばれたが、彼女のメイドに対する態度は冷ややかで、メイドの方も女主人の前で顔を引きつらせている。夫に同行してアフリカを転々と渡り歩き、その先々の国で優雅な暮らしを享受してきた彼女の身体には、植民地主義者の末裔の血が流れているのだろう。そんなカトリーヌに配慮し、彼女の前ではオズワルドを『召使い』として扱うよう、佐和子は図らずも心掛けている。

赤道直下の物憂い昼下がりである。黒人の使用人にかしずかれ、二人の『有閑マダム』は木陰の肘掛け椅子に身体を預け、しきりと煙草を吸う。二人のいるテーブルの周りだけは、貴重な水道水の散布で芝が緑を保っているが、他は醜く赤茶けている。空には水晶のような太陽がギラギラと輝き、それを遮る一点の浮雲もなく、夏枯れがブルンジの大地を覆う。

例年だと九月に訪れるはずの雨季であるが、今年は十月半ばになっても一滴の雨も降らない。ブルンジを襲う干ばつの恐怖は、じわじわと死の包囲網を狭め、運命を嘆くしか手立てのない貧しい農民の首を絞めつけつつあった。

「トウモロコシの播種が一か月以上遅れているらしいわね」

と、佐和子が夫からの受け売りの知識を披露する。

「フィリップは、来年初めの端境期《はざかいき》が山場だろうって言っている。種蒔きが遅れる分、収穫がずれ込み、蓄えを食い潰してしまった頃に、飢えが襲ってくるという寸法ね」

と、テレビのトーク番組のやり取りを楽しむようにカトリーヌが話す。

「でも、妙だと思わない。今から予測できることなのに、誰も大騒ぎしないでしょう。皆、飢餓に慣れっこなのかしら？」

と話しながら、佐和子は目でオズワルドを探した。

文枝からライムジュースを受け取った彼は、どこかの物陰に身を潜めたらしく姿が見えない。だが、佐和子が一声発すれば、牡鹿のように駆けて来るだろう。彼女はカトリーヌの前で、それを演じてみたい誘惑に駆られた。

「皆、嫌なことは後回しにしたがるのよ。人間は愚かしいけど、穀物相場は正直ね。すでに闇値が高騰し始め、政府は必死に抑えに回っているという話よ」

と言った具合に、カトリーヌは洋平が欲しがる情報を何気ない会話の中でさらりと流してくれる。

心配したところで、飢餓は二人にとって近くて遠い話である。国連食糧計画は数年毎に驚愕的な数値を挙げて飢餓警報を発しているが、これに反応する人はごく稀だ。この点、カトリーヌは自分の気持ちに正直と言える。彼女の関心事はプールサイドでの読書と、友人との他愛のない雑談であった。

彼女は清楚な薄緑色のサマードレスを軽やかに着こなしている。あれこれ服を選ばなくても、ほっそりとした首と薄褐色の髪をしたフランス女性からは、さりげない色香が漂ってくる。他方、常夏のアフリカにあって、日本人の黒髪は重たげでうっとうしい。小太りの佐和子は、カトリーヌの横に並ぶと、身体的な劣等感を抱いてしまう。

「今から、少し食料を買い溜めておいた方が良さそうね」と、佐和子が真顔で言った。

「買い溜めって、何を？」

「例えば、米とか……保存が効くでしょう」

「私、考えもしなかったわ」

「そう？　でも、用心に越したことはないと思うけど……」

カトリーヌに一蹴されて、しょげ返る佐和子。小馬鹿にされ、またも人種的劣等感を意識した。自分の方が少し年上なのに、彼女の前に出ると、自分が子供っぽく感じられる。

買い溜めはそもそも夫のアイデアであった。彼の言い草ではないが、いざという時、フランス人には大使館の他にもフランス航空や病院など頼りになるフランス人社会がある。そうした後ろ盾は全部植民地時代の遺産なのだ。

『私たちには自己防衛が必要なの』

　と、佐和子は夫と一緒になって無言でカトリーヌと張り合っていた。

「目がチカチカする」

　そう言うと、カトリーヌが金色のまつ毛をしばたかせ、ライムジュースの横に置いたサングラスを摘み上げた。木陰にいても地面からの照り返しがきつく、グラスの中の氷が解けている。

「あなたのように瞳が黒かったら、ここの生活も随分ましでしょうね。元来、私たち白人種はアフリカ向きじゃないの。黒人種とは最も縁遠い親戚みたいなものなんだから」

「あなたの緑色の目、素敵じゃない」

　と、挑むように佐和子がカトリーヌの瞳をのぞき込んだ。

「私には目の痛みの方が深刻よ……」

　手の中でサングラスをもてあそびながら、カトリーヌが苛立たしげに言った。

「私は緑色がアフリカにとても似合っていると思う」

　と、佐和子はお世辞でなく言った。ほんとは『淡いエメラルド色は女王のように気高い』と賛美したかったが、媚びていると取られかねないのでその表現はやめた。

「ビー玉の色なんか……」

　と言うと、カトリーヌはサングラスで目を覆い、ハエのようにうるさく付きまとう佐和子の視線を逃れた。

「たとえビー玉でも、私は黒より緑がいいな」

　そう言って佐和子は笑った。彼女は黒いサングラスの奥に消えた緑の瞳に未練を残した。

「出掛けましょうか？」と、佐和子。

「そうしましょう」

　と、カトリーヌは点けたばかりの煙草を神経質に灰皿でもみ消した。

「この暑さ、嫌いじゃないけど、それもプールがあるから我慢できるの。そうでないと、地獄よ」

「あなた、毎日、行っているの？」

「フィリップがいない午後は、ほとんどね。今、私の最大の問題は、プールサイドで読む本がないことかしら。大使館の本は退屈だし、フランスから送ってもらうには時間が掛かるでしょう？……」

「ちょっと待ってくれる」

と言って、佐和子は同時に腰を浮かしかけたカトリーヌを手で制した。痩せぎすのカトリーヌが前屈みになった時、絹のように細く軽い髪が両肩から滑り落ち、ピンク色に日焼けした肌を露わにした。

彼女の細く浮き出た鎖骨と、それに交差する鮮やかなレモン色の水着の肩紐を見て、佐和子は思わず溜め息が出た。日本から持参した彼女の水着はどれも地味で、ブルンジの燦燦たる陽光の下では映えない代物であった。

佐和子はドレスの下に手早く水着を着けると、文枝と久枝を急き立て、カトリーヌの運転するワゴン車で街に向かった。ルイ王子通りを行くと、独立通りと交わる大交差点に、ＳＩＤＡと書かれた真新しい巨大な看板が目に入った。ＳＩＤＡとはエイズ（ＡＩＤＳ）のフランス語表記で、首都の感染者は五人に一人と言われる。看板には庶民にも分かるようにコンドームが描かれている。

「何年か前、うちのボランティアからも感染者が出たという話があって、フィリップが一番警戒しているのがエイズなの」と、カトリーヌが助手席の佐和子を振り返って言った。

しばらく走ると、車はノボテルの大サークルに出たが、その中央にも四方から見えるようにやはりエイズの大看板が立っている。そしてサークルの先の一帯は、旧王宮、高級ホテル、ゴルフ場、スポーツクラブ、公園など緑地が占めていて、外国人や高級官僚など特権階級のためのリゾート地となっている。

ブルンジ在住の外国人は、外国からの泊まり客で込み合うノボテルを避けて、国営ホテル、スルスドニル（ナイルの源流）のプールを利用する。また、このホテルは、現在大統領官邸として使用されている旧王宮と隣り合っていて、国賓来訪の際には迎賓館として利用される。

佐和子らを乗せたワゴン車がノボテルを過ぎ、旧王宮の長い高塀に差し掛かった時、突然、向かい側の空き地にあるドラム缶の陰から男が飛び出し、ワゴン車の前方を一人のんびり歩いている白人女性に飛び掛かり、地面に組み伏せた。通行人の途絶える昼食時とはいえ、白昼の出来事。佐和子は我が目を疑った。白人女性の近辺はたまたま空白状態であったが、現場を見通す長い道路にはちらほらと人影があった。

カトリーヌはクラクションを鳴らしながらワゴン車を突進させた。女性のハンドバッグを奪った男は駆け戻ると、ドラム缶を蹴って宙に舞い、サッカー場のコンクリート塀をやすやす乗り越えて姿をくらました。異変に気付いていて、旧王宮の正門を守る警備員が二人、急ぎ足で事件現場へ向かうのが目に入った。ワゴン車は彼らの横を走り抜け、真っ先に現場に着いた。

車を飛び降りたカトリーヌが地面に倒れ伏した中年の白人女性に駆け寄った。すると、何を思ったか、女は助け起こそうとするカトリーヌの手を乱暴に払い除け、後から駆けつけた制服姿の警備員に向かって「ポリス！　ポリス！」とドイツ語で喚き散らし、集まってきた野次馬を睨みつけた。

銀色の髪を振り乱し、その眼は怒りに燃えている。公衆の面前で黒人に組み伏せられたのが、余程の屈辱であったに違いない。スカートがめくれ上がり、下着まで埃に塗れたがそのまま動かず、警備員に両脇を支えられて、やっと起き上がった。結局、二人の警備員に挟まれるようにして、女はノボテルの方角へ引き返して行った。佐和子は女の恐ろしい形相とその迫力に圧倒され、助手席で凍り付いていた。

「ハンドバッグを肩から掛けて呑気に散歩なんて、非常識よ！」

運転席に戻ると、カトリーヌは軽率な旅行者を悪し様に非難したが、その声から彼女がすでに平常心を取り戻しているのが分かった。

中世のヨーロッパ建築様式を真似たホテル・スルスドニルには、幾何学模様の広く立派な前庭がある。その前庭と玄関ホールを通り抜けると、プールのある裏庭に出る。芝生と松の木立に取り囲まれたプールサイドには、ビーチ・チェアで読書をする人、目を閉じて音楽を聴く人、タオルで顔を覆って日光浴する人たちが、水着姿で白い肢体を伸ばし、三々五々くつろいでいる。

タンガニーカ湖畔の高台に位置するこの地上の楽園からは、木立の緑を透かして銀色に煌く湖面が垣間見える。プールサイドに横たわり、木立で縁取られた紺碧の空を見上げると、佐和子は吸い込まれそうなめまいを覚える。そして、遥々タンガニーカ湖を渡ってきた一羽の鳥がひとひらの別天地を見つけて舞い降り、翼を休めている姿を想像してしまうのである。

文枝と久枝はすぐに水に入った。幼い娘たちは、引ったくり事件なんかなかったかのように、水しぶきを飛ばしてはしゃいでいる。佐和子らは、木漏れ日が水玉模様を描く芝生の上でドレスを脱ぐと、ビーチ・チェアに横たわって目を閉じ、心地よい太陽の熱が身体に染み渡り、快感の極みに達するのを待つのだった。

佐和子らのいるプールサイドのもう一方の側は一面、灰色のコンクリート塀になっていて、所々松の枝がプール側に突き出している。この垂直に切り立った殺風景な高塀の向こうに、現ブルンジ大統領ンダダイエとその家族が衛兵に守られて暮らしている。

カトリーヌが横に並べたビーチ・チェアから身を乗り出し、忍び笑いを押し殺すようにして話し掛けてきた。

「サワコ、ンダダイエが王宮を出て、キリリの別荘に移ったという話、聞いてる？」

「へえ、そうなの。隣にいないの？」

「隣の王宮は空っぽよ……。それがね、雨乞いのためなの！　信じられる？」

と言って、カトリーヌが実際に吹き出した。

「民主主義を標榜する一国の大統領が雨乞いよ……。彼、別荘にこもって一週間になるというけど、この通り一滴も雨が降らないわね。この青空じゃあ、当分無理ね」

佐和子もカトリーヌに釣られて笑ったが、本当は少しも可笑しくなかった。あの知的で精悍なンダダイエが、国民のため膝を屈して雨乞いをする姿を想像すると、滑稽さよりも悲愴さが伝わってくる。それほどに干ばつが深刻さを増しているのだろう。

「新聞によると、地方では飲み水までが不足し、汚れた水を飲んで赤痢が広がっているらしいわね」

佐和子が青空を睨んで言った。

「細菌性赤痢ね。すでに死者が出ているって、地方のボランティアから報告が入っている。彼らが無茶をしないか、フィリップが心配している」

「昨年は感染者七万人、死者三千人だったそうよ。今年は更にそれを上回る勢いだって……。そこへ飢餓が重なったら、大惨事ね」

「残酷に聞こえるけど、それで人が減るのなら、それもいいと私は思う」

と、額の髪を軽く振り払って、カトリーヌが冷たく言い放った。彼女の目を覆うサングラスには、綿雲が一つ浮いた青空を背景に松の小枝が映っている。

「この三十年間にブルンジの人口は倍増し、一人当たりの耕地面積はわずかフランスの五十分の一だそうよ。これじゃ食料生産が追い付かないはずよね。とにかく人が多過ぎるの。この国はマルサスの人口論の正しさを示す好例と言えるわね」

カトリーヌは得々と話したが、彼女が挙げた数値は、夫のフィリップが本部に書き送っているレポートからの引用に違いない。なぜなら、佐和子も同様に洋平の報告書から知識を得ていたからだ。海外協力事業の妻という二人の立場はいやが上にも似通ってしまう。

その時、ホテルのカフェテラスを出て、プールサイドを一直線にこっちへ向かって来るウェイターの姿が佐和子の目に入った。プールの使用料を支払うため、サマードレスから小銭を取り出した時、片腕に白いナプキンを垂らし、ボクサーのように厳つい顔をした黒人が二人の頭上に立っていた。

「コーヒーを……」

と、佐和子が少し体を起こして言った。

ウェイターは見上げるような大男に見えた。皮膚は分厚く真っ黒で、額に深いシワがあり醜かった。

「カトリーヌ、あなたもいかが？」

「私は、結構よ」

と答えてから、彼女は傍らの黒人に話を聞かせるように会話を続ける。

「これもボランティアの報告だけど、農民は人糞を手掴みにして畑に撒くそうよ。これじゃあ、赤痢が蔓延するわけよね」

カトリーヌはウェイターのグローブのような手のひらに小銭を置く時、『あなたたち、ほんとに処置なしね』と肩をすくめて見せた。男は無表情のまま、水しぶきの上がるプールサイドを引き返して行った。

その後を追うようにして、カトリーヌがチェアから立ち上がり水に入った。

一人残った佐和子の固く閉じた目蓋《まぶた》に木漏れ日が赤

く透け、そんな彼女の鼓膜をくすぐるように、プールで呼び交わす娘たちの甲高い声が届く。誰かが『あなた、幸せ?』と佐和子にささやく。その声を合図に、痺れるような悦楽の波が彼女の肢体に広がっていく。するといつもの心地よい言葉のキャッチボールが始まる。一人が尋ねる、『佐和子、何をしているの?』と。もう一人が『いつものプールサイドよ』と答える……。

中央アフリカの昼下がり、逸楽のひと時を求めて白い肌の人々が集う。ここは一握りの外国人に許された快楽の園。気怠い空気で満たされた禁断の園……。そんな白昼夢に浸って一人微笑む佐和子もまた、有閑マダムの一人に違いない。

プールサイドに二十人ほどいる客のほとんどが白人女性で、子供連れも何組かいる。夫が仕事にいそしむ日中、若い妻たちは互いに誘い合って快楽園に集まり、夫たちの噂話をして時を過ごす。

その中に珍しく一組の老夫婦がいた。彼らは本国ベルギーから、息子か娘に会いに来た年金生活者に違いない。彼らの脇を通った時、佐和子の耳は聞き慣れないフラマン語を拾った。

少し離れた松の木陰で集う四、五人の常連客の携帯ラジオから、ジャック・ブレルの歌う『ヌ・ム・キット・パ(行かないで)』の切ないメロディが流れて来る。カトリーヌがフランス本国から取り寄せた小説の、官能的な写真をあしらった表紙には、『ラマン(愛人)』の文字が読み取れる。

一番近いチェアからビキニ姿の若い婦人が、煙草を指先に挟んでふらふらと佐和子のところにやって来た。佐和子がカトリーヌのドレスのポケットを探って、彼女愛用のガスライターを差し出すと、女は煙草に火を点けてから、お礼に妖艶な笑みを投げて寄越した。

「中国人?」

「いいえ、日本人よ」

その答えに満足して、自分のチェアに戻った彼女は、隣で寝そべる友人に『日本人だって』と、さも意味ありげにささやく。それから二人は口元に笑みを浮かべながら、東洋人について二言三言、知識の交換をすることだろう。

彼女らの豊満な胸は今にもはち切れそうだ。あの若さで有閑マダムの仲間入りをしている女たちには、大使館員か国連職員の夫人が多い。フランス映画に、海外で暇を持て余し、夫以外に愛人を囲う妻が登場するが、彼女らもその一人かもしれないと、カトリーヌの読みかけの小説を横目に見て、佐和子は他愛のない空想をもてあそんだ。

ここにも、そして世界中の見知らぬ国々にも、自分とは無縁な人々がそれぞれの人生を生きている。

『どっちが幸せだろう？』

そっと薄目を開け、まつ毛の間から青空の断片を盗み見て、佐和子は自分の胸に問い掛ける。満ち足りたこの瞬間だろうか、それとも、重く不透明な空気の中を喘ぐようにして生きていた、あの懐かしい時代だろうか……。

決して幸せだったとは言えないのに、なぜか至福の時が訪れると、脳裏に必ず『あの原風景』が蘇ってくる……。モンスーンの長雨の中、貧しい農村の粘つく水田に一人佇む少女の姿……。少女は時空を越えて問い掛けてくる。

『あれは、本当にあなただったの？』と……。

誰にも秘められた青春がある。有閑マダムのカトリーヌも然りだろう。あの小生意気なエレーヌという小娘は間違いなく今その只中にいる。そして彼女もいつか、幸せと悲しみで胸をいっぱいにして、今の自分を振り返る日が必ずやってくる。

いつの間にか佐和子はまどろんでいた。薄目を開けると、そよ風に揺れ動く木漏れ日が携帯ラジオのシャンソンと戯れ、プールに目をやると、若いママが子供の手を取り、バタ足の練習をさせている。辺り一面に水しぶきが飛び散り、波紋が太陽を跳ね返し眩しく揺れる。

『何だろう？』

佐和子は再びつぶやいた。目に入るものといえば、一握りの金持ちたちの偽りの平和……。プールサイドを一歩出れば、町には犯罪が渦巻いている。旧王宮前で白人女性がハンドバッグを強奪され、早川も白昼ネックレスを引きちぎられた。盗賊のはびこる町、魔女が密かに呪いをかける町、ブジュンブラは旧約聖書のシドンやソドムのように、その罪深さ故に干ばつや赤痢に見舞われるのであろうか……。

佐和子は記憶のファイルに収められたル・ヌボーの

三面記事をのぞき込んだ。それによると、社会不安が高じて、ブルンジ各地で『墓の盗掘』という世紀末的現象が引き起こされている。装飾品など金目の物が目当てであるが、死人まで漁るとは何ともおぞましい。

また別の記事によると、かつての大虐殺の際、ザイールに逃れた難民が選挙後にブルンジに帰還し、二十年前の土地の返還を求めて土地争いを起こしている。怒り狂った村人が山野に火を放っているとの噂もある。雨季の到来が遅れ大地が極度に乾燥する中、不気味な噂を裏付けるかのように、各地で山火事が頻発している。

「マダム、コーヒーです」

頭上から、ウェイターのしゃがれた声が降ってきた。驚いて目を開けると、真っ黒い顔の中の小さな目が東洋人である佐和子を優しげに見下ろしていた。

「メルシー」

と言って、佐和子は用意しておいた小銭をウェイターのお盆に載せた。

口に含むと、コーヒーの芳醇な香りが鼻腔に広がり、彼女を地上の楽園へと再び引き戻した。ブルンジの高地で栽培されるこの極上のコーヒーは国の数少ない輸出品の一つで、食品が品薄になった今もコーヒー豆だけは潤沢に出回っている。

「サワコ！」

プールの中ほどで、カトリーヌが手を振って呼んでいる。紺碧の空を映して、彼女の周りで水面が滑らかに揺れ、佐和子を誘惑する。彼女はコーヒーの最後の一滴を飲み乾すと、不吉な事件や噂を払い除けるように、勢いよくバスタオルをビーチ・チェアに投げた。

第十一章　セレスタンの活躍

オズワルドは久しぶりに洋平から外出のお供を命じられた。ジープは、カメンゲの現場に向かう途中、ブジュンブラ市庁に寄って、大統領選挙で交代した市長と青少年課の若い課長を拾った。ジープの後部座席に乗り込んだ二人の会話から、これが新市長による初めての現場視察と分かった。

オズワルドは工事が始まった頃、一、二度現場を訪れたことがあったが、今回来てみて驚いたことに、少年隊によって排水溝が百メートル以上完成していた。道路と交わる箇所には土管が埋設され、排水溝との取り付け部には真新しいコンクリート枡《ます》が設置されている。貧民地区の住人を誇らしい気持ちにさせるに十分な本格的土木工事であった。

市長の視察とあって、大勢の少年たちがシャベルやツルハシを溝の中に放り出し、市長一行を出迎えた。彼らのズボンの裾は泥だらけ。支給された作業靴を売り払ったため、裸足の少年もいる。町の厄介者であった浮浪少年たちの頼もしい変身振りを目の当たりにして、市長はしきりとうなずき満足げに目を細めた。

この時、オズワルドを瞠目させる出来事が起こった。洋平が主なスタッフを市長に紹介した時、全員が注目する中、日本人技術者とアデルに続いて、市長と握手を交わしたのが、何とセレスタンであった。遠藤に背中を押され、無理やり市長の前に引き出されたセレスタンは、彼以上に当惑気味の市長と握手を交わした時、自分に向かってむかっ腹を立てているように見えた。

「まだ、少年のようだが……」

そう言って、市長が怪訝そうに洋平を振り返った。

「ボドワンがやめた後、代わりに現場監督を任せていますが、期待に応えてくれています」

と熱心に話して、洋平は市長の疑念を晴らそうと努めた。

「なるほど、それは素晴らしい。皆、立派に『更生』したというわけですね」

ボドワンと対立していた新市長は、現場監督がボドワン以外であれば誰でも良かった。

洋平は少年たちの活躍について更に話を続ける気配を見せたが、その話題に興味を失った市長は先に立って歩き出した。市長の一団が動き出した時、その場に留まろうとするセレスタンの腕をとったのもやはり遠藤で、彼が何かとセレスタンの世話を焼いている様子が窺えた。

オズワルドは小さく手を挙げて合図を送ったが、セレスタンは気付かない。さりとて思い切って声も掛けられない。何しろ彼は市長と握手を交わした男である。

セレスタンの後に付いて周りの少年たちがぞろぞろ

移動を始めるのを見て、彼が怒鳴った。

「お前ら、さっさと持ち場へ戻れ！　ぐずぐずするな。各班長は後で俺に報告しろよ」

現場監督の貫禄を見せつけるセレスタンを見て、彼の餓鬼大将振りを昔から知っているオズワルドは、思わず苦笑した。それぞれ自分の持ち場に戻る少年たちの中に顔見知りがいた。がっちりした体躯のその少年はかつての炭運びの仲間で、セレスタンもその一人だった。

その彼が今、日本の若い技術者と肩を並べて歩いている。

彼の晴れ姿に度胆を抜かれたのは、オズワルドだけではなかった。市長との握手から外された四人の班長もまた唖然としてセレスタンを見送った。班長のうちの一人で、オズワルドと同じツチ族のナエルが彼を見つけて声を掛けてきた。

「やあ、オズワルドの兄貴」

「やあ、ナエル」

遠藤と並んで一行の最後尾を行くセレスタンの後ろ姿を目で追いながら、オズワルドがつぶやいた。

「しかし、驚いたよ、あいつがあんなに出世したとは、全然知らなかった」

「識字教室に来ないのに、現場監督だなんて。それに、あいつ、かっぱらいだろう？」

「昔のことだ。忘れてやれ」

「昔だって泥棒は泥棒だ。僕は、今も昔もしたことがないよ」と、ナエルが喚くと、

「分かったから、泥棒だなんて言うな」

と、オズワルドがたしなめた。

「アデルが何て言っていたか知らないが、いいか、ナエル、俺たち皆、昔の仲間だ。セレスタンが出世したからといって、仲間だってことを忘れるな」

「分かったよ、オズワルドの兄貴」

ナエルは、その背中に悔しさを滲ませて自分の作業へと戻って行ったが、彼のような軟弱な男に現場監督が務まるとは思えないと思う一方で、セレスタンの大抜擢を妬む者がいることを知って、オズワルドは気持ちが少し楽になった。彼の目にも、セレスタンの後ろ姿があまりに眩しかったからである。

それは、まさに驚きの展開であった。かつての仲間

の身を案じて、デニスの親父にカメンゲ計画の情報を流し、セレスタンの採用を画策したのは、他ならぬオズワルド自身である。彼はバスターミナルでスリを働くセレスタンを目撃し、一度は心が挫けかけたが、それでもかつての『仲間』を信じ、最後まで彼を見捨てなかったことを神に感謝した。

工事現場を一回りした市長ら一行は、次にアデルの案内で識字教育現場へと移動を開始した。市長とアデルを見送った後、洋平がセレスタンを手元に呼び、遠藤らと頭を突き合せて打ち合わせを始めた。その彼が図面をのぞき込み、洋平の質問に答えている。

打ち合わせが終わるのを待って、オズワルドが背後から近づいた。彼はセレスタンに声を掛けるという誘惑に勝てなかった。

「やあ、セレスタン」

と声を発すると同時に、オズワルドの顔から歓喜がほとばしった。

「おお、兄貴、何だ、来てたんか？」

緊張でこわばっていたセレスタンの顔がほころびると同時に、自然と身体が前に出た。

「兄貴、久し振りだね」

「今もナエルと話していたよ。現場監督になったんだって」

そう言うと、身体が触れるところまで歩み寄った。こんなに親しく言葉を交わすのは、デニスの飯屋で出会って以来のことである。唖然とする洋平の前で、二人は肩を抱き合った。

いつもは『やあ』と軽く手を挙げて挨拶する二人だったが、今日は何もかもが違って見えた。オズワルドは、ご主人の前でセレスタンの『大出世』を祝福する自分が得意でならなかった。

『見てください。市長と握手をしたこいつは、私の古い仲間なんです！』

と、ご主人に向かい心の中で叫んでいた。二人は胸を張って洋平の前に並び立った。

「二人が知り合いとは、驚いたな」

洋平は眼前の光景を飾り気のない言葉で表した。

オズワルドとセレスタン、無一文の少年二人がブジュンブラの貧困社会を生き延び、ようやく日の目を見たのである。仲間の中には人知れず姿を消した者も多い。一時は袂を分かった二人が、全く偶然に同じ主人に仕えることになるとは、人生とは計り知れぬもの……。

「実は、セレスタンと一度話がしたいと思っていたが、チャンスがなくってね」

洋平が二人の顔を見比べながら、オズワルドに向かって言った。

「ところで、佐和子に『ブルンジ料理の店がある』って言ったそうだな。どうだ、今晩、その店へ連れて行ってくれないか。お前たち二人をそこに招待したいと思うが、今から手配すれば間に合うかな？」

「店って？　どこの店のことさ」

と、セレスタンがオズワルドを不審げに見やる。

「デニスのところだよ」

「ええ、まさか！　あんな店にご主人を連れて行くつもりなのか？」

『あんな店』とセレスタンに言われて、オズワルドの胸を不安がよぎったが、その一方で、心のどこかで何者かが『お前にとって、これはチャンスだ』とささやく声がした。

「お前、今から行って、親父に知らせろ」

オズワルドがセレスタンの背中を押した。

「俺、親父が苦手だから……。第一、俺の話、信じてくれるかなあ」

「親父、あれでもお前のこと、気にしているんだ」

と言いながら、オズワルドは尻込みするセレスタンをまるで実の弟のように感じた。

「それは、どこの親父さんのこと？」

洋平が口を挟んだ。二人がデニスのことを『親父』と呼ぶようになった経緯を、外国人のご主人に説明をするのは容易ではなかった。仕事にあぶれ、デニスに拾われた時の身の上話をとつとつと語るうち、オズワルドは不思議な高揚感に包まれた。ご主人の前でこんな風に自分の過去を語ったことは、これまでに一度もなかったからである。

「君たちの間には、そんなことがあったんだ」

と言って、洋平がしきりとうなずいた。

店で落ち合う手順を決めた後、その場を去り掛けたセレスタンをオズワルドが呼び止めた。

「お前、立派になったのだから、そろそろ、いつかの約束を果たしてもいいじゃないか？」

「約束って？」

「教会のことさ。忘れてないだろうな、デニスの店で俺と交わしたこと……」

「ああ、あのことか……」

と言って、セレスタンが急に下を向いた。

「忘れていないけど、そのうちね、兄貴」

「ああ、そのうち」

と、相手の言葉をオウム返ししながらも、オズワルドは落胆を隠せない。

その時、班長のナエルがセレスタンにすり寄って来た。

「お前、凄いな、市長と握手してさ」

「そんなことより、仕事、仕事。今日から俺は仕事の鬼だからな」

突然セレスタンが監督風を吹かし始めた。

「ナエルの班は、明日はコンクリート打ちだろう？準備、できてるんか？」

「できてるよ。後で見てくれ」

怪訝そうにナエルが答える。

「でも、どうして『今日から鬼』なんだ？」

「とにかく今日からさ。仕事をするのに一々理由がいるもんか……。よし、今から型枠を見に行ってやる。手抜きしていたら、遠藤さんに報告するからな！」

と叫ぶと、彼はナエルを急き立てて歩き出した。

★　★　★

洋平夫妻と共にオズワルドがデニスの飯屋に着いた時は、先に来ていたセレスタンが厨房で奮闘中であった。オズワルドを見つけて、デニスが恐ろしい剣幕で食ってかかってきた。

「正気の沙汰か！　こんなむさ苦しいところへ旦那方をお連れして……」

オズワルドは大声で吠えたてる親父を厨房に押し戻すと、外で待っている洋平たちを店の中へ案内した。

テーブルを三脚並べ、その上を、どこで調達したのか、真新しいテーブルクロスが覆っている。

四方を囲む粗壁を眺め、時折、洋平らが日本語でぼそぼそと言葉を交わしているが、会話が弾んでいるように見えない。お屋敷の大サロンの豪華さを知っているオズワルドは、急に不安に襲われた。予想外に汚い店内を見て、彼らが腹を立てはしないかと心配になった。実際、ご主人は時々訳もなく不機嫌になることがあったからだ。

「ところで、さっき大声で怒鳴っていた店の主人、何だか怖そうね」と、佐和子が言った。

「全然怖くないです、奥様。親父はいつもあんな風ですから……」

「彼がオズワルドの『ブジュンブラのお父さん』らしいよ」と言ってから、洋平がカメンゲの現場で聞きかじった話を日本語で始めた。それを見て、オズワルドは厨房に立って行った。

彼は腕捲りをして働くセレスタンを見て思わず吹き出した。シャツは流し台の水しぶきでびしょ濡れ。丁稚小僧のように親父に小突かれ、コマネズミのように走らされているが、その顔は汗と油で照り輝いている。昔ここで働いていた頃も、二人は怒鳴られ通しだったが、一度もここを逃げ出したいとは思わなかった。

店に外国の客を迎えるのは初めてらしく、この道何十年というベテランのデニスも、今日は興奮を抑えられない。所狭しと並べた鍋とフライパンの間を飛び回りながら、「小僧、ぼやぼやするな！」と怒鳴り散らしているが、決して手順を間違えない。彼は悪態をつくことで、仕事のリズムを取っているのだ。そんな二人を前に、すっかり有頂天になったオズワルドが思わず口から漏らした。

「セレスタン、知ってるか。裏から手を回して、お前のことをボドワンの旦那に頼んでくれたのはデニスの親父だよ……」

セレスタンはうつむいたままだ……。最近は『このチンピラが、悪餓鬼が』と毒づくデニスしか目にしていないから、下水溝工事のことでデニスが彼のために口を利いてくれたと言われても、にわかには信じられないのだろう。オズワルドでさえ親父の悪態を真に受けたぐらいだ……。

しばらく厨房から声が消え、セレスタンが鍋を洗う水の音だけがした。棚から大皿を下ろして、手早く盛り付けをしながら、デニスがしんみりとした調子で言った。

「俺がボドワンに頼んだのは、オズワルドが必死になって頼むからで……、これが最後だと思って一言、口を利いた。それだけだ」

「セレスタンは変わったんだ。ほんとだよ、親父。認めてやってよ……。さっき、ここへ来る車の中で聞いたけど、遠藤さんが『セレスタンは見込みがある』って言っているらしいよ」

遠藤と聞いて、セレスタンがオズワルドの方をちらっと見たが、何も言わなかった。

「おい、二人とも、料理を運ぶぞ。旦那方がおなかを空かしておられる」と言って、デニスがセレスタンの肩をぽんと叩いた。

「昔のように二人で仲良くやるんだな」


テーブルにはすでに鶏肉のソンベ（キャッサバの葉の煮物）とキャピテーン（タンガニーカ湖の大型魚）のフライ、それに豆料理など五種類が並び、まだ幾皿も厨房で出番を待っているが、テーブルに並びきらないため、デニスは一皿追加する毎に一皿引き下げる。どれも彼が腕によりを掛けたものばかりで、オズワルドらもご相伴に預かるがそれでも食べきれず、大部分の残り物は、明日店にやって来る運の良い常連客の口に入る。それは街灯食堂始まって以来の大判振る舞いになることだろう。

最後までデニスを手伝っていたセレスタンが前掛けを外し、洋平夫妻の客人に加わった。オズワルドら二人はご馳走を前にすっかり萎縮し、取り分け佐和子と初対面のセレスタンは、いつもと勝手が違うのか、夫妻と目を合わせるのも避けている。

その場を盛り上げようと、洋平が佐和子に二人が市場で炭の担ぎ屋をしていて知り合ったことなどをフランス語で話して聞かせたが、セレスタンは塞ぎ込んだまま口を開こうとしないし、ご主人夫婦の態度もどことなくぎこちない。その上、佐和子は「脂臭いわね」と言って、料理にほとんど手を付けない。やはり田舎料理が口に合わないのだ。デニスとセレスタンが半日掛かりで作ったことを知っているオズワルドは急に悲しくなった。

「どうしたんだ？　セレスタン。奥様が尋ねた時くらい、ちょっとは話せよ」

と、オズワルドが小声で言ったが、彼は「何も話すことがない」と突っぱねる。彼は佐和子が気に入らないのだ。

オズワルドのよく知っている佐和子は、お屋敷の奥様である。いつもくつろいでいて、時々娘のように茶目っ気振りを発揮する。だが、今、目の前にいる奥様は、背筋をピーンと伸ばし、天井から吊り下がった裸電球の濃い陰影のせいで、目元がきつく意地悪く見えた。セレスタンの目には、奥様がそんな風に映っているのだろう。

「オズワルドは料理ができるの？」

と、佐和子が話し掛けてきた。

「はい、ここで一年半こいつと二人で店を手伝ったことがあります」

と言って、オズワルドはセレスタンを振り返った。

「そうだったの……」と、佐和子。

「実はね、オズワルド、マリー夫人のレストランのことで、私、考えたの。給仕長のことだけど、案外お前に合っているかもしれないって……。あれから十日ほどして、もう一度、マリー夫人から相談を受けた時も私の一存で断わったけど、それでよかったかしら？」

「それでいいです、奥様」

ときっぱり答えたものの、オズワルドにも迷いがあった。それというのも、もう一方の専属運転手の件がいまだ雲を掴むような状況であったから……。

その時、押し黙っていたセレスタンが、洋平に向かって挑み掛かるような調子で口を利いた。

「俺でも建設会社の社員になれるんですか？」

一体全体何の話をしているやら……。オズワルドも洋平も彼の言葉に唖然となった。

ところがしばらくして、当の洋平は、セレスタンの途方もない話に、何か異物でも呑み込んだような奇妙な顔をしてううんと唸って天井を仰いだのだ。

「遠藤から聞いたのか、困ったやつだ。私に相談もしないで、直接話すとは……」

「やっぱりだめですか？」

洋平の様子を見て、セレスタンが反射的にがっくりと肩を落とした。

洋平の説明によると、カメンゲ計画が順調に進み、少年たちが手に職をつけた暁には、日雇い労務者として稼げるだろうし、努力次第で正式社員に採用されることもありうるという話であった。

「誤解しては困るが、もちろん誰にもチャンスがある。君にもだ……。ただもっとずっと先の話だ。いずれボドワンと相談するつもりだ。その時が来るまで、この話を忘れること、いいね」

と、洋平は念を押したが、セレスタンに忘れていろと言っても無理な相談である。

二人のやり取りを脇で聞いて、すっかり動転したオズワルドは、自分一人が置いてきぼりを食らったような、裏切られたような気分になった。

『セレスタンが建設会社の社員に！』

たとえそれが針の穴ほどの可能性であっても、オズワルドには青天のへきれきであった。彼には日雇い労務者がせいぜいで、制服を着た正社員となると夢のような話である。そんな旨い話がセレスタンに持ち上がるのなら、自分にもチャンスがあって良いはず……。

「旦那様、私も事務所の運転手になれないでしょうか？」

「運転手？」

洋平は困惑の様子を見せたが、隣の佐和子はフォークを皿に置き、真剣な眼差しでオズワルドを見やった。

「裏のルーマニア大使館にも専属の運転手がいました」

ここが正念場と思い、オズワルドは簡単に引き下がらない意地を言葉に滲ませた。

「面白いじゃない。あなた、考えてあげたら」

横から佐和子が一言、口を挟んだ。

「買い物に奥様を乗せて行きます」

と、オズワルドがすかさず飛び付く。

「気持ちは分かったが、今じゃなく、いずれギテガまで事業が拡大したら、その時考えるということでいいね……。しかし、随分と熱心だな、今日のオズワルドは」と、洋平が溜め息をついた。

「あなたがセレスタンの就職のことを話したからよ。彼も何か技術を身に付けたいんでしょう」

と、佐和子がもう一押ししてくれた。彼女はマリー夫人の給仕長の話を断ったことで、オズワルドに負い目を感じているように見えた。

「オズワルドが免許を取りたがっていることは、私も知っていたよ。それにしても、今日は注文の多い日だな」

洋平は改めてオズワルドとセレスタンの二人の顔を見比べ、かすかに首を振ってから大きくうなずいた。

この場で色好い返事が聞けると期待していなかったオズワルドにとって、ご主人の態度保留は満足のいく成果であった。何よりも奥様の口添えが心強かったし、ご主人が免許の一件を心に留めていてくれたことも良い兆候だ。その上、この機会に、心に抱いてきた苦しい思いを吐き出すことができたことが何よりも嬉しかった。

その時、料理を取り替えに来たデニスがセレスタンの背中をグローブのような手でどやしたため、彼はフォークに刺した肉片を取り落とした。デニスがキルンディ語で喚き散らした。

「旨いか？　どうだ、セレスタン、王様にでもなった気分だろう。お前もオズワルドのように真面目に働けば、いつか良い目が見られるというものだ。かっぱらいじゃ、こうはいかんぞ……」

キルンディ語の分からない洋平たちは、二人の荒っぽいやり取りにいささか度肝を抜かれたようだ。時に罵声を浴びせ合うセレスタンとデニスであるが、オズワルドにとって掛け替えのないブジュンブラの家族である。気付けば、馬小屋のように粗末な食堂で、キリスト生誕祭のような豪華な料理を囲み、皆の顔が輝いている。

その時、すっかり有頂天になったオズワルドがフランス語で、「以前、セレスタンはスリをしていました」と口走った。彼はそれまでキルンディ語で話していたことをうっかり忘れていたのだ。

「嘘でしょう？」と、佐和子が夫を振り返った。

「いや、そのことは、遠藤から聞いて知っていたよ」

と、洋平が穏やかに応じた。

その後、二人のご主人は日本語で話を続けた。佐和子の言葉の中に何度もプラザの名前が出てきた。話の内容は分からないが、奥様が夫の説明に納得していないのが見て取れた。会話が途切れた後も、佐和子の目元は険しく、オズワルドを見る目はまるで彼を叱責するかのようだ。奥さまの無言の非難に耐えられなくなった彼が、セレスタンの肘を突《つつ》いて言った。

「今はもうやっていないんだろ。だったら、ちゃんと奥様に話せよ」

　ところが、セレスタンはオズワルドの説得にむしろ逆らうように佐和子を正面に見据えると、挑むような調子で喋り始めた。

「オズワルドの兄貴は別だけど、誰だって盗みくらいやっているよ。仕事にありつけなければ、何とかするしかないんだ。手っ取り早く稼ごうと思えば、物売りかスリのどっちか……。大抵のやつは両方やっている」

「お前は黙っていろ！」

　キルンディ語で制して、オズワルドが友人に代わって話した。

「彼は元締です。これはちゃんとした仕事です」

「元締って？」と、洋平が興味を示した。

　オズワルドは、市場でビニール袋を売ったり、車の見張りをしたりしている子供たちの世話役がセレスタンであることを話した。

「先日、店の前で女の子から花を買ったけど、あの子たちのまとめ役があなたなの……」

　と、心を動かされた様子で佐和子が彼を見た。

「俺たち、何んだってしてします」と、セレスタンがオズワルドを脇に押しのけ、前に乗り出した。

「こそ泥だって、チャンスがあれば、小さな女の子だってやる。皆、俺たちの仲間です……」

　彼は再びブレーキの壊れた馬車のように突っ走った。フランス語が乱れたが、奥様が理解できないほどではない。こうなっては彼の口を封じる手立てはなかった。しかも、彼は自分の考えを曲げる気はさらさらなく、『皆、俺たちの仲間だ！』と強調したこともオズワルドは見逃さなかった。

　しかし、それに続く彼のキルンディ語交じりの話は、オズワルドが正しいフランス語に置き換える必要があったが、彼は単なる通訳ではなく、セレスタンの気持ちを代弁して話した。

　二人の話を聞き終わった後の佐和子は、先ほどとは打って変わって年若いセレスタンを気遣う姿勢を見せた。彼の方も腹の内をぶちまけてわだかまりが取れたのだろう、その後は素直に奥様との対話に応じている。

「セレスタンの話、もっと洗いざらい聞きたいわね。まるで小説みたい。確か、あなた、イギリスにそんな小説があったわよね」

と言って、佐和子が夫を振り返った。

「ディケンズの『オリバー・ツイスト』だよ」

と、洋平が楽しげに言った。

こうして、再び話題はセレスタンとオズワルドの下積み時代の話へと戻って行った。饗宴が佳境に入るにつれ、佐和子は脂臭いと言って敬遠していた料理にも手を付けた。

フランス語の会話に加われないデニスまでが、店の戸口の柱にもたれて、まるで彼らの話の内容が分かるかのように時々小声で笑うのであった。

いつの間にか街灯広場に灯が灯り、行き交う人々の影が戸口を横切る。四人の奇妙な取り合わせによる宴会は八時頃まで続いた。

時折、匂いに誘われた常連客が飯屋をのぞき込んだが、戸口で見張っているデニスの「貸切り」の一声で追い払われた。その中に顔見知りの若者がいて、オズワルドらを見て目を丸くした。その若者がデニスに追い立てられる前に、セレスタンが手にしたフォークを振って小さな合図を送ったことにオズワルドは気付いた。

★
★
★

アデルを自分のタクシーに乗せ、お茶に誘ったのはプラザ自身であった。懐が暖かくてちょっとした贅沢がしたくなった時、タクシーを止めて一服できる手頃な店が町の中心にある。それは、かまどで焼き上げた自家製のパン菓子を、その場で食べさせるモダンなカフェであった。

客は、店内のガラスケースの中から好みのパン菓子を選び、お茶かコーヒーを注文した後、広いテラスに出て待つ。ブジュンブラには、最近こうしたお洒落なパティスリーが他に二軒できたが、どこも経営者はギリシャ人である。雑誌のグラビアでパリのカフェ街を見たことのある人なら、そうした店がとても西欧風だと分かる。店がモダンな分、少し値が張る。

プラザは、同居の姉と口喧嘩して昼食を取らずに家を出た時や、気の滅入る午後の時間に時折立ち寄る程度で、裕福なブルンジ人のように家族連れで来るのでもなく、白人たちのように友人や恋人とお喋りを楽しむためでもない。

彼の場合、白い丸テーブルの上にル・ヌボーを広げて読み耽るか、コーヒーカップを片手に、一段と高いテラスから通りを行き交う人々を観察し、優越感に浸りながら、しがないタクシー稼業の憂さを晴らすのが目的である。

稀に同業者のタクシー仲間と出食わすことがあっても、目で挨拶を交わすだけで、同じテーブルに着くことはない。そんな特別な店『タベルナ』へ虫の好かないアデルを伴ってやって来る気になったのは、この高潔の化身と思っていた男が突然、ボランティアをやめると言い出したからである。

その日プラザは、洋平に命じられてカメンゲ計画の月間報告書をアデルの元へ届けに行った。家畜小屋を改造した小さな事務所は、今も牛糞の強烈な臭気が鼻をつく。「アデル！」と乱暴に呼び掛けてから、息を止めてドアを開け、報告書を手渡してそそくさと帰ろうとするプラザを、「話があります」と言ってアデルが引き止めた。

「開業医になると決めました」

と、報告書を脇に押しやってアデルが言った。暗闇の中で大粒の目だけが異様に輝いている。

「何だって？……そうか、そいつは驚いたが、何だって俺なんかに？」

とつぶやくプラザの口元から冷笑が漏れた。

「いつか、プラザさんが、そうすべきだと言ったでしょう。だからです」

「そうかもしれんが、しかし、お前が俺の忠告に耳を貸すとは、驚きだな」

「実は、結婚を考えています」

薄暗闇の中から更に声が跳ね返ってきた。

「そうか……」

と、やはり反射的に答えたものの、結婚は開業医より更に意外であった。

「ツチの娘で……」と言って一息つき、

「その父親が小さなクリニックを開いています」

とアデルが続けた。

「なるほど、それで分かったぞ！」

と叫んで、プラザが思わず両手をパチンと打ち鳴らした。

「お前はその父親に見込まれ、病院を継ぐ気があるなら、娘をやってもいいと持ちかけられたのだろう？」

返事が返ってこなかったが、アデルが自分を凝視しているのが分かった。

「図星だな」と返事を催促すると、

「ええ、そのようなものです」

心の内を暴かれて、アデルが渋々答えた。

「お互い部族が違うので、結婚を認めてもらうのに、他に道がなかったと言うのが本当のところです」

「そんなところだろうよ。アデル、お前、その娘に惚れ込んだな？」

「親に結婚を反対され、それで仕方なく取引をするような羽目になりました……」

苦しそうにアデルがつぶやく。

「娘一人のために、自分の信念を身売りしたということか。益々分からんやつだ」

窮地に立たされているのはアデルなのに、なぜかプラザの方が彼の話に圧倒されていた。長身のアデルは椅子に座しても、目は立っているプラザの顔の高さにあった。その表情はよく見えなかったが、薄暗闇に身を潜めているのは、ありふれた一人の悩める青年であった。

プラザは、改めて悪臭ふんぷんたる事務所を眺めた。ファイルが山積みの仕事机と、板壁を一枚剥ぎ取っただけの明かり取り……。そこから差し込む白く汚れた光は、アデルの屈折した人生観を暴きだすかのように室内を照らしている。

プラザには、彼の献身振りが『悲惨さ』の裏返しに思えた。そのため、彼の口から『社会奉仕』という言葉を耳にすると、虫酸が走るのである。ボランティアだから惨めなのか、惨めだからボランティアなのか……。アデルはこの悪循環の中でもがいているように見える。その点、日本人のボランティア事業はおよそ『悲惨さ』とは無縁で、むしろ潤沢な資金に裏打ちされてとてもスマートというのがプラザの見方であった。

「僕は識字教育を見限ったわけじゃない」

プラザの心の内を察してアデルが弁解する。

「彼女を選ぶか、ボランティアを選ぶかの岐路に立たされ、一旦は退くしかないと……」

「果たして、それだけかな？」

と、プラザが猫撫で声を出す。

「本当は、立身出世のチャンスを掴もうとしている自分が許せないんじゃないのか？」

「それは買い被りです。それに、クリニックといっても小さな町医者です。そうじゃなく、いつだったか、プラザさんは、『人は社会的責任を果たすべきだ。医者の責任は重い』と言って、僕を批判しましたよね。そこに、今度の話が追い打ちをかけ……。僕は迷いに迷って、自信を失くしました」

「今、外出できるか？　どこか落ち着いたところで続きを聞こう。お前も相当変わっているが、俺にはこの臭いがかなわん」

　と言って、プラザはアデルを外へ連れ出したのである。

　その場の成り行きで、行き付けの店『タベルナ』へアデルを誘うことになったプラザだが、特に話があったわけではなく、ただ彼の口を突いて出た言葉がアデルの人生の転機となったと聞かされて、ほっておけない気がしたからだ。

「ええ、外出できます」と返事したまでは良かったが、タクシーに乗り込んだ途端、いつものアデルに逆戻りし、貝のごとく口を閉ざしてしまった。そんなアデルを見ると、決まって『何を考えているんだ、この石頭は？』と、殴りつけたい衝動にプラザは駆られる。

　パティスリー『タベルナ』では、いつも一人孤独を託《かこ》っているプラザであるが、店主とはお喋りをする。風船のように丸々と膨らんだ初老のギリシャ人は、誰彼構わず客に話し掛けて、がらがら声を店内いっぱいに響かせるひょうきん者だ。父親の代にギリシャから移り住み、首都の一等地に店を構えたが、彼のお喋り好きは本を正せば成り上がり者の血筋に由来すると言えそうだ。

　大柄な彼は、同じひょうきん者でも小男のプラザを見つけると、必ず「サラーム・アレークム」と仰々しくイスラム式挨拶を浴びせておいて、二言、三言、イスラムの知識をひけらかす機会を逃さず、その場に居合わせた常連客に向かって、大声で口上を並べ立てるといった具合である。

「マルハバ！　いや、これは驚いた！」

この時も店主は両手を一段と大きく広げて叫んだ。

「君が若い友人を伴って現れるとは、これは天地開闢以来の出来事だ。ル・ヌボーが君の唯一の友と思っていたが、それがなんと、こんなにも若くハンサムな男を連れて来るとは、重ねての驚き……」

このギリシャ人は、自分の口が勝手に喋るに任せ、プラザの後ろで頭一つ抜きん出ているアデルを、その飛び出した目で注意深く観察している。彼の店に一歩足を踏み入れたら最後、客は彼の大脳皮質のシワの一つに刻印され、そして永久に消えることがないのである。

「名前はアデル、医者の卵だ……」

と言って、プラザは満更でもない顔でアデルを紹介した。

「これは、お若いお医者さんですね。それは、それは、大歓迎……。実は、うちにも器量良しの末娘がいましてね、おばあちゃんに似て……」

と言い掛けて、彼は口をつぐんだ。店主の十八番である娘の自慢話が始まったところで、アデルが先手を打って素早くそっぽを向いたからである。気勢をそがれた店主は未練がましく口の中でもぐもぐやりながら、客が待つレジへと退いて行った。

「何です?」

テラスに出てテーブルに着くや否や、アデルが食って掛かってきた。

「プラザさんが余計なことを言うから、恥を掻きましたよ。僕はまだ医者ではありません」

「ここでは医者でいいんだよ。その方が通りがいいそれともお前は、馬鹿なやつら相手にボランティアの説明を長々やりたいの?」

と言って、プラザがアデルを軽くいなした。

こうしてアデルを黙らせたものの、プラザは内心少しばかり後味が悪かった。あのお喋りで傍若無人なギリシャ人の親父を向こうに回して、張り合う気持ちがなかったと言えば嘘になる。だが、毎回、うんざりするほど彼の自慢話を聞かされてきたのだから、一度くらい医者の知り合いを自慢してやっても罰は当たるまいと思っていた。

実際、アデルは人目を惹く好男子である。白人のカップルに倣って、そんな彼と一つのテーブルを囲むのも悪くない趣向だ。あの家畜小屋のような事務所から彼をタベルナに誘い出そうと思った時、無意識のうちに、若い医師のデビューを飾るに相応しい舞台を頭に描いていたのかもしれない。

「お前と一緒だと、俺までが目立ってしまう」

プラザは後ろめたさを冗談で取り繕った。

「見ろ。入り口近くの白人の女が、さっきからお前の方をじろじろ見ているぞ」

ところが、アデルはプラザの軽口に乗って来ないばかりか、一層膨れっ面になる。そんな彼の青臭さがプラザを一段と卑屈な気持ちへと駆りたてる。彼は、好奇の目に晒された二人が周囲にどんな風に映っているか分かっている。すらりと長身で美形の若者と、豚のように醜い中年の小男……。不釣り合いと言うより不道徳ともいえる取り合わせである。

だからと言って嘆いたところで始まらない。世の中はとことん不公平にできている。アデルは美男に生まれついただけでなく、才能にも恵まれ、ブルンジ大学を卒業した医者だ。片や、プラザは中学しか出ていない下級市民だ。

その彼が小学生の時、先生から将来の夢を尋ねられ、配られた紙に『医者』と書いた。それは子供らしい思い付きに過ぎなかったが、それでも、医師の資格を石ころのようにぞんざいに扱うアデルに反感を覚える妨げにはならなかった。そして今、そのアデルは手のひらを返して、少年プラザの夢を事も無げにその手に掴み取ろうとして思い悩んでいる。

その時、アデルが自分から話し始めた。

「彼女は大学の親友の妹ですが、もう五年も僕を待っています。その間、親が勧める縁談をすべて断って……。僕には、これ以上彼女を待たせることは、どうしてもできなかった……」

「さっき、まだ迷っていると言ったな」

と、プラザが口を挟んだ。

「実は、フィアンセのお父さんには『クリニックを継ぎます』と返事をしたんですが、自分の胸に問い質すと、まだ心がぐらついています。僕は卑怯な男です」

「いいか、アデル。先輩として一言、言わせてもらえばだな、人生ってものは、お前みたいに肩肘を張って生きるものじゃない……」

話し始めると、用意していたわけでもないのにプラザの口から次々と言葉が出てきた。

「俺みたいに、運命に身を任せてみろ。そしたら、あるものが見えてくる。今のお前の頭の中は、俺の想像が正しければ、地獄の堂々巡りか、こんがらがった紐みたいなものだ。これは、お前のような頭でっかちが陥りやすい罠だよ……」

真剣に聞き入るアデルの瞳をのぞき込んで話しているうち、自分の言葉に酔って、話はどんどん脇へと逸れていく。アデルは頭の切れるインテリだ。話が通じるというのは実に気持ちがいい。

プラザは知的な会話を愛し、会話のできる相手に飢えていた。彼の周りは、タクシー運転手のような無知蒙昧な輩ばかりだ。そこに、高慢ちきなアデルが中学校しか出ていない人生の先輩に膝を屈し、教えを請うて来たのである。彼が知的快感に打ち震えたとしても無理からぬことであった。

「それにしても、娘の父親が君たち二人の結婚をよく許してくれたな」

しばらくしてプラザは話を本筋に戻した。

「それが、突然なんです」

と言って、アデルが顔を曇らせた。

「僕の勘ぐりかも知れませんが、彼の心変わりは、大統領選挙でフツが勝利したことと関係がありそうです。そこが引っ掛かって、気分がすっきりしません」

「そいつは高等戦術だな。一種の政略結婚というやつだ。フツ・ツチのどっちに転んでも生き残れるよう仕組んだのだろう。金のあるやつは読みが深いし、悪くない考えだ」

「彼を非難はできませんよね」

「俺ならただ黙って、舞い込んできた幸運の鳩を喜んで捕まえるね」

と笑って、プラザは余裕のあるところを見せた。彼自身、内に深刻な家庭問題を抱えていたが、それでも人生の先輩である。アデルのような青二才とは格が違うところを見せ付ける必要があった。

「それにだ、ボランティアのことなら、ひと財産築いてからでも遅くないよ。その点、医者は金になる。いいか、アデル、金儲けは悪じゃない。少しくらい手を汚したって構わん。肝心なことは、稼いだ金で家族を養い、時々運のない貧乏人に恵んでやることだ。ただお前のように終始しかめっ面をしていては、神様もお悦びにならないよ」

　プラザはその時、目の前のアデルに対してだけでなく、その場にいない洋平や遠藤など、プラザのことを胡散臭い目で見たり、泥棒呼ばわりしたりする日本人を相手に自らの身の証しを立てていた。

「その『ひと財産』ができるのを待たず、僕は識字教育に戻るつもりです」

　と、アデルが幾分晴れやかな顔になって言った。

「やっと、俺の言っていることが分かったらしいな」

　プラザは話しながら、アデルの恵まれた人生から一《ひと》欠《か》けらの高揚感を掠め取って、それを自分のものとして賞味していた。それは、あの三百ドル盗難事件以降、しばらく味わったことのない高揚感であった。

　あれから、洋平らと顔を合わせるのも気まずく、そこまでして手にした三百ドルも中古車に投資した親族たちへの配当の不足分に当てられ、結局彼の手元には何も残らなかった。プラザにとって、今は不運を託《かこ》つ低迷の時である。両腕に『開業医と花嫁』という幸運を抱いて、上げ潮に乗るアデルとは対極にあった。

　会話が途切れた時、彼は店の前に止めたタクシーの傍らで、運転手を探している女に気付き、やおら立ち上がった。そして、息苦しさから解放されることを喜ぶかのように言った。

「客が来た。お前はゆっくりして行け。金は払ってある……」

★★★

　タベルナでアデルと話した翌日のことである。洋平の用事を済ませたプラザは、屋敷の裏手に回り、佐和子がいないのを見届けて、オズワルドに近づいた。

　彼は脚立に跨がって、生け垣の刈り込みに汗を流していた。プラザは彼の背後に立ち、その仕事振りをしばらく眺めていたが、オズワルドは剪定鋏をせわしく動かすばかりで、プラザの方を振り向こうとしない。

「さっき、『エデンの園』の前を通り掛ったら、新装開店の垂れ幕が掛かっていたぞ」

　と、プラザが努めてのんびりと声を掛けた。オズワルドがマリー夫人の誘いを断り、給仕長の話を棒に振ったことを彼は知っていた。

「庭中にテーブルを並べ、派手に飾り付けてあった。やり手の夫人のことだ、近々、お歴々でも招待することだろうよ」

「俺に、何か用事？」

オズワルドは、素っ気ない言葉を後ろに投げて寄越した。

「いやね。近頃、お前、俺に含む所があるんじゃないかと思ってね……」

「あるのは、そっちじゃないか？」

即座にオズワルドが切り返してきた。

「そのことだが……」プラザは相手の挑発に乗らぬよう気を引き締める。

「いつか、俺がマダムに告げ口したと言っていたな。酒のことを言っているのだろうが……。他にも、色々誤解があるようだ。お前に憎まれても俺は一向に困らんが、誤解が解けるならと思ってね」

「それも俺のためと言うのか！」

と吐き捨てるように言って、オズワルドが向き直った。

「そうさ。お前がどう思おうが、俺たちはどっちも、しがない使用人じゃないか。違うか？」

皮肉を交じえずプラザが淡々と話す。

「実はな、先日、俺は旦那から泥棒呼ばわりされた。旦那の誤解だが、そんなことは、今更どっちでもいい。よくある話さ。だが、この件で俺は目が覚めたよ。身の程を知った。骨身を削って旦那のために尽くしてきたのに、結局、信頼されていなかったんだ……」

その真に迫った告白に、プラザ自身感極まって声を詰まらせた。

パトロンを信じていた彼が事件によって幻想を打ち砕かれたという意味で、その思いは真実であった。プラザが捧げた忠誠心に比べれば、三百ドルなぞ取るに足らない。報奨金にも値しない。目くじらを立てて犯人探しなんかせず、ただ忘れて欲しかった。パトロンなら黙って事件をもみ消すくらいの度量があっても良さそうなものだと、心底洋平を恨めしく思った。

突然、オズワルドが脚立を滑り下りてきて、意を決したようにプラザと向かい合った。

「俺は、ここの専属運転手になりたい」

「ええ?!　何だ、何の話だ？」

「頼むから、邪魔しないで……。俺の望みはそれだけなんだ」

と、オズワルドが苦しげに叫んだ。邪魔とはどうやら『飲酒の件』のようであった。

「邪魔って……俺のことか？」

オズワルドの泣きべそを掻かんばかりの様を見て、それまでプラザを悩ませてきた『不可解な謎』が一挙に氷解した。何か隠しているとは思っていたが、こんなこととは……。プラザの妻を魔女だと告げ口したあのひどい誹謗中傷の裏には、きっと何かがあると彼は睨んでいたのだった。

「驚いたな。お前がここの運転手になりたいのなら、構わんよ。何だって俺が邪魔するものか……。俺に相談すれば良かったんだ。何なら運転ぐらい教えてやってもいいぞ」

「本当にいいの？」

今度はオズワルドが驚き、あっけに取られる番である。

「俺が狙うとすれば、現地職員の椅子かな……。運転手は喜んでお前に譲ってやる」

と言ってから、更に親身になって尋ねた。

「それで、旦那は何と言っている？」

オズワルドは、先週デニスの店でご主人と交わした会話の内容を明かした。プラザも専属運転手を考えた時期があったが、そんな彼の野望も今度の忌々しい事件で水泡に帰した。

「俺たちのような者を『同じ穴の狢《むじな》』って言うんだ。お前も足をすくわれないよう気を付けるんだな」

と、プラザが自分はすでに匙《さじ》を投げたかのように寂しげに言った。

「旦那様は良い人だ」

ふいにオズワルドがつぶやいた。

「分かっている。お前がボドワンの話を断ったことも聞いている。しかし、マリー夫人の申し出を断ったのは賢明だったかどうか……。先の見えない話より、俺なら高級レストランの給仕長を選ぶだろうな。こっちの方がずっと確実で将来性がある。だが、お前があくまで専属運転手の道を行くというのなら、それもいいだろう」

プラザは以前から丹精込めて洗車をするオズワルドに気付いていた。この頃は毎日である。真っ赤なボディを磨く彼の姿を目にするたび、妙に眩しいものを感じていたが、やっと腑に落ちたのである。滅多に情に流されないプラザが、久し振りに胸が熱くなるのを覚えた。

「俺がお前の年頃には……」

と、プラザが若輩のオズワルドに心を開いた。

「車が欲しくって、そのためなら何だってしたよ。車を手にした時は、そりゃ、天にも昇る思いだった……」

ふと見ると、オズワルドの眉間が緩み、その穏やかな視線は宙を彷徨っている。彼はプラザの身の上話に上の空である。プラザは汚れた手で鼻をこすり、それから自嘲するようにつぶやいた。

「とにかく、お前と話ができて良かった。俺もここのところ色々あってな……」

そう言って、後は言葉を濁した。そしてオズワルドと並んで、一緒に南の空に視線を這わせた。

「雨が降らない……」

青空を睨みつけ、オズワルドがぽつんと言った。

「全然、降らんな。このままだと畑が干上がってしまう……」

「父ちゃんが心配だ」

「確か、ルサイファ村だったな」

プラザは洋平のジープでオズワルドの郷里を訪れた時のことを思い出した。彼の父親というのは、痩せこけて貧相な小男だった。彼にこの厳しい干ばつが乗り切れるかどうか、息子が不安がるのも無理はないだろう。

「話ができて良かった。何か力になれることがあったら、いつでも言って来い」

そう言い残し、プラザは屋敷を出た。

★　★　★

朝の仕事をジュベナールに任せ、いつもより早めに屋敷を出たオズワルドは、九月二十八日通りのバス停で市の巡回バスを拾い、カメンゲの下水溝工事現場に向かった。余程でない限り市内なら大抵徒歩で向かうのだが、この日は久し振りのバスであった。この時間帯、車内はガラ空きで、ガタガタと振動に身を任せる彼の心は軽やかだった。最近、オズワルドの周辺は、何もかもがすこぶる順調である。

専属運転手の話は、あの晩餐以降進展がないが、オズワルドは落胆していない。まずは運転免許証の取得であるが、そのうちお許しが出ると信じている。もう一つの課題であるセレスタンの建設会社就職の件は、専属運転手と無関係だが、なぜかオズワルドには車の両輪が回転して前進するように、一対をなしているように思われた。

カメンゲの下水溝工事は着手されて三か月になる。あちこちで道路が掘り返され、工事現場は活気に溢れていた。泥塗れの少年の中には、顔を見知った者が何人かいる。離れたところから一人、彼らの活躍振りを眺めていると、オズワルドの身体はうずうずしてくるのだった。

少年たちは蟻のように勝手に動き回っているようで、よく観察すると、十六、七歳の年長組がスコップやツルハシで溝を掘り、年少組が二人一組でモッコを担ぎ土を運んでいる。一見無秩序に見えて、その実、全体がよく統率されて、作業が進んでいるのが分かる。

十人ほどからなる少年チーム四班のうち、第一班のナエル・チームがコンクリート打ちの特別班である。現在、排水マスの型枠を組み立てているが、班長のナエルは井上の指示を仲間に伝える代わりに、勝手に大声で威張り散らしている。

少し離れたところでは、遠藤がセレスタンに測量の助手をさせている。

何をしているのかと尋ねると、「地面の高さを測っている」と返事が返ってきた。何のためかと重ねて質問すると、『勾配』と言う技術用語まで使って、「溝の中を水がちゃんと流れるようにするため」と言って得意がる。

「もう少し、バック、バック」

と、遠藤が二十メートルほど離れたところから、中腰の姿勢で測量機器をのぞき込みながらセレスタンに向かって叫ぶ。赤白の縞模様の目盛の付いた箱尺を肩に担いだ彼が「ここですかー？」と叫び返す。

「もうちょっと右」

と言って、遠藤が右手を水平に上げる。師弟の息はぴったり合っている。セレスタンは時々測量機器も任される。機械をのぞいている時の彼は、触れると火傷しそうなほどピリピリしていている。到底以前のセレスタンとは思えない。

普段は、誰彼となく冗談を飛ばす快活な遠藤だが、セレスタンを指導している時の彼は、始終しかめっ面をして、弟子の小さなミスも見逃さない。そして、遠藤からどんなにこっぴどく叱られても、セレスタンはふて腐れることなく、きびきびとした態度で応えるのである。

オズワルドが市バスを使って足繁く通うようになったのは、この息の合った師弟の仕事振りを眺めるためであった。

「最近、よく見掛けるな」

測量を終えた遠藤がオズワルドに声を掛けた。

「遠藤さん、昼休みに、セレスタンを連れ出していいですか?」

「いいよ。どこへ行く?」

「市場で、昼飯を食べようと思います」

遠藤は快く許可を与えてから、相談を持ち掛けて来た。もう一つチームを作りたいから、市場で働いている少年たちの様子を、セレスタンと一緒に見て来て、報告して欲しいというのだ。

「分かりました」と笑って答えると、

「今日は見るだけ。いいね。次は私が行く」

と、遠藤が念を押した。

測量機器を片付け終わってオズワルドのところに来たセレスタンの顔は、直視できないほど眩しかったが、本人は自分の変化に気付いていない。そこにナエルがやって来た。

「やあ、ナエル、市場へ行くが、一緒に飯を食おう」

と、オズワルドが誘うと、

「型枠はどうなってる? 班長が付いていなくていいのか?」セレスタンが監督風を吹かせる。

「終わったよ。片付けはやつらに任せてる」

そう言うと、ナエルは二人の間をちょこちょこと小股で歩き出した。そして、上目遣いにセレスタンを見て、甘ったるい声を出した。

「測量のこと、遠藤さんに話してくれた？」

「まだだよ。皆に教えていたら、遠藤さんが大変だと思わないのか？　俺がマスターしたら、一番にお前に教えてやる」

「遠藤さんはえこひいきしているんだ」

「アデルがお前をえこひいきしているから、それでおあいこだろう。文句を言うな」

　と言って、ナエルの肩に腕を回し、

「俺が正式の現場監督になったら、お前を副監督にしてやる」と、セレスタンがうそぶく。

　今の彼はナエルや他の班長に対し、格の違いを見せ付けていた。

　工事現場に近い民衆市場の一角に、羊肉の串焼きを食べさせる名物店がある。ここは、昔の屠殺場を改造したため一風変わっていて、表の道路から階段を五、六段下りた半地下構造になっている。店内には明かり取りの窓がなく、二、三本の太い丸柱が低い天井を支え、床と壁は全面、青と白のタイル張りである。床がいつも濡れていて滑りやすいのは、客が食い散らかして汚した床を、店主が一日数回モップで水洗いさせるためだ。

　浮浪少年たちは、この店に出入りする客を遠くから指をくわえて眺めるしかなかった。客が食い残した肉片にありつこうと、『特攻』を試みる勇敢な子もいたが、その都度レジに陣取った店主の罵声が飛んできた。その罵声を掻い潜って、骨の二、三本でも手に入れようものなら、その子は仲間から英雄扱いである。

　あれから時が流れ、今、彼ら三人は曲がりなりにも店の客である。店主に睨まれた時の記憶が今も頭にこびりついて離れないが、舌の上でとろける羊肉の串焼きのためなら、恐怖に立ち向かう価値がある。入口のレジで注文と支払いをする時、店主は不快な目付きで彼らを見るが、金を持っている客に文句は付けられない。

　今、手で骨を鷲掴みにし、口元を羊の油でぎらぎらさせている三人の若者はいずれもこの界隈のささやかな成功者である。ブジュンブラのゴミ溜めを這い回るゴキブリのような生活から、一歩も二歩も抜け出したことを実感するのに、この店ほど相応しい場所は他になかった。

「アデルさんから識字教育に誘われなかったら、今頃、俺は何をしているのかな?」と、ナエル。

「そりゃ、物売りをして、時々サイフをかっぱらっているさ」と、セレスタンが決め付ける。

「やってないよ、俺、そんなこと……」

「ふん、俺は見たぞ。お前は誰も知らないと思っているだろうが……。心配するな。アデルに言ったりしない。彼、そういうの大嫌いだからな」

「してないよ……」

ナエルは消え入るようにつぶやいたが、それはセレスタンの言葉を認めたのも同然であった。

「餓鬼の頃、ナエルは『外人相手』だったなあ。女の子みたいに可愛い顔をしていた」

と言って、オズワルドが当時を振り返る。

外国人観光客は可愛い子供にはチップを弾む。自然と外国人を得意とする子供のグループができる。中でもナエルは稼ぎ手の筆頭であった。彼は仲間から『外人相手』とはやし立てられ虐められた。そんな時、セレスタンが彼をかばい、自分の子分に加えたが、成長するにつれて二人は袂を分かち、ナエルはアデルに拾われ、彼の愛弟子となった。

羊の脂で顔中をギラギラにさせ、ペプシコーラのゲップで大笑いし、気勢を上げる三人の中で、オズワルド一人、幾分心が覚めていた。この時、彼の周辺ではすべてが順調過ぎて、逆に怖かった。いつ何時転落の憂き目に遭い、昔に逆戻りするのではないかと、彼は怯えていたのである。


食堂を出ると、ナエルは仕事へ戻って行ったが、オズワルドとセレスタンは、遠藤に頼まれた任務を果たすため、野菜売り場へ向かった。朝方の混雑時には及ばないものの、午後は外国人客が多くなり、車の見張りや、買い物カゴの運び屋など、手間賃稼ぎの仕事がその分増える。だが、大挙して押し寄せる子供たち全員に仕事があるわけではなく、客の取り合いは日常茶飯事であった。

折しも、買い物用のビニール袋を巡って、子供たちの間で掴み合いが始まった。子供の喧嘩にうんざりした客に代わって、店の男が「おい、お前だ、来い」と、身体の大きい男の子を手招きし、彼が広げた袋の中に野菜を放り込んだ。その男の子に押し倒された女の子は、取り落としたビニール袋の束を拾い集めると、眉間に深いシワを寄せて相手を睨みつけた。

その男の子がセレスタンの前を通り掛った時、彼がその肩をぐいと掴んだ。

「おい、その金、返してやれ！」

どすの利いた声で、その耳元にささやいた。

「店の親父が指名したんだ」

「決まりが先だ」と、セレスタンは譲らない。

「あんたは誰？……元締でもないのに……」

と、セレスタンの手から逃れようともがく。

「俺はブウィザの元締だが、決まりはどこも同じだ。小さい女の子が先って知らないのか？」

男の子は、渋々小銭を返したが一分としないうちに、年長の少年を連れて戻って来た。彼はカメンゲの元締の一人で、セレスタンとは顔馴染みであった。

「なんだ、セレスタンじゃないか…。ここのことは俺に任せろ。そうでないと、示しが付かないだろう？」

「それはもっともだ」

にっこり笑ってから、セレスタンが切り出した。

「ところで、下水溝工事をやる気はないか？　ボスに頼まれて、人集めをしているんだ」

「俺は一日中、スコップで穴掘りするのは真っ平だよ」

「やる気、ないなら、この辺のやつに勝手に声を掛けさせてもらうけど、問題ないよな？」

と、セレスタンが念を押した。

「構わんよ。ここは、子供が多過ぎて参ってる。俺からも声を掛けておいてやろう」

トラブルもなく地元の元締と別れることができて、オズワルドはほっと胸を撫で下ろした。

ブジュンブラには、市場ごとに浮浪少年少女のグループが幾つもあり、それぞれに元締がいて、縄張りを取り仕切っている。日常的に発生する子供同士の喧嘩を仲裁するのも、時々起こるグループ間の縄張り争いを収めるのも元締の仕事で、その責任は重い。

二人は市場の外れにある炭市にやって来た。炭市の風景はどこも同じだ。山積みにされた炭の袋を買い手が足で軽く蹴って回る。蹴って炭の善し悪しが分かるはずがないのに、必ず蹴って回る。中には、炭売りに命じて袋の口を少し開けさせ、炭に半焼けが交じってないか確かめる上手の客もいるが、炭売りの方も対策は万全で、袋の口の方に上質の固い炭を詰めておくから喜んで見せる。

客の後を付いて回る三、四人の少年が担ぎ屋である。値段交渉がまとまると、客は少年の一人を指名する。大抵は身体の大きい子から順に選ばれる。運び賃は距離で異なるが、大雑把な区分けに過ぎない。何しろ十五キロもの炭袋を頭に載せて遠距離を運ぶ重労働だけに、運不運が大きく左右する。良い旦那に当たればチップをたっぷり弾んでもらえるが、少年たちの方に旦那を選ぶ権利はない。

「あいつらは、皆、いい体格をしている」

少年たちを値踏みしてセレスタンが言った。

「二、三人、声を掛けてみるか」

「今日は様子見だと、遠藤さんから言われただろう」

オズワルドが注意した。

「どうってことはないよ。聞いてみるだけだから」

「やめておけ。日本人は一度言ったことにうるさいんだ」

「気を利かせてやるだけだよ……」と言って、セレスタンが抗う姿勢を見せると、

「気を利かせると言うのは……」相手をねじ伏せるようにオズワルドが声を荒らげた。

「ご主人が口に出して言わなかった場合だけだ」

「何だって、そうムキになるんだよ、兄貴」

なぜか、この時に限って、彼はセレスタンに対し苛立つ気持ちを抑えられなかった。

「それじゃあ戻って、遠藤さんに報告しよう」

と、セレスタンの方から折れてきた。

「戻る前に、ちょっとそこの教会へ寄ってみないか。少しぐらい時間があるだろう？」

オズワルドが何気ない振りをして誘った。緑色をした教会の屋根が、二人が立っている通りの先に見えていた。しかし、どんなに何気ない振りをしても底意は隠しようがない。

ところが、セレスタンから返って来た言葉は、オズワルドには思いもよらないものであった。

「最近よく来ると思っていたら、やっぱりそうだったんだ。兄貴は俺を無理やり引っ張って行きたいんだろう？」

そう言うと、セレスタンはすたすたと先に立って歩き出した。

「無理やりとは、何だよ」

オズワルドは立ち去ろうとするセレスタンに追いすがり、彼の腕を取って自分の方に振り向かせ、詰め寄った。

「これまでも誘っただろう？……。それに、最近のお前を見ていて、決心ができたと思ったから、言ってみたんだ。何もそんなにむくれることはないだろう」

「行く気はないよ」

「今日はダメなのか？」

「今日だろうと明日だろうと、行く気はない」

「そう言わず、すぐそこだから、ちょっと寄ってみようよ」

と言ってから、オズワルドは首に縄を付けてでもセレスタンを連れて行こうとしている自分に気付き、唖然とした。

「嫌だよ！」と言って、セレスタンが彼の手を乱暴に振り払った。

「昼飯を奢るって、調子のいいこと言って、兄貴には下心があったんだ！」

図星だった。最近オズワルドが頻繁にカメンゲに顔を出すようになった理由を、セレスタンは以前から疑っていたのだ。その一方で、オズワルドは臨時の現場監督を任されたセレスタンが信じ切れず、彼に信仰心というくびきをはめるまで安心できなかったのである。

「今日、ナエルと三人で一緒に飯を食って楽しかったよ」

セレスタンは怒りで顔を醜く歪め、周囲の人が振り向くのも構わず大声で叫んだ。

「それなのに何だよ、全部ぶち壊しだ！　兄貴の魂胆なんか、余計なんだよ！」

「そう言うお前こそ何だ？」

と言って、オズワルドはその場に立ち尽くした。それに続く彼のつぶやき声は、人ごみの中に消えて行くセレスタンの耳には届かなかった。

「屁理屈ばかりこねて、結局、教会に行きたくないんだ……」

第十二章　クーデター

真夜中のブジュンブラの町のどこか遠くで、タッ、タッ、タッ、タッという乾いた連続音が鳴り響いた。その音で目が覚めてから、『もしかして……』という不安が暗雲となって洋平の胸に立ち込めるまでに数秒と掛らなかった。

彼は妻を起こさないよう、そっとベッドを抜け出し、ひんやりとしたリノリウムの床を素足で歩いて窓辺に寄ると、少しカーテンを開け、鉄格子の間から外の闇を透かして見た。夜気が薄手のパジャマを通して身体に冷たい。機関銃と思しき軽快な発射音は、町の中心部の方角から月明かりでほのかに白んだ西の空を伝播してくる。その間に数々の通りや家々を飛び越えて来ていると思うと、胸騒ぎの中にも奇妙な安堵感があった。

外の暗闇を凝視する洋平の中には、緊急事態に際し、冷静でいられるかどうかを試そうとするもう一人の自分がいて、そのお陰で心の平衡を保っていた。彼は自分たち家族を呑み込んだ運命を瞬時に悟ると同時に、もはやそれから逃れる術のないことを急いで自分に納得させた。それは不気味な感覚であったが、不快感とは違っていた。むしろ『ついに来たか』と妙に覚めた気持ちであった。

「どうしたの？」

ベッドの軋む音に続いて、背後で佐和子の声がした。

「銃撃戦が始まったらしい……」

と、後ろを振り向かずに答えたが、心の動揺をねじ伏せようとする自分の声が白々しく耳に響いた。

「本当？」

佐和子の眠たげな声は特に驚いた風もなくのんびりと聞こえた。

「今、何時？」

洋平は自分が感じている切迫感を妻と分かち合うため、部屋の中を振り返り、あえて時間を尋ねた。

「二時半よ」

枕元の目覚まし時計を手に取る妻の横顔が月明かり

にぼんやりと浮かんだ。二人のこうした短い言葉のやり取りが、灰色の空気を震わせながら、部屋の隅の暗闇へと吸い込まれて行くのが洋平の目には見えるような気がした。

「何の音かしら？」

「多分、機関銃だろう。こんな夜中に工事の音がするはずがないからね」

『機関銃』と声に出すと、言葉が現実となって二人の間に嫌々根を下ろした。

　佐和子が窓辺に来て洋平と並んだ。今すぐにでも何か行動を起こすべきだと耳元でささやく声を聞きながら、二人はしばらくなす術もなく音のする方向を眺めた。

「官庁街の方だ」と、洋平が当たりを付けた。

「今日、カトリーヌとプールに行ったけど、隣が王宮だったわ」

　ぎょっとしたように佐和子がかすれた声を出すと、

「あそこにンダダイエがいる」

　と、洋平が妻の言葉の後を引き継いだ。

「でも、彼、雨乞いのためにキリリの別荘にいるって、カトリーヌが言っていたわよ」

「雨乞いって？」

「あの雨乞いのことよ。このところ全く雨が降らないでしょう。だから……」

　と言ってからちょっと間をおいて、佐和子が何気なく付け加えた。

「クーデターかしら？」

「僕だって、分からないさ」

　と、少しイライラとして洋平が答えた。

　二人は、小声で言葉を交わしながら、自分たちが祖国日本から遠く離れた地球の裏側にいることをぼんやりと意識していたが、クーデターに気付いた日本人が自分たち以外誰一人いないという重要な点に思い至った時、寒々とした空気がひしと身体を押し包むのを感じた。

　半ば放心状態で交わされた二人の会話は、とてもゆっくり長く感じられた。それは、昨日までの平穏な日々と決別し、幼い二人の娘と若いボランティアの命を守る責務を思い出し、現実に立ち向かうために必要な時間であった。

間もなく機関銃の発射音に交じって、ドカーン、ドカーンという手榴弾の炸裂音らしき音が深夜の町を揺るがし始めた。その時になって洋平は奇妙なことに気付いた。耳に届くのは火器の乾いた音ばかりで、戦闘の雄叫びも住民の叫び声もなければ、犬の鳴き声すら聞こえなかった。

ブジュンブラの町は、心の動揺を悟られまいと沈黙に身を潜めているかのようであった。戦闘の現場では、今しも兵士が銃弾に倒れ、建物が吹き飛んでいるというのに、まるで遠くの雷鳴を聞くがごとくである。住民たちは眠りこけているのでなければ、洋平たちのように窓辺に立ち、息を殺して夜のしじまに耳をそばだてているのだろうが、そんな気配はどこからも伝わって来ないのである。

『今日はもう眠ることもなかろう』

そう心の中で自分に向かってつぶやくと、ゆっくりと着替えをして事務所へ向かった。通り掛けに次々と部屋の灯りを灯し、屋敷の中から暗闇を駆逐したが、不安の影を追い払うことはできなかった。

白い壁に蛍光灯が眩しく反射する深夜の事務所で、黒い電話機が厳粛な面持ちで自分の出番を待っている。洋平は緊急連絡簿を手元に引き寄せて、声に出さず『まずボランティア、それから東京に連絡……』と復唱する。極度の緊張で彼の頭は氷のように青白く冴え渡っていた。

受話器を取り上げる前に、洋平は窓に近づき、ブラインドを引き上げ、観音開きの窓を少し押し開けた。灯りに気付いて、オズワルドが来ているかと思ったが人の気配はなく、代わりに機関銃の音が一段と激しさを増したように思われた。

まず女性の早川へ連絡を入れる。深夜の一軒屋に電話のベルが鳴り響く。電話は居間のはずだが、彼女は待っていたように受話器を取り上げた。

「銃撃戦が始まったけど、そっちでも聞こえる?」

洋平はできる限り穏やかに話し掛けた。

「やっぱり、そうですか」

早川のひんやりとした声が返ってきた。

「起きていたんだ……。クーデターの可能性もある。今後、電話が切れても、家から出ないで、私からの連絡を待つこと、いいね。落ち着いて行動すれば絶対に危険はない」

「分かりました。井上さんたちはどうしていますか?」

「これから電話する。じゃあ、また後で」

　洋平からの連絡がもう少し遅れていたら、彼らは仲間同士連絡を取り合っていたに違いない。彼らに先んじたことに洋平は満足した。

　次にダイヤルを回すと、予想通り井上が出た。彼の落ち着いた対応振りから、すでに衣服を身に着けていると洋平は思った。

　井上と話をしている間に、町の中心とは反対のキリリの方角から、ゴロゴロゴロと下腹に響くような音が聞こえてきた。キャタピラの立てる地響きである。重火器の知識がない洋平にも戦闘の様子が少し見えてきた。どうやら数台の戦車がウプロナ通りを西に向かって現場へと急行しているようだ。『新局面だ』と思うと、妙に血が騒いだ。

　洋平は指を折って計算した。日本は朝の九時、ちょうど出勤時に当たる。東京新宿駅の慌ただしい通勤風景と、満員電車の吊り革に掴まる事務局職員の眠たげな顔が頭を掠めた。

　呼び出し音を十二まで数えて受話器を一旦置いた。続けて試したが交換台が出ない。洋平は受話器を耳に当て待つ間、事態を冷静に分析しようとした。アフリカなら時々起こることだが、夜が明けてみたらクーデター未遂ということもある。

　ダイヤルを回し続ける間にも、戦車の通過音はゆっくりと確実に高まってきた。ゴロゴロゴロとアスファルトを削りながら、現在、フランス学校付近を移動中だ。この辺りがロエロに最も近く、その先にノボテルのサークルがある。洋平は作戦の指揮官になった気分で、音を頼りに地図を頭に描いていたが、その時になって、戦車が反乱軍側のものなのか、鎮圧部隊側のものなのか、重大な点を自分が見落としていることに気付いた。

　洋平は日本への電話を諦め、交換台を通さずに繋がる隣国ケニアに切り替えた。ナイロビは深夜の三時。電話の呼び出し音に応えて、受話器を取り上げたのは浅井の妻であった。事態を察した彼女に叩き起こされて、ケニア事務所長の浅井が不安げな様子で電話口に出た。

「深夜に起こして申し訳ないが、実は緊急事態が発生した」と、洋平がまず断りを入れた。

「何んだって⁉……」

「首都で銃撃戦が始まった。ここから現場は見えないが、銃撃音が事務所まで聞える。今のところ戦闘は町の中心部に限られている。日本への回線が繋がらないので、浅井に第一報を入れた」

「そうか。分かったが、東京への連絡はどうする？真夜中じゃ、どうしようもないか……」

普段なら迷惑至極の深夜の電話である。眠気が一挙に吹っ飛んだ浅井の顔が目に浮かぶ。

「いや、こっちが真夜中でも、日本は朝だ。今すぐ頼む。浅井が電話に出てくれて助かったよ」

と、敬称抜きでざっくばらんに話す。

ケニア事務所長の浅井はいわば仕事上の同僚で、上でも下でもない。また旧知の仲でもある。今回の赴任の際も、ナイロビ事務所に立ち寄り、旧交を温めた。しかし、その後の仕事上のやり取りで、洋平は浅井に苛立つことが多かった。彼は事務局の顔色を窺う一方で、同僚に対して横柄な態度を取る表裏のある男だった。

「ボランティアの安否は確かめたか？」と浅井。

「もちろんだ。三人とも家にいて、今のところ連絡可能だ。君には申し訳ないが、通話が可能な間、一時間毎に連絡を入れさせてもらうよ」

「こうなってはのんびりはできんな。東京との中継となれば、寝ずの番だ。どうせ東京が寝させてはくれないだろう。ところで、そっちは日本大使館がなかったよな」

と確認を取る浅井の声に、相手をなじる調子がかすかに見えた。

「ああ、我々だけ、まさに孤立無援だ。今はナイロビと浅井だけが頼りだ」

と、お返しにわざと浅井を不安がらせた。

洋平は、浅井にいち早く東京へ第一報を取り次いでもらうため一旦電話を切った。

次に、警察の緊急番号を回したら、意外にも若い女性職員が出た。ただ慌てふためくばかりの彼女からは何一つ得られなかったが、その背後で飛び交う署員の声を受話器が拾った。次々と鳴る電話の応対に追われる深夜の警察署内の緊迫感が電話線を通してまざまざと伝わってきた。

少しでも確かな情報を求め、電話リストに目を通した。外務省などの関係機関の次にヨーロッパのボランティアと大使館及び国連機関が続く。洋平の目がフィリップのところで止まった。

彼のところならフランス大使館から緊急連絡が入っている可能性がある。今度も呼び出し音を数えながら辛抱強く待った。諦め掛けた時、妻のカトリーヌが電話口に出た。

「そっちでも銃撃戦が聞こえますか？」

と、挨拶抜きで洋平が切り出した。フィリップの家は町の中心とは逆のキリリの方角にあった。

「あなたもそう思います?!」

カトリーヌは呆れ返ったように叫んだ。

「私が言ってもフィリップは取り合わないのよ。爆竹か雷だろうって……。ちょっと待って、起こしてきますから」

『爆竹だって?!』

洋平は自分の耳を疑った。こんな時によく冗談が言えるものだと、フィリップという男が分からなくなる。

「銃撃戦だって、本当かい？」

開口一番、フィリップが唸った。受話器を耳に当てる彼の憮然とした顔が洋平の目に浮かんだ。

「この目で確かめたわけじゃないが……僕が冗談で夜中に君を起こすと思うかい？」

洋平はフィリップの無頓着さに呆れると同時に苛立つ気持ちを抑え切れなかった。

「フランス大使館から何か情報が入ってないかと思ったが、その様子じゃあ……」

「そうだとしても、こんな真夜中じゃどうにもならないよ。朝を待つしかないだろう。大使館は九時に開くから、何か分かれば連絡を入れる。大丈夫、約束する。しばらく眠らせてくれ……。へえー、夜中の三時だよ」

その時、居間の掛け時計が目に入ったらしく、頓狂な声と共に電話が切れた。

『約束する』とは言ったが、フィリップは洋平の言葉を真剣に受け取っていない。一昨年フランス学校の前でパリペフツが銃撃戦を展開したような国だから、『一一騒ぎ立てるな』と暗に言っているようにも聞こえた。

友人のよしみで知らせてやったのにと思うと、内心むっとした。彼が直ちに地方のボランティアと連絡を取る気配はない。

続けて、アメリカとベルギーのボランティアの代表の自宅に電話を入れた。どちらも事態を掌握していたが、すべては翌朝、大使館と連絡が付き次第という点で、フィリップと似たり寄ったりの対応であった。これ以上電話を掛ける当てもなく、夜明けを待つ他なさそうである。

窓の外で、先ほどから佐和子とオズワルドの話し声がする。洋平が庭に出ると、佐和子がオズワルドを夫に譲って、家に戻って行った。

オズワルドは黒雲のように頭上を覆う椰子の下に立っている。洋平が彼と並んで西の空を見上げると、半月がベルギー人の屋敷に沈もうとしていた。その月明かりの下を、ブジュンブラ中枢を目指して、戦車がゴロゴロと地響きを立てて進んで行く——その行く手からは、戦車の到来を待ちわびるかのように、断続的に手榴弾が炸裂する。

「静かだな」と、洋平がつぶやいた。

戦闘の音に取り巻かれているのに、屋敷の周りとロエロ地区は無人の廃墟のように静まり返っている。町中が息を潜め、災難が自分たちに降り掛かることなく、その横を何事もなく通り過ぎてくれることを祈っているかのようだ。

「旦那様、戦争が起きます」

突然、傍らのオズワルドから予期せぬ言葉が返って来た。

「どうして、そう思う?」

「皆が話しています」

皆とはこの場合、お隣のサルバドールたち使用人のことだろう。あるいは、その背後にいる大佐も関係しているのかもしれない。

オズワルドの言葉には、大統領選挙で浮かれ騒いだ報いが、この事態を招いたという、諦めに似た気持ちが滲んでいた。

『フロデブ!』と叫びながら、拳突きをして洋平のジープの後を追い回した村人たちの姿が、洋平の脳裏に今も鮮やかである。その時、彼らの意識の片隅に『血を見ないでは収まらない』という欲望のようなものがなかったとは言えまい。

三か月前、貧民地区ブウィザで大統領選挙の祝賀騒ぎが起きた夜も、今晩のように洋平はオズワルドと肩を並べて北の夜空を仰いだが、その時も彼の声は震えていた。今にして思えば、今夜の出来事を予感していたのだろう。

背後で砂利を踏む音がした。洋平が振り返ると、暗闇の中に二つの光る目があった。洋平はジュベナールの存在を完全に失念していた。

その時、事務室で電話が鳴った。洋平が駆けつけると、先に来た佐和子が、

「えっ、遠藤さんが！」と叫んで絶句した。

異変を察知し、受話器をひったくらんばかりの洋平の手を、佐和子が軽く制して、「遠藤さんがアパートにいないんですって」と小声で告げてから、夫に場所を譲った。

洋平は、一呼吸置いてから受話器を持ち直し、心を立て直したにもかかわらず、井上に向かってかなり激しい調子で喋っていた。

「どうして、こんな時に出掛けたんだ?!　動くなと俺は言ったぞ！」

「すみません」

井上の声は想像以上に暗く沈んでいた。

「先ほど、所長に話さなくて……」

「ええ、何だって?!」

「実は、今晩というか昨晩、遠藤はアパートに戻りませんでした」

「一体どうなっているんだ?」

不意を突かれて、洋平がうろたえる。

「所長から電話があった時、遠藤はいなかったのですが、その時は深刻に考えていなかったので、つい言いそびれて……。実は、僕たち、昨夜、フランスのボランティアに誘われて、ドワイアンのパーティーに行きました。僕は先に帰ったのですが、遠藤はそのまま居残って……」

とまで話したところで、井上が言い淀んだ。

ホテル・ドワイアンと聞いて、血の気が引いた。今まさに銃撃戦が行われていると思われる場所に、ドワイアンがあったからだ。

「しかし、何でまた……遠藤のやつ」

と、洋平が電話の中で言葉を吐き散らした。

「変じゃないか、どうして彼だけ残ったんだ?」

「実は、彼のプライバシーに関わることなのですが……でも、話した方がいいですか?」

「当たり前だ!」

と、呆れ返らんばかりに叫んだ。

「パーティーは十一時に終わったんですが、遠藤とエレーヌがホテルに部屋を取ったものですから、僕だけ先に……」

「そんなことはどうでもいい!」

と、乱暴に井上を遮ったものの、尋ねたのは洋平自身であった。

「………」

冷静だった井上が電話の向こうで黙り込んだ。洋平は話が妙な方向へ展開したことに一瞬戸惑ったが、すぐに気を取り直した。

「それじゃ、遠藤は一人じゃなく、フランス人の女の子と一緒なんだな」

「ええ、フィリップさんの家で知り合ったエレーヌという女の子です。その後、二人は時々会っていたんですが、最近は、毎晩のようにアパートを空けて……」

と話す井上自身も迷惑を被っていると言いたげであった。

「遠藤の恋愛話はそのくらいでいいよ。そのことは別に問題じゃない……。じゃあ、フィリップは当然、この事実をまだ知らないわけだ?」

と、受話器の中でつぶやく洋平の目に、フィリップの慌てふためく顔がちらっと浮かんだ。

「さっきドワイアンに電話をしたのですが、男が出て、話が全然通じませんでした」と井上。

「夜中だし、昼間とは勝手が違うんだろう……。私も電話を掛けてみるが、何か分かれば、折り返し電話するよ」と言って電話を切った。

すぐドワイアンの番号を回したが、呼び出し音が耳の中で空しく響くばかりである。洋平は心配そうに夫を見守る佐和子に向かって、井上の話を簡単に伝えた。

「遠藤のやつ、こんな時に限って……」

と、洋平の口から辛辣な言葉が突いて出る。佐和子も一緒に憤慨する。それが遠藤のせいでないことが分かっていても、一言呪わずにいられない。

「最初からやり直しだ。全員に連絡が取れたって浅井に言ってしまった……」

洋平が苦り切った顔をして、受話器を左手から右手に持ち替えた。そして、呼び出し音に追い立てられるように、懸命に次の一手を考えるが、良案が全く浮かばない。

「もし遠藤さんと連絡が取れないとなると、事務局は大騒ぎね……」と、佐和子。

壁の時計に目をやる。受話器を耳に押し付けた姿勢で、すでに五分以上が経過していたが、洋平は切るのを躊躇した。深夜のホテルのカウンターの隅でけたたましく鳴り響く電話機の向こう側の世界が、今どうなっているのか、ぜひともものぞいてみたかった……。その時、しばらく散発的になっていた銃撃音に代わって、ドスーンという重量感のある音が下腹に響いた。

「砲撃が始まった」と、洋平が呻いた。

これは、戦車が現地に到着し、戦闘に加わったことを物語っている。壁に掛かった時計の針をもう一度確認して、傍らのメモに『三時半、砲撃開始』と記した。砲撃はほぼ正確に等間隔で続く。

洋平が諦めて受話器を置き掛けたその時、ホテル側で受話器を取り上げた男がいた。

「アロー、アロー」と、急き込む洋平。

「日本人、お願いします、日本人……」

「私……ガードマン……分からない」

男は片言のフランス語で、これだけ喋るのがやっとである。深夜に受付嬢が出るとは思わなかったが、言葉の通じない守衛とは最悪である。

「部屋の番号を調べてください。日本人です……。だめなら、部屋から連れて来て……」

洋平は守衛に電話を切らせまいと喋りまくる。

男の方も洋平に救いを求めるかのようにキルンディ語で喚く。何か言いたいのだが、言葉が通じない。

「パレ（王宮）……」

と男が言い終えぬうちに、ドカーンと電話の向こうで炸裂音がして、「わあ！」と、受話器を放り出さんばかりに叫び声を上げた。

王宮は道を挟んでドワイアンの向かい側である。状況を察知した佐和子が、電話の声を聞き取ろうと、受話器に顔を寄せる。

幸い男は電話を切っていない。恐怖から受話器にしがみついているらしい。洋平は受話器の口を押さえて、佐和子に「オズワルドをここに……急いで」と言った。彼ならキルンディ語で守衛と話ができると気付いたのだが、それとほとんど同時に、男が何か叫んだと思うとプツンと電話が切れた。佐和子が事務所を出る間もなかった。

「戦闘は近くかしら?」

佐和子が戻って来て夫の顔をのぞき込む。

「王宮らしいが、はっきりしない」

と言って、洋平は受話器を乱暴に置いた。

「だったら、隣のノボテルに聞いてみたら?」

佐和子は警備員とのやり取りを横で聞きながら、考えを巡らせていたらしい。

ノボテルはドワイアンの敷地に隣接する五階建ての五つ星ホテルで、ほとんどの客が外国人だ。佐和子が連絡簿を読み上げ、洋平がダイヤルを回す。すぐに若い女性が出た。

「砲撃は、どっちの方角からしますか?」

と、洋平は前置きなしで切り出した。

「王宮の方角です」

受付嬢は相手の名を確かめず、流暢なフランス語で答えた。

「多分向かいのサッカー場から王宮に向かって砲撃しているのだと思います」

すでに問い合わせが何件かあったのだろう、彼女の受け答えに淀みがない。サッカー場といえば、ドワイアンの更に隣で、戦車が集結するのに格好の場所だ。そこから王宮に向かって砲弾を打ち込んでいるとなれば、戦車は反乱軍側のものという推測が成り立つ。

人々が動揺する中で、受付嬢の話し振りはとても自然であった。彼女はノボテルからドワイアンの部屋の明かりが見えることも教えてくれた。

しかし、ホテルの建物が無事であっても、遠藤が戦闘に巻き込まれ、連絡が取れないことに変わりがなく、遠く離れた地球の裏側の東京は、こんな場合『最悪の事態』を想定することだろう。

国際回線が混み始めた。三回目でやっとナイロビの浅井に繋がったが、話し中である。洋平の誤った情報を基に彼が東京と連絡を取っているに違いない。

「繋がらない……。外国人が一斉に連絡を取り始めたんだ！」と言って、洋平がもどかしそうにダイヤルを続けざまに早回しする。

「フランスの女の子って、誰のこと？」

焦る夫の気を紛らわそうと、佐和子が尋ねた。

「遠藤の相手？　あのエレーヌって女の子らしいよ」

「ああ、あの子！」佐和子が頓狂な声を出した。

「エレーヌって、あのとても気難しい子でしょう……よくまあ、遠藤さんとね」

「確か、パーティーで、カトリーヌに突っ掛かっていたな」と、妻の無邪気な話しぶりに釣られ、洋平の口元が緩んだ。

「ねえ、フィリップに連絡してあげたら？」

「後でするよ。今更、急いでも仕方ない。それに、さっきの電話で気を悪くしていたしね」

洋平は、彼の忠告を真面目に取らなかったフィリップのために、一本しかない回線を塞ぎたくなかった。一息ついた時、手の下で受話器が鳴った。ナイロビの浅井だった。

「東京はちょうど出勤して来たところだ。びっくりしていたぞ」

浅井の声は先ほどとは打って変わり、むしろ明るく弾んで聞こえた。

「最後に局長が電話に出て、『よろしく頼む』と、君に伝言を頼まれたよ。局長は、第一報が大使館からでなく現地事務所から入ったのが、余程嬉しかったとみえて、ケニアの日本大使館にも知らせてやれと、いやに張り切っていた」

局長の喜ぶ姿が目に浮かんだ後だけに、これからする告白を思うと、洋平の気持ちは一層重く暗くなった。東京は誤報の原因を事務所長である洋平の勇み足と取ることだろう。

「実は……」と、遠藤の一件を話し始めると、

「ええ、何だって！」

浅井が喉の奥から呻き声を上げた。その反応があまりに洋平の予想通りで、気味が悪いほどであった。

エレーヌのくだりを省いて、ドワイアンでの出来事を、洋平はメモを見ながら順を追って話した。電話の先で話を聞き漏らすまいと、要点をメモする浅井の緊迫した息遣いが伝わってくる。

ドワイアンの一件がケニアから日本へリレーされて、激しやすい局長の耳に届き、彼が職員に当たり散らす姿が目に浮かぶ。やがて遠藤の両親の知るところとなり、重苦しい時間が経過した後、彼らの怒りの矛先が現地事務所に向けられ、理不尽な要求や非難が次々と所長の洋平に突き付けられる。このシナリオはドミノ倒しのように一寸たがわず確実に進行することだろう。浅井と話しながら、洋平は心の片隅で覚悟を固めた。

「いいか、立山、一旦、電話を切る」

と、浅井の対応振りが、ここに来て小気味良いほどきびきびしてきた。

「何をさておいても、事務局が遠藤の留守宅に安否の確認ができたという誤報を入れるのを止めなくてはならん。今、俺が緊急にすべきことはこれでいいか?」

「頼む。君に任せる」

ここは膝を屈して、浅井を好い気にさせるしかない。

「今晩は寝ていられないな。この分だと明日も寝る時間があるかどうか……」

と、聞こえよがしに浅井がつぶやいた。

「ところでこっちからナイロビを呼び出すのが難しくなった。ファックス回線を受信専用にするから、次からはそっちへ掛けてくれ。そうすれば二回線が使える」

「承知した」と言って、電話を切ろうとする浅井を洋平が呼び止めた。

「ちょっと待ってくれ。話そうかどうか迷ったが……実は、遠藤は一人じゃないんだ」

この場に及んで、洋平はやっと話す決心がついた。

「彼はフランスのボランティアの女の子と泊まっていて、今も一緒なんだ。事務局と関係あるかどうか分からんが、一応伝えておくよ」

「一緒って、一体どういうことだ?!」

「ガールフレンドと一緒にいる時、たまたま運悪くこうなったということだよ」

「たまたまだろうが、何だろうが、関係は大ありだ!」

と、感情も露わに浅井が叫んだ。そして、電話を切る直前に一言「こりゃ、えらいこっちゃ!」とつぶやいた。

洋平は受話器を戻し、傍らの佐和子に向かって力なく笑い掛けると、動揺を鎮めるため髭面を指で撫でた。すでに夜明けが近く、髭が伸びていた。

「爆弾を送りつけてやったよ。さて、次は何をしよう？」

「あなたは、打つべき手は打ったわ」

そう言って、佐和子は夫の手にそっと触れた。

「東京のことは放っておきましょう。ワンマン局長に引っ掻き回され、さぞ大騒ぎでしょうよ。目に見えるようだわ」

洋平は佐和子と顔を見合わせ、灰色の部屋の空気を振動させないよう、無言で笑みを交わした。浅井の捨て台詞『こりゃ、えらいこっちゃ！』が彼の耳に残っていたが、これも苦笑いでごまかした。

「私、思ったんだけど……」

佐和子が神妙に切り出した。

「早川さんね、当面、井上さんのアパートに移したらどうかしら？」

それだと連絡も一か所で済むし、早川の家から井上のアパートまでは歩いて五分の距離。深夜であるが、移動も今のうちならむしろ危険が少ないと洋平は踏んだ。電話に出た井上に話を切り出すと、彼はそれを待っていたように言った。

「実はさっき早川と話した時、僕もそれを考えたんです。ひどく怯えていたから……。電話してから迎えに行きます！」

早川到着の電話を待つ間、洋平はもう一度ドワイアンに電話を入れたが、無駄であった。従業員が逃げ去り、空っぽの受付カウンターでベルが空しく鳴り響く様が目に浮かんだ。

「砲撃も止んだし、大丈夫よ。私、オズワルドに様子を聞きに行ってくる」

と言って、佐和子が事務所を出て行った。彼女は、娘たちの寝顔を見に行く時とコーヒーを淹れに行く時以外、夫の傍らを一時も離れなかった。

いつの間にか砲撃が止んでいた。洋平はコーヒーカップを手に窓際に立って、窓ガラスに映った自分の影を眺めた。銃撃音に起こされた時と違って、今は緊張感にある種の充足感が加わり、どっしりと構えている自分に気付いた。

佐和子が庭に姿を見せると、暗闇の中からオズワルドがすうっと現れて、影のように彼女に寄り添った。しばらくして戻って来た佐和子によると、オズワルドの鋭い耳には非常にかすかだがムサガの方角で銃撃音が聞こえたと言う。ムサガの駐屯地まではかなりの距離があるが。もし軍最大の駐屯地で異変が起こったとすれば、のっぴきならない事態が予想できた。

首都周辺はどうなっているのだろう。これがクーデターとすれば、周到な準備なしに軍が動くとは考えにくい。全国で一斉に蜂起し、すでに内陸にまで波及していると見るのが妥当だろう。三十万の首都住人が息を殺しているこの時、真っ暗なユーカリの森やサバンナの草原で一体何が起こっているのか……。

洋平は、肘掛椅子に背を預け、事務所のドアの内側に貼ったブルンジ全土の地図を眺めた。人体の神経系のように張り巡らされた灰色の模様が谷を表し、谷に縁取られた薄緑色が丘陵地である。そして、各丘を中心にルタナ、ルイジ、カンクゾ、ムインガなど十五の州がある。

洋平は更に詳しく見ようとドアに歩み寄った。地図の左側に細長く伸びたタンガニーカ湖があり、その北の端に赤く塗った首都ブジュンブラがある。首都を出た国道一号線は、五十キロほど奥地のムランビアで枝分かれした後、北はカヤンザを経てルワンダの国境に達し、東はギテガに至る。洋平の想像力が及ぶのはギテガまでで、その先の広大な内陸部はいまだ未知の領域である。キルンディ語の奇妙な名前の丘や町は、今後の成り行き次第で、永久に洋平の目に触れることもないだろう。

「きっと、この辺りのことね。フィリップが言っていたのは……」

いつの間にか、佐和子が洋平の背後に立っていた。彼女が指し示したのは地図の北の端、ルワンダとの国境地帯の湖沼群で、目を凝らすと、小さな湖に自然公園のマークが印され、湖の名前の下の括弧に『水鳥の湖』と特記してあった。

二人は、パーティーの余興でフィリップが詩を朗読したことや、彼から『水鳥の湖』に誘われたことなどを思い出した。佐和子は「行けないかもね」と一言つぶやいて、娘たちの元へと去って行ったが、洋平は地図を前に腕組みして考え込んだ。

内乱に発展すれば空港は真っ先に占拠され、空路による脱出は不可能となる。その時は、陸路で北のルワンダか、東のタンザニアの国境に向かうしかないが、一面にジグソーパズルのように入り組んだ地形図を見ていると、それが途方もなく無謀な企てに思えてくるのだった。

洋平はようやく受話器を取り上げ、フィリップの電話番号を回した。『一日に二度も起こすのか？』と嫌味な声が返ってきそうであったが、エレーヌの一件を知らせないわけにはいかないし、それを知った時の彼の反応にも興味があった。

今度は、フィリップ本人が直接電話に出た。結局、あれから彼は寝ていなかったとみえる。

「フィリップ、私だが、君に大事な話が……」

と、話し始める洋平をフィリップが遮った。

「明日の朝ではダメなのか？　何を聞かれても、僕にはどうしようもないのだから……」

「いや、君に……」

と、洋平が言い掛けたところで、回線が切れた。エレーヌの話を持ち出す間もなかった。

★　★　★

四時半、銃撃音が完全に止んだ。夜が明けるまで、少しでも身体を休めておこうと床についてみたものの、佐和子は頭が冴えて眠れそうにない。枕元のラジオを点けたが、ブルンジ放送は休止していて、海外の放送局は何も語らない。この地球上で、一大事件に気付いているのは、一握りのブジュンブラ住民だけであった。

チャンネルを回して、地球の電離層に反射してブルンジに降り注ぐ各国の短波放送を拾っていると、ベッドに横たわっている自分が、暗い宇宙の大海原を漂っているような気分になる。この夜は、日本語のモスクワ放送がニュースの合間に流す、ロシア民謡が佐和子の心に沁みた。

「電話が切れた」

寝室に戻るなり、一言唸って、洋平はスプリングを軋ませ重い身体を佐和子の隣に沈めた。

「国際電話も？」

「国際電話が先に切れた。軍が電話局を制圧したんだろう。これで、僕のできることが何もなくなったよ」

「私たち、孤立無援ね」

天井を見詰めたまま佐和子がぽつんと言った。

「確かに……」

「大海をさ迷う筏《いかだ》と同じね……」

と、佐和子は先ほど味わった激しい孤立感を言葉にせずにいられなかった。

「随分とロマンティックだな」

「今、怖いほどそんな気分なの」

「僕は疲れたよ。ひと眠りしておこう」

妻の耳元で、洋平がささやいた。

「BBCもモスクワも一言も触れなかったわ」

と言って、佐和子は夫の手を探った。世界中から見放されて寝室に横たわる自分たちが、かつてないほど固く結ばれているのを彼女は感じていた。

「馬鹿だよ、フィリップは……」

息を吹き返したように洋平がつぶやいた。

「電話が切れるのは分かり切ったことなのに……。これで、地方のボランティアと連絡を取る手段がなくなった」

「彼、眠っているのかしら?」

「どうだろう。さっき話している最中に電話が切れたから、今頃は悔やんでいるだろうな」

「エレーヌの件、話した?」

「それが、話し出す前に切れた……」

佐和子は結局、その後も眠れなかった。軽い寝息を立てる夫の横で、まんじりともせず夜明けを待った。そして、最初の小鳥のさえずりを合図にそっとベッドを抜け出した。

台所のドアを開けると、明け初めたばかりの青磁色の空が不気味なほど美しかった。自分が特別な朝を迎えたのだと思うと、ぶるっと武者震いした。彼女は両腕を自分の胴にきつく巻き付けて外に出た。庭の隅でラジオが鳴っている。

「おはよう、オズワルド」

佐和子の呼び掛けに応じて、ねぐらを這い出てきたオズワルドが前置きなしで言った。

「クーデターは成功です、マダム」

「ラジオが言ったの?」

「六時のルワンダ放送です」

隣国ルワンダは、国内にブルンジと同じ部族問題を抱える兄弟国で、ブルンジの動きに特別敏感なのもうなずける。互いに難民が国境を越えて往来する関係から、情報の伝達も速いのだろう。

「ルワンダ放送とは、気付かなかった。お手柄ね」

「軍が首都を制圧したと言っていました」

と言って、オズワルドの口元がほころんだ。

その笑みは、クーデターを成功させた側がツチ族だからか、それとも、単に奥様に褒められたからなのか判然としなかったが、多分後者だろう。佐和子は、昨夜のドワイアンの出来事をかいつまんで彼に話して聞かせた。

「遠藤さんの様子が分からなくって、心配なの。もう少し落ち着いたら、あの辺りの様子、探れないかしら？」

「はい、やってみます、奥様」

指示を待っていたかのように彼は即座に答えた。佐和子が偵察を思い付いたのは、眠れぬ夜を過ごしているうちであった。

「やってくれる！　もちろん主人とよく相談してからにしてね。私から話しておくから……。それから、あなたとジュベナールは当分、家に帰らない方がいいわ。その方が安全だし、私たちのためにも、屋敷にいて欲しいの。食料の蓄えは十分あるから心配いらない。どう、そうしてくれる？」

「はい、奥様！」

彼は佐和子の分身であるかのようにきびきびと答えた。その態度に微塵の迷いもなかった。

二人が立ち話をしている間にも、木立の陰に未明の薄闇を残して、東の方から空が明けてきた。仄かな光を横から受けてオズワルドの顔が引き締まる。その表情は毅然としてとても男らしく頼もしかった。


ドワイアン偵察の件で、オズワルドと話を付けて外から戻って来た洋平が、コーヒーを飲み干してから、呆れたように言った。

「オズワルドの方から条件を出してきたよ」

佐和子はコーヒーをカップに注ぎ足しながら、夫の次の言葉を待った。

「偵察に成功したら一万フラン出すって言ったら、彼は何と言ったと思う？『代わりに自動車学校へ通わせてください』だって」

と、呻くように言うと、洋平は昨日の残りのバゲットにかぶりつき、一言「硬いな」と言って顔をしかめた。

「明日からホットケーキを焼くわね」

毎朝、オズワルドが焼きたてのパンを食卓に届けてくれていたので、こんなことは初めてである。

「しかし、彼が取引を持ち掛けてくるとは思いもよらなかったよ」

佐和子の反応がないので、洋平が同じことを繰り返した。

「驚くことないでしょう。前から免許証を欲しがっていたんだから。それで、あなたは承知したの？」

と尋ねて、佐和子は寝不足の夫の髭面を見た。

「うっ」と、もう一度呻いて、洋平は不味いパンの塊をコーヒーで呑み下だし、それから苦しげにはっきりとうなずいた。

「それだけでなく、運転免許を取らせてくれるなら、牛を買う金も要らないとまで言ったよ。借金してまで欲しがっていたくせに……」

佐和子は口に出さなかったが、今朝方彼と偵察の話をした時、運転免許のことはオズワルドの頭になかったと信じている。その後一人になって、彼は賭けに出ることを思い付いたのだろう。

「僕も彼の将来のことは考えていた」と、洋平が続ける。

「ただ、こんな時に持ち出すとはね……。要するにタイミングの問題だよ」

ふふんと佐和子は腹の中で笑った。そして夫の渋い顔を見て、『オズワルドの方が一枚上手だったようね』と心の中でつぶやいた。

「大丈夫かしら……彼」と、この場に及んで、佐和子は気持ちがひるんだ。

「免許証欲しさに、無茶なことをしなければいいけど」

「大丈夫だろう。彼なら兵隊に見咎められても言い逃れが利く。軍と同じツチだから」

佐和子は、オズワルドとジュベナールの朝食を持って、裏庭で休んでいる彼らに近づいた。

「お昼からは自分たちで作ってね。材料は後で渡すから……。それから、オズワルド、ドワイアンのことだけど、出掛けるのは少し落ち着いてからでもいいのよ」

「食事を済ませたら、すぐ出掛けます」

「無理しなくてもいいの」

「すぐ行きます」

　無理をするなと言えば言うほど、オズワルドは一層むきになる。彼が女主人の前で自分の勇気を示そうとしているのではないかと心配になってきた。

　しかし、食後、意気込んで屋敷を出たオズワルドであったが、三十分ほどして、すごすごと引き返して来たらしい。らしいと言うのは、佐和子らが彼の帰宅を待ちわびていたのに、いつまで経っても報告に現れなかったからだ。

　佐和子は裏の野菜畑でうずくまっているオズワルドを見つけたが、声を掛けるのも気が咎めるほどがっくり肩を落としていた。痩せぎすの身体が十五歳の少年のように見えた。結果は問い質すまでもなかった。深く追及しなかったが、彼は兵士に行く手を阻まれ、ドワイアンには近づくこともできなかったようだ。

　彼は失望の余りしばらく顔を醜く歪めていたが、気を取り直すと、洗濯物を干しているジュベナールのところへ行き、何やらキルンディ語で難癖をつけたかと思うと、彼からバケツをひったくり、自分の手で丁寧に洗濯物を洗濯紐に吊るし始めた。

　佐和子は事務所に行って、偵察の失敗を告げた。夫は顔を上げて一言「そうか」とつぶやくと再び書類に没頭した。佐和子は、『クーデターが一段落したら、私から夫に頼み込んで、オズワルドの希望を叶えてやろう』と、彼のしょげ返った背中を思い出し、決意を新たにした。


　佐和子が食料の備蓄のことを考えながら、レンガ塀に沿って庭を歩いている時、隣の屋敷で車のエンジン音がした。それに続いて、砂利を踏むタイヤの音が耳に入ると同時に、彼女は駆け出し、乱暴にドアを開けて叫んだ。

「あなた！」

　佐和子の金切り声に驚いて、洋平が事務室から駆け出してきた。

「早く！　大佐が外出する。遠藤さんのこと……」

　佐和子の意図を察知した洋平が、シャツの裾をズボンに押し込みながら庭を駆けた。二人が揃って表通りに走り出たちょうどその時、バックしてきた大佐のジープが、方向転換のため二人の前で停止した。洋平が一歩踏み出して、運転席の窓枠に手を掛けると、助手席に無造作に置かれた機関銃が目に入った。二人のただならぬ様子を見て、大佐が挨拶抜きで短兵急《たんぺいきゅう》に尋ねてきた。

「どうしたんです？　お二人揃って！」

「ボランティアの救出を……」

と、洋平がドワイアンの一件を手短に語った。事情を呑み込むにつれ、大佐の気難しい表情が更に険しくなった。

「これから出勤するところで、実は私も夕べのことは何も分からんのです。事前に何も知らされていないんですから……」

と、困惑した面持ちで大佐が言った。彼もまたまんじりともせず一夜を明かした組であったようだ。

「お願いします！」

今度は佐和子が前に進み出た。

「彼はお国のために……」

「分かりました、奥さん。どうか、お二人とも……。よろしい、行き掛けにドワイアンに寄ってみましょう。ただ、戒厳令が敷かれている現状で、簡単に近づけるかどうか……」

軍服と制帽に身を包んだ大佐の腕が大きく弧を描くようにハンドルを切ると、土煙の中に立ち尽くす二人を後に残し、ジープは火炎樹のトンネルを走り抜けて行った。遠藤をホテルから救出できるのは大佐を置いて他にいないという点で、二人の思いは同じだった。

「いやだ、あなた。シャツの裾がはみ出して……。それにサンダル履き！」

と、潜り戸へ戻り掛けて、佐和子が叫んだ。その陽気な声に誘われるようにして、昨夜の事件以来、初めて二人の顔に笑みと希望が同時に蘇った。

その後、洋平は、落ち着かない様子で小サロンと庭を出たり入ったりしていた。佐和子が台所にいた時、車のクラクションに続いて門扉を乱打する音がした。『さては』と駆け付けてみると、ちょうど洋平が大男のフィリップを狭い潜り戸から迎え入れたところだった。

予期せぬ訪問者である。いつもは道化師のように陽気に笑っている彼の金色の髭面が長旅をした後のようにくすんで見える。彼はワゴン車のエンジンを掛けたまま、せかせかと立ち話を始めた。

「やっとたどり着いた……どこをどう通ってきたか思い出せないよ」

　フィリップは佐和子に気付かない様子で、興奮して話していた。

　昨夜、電話連絡の機会を逸した彼は、早朝車を出して、ブジュンブラ在住のボランティアの自宅を訪ね歩いている時、洋平との昨夜の約束を思い出し、検問のない脇道を選んで、やっとここまでたどり着いたという。

「そんなことで、大使館へは近づくこともできない。残念だが、君にあげる情報は何もない」

「それで、ブジュンブラのボランティアとは全員連絡が取れたの？」

　老婆心から洋平が尋ねる。

「幸い三人は私と同じ地区にいるので、一人を除いて全員と連絡が取れたよ」

「と言うことは……」佐和子が口を挟んだ。

「フィリップはエレーヌの件を知らないのね？」

「エレーヌ？　彼女とは連絡が取れていないが、何か？」フィリップの顔を不安の影が走った。

「昨夜、二度目の電話の最中に電話が切れただろう。覚えている？」

　洋平がドワイアンの一件を掻い摘んで話して聞かせる間、フィリップは一言も口を挟まず、恐ろしい形相で空の一角を睨んでいた。

「帰国前に何かやらかしそうな気がしていたが、僕の勘が当たったようだ。実は、彼女、来月で帰国なんだ」と、彼は低く唸るように言った。

　続けて、洋平は二人の救出を大佐に依頼したこと、そして今や遅しと吉報を待っているところだと語って聞かせた。

「隣が軍の大物とは知らなかった……」

　と言うフィリップの言葉からは、大佐の話をあまり信用していない様子が窺えた。彼はいつもより力を込めて洋平の手を握り、佐和子の頬にキスをして慌ただしく走り去った。

洋平らの希望を託された大佐が、一人で戻ってきたのは正午を回った頃のことである。二人が門前に馳せ参じると、大佐が困惑の面持ちでジープを降りてきた。

「私の階級で……」

と話し始めるや、大佐の表情が突然怒りに変わった。彼は検問を二つまで通過したが、ノボテルの前の最後の検問で、上級将校といえども特別の許可証が必要だと言って追い返されたと言う。

「ドワイアンの建物を見ませんでしたか？」

落胆の色を顔に滲ませ、洋平が尋ねた。

「ええ、検問所の兵士に尋ねましたよ。ご心配なく。建物も人も無事なのは保証できます」

「良かった。確かな情報がない今、小さなことでも、私たちにはとても貴重です。実は大佐、ホテルが銃撃戦に巻き込まれたという情報が日本に伝わり、彼の家族が心配しています……。電話がいつ回復するか、分かりません。無事を日本に知らせる、他に何か良い手だてを大佐はご存じないですか？」

「我々の政府は現在、ご覧の通りですから……」

と言って大佐が肩をすくめた。

「しかし、大使館なら可能だと思いますよ。彼らは外国まで届く強力な無線機を備えていますから。それもブルンジ軍に無許可で……。違法ですが、周知の事実です。どこか大使館にお知り合いはいませんか？」

「それなら当てがなくもありません」

洋平は、即座にフィリップとフランス大使館を思い浮かべた。

「それで」と、佐和子が肝心な点に触れた。

「ドワイアンの泊まり客はどうなるんでしょう？」

「午後に許可証を取って、もう一度接触してみますから、もう少し我慢してください、奥さん」

その時、火炎樹が揺れて、木漏れ日が大佐の頬の深く鋭いシワを際立たせた。それを見て、佐和子は大佐の苦悩の深さを思いやった。彼は何も話さないが、どうやら軍の中で微妙な立場にあるようだ。

「大佐のご意見だと、今後、どうなるんでしょう？」

洋平が更に一歩踏み込んだ。

「現状で、うかつなことは言えませんが……問題は昨夜大統領官邸で何が起こったかです」

と言って、大佐は苦しげに眉をひそめた。

「大統領は雨乞いのため、キリリの別邸にいたのではないのですか？」

「噂は聞いていますが、私の考えでは、カモフラージュのために流したデマでしょう。雨乞いだなんて、この現代に幾ら何でも荒唐無稽ですよ」

「では、大統領は王宮にいて襲撃に遭ったのですか？」

そう言ってから、佐和子は慌てて自分の口を手で塞いだ。

「いえいえ、奥さん。特に今のような段階で、想像でものを言うのは禁物です。こんな時は、心を落ち着かせるため、お昼をしっかり食べることが肝要です。では失礼しますよ」

大佐は自分自身に言い聞かせるように話すと、それ以上言質を取られるのを避けるように、洋平らの追いすがる視線を振り切り、ジープごと隣の屋敷に吸い込まれて行った。

ジープと入れ替わりに、サルバドールが門から顔を出し、人気のない並木道に鋭い視線を走らせてから、重い鉄製の門扉を閉じ、かんぬきを掛けた。


午後も大分過ぎて、昨夜来連絡が途絶えた井上と早川との接触を試みるため、洋平はオズワルドを同乗させてジープを出す決断をした。

この時、佐和子は何事にも慎重な普段の洋平とは違うものを感じた。夫の微妙な心の変化は、フィリップの旺盛な行動力に触発されたものに違いない。今朝方、二人の立ち話を横で聞いていて、同じ役職の二人が互いにライバル意識を燃やしていることに佐和子は気付いたのである。

夫の出発を見送った後、佐和子は台所の一角にある食料倉庫に入った。本来メイド部屋である三畳ほどの小部屋は、その存在を見落としそうな、いわば隠し部屋のようなものである。

部屋の内部は三方に二段の棚がめぐらされ、棚の上には各種の食品が詰まった段ボール箱や洗剤など生活用品が隙間なく並び、直接床の上には米や豆など雑穀の袋が乱雑に積み重ねられている。

佐和子はメモ帳を手に在庫調査を始めた。三人のボランティアと二人の使用人、計五人の追加分を考慮すると、小麦粉、豆類、トウモロコシ等を補充しておいた方が良さそうである。

次に佐和子はすべてのシーツを剥がして、ジュベナールに洗濯を命じた。今から停電と断水に備えるべきだという洋平の主張を入れ、できることから手をつけた。こうした場合、忙しく立ち働いている方が気が紛れて良い。

これも夫の指示に従い、バスタブをブラシで磨き、非常用の水を溜めた後で、三人の若者との共同生活を想定し、客室の清掃を行った。こうした一切を、彼女はジュベナールに手伝わせて短時間でこなした。その間も事務室をのぞいて、電話の回復を確かめることも忘れなかった。

仕事が一段落し、お茶の準備を整えた佐和子は、洋平の帰りを待つ間、短波ラジオをいつもの椰子の木陰に持ち出し、ラジオジャパンにチャンネルを合わせた。

日本は今、秋の盛りである。日本列島各地の田園風景を抒情豊かに描写する男性アナウンサーの心和む語り口と、その背後で流れる牧歌的な曲が耳に心地よく、聴く者の心を郷愁へと誘う。

海外生活が長くなるにつれ、佐和子は好んでラジオジャパンを聞くようになったが、この日は格別であった。国際電話が途絶し、孤立感を深める中、地球を半周して届けられる日本語の美しい響きに、佐和子は陶然として聞き入った。

『各地の便り』に続くニュースの終わりの方で、電波が乱れ、音声が途切れたが、短波ではよくあること……。ラジオのつまみを調整する佐和子の耳に、電波のうねりに沈められ持ち上げられ、切れ切れの日本語が飛び込んできた。

「ブルンジで現地時間……クーデター発生……日本人ボランティア……」

『ああ、私たちのことを話している』

奇跡を見た人のように佐和子は瞠目した。誰からも見放されたと思っていた自分たちのことを気遣ってくれる人たちが、地球の裏側にいたのである。考えてみれば、夫がナイロビ経由で日本と連絡を取ったのだから不思議はないが、その情報がブーメランのようにラジオの電波に乗って最果ての地に戻って来ようとは、思いもよらなかったのである。

しかし『反乱軍によるボランティアの拘束……』と

いうアナウンスの最後のくだりは、明らかに誤解を招く表現だと佐和子は思った。

　それから間もなく、井上のアパートにたどり着けずに洋平とオズワルドが帰宅した。二人は通行可能な裏道を探していて、郊外の貧民地区で小さいデモを見かけたという。

　佐和子がお茶とケーキを持ってくると、洋平は一気にお茶を飲み干し、「死体を見たよ……」と上ずった声を出した。死体は大学通りの先の脇道に転がっていたらしい。

「クーデターの犠牲者かしら」

　佐和子は背筋がぞっとするのを覚えた。

「オズワルドに尋ねさせたら、ただの泥棒だって」

「こんな時に、なぜ泥棒が殺されるの？」

「そんなこと、僕が知るはずないよ」

　と、洋平が呆れたように言った。

「こんな時だから、歩哨が手加減をし忘れたのだろう」

　夫の話が一段落するのを待って、佐和子がおもむろに言った。

「あなた、ラジオジャパンで、反乱軍が遠藤さんを拘束したって言っていたわよ……」

　この情報は佐和子の予想以上に洋平を慌てさせた。しかし相手がラジオでは打つ手がない。

「参ったな。浅井と話した時、『拘束』と言う言葉は使わなかったぞ」

　と言って、洋平は腕組みをして空を仰いだ。

「拘束と聞けば、連行され、命が危険に晒されていると誰もが思う。浅井のやつ、東京にどんな説明をしたのだろう？……」

「あるいは事務局が外務省に、外務省がメディアに何を話したかだわ……。確かそんなゲームがあったわね」


　夕食の準備を始めた時だった。門の方が急に騒がしくなり、『反乱軍に拘束された』はずの遠藤がエレーヌを後ろに従えて、笑顔を振りまきながらサロンに入ってきた。

「今もまだ耳の中でガンガン響いています。死ぬかと思いました……」

　それが、大佐の助力でドワイアン・ホテルから救出された遠藤の第一声であった。徹夜と興奮で彼の目は充血している。　遠藤は倒れ込むようにソファに身を投げた。

「戦車を見た？」と佐和子。

「ずっとバスルームに隠れていて、何も見なかったけど、あの音、戦車の砲撃だったのかな……」

と、佐和子の質問におざなりに答えると、遠藤は「エレーヌ」と背後にいる彼女に呼び掛けた。

「君、喉、渇いた？　何か飲む？」

「ええ、喉がくっつきそう。ずっと生唾ばかり呑み込んでいたから……」

エレーヌの透き通るような白い肌がうっすらと赤みを帯びている。彼女は、敵陣に乗り込んできたかのようだに、サロンに入った時からずっと遠藤にぴったり寄り添っている。

二人が台所へ立って行き、冷蔵庫のドアを開けた。エレーヌが遠藤の肩越しに中をのぞき込み、ひそひそと話したかと思うと、突然笑い声を立てた。遠藤が冷蔵庫の中の何かを笑いの種にしたのだろう。

二人は命の縮む思いで一夜を過ごした後、手に手を取り合って生還したところである。多少の無作法には目をつぶることにして、佐和子は門の外で洋平と立ち話をする大佐のところへ行き、遠藤救出のお礼にお茶を差し上げたいと申し出たが、大佐はそれを断ってそそくさと自分の屋敷へ姿を消した。

サロンのソファでは、遠藤とエレーヌが身体をぴったり寄せ合って清涼飲料水を飲んでいたが、洋平がその正面に座を占めると、エレーヌが形ばかり身体を離し、遠藤も居住まいを正してコップをテーブルに置いた。

洋平が事件発生の経緯と町の現状を説明し終わるのを待って、佐和子が横から口を出した。

「遠藤さんは、今晩ここに泊まるしかないわね。客室を整えておいたわ」

「エレーヌは？」と、遠藤がその目に期待を込めて佐和子を見た。

「もちろん、フィリップのところへ連れて行くよ。電話が通じないし、彼が心配している」

と、洋平がさらりと答えた。

「それなら急がないと。暗くなっては危険よ」

窓の方を見て佐和子が言った。

佐和子と洋平のやり取りを遠藤がフランス語でエレーヌに通訳しているが、彼女が不服なのはその顔を見れば分かる。トイレに行きたいと言い出し、遠藤が案内に立った。

「あの二人、離れがたそうね」

彼らの後ろ姿を見送って、佐和子がそっと小声で言った。

「エレーヌを引き渡すついでに、フィリップに頼み事がある」

そう言うと、洋平が左手で顎を撫でた。妙案を思い付いた時の彼の癖である。

「何なの？」

「フランス大使館の無線を使って、『遠藤救出』の一報をナイロビの日本大使館へ送ってもらおうと思うんだ」

「そうね。ラジオジャパンのこともあるし、このままだと、遠藤さんの家族を死ぬほど心配させることになるわね」

「今ならフィリップも少々の無理を聞いてくれるだろう。何と言ってもエレーヌの件で、僕に借りができたからね」

と言って、洋平がほくそ笑んだ。

「恩着せがましいことを言ったら、彼に悪いわ。そうでなくても、やってくれるわよ」

「確かにそうだが、このチャンスを活かさない法はないよ。フィリップにしても、大使館と交渉するのに取引材料があった方がいいだろう」

洋平の頭には、情報収集のために面談を申し込んだ際、フランス大使館の広報担当から門前払いを食った苦い経験があるのだ。

「ところで、遠藤のやつ、フランス語が急にうまくなったと思わない？　すらすら話していた」

「エレーヌと付き合っているからでしょう。あの様子だと、四六時中一緒だったようね」

佐和子が口元に忍び笑いを浮かべた。

「僕はフィリップに渡す電文を準備する」

そう言って洋平が立ち上がった。

「後は、君に頼むよ」

「いいわよ、任せておいて」

夕飯までにまだ少し間があった。疲労困憊で麻痺した身体を、大サロンの真紅のソファに深々と沈め、佐和子は目蓋を閉じた。昨夜は一睡もしていない。こんな生活がしばらく続くのかと思うと気が滅入ったが、自分が二児の母であることを思い起こし、気力を奮い立たせた。

いつもなら、この時間、夕食前の勉強である。娘たちは、洋平の合図で大サロンの食卓に着き、父親を真ん中に挟んで勉強を始めるのだが、今日は朝から奥の子供部屋に引きこもりっきりだ。彼女らは異変を敏感に感じ取り、子供らしいやり方で不安に耐えているのだろう。

「奥さん」と声を掛けながら遠藤が現れ、うつらうつらしていた佐和子に向かって、「エレーヌがフィリップのところへ行くのを承知してくれました」と声も高らかに報告した。

佐和子は心の中で『そうよ、それが皆にとって一番よ』と、安堵の溜め息を漏らした。これ以上の揉め事は願い下げだと思う一方で、どこまでもエレーヌが意地を張るのであれば、自分の一存で彼女を一晩泊めてもいいと考えていた。

★　★　★

夜に入り、突如雷鳴が轟いたかと思うと、まるで天幕が裂けたかのように、大粒の雨が大屋根に激しく叩きつけた。九月以来、国中の農民が待ち望んでいた恵みの雨が、皮肉にもクーデターと共に到来したのである。豪雨は深夜まで続き、スレート瓦の苔が水をたっぷり吸って命を吹き返した。

夕食後、ベッドに身を横たえていた洋平は、激しい雨粒の音楽を聞きながら、大佐が虚言だと看破したンダダイエの『雨乞い』に思いを巡らせた。大佐は迷信だと一笑に付したが、実際はンダダイエの祈りが天に通じたかのようである。その彼は一体どこにいるのか、生きているのか死んでいるのか……。

最初にクーデターの事実を公に認めたのは、ブルンジラジオであった。国家救国評議会議長の名でコミュニケが発表され、夜間外出禁止、地域外への移動禁止、国境及び空港閉鎖を含む十二項目について布告したが、肝心のコメントは一切なかった。

その後、オズワルドが傍受した隣国ルワンダのキルンディ語放送によると、ブジュンブラでクーデターに反対する抗議デモが発生し、鎮圧部隊が住民に発砲したこと、更にクーデターの首謀者としてブヨヤの一代前の大統領バガザの名を挙げたというが、このようなルワンダ政府の性急な対応は、何を意味するのだろう。部族間紛争は、隣国をも巻き込んで拡大の様相を呈してきた。

クーデター二日目。十月二十二日朝、やはりルワンダ放送が昨夜に続いてンダダイエの殺害を報じた。一方で、クーデター以来初めて事務所に顔を出したプラザがもたらした巷の噂は、それとは違っていた。軍部が取り逃がしたンダダイエを血眼になって捜索しているとか、すでに支持者に守られて内陸に落ち延びたとか、大統領の消息について諸説が乱れ飛んでいる。

タクシー営業禁止のお触れが出たため、プラザは自転車に乗って来たが、ちゃっかり朝食に間に合う時間に事務所に現れた。

「こんな時こそ、真っ先に駆け付けて欲しかったね」

洋平はクーデター初日に来なかったことでプラザに恨み言を言った。

「たとえ来ても、確かな情報が何もなく、お役に立つとは思えなかったもので」

と、プラザは臆面もなくぬけぬけと言い訳をした。

「それは、私が決める」

こうしたやり取りは、大統領選挙の際にも交わされ、これで二度目である。翌日現れたとはいえ、普段から『いつでもお役に立ちます』と大見得を切っていただけに、プラザの忠誠心が試されたようなもので、洋平の失望は小さくなかったのである。この時の彼の本心を明かせば、駆け付けてくれること自体が重要だった。洋平の手足となって動く現地人は、オズワルドとプラザ以外に誰もいなかったのだから……。

洋平は、プラザにジープを使って町を偵察し、ついでにガソリン用ポリタンクの購入を命じた。オズワルドには、徒歩でやはり偵察を兼ねて貧民地区へ行き、彼らの常食である豆を買い足すよう言いつけた。電話が不通でも手をこまねくことなく、少しでも情報を足で稼ごうと、洋平は二人の部下を探索に向かわせたのである。

一時間後、プラザはポリタンクを四個入手し、オズワルドは民衆市場で豆を二キロ買って戻った。彼ら二人が持ち寄った話を総合すると、町の商店街は人影がまばらだが、略奪の形跡はなく、中心部から遠ざかるにつれて営業する店がちらほら見受けられる。戒厳令もさほど厳しくなく、井上のアパートへ行く途中の検問所も撤去されたようだ。

またオズワルドの報告によると、政府の統制下に置かれた民衆市場には買い占め禁止令が出ていて、穀物の購入は一種類に限り、一人二キロまでと制限されているという。

町の状況をおよそ把握した洋平は、『明日から毎日顔を出せ』と念を押してプラザを解放すると、午後、遠藤をアパートに帰すため、オズワルドを同乗させて市中に出た。

途中、民衆市場へ寄った。閉まっている店が目立つ中、米などの穀物を売る店が一面、巨大な白布で覆われている様が異様であった。精肉店で、鉄のフックに吊り下がった干からびたクズ肉を見つけた洋平は、オズワルドに言いつけて手当たり次第買い漁った。

民衆市場を出て、遠藤の住宅地区に来た時、営業中の小さな雑貨屋を見つけた。二人の若者が店員と雑談している。いつもと変わらない場末の光景である。店先にジープを止めると、洋平は車の中から「米を買いたい」と声を掛けた。

店員は、一人二キロまでと抵抗する姿勢を見せたが、結局、三十キロ袋に千フランを上乗せすることで話がまとまった。店員と若者の一人が米袋を取りに店を離れると、残った方の若者がしきりと洋平の顔をのぞき込む。よく輝く目と白い歯をした痩せぎすで丸刈りの青年である。スポーツマンなのだろう。腕捲りしたシャツの下から引き締まった腕がのぞいていた。

「ドルをお持ちでしたら、良い値で引き取りますよ」

と、若者はストレートに持ち掛けてきた。

その時、彼がベルトで締めた本とノートの束を手に提げているのに洋平は気付いた。

「君はブルンジ大学の学生？」

「ええ、学費稼ぎのアルバイトです」

と言って、彼は濁りのない目で洋平を見返した。

「でも闇だろう、危険はないの？」

　彼は返事の代わりに、一ブロック先の十字路で銃を構えて立っている兵隊の方へちらっと視線を走らせてから、悪戯っぽく笑ってみせた。

　その不敵な笑みは、失うものを知らない若者に特有の潔さを宿している。保身に走りがちな日本社会で育った洋平は、アフリカ人の無軌道で時に挑発的ともいえる生き様に出遭うと、一種のたじろぎを覚えるのだった。

　学生が手に提げている、角のすり切れた本の表題は、フランス語で『応用化学』と読めた。彼はアデルと同様、ブルンジの最高学府で学ぶ秀才の一人なのだろう。

「クーデターが何事もなく終わったら、両替してもいいよ。そうだな、当面、二千ドルでどう？」

　今度は、洋平の方から持ち掛けた。

「ええ、二千！　そりゃ、凄いや」

　小躍りして洋平の手を握ると、その若者は目端の利く男たちがよくやるように小気味よく断じてみせた。

「大丈夫です、ムッシュー。クーデターなんて、何事も起こりゃしません。必ず、お知らせを待っています」


　洋平は、オズワルドを車に残し、遠藤の後に付いて彼のアパートに入ると、途中で調達した牛肉と米の一部をジープから下ろすよう、遠藤と井上に言い付けた。彼らが食料をアパートに運び込むのを当惑顔で見ている早川に洋平が言った。

「これで十日は持ち堪えられるだろう」

「えっ、十日も、ですか？」

　と、早川がもううんざりと言った顔をした。

「クーデターは一日でも、その先がどれだけ続くか誰にも分からない。こんな時は往々にして不測の事態が起きやすいものだよ」

　まるで危機感のない若者たちを前にすると、天邪鬼が頭をもたげてきて、洋平はつい意地悪なことを言ってしまう。

　全員が揃ったところで、洋平は夜間外出禁止令や空港閉鎖などの最新情報について余談を交えずに話した。単刀直入に淡々と話すことで、事の重大さを彼らに自覚させ、最悪の場合、死とさえ向き合う覚悟を彼らに促したつもりだった。

「三人で手狭だが、しばらく辛抱して欲しい。電話が回復するまで、私が立ち寄るか、プラザに来させるから、伝言があればメモにして彼に渡すように、いいね」

「プラザですか……」

遠藤が反射的に身構える。

「二人とも、財布は隠しておけよ」

井上が調子を合わせる。

「中には入れるべきじゃないわね」

早川までが一緒になってはやし立てた。

そのやり取りを見て、洋平のいないところで、彼らが普段からこんな調子で三百ドル盗難事件を冗談のネタにしていることが知れた。それが罪のない行為と分かっていても、彼らの嘲りの矛先が、プラザを解雇しなかった自分に向けられているようで、洋平は良い気がしなかった。

『緊急時に、プラザの真価が発揮されることを君らは分かっていない』と、喉まで言葉が出かけたが、ここで彼の弁護をすれば、かえって見くびられるのが落ちである。だからといって、一緒になって笑い飛ばす気にもなれない。どちらに転んでも、彼らの冷笑を買うだけである。

しばらく若者らの雑談の輪に留まって、世代間の溝をひしひしと味わった洋平は、重い足取りで忠僕オズワルドの待つジープへと戻って行った。


遠藤を降ろして身軽になった洋平は、警戒の厳しい町の中心部へジープを乗り入れた。街角に銃を提げた兵隊が立ち、独立広場に装甲車が数台配置され、旧王宮周辺は物々しい態勢下にあった。

広場入口の検問所で、身分証の提示を求められ、車の荷台まで調べられた。助手席のオズワルドは身をこわばらせていたが、上官らしき男は彼の存在を無視して、洋平に向かって丁重に尋ねた。

「何をしに、どこへ行くのですか？」

「ノボテルまで。日本人が滞在しているかどうかを確かめるためです」

「分かりました。では、途中、停車したりスピードを落としたりしないでください」

上官は軽く敬礼して洋平を通した。ブルンジ外務省発行の身分証を見せられ、洋平を大使館関係者と思ったのだろう。その手慣れた対応から、各国の大使館が動き出していることが推測できた。

王宮へ通じる四つ角は、装甲車によって道を塞がれていた。洋平はジープを前進させながら、王宮のコンクリート塀の一部が砲撃で崩れているのを確認した。それが、目にした唯一の痕跡で、王宮は深い木立に埋もれ、何事もなかったかのように森閑としている。一昨日の深夜、血なまぐさい殺戮が決行された現場だとは信じられなかった。

ノボテル正面の車寄せには客待ちのタクシーがなかったが、ホテルのロビーとカフェテリアには普段通り外国人客の姿がちらほらあったし、中庭のプールサイドには水着姿の家族連れも見られた。

洋平の求めに応じ、宿泊名簿を捲っていたロビーの受付嬢が、泊まり客の中に日本国籍が一人もいないことを確認してくれた。

「クーデターの晩、私の電話に出たのはあなたでしたか？」と、洋平が尋ねた。

「いいえ、あの夜は非番で、別の者が当直していました」と、受付嬢は丁重に事務的に答えた。

「別の女性でしたか……。彼女の担当はいつも夜なんですか？」

「何か彼女にご用ですか？」と、ベテラン受付嬢の目が警戒するように冷たく光った。

「それなら、いいんです」

洋平は慌ててフロントを離れた。あの晩、彼の電話に答えてくれた勇敢な女性に興味を覚え、一目会ってお礼を言いたかったのだ。

ノボテルを出て、環状線九月二十八日通りを走らせていると、ガソリンスタンドにできた長い車の列が目に入った。洋平は今朝プラザに買わせたポリタンクが荷台に積んだままになっているのを思い出し、車列の最後尾に車を付けた。万一国境越えという事態になれば燃料の備蓄がものを言う。

ガソリンスタンドの裏手からせりあがる丘の斜面は、近年の土地開発で緑が剥ぎ取られ、赤い地肌が剥き出しになっている。その一角に、ボランティア派遣の話が進行中の職業訓練学校があった。

ここへはすでに数回足を運んで、活動分野の打ち合わせを行い、東京へ向けて派遣要請を送付する手前まで漕ぎつけていたが、洋平の地道な努力もクーデターの展開次第で水泡に帰す可能性があった。

　給油を待つ車の列は一向に縮まらない。しばらくすると、三台ほど前のワゴン車のドアが開いて、フィリップが現れ、樽のようなおなかを突き出して大きく伸びをした。

　洋平は車を降りて歩み寄ると、彼の柔らかい大きな手を握った。

「やあ、フィリップ、昨日はありがとう」

　エレーヌを引き渡しに行った際、洋平は、フランス大使館の無線機でケニアに電文を送るため、彼の助力を求めたのであった。

「ああ、今朝早速、大使館へ行って来た」

　そう言うと、フィリップは洋平の手を握ったままワゴン車の傍を離れ、車の行き交う道路脇へと彼を引っ張って行った。

「参事官が意外とすんなりとオーケーしてくれた。午前の定期連絡に乗ったはずだから、多分今頃、ナイロビのフランス大使館から君のケニアの事務所に伝言が届いていると思うよ」

「それは有り難い。無事を知ったら、日本の家族がどんなに喜ぶか……こんな状況だからね」

「お互い様だ。君にはエレーヌを救い出してもらった借りがある。今度のことが片付いたら、うまいものを食いに行こう」

　と言って、フィリップは握っていた洋平の手をやっと解放した。

　二人の会話が途切れた時、機関銃の銃口を空に向けた軍用ジープが、風を切って二人の脇を走り抜け、百メートルほど先の軍人病院へもうもうと砂埃を巻き上げて吸い込まれて行った。

　砂塵と同じ土色の平屋建ての病院の入り口を、四人の兵士が固めている。普段から兵隊が目に付く国であるが、非常時だけに一層不気味である。戦後生まれの洋平は、銃を肩から下げた兵士とすれ違うだけで思わず身がすくむが、フランスの徴兵制を経験しているフィリップは銃器ぐらいで怖気づくことはなさそうだ。

「もう十五分、並んでいる」

　フィリップが腕時計に目を落とし渋い顔をした。突然の通達でガソリンが配給制になったため従業員がもたついているのだ。

洋平は長い車列を振り返り、フィリップのワゴン車に、明るい空色のブラウスを認めた。

「エレーヌかい？」

「ああ、アパートまで送り届けるところだ。我がままな女だよ……。昨夜は、君が帰った後で、カトリーヌと一悶着やらかした。もう勘弁してもらいたいよ」

フィリップはうんざりといった調子で顔をしかめた。助手席のエレーヌは姿勢を正してじっと前方を睨んでいる。きっと遠藤に会いたい一心で、家に帰ろうとしているのだろう。

「ところで、地方のボランティアはどうなっている？」

洋平が最大の懸案にそっと触れた。海外ボランティアの先進国フランスの場合、若者の多くが地方で活動しているが、その分、緊急時のリスクが高くなる。地方展開を検討している洋平にとっても、他人事ではなかった。

「今朝、大使館に行って、武官と話し合った」

と足下に目を落として話すフィリップの息が、急に荒くなった。

「まだ憶測の域を出ないが、内陸で住民同士の殺し合いが始まったという情報もある。武官は早急に全員を首都へ引き上げるべきだと言うが……。問題はその手段だ」

洋平は特に驚かなかった。虐殺はかつて地方で起こったし、今後も十分予想されることだ……。それでも、心がざわめくのを覚えた。

「今朝のＢＢＣだと……」と、洋平。

「ルワンダ国境の川岸に、死体が幾つも流れ着いたらしいね」

「知っているが、デマかもしれん。通信が途絶している今、真相が判明するのは当然何日も後のことだ」

フィリップが懸命に冷静さを保とうとしているのが傍目にも分かった。

「待つしかないのは、辛いな……」

「憶測で動くべきではないが……」

フィリップが低い声で繰り返した。

「だからといって、放っておくわけにもいかん。明日か明後日か、ブルンジ軍の許可が取れ次第、救出に向かうつもりだ」

初めて他人に打ち明けたのだろう。彼の顔は緊張でこわばっていた。この時、洋平はなぜフィリップが彼の手を引いて、車列から離れたのか分かった。エレーヌに話を聞かれたくなかったのだ。

「今動くのは、危険過ぎやしないか？」

と話す洋平の脳裏を昨日目撃した、道端に打ち捨てられた黒人のむくろが横切った。

「危険があるから、行くんだ……。カトリーヌは怒っていたが、君なら分かってくれるよね？」

「…………」洋平は答えられない。

「大使館はブルンジ軍に護衛を依頼すると言っている。軍の車が先導してくれるし、その時は、多分武官も同行することになるだろう」

洋平にもそれが非常に危険な任務であることは分かったが、その一方で、フィリップの英雄的行為を妬むもう一人の自分がいた。もしクーデターが半年遅かったら、状況は洋平にとっても同じだ。現にギテガに新たな活動拠点を作る計画を進めているのだから……。

「全員を集めるのに二、三日は掛かる。そのためには、まず燃料の確保だが……」と言って、フィリップは遅々として進まない車列を睨んだ。

「フィリップ、君にポリタンクを進呈するよ」

と出し抜けに言って、洋平は彼を自分のジープへと引っ張って行った。そして、驚きの余り目を丸くしているフィリップを尻目に、洋平はオズワルドに命じて、荷台に積んである米の袋と牛肉の残り全部とポリタンク二本を彼のワゴン車へ運ばせた。

「これは凄い！」

フィリップが干からびたクズ肉を指先で突ついて、感嘆の声を上げた。

「店が閉まっているって、カトリーヌがぼやいていたけど、どこにあったんだい？」

ワゴン車に食料を積み込む際、フィリップは助手席で身を堅くしているエレーヌを無視したが、洋平はあえて声を掛けた。

「さっき遠藤をアパートに送り届けた。君が訪ねて来るのをきっと待っているよ……」

一人の女にささやきかけた言葉がこんなにも甘く優しく響くことに、洋平は我ながら驚いた。

洋平が町の偵察を終えて家に戻ると、裏庭から佐和子の呼ぶ声がした。いつものテーブルで、短波ラジオとコーヒーを前に夫の帰りを待っていた彼女が、今日はラジオジャパンがブルンジについて何も話さなかったと告げた。

「フィリップに頼んだ電文が、ナイロビ経由で日本に届いたのよ」

そう言って、佐和子の黒い瞳が悪戯っ子のように微笑んだ。

「実は、さっき偶然フィリップに会って、無線のこと聞いたところだけど、日本に届くのちょっと早過ぎやしないか？」

のんびりとつぶやきながら、洋平は厚い雨雲に覆われた空を見上げた。遅まきの雨季到来で、醜く枯れていた芝生は早くも芽吹き始め、観葉植物は雨に洗われて一段と艶やかさを増し、独特の香りを放つハーブの類はその細かい葉先に真珠の滴を付けている。そして、道路向かいのフランス人医師の屋敷の生け垣からは、ジャスミンの強く甘い香りが、湿った風に乗って洋平たちの鼻先まで運ばれてくる。

屋敷に戻ったオズワルドは、種蒔きに備えて畑を耕しているジュベナールから、早速鍬を取り返した。彼は佐和子が大切にしている野菜畑を人任せにしたくないのだ。

「そうだ。無線のこと、遠藤に知らせてやろう」

と言って腰を上げ掛けた洋平を佐和子が止めた。

「あなた、帰ったばかりよ。それに、今からだと夜間外出禁止に引っ掛かるわ」

「そうだな。明日でいいか」

洋平はユーカリの肘掛け椅子に座り直して、佐和子のコップから冷えたコーヒーを一口飲み、長かった一日を振り返って、自分の満足感がどこから湧いてくるか、その源を突き止め、我知らず笑みを漏らした。

「それに、今から行ったとしても、アパートに遠藤がいるかどうか……」

「どうかしたの？　遠藤さん」

佐和子がビクッと反応するのが分かった。

「大丈夫、今回は居場所が分かっている。きっと今頃、エレーヌの家にいるだろうよ」

洋平は、ガソリンスタンドでフィリップと出会い、内陸の情勢に対するフランス大使館の厳しい見方や、地方のボランティアを首都に集める方針について、そして気前よく肉と米を譲ってやった時の彼の驚いた様子など、掻い摘んで話して聞かせた。

「残った米、全部、分けてやった。食べる物がなくって、困っている様子だった」

と言って、洋平がほくそ笑んだ。すると、

「こんな時に内陸へ行くなんて無茶よ」

突然、佐和子が激しい調子で言い出した。

「今朝のルワンダ放送を聞いて、オズワルドは怯えていたわよ。彼は勘がいいから、きっと何か異変を感じているんだと思うわ」

「へえ、驚いたな。午後ずっと僕と一緒だったのに、彼、何も言わなかった。君には何でも話すんだ」

と一言当てこすることで、洋平は『根拠のないオズワルドの勘』なるものを一笑に付した。

「冗談じゃないわよ」

佐和子の怒りは本物だった。

「私なら思い止まるよう、フィリップを説得したわ。それを、呑気にあなたは『さあ、行ってらっしゃい』と、ポリタンクまであげたのよね」

「僕には、『行くな』とは言えないよ」

「どうして?」

「僕にも立場があるだろう?」

洋平は不機嫌そうに少し声を荒げたが、内心は防戦一方であった。

「あなた、何が言いたいの?」

と、佐和子が突っ掛かってきた。

「友達が死んでも構わないの? それって、男の意地? それも男の友情なの?」

「もちろん、仕事のためさ」

洋平は自分の反論や抗弁がかえって妻の怒りに油を注ぐことに気付いたが、そもそもなぜ妻が激高したのか、すぐには理解できなかった。つい先ほどまで『夫婦の連帯感』に浮かれていた洋平であるが、妻の豹変に出くわし一気に甘い幻想が吹っ飛んだ。それにしても、彼女の怒りは尋常ではなかった。何が原因なのか、何が妻の逆鱗に触れたのか、彼は考えあぐねた。

「ひと雨、来そうね」

しばらくの沈黙の後、佐和子は、空を見上げてぽつんとつぶやくと、洗濯物を取り込むため立って行った。するといると裏庭が急に暗くなった。

洋平は一人になって、妻の口からほとばしり出た言葉、『死んでも構わないの？』を頭の中で転がしているうち、その言葉がフィリップではなく、自分に突き付けられていることをやっと理解したのである。

彼は、家に帰る車の中で、フィリップの立場に身を置いて何度も繰り返し自問した。ボランティア救出のため、自分は果して命の危険を顧みないだろうかと……。答えは常に『イエス』であった。名誉や大義のためではなく、自らの手で『卑怯者』の烙印を自分に押すことはできなかったからだ。

佐和子は、そんな夫の心の動きを女性特有の直感で見抜き、意地のために命を危険に晒す愚かな行為を決して許さないと言っているのだ。

あれやこれやと思案するうちに、突如稲光と共に大粒の雨が、真っ黒い空から洋平目掛けて石つぶてのごとく激しく叩きつけた。

★　★　★

クーデター三日目。電話が不通で、他にやることのない洋平は町の状況視察に出た。市中に配置された兵士の数が減るにつれて、出歩く市民の姿が増えた。依然、中心部の官庁や商店は閉じたままだが、市民生活を考慮して民衆市場は開いている。

市場付近に差し掛かった時、ンダダイエ大統領支持の小さなデモに遭遇した。巻き添えを恐れて洋平は現場を離れたが、小規模とはいえ、戒厳令下でのデモは奇妙である。だが、その謎はその日の午後に解けた。『クーデター瓦解』の電撃ニュースが首都を駆け抜けたのである。

この第一報をもたらしたのは、『クーデター成功』の時と同じくオズワルドで、その情報源は午後四時のキルンディ語のラジオ放送であった。急転直下のあっけない幕切れに疑念を払拭できない洋平らは、まんじりともせず五時のフランス語のニュースを待った。

登場したのは、昨夜のテレビ放送でクーデター成功の宣言を行った国家救国評議会議長ングゼ、その人であった。

彼は、クーデター勃発と共に自宅に押し入って来た反乱軍に協力を強要されたことを告白した上で、今後は選挙で選ばれたフロデブ政権を支持すると表明。ングゼに続き、女性のアナウンサーの声で今回のクーデターを諸外国が強く非難していること、依然としてンダダイエ大統領の安否が知れないことなどを伝えた。

「何だかあっけなかったわね」

と言って、佐和子がラジオのスイッチを切った。

洋平らが歴史的事件に立ち会ったことは紛れもない事実であったが、クーデターが瓦解してみれば、『三日間の緊張状態』は実害のないサスペンスドラマのようなものである。その一方で、洋平の心に不吉なレントゲンの影のようなものが残った。仮にも不法に武力が行使されたのである。深夜の首都で機関銃が鳴り響き、市民を恐怖に陥れたというのに、何事もなかったようにすべてが振り出しに戻ることがあるのだろうか……。

ブルンジのニュースはンダダイエについて安否が知れないと言ったが、隣国のルワンダ放送は殺害を報じている。どっちが真実なのだろう。臨時政府がフツ族の暴動を恐れて、殺害の事実を隠蔽している可能性は十分にあった。

事態が一段落したお祝いに、オズワルドらにお菓子を振る舞い、庭でくつろいでいた時、電話が鳴った。電話のベルが屋敷に鳴り渡るのは三日振りのことで、心なしかいつもよりけたたましく響いた。

洋平が走り寄って受話器を取り上げると、ベルギー大使館の参事官を名乗る男が、癖のあるフランス語で早口にまくしたてた。何度も聞き返す洋平に、彼は改めて丁寧に話し始めた。それによって、連絡が途絶していた空白の三日間に日本政府とベルギーの外務機関の間で取り交わされた交信の全容が明らかになった。

在ブルンジ・ベルギー大使館は、クーデター勃発後、ベルギー本国と在ケニア・ベルギー大使館から、日本の外務省依頼のテレックスを計四本受信したという。そのすべてが、日本人ボランティア、取り分けドワイアンに閉じ込められた遠藤の安否に関する問い合わせであった。

電話が不通だったため、自らドワイアンホテルに出向いたという参事官に対し、洋平は『遠藤の救出』の顛末を手短に語った。

「トレビアン（大変結構ですね）、これから、テレックスに返電したいのですが、ブルンジ在住の日本人全員の無事を確認したと、打電して構いませんね？　ブルンジ国内にあなたがた以外の日本人がいないというのは確かですか？　一時滞在の旅行者もいませんか？」

老練な外交官は柔らかな物腰で正確な情報を求めてくる。

「私の知る限り、確かです」

と、洋平が自信を持って答えられたのは、昨日ノボテルに立ち寄り、日本人旅行者の有無を確認したからである。

ベルギー参事官との会話で、彼は自分が日本国を代表して話していることを強く意識した。普段日本大使館を煙たがる洋平だが、この時ばかりは『してやったり』の気分であった。なぜなら、自分の口から出た『確かです』の一言が、日本政府にとって値千金であることを理解していたからである。彼の情報をもとに、霞が関の役人は『日本人旅行者はいないと思われる』と報告書をしたためるだろう。

何十とあるアフリカ諸国の中で、日本国民が名前さえ知らない小国が、この数日間『囚われの日本人』のお陰でささやかな注目を浴びた。参事官の話から、事件発生と同時に、ナイロビの浅井と東京の事務局、日本の外務省とベルギー大使館のラインが一直線に繋がり、一斉に動き出した様子がまざまざと伝わって来た。

日本政府の動きは漠と予想していたが、それが現実のものとなると、国家権力の関与が洋平を不安にした。彼らは外交ルートを使って、ベルギーという国を動かすことができることを証明してみせた。今後の展開次第で、その『見えざる触手』を、洋平に伸ばしてくるだろう。その気になれば、いとも容易に一匹狼を気取る洋平を脇へ追いやることも、この方がより現実的だが、彼ら言いなりになる『手駒』に仕立てることも可能だ。

そして、洋平が独力で築いた『小さな王国』はハエのように押し潰され、彼が心血を注いだカメンゲ計画は一顧だにされることなく葬り去られることだろう。

ラジオに続き、夕方六時のテレビに、国家救国評議会議長ングゼと軍参謀長の二人がブラウン管に登場し、国家権力をクーデター以前の状態に回復したことを確認する声明を出した。

テレビに釘付けになっていた洋平の耳に、再び電話が鳴った。今度は、電話回線の向こうにナイロビ事務所長浅井の切迫した声があった。

「おお、やっと繋がったな。無事か?」

「無事だ。クーデターが失敗に終わったニュースをちょうど見ているところだ」

「失敗だって? おい、それは一体、何の話だ?」

「今、テレビでその話をやっている」

「テレビだって?……何だかのんびりしてるな。そうか、終わったのか。それにしても、随分と唐突だな」

と、浅井が拍子抜けする。

「その調子だと、ドワイアンに監禁された遠藤も無事か?」

「ええ?!」

と、今度は洋平が驚く番である。

「そっちに伝わっていなかったのか?……。こっちは、昨日フランス大使館の無線機を使ってナイロビに伝言を頼んだから、知っているものと思っていた」

「フランス大使館? 何の話か分からん。それで、遠藤は解放されたんだな?」

「ああ、ちょっと待ってくれ」

洋平はクーデターの経緯を時系列で記録したノートを手元に引き寄せ、隣の大佐による遠藤救出のいきさつを詳しく話して聞かせた。

浅井は『そうか、それで?……』と相槌を打ちながらメモを取っている。それと同時に、受話器の傍にいる者にそのメモ用紙を手渡し、遠藤解放の第一報を事務局に入れるよう指示していた。

「傍に誰かいるのかい?」

話が一段落したところで、洋平が尋ねた。

「ああ、そうなんだ。やっと東京から応援が一人駆け付けてくれてね、一息ついたところだ。俺一人じゃ、夜もおちおち寝ていられやしない。いつ電話が繋がるかと、この三日間、ずっと寝ずの番よ」

そう言うと、浅井がわざとらしい溜め息をついた。

「その様子だと、かえって渦中の立山の方がのんびりできたんじゃないか?……。うちの事務所は、天地がひっくり返ったような有様だ。情報は入らないし、日常業務に手が付かんわ、経理の締め切りは近づくわで、てんやわんやしている時に限って、うちの坊主が熱を出してくれる……。昨日は、電話口で遠藤の親が俺に噛みついてきたよ。その上、局長がこっちの事情などお構いなしに怒鳴り散らすだろう？　ちょっとは俺の身にもなってくれと、泣き言の一つも言いたくなる」

「そうか、それは気の毒なことをしたな。それで、局長の今後の見通しは、どうなんだ？　何か言っていなかったか？」

浅井の愚痴にうんざりし、洋平が事務的に尋ねた。

「そのことだが、日本の現状認識は現場サイドが思っているほど甘くないぞ。外務省はブルンジへの渡航自粛勧告を今日出したが、今後の展開次第では、国外退去もありうると局長は言っている」

「退去だって?!」

洋平は声に出して大袈裟に叫んでみせたが、言葉とは裏腹に、内心、早晩こうなるに違いないと腹をくくっていたのも事実だ。

浅井は話のはトーンを落としたが、『国外退去』の言葉が局長の口から出た以上、事態は今後、水が高きから低きへ流れるように確実に進行するだろう。鼻持ちならぬワンマン局長ではあるが、自分の言葉に責任を持つ人である。

混乱が早期に収拾しなければ、国外退去は避けられないという認識は当初からあった。事件発生当時は、家族とボランティアを引き連れて、国外へ脱出することも検討していたし、陸路による国境越えを想定し、ガソリンの備蓄をしていた洋平であるから、その心構えはすでにできていたと言える。

その間も、小サロンのブラウン管に、政界や経済界などの代表が次々と登場し、フロデブ政権を支持する旨の声明を読み上げていたが、最後に赤と金色の法衣をまとったカソリック教会の大司教が現れ、部族間の融和を重々しい口調で説いた。それを見て、洋平は、この現代においてさえ、ブルンジ国民を統合できる唯一健全な勢力は、国土の隅々にまで壮麗な教会堂を建立して、人々を日曜ミサに集める宗教をおいて他にないと思った。

その夜、ベッドの中で聞いたＢＢＣニュースは、洋平らの楽観的気分に冷水を浴びせるものだった。それによると、ンダダイエ大統領はすでに殺害され、怒り狂ったフツ住民が各地で復讐を始めたのに対し、ツチ族中心の軍部がフツ族の村人に報復を加えているという。

こうして、民族浄化と報復の連鎖が起こるたび、人々が難民となり、国境を越えて流出する。実際、ブルンジの閉ざされた内陸で何が起きているのか、その惨事を外部に伝えたのも、隣国ルワンダに逃げた難民たちであった。

「ンダダイエが殺されたって、ほんとかしら?」

と、佐和子は半信半疑である。むしろ信じたくない気持ちの方が強かった。

つい先日まで彼の精悍な顔がテレビ画面にあった。当初から軍部による新政権転覆の噂が付いて回り、大統領職は命懸けであった。彼は危険を承知で大統領職を引き受け、そして半ば筋書き通りに殺害されたと言える。彼はガーナのエンクルマ大統領のように、類い稀な指導者としてアフリカの近代史に名を残すこともできたが、神はその道を示さず、ンダダイエに対し、コンゴのルムンバ首相と同じ殉教者の道を歩むことを命じたのであった。

★　★　★

クーデター四日目の朝。市内視察に出掛けた洋平は、ブルンジ大学地区でンダダイエ殺害に抗議する五百人規模の学生デモに遭遇した。当然、フツ系である。三か月前、ンダタイエ首班のフツ政権に不安を抱くツチ系の学生デモが起きたが、その時のデモ隊は整然と隊列を組み、そして卒業試験をボイコットした。ところが、今回の学生デモは明らかに無秩序で大声で騒ぐ者までいる。

「カメンゲが変です」

洋平とは別行動で、徒歩で貧民地区の探索を命じられたオズワルドが、口から泡を飛ばして洋平に注進した。

「皆、市場に向かって歩いているんです。買い物カゴを持たないで、ただ黙りこくって……。あんな顔を見たことがありません」

オズワルドはすっかり怯えている。彼の目撃情報から推察すると、カメンゲで下層民のデモが自然発生しているらしい。危険を察した洋平は、やはり偵察に出したプラザの報告を待たず、即座に行動を起こした。緊急時、ボランティアの事務所への一時避難を決めていた彼は、井上に電話を入れた上で、彼らをピックアップするためジープを出した。案の定、アパートに遠藤の姿はなかった。

「遠藤は、エレーヌのところか？」

「知っていたんですか？」

洋平に先回りされて、井上はほっとした表情を見せた。井上と早川の二人は荷物と共にジープの後部座席に乗り込むと、寄り添ってひそひそと小声で話し始めた。結局、今度の騒ぎが引き金になって、若いカップルが二組誕生したらしい。

　生け垣を巡らした西洋風の小粋な家がエレーヌの借家であった。手入れのよく行き届いた前庭の涼しげな木陰にハンモックが架かっていた。洋平は一人玄関口にたどり着くと、コツコツと戸を叩いた。すぐに遠藤が顔を出した。

　サロンに通されて、洋平はどこかフィリップの家の装飾と似ているのに気付いた。民族的な家具や装飾品に加えて、書棚にペーパーバックの廉価な単行本が多数並んでいた。

　洋平の訪問を予想していたのか、若い二人は屈託がなく、同棲を始めて二日しか経っていないのに新婚家庭の生活感が漂っている。台所で立ち働いていたらしく、エレーヌはエプロン姿であった。

「いい趣味だね」

と、身の置き所に窮した洋平が周りを見回し、照れ隠しに言った。

　エレーヌはちょっとはにかんでから、「どうぞ、お掛けになって」と洋平にソファを勧めた。彼女は礼儀作法を心得た普通のフランス女性に収まっている。その表情からは一昨日の悲愴感が姿を消し、むしろ家庭的で清楚な香りさえする。

「もうすぐ任期終了だってね」

　二人と向かい合って座ると、洋平は努めて親しげに話し掛けた。

「あと一か月です。あの、コーヒーでもいかがです？」

と言って、彼女が立ちかけた。

「いいえ、すぐ帰りますから」

洋平は手の中で鍵の束をいじりながら、話を切り出すタイミングを窺っていた。それに気付いて、エレーヌの目元が急にきつくなり、警戒心を露わにした。

「実は、遠藤を返してもらいに来たんです」

と切り出し、洋平は市中で起こっている不穏な動きについて話して聞かせた。

「でも、どうして、私の家よりあなたの家の方が安全だと言えるの？」

予想通りエレーヌは食い下がってきた。

「後は君の出番だ、遠藤。君が説得するんだ。私は車で待っている……」

と、日本語で声を掛け、洋平は立ち上がった。

「お帰りになるの？」

と、エレーヌは洋平が一人で帰るものと勘違いして笑みを浮かべた。洋平はそれに騙された振りをして外に出た。

庭の木陰に吊るされたハンモックの脇を通り抜ける時、洋平はふと立ち止まった。単行本を手に、時折梢の間からアフリカの空を見上げながら、ハンモックに寝そべる文学少女の姿を思い浮かべ、もう二度とエレーヌと会うことはあるまいと思った。

洋平の予想に反し、わずか十分ほどで、遠藤が一人戸口に姿を見せると、バッグを手に真っ直ぐジープに向かって歩いてきた。

「自分たちの頭領を殺されたのですから、そりゃもう、怒り心頭ってやつです……」

興奮でフグのように膨れ上がった大きな目をぎょろつかせて、先ほどからプラザが早口でまくしたてている。

「それでは、何のことかよく分からん。もう少し具体的に話をしてくれ」

洋平は書きかけの書類を脇へ押しやり、耳を傾ける姿勢を取った。プラザが顔を出すまで、彼は事件の経緯を報告書にまとめていた。

「旦那はいつもそうおっしゃいますが、具体的って、どう話したらいいんです？　彼らは、ンダダイエの葬式をしているみたいに、黙々と歩いてるんですよ。爆発寸前の顔をして……。私は背中がぞくぞくとしてきました」

盗難事件以来鳴りを潜めていたプラザの饒舌が久々に復活した。先ほどから彼は、ンダダイエを頭領と呼んでいるが、大統領より風格があって、その方が滑らかにすっと喉元を通る呼び名だと洋平は思った。取り分け、殉教者となった今となっては『フツ族の頭領の死』の方が一層似つかわしい。

話をしながらプラザは乾いた唇をなめ回し、大サロンにいる佐和子に聞こえよがしに声を張り上げて喋っている。彼は昼食前なのだ。偵察のため町中を流しながら、どこかで時間潰しをして、昼食時間に合わせて事務所に顔を出したのだろう。

タクシーの営業停止令が続いているため、洋平は個人ナンバーの車をプラザの知人からレンタルし、彼を市中のパトロールに当たらせている。しかしプラザは、事務所を一旦出るとなかなか戻らない上、以前にもあったことだが、ガソリンの補給が頻繁だ。彼がサイドビジネスで白タクをやって小銭を稼いでいたとしても、洋平は驚かない。

しかし、どんなに胡散臭いところがあったとしても、洋平が近づけない地域を含め、町中を隈なく回って集めて来る情報は一級品だ。今回、彼がもたらした情報によると、午後一時に抗議集会が行われるとの噂が広まり、気の早い連中が午前中からカメンゲのサッカー場に続々と集結しているというもの。何者かによって組織されたものか、自然発生的なものかは、不明だが、たとえ首謀者がいても名乗り出ることはあるまい。

「ボドワンが戻って来てるらしいです」

と、思わせぶりにプラザが言った。カメンゲ集会の陰に彼がいると言いたげである。

「えっ、ほんとか？」

と驚くと同時に、『なぜそれを先に言わない』と洋平が心の中で歯軋りする。それがパトロンの心をもてあそぶプラザの常套手段だと分かっていても、彼の罠にはまってしまうのだ。

ケニアに潜伏していたボドワンが、今を好機と捉えて帰国することはいかにもありそうな話だが、さりとて洋平のところに挨拶に寄ることはなさそうだ。こんな時期に顔を出されて困るのは、洋平の方ではあるが……。

「デモの狙いは何だろう？　クーデターが失敗し、敵は負けを認めたんだ。混乱はフツの望むところじゃないだろう。騒ぎを起こせば、軍に介入の口実を与える」

と言って、洋平が頭をひねる。

「旦那は『狙い』とか『口実』とか言いますが、誰もそんなややこしいこと考えていませんぜ。彼らの頭の中にあるのは『復讐』だけです。そうでしょう。自分たちの頭領が殺されたのですから」

「しかし、誰に復讐するというんだ？」

「頭が空っぽなんです。考えなんてあるものですか。やつらは、自分の前に立ち塞がるものや、気に入らないものを何でもぶっ壊すだけでさ」

理性をなくした群衆ほど怖いものはない。獣の群れと化した暴徒は、怒濤のごとく高級住宅地に押し寄せ、バケツ一つを手に入れるために人の命を奪うこともある。その時、洋平はどうすれば家族を守れるのか……。身の毛のよだつ展開だ。昨夜も内陸で虐殺が進行しているとBBC放送が報じたが、これを噂や憶測と片付けることはできない。虐殺はかつて起こったたし、今なお世界各地で起こっていることは、厳然たる事実なのだから……。

プラザから情報を搾れるだけ搾り取ると、洋平は台所に行き、佐和子に言って昼食を運ばせた。大方の店やレストランが閉まっている今、プラザが食事にありつくのは容易ではないはずだ。

これもまた彼のスクープと言ってよいが、軍隊の襲撃を恐れて、フツ族住民がブジュンブラ周辺の道路に木を切り倒して、車両の移動を妨害しているらしい。現に首都への物流が止まり、民衆市場の食料が枯渇し始めていた。


電話が鳴り、受話器の向こうに東京事務局の担当者が現れた。洋平の気付かぬ間に、日本との回線が回復したのだ。担当者はちょっと前置きをすると、受話器を遠藤の父親と名乗る男に渡した。

この時まで、中継地のケニア事務所の浅井が『ドワイアン軟禁事件』の事実上の窓口とみなされ、息子の身を案じる遠藤の父親から再三にわたって電話攻勢を受けていると聞かされていたから、どんな人物かと洋平も最初及び腰であったが、予想に反し、彼は終始低姿勢であった。

「軍の上層部にコネがあったお陰で、息子が救出されたとうかがっています……。お知り合いの大佐という方にもお礼を申し上げたいのですが……」

『軍の上層部にコネだって！』と思ったが、洋平はあえて否定しなかった。浅井か東京事務局のどちらかが、現地の対応を色好く見せるため、脚色を施して父親に吹き込んだに違いない。父親のへりくだった態度は、万一いまだ遠藤が囚われの身だとしたら、賛辞に代わる非難のつぶてが洋平に向かって飛んでくることを想像させた。

洋平は、遠藤に彼の父親をバトンタッチすると、妻のいる隣の小サロンに下がった。ドアは閉まっていたが、ドア越しに二人の会話が漏れ聞こえてくる。

「お父さん、そんな、今、帰るなんて！　ここで活動をしているのは、日本人だけじゃない。女の子だっている……。そんな卑怯なこと……」

今すぐにも帰国しろと説得する父親に対し、遠藤が精一杯の抵抗を試みているようだ。特に今の彼には、たとえ命と引き換えでも、エレーヌの前で卑劣な真似を演じることは論外であっただろう。

夕方、洋平は再びプラザをカメンゲの偵察に出した。カメンゲはロエロからかなり遠く、デモ騒ぎもここまでは届かない。プラザは、商店の打ち壊しの噂を幾つか小耳に挟んで戻ってきた。首都ブジュンブラは、危機が最高潮に達したこの日を何とか無事にやり過ごした。だが、ブルンジ内陸部では、丘の上に教会堂を戴く鄙びた村々では、ユーカリの森やサバンナの草原では、一体何が起きているだろう？

外国の短波放送は何万もの住民が国境を越え、ルワンダやザイールへ脱出していると騒ぎ立てる。口に出すのもおぞましいが、誰もが二十年前の悪夢の再来を懸念していた。

★　　★　　★

クーデターから五日目の朝。ナイロビの浅井を通して、事務局長の決定が伝えられた。空港が再開したら、希望者を一時国外へ退去させる。もしそれがフランスの救援機ならば、全員直ちに脱出せよとの指令であった。一時避難という名目であっても、一旦ブルンジを出れば二度と戻れないものと、洋平は覚悟を決めた。

国外退去となると、若いボランティアの頭を切り替え、『出国』という新たな局面へと気持ちを誘導する仕事が待っていた。洋平は井上ら三人を小サロンに集め、事務局の方針を説明し、時が来るまで事務所に籠城すると宣言した。小サロンは重苦しい空気に包まれたが、特に目立った反発はなかった。

洋平の説明の後、佐和子が中心となって、籠城の長期化に備え、共同生活の簡単なルールと仕事の分担が話し合われた。気楽な話題で気が紛れたのだろう、三人の口が幾分軽くなった。

その日の内に国際電話が再び切れ、通話は市内に限られた。繋がったり切れたりと目まぐるしいが、首都と地方を結ぶ肝心の市外電話は途絶したままで、内陸の情報が入らない状況は以前と変わりない。

午後遅くフィリップから電話が入り、小型機をチャーターして、内陸に取り残されたボランティアなど外国人を救出する作戦が、各国大使館とブルンジ軍との間で話し合われていると教えてくれた。

「じゃあ、君の救出作戦は中止だな」

ほっとする洋平。彼は友人の身を案じる一方で、フィリップ一人がヒーローになるのを見たくなかったのである。

更に彼が、アメリカは国外退去を検討しているが、フランスには当面その意思がないと教えてくれたのに対し、洋平が、日本政府が国外退去を指示してきたと情報のお返しをした。

また彼によると、南部方面の一部のボランティアと連絡が取れたという。この地域で活動しているイタリアの組織が無線機を持っていて、五人の無事を知らせてきた。全員、教会堂に集結して、イタリア人と共同生活をしているらしい。

「問題は北だが……」

と、フィリップが電話の中でぼやいた。

「大使館は、ラジオを使って呼び掛ける案を検討している」

「そうか。しかしラジオじゃ、返事がないな」

「そうなんだ。せめて君が起こしてくれた時、電話をしていたらと、今は悔やんでるよ。あの時、うっかり『爆竹』と口を滑らしたことで、カトリーヌに責められ通しだ。それにしても、女はしつっこい」

電話の向こう側で、妻にやり込められるフィリップの姿が目に浮かび、洋平は笑いを堪えた。窮地に立たされた時でさえ、フィリップという男からは滑稽味が滲み出てくるから不思議だ。

洋平はよく彼と連絡を取り合ったが、電話口でフィリップが頻りとぼやくことに気付いた。本来の彼は、何でも冗談のタネにして笑い飛ばす磊落な男である。それが、事件以降、同じ立場の洋平に弱みを曝け出すようになった。それでも、今日のぼやきはいつもと比べれば余裕がある。

「君が分けてくれた米を毎日食っているせいで、俺もカトリーヌもアジア人の体質になったのか、お陰で夫婦喧嘩が減った。肉食人種は血の気が多いと言うからな。でも、やっぱりあの焼き立てのバゲットが恋しいよ……」

電話の後、洋平は佐和子がフィリップの単独行の救出作戦を心配していたことを思い出し、声のする裏庭へと向かった。夕暮れ迫る中、新芽の吹いた柔らかい芝の上で、佐和子と娘たちがバドミントンに興じていた。

洋平は家族のひと時の息抜きと気晴らしの邪魔をしないよう、籠城組の三人の若者とネットの脇の椅子に腰を下ろした。ネットの反対側では、オズワルドとジュベナールが兄弟のように仲良く肩を並べて観戦している。

羽根が飛び交い、娘たちの甲高い叫び声がすみれ色に暮れなずむ夕空に響き渡るのを聞くのは久し振りのこと。背高のっぽのパパイヤが空の高みから屋敷の住人たちの奇妙なゲームを見下ろしている。この数日間、張り詰めていた心の隙間を埋めるかのように、『緑の館』にまがい物の平和と束の間の平穏が訪れた。

その夜、全員が見守るテレビの画面に、北部の町キルンドの衝撃映像が流された。小型ビデオカメラが移動しながら、おぞましい住民の惨殺死体を無言で映し出していく。それを見て、佐和子は子供たちを寝室へ追い払った。テレビの前には井上ら大人ばかり五人が残った。

「ここは町の診療所です。見てください。外にも中にも……あそこにもここにも死体の山が……」

そのあまりのむごたらしさに女性レポーターの声が凍り付き、言葉を失う。軍事クーデターは瓦解したが、本当の惨劇は始まったばかりである。結局、陰惨な結果をもたらすことなく、事件が終息することなどありえなかったのだ。

診療所の内部に散乱する死体は、剥き出しのレンガの壁に半ばもたれかかるように折り重なり、手足が捻じ曲がり、木炭の麻袋のように無造作に打ち捨てられている。目を覆いたくなるような惨劇は、つい数日前まで鍬を振るって畑を耕し、普通に生活していた人々が、突如『狂気の嵐』に襲われ、次々となぎ倒されたことを物語っている。

診療所を出た死体の列は、中庭から道路へと累々と続く。この悲劇を前に言葉は一切不要で、不謹慎でさえある。カメラは、路傍に点々と転がる、すでに腐乱し始めたであろう男女、子供の死体を無言で追い続ける。二十分ほどの凄惨極まりない映像の終わりに、声の主がカメラの前に姿を見せた。危険な内陸部に深く潜入し、歴史的レポートを行ったのは、年の頃三十歳前後の若い黒人女性であった。

彼女は時折メモに目を落として、大惨事の原因に言及した。雨季が一か月以上遅れ、水と食糧不足が深刻化していたことに加えて、汚染水が原因で赤痢が蔓延し、社会不安が度重なったところに、今度の事件である。虐殺は起こるべきにして起きた。我々は現在ブルンジ全土で進行中の深刻な事態の一端を垣間見ているに過ぎず、これを放置すれば、更に第二、第三のキルンドが起こるだろうし、あるいはすでに起こっていると、悲痛な面持ちで彼女は警告を発した。そして最後に、勇気ある女性は呼吸を整えて、

「お伝えしたのは……です」

と、手順通りにレポートを締めくくった。

「この暑さだと、すぐに腐るわね」

と、早川の感想は案外と冷静である。

「村人全員が殺されたんなら、死体を片付ける人もいないだろうね」と井上が応じた。

井上と早川の短い会話が途切れ、テレビは静止画面に切り替わり、クラシック音楽を流している。井上がテーブルの上のボランティア協会発行の機関紙を手に取り、パラパラとページをめくった。それを横からのぞき込んでいた早川が、写真の人物を指さし「……さんだ」と言うと、「ほんとだ」と井上。どうやらアフリカの他の途上国に派遣された彼らの同期生を協会機関紙に見つけたらしい。

それまで井上と早川から距離をとり、ニュースが終了した後も、終始無言で腕組みをしていた遠藤が、洋平の顔を見てぽつんと言った。

「帰国ですか、やっぱり？」

「ううん、そうだな。こんな状況ではね……」

と、洋平が言葉を濁した。

夫の返事を聞いた後、佐和子が立ち上がってテレビを消し、「子供たちの様子を見てくる」と言って、部屋を出て行った。彼女が占めていたソファが空っぽになった途端、小サロンが急に精気を失って、抜け殻のように見えた。

事務所を開設して九か月になる。テレビ台の横に、日本から携えてきた一対の山形のコケシが並び、その背後の壁に、日本庭園の四季を写したカレンダーが掛かっている。十月は見事な紅葉の写真で彩られているが、冬景色を写した残りのページはめくられることなく終わるだろう。

「カメンゲ計画もこれで終わり……。何もかも元の木阿弥か、ああ……」

遠藤が頭の後ろで両手を組み直し、天井を仰いで声を虚ろに響かせ、大きく溜め息をついた。

「まだ、ダメと決まったわけじゃない」

と井上が注意した。

「一時退避しても、政情が落ち着けばまた戻ってくるって、所長も言っているだろう」

「終わりさ」と、遠藤が吐き捨てるように言う。

「何で、そんなに先回りしたがるんだ？」

「テレビ、見ただろう？　現実を見ろよ。分かり切ってるじゃないか」

「遠藤、お前、最近おかしいぞ。俺たちと口も利かないじゃないか。ふて腐れて何になる？」

「ボランティアは本人のやる気だって、所長はいつも言っていますよね。でも、俺、まだ何もしてないです」と、洋平に訴えた後、返す勢いで、遠藤が井上に向き直った。

「カメンゲ計画がこれからという時に投げ出して悔しくないの？……。フランスは続けるって言っているよ」

「残念なのは俺も同じさ。だけど、こんな時に他所の国を引き合いに出すことはないだろう。そんなの、馬鹿げてるぞ！」

珍しく井上が熱くなる。

「井上さんの言う通りよ。私たちは私たち、何もフランスをお手本にすることはないわよ」

早川は、遠藤がボランティアに固執する本当の理由が、活動ではなく『フランス娘』だと、言外に彼女は言いたいのだ。遠藤の苦悩はとても深い。恋愛に加えて、一人残ってでも活動を続けたいと思う彼の気持ちは本物である。実際、熱心にセレスタンの指導に当たっていることも、それが成果を上げていることも事実だった。

夜の十時半過ぎ、小サロンの窓ガラスが、ほとんど聞き取れないほどかすかにノックされた。オズワルドである。事件以降、キルンディ語のラジオニュースを聞いた彼から、朝と晩の二回報告を受けているが、夜はその日の総仕上げである。

オズワルドとプラザがもたらす情報のお陰で、クーデター崩壊後の政局が次第に見えてきた。政変劇で五名の閣僚が殺害され、二名がルワンダに逃亡し、残る十七名が職務に復帰。政府は治安維持のために外国軍の介入を求める一方で、数日中に空港を再開すると宣言した。

「出国となれば、忙しくなる」

洋平がオズワルドに分からない日本語でつぶやいた。

「あなた、本当は残りたいんでしょう？」

佐和子がズバリと核心を突いてきた。彼女は夫の迷える心の内をずっと見てきたのだ。

「遠藤も言っていたが、今、撤退と言われても、複雑な気持ちだよ。一旦出たら、そう簡単には戻れないだろうからね」

「それで、彼はどうなるの？　私たちが国外退去した後……」

と言って、佐和子は、甘い紅茶を飲みながらドーナッツを頬張っているオズワルドを横目で見た。

「その時は、我々が戻るまで、屋敷の管理をマリー夫人に頼んで行くつもりだ」

「そうじゃなくって……彼よ。大丈夫かしら、このままで？」

佐和子はオズワルドの身を案じているのであった。

「それは、僕たちが心配してもどうにもならないよ」

自分が話題になっているとはつゆ知らず、オズワルドが思い詰めたように言った。

「旦那様、私を村に帰らせてください」

「どうしたと言うの？　オズワルド……。やっぱり家族が心配なのね。当然よね」と、佐和子。

彼はキルンドの虐殺事件をラジオで聞いて知っていたし、他にも洋平たちの知らない残虐な事件が耳に入っているに違いない。

「でも、今、帰るのは危険すぎるわ」

と言って、佐和子が困惑顔で夫を振り返った。

「バスもないのにどうするんだ？」と、洋平。

「そうよ。それに今、オズワルドに行かれては、私たちが困る。お願いだからもう少し残ってちょうだい」

結局、佐和子の懇願でオズワルドは屋敷に留まる決心を固めてくれた。彼を頼りに思う洋平らの気持ちは本物だったが、その一方で、二人の主人はオズワルドの知らないところで、国外退去の準備を進めていた。

★　★　★

クーデター六日目。小サロンで朝食をとったプラザが、ニュース報道に巷の噂を付け加えた。

「ニバンツンガャの奥さんは、あの晩、殺されましたよ」

ンダダイエに次ぐフロデブ党の実力者ニバンツンガャ外相は、ンダダイエが旧王宮で撲殺されたと同じ時刻に、反乱兵に寝込みを襲われた。彼はザムー（庭仕事をする使用人）に変装し、命からがらフランス大使館に逃げ込んだが、代わりに愛妻と子供を見殺しにする羽目になったと、事件をその目で見たかのようにプラザがまことしやかに語った。

洋平は、プラザの運転する車で三人のボランティアを一旦帰宅させた。緊急脱出に備えて荷物を事務所に保管するためである。

電話が鳴り、フランスのボランティアの一人がフィリップの伝言を知らせてきた。それによると、チャーター機による救出作戦が今朝方開始され、彼は作戦本部の置かれたアメリカ大使館の一室に詰めていて、しばらく家に戻れないという。

洋平の周辺が急に慌ただしくなり、事態が連鎖的に動き始めた。一つ一つの動きは一見無関係に見えるが、その背後で『見えざる手』が全体の動きを操っていて、洋平からカメンゲ計画を力ずくで奪い取り、国外退去へと追い立てる。

洋平は一日一回の定期巡回に出た。依然として不気味な静寂が町を支配している。スピードを落として人気のない通りを窺っていると、物陰から銃弾が飛んで来そうである。

アメリカ大使館の近くを通った時、時ならぬ人だかりが目に飛び込んできた。群衆は大使館の敷地内に入りきれず、道路にまではみ出している。チャーター機による救出の噂が市中に広まり、内陸に取り残された家族や知人の救出を求めて、外国人が押し掛けて来たに違いない。

彼らの頭上では、曇り空に溶け込むように星条旗が力なく垂れ下がっている。大使館はテロ攻撃に備えて、アメリカ政府が自ら設計した要塞のように堅牢な建物である。その一室にフィリップがいる。クーデターがもし一年遅れて発生したのなら、洋平もまた彼の傍らでまんじりともせず時を過ごしているに違いない。あるいは、これも大いにありそうなことだが、入館さえ許されず、その他大勢の人々に交じって星条旗を見上げ、溜め息をついているのかもしれない。

次に、町の中心部を流した。ブルンジ航空の前を通り掛かると、この数日間、閉じていた事務所のカーテンの隙間から照明が見えた。もしやと思って車を止め、ドアを開けて店内に入ると、いつもと変わらぬ営業風景で、客が二人いた。昨日営業を再開したというから、洋平が気付いたのは幸運としか言いようがない。

受付嬢によると、今朝方空港が開き、ブルンジ航空の十九人乗りの一番機がナイロビに向けて飛び立ったという。洋平はうかつだった自分を責めた。局長の指示は『一番機に乗せろ』である。

次に、明朝ベルギーのサベナ航空の大型ジェット機が飛来することが分かったが、二百人乗りのすべての席はノボテルに足止めされた外国人旅行者に割り当てられ、空席がない。

しかし、ブルンジのような途上国だと、交渉次第で無理が通るという話はよくあることだ。賄賂がモノを言うのであれば、プラザに交渉させるまでと、受付嬢に執拗にねじ込んだが、無駄であった。横柄な日本人に迷惑顔をしていた彼女が、コンピューター画面をのぞき込んで言った。

「もし明後日でよければ、ブルンジ航空のナイロビ行きに余裕がありますよ」

それを聞いて、洋平は即座に七名分の予約を入れた。彼女がコンピューターの端末キーを叩くと、信じられないほどあっさりと手続きが完了したため、かえって不安に駆られた。ブルンジという国に対する日頃の不信感が、洋平の中で頭をもたげて来たのである。

「後になって、取り消しはないでしょうね？」

出発まで二日ある。その間に、政府高官など顔の利く人物が現れれば、万事休すである。出発間際に『コンピューター上のミスで……』の一言で片付けられる。

「そんなことはありません。私たちは、どなたにも公平です」と、受付嬢が憤然として答えた。

「しかし、今は非常時ですよ」

「非常時でも同じです」

と、彼女は語気を強め、無礼千万のアジア人を睨み付けた。

「ただし、明日の正午までに支払いを済ませてください」

「ドルでいいんですね？」

「もちろんです。正午までですよ。お忘れなく」

洋平はこうした時に備え、常に二万ドルの現金を自宅に保管していた。緊急事態が発生すれば銀行は閉鎖され、現金が下せなくなるのは必定だ。そんな時、手持ちのドル現金がモノを言うのである。

先ほどから、洋平の隣の席で揉め事が発生していた。盛んに受付嬢に食って掛かっているのは、洋平と同じアジア人の顔を持つ男だ。韓国人らしい。対応に窮した若い女性は、奥にいる上司に相談するため頻繁に席を立つ。日本の役場でも時々見掛ける光景だ。洋平は、男の口から頻りと『ギテガ』の地名が出てくることに興味をそそられた。

のれんに腕押しに業を煮やした男は、半ば椅子から腰を浮かし、奥のデスクに控えている年配の上司に向かって声を荒らげた。

「仲間が十七人いるんです。なぜ白人が先で、韓国人はだめなんですか？　説明してくださいよ！」

「お客さん」

と、上司の男が自分の席からやり返す。

「何度も説明しているように、飛行機をチャーターしたのはアメリカ大使館で、救出については我々の預かり知らぬところです」

「私は何も一番機に乗せろと言っているんじゃない。二番でも三番でも、最後だって構いません。お金だって、他の人の三倍払うと言っているんです。なんなら、今この場で、現金を……」

と言って、男は手にした黒革のカバンを開けに掛かった。

「どうかお引き取りください」

と、受付嬢が丁重に男の動きを制した。

「分かりました」

男は一旦引き下がったが、余程悔しいのか、口を真一文字に結び、燃える目で辺りを見回した。洋平と目が合った時、その目はアジアの同胞に自分の苦しい立場を訴えていたが、洋平は目を逸らした。

韓国人の男は同僚の救出をアメリカ大使館に掛け合いに行ったが相手にされず、ブルンジ航空へ回って来た口だろう。こうした場合、私企業のアジア人に、フィリップに与えられる特別待遇は望むべくもない。洋平は孤立無援の戦いを強いられている彼に同情を禁じ得なかったが、手を差し伸べる術がない以上、黙ってそこを離れるしかなかった。


洋平が事務所に戻ると、アデルが待っていた。彼と会うのは事件以来であったが、洋平には随分と久し振りに思われた。この政変劇で一週間を何倍にも長く感じたせいだろう。もの静かに微笑を浮かべるアデルの慎み深さが、以前にも増して一段と際立って見えた。

「しばらくブルンジを出ることになった」

洋平はアデルの前に座ると真っ直ぐ切り出した。彼のような男に対して表裏のある態度は許されない。アデルは驚いた風もなく、ただうなずいた。

「万が一戻れない時は、ここにある機材すべてを君の学校に寄付する」

と言って、洋平は事務室を見回し、アデルが欲しがっていたコピー機のところで視線を止め、それから彼を見た。

「しかし、君は近いうちに識字教育を辞めてしまうんだ……」

「いえ、残ることになりました」と、洋平の言葉を遮って、アデルがにっこり笑った。

「今日、そのことを伝えに来ました。実は、先日お話した医院を継ぐ話が、今度の騒ぎで壊れてしまいました。……」

「そうなの……。君にはいいチャンスだと思ったのに」

洋平は心から残念に思った。

「これで良かったんです。実は、院長の方から話を引っ込めて来ました。私たちの結婚話が医院の跡継ぎ問題と抱き合わせになっていましたから、元々無理がありました」

「じゃあ、結婚の方もダメになったの？」

「彼女とは学生時代からの付き合いですから、親の一存で簡単に破綻したりはしません」

と語るアデルの決意表明からは、その力強さとは裏腹に前途多難の未来が垣間見える。

「そうか、君の苦しい立場と比べたら、私たちの方がまだましかな」

と言って、洋平が苦笑した。

「長くならないといいですね。長引くと、せっかく作った班組織が解体します。できたら、その前に戻って来てください」

聡明なアデルは事態を楽観視していない。その一方で少しも戦意を挫かれてもいない。彼は逆境に強い筋金入りの戦士なのだ。

しばらく話して、彼は帰って行った。いつものように多くを語らなかったが、今まで通り洋平と働けることを、彼は一途に喜んでいた。そのことを一刻も早く洋平に伝えたくて、カメンゲから歩いて一時間の道のりを会いに来てくれたのだ。

夕方のラジオ放送を聞いたオズワルドが深刻な顔付きでやって来て、

「カヤンザの町が燃えている」

と、衝撃的なニュースをもたらした。

カヤンザはブルンジ北部の州で、つい先頃オズワルドが姉の葬儀を済ませて来たばかり。そのせいで洋平は町の名を覚えていた。どうやら平穏な南部と違い、カヤンザやキルンドなど北部の州は修羅場と化している感があった。

電話が鳴った。まる一日、国際電話が途絶していた後のナイロビからの緊急連絡であった。

「出国と決まった」

浅井の声は、局長の決定を伝える役回りを楽しんでいるかのように、洋平の耳に意地悪く響いた。

彼によると、二時間ほど前、ブリュッセル（ベルギーの首都）の日本大使館からナイロビに電話が入り、明朝ブジュンブラに着くサベナ（ベルギー航空）に七人分の座席をとったという。日本大使館がサベナの本社に裏から手を回し、強引にチケットを確保したらしい。興奮のため浅井の声は上ずっていた。

「何しろ、昨日からそっちと電話が繋がらず、やきもきしていた。これを伝えられなければ、すべてが水の泡だからな……。こっちは、ずっとダイヤルの回しっぱなしで、指の先が痛くなったよ。まあ、そんなことはどうでもいいか……。とにかく、間に合ってよかった。出発は、そっちの時間で明朝九時。あまり余裕はないぞ！」

「分かったが、どうやってチケットを手に入れる。口約束だけでは難しいぞ。ホテルで足止めを食っている旅行客が空港へ押し掛けるからな」

「そのことだが、たまたま休暇中のサベナのブジュンブラ支店長が、七人分のチケットを持ってそっちへ戻る手はずになっている。チケットは空港内で彼から直接受け取れるはずだ」

「名前は何て言う？」

「名前まで聞いていないが、支店長といえば一人しかいないだろう。そっちで調べてくれ」

その後、家の中は蜂の巣を突ついたような騒ぎとなった。残された時間はわずか数時間。全員をサロンに集め、明朝の起床は五時、事務所出発は六時半、サベナ搭乗は八時と告げた。このことで、彼らの荷物を二日前に事務所に移しておいた洋平の判断の正しさが証明された。

家族の荷造りを佐和子に任せ、洋平は正式な挨拶無しで出国する非礼を詫びる電話を各関係者に掛けた。大家のマリー夫人、外務省や市役所の役人や他のボランティア機関の代表など、自宅の電話番号が分かっている相手には一言ずつ挨拶をした。その中で『情勢が落ち着けば戻る』、『一時的避難』、『東京の決定』等々の言葉をちりばめた。

最後に、アメリカ大使館に電話を掛け、電話口にフィリップを呼び出してもらった。

「また戻るんだろう?」

と、柄にもなくしんみりした調子でフィリップが言った。

「さあな。安全第一の東京が決めることだ。どちらかと言えば、戻れない気がする」

「そうか。じゃあ、これが最後か……。君と『水鳥の湖』に行けなくて残念だった」

「何だ、君もあの約束を覚えていたのか。実は、僕も同じことを考えていた。先を越されたな。ハッハッハッハ」と、声を小さく絞ってはいたが、腹の底から洋平は笑った。

フィリップもまた低く抑えた声でハッハッハッと愉快そうに応じた。

フィリップには内陸に取り残されたボランティアの救出という大仕事が控えているが、洋平はあえてそれには触れなかった。これから出国する者が残る者に慰めの言葉を掛けて何になろう。

「いつか、どこか、多分、よその国で。オルヴォワール(さようなら)!」

とフィリップが叫んだ。耳の中で鳴り響く彼の豊かなバリトンを消さないよう、洋平はそっと受話器を置いた。

アデルとは連絡手段がなかったが、今朝偶然、彼は事務所を訪ねてくれた。お陰でアデルの最新の消息を知ることができた。

最後に、ブルンジ航空にキャンセルを入れるためダイヤルを回したが、従業員が帰った後で応答がない。

明日の朝を待つしかないが、九時出発では、恐らく連絡を取る余裕はなく、あのしっかり者の受付嬢を裏切ることになるだろう。

第四部　見捨てられた屋敷

第十三章　盗人と歩哨のはざま

ご主人に預けていた貯金と来月分の給与に、今回のクーデター騒動の報奨金を加えて五万二千フランがオズワルドの前に差し出された。報奨金だけでも給与に勝る額である。彼の隣で身を固くしている従兄のジュベナールも彼の半分の報奨金を受け取った。

「これは状況が改善するまでの一時的な避難……一か月以内に戻る。そうしたら、また貯金を続けよう。戻った時、屋敷が荒らされていたなんてことがないよう、しっかり守ってくれ。二人の働き次第で、報奨金を更に弾むことも考えている」

報奨金の上乗せをほのめかしたご主人の言葉からは、復帰への並々ならぬ決意が伝わってきた。オズワルドは『一か月以内に戻る』の言葉を信じてうなずくしかなかった。他にも留守中の心得について話があり、彼はその一言一句を心に刻んだ。

オズワルドらが札束を手に取るのを待って、洋平が胸のポケットから別に分けてあった五千フランを取り出して言った。

「農家には恵みでも、君らには厄介な雨だ。留守中、ジープに鍵を掛けるから、このお金で庭の隅に小屋を建てなさい」

雨の心配までしてくれるのは、本気で戻って来る証拠だ。それに『ジープ』がある。あれを残したまま戻って来ないなんてことがあるはずがない。その重大な点に気付いて、オズワルドの揺らぎかけた心が再び確信へと変わった。

その夜は一晩中屋敷の灯りが点いていた。オズワルドは、小サロンを辞した後、レンガ塀の上に腰掛けて、出発準備で慌しい屋敷内の様子を窓ガラスを通して眺めた。

事務室では、洋平が書類を整理している。シャンデリアが煌々と照らす大サロンでは、荷作りと格闘する三人の若者の間を、文枝と久枝が駆けずり回る。声は窓ガラスに遮られて彼の耳に届かないが、突然の出発に興奮する姉妹の様子が手に取るように分かる。

オズワルドは彼女らの衣服にアイロンを掛けながら、シャンデリアの下で勉強する父と娘をうっとりと眺めたものであるが、それも明日からは見られなくなる。

急に、パパイヤの天辺を覆っていた暗闇が濃くなった。その夜は大きな雲の塊が天空を流れていて、時折か細く頼りない三日月を隠した。雲の陰に入って、辺りが闇の中に没すると、それまで抱いていた確信がふいに遠ざかり、日本人家族はもう永久に戻って来ないような気がしてくるのだった。

オズワルドは佐和子の姿を探し求めた。彼女は時折サロンに姿を見せるだけで、寝室か子供部屋に引きこもりっきりである。彼は荷作りを手伝いたかったが、言い出すチャンスを逸した。佐和子一人が後に残されるオズワルドの身を案じてくれた。その優しい心根が彼に死んだ姉を思い起こさせ、訳もなく気が滅入った。

オズワルドと歳が一回り離れていたため、姉の思い出は多くない。妹のナディアが生まれて間もなく、口減らしのため姉は家を出されたが、首都で働く弟を気遣い、嫁ぎ先のカヤンザからよく手紙をくれた。そんな弟思いの姉に先立たれ、オズワルドは悲しみの余り長らく立ち直れなかった。

やがてサロンから幼い姉妹の姿が消え、それまで親しげな眼差しを投げ掛けていたお屋敷がよそよそしさを増した。ジュベナールがレンガ塀にやって来て、つまらなさそうに声を掛けた。

「オズワルド、いつまで見てるんだよ。向こうで、バオをやろうよ」

「いいから、あっちへ行ってろ」

多額な報奨金を手にして上機嫌のジュベナールは、いつまでもレンガ塀を動こうとしないオズワルドに付きまとい、子供のようにふざけて彼の脚を引っ張った。オズワルドはそんな従兄を初めて、心の底から疎ましく思った。

ようやく明かりが消えたのは、夜明け近くになってからである。その間、この屋敷で起こった様々な出来事が、ある時は希望を引き連れて、またある時は絶望を伴って彼の心を去来した。

「こいつは、凄い……」

と、ジュベナールが目を丸くした。

出発の早朝、佐和子は冷蔵庫の中身をすべてオズワルドらに与えた。それは、籠城の長期化を見越して大量に買い溜めた牛肉などの冷凍肉の他、タンガニーカの巨大魚、卵やハム・ソーセージの類まで一般庶民の口に入らない高価な品々であった。

二人はそれら全部を木陰に並べ、溜め息をついた。ベテランの行商人でもその豪華な品揃えを前にすれば、舌を巻いて驚くことだろう。

オズワルドは石のように固く凍ったタンガニーカの巨大魚を手に取った。それは、最近町の魚屋でご主人に代わって彼が値段交渉をしたものだ。またそれは、かつて高級住宅街を売り歩いたことのある因縁深い魚であったが、これまで一度たりとも彼自身の口に入ったことはなかった。

「全部俺たちのもんか。夢みたいだ……。父ちゃんに見せてやりたいな。母ちゃん、腰を抜かすぞ！」

すっかり頭がおかしくなったジュベナールが唾を飛ばしてあらぬ事を口走り始めた。

「待てよ、こんな場面、どっかで見たぞ。ああ、あれは夢の中だったたか……」

オズワルドは興奮から覚めると、すぐに頭を切り替え、今後の算段を始めた。途方もない食料の山を前に、いつまでもジュベナールと一緒になって浮かれてはいられない。

「おい、ジュベナール、くだらんお喋りは止めて、藪に穴を掘れ。なるだけ深く掘ったら、そいつをビニール袋に入れて、椰子の葉で蓋をするんだ。この暑さで大事なお宝が腐ってしまう前にやってしまおう」

「サルバドールに少し分けてやろうよ」

「ダメだ！」

オズワルドが言下に撥ね付ける。

「そんなことしたら世間に知れてしまう」

「分かりゃしないよ。こんなにあるんだし……」

珍しくジュベナールが逆らった。

「ダメだと言ったら、ダメだ！」

もっともらしい理屈を並べ立てたが、彼の本心は、単にサルバドールに分けてやりたくなかったのである。強盗団のお屋敷侵入事件の際、彼から受けた屈辱を忘れていなかった。

しかし、生ものは手早く処分する必要があった。市場で売るのが一番だが、半値でデニスに買ってもらう手もある。洋平がくれたノートを使って計算すると、生もの以外の豆類とトウモロコシなど穀物だけで一か月以上もつことが分かった。食料さえあれば怖いものなしだが、ただ歯軋りしたくなるほど悔しいのは、ジュベナールがいみじくも漏らしたように、これを食料不足が噂される内陸の家族に届けられない過酷な現実だった。

取り分け、親元を離れギテガの女子寮にいる妹を思うといたたまれなく、自分の恵まれた状況が恨めしく思われた。だが、彼にはある確信があった。賢く器量良しのナディアは誰にも好かれる女の子だ。天使の心を持つ妹に手出しする者は悪魔以外いない。彼女は必ずやどこか安全な場所にかくまわれているという確信だった。

「オズワルドー」と、最終的に出立の準備を終えた佐和子が、台所のドアから彼を呼びつけ、二本の食用油を彼の前に突き出した。

「これ、お前たちで使いなさい」

「でも奥様、旦那様は一か月でお戻りになるとおっしゃっていました……」

「そのつもりよ」

と言った時の彼女の目が悲しげに曇った。

「でも、戻った時に困らないくらいたくさん倉庫に残っているの……。さあ、受け取ってちょうだい。油は役に立つわ」

「はい、奥様」

「倉庫のこと、知っているでしょう？」

と言って、彼女はのぞき込むようにオズワルドの目を見た。

「はい、奥様」

「いいわね、ジュベナールには内緒よ。でも、オズワルドだけには知っておいて欲しいの……。私の言いたいこと、分かるわね？」

と執拗に念を押すと、身を翻すようにして消えた。

それが、佐和子と交わした最後の言葉となった。

★　★　★

日本人たちの出発は慌ただしく、そしてあっけなかった。未明、ご主人の指示でオズワルドは屋敷を抜け出し、徒歩でプラザの家に着いた。出国について彼は事前に知らされていたらしく、驚いた風ではなかった。

プラザの車で屋敷に戻ると、ジープが日除け棚の下からブーゲンビリアの茂みの奥へ移動していた。見ると、車の重みでタイヤが軟らかい芝地に沈んでいる。それに、車の片側が茂みに寄り過ぎていて、洗車の妨げになる。彼は、出国を一時的なもの、一か月したらすべてが元通りになると自分自身に言い聞かせた。

プラザは、借り上げ車を使って三人のボランティアを空港に送り届けた後、屋敷に引き返すと、ご主人一家を乗せて、オズワルドの視界から消えた。

屋敷がもぬけの殻となり、その日が暮れた。防犯灯が屋敷の四方を煌々と照らしているが、建物の内部は暗い穴蔵のようである。隣のベルギー人や向かいのフランス人の屋敷は灯りが点き、普段と変わりがない。日本人たちが慌ただしくブルンジを逃げ去ったことは、誰の目にも明白だった。

引き続きニュースが聞けるよう、洋平が残して行った日本製の小型ラジカセを、オズワルドはその日一度も鳴らさなかった。何か情報があっても、それを報告するご主人がいない。ご主人がいてこそ、日々の出来事が子細に至るまで意味を帯びていた。彼らが去った今、張り詰めていた緊張の糸がプツンと切れてしまったかのようである。

二人の歩哨は、魂を抜かれたように一日中、庭の隅にうずくまった。夜になってバオゲームを始め、屋敷の巡回時間が来ても二人は立ち上がらなかった。機械的に指先を動かし、くり抜いた十二個の穴にひたすら木の実を落とし込んだ。

時折、鍵の掛った事務室で電話のベルが鳴った。いつもより一段と激しく鳴り響いたかと思うと、突然鳴り止む。すると暗闇が一層濃く、静寂が一段と深く感じられた。

ジュベナールの手付きが速くなる。ゲームに取り憑かれた時、自然に出てくる彼の鼻歌がなぜか出てこない。ポチン、ポチンとバオの乾いた音だけがお屋敷に低く響いた。

「オズワルドー」

サルバドールの押し殺した声が地を這うようにして耳元に届いた。

オズワルドはバオゲームの手を止めて起き上がると、周囲の枝や葉を揺らすことなく暗がりを選んで、いつもの会談場所であるレンガ塀へ歩み寄った。

「オズワルド、お前のバッグを貸してくれ、頼む。大きいのが、どうしても必要なんだ」

と、サルバドールが拝むように言った。いつもは頼み事をする時でさえ横柄な彼が今日は違っていた。

「いいけれど、何に使うの？」

夜も相当更けた時間である。

「村に戻る」

やっと聞き取れる声であった。

「村って？　カヤンザのこと！」

と、思わず叫んだ。サルバドールはカヤンザの出身だった。

「あそこは、町が燃えているって言ってたよ」

「だから帰るんだ！」

と、怒ったようにサルバドールが言葉を突き返した。

そして「家族がいる」とだけ言うと、彼は塀越しに何かを持ち上げ、オズワルドの前に突き出した。

それは、柄に彫刻を施した彼自慢の護身用ナタであった。屋敷の巡回の際持ち歩くため、手垢で黒光りしていてよくは見えないが、握りの部分にとぐろを巻いた蛇の図柄が彫られていると、オズワルドは以前から睨んでいた。

「欲しがっていただろう。お前にやる……。多分、ここには二度と戻らんからな」

驚いてオズワルドは老兵サルバドールの顔をのぞき込み、そこでシワに埋もれた小さな光る目に出会い、思わずのけぞりそうになった。その目はただならぬ苦渋を湛えていた。

革の鞘に入ったナタは、それがサルバドールの魂だと思うと、オズワルドの手にずっしりと重かった。

「出発は？」

「明日の未明……夜明け前にここを発つ。挨拶なしで立ち去るつもりだ……」

「まさか、黙って?!」

大佐に対する彼の尋常ならざる忠義心を知っているオズワルドは、頭を棒で殴られたような衝撃を覚えた。

サルバドールは静かにつぶやいた。

「大佐がお許しにならいのは、分かっている」

「なぜ？　こんな時だから？」

「そう、こんな時だからな」

答えるのも辛そうに、サルバドールが目を逸らした。

「危急の時に屋敷を空けては、不忠義のそしりを免れない。それは分かっている。そう思われても仕方がない……」

『忠義の塊のような男を不忠義だなんて！』

と、心の中でオズワルドは叫んだ。彼は大佐を人生の司令官として仰いで以来、最後まで信念を貫く高潔な男である。オズワルドは、そんな頑固一徹な老兵を嫌い、煙たがってきた自分の愚かさに気付き、目の覚める思いがした。

「カヤンザまで歩くの？」

「検問が厳しいから、国道は無理だろう」

そう言って、サルバドールは真っ暗な天を仰いだ。

この先、自分を待ち受ける多難な前途を思って一瞬、老人の顔を不安の影がよぎった。だが、息子ほど歳の差があるオズワルドに怯む心を悟られまいと、彼はぶっきらぼうにつぶやいた。

「山道を行けば、何倍も掛かる。だが、必ずカヤンザにたどり着く」

これまで嫌ってきたサルバドールに、この時初めて心から魅了された。弱気を見せまいとする彼が『俺はたどり着けんかもしれん』と、言外に心中を明かしているように聞こえたからだ。

「ちょっと待ってて」

オズワルドはシャワー室に走って、棚の上のバッグを手に取り、今朝方ご主人からもらった食糧の一部と、老人の長旅を思い、干し肉を一欠けら詰め込むと、レンガ塀へ取って返した。

「少し豆を入れた」

と言って、オズワルドはバッグをレンガ塀越しに差し出した。サルバドールはオズワルドの気持ちをバッグの重さで推し量ると、無言でそれを受け取り、老兵らしく闇の中にすっと消えた。

オズワルドの周辺からまた一人去った。カミーユ、レオポールと次々に去って、彼の手元に残されたのが、頼りにならないジュベナールただ一人と思うと、暗澹たる気持ちになった。

「サルバドールが、何だって？」

闇の中でジュベナールの寝ぼけた声がした。二人はバオゲームの途中だった。待ちくたびれた彼はうつ伏せになってまどろんでいた。

「僕のバッグを貸せってさ。買い出しだろう」

「買い出しなんて、俺たちに必要ないね」

俄然、ジュベナールが活気づく。

「一か月は大丈夫だろう……。明日、起きたら、二人で肉と魚の燻製を作ろう」

と言って、オズワルドは相棒に調子を合せた。

「そいつはいいや。オズワルド、お前、凄いことを思い付くやつだ」

オズワルドはサルバドールの出奔の事実を相棒に明かさなかった。老兵に対する畏敬の念が今も彼を押し包んでいたし、それに、サルバドールに対する突然の心変わりを相棒に知られたくなかった。ジュベナールの関心事と言えば食べ物のことばかりで、たとえサルバドールの身に危険が迫っていようと、平気で鼻歌を歌い続けるやつだと思った。


サルバドールの不在は、それまで磐石であった東の守りが手薄になることを意味した。南はレオポールが去って以来、空き家である。お屋敷の警備態勢にほころびが目立つようになった。

その夜、オズワルドはサルバドールの出立を思って興奮が収まらなかった。こっそり盗人のように屋敷を抜け出して行く彼の後ろ姿が目蓋《まぶた》から離れなかったのである。

街灯広場のデニスの店は、オズワルドがお屋敷に留め置かれた十日ほどの間に、すっかり様変わりしていた。客足の絶えた食堂は暗く冷たく陰気で、ブウィザの中心にありながら、打ち捨てられた廃屋のようである。その上、市当局が機能不全に陥ってゴミの収集が止まったため、ビニール袋が散乱し、街灯広場全体がゴミ捨て場の観を呈していた。

いつもなら入口に仁王立ちになって、オズワルドを迎え入れる陽気なデニスが、調理場の暗い片隅で巨体を小さく折り畳んでうずくまっていた。一列に並んだかまどの一つに小さな鍋が掛かっていたが、その火も消えかけている。

　厨房に入って来た彼に気付いて、デニスは亡霊でも見たかのように茫然として立ち上がり、その丸太のような腕で彼を抱き締めると、少し身をそらしてからやっと相好を崩した。

「心配したぞ。無事で良かった……。お前の小屋に寄ってみたが、閉まっていたからな」

「親父、一体どうしたというの？」

　オズワルドは調理場を見回し、大袈裟に驚いて見せた。

「材料がなくちゃ、どうにもならんよ。こんなことは、デニスの店、始まって以来だ。手に入るものといったら、ご覧の通り、豆が少し、それも間もなく底を突く。こんな時、誰が買い占めているか、分かるだろう。やつらだ！」

　そう言って、デニスは『幻の敵』を糾弾したが、すぐにオズワルドに向かって激しく指を突き立てていることに気付き、バツが悪そうに手を引っ込めた。

「食べて行け、オズワルド。どうせ豆もなくなる。残り物だが馳走してやる」

「久し振りだから、食べて行くかな。でも、お金はちゃんと払うよ」

　初っ端にデニスから思わぬ不意打ちを食らって、勢いを殺《そ》がれたオズワルドは、手に提げたビニール袋をそっと見た。袋の中身はお屋敷から人目を避けて運んで来た牛肉の塊で、ずっしりと彼の手のひらに食い込んでいた。

「商売はさっぱりだが、あの後、デモでひと暴れしてやった……」

　デニスが再び耳障りな声で吠えた。

「あの後って？」

「もちろん、ンダダイエが殺された後だ」

と言って、呆れたようにオズワルドの顔を見た。

「こうなることは分かっていたが、許せん……。我々も怒っているが、内陸はもっとひどいらしい。軍隊が出て来て、フツと見ると見境なく女子供まで撃ち殺していると言う話だ……」

「僕もラジオを聞いてるよ」

と、オズワルドがデニスの話の腰を折った。

　彼はデニスの『ツチの軍隊が女子供を撃ち殺す』の

くだりについては、首都で流されているデマだと信じている。困惑するオズワルドに気付いて、デニスが急に表情を和らげた。

「そうだ。お前はルサイファに家族がいたな。だが、心配することはないぞ。今どこで何が起こっているか、本当のところ誰も分かっちゃいない。ラジオだって当てにできんからな」

と言ってから、ポンと一つ自分の額を叩いた。

「忘れていた。豆料理だったな……だが、味は期待するな」

「肉なら、ここにあるよ」

オズワルドは手に提げていたビニール袋を、テーブルの上にドスンと置いた。デニスは疑わしげに指先で袋を広げ、中をのぞいて目を見張った。それから、ビニール袋に鼻を近づけて臭いを嗅ぐと、両手で鷲掴みにして肉の感触を楽しんだ。

「三キロはある。しかも、上等なもも肉だ」

「買ってよ、親父。高いこと言わないから」

「怪しいな」と言って、オズワルドを見た。

「まさか！　盗品じゃないよ」


日本人が屋敷を引き払って帰国したと聞いて、デニスはすぐに納得した。相手がオズワルド以外だったら簡単には信用しなかっただろう。クーデター以降、商店への押し入り強盗が頻発し、首都は一時、無法状態となっていたから、デニスが盗品を疑ったとしても、無理からぬことであった。

牛肉は時価の半値で買い取られることで話がまとまった。デニスが代金を取りに店を空けている時、偶然広場をセレスタンが通り掛かった。

「やあ」

戸口に立っていたオズワルドが声を掛けた。

「おお、兄貴か、久し振りだね」

セレスタンがふざけて、敬礼をしてみせた。

オズワルドは笑顔を返そうとして、彼のねずみ色がかった瞳の中に早速不吉な影を見つけ、濁った声で低くつぶやいた。

「あの『晩餐』以来だな……」

「ああ、すっかり忘れてたよ」

と言って、戸口を潜って中に足を踏み入れたセレスタンの顔から笑みがこぼれた。

オズワルドが何気なく口にした『晩餐』の一言が、思わぬ効果をもたらし、彼のひねくれた顔を一瞬明るい少年の表情に変えた。オズワルドは、あの後も足繁く工事現場を訪れたが、最後に『教会の件』で衝突し、彼の心はセレスタンから離れてしまい、その後はカメンゲに行っていない。今回は、気まずく別れて以来の再会であった。

セレスタンの監督就任を祝ったあの晩餐会に思いを馳せたのは二人の目が合った一瞬だけで、その幻が掻き消えた後は、一段と暗い影が彼を覆った。今回のクーデター騒ぎの間に、友の身に何かが起こったことをオズワルドは直感したが、長い付き合いにもかかわらず、セレスタンの変貌はミステリアスである。

「ところで、お前、また昔の仲間と付き合っているのか?」

「馬鹿言え、俺があんな小物を相手にすると思うか? へへへ、これでも現場監督だからな。やつらには俺が昔のセレスタンじゃないってことが分からないんだ。仕方がないだろう。出世したからって急に冷たくしちゃあ、薄情ってもんだ……」

オズワルドの予感は当たった。スリ仲間との腐れ縁が今も切れていない。彼は粋がって見せる友を悲しげに見やった。

「どうしたんだ。お前、現場監督に満足していたんじゃなかったのか……。そうか、日本人がいなくなって、それでふて腐れているのか」

「ええ、何のこと!」

セレスタンの身体がテーブルに当たり、ガタッと音を立てた。

「日本人がどうしたって?!」

「なんだ、聞いていないのか……。皆、飛行機で行っちゃったよ」

「行っちゃったって! どこへ?」

「どこか、そんなこと知るもんかよ」

「日本へ帰っちゃったのか?」

「さあな」

セレスタンから問われるまで、オズワルドは彼らがどこへ旅立ったのか、その行き先さえ知らないことに初めて気付いた。彼が聞かされたことは、『一か月したら戻る』の言葉だけだった。一方、セレスタンは出発の事実さえ知らなかった。ご主人に見捨てられたのが自分だけでないと知って、妙に救われた気持ちになると同時に、同じ運命のセレスタンを哀れに思った。

「でも、遠藤さんは残ってるんだろう?」

セレスタンが一縷の望みにすがるように言った。

「皆、全員さ」

「嘘だろう?! 遠藤さんはいるはずだよ」

「嘘なもんか、俺は見たんだから……。お屋敷は空っぽだよ」

と喋りながら、なぜかオズワルドまでが悲しくなった。

セレスタンは急に顔を伏せて黙りこくったが、再び顔を上げた時には、ぞっとする程の憎しみがその目にこもっていた。

「裏切りだよ!」

と、我を忘れて叫んだ。

「遠藤さんは俺に約束したんだ! それなのに一人で行っちゃうなんて……。信じていたのに、何だよ」

「分かったよ、だから、もう言うな」

オズワルドはこの時初めて、セレスタンの遠藤に対する思いの激しさを知ったが、もしそれが彼の片思いだったらと思うと恐ろしかった。

「クーデターが何だよ!」

セレスタンが喉に詰まった石を吐き出すように再び喚き出した。

「俺たちは約束したんだ……皆で守ってやるって。弱虫のナエルまでが賛成したんだぞ。遠藤さんは『分かった』と言ったんだ……」

どうやら、作業班の班長が集まって、暴動が発生し、日本人に危険が迫った時は、全員で彼らをかくまうことを相談したらしい。

この数か月、オズワルドはセレスタンを教会へ連れ戻そうと空しく努力した。ところが彼はすでに自らの救世主を見つけていた。それが遠藤であった。手に負えない不良少年の彼が、突然出現した一人の日本人青年を生まれて初めて心の底から慕い、そして見捨てられたのだ。

その時、オズワルドの胸に小さな泡のような疑念が湧いてきた。自分もご主人を信じて、セレスタンと同じ過ちを犯してはいないだろうかと……。

金を調達したデニスが、牛肉の代金を手に店に戻って来た。彼から太い愚直な視線を浴びせられた途端、セレスタンの顔から苦悶の色が掻き消え、いつもの不敵な面構えと入れ替わった。デニスは無論それに気付かない。

「監督さん、真面目にやってるか?」

にわか仕立ての肩書なんかに騙されないぞと言わんばかりである。敬虔なクリスチャンのデニスはセレスタンの不信心が我慢できないのだ。

「久し振りなんだ。何かうまいものを食わしてよ、親父」と、セレスタンがやり返す。

「今日は、煮豆だけだ」

「この肉を入れて、作り直してよ。セレスタンの分は、僕が奢るから……」

と言って、オズワルドが素早く反応した。

彼はデニスが差し出した札を数えずにズボンのポケットにねじ込んだ。そのポケットにセレスタンの鋭い視線が引き寄せられた。

「不思議なことに、お前たち二人は昔から馬が合う。これも神様の思し召しなんだろう」

一言皮肉を浴びせると、デニスは肉の重みではち切れそうな袋を提げて厨房へ消えた。

「あれ、日本人が残して行ったんか?」

セレスタンの目が怪しい光を帯びた。

「外国人が食料を溜め込んでいるという話、本当だったんだ」

オズワルドは、その時セレスタンが洋平や遠藤たちのことを『日本人』とか『外国人』とか、まるで赤の他人のように呼んでいることに気付いた。

「兄貴、今度、屋敷を訪ねてもいいか?」

しばらくして彼が不意に言った。

「今なら構わないよ。でも、ご主人が戻ったら、絶対だめだぞ。使用人の知り合いが出入りするのを一番嫌うんだ」

と、オズワルドは少し用心深くなって答えた。

「戻るって、信じてるの? 皆、怖くなって逃げたんだろう」

そう言って、セレスタンが口元に底意地の悪い笑みを浮かべた。

「俺は信じてる。お屋敷に物がたくさんあるんだ……。

戻って来るさ」

「俺は戻って来ない方に賭けるな」

と、セレスタンがケロッとして言った。

「遠藤さんが何も言わなかったのは、戻る気がなかったからだ。だから黙って行ったんだ」

★　★　★

「毎日水を遣るようにって、あんなに口を酸っぱくして言ったのに、この有様だ」

マリー夫人が、恐ろしい剣幕でオズワルドに詰め寄った。

「この『旅人の木』を私がどんなに大切にしているか知っていて、お前たちはわざとさぼったね」

「とんでもないです。先週まで一滴の雨も降らなかったのは、奥様もご存じです」

と、一人、攻撃の矢面に立たされたオズワルドが弁解に努める。水遣りの係は、彼の背後に隠れている相棒のジュベナールであったが、それを言ったところで、マリー夫人がオズワルドを許すはずもない。

「すっかりいい気になって、口答えまでするようになったらしい」

と、呆れ果てるマリー夫人。恰幅が良いとはいえ、背丈はオズワルドほどない。それが小山のように思われるから不思議だ。彼女は背後に長身の水道管工を従えていた。

「私がお前たちのご主人でないと思い上がっているんだろうが、とんでもない……。腐った性根を叩き直さないといけないようだ。今日はそのつもりで来たんだから、覚悟するんだね……」

マリー奥様は車を降りた時から不機嫌が顔に出ていたが、『旅人の木』の先端が萎れて不格好に垂れ下がっているのを見て、眼球が膨れ上がり、恐ろしい形相になった。彼女がたまたま手にしていた鉛の水道管を左右に振った時は、それで叩かれはしないかと後退りをしたほどである。

今日、彼女が水道管工を伴って現れたのは、裏の外壁に取り付けられた温水器の修理のためだ。以前から金食い虫のオンボロ温水器に腹を立てていたが、更に今回悪いことに、日本人が家の鍵を持ち去ったため、修理しようにも屋内のバルブが締められないことが判明したのだ。

「いいかね、二人とも、よく聞くんだ」

と、夫人が高飛車に畳み掛けた。

「来月からお前らに支払う手当はない。お前たちのご主人はいなくなったんだ。たとえ私が雇い主でも、『旅人の木』を枯らした罰で、給金は払わないだろうがね」

出発前夜、洋平から来月分の給金の前渡しを受けたことをマリー夫人は知らないらしい。その時、洋平は、万一国外退去が一か月を超えた場合、前払いした家賃の中から二人の給金を立て替えることで、マリー夫人と話がついていると言った。だから、彼女が難癖をつけて約束を反故にし、使用人の給金を着服しようとしているのは明らかだった。

「よく聞くんだ。出国の前の晩、ミスター立山は電話を掛けて来て、お前たちのことを頼んで行った。だから、私が面倒を見るしかないんだよ」

と、幾分冷静に戻ってマリー夫人が言葉を紡いだ。

「でも、旦那様は一か月したら必ず戻ると、私に……」と、オズワルドが口ごもると、

「それを、お前が保証してくれると言うのかえ、オズワルド！」

すかさずマリー夫人がぴしゃりと口を封じた。

「とにかく、その間、私が肩代わりするしかない。そこで、ジュベナールには辞めてもらう。途方もない給金で甘やかされたお前たちを、ここに残しておく余裕はないからね」

突然解雇を言い渡されたジュベナールは、間抜け面にニタニタと笑みを浮かべている。彼に代わってオズワルドが申し出た。

「奥様、ジュベナールを残してやってください。私の給金を削って構いませんから」

「それなら、私の知ったことではない」

後は勝手におしとばかり、きびすを返すと、終始しかめっ面で控えている長身の水道管工を従え、女だてらに小型トラックを運転して、マリー夫人は悠然と立ち去って行った。

洋平たち日本人家族が姿を消すや、にわかにお屋敷の雲行きが怪しくなった。それまで順調に過ぎてきた平穏な日々の歯車が、突如逆回転を始めたかのようで

ある。

「俺は村に帰るよ」

二人になった時、ジュベナールがぶっきらぼうに言った。

「それはだめだよ……。それに、こんな時に、どうやって帰るって言うんだ？」

オズワルドはご主人が彼の身を案じて帰郷を止めたことを思い出し、ご主人に代わって自分がジュベナールを引き止めるべきだと考えた。

「マリーの奥様はああ言っていたが、旦那様はきっと戻っていらっしゃる。その時、二人揃ってお迎えしないといけないんだ」

「そうなの？」

すっかりいじけてしまったジュベナール。

「お前一人が残っていればいいんじゃないの？」

「そうじゃない」と、オズワルドは語気を強めた。

「とにかく、出て行かれた時と同じでないといけないんだ。俺たちのどっちかが欠けていても、ガッカリなさるに決まっている」

『必ず戻るからね』という佐和子のささやき声が、今もオズワルドの耳に残っていた。『奥様との約束だ』とは口に出せない、そんな自分に戸惑いを覚えながらも佐和子の期待に応えるため、再びお屋敷にお迎えする形に彼はこだわったのである。

「俺の給金から五千フラン分けるから、今まで通りやって行こう。いいだろう？　ジュベナール。こんな時にお屋敷に一人残されたら、第一、寂しくてやりきれないよ」

留守の間仕事は多くないが、相棒を失いたくないという気持ちは本当であった。一人わびしく主人の帰りを待つ身を想像するだけで心が挫けそうになる。それに、空き家は盗賊に狙われやすい上、歩哨が一人と知れたら尚更危険だ。ジュベナールの存在はオズワルドの命にとっても要石であった。

そうしたことを勘案し、自分の給金から五千フラン割いても十分帳尻が合うと踏んだのだが、更に加えるなら、ご主人が帰還した際にこの件を報告すれば、間違いなくお金は戻って来るという胸算用があった。

「オズワルド、『死の回廊』って、何のこと？」

「何だって?」

いつもの見張り場で、ジュベナールと並んで仰向けに寝転んでいた、オズワルドがもの憂げに聞き返した。

「今朝のラジオ、聞いただろう?」

「そうだな。回廊と言うのは教会の長い廊下のことだから、フランス人がルワンダの国境で見たというのは、死体の長い列のことを回廊に例えたのじゃないのか」

と言って、オズワルドはすぐ横にあるジュベナールの顔をちらっと見た。彼は最近になって、相棒が思っていたほど頓馬でも間抜けでもないことに気付き始めていた。

その時、何を思ったのか、ジュベナールが上半身を起こし、突然吹き出した。

「はっはっはっは、マリー奥様の旦那様はね……オズワルド、知ってる? 尻に敷かれている……」

マリー奥様の庭師をしている時、どんな場面を目撃したのか、ジュベナールは腹を捩じらせて転げ回った。相棒の気の抜けた高笑いが二人の頭上を覆う椰子の鋭く尖った葉先を震わせた。

『サルバドールは、カヤンザに無事たどり着いただろうか?……』

紺碧の空を見上げて、オズワルドは溜め息をついた。彼の出奔から一週間になる。大佐は驚愕し憤慨し、慌てたに違いない。ところが、失踪そのものがなかったかのように、レンガ塀の内側からは何も伝わってこない。

仰向けのまま片足を伸ばし、オズワルドはブーゲンビリアの根元を探った。指先がサルバドールのナタの柄に触れた時、そのずっしりと冷たい感触に思わず身震いした。彼の故郷カヤンザはルワンダと国境を接する危険な地域なのだ。

「おれんち、大丈夫かな?」

沈黙に耐え切れずジュベナールが口を利いた。

「ギテガが心配だ」

ジュベナールの不安がオズワルドに感染し、今は『ギテガ』と声に出すだけで、喉が締めつけられる思いである。

「女子寮にいるんだろう? 女の子なんかに……」

と、ジュベナールが言い掛けるのを、

「馬鹿なことを言うな!」

と、慌てて従兄の口を塞ぐと、心の動揺を鎮めるようにオズワルドが宣言した。

「今晩からまたお屋敷の巡回を始める。今のうちに少し眠っておこう」

オズワルドが目を閉じると、意識のスクリーンに、妹のナディアを抱き抱えた『坂の上の巨人』が空を背に立ち現れた。オズワルドがユーカリの根につまずきながら坂道を駆け上がると、巨人はドシンドシンと地響きを立てながら峠の反対側へ下って行き、オズワルドが峠に着いた時、巨人は草原の只中にあって、足から沈み始め、見る見るサバンナの大地に呑み込まれていった。

巨人が沈んだ跡に小山ができ、草原に代わってユーカリの森に覆われた。その小山の頂にルサイファのカテドラルがけし粒のように見える。目を凝らすと、カテドラルに至る一本の小道が、樹海に見え隠れしながらくねくねと続いている。それは、小学生のオズワルドが通った通学路のようであったが、何かが違う。彼の心臓が一瞬止まった。小道が蛆虫のようにうごめいている。目を凝らすと、小道と思ったのは、樹海に打ち捨てられた村人の瀕死体の長い列であった。

その中で、ひときわ恐ろしい形相でのたうち回る小男が目を引いた。サルバドールである。

『彼はなぜカヤンザに行かないで、こんな所にいるんだ？』と思った。彼の左腕はナタで切り落とされて肘から先がなく、わなわなと震える右手はオズワルドのバッグを掴んでいる。その中身は略奪されて、ペチャンコだ。オズワルドが餞別のつもりで贈った干し肉のせいで、彼は死にかけていた……。

コンコンコンと、誰かが棒切れでユーカリの根っこを叩いて合図を送っている。その不審な音でオズワルドは半ば覚醒した。彼が夢の中で見たものは、ジュベナールが話した『死の回廊』の幻影に違いない。隣を振り返ったが、彼の姿はなかった。

コンコンコンという軽快な音は、ジュベナールが炭を叩く音であった。炭の節約のため、火にくべる前に炭を割るのが彼らの日課となっていた。いつの間にか太陽が傾き、強烈な西日がベルギー人の屋敷林に遮られると、芽を吹いた薄緑色の芝生の上を微風が低く撫ぜる。すると、夕餉の支度をするジュベナールの動作が一層伸びやかになる。

身体を反転させて腹這いになると、オズワルドの目蓋に今度は森が広がった。それは、母の使いで隣村に行った帰り道の景色であった。少年オズワルドは妹にせがまれて草の実を摘むのに夢中になり、ルサイファ村に帰り着く前に日が暮れた。折悪しく月のない夜だった。泣きべそを掻く妹の手を握り締め、つま先でユーカリの根を探りながら、墨を流したような暗闇の中を一歩一歩進むうち、いつしか方向感覚を失った。

四方から漆黒の壁に挟まれ、目を開いていることも疑わしく、二人は完全に身動きが取れなくなった。妹のすすり泣きが途絶えると、その途端に闇が猛獣に姿を変えて迫って来る。彼はギテガ北東のサバンナ地帯で村人がライオンやヒョウに襲われる話を大人たちから聞かされていた。恐怖に震えながら、木の根元にうずくまっていると、冷たい風と大粒の雨に続いて、雷鳴が轟き始めた。

『お母ちゃん！』と泣き叫ぶナディアの上に、彼は覆い被さって、寒さと恐怖から妹を守った。雷鳴と共に稲光がユーカリの深い森を引き裂き、一瞬閃光が村の方角を照らした。村は近かった。オズワルドは激しい雷雨の中を這うようにして前進した。彼とナディアの手は万力で締め付けたように固く握られていた。指から指へ、腕から腕へ血が通い合うかと思われるほどに……。

「オズワルド、起きろ。飯だぞ」

と、堪り兼ねたジュベナールが大声を上げた。

オズワルドがそっと細目を開けると、薄紫色に暮れなずむ南の空を背景に、背高のっぽのパパイヤが影法師となって見下ろしているその下で、豆料理の甘い匂いに交じって、コツンコツンと鍋の底にしゃもじが当たる音がする。ジュベナールが鍋の底を掻き回しているのだ。

★　★　★

外国人観光客がいなくなり、ホテルはどこも開店休業状態だ。タクシー営業が解禁された後、ホテル専門のプラザも今は流しの仲間入りをしている。政府の呼び掛けに応じて営業を再開したものの、町の賑いは元には戻らず、タクシー利用客もクーデター前と比べて随分と減った。

その一方で、町の治安はひどくなるばかり。各地区に結成されたツチの少年団が『死の街作戦』と称して、フツ住民をリンチに掛けて街を恐怖に陥れている。無法状態が続く中、大人たちより子供たちの暴走に歯止めがかからなくなっている。

そこに、よせばいいのに、カメンゲ地区のフツ住民が抗議デモを企て、軍を挑発する。新聞すら読まない輩《やから》が、ボドワンのような扇動者の口車に乗って面白半分に騒いでいる。プラザはそんな軽薄な隣人、知人を大勢知っている。

ブルンジ初の民主的選挙から彼が学んだことは、ツチとフツ、どっちが政権の座に着いても結果は変わらないということだ。デモ行進などの乱痴気騒ぎは混乱を長引かせるだけで、誰の得にもならない。一度濁った水が澄むまでに時を要するが、それ以前に庶民の生計が立ち行かなくなる恐れさえある。

町に刹那的な空気が蔓延したため、タクシーの乗客もどこか打ち解けない。乗車する前に部族を確かめようと、運転席をのぞき込む客まで現れる始末だ。先ほどの紳士はキリリの豪邸でタクシーを降りたが、チップを渡さなかった。わずかな間に人々はすっかり愛想も人情味も失くし、礼儀知らずになり下がってしまった。

プラザは、ボドワンに売った中古車の代金が底を突く前に、旨味のある新手の商売を始めようと考えている。クーデター前は、テレビやビデオなど高額な家電製品を横流しして得られるコミッションで荒稼ぎができたが、今は何をするにも時期が悪い。こと商売に関して、人から後れを取ったことのないプラザであったが、そんな彼が数日来、悔恨の情に責め立てられている。

タクシーを流しながら、『ああ、馬鹿だよ。間抜けだよ。お人好しだよ、俺という男は……』と心の中で叫んでいた。あれから、毎日幾度となく我が身を罰するため、自分の愚かさ加減を呪い、そして自分に毒づいたことか……。控えめに見ても自分は人並み以上の知性の持主で、率直に言えば才知に長けた男、あるいは切れ者と自負していたのに、なんとしたことか、千載一遇のチャンスをみすみす逃してしまう愚か者であったのだ。

あれ以来、プラザは時々自分が信じられなくなる。あの屋敷にポツンと寂しげに捨て置かれた『赤いジープ』が目蓋に浮かぶたび、自分のあまりの不甲斐なさに、はらわたが煮えくり返る思いに駆られるのであった。


日本人一家がブルンジを出発した朝、彼らを乗せ、空港に向かってタンガニーカの湖畔道路を走っている時、プラザは洋平に申し出た。

「ジープを屋敷に放置するのは危険です。旦那が戻るまで、私が預かりましょう」

「いや、その必要はない」

と、洋平の返事は素っ気なく、まるでプラザの申し出を予想していたかのように取り付く島もない。

「私の家の方が安全だと思いますが……」

落胆を押し隠してもう一度つぶやいたが、洋平はついにジープの鍵をプラザに預けると言わなかった。その横顔は、三百ドル盗難事件が発覚した当時の頑なな洋平を思わせた。


強盗団が暗躍するこの時期、留守宅に新車を残して行くのは無謀に過ぎるというプラザの主張は理に適っていた。その一方で、洋平の拒否反応もまた十分予想できた。あの事件以降、プラザに対する信頼は地に落ちていた。だが、それでも車の盗難は紛れようのない現実問題であって、無分別に変わりはない。たとえ彼を敬遠する理由があったにせよ、このような緊急時に、プラザ以外他に適任者はいないのだから。何はともあれ、車は彼に託すべきだという主張はプラザの衷心から出たものであった。

彼から見れば、猜疑心に取り憑かれた洋平は、一時の感情に流され、部下の正真正銘の忠義の心を見抜けなかったということになる。プラザには残念至極だが、それも身から出た錆。そのことで洋平を恨んではいない。恨めしいのはパトロンの信頼を台無しにした自らの所業であった。はした金に目が眩み、町のチンピラ風情の振る舞いに及んだ愚行である。それは、プラザが最も嫌う『思慮の欠如』であり、『浅薄な行為』であった。

胸を掻きむしりたくなる程のプラザの慚愧《ざんき》の念は、

まさにそこにあった。ここ数年急速にその数を増した薄汚い餓鬼や町のゴキブリども、町中にたむろして買い物客や観光客を相手にゆすりやたかり、盗みや物乞いの類を生業とする輩と同じ小物と見られることであった。彼は三百ドルを盗んだ行為を断じて恥じてはいない。パトロンとの関係を損なうことさえなければ、全く問題は無かった。ただただ先を見通せなかった自らの不明を彼は恥じたのであった。

あの日はひどい猛暑で喉がからからで、頭がくらくらしていて、いつもの自分ではなかった。つい金に手を出したが、作業着をタクシーに置きっぱなしにした遠藤の方にこそ非がある。自分なら大金をあんな風に扱ったりはしない。いや、ブルンジ人なら誰一人、あのように不道徳で破廉恥な真似はしない。間違っているのは遠藤の方だ。

あれは特別な日だった。暑さに加えて何もかも具合が悪く、朝からずっと誰かに喧嘩を吹っ掛けられているような、何かに八つ当たりしないではいられないような気分だった。

彼は『馬鹿なプラザめ！』と、握り拳で自分の頭を叩いた。自分の愚かさを悔いながら、その一方で、『自分は信義に厚いことで一目置かれた男だ！』という熱い思いを抱いていたから尚のこと苦しかった。車を売り払って得た利益をあらかた出資者に分配したのは、彼が信義を重んじたからだ。その男が今、屈辱と幻滅を味わっている。

それと同時に、彼は自分がある種の生存競争に破れたことに気付き、その事実にも打ちのめされていた。結局のところ、問題のジープはプラザではなく、洋平のもう一人の腹心オズワルドの忠誠心に託されたのだから、彼としては二重にしてやられた感があった。

あの誤算さえなければ、若僧ごときに敗れたりしなかったろう。今頃、ジープはプラザの家の中庭に大切に保管されているはずだ。『盗むなんてとんでもない！』と、口元に狡猾な笑みを浮かべて、彼は世間を嘲る。主人が戻ったら無論ジープはお返しするが、その時は多少とも保管料が要求できる。

そして、万一戻らない場合――と言っても、その可能性は無視できる程小さくないが、その時は自然と彼の手元に残る。自然の成り行きで、労せずして彼のものとなる。ただし、ここが大事なポイントだ。法的に多少難点があるとしても、誰がそれを本気で問題にするだろうか？　もし当局が介入してきたら、『私物化なんてとんでもない。保管を任されているんすよ』と、どこまでも突っぱねればいい。実際、それが真実なのだから……。

ジープが自分の物にならない場合は、お抱え運転手の立場を最大限に活用して、勝手に乗り回す。それなら誰も文句は言えまい。そして三、四年先か、あるいはもっと先、ほとぼりの冷めた頃、売り払ってしまう。その辺の手腕にかけて、彼の右に出る者はいない。これがプラザの描いた大まかな筋書きであった。この筋書きで、誰一人損をしないというのが彼の自慢であった。

あの新型モデルは、低めに見積もっても三百万フランの価値がある。彼が輸入した中古車の三倍以上の値がつくだろう。しかも経費ゼロで、面倒な関税手続きも無しである。

タクシーを流しながら、眼前にあの真紅のボディがちらつくたび、プラザは臍《ほぞ》を噛む思いである。彼のようなアフリカ黒人には、白人が使ってボロボロになったお下がりを手に入れるのが関の山で、新車など思いも及ばないからである。

今となっては、オズワルドを味方に付け、彼と手を組むしかない。気が付くと、タクシーはロエロ地区へと足を踏み入れていた。

この辺りで拾う客たちといえば、夜な夜な出没する強盗団の話で持ちきりである。そんな物騒な話を聞くにつけ、プラザはオズワルドに託されたジープの安否が気懸かりでならない。洋平の出国からすでに十日になるが、『もしや、やつら盗賊どもに先を越されたら……』と思うと、もどかしさから居ても立ってもいられない。

彼はクラクションを鳴らす代わりに、車を降りて門扉を叩いた。しばらく待ったが、応答がない。門扉の隙間からのぞくと、裏庭を行き来するオズワルドの姿があったが、日除け棚の下は空っぽである。『遅かったか！』と、プラザの頭は一瞬真っ白になった。

「オズワルドー」

と、彼に対する不信感がプラザの胸から鋭い叫び声となってほとばしった。が、すぐに、もしかしたら大家のマリー夫人に預けられたのかもしれないと思い直し、冷静さを取り戻そうと努めた。プラザと知って、オズワルドが内側から重い門扉をわずかに開けた。

「何で返事をしないんだ？」

と、プラザが子供を叱り付ける調子で言った。

「マリー奥様からきつく言われているんだ。誰が来ても開けるなって」

それにはプラザも同意せざるを得ない。彼は真っ直ぐ裏庭に向かった。果たしてジープはブーゲンビリアの茂みに隠されていた。これだと、不意の訪問者はその存在に気付かず横を通り過ぎてしまう。『なるほど、旦那も考えたな』と感心したが、先ほどの動揺はおくびにも出さない。

プラザは不審顔のオズワルドを伴って、ジープの周りを一周した。しばらく使われていないのに赤いボディが光り輝いている。

「今も洗車してるのか！」と、驚くプラザ。

「毎日」

「これはこれは、相変わらずだな。ご主人がいようといまいと同じってわけだ」

プラザはわざとおどけて見せたが、普段からオズワルドの忠勤振りには一目置いていたし、今も心底心を動かされたのであった。

「やめてくれ」と、オズワルドが眉をひそめた。

「何を怒っている。俺は本気で言ったんだぞ」

「いつも馬鹿にしてるくせに……」

「しかしだな」と、挑発に乗らず、プラザがとぼけた調子で続ける。

「すべてはご主人様がご帰還されたらの話だ。戻らなければ、ねぎらいの言葉一つなしだ。要するに、お前の忠義も献身もすべて無駄骨ということになる」

「何しに来たんだ、プラザ。誰も屋敷に入れちゃいけないんだ。用がなかったら帰ってくれよ」

「そうつんけんするな。もちろんお前に相談があって来た」

そう言うと、プラザは軒下からいつも佐和子が使っている肘掛け椅子を二つ引っ張ってきて腰を下ろし、身振りで相手にも隣に座るよう誘ったが、オズワルドはそれを無視して、プラザを見下ろす位置に立ち続けた。

「実は、主人思いのお前を見込んで、意見を聞きたいと思ってな……」

と言ってから、プラザはおもむろに胸のポケットから煙草を取り出し、火を点け、しばらく居座る姿勢を見せた。

「知っていると思うが、事件以来ロエロは軒並み強盗団の餌食になっている。ここが無事なのは奇跡のようなものだ」

プラザは煙草の煙を吐き出すと、短い首を回して屋敷内を一瞥した。

「無論、お前たちが昼夜を分かたず、目を光らせているることは知っている。しかしだな、ここが留守屋敷だということは、いずれ彼らの耳に入る。時間の問題だ……」

「だからって、何だって言うの?……」

と、オズワルドが身構えると、

「何を気張ってる?」

と、プラザが軽くいなす。

「お前とはやり方が違うが、こう言う俺だって、立山さんのために身を粉にして働いて来たんだ。今だってそうだ。そうでなければ、誰が人様の車のことを気に掛けると思う?」

「車?!……」

驚くと同時に、オズワルドは真剣にプラザの話に向き合う気配を示した。

「お前は毎日洗車しているようだが、そのせいで周りはびしょ濡れだ。こんなだと、芝生から湿気が上ってきて車が錆びる。いいか、こういう所に長く止めておくことは良くないんだ」

「旦那様がそうしたんだ」

と、オズワルドがたじろいて、口の中でもぐもぐ言った。

「それは分かっている。ただ旦那も急いでいたから、そこまで気が回らなかった。それに、すぐに戻るつもりでいたんだろう。お前にそう言い残して行かなかったか?」

相手をさとす調子でプラザがゆっくりと話す。

オズワルドはかすかにうなずくと、少し離れた日除け棚の足下に、プラザと向かい合って腰を下ろした。

これで、一歩も二歩も前進である。

「そこでだ……」

と、今度こそ失敗するまいと自分に言い聞かせ、プラザは緊張で乾いた唇をそっと濡らした。

「俺は思ったんだ、ジープをここに置くのは賢いやり方じゃないって……。すでに十日経っている。留守屋敷のことはやつらに知られていると見るのが自然だ。そうなれば、いずれお前は誘いを受けることになる。断るのは命懸けだ。そうだろう？　しかしだ、やつらの一番の攻撃目標は車だ。車はこの際、災いの種だ。そこで、最善の策は、もっと人目に付かない場所へ移すことだ」

「人目に付かないって、そんな場所は他にないよ」

と言って、オズワルドが屋敷内を見回した。

「ここじゃなく、別のところだ……。例えば俺の家はどうだろう？　俺のような貧乏長屋にこんな車が置いてあるとは、誰一人夢にも思わん。もちろんカバーを掛けて分からないようにする」

「でも……」

と、反論し掛けるオズワルドの機先を制して、プラザが続ける。

「だからって、俺はお前の仕事振りにケチを付けているんじゃないぞ。お前が一流の歩哨だってことも、命を張ってることもよく知ってる。今も洗車を欠かさないお前の忠勤振りに、誰一人文句の付けようがない。だから、ご主人がいない今、俺とお前と二人で、何が一番良いか、考えるしかないと言っているんだ」

プラザは盛んに手を振り回し、自分の言葉の正当性を印象付けようとしたが、それに対し、先ほど反論し掛けたオズワルドの方は、むしろ悪い兆候を見せ始めた。彼は頑なに押し黙って、手にした小さな棒切れで足下の地面をほじくり始めたのである。プラザは彼の手の動きに苛々しながら、それでも辛抱強く待った。

オズワルドはプラザの神経を逆撫でするかのように、掘り出した小石の粒を棒の先で跳ね飛ばしている。

『こいつはまだほんの子供だ。頭が空っぽなんだ。何ってことだ！』　プラザは心の中で舌打ちをした。

「それで、お前の意見は？」

と、相手の返事を促しておいて、そのくせ返事を待たず、プラザは再びだらだらと話を続ける。

「やつらが盗んだ車をどこで売り捌いているか、知っているか？　車をばらばらに解体し、部品をこっそりタンザニアへ運び出し、向こうで組み立て直している。その後、ブルンジに逆輸入される車もあるという話だ。実に手の込んだやり口だと思わんか？　要するにだ、巨大な犯罪組織があって、すべて用意周到に仕組まれている。強盗団の一部はそうした組織と繋がっている。だから、俺やお前のようなケチな男があがいたところで、埒があかないというわけだ。分かるか？……」

「俺の意見が何になる？」

顔を伏せたままオズワルドが、やっと虚ろな声を出した。

「旦那様の命令は、家を守れだった」

「それは、俺も頼まれた」

ここぞとばかりプラザが勢い込む。

「俺は、『いいでしょう、時々見て回りますよ』と言って引き受けたから、今日、こうして相談に来たんだ。今、ジープが盗難の瀬戸際にあると知ったら、旦那は一も二もなく俺の提案に飛び付くはずだ。そうしなかったのは、出発が急で、そこまで頭が回らなかったからだよ」

「動かすって、車の鍵がないよ」

「鍵のことなら心配するな、俺のような車のプロに任せれば、簡単に……」

プラザは、オズワルドの不用意な発言に食いついた。

「やっぱり、だめだ」と、プラザの言葉を遮って、オズワルドがぽつりと言った。

「出発の夜、旦那様は俺たちを呼んで、『戻るまでお屋敷を守るように』と言って、来月分の給金をくれた。それに雨の心配をして、小屋を建てるお金もくれた……」

『万事休す』である。彼が梃子《てこ》でも動かないのを見て、今更ながらオズワルドの忠義心の固さを思い知り、入念に練り上げた説得工作が不首尾に終わったことをプラザは悟った。

「そうか、よく分かったよ」

残念至極ではあったが、これ以上手の内を明かさない方が得策だ。この場は一旦潔く引き下がり、作戦を練り直す必要がある。プラザは、強い失望感とは裏腹に、ある種の愛情を込めてオズワルドをじっと見詰めて忠告した。

「だが、いいか。備えだけは抜かるなよ。お前は口が堅いつもりでも、情報は漏れるものだ。ところで、ジュベナールはどうした?」

「市場に行っている」

「いい機会だから忠告するが、お前の従兄には気をつけろ。あいつは口に締まりのない男だ。『敵は内にいると思え』と言うだろう。たとえ気心の知れた仲間でも、気を許せば命取りになる。肝心なことは、誰にも留守屋敷だと知られないことだ」

「それを知っているのは、プラザの他に二、三人いるだけ……」

と言って、オズワルドは急に口をつぐんだ。不安の影が彼の顔を掠めたように見えたが、プラザはそれを深刻には受け止めなかった。

「ふむ、俺が知ってるか……確かに」

と口の中でつぶやくと、プラザはふふんとわざとらしく苦笑いを浮かべ、それから、煙草をもみ消して立ち上がった。

殊勝にもオズワルドが道路まで付いて来て、タクシーを見送った。専属運転手になりたいとプラザに打ち明け話をして以降、彼への対抗意識が幾分薄れたのだろう。プラザは次第に遠ざかるバックミラーの中のオズワルドに向かって『この頑固者め!』と悪態をついたが、その一方で、その場に悄然と立ち尽くす彼の姿がなぜか心に引っ掛かった。

★　★　★

お屋敷の四方を守っていた防犯灯が消えた。料金の未払いを理由に、電力公社の職員が配電盤を取り外して行ったため、この界隈でオズワルドの屋敷だけが暗黒の闇に沈んでいる。ここが留守屋敷だと自ら公言しているようなものである。

夕食の後、ジュベナールがかまどの残り火に小枝を投げ入れた。するとパチパチと音を立てて小さな炎がおこり、彼の丸顔が闇に浮かび上がった。

「ああ、つまらん、つまらん」

と喚いて、彼がアルミのコップを放り投げた。

「どうして防犯灯を切るんだ?」

「電気代が溜まったんだから、仕方ないさ」

「マリー奥様が払えばいいじゃないか」

一方的な解雇通知に抗議の声を上げなかったジュベナールが、この件ではマリー奥様に楯突く姿勢を見せた。ゲームという唯一の娯楽を取り上げられ、イライラが募っているのだ。月明かりがあればゲームの相手をするが、このところ月も出ない。

「食事の後で、十字路へ行ってやろうよ。あそこなら明るい」と、ジュベナールが誘う。

「馬鹿を言え。歩哨がお屋敷を離れてどうする」

「だって、皆、あそこで遊んでるよ」

馬鹿々々しくてオズワルドは従兄の言い草に付き合う気も起こらない。確かに時折、大佐の屋敷の角にある街灯の下でゲームに興じる使用人を見かけるが、彼らは雑役係で歩哨じゃない。

「塞ぎ込むのもいいが、見張りだけは気を抜くなよ。次にうちが狙われるかもしれん」

オズワルドは、相棒の警戒心を掻き立てるため、先日ひとブロック南のフランス大使館員の屋敷に押し入った強盗団の話を持ち出した。大使公邸の晩餐会に招かれ、家族が揃って留守をしている間に、電気製品など金目の物すべてがトラックで持ち去られ、使用人の姿も一緒に消えた。

「あれは、歩哨が手引きしたんだ」

と、ジュベナールがのんびりと言う。

「分からないぞ。殺されて、タンガニーカ湖に沈められたのかもしれん」

「あれは手引きだよ。だから逃げたんだ」

「あそこの歩哨の場合、そうかもな……」

そう言うと、オズワルドは炭の残り火でジュベナールの表情を探った。

「もしも、これっぽっちでも手引きを考えているんだったら、今、言ってくれ」

「何、言ってるんだよ、オズワルド」

「ほんとに、どこからも誘いはないか？　あったら、話せよ」

「ないよ。もしあったら、お前ならどうする？」

ジュベナールが逆に尋ねてきた。

「当たり前だ。断る」

と強がってみせたが、実際に手引きを持ち掛けられたら、どうするか、オズワルド自身は一度も本気で考えたことがなく、実は不安の種であった。

「ねえ、オズワルド」と、食事の相談でもするように、ジュベナールが持ち掛けてきた。

「旦那様がずっと帰らないのなら、お屋敷のお宝を少し頂いてさ、俺たちの小屋に隠そうよ。少しぐらい盗っても分からないよ」

この鼻持ちならない相棒をどこまで信用すべきか、オズワルドは時々悩ましく思う。彼が事務所のブラインドの隙間から中をのぞく姿を何度も目撃していた。

「ジュベナール、明日一番でジープを動かすから、手伝ってくれ」

「これ以上無理だよ」

「分かっている。でもブーゲンビリアの枝を刈り込めば、あと三十センチは動かせる」

表道路からは今のままで十分だが、大佐のレンガ塀の方からは、ジープの赤いお尻の一部がのぞいて見える。仲間の歩哨でも油断できないご時世だ。金欲しさに『垂れ込み』をしないとも限らない。『仲間に気を許すな』と言ったプラザの忠告を彼は肝に銘じていた。

「それから、木の枝で車を隠す。それなら、賊が進入しても見つからない。その間、俺たちも藪に隠れるんだ。やつらはお屋敷のお宝に目が眩んで、藪の中まで探さないだろう。車さえ見付からなければ俺たちは安全だ」

「オズワルド、頭がいいね！」

「当たり前だ。ナタを振り回すだけが歩哨じゃない。俺の頭には色々と作戦がある。見たらびっくりするぞ」と言って、自分の頭を指で突いた。

「嫌だね。お前の頭の中なんか見たくない」

「分かったよ」と、オズワルドは可笑しさを噛み殺して言った。

「でも、手伝ってくれるだろう？　試したけど、一人では動かなかった」

「車、椰子の葉で隠したら」と、ジュベナールが珍しくアイデアを出してきた。

「あっ、それはなかなかの考えだ。よし、俺が木に登る。ご主人から椰子を刈り込むよう言われていたから、これは一石二鳥だ！」

オズワルドも椰子の葉の利用を考えていたが、従兄に譲った。うまくおだてれば、彼は年下のオズワルドに従ってくれる。他にも、芝から湿気が昇らないように車の下にビニールシートを敷くことを考えた。これならプラザも文句を言えまい。

　翌朝すぐ作業に取り掛かった。ジープを二人で持ち上げて、少しずつ横にずらし、赤い車体の後部が完全に隠れるまで念入りに椰子の葉で覆った。


　午後、家賃を払うため、クーデター後初めてブウィザの小屋に戻った。入り口の鍵が壊され、鍋釜類と小型ラジオなどの家財が消えていた。小屋が荒らされたのは初めてである。だが、今のオズワルドにはお屋敷がねぐらであった。

　彼は新しい鍵を取り付けるのに手間取り、夕方近くお屋敷に戻った。すると、夕食の支度をするジュベナールの足下に、見慣れない物があった。それがスパゲティというもので、ゆでて食べると言う程度の知識ならオズワルドにもあった。

「どうしたんだ、これは！」

　思わずオズワルドが声を荒らげた。

「なんで市場に行った？　俺の留守中は、屋敷を離れるなとあれほど言ったのに、お前はまだ分からんらしいな……」

　ジュベナールは知らん振りして、コンロの火を熾す手を止めようしない。相手を散々イラつかせた挙句、おもむろに上げたその顔は、横っ面をひっぱ叩いてやりたい程、下卑た根性丸出しであった。

「あそこから、盗った」

　と言って、ジュベナールが台所の方を指さした。

「盗ったって⁈」

「まだ色々ある。びっくりして腰を抜かすぞ……。お宝を見つけたんだ！」

　ジュベナールは嬉々として叫んだ。

　オズワルドは一瞬息が止まったが、すぐに二人の食料置き場へ駆け寄り、ビニールシートを剥いだ。軒下の一角に作った木箱の中には、残り少ない豆とトウモロコシに交じって、見掛けないものが投げ込まれてあった。

「そんなもの、幾らでもあるよ」

　彼の後を追って来たジュベナールが背後から叫んだ。

「これだけか?……」

とつぶやいて、オズワルドは幾分安堵した。彼が屋敷から盗ったものは思いの外わずかだった。

「いつでも取りに行けるよ」

ジュベナールが得意げに言った。

「俺たちは歩哨だぞ!」

思わぬ展開にオズワルドは一言やり返すのがやっとであった。

「ほんの少しだから、気付かないよ」

ジュベナールの言い草はいつもの彼と思えない抜け目のなさである。彼はオズワルドの手を取ると、芝生の上を飛び跳ねるようにして、台所の裏のドアへと引っ張って行った。

台所のドアに隣接して、四十センチ四方の明り取り窓がある。その曇りガラスには大きなひび割れが入っていて、接着テープで補修されていたが、その接着テープが剥がされ、大きなガラス片が窓枠から取り除かれて脇に置かれてあった。

ガラス片を外した穴から手を差し込めば、小窓の内側にある止め金を外すことができると、ジュベナールは気付いたのだ。オズワルドは以前からその事実を知っていたが、相棒がそれに気付くとは想像もしなかった。

ジュベナールはオズワルドの背中に覆い被さるようにして、ガラスの穴から一緒に中をのぞき込んだ。三、四メートル四方の薄暗い小部屋には、実に様々な品物が詰め込まれていて、足の踏み場もない有様だ。ちょうど雑貨屋の倉庫のようで、壁に向かい合って二段の幅広い棚があり、ボトルの容器が幾つも並んでいたが、多くは段ボール箱の状態で押し込まれている。そして床には、未開封の米の大袋や豆類の袋の他、中身の分からない多数の段ボールがあった。

買い物の際、少しずつお屋敷に運び込んだものが、これほどの品数と分量になっていたとは想像もつかなかった。オズワルドが茫然として視線をさまよわせている間に、ジュベナールが使用人のシャワー室から緑色した小さなボトルを手にして戻って来た。

「シャンプーだ。洗剤も石けんも歯磨きもある。何でもある。幾らでもある」

と、彼はボトルを振り回しながら節をつけて歌った。

それを見て、オズワルドのためらいの気持ちが吹き切れた。

「どうしてシャンプーだと分かる？　食器洗いかもしれないぞ。フランス語が読めないくせに！」

と、オズワルドがやり返した。

「へっへっへ、もう使ったよ」

見れば、ジュベナールの髪がさっぱりとしている。オズワルドは容器の蓋を開け、どろりとした液体に鼻を近づけた。いつか奥様のお供でアジア地区に行き、インド人の店でまとめ買いした時のものに違いない。

「変な香りだ」

オズワルドは甘い花の香りを思い切り吸い込んで、頭がくらくらした。

「一本や二本、分かりゃしない」

「よし、俺も使ってみよう」

そう言うが早いか、オズワルドはシャツを脱ぎながら歩き出した。

「気を付けろ。泡が目に入るぞ」

ジュベナールはすっかり有頂天である。

「洗剤はあるか？　ジュベナール」

オズワルドがシャワー室から首を出して叫んだ。

「ついでにシャツも洗う」

「オズワルド、後で一緒にお宝を見に行こうよ」

「分かったから、大きな声を出すな。隣に聞こえるじゃないか」

ジュベナールが手を付けて以降、彼らは二度倉庫に侵入した。明り取り窓の下に椅子を置き、身体がやっと通る狭い窓枠に頭を押し込むのである。二人はそこで、段ボール箱の中身を確かめたり、品物の数を数えたり、穀物の袋に両手を突っ込んで感触を楽しむなど、宝探しの醍醐味を心行くまで味わった。取り分け、大量の食料の中に身を沈めていると、心が満ち足りるのを覚えた。

倉庫の中には、オズワルドらに用のないトイレットペーパーの大箱のほかにも、使い道の分からない食料や品物も多数あった。地方が干ばつと食糧不足で苦しんでいる時、この三メートル四方の小部屋は夢に出てくるおとぎの国である。彼らを特に驚かせたのは大量の米の備蓄だ。三十キロ入りの大袋に加えて、何十個もの小袋が段ボール箱に収まっているのを見て、オズワルドは唖然となった。二人が一年以上食べても底を突かない量である。奥様は食料品店ボンプリへ行くたびに米を買い足していたが、倉庫の中でこれ程の備蓄量になっていようとは思いもよらなかった。

　倉庫と台所は簡単なドアで仕切られている。扉が台所側から施錠されているため、お屋敷内への侵入は一応食い止められているが、その気になればドアを外すことは容易である。相棒がその点に気付かないことを祈る他なかった。出発間際、食料倉庫の存在を『ジュベナールには話すな』と、念を押して行った佐和子の言葉が耳にまだ新しい。

　一度目は倉庫の探索を楽しむだけに留め、ジュベナールが品物を持ち出すのを許さなかったが、二度目の時、オズワルドの方から切り出し、食料の補充のため米と豆を数袋と、市場で売り捌くための洗剤など、日用品を目立たぬ程度に抜き取った。

　品物を売り捌くのはオズワルドの役目である。市場で働いたことのある彼は、その辺の事情に通じていた。何よりも口の軽いジュベナールを市場から遠ざけておきたかった。

　オズワルドは、お屋敷から持ち出した日用品を市場に近い彼の小屋に一旦移し、市場へは五、六個だけを携えて行くことにした。そして、他の路上売りに倣って、人の行き交う道端に布を敷き、その上に品物を並べて座る。隣とは一言挨拶を交わす程度で、互いに目を合わせることもない。

　路上売りは初めてであったが、金持ちが安値で大量に仕入れた品を、使用人を使って売り捌くことがよくあるので、新参者を怪しむ者はいない。中には盗品が交じっているが、それを一々詮索し、咎めたりする者もいない。時々、売子を脅して値引きさせる悪徳警官を見掛けるが、それだけのことである。

「やあ、兄貴、いつから商売替えしたんだ？」

　オズワルドが通行人の巻き上げる砂埃を吸ってぼんやりしていると、アメリカ製のジーンズを穿いた足が目の前で止まり、歯ブラシと歯磨き粉を並べた布の端を靴で踏んづけた。民衆市場に半日いれば、必ずセレスタンが現れるというオズワルドの予想が当たった。

「やあ、セレスタン……ご主人がいなくなったから、自分の食い扶持を稼いでいるのさ」

「ふん、兄貴がね……」

と哀れむように言って、セレスタンが口元に薄ら笑いを浮かべた。

「この商売、兄貴には似合わないよ……」

下から見上げると、セレスタンのクシャクシャの頭がいやに大きく見える。彼は品物の出所を聞かなかったが、その目が『お屋敷の物だろう』と言っている。声に出して聞かれたら、『実はそうさ』と潔く認めただろう。

「お前こそ、羽振りがいいじゃないか。靴まで新調しちゃってさ」

と、オズワルドが目の前に突き出された目障りな足を見て言った。

彼は働いていると言ったが、それがどんな仕事か、オズワルドもあえて尋ねなかった。ポケットに両手を突っ込んで、辺りに睨みを利かしながらかっ歩する姿は、手配師ボドワンの手下にも見える。いずれにしろ、尋常でない『仕事』に就いたといって間違いなさそうだ。


「じゃあ、もういいんだな、あのことは?」

オズワルドが何気ない口調を装って言った。

「何がさ?」

「デニスの飯屋でのことさ。遠藤さんが日本に帰ったって、怒っていたじゃないか」

「ああ、あのこと。とっくの昔に忘れたよ」

「それならいいが、あの時……」

「あの時はあの時さ……。わざわざ嫌なことを思い出させるなよ、兄貴」

彼はオズワルドの追及が気に障ったらしく、気まずい顔をしてその場を立ち去った。


市場での出会いから一日置いて、セレスタンがオズワルドを屋敷に訪ねて来た。

「入れよ」

細めに開けた潜り戸から、オズワルドが招き入れようとした。

「従兄がいるんだろう?」

セレスタンがオズワルドの背後をのぞき込む。

「いるけど、構わないよ」

「喉が渇いているんだ。ペプシを奢るよ」

と言って、セレスタンが潜り戸から一歩退いた。初めからオズワルドを誘い出すつもりだったようだ。むやみにお屋敷を空けたくない彼はどうしたものかと思案した。

「金回りがいいんだ。行こうよ」

そう言って、オズワルドの腕を取った。

道すがら、セレスタンはろくに口も利かず、せかせかと小走りに先を急ぐ。こうして、半ば強引に連れて行かれた店は、オズワルド行き付けのスタンドバーではなく、大通りを渡った所にあるスーパー・ボンプリ付属のスタンドバーであった。

スーパー・ボンプリは、佐和子のお供で足繁く通った馴染みの店で、ここだけはクーデター後もどこから仕入れてくるのか、以前と変わらぬ豊富な品揃えで、客足が途絶えることがない。駐車場の木陰が野菜売り場になっていて、首都から姿を消したはずの新鮮な野菜や果物が山積みである。通りすがりにのぞくと、びっくりするような値札が付いていていた。

スタンドバーはどこもトタン張りの掘っ立て小屋である。カウンターの内側は、人一人がやっと動き回れる幅しかなく、その背後には、ビールとペプシのビンの入ったケースが、錆びたトタンの壁に沿って隙間なく山積みにされている。

「マスター、ペプシを二本」

セレスタンが声を掛けると、客に背を向けていたマスターが振り返った。痩せぎすの無愛想な男で、少し白人の血が混じっている。彼は冷蔵庫から冷えたペプシを取り出し、慣れた手付きで栓を抜く時、濃い眉の下から一瞬、突き刺すような視線でオズワルドを見た。

「あっちで飲もう」

セレスタンの先導で、バーの裏手の小川に架かる小さなコンクリート橋へ行き、二人はその縁石に並んで座ると、勢いよく流れる浅瀬の上で足をぶらぶらさせた。

喉が焼けるのも構わず、セレスタンが炭酸水を一気にあおった。オズワルドは垢染みた彼の喉がガスで異様に膨らむのを見た。

「実は、話があるんだ、兄貴」

「どうも、そうらしいな」

嫌な予感に襲われ、オズワルドが口の中でつぶやいた。

「面倒臭いから、前置きなしで……」

と早口に言って、セレスタンが振り返った。

「仲間が兄貴の屋敷のお宝を頂こうって言ってるんだ」

オズワルドは喉の奥で『あっ⁉』と声にならない叫び声を上げたが、セレスタンはそれに気付かなかったらしく、話を続ける。

「兄貴が仲間になってくれれば、襲撃の必要もないし、皆が助かる。分かっていると思うけど、俺たちは他に道がないんだ」

「分かっているって、何が？」

「大勢仲間がいる」

と言って、セレスタンの息が少し荒くなった。

『仲間』と聞いて、背筋に戦慄が走った。四人組にお屋敷を襲われた時の記憶が脳裏に蘇ると同時に、セレスタンの背後でうごめく顔のない男たちの姿が目にちらついて、しばらく口が利けなかった。

「分かったが、お前が俺のところを狙うとは思わなかった……。夢にも思わなかったよ」

オズワルドはやっと呪縛を振り解いて口を開いた。

「兄貴がその気なら、やつらなしで、山分けにしようと思ったが……今はもう遅い」

と、捨て鉢になって話すセレスタンの歪んだ顔が間近にあった。それは年齢不詳の、どこか年寄りじみた顔であった。

その時セレスタンのペプシの息がオズワルドの頬にかかり、彼は顔を背けた。チンピラ風を吹かしていた頃のセレスタンは仲間だった……が、今、オズワルドの横に並び、足下の川面に影を落としている小男は、彼の知らない危険な人物で、顔のない男たちの一味であった。二人はしばらく口をつぐんで、それぞれに頭の中で自分の考えを追った。

オズワルドは、セレスタンを救いたいとこれまでに何度も手を差し伸べたが、その都度絶望させられた。デニスは正しかった。

『信仰を失った者は救い難く、突き放すしかない』

と言うデニスの言葉を念仏のように口の中で唱えてから、オズワルドは戦闘の口火を切った。

「じゃあ、今お前が喋ったことは、『セレスタンの提案』ってやつか？」

　下を向いたまま、彼は水面に映ったセレスタンの影に向かって話した。

　小川は大石に阻まれ、左右に分かれて渦を巻き、川面に映ったセレスタンの胸の辺りをえぐるように流れる。そこに上流から木屑が流れてきて、二人の影の間を切り裂くように流れ去った。

「俺のだって？　そりゃ、兄貴がそう言いたいのなら、それでも構わないよ」

　オズワルドの逆襲に遭い、セレスタンがたじろぐ。

『何が提案だ！』

　オズワルドは心で激しく叫んだ。誰も彼も死肉にたかるハイエナのように、お屋敷を食い物にしようとしている。それは、胸のムカつくような不快な想念で、口から吐き出すしかなかった。

「それなら、断るしかないな」

　昂然と顔を上げて言い放ったが、その次の瞬間に彼はすでに後悔を始めていた。何と言ってもセレスタンは古くからの仲間で、そして弟分だった。

「断るって?!　そんな……」

　セレスタンが顔色を変える。窮地に追い込まれたのは、オズワルドではなく彼の方であった。

「お前の仲間のことなら……」

「断るんなら、その話はやめてくれ！」

と、セレスタンはオズワルドの口を手で塞ぐようにして押し止めた。

「いいのか？」

「いいのかって！　いい訳ないだろう」

　我を忘れてセレスタンが叫んだ。

　若者たちが集うスタンドバーは、茂みに遮られてコンクリート橋からは見えなかったが、セレスタンの甲高い声が彼らのところまで届いた可能性がある。オズワルドは突然恐怖に襲われ、辺りの茂みに目をやった。

　強盗団は交渉を拒んだオズワルドと、交渉に失敗したセレスタンを決して許さないだろう。しかし、今は友の身を案じている時ではない。一刻も早くこの場を立ち去るべきだ。会合場所を選んだのは彼らの方であるのだから。

「じゃあ、俺は帰るよ」

　そう言うと、オズワルドはペプシの残りを飲み干した。

「急ぐことないだろう。まだ話が……」

「お屋敷を長く留守にできないんだ」

オズワルドはそう言い訳したが、その相手が『襲撃計画』を持ち掛けてきた当人であるというのは、あまりに皮肉な話である。

彼は立ち上がったが、これがセレスタンとの最後の会合になることを予感して、あえて『またな』とは言わなかった。

「また、近いうち……」

と、茫然自失の態でセレスタンがつぶやいた。

「もう来るな」

「もし気が変わったら……」

と、背後から取りすがるセレスタンの声をナタで断ち切るようにして、オズワルドは橋を離れた。

歩き始めて、ペプシの空瓶を持っていることに気付いた彼は、バーの方へ戻り掛けて、今そんなことをしている場合でないと気付き、ビンを道路脇の藪に投げ捨てた。

★
★
★

『チャンスは一度、オズワルドがミサに行く日曜の朝』と、プラザは決めていた。

彼は道の角まで来ると、生け垣の茂みの間から屋敷の門がやっと見通せる位置にタクシーを止めた。そこは、日中でも人の往来のない高級住宅地であったが、それでも人の注意を引かないように座席を後ろへ倒し、休息の体勢でオズワルドの外出を待った。薄目を開けて通りを窺うプラザの胸のポケットには『合い鍵』が潜ませてあった。

彼はコーランを信じている。これまで、洋平の目の届かない所で、切手やガソリンをごまかし、ビデオテープを持ち帰るなどしたが、これは悪ふざけであって、『汝《なんじ》、盗むなかれ』の戒律に抵触しない。金持ちから物をくすねるのは、貧乏人の特権みたいなものだと思っている。ある種の後ろめたさがあるとしたら、それは一般社会の法律や規律に潜む矛盾のせいで、プラザの道徳心とは無関係だ。しかし今回は、これまでの『悪ふざけ』とどこか違う。彼のポケットの合い鍵がそれを物語っていた。

合い鍵を入手した経緯については、申し開きができる。当時、下心があってのことではなく、将来このような形で利用することになるとは全く考えていなかった。今回のクーデターと、それに続く日本人家族の出国は偶発的で、予想外の展開であったのだから……。それに第一、ここが最も肝心な点であるが、プラザに洋平を困らせる意図はなく、真実はその逆で、彼の友人となり、力になりたいと心から願っていた。それを疑う者がいれば、この胸を切り裂き、そこに一片のやましさもないことを証明できると思っている。

ある日、いつものように郵便物を届けに行って、小サロンのドアに鍵が挿し込んだままになっているのを見て、悪戯心に火が付いたのである。彼は洋平の執務室に入る直前に、手紙を一通、ズボンの後ろポケットにねじ込んだ。そして小サロンを出る時、鍵を抜き取ると、街角の金物屋まで車を飛ばして合い鍵を複製し、すぐさま取って返して鍵を鍵穴に戻し、洋平には『タクシーに手紙が落ちていた』と言い訳したのである。その間、三十分。合い鍵の使い道に考えがあったわけではなく、いつか役に立つかもしれないと、軽い気持ちであった。

その日以来、引き出しの奥に忘れられていた合い鍵が、日の目を見るに至ったのは、全く予期せぬ結果であって、断じて意図したことではない。従って犯罪ではない。むしろ千載一遇の好機を逃すことは、アッラーのご意思に背くことだとプラザは考えた。更に、幾分腹立たしげに、これは『ジープの大失策』に対する『ほんの埋め合わせ』と自分に言い聞かせたのである。

この時も、プラザは金銭的に苦境に立たされ、家庭的にもトラブルの渦中にあった。妻の治療費が払えず、治療半ばで祈祷師の元から妻を引き取った。その結果、ノイローゼの妻と出戻りの姉の同居という最悪の事態が再現され、以前にも増して女同士の確執が彼を悩ませていたのである。

家庭内騒動にうんざりし、捨て鉢になっていた時、ふとしたことで合い鍵の存在を思い出し、遊び心からその活用法をあれこれと考え始めた。その途端、彼を押し包んでいた重苦しい閉塞感が一気に四散し、にわかに心が色めき立ち、活力が身体に漲ってきた。プラザはこの時、一か八かの憂さ晴らしを必要としていたのである。

屋敷を窺う彼の耳に、カーラジオが代わり映えしないニュースを流し込む。命拾いしたフロデブの閣僚らは、弱気な声明を声高に繰り返すばかり。唯一の進展は、彼らが亡命先のフランス大使館を出て、フランス兵が護衛するタンガニーカ湖畔のリゾートホテルに移ったことだ。

突然、蝶番の軋みと共にお隣の門扉が勢いよく押し広げられ、軍用ジープが道路に飛び出して来た。ジープは加速したまま角を曲がり、もうもうと砂埃を巻き上げて、タクシーの脇を走り抜けた。前屈みになってハンドルを握る大佐は、一般市民を装って軍帽も軍服も身に着けていない。

それからしばらくして潜り戸が開き、オズワルドが道路に現れた。予想通り彼はプラザに背を向け、西へと歩き去った。こざっぱりとした出で立ちから、日曜礼拝だと分かる。教会までの往復とミサを合わせ、たっぷり一時間半は戻らないとプラザは踏んだ。用心のため更に十五分待ち、満を持して仕事に取り掛かった。

タクシーを屋敷の前に移動させて門扉を叩くと、ジュベナールが現れた。

「オズワルドは？」

何気ない振りを装い、プラザが尋ねる。

「ミサに行ってるよ」

「ああ、そうか。うかつだった」

と言って、プラザは自分の額をぽんと一つ叩いた。

「俺たちイスラムの礼拝は金曜日だから、うっかりしていた……。どうしてジュベナールは行かないんだ？」

「行くけど、お屋敷を留守にできないって、オズワルドが言うから今日は……」

「そうか。それで、オズワルドはいつ戻る？」

「もう大分前に出たから……」

「それは良かった。中で待たせてもらうよ」

そう言うとプラザは、ずんぐりした身体を門扉の隙間に押し込んだ。

彼は木陰から離れた庭石を選び、腰を下ろした。尻が焼けるように熱い。ジュベナールも仕方なく炎天下に立ち尽くす。それも作戦のうちだ。

「ジープはどうした？　見えないけど……」

驚いてプラザが尋ねた。前に来た時、ブーゲンビリアの茂みからタイヤの一部がのぞいていたのに、それがなかった。

「椰子の葉で隠した」

と言って、へっへっへとジュベナールが笑った。

彼は、オズワルドと二人でジープを茂みの奥に移動したことを得意げに話し、椰子の葉で覆うことを思い付いたのは自分だと、一言付け加えるのを忘れなかった。

「そりゃ、大したものだ」

プラザが大袈裟に感心して見せる。

「しまった……。俺、喋っちゃった！」

ジュベナールが慌てて手で口を押さえた。

「誰にも喋るなって、オズワルドに言われてたんだ。黙っててくれよ。あいつ、すぐ怒るから」

「大丈夫、黙っててやるよ。お前は実に偉いやつだ。ご主人が戻った時、椰子の葉のことは、俺から話してやる」

と、相手の機嫌を取っておいて、プラザがさりげなく言った。

「そんなところに立ってないで、ここに座れよ」

ジュベナールは素直に従って、プラザと並んで熱い石の上に尻を下ろした。オズワルドが不在のためか、いつになくよく喋る。プラザには好都合だ。彼はしばらくジュベナールにお喋りを楽しませてから、おもむろに言った。

「暑いな。ジュベナール、ペプシでも飲もうや」

プラザは額の汗を手の甲で拭いた。実際、汗っかきの彼の身体からは滝のように汗が噴き出てくる。プラザは用意しておいた小銭をポケットから取り出すと、高飛車に命じた。

「悪いが、角のバーに行って、よく冷えたのを二本買って来てくれ」

ジュベナールは自分に差し出された小銭を機械的に受け取り、腰を浮かし掛けて、急におどおどした顔付きになった。

「まずいよ。オズワルドが戻ってからにする」

年上の従兄をここまで思い通りに操ることのできるオズワルドに、プラザは感嘆を禁じえなかったが、今は感心している場合ではない。

「じゃ、三本買って来いよ。オズワルドが戻ったら三人で飲もうや。屋敷のことなら心配ない。俺が代わりに見張っていてやる。ほんの十分か十五分のことじゃないか」

「だけど、やっぱりまずいよ。あいつ、本気で怒るから」と、ジュベナールは動かない。

「そうか。そんなにやつが怖いんなら仕方がない。俺が一人で飲みに行くしかないか」

と、機嫌を損ねた振りをする。

「しかし、何だな、オズワルドはまるでお前のご主人様のようだな」

「…………」

プラザの挑発に、ジュベナールは一段と間抜けた表情で応える……。しかし、プラザも腰を上げない。太陽が炎となって降り注ぐ中、二人は無言の我慢比べをした。ジュベナールはプラザが睨みを利かしているから、木陰に逃げ込むこともできない。もう少しの辛抱である。彼が冷えたペプシの誘惑に勝てないことは目に見えていた。

「喉が渇いて、死にそうだ」

と言って、プラザが再び攻勢に転じた。

「オズワルドも、この暑さだ、冷えたペプシがあったら喜ぶだろう。すぐに戻らない時は、お前が代わりに二本飲んだらいい。残しておいても、ぬるくなってしまうからな。どうだ、ジュベナール、ちょっと行って買ってこいよ」

ジュベナールは『二本飲んだらいい』の一押しに抗し切れず、小銭を手に立ち上がった。プラザはやっと邪魔者の追い出しに成功したが、そのため予定外に時間を使った。一刻の猶予もならない。オズワルドが戻るまでにあまり時間がなかった。

門扉がガチャンと音を立てて閉まるのを待って、プラザは腰を上げた。合い鍵は滑るように鍵穴に入った。真っ先に小サロンのビデオデッキとテレビの配線を外した。他に獲物は事務所のファックスと、できれば金庫。与えられた時間は八分である。手順は一晩掛けて練り上げてあった。

彼は機器類を庭に運び出し、門扉の内側に積んだ。重いコピーマシーンと日本語のワープロには目もくれない。金庫には手を掛けたが、重量があり過ぎた。プラザは事務所と小サロンに限定し、食堂と寝室には手を付けないと予め決めていた。そこに金目の物がないという判断もあったが、やはり後ろめたさが彼の手を縛っていた。

時計を見ると、予定より早い。彼はドアの鍵を掛けて合い鍵をポケットに戻した。残る三分で、品物を表通りに止めたタクシーのトランクへ積み込めば終わりだが、見通しの良い場所での作業である。何気ない様子を装って、素早く行動することが肝心だ。積み終わったら、何食わぬ顔でジュベナールの帰りを待つ。二人でペプシを飲んで雑談し、『また来る』と言って引き上げる。万一その間にオズワルドが現われたら、『様子を見に寄った』と言い訳すれば済む。事務所も小サロンもブラインドが下りているから、あえて中をのぞき込まない限りしばらくはばれない。これがプラザの計画であった。

通りに人影がないのを確かめると、彼はタクシーのトランクを開け放し、次々と電気製品を押し込んだが、トランクの蓋がぶつかって閉まらない。一旦外に出し、もう一度丁寧に詰め直した。全身から汗が滴ったが、拭っている暇はない。最後に残ったビデオデッキを小脇に抱え、通用口を出ようとした時、逆に外から入ろうとする男の頭と危うく鉢合わせしそうになった。

『しまった、ジュベナールだ』

と思って顔を上げると、それはオズワルドだった。

「やあ、プラザ」と言ってから、彼はプラザの小脇からずり落ちそうなビデオデッキに気付き、道を譲ろうと一歩脇に避けたが、その目は『それは何？』と尋ねている。

「いや何、これは……」

現場を見られた以上、言い逃れをする他ない。

「出発前にビデオデッキの修理を頼まれたのを思い出して……」

と言い繕ってみたが、オズワルドが真に受けていないのは明らかである。ただ状況を呑み込むのに、手間取っているだけである。

「ジュベナールは？」

と、オズワルドが冷ややかな声で尋ねた。

「お前の帰りを待っていたんだが、暑くって、ペプシを買いに走らせた」

ふんと鼻を鳴らしたオズワルドの視線が、半分蓋の開いたトランクの上に止まった。中からテレビが顔をのぞかせている。それを見て、プラザは諦めた。稚拙な作り話で騙せる相手ではない。

「分かったよ、オズワルド。お前の考えている通りだ。二人で山分けにしよう。俺は初めっからそうしたかったがお前が断ると思って……」

「断るって？」

と、聞き返した表情から、彼が事態を完全に理解したことが分かった。

「白状すると、ジープの件で、お前の意志が固いのを知って、誘うのを諦めた……。しかし、こうして現場を押さえられた以上、腹を割って話すしかないらしい。折半ということで、どうだ？」

「……………」

オズワルドは無表情のままである。

「すぐ売り捌いてやる。俺にはルートがある。お前は何もせず、知らん振りをするだけでいい。それで半分はお前のものになる。いや、こうなっては、無理にでも受け取ってもらう他はない。そうでないと、俺が困った立場になる。ジュベナール抜きで、二人だけで話を付けたい」

ジュベナールが戻る前にけりを付けることが、今は肝要だった。

「旦那様が帰れば、すぐ分かることだ」

オズワルドの口振りは意外と淡々としている。当然の、そして型通りの抵抗である。プラザは内心『しめた』と思ったが、同時に驚きであった。

「お前、まだ本気で戻ると信じているのか？」

と、プラザが驚いて見せる。ここは、思い切り両腕を広げて見せる場面だが、折悪しく彼の両手はビデオで塞がっていた。

「戻ったら、どうする？」

オズワルドは真剣な表情を変えない。彼の関心は『ご主人は戻る』の一点にあるのだ。

「その時は、屋敷を空けた隙にやられたと言えば済むじゃないか。いいか、『あの人』は俺を疑っても、お前を疑ることは絶対にない。とにかく俺に任せろ。俺が上手く取り繕うから、お前は知らぬ存ぜぬを押し通せばそれでいい」

その時、両手にペプシのビンを提げて、角を曲がるジュベナールの姿がプラザの目に入った。

「ジュベナールだ」

と小さく言って、プラザは車のトランクに歩み寄ると、ビデオデッキを中にしまい、音を立てないよう蓋を閉めた。

「ジュベナールには知られたくない。早く決めてくれ」

刻々と近づくジュベナールとの距離を目で測りながら、プラザはオズワルドに決断を迫った。横に並んだ彼もジュベナールをじっと見ている。観念する他ないとプラザが諦めかけた時、

「分かったよ」とオズワルド。

「ほんとか?!」

「これ以上、手をつけないのなら……」

「他は興味がない」

そう言うと、プラザはジュベナールに向かって軽く片手を上げて合図を送った。オズワルドに気付いた彼が、お返しに三本のペプシを高々と掲げて見せた。

「儲けは等分だ」と、プラザが念を押した。

オズワルドはちょっと口を歪めただけで、それには何も答えなかった。

「それから、ジュベナール抜きだ。いいな」

「いいよ。彼を巻き込みたくない」

と、今度は案外としっかりした返事が返ってきた。

第十四章　赤いジープ

「どうした？　浮かない顔をして……」

息子のいないデニスは、オズワルドを息子同然に思っていて、彼に対し万事遠慮がない。頭の天辺から足の爪先まで大きなギョロ目でなめ回す。

「マラリアか？」

粘つくようなデニスの視線に辟易して、オズワルドは小娘のように目を伏せた。そんな内気な自分が歯がゆくて堪らないのだが、さりとてセレスタンのように『親父』に反発する気概もない。

他方、彼はデニスを第二の父と慕っていた。ルサイファのひ弱で繊細な実父と違って、デニスは粗野で一

本気でぶしつけなところがあるが、同時にどんなに手荒く扱われても憎めない好人物である。

オズワルドは店に入りたいのだが、デニスの巨体が狭い入り口を塞いでいた。彼は、街灯広場に活気が戻ったことが嬉しくてたまらないのだ。入り口の木枠にもたれて腕組みし、片足をぶらつかせながら、暇があれば広場を眺めている。いつもの得意のポーズだが、しばらく鳴りを潜めていただけにデニスの気持ちが痛いほど伝わってくる。

やっと彼の脇をすり抜けて店に入ると、皿やパン屑の散らかったテーブルが、常連客が戻ってきたことを如実に物語っている。

「どこか変だぞ。いつもと違う」

デニスはオズワルドを目で追い回し、追及の手を緩めない。こんな時はとことん無視するに限る。ちょっとでも隙を見せると、一層絡みたくなるのがデニスの性分なのだが、事実、隠し事を抱えている今のオズワルドは、心の内を見透かされているようで先ほどから心中穏やかではなかった。

今朝プラザが訪ねて来て、お屋敷のビデオを売った分け前と称して、半分の七千フランをオズワルドのポケットにねじ込んで行った。金を受け取った後、仕事が手に付かなくなった彼は、ジュベナールに留守を任せ、デニスを訪ねたのである。

「それ、こん棒？」

店に入った時からオズワルドの目の端に染みついて離れないモノが調理場の戸口に立て掛けてあった。

「用心のためだ。全く物騒な世の中よ。泥棒は金のある所を狙うのが相場だが、近頃は貧乏食堂までが荒らされる。やつらもそこまで食い詰めたってことだ」

「こんなこと、いつまで続くんだろう？　親父」

「女首相と腰抜けの取り巻き連中じゃ、軍隊に対抗できん」と、彼は声を荒らげる。

「体を張って戦っている庶民を守るどころか、自分たちの命の心配で汲々としている始末だ」

オズワルドもまた、デニスとは別に、自分の足下に忍び寄る悪魔をひしひしと感じていたが、それを政治のせいにする親父の説にはうなずけない。問題はもっと根深いところにある。彼は意を決して自分の意見を述べた。

「泥棒が増えたのは、神様が我々をお見捨てになったからじゃないの？」

先日の日曜礼拝でも、オズワルドはいつものように神父様のお説教を無心に聞くことができず、心に迷いを抱えたまま教会を出たのであった。

「神様のせいにしちゃいかん」デニスがオズワルドの顔をのぞき込んだ。

「やっぱり変だぞ。ちゃんと飯を食っているか？」

彼の的外れな当て推量にオズワルドはいい加減うんざりしていたが、今日はぜひとも尋ねたいことがあった。

「ねえ、親父。他の人が皆、変になっても、僕一人、元のままでいられるのかなあ？」

「何だと？」

驚いて、デニスが一層まじまじとオズワルドの顔を見た。

「やっぱりおかしい。お前はどんな時でも、神様のせいにも世の中のせいにもしなかった。昔、野垂れ死にしかけた時だって、それを……」

「親父、昔の話を蒸し返すのはよしてよ。セレスタンだって僕だって、昔のままじゃいられないんだ……。世の中が変わったんだ」

いつもは従順な息子同然のオズワルドから噛み付かれ、『分かった』と困惑の色を浮かべると、デニスは悲しげに肩を落とした。

そんな親父を前に、オズワルドの心は子供のように泣き叫んでいた。

『お屋敷に手を付けたのは、僕じゃない。僕は昔のままでいたいのに、誰もほっといてくれないんだ！』

彼はデニスの胸にすがり付いて、ジュベナールの盗み、セレスタンの誘い、プラザとの共謀など、この数週間に立て続けに起こった出来事を告白したかったが……できなかった。そんなことをすれば、デニスは地獄の番人のように彼を睨み付け、壁に立て掛けた『こん棒』を振り上げて追い立てるだろう。デニスは世の中がどうであれ、すべての人間が変わろうと、彼だけは決して変わらないのだ。

「ところで、親父」と、さりげない風を装ってオズワルドが尋ねた。

「セレスタンだけど、最近ここに顔を出さない？　あいつに用があるんだ」

「ちぇ」と、デニスが舌打ちをした。

「あいつには、もう出入りするなと言ってやったよ」

「じゃあ、追い払っちゃったんだ」

「当然だろう。いつまでも甘い顔をしてはいられん。飯を食うところなら他にもある」

二人が共に第二の親父と慕うデニスである。その彼がセレスタンを放蕩息子のように突き放せば放すほど、オズワルドは出来の悪い弟を持った兄貴の役回りを演じる他なく、反射的に彼をかばいたくなる。そんなオズワルドの心の内を察して、デニスが静かにさとすように言った。

「客商売をやっているとな、嫌でもあいつの良からぬ噂が耳に入って来る」

「噂って？　盗みのこと？」

「そんな生易しいことじゃない」

慈悲深いデニスの顔が苦悶に歪んだ。

「信じたくはないが、何人もの証人がいる。どうもやつは悪い一味に加わったようだ。馬鹿なやつめ。俺が実の親なら自分の手に掛けるところだ」

どんなに口汚く罵っても、『親父、親父』とすり寄って来るセレスタンをデニスは心憎からず思っていたが、今回は本気で匙を投げたようだ。

「あいつのことはもう諦めろ。いいか、オズワルド、何事にも潮時がある。やつはチャンスを自分から投げ出すような、救いがたい根っからのやくざ者だ。もう誰にもどうすることもできん」

「セレスタンはいじけちゃったんだ。日本人に裏切られたと思って……」

これが最後だと思い、オズワルドはデニスにではなく、彼の背後に控える彼の神に訴えた。

「たとえどんなわけがあるにしろだ」

デニスの声は食堂の空気を震わせた。

「いいか、これ以上の手出しはごめんだ。深入りし過ぎると、いつかお前も巻き添えを食うぞ。俺のことを親父だと思っているのならはっきり言うが、これは忠告じゃない。親父の言葉だと思え。これまでお前の頼みを聞いてきたのは、お前がやつをかばうからで……そうでなかったら、とっくの昔に見放してた。これが俺の本心だ」

『お前も巻き添えを食う』とデニスは言ったが、巻き添えどころか、すでにプラザと組んで立派に盗みに手を染めていた。ポケットの中の七千フランがずしりと心に重い。

『これが俺の本心だ』とデニスから突き放された、その時、オズワルドの脳裏に『セレスタンのためにこの七千フランを使おう』という考えが閃いた。金の出所を打ち明け、捨て身になって友情に訴えれば、心を動かせる……。彼は古い仲間だ。デニスが見捨てても、オズワルドにはできなかった。

彼は怒り出すだろう。『セレスタンの提案』を断っておいて、プラザと手を組んだオズワルドを裏切り者呼ばわりするだろう。その時は、非難を甘んじて受けよう。そして、デニスの言葉、『自分のことを本当の親父だと思うなら……』を、そっくりそのままセレスタンに突き付けてやる。『俺のことを本当の兄貴だと思うなら、この金で足を洗え』と……。それがたとえ一縷の望みであっても、賭けてみる価値はあると思った。

不浄の金のこれ以上考えられない使い道について神の啓示を受けた彼は、挨拶もそこそこにデニスの店を出ると、セレスタンとの出会いを求めて民衆市場に向かった。彼はすでに『セレスタンの救済計画』の成功を約束された男のように勇み立っていた。

大通りを歩いていると、自転車の荷台にバナナを小山のように積み上げて、ペダルを漕ぐ若者たちの一団とすれ違った。早朝に近郊の村を出発した彼らは、危険な山道を駆け下り、一刻も早く市場にバナナを届けるという、過酷なレースを展開しているのだ。

バナナの房は荷台に固定した梯子に鈴なり状態に吊り下げられているため、重心が不安定で自転車を止めるとバランスを失って倒れてしまう。一度倒すと一人で起こすのは至難だ。これは、強靭な肉体と卓越したハンドル捌きが要求される仕事で、やわな男には務まらない。いつの頃からかブジュンブラ市民は、感嘆と称賛の気持ちを込めて、彼らを『バナナタクシー』と言い慣らすようになった。

ゴールの市場は目前である。汗まみれになって歯を食いしばる若者らの口の周りに白い泡が飛び散り、ハンドルを握る腕の筋肉はこわばっている。そんな町の小さな英雄たちが通り過ぎた後には清々しい空気が漂うのであった。

民衆市場は活気を取り戻しつつあった。首都周辺地域で軍が治安を回復したため、近郊からの野菜や果物の入荷が増え、政府の規制も解除されている。市場は庶民の胃袋である。貧しい彼らは高級ブティックとは無縁で、役場も軍隊も必要としないが、民衆市場がなくては生きていかれない。

市場を一回りすれば、セレスタンに出会うというオズワルドの目論見は外れた。人ごみの中を彷徨い歩くうち、あれほどバラ色に見えた『七千フランの贖罪計画』が次第に色褪せて行き、非現実的な企てに思われてきたのである。市場を二、三周したところで、彼はセレスタン探しを打ち切った。

魚売り場の一角に人だかりができていた。見ると、タンガニーカ湖の小魚ダガラが銀色の鱗をキラキラ輝かせている。ダガラの売り子たちは通路の片側に一列に座り、片手に天秤を提げて客の応対に大わらわである。

クーデター以来、鮮魚の入荷は初めてに違いない。庶民にとって明るいニュースだ。油で揚げたダガラに庭のレモンをキュと絞ると、とろけるように旨い。出発前、奥様がくれた食用油はあらかた使ってしまったから、食料倉庫のものを一本くすねる必要があったが……。プラザが言ったように、ご主人は戻って来ないかもしれない。それに今更、食料油一本で忠義立てして何になろう。

昨夜の雨を含んだ地面は、人々のゴム草履で踏みつけられ、ぬかるんでいた。新調したばかりの靴を汚したくないオズワルドは一瞬躊躇したが、ジュベナールの喜ぶ顔を思い浮かべ、ぬかるみに足を踏み入れようとした、その時、後ろから彼の肩を叩く者があった。

「あっ」と叫んで、彼の全身が凍りついた。

「アデルさん……」

「どうしたんだ？　そんな顔をして」

セレスタン探しで神経が高ぶっていたオズワルドは、長身で見間違えようもないアデルを他の誰かと勘違いしたのである。

「そうか、市場で会うのは、初めてだね」

買い物袋を手にしたアデルが、懐かしそうにオズワルドを見た。これまで、時々お屋敷で見掛ける程度で、彼とは口を利いた記憶もないから、市場でご主人の一番の愛弟子に遭遇して不意を食らったのである。しかも『ご主人は戻らないかもしれない』と考えていた矢先のこと、一瞬、彼が洋平に見えたのだった。

「立山さんから何か連絡が入っていない？」

アデルが何気ない調子で尋ねてきた。

「いいえ、全く……」

「そう」と、アデルが短くうなずいた。

「もし連絡があったら、僕に教えてくれるね」

「いいですとも、必ずそうします」

なぜか急に嬉しくなってオズワルドはうなずいたが、当然そのような連絡は自分ではなく、アデルの方が先に受け取るはずだ。

そんな彼の小さな驚きや戸惑いをよそに、アデルは美しく澄んだ目で真っ直ぐ相手を見る。オズワルドは彼の憂いを帯びた端正な顔立ちに強く惹きつけられると共に、『アデルはご主人の帰還を信じている』という思いが胸を締め付けた。一瞬でもそれを疑った自分が惨めな落伍者に思われた。

二人は、ダガラを我先に買い求める人々に肩を押され、背中を突付かれ、立ち話もままならないため、ダガラ争奪の人の群れから数歩外に出た。

「ところで、アデルさんは旦那様の出発を知っていたんですね。いつ連絡があったのですか？」

「そうじゃない。実はナエルから聞いた。彼はセレスタンから聞いたと言ってたよ」

と言って、アデルは急に顔を曇らせた。

「実は、そのセレスタンを僕は探してるんです」とオズワルドが言うと、

「どこか静かなところで話そう」

と言うなり、アデルは先に立ってどんどん歩き出し、人気のない家具売り場へとオズワルドを誘った。十軒ほどが軒を連ねるその店先には、椅子やベッドなどが太陽に晒されている。アデルがベッドの一つに無言で腰を下ろすと、引き寄せられるようにオズワルドも並んで座った。

「僕とセレスタンは、昔、この辺を縄張りにして担ぎ屋をしていたんです」

オズワルドが話を始めると、アデルがそっと彼の膝

に手を置いた。

「彼は死んだよ」

「ええ……だって、たった一週間前ですよ、彼に会って話をしたのは……」

「信じられないが、本当のことさ。彼は殺されたんだよ……。ナエルがその目で見たのだから」

「ほんとですか？」

「確かだよ」

「そうか、死んだんか」

オズワルドはセレスタンの死をどこかで予感していたから、衝撃は心を上滑りしたに過ぎなかった。ボンプリの橋で彼と別れて以来、オズワルドはずっと悔やんでいた……。

「つい三日前」と、アデルが静かに語った。

「市場で男たちに取り囲まれた。セレスタンは逃げたが、こん棒で殴られた……。ナエルによると、頭蓋骨の砕ける音が聞こえたという」

燦々と照りつける太陽の下にありながら、二人は寒気で身体を震わせた。真っ昼間の殺人である。時々話には聞くが、実際に目撃することは稀だ。ネズミのように追い詰められ、必死に逃げ回るセレスタンの断末魔の叫びが、オズワルドの耳に聞こえたかのようであった。

「でも、なぜセレスタンが？……」

「本当のことは何も分からない」

アデルの声はまるで弔いの鐘の音のように響いた。

「警察は盗みと関係があると思っている。セレスタンが常習犯だということは周知の事実だからね。だから、それ以上は追及しなかったようだ」

アデルの話からは、セレスタンの死がボンプリの件と関係があるかどうかも分からない。

「セレスタンは根っからのワルじゃない……そのことは僕しか知らないんだ」

オズワルドは塞がった喉から、辛うじて声を絞り出した。

「根っからの悪人はいないよ。ただ告白すると、僕はセレスタンの現場監督就任に反対した。だが、監督になってからの彼は、人が変わったようだった。彼が識字教育で学びたいと言い出した時は、僕は自分の耳を疑った……」

「彼が?!　本当に、そんなことが……」

オズワルドにも、それは初耳だった。

「だが、僕は信じなかった。人は簡単に変わることができないからね」

アデルが感情を交えず淡々と話す。

「そして、今度の事件だ……。セレスタンは浮浪者としてこの町に生まれ、虫けらのように死んでいったよ」

「どこかにお袋がいるはずです」

「いや、両親ともいないはずだ」

「いつか仕送りするんだって、僕に言ってた……」

オズワルドは、デニスの飯屋で交わした会話を思い出していた。

「多分、彼はそう思いたかったんだろう」

オズワルドはアデルのその言葉を信じた。そうすると、『お袋と教会へ行った』という彼の話も作り話に違いない。アデルによると、セレスタンは天涯孤独のみなしごであった。

「下水溝工事さえ中断しなければ……」

と、オズワルドが唇を噛んだ。

「そうだね。クーデターがなければ……。それも幾つかの仮定の一つに過ぎない」

そう言って溜め息をつくと、アデルは暗い目で空を仰いだ。

「だが、現実は過酷だ。事もあろうに、彼は自分が班長をしていた仲間を誘って、少年強盗団の頭に収まろうとしたんだよ」

「えっ、そうなの?!」

オズワルドは仰天した。

「ナエルからこの話を聞きかされた時は、僕もびっくりしたよ」

オズワルドは驚くと同時に、幾分胸を撫で下ろした。少年強盗団だったとすれば、初仕事にオズワルドの屋敷を選んだ可能性が急浮上してきたからだ。今となっては真相は闇の中だが、いずれにしても彼の誘いを断るべきではなかった……。

「噂の域を出ないが……」

アデルが空の一点を睨んで続ける。

「内陸では虐殺が起こっているらしい。以前にもあったことだから僕は驚かないけど、ナタでバナナを切り倒すようにバサッバサッと人が殺されている。今のブルンジは人の命がとても安い。バナナと同じなんだ。変な例えだけど、このことが幾分でも死んだセレスタンにとって慰めになるといいね」

実際奇妙な慰め方だと思ったが、アデルが話すとなぜか説得力がある。その点に興味を引かれたオズワルドが教師でもあるアデルに尋ねた。

「先日まで仲良くしてたのに……。なぜ突然こんな恐ろしいことになったんだと、アデルさんは思いますか?」

オズワルドはその時、その訳を知りたいと心の底から思った。カミーユはこの問題と格闘して死んだ。デニスは決まって政治のせいにするが、哲人アデルは何と答えるだろう。

「狂気の沙汰としか言えないね、僕には」

「でも、どうしてですか？　人は何か天罰が下るような悪事をしたのでしょうか」

「教会ならそう答えるだろうね」

と辛辣な皮肉を込めると、アデルは生徒をさとすように続けた。

「理由なんか探しても無駄だよ、君。そんなものありゃしない。嵐が村を襲うのに一々理由が必要だと思うかい?」

「でも、人間のやることには何かちゃんとした意味があると思いますが……違いますか？」

「ほんとにそうかな」

と言って、一転アデルは優しく微笑んだ。

「でも、君はいいところを突くね。実は僕もそのことを散々考えた。人間は自然の一部なのか、それとも特別なのかと……。僕の考えは言わないことにしよう。意地悪からじゃない。ただそれは僕の考えでしかないからね」


アデルと別れた後、オズワルドは口の中でぶつぶつ独り言をつぶやきながら、市場の中を歩き回った。ここを根城にしていたセレスタンは、市場のそこかしこに彼のはにかんだ顔やふて腐れた顔を残していた。オズワルドは彼の面影を求めて、夢遊病者のように路地から路地へ彷徨い歩くうち、ぬかるみに足を取られた。一張羅の靴は泥だらけとなり、靴の中に泥水が浸入した。

オズワルドは『殴り殺された』というアデルの言葉

が蘇るたびに、自分に向かって振り下ろされるこん棒を頭上に感じ、セレスタンの恐怖を味わった。二人は言葉では言い表せない『兄弟の絆』で結ばれていた。それは時に疎ましくもあったが、断ち切ることのできない絆であった。

アデルから少年強盗団旗揚げの話を聞いた時は動揺したが、冷静に戻ってみるとむしろ『いかにもセレスタンらしい』と思うのだ。皆が手を焼く浮浪少年を手なずける手腕ときたら実に鮮やかで、誰にも真似ができない。そんな彼が自分を慕ってくる子分の面倒を見ることはいかにも自然の成り行きで、アデルは非難したが、作業班が解体した後、食いはぐれた仲間を集めて少年強盗団を組織することは、一種の『救済計画』でもあった。

オズワルドは、お屋敷に戻る気になれず、当て所もなく歩くうち、いつの間にかカテドラルの前に立っていた。『セレスタンを必ず連れて来る』と自分に誓ったカテドラルであったが、あの誓いも永久に叶わぬものとなった。こんな結末になると分かっていたら、もっと何かできたはずだと、オズワルドは激しく自分を責めた。

街路樹の下を歩いていたオズワルドは、木の頂に黄色く熟れたマンゴーの実があるのを見て、足を止めた。ちょうど食べ頃で、手の届く枝は町の子供たちが収穫した後である。一つぽつんと取り残されたマンゴーの実を見ているうち、オズワルドの両眼が涙でかすんできた。

ブジュンブラに来てまだ間がない頃、仕事にあぶれ、空腹を抱えたオズワルドを誘って、腹いっぱいマンゴーを食べさせてくれたのが、他ならぬセレスタンであった。生まれながらの浮浪者の彼は、町中の街路樹を熟知していて、熟したマンゴーの実を誰より先に見つけることができた。

その頃、町の浮浪児たちは店主の目を盗んで食べ物をかっぱらったり、金持ちの屋敷に忍び込んで洗濯物を盗んだりした。あるいは垣根の間から二股の棒を差し込み、こっそりとバナナやパパイヤの実をもぎ取ることもした。その当時、小さなギャング団を率いていたのがセレスタンである。

新しい靴のせいで爪先が痛んだ。気が付くと、太陽がモスクのドームに傾きかけていた。昼食をとるのも忘れ、どこをどう歩いたのか、いつの間にかアジア地区に足を踏み入れていた。靴にこびりついた泥が灰色に固まって剥がれかけている。オズワルドの頭の中は壊れた時計の針のように、『セレスタンの死』の周りをたどるぐる回るばかり……。精魂尽き果て、彼はやっとお屋敷に戻る決心をした。

ロエロの住宅地に穏やかな夕暮れ時が迫っていた。彼は人っ子一人いない火炎樹のトンネルを、足を引きずりながらとぼとぼと歩いた。

お屋敷では、ジュベナールが、朝方出たきり戻らない相棒を待ちわびて、夕食の支度をしていることだろう。オズワルドは、市場でダガラを買い損ねたことを思い出し、ジュベナールのために残念に思った。

★　★　★

オズワルドがお屋敷の潜り戸に近づいた時、火炎樹の陰から男が現れ、両手をだらりと下げた姿勢で彼の行く手を遮った。男が待ち伏せをしていたのは明らかだった。

「あんたがオズワルドだな。君に話がある」

男の細面の顔とそのかすれ声がぞっとするほど陰険だった。オズワルドは、その場から逃げ出したかったが、男の氷のように冷たい目に魅入られて、身体が金縛りにあったように動かない。

「心配するな」

男はちょっと顔を歪めたが、笑ったのか、すごんだのか分からない。感情がなく形容しがたい表情をしている。

「俺は手ぶらだ。この通り何も持っていない。中で君と話がしたい」

「誰ですか？」

「俺が何者かだって？」

男はひっひっと音を立てずに笑った。

「セレスタンを知っていると言えば十分だろう。あんたのことは何でも分かっている」

『またセレスタンか！』と、オズワルドは一瞬あっけに取られたが、すぐに体中の血が地面に向かって引いていくのが分かった。歳の頃三十五ぐらい。太い眉と切れ長の目、それに尖った顎……。顔の輪郭線がどの部分も妙に鋭く尖っている。そして、折り目の入った黒っぽいシャツとズボン。冷酷無比の監督官と言った風情である。

「待っていた理由が分かったらしいな」

そう言うと、男は相手を安心させるため、少し横にずれて、道を空ける仕草をした。

「あんた、一人だけ？」

オズワルドは思い切って強盗団の首領らしき男に尋ねた。

「やばい仕事だ。一人ってことはないだろう」

にやりと笑うと、首領はオズワルドに後ろを振り向くよう目で合図して、軽く手を上げた。すると、少し離れた火炎樹の幹や根っこの陰から次々男たちが顔を出した。三、四人、もっといそうだ。屋敷の周辺は彼の手下で固められていた。

観念したオズワルドはジュベナールとの取り決め通り、門扉を三回ノックし、ちょっと間を置いてもう一度強く叩いた。

門が細く開くと、首領は身体をオズワルドに密着させて屋敷内に滑り込み、再び施錠しようとするジュベナールに「すぐに済むから、閉めないでくれ」と言って、手で門扉を押えた。

その時、オズワルドの鋭敏な耳が土を踏むかすかな音をとらえた。手下の一人が門扉に忍び寄ったのだ。万事、打ち合わせ通りで抜かりがない。首領は一人で敵地に乗り込んだように見せかけて、実際は武装した猛者たちが、彼の合図一つで飛び込む構えなのである。

「君の名は？」

首領が耳障りなかすれ声で尋ねた。

「ジュベナールですけど」

首領の旦那風の服装と高飛車な態度から、新しい雇い主とでも思ったのか、ジュベナールはおもねるような追従笑いを浮かべた。

「話が長くなりそうだから、その辺に座ろうじゃないか」

そう言うと、首領は二人を追い立てるようにして芝の上で車座になった。首領は正門と向き合う位置を選んだ。家を訪ねてきた客が三人を見たら、お喋りを楽しんでいると思うだろう。それは、一日の労働の後の心和む休息のひと時で、どこの家も自分たち家族のことで手一杯となる夕餉の時間でもあった。

「いいお屋敷だ」

と言って、首領が周囲を眺め回す。

「俺は盗賊だが、歩哨の良し悪しは屋敷を一目見れば分かる」

『盗賊』と聞いてきょとんとしているジュベナールに、オズワルドは自分が手引きを引き受けたという作り話を吹き込んだ。ジュベナールは驚いた風もなく、時々上目遣いに相棒を見る。

「今日、この方が約束の品物を受け取りに来た。手下の方が大勢外に待機している。俺たちはただ命令に従えばいいんだ」

「それぐらい俺にも分かるよ」

うつむいたままジュベナールがのろのろと答えた。

「後は、俺が話す」と、首領が引き取る。

「第一に、俺の言葉には絶対服従だ。それから、君たちの取り分も考えてある」

取り分の話は、仕事が片付いた後、二人を『始末しない』という保証とも受け取れた。

「いいか、この仕事は規律がすべてだ。規律を乱せば、どうなるか、分かっているな」と、首領がすごんだ。

「お前たちは歩哨だが、この世界では、歩哨と盗賊は対等というのが俺の考えだ。手下の何人かは以前、歩哨をしていた」

「………」

「ところで、屋敷に何がある?」

首領はジュベナールに向かって尋ねたが、彼は口が利けない。目は恐怖の色を浮かべているのに、口元はへらへらとわなないて相手を愚弄するかに映る。

「答えろ!」

突然、首領が牙を剥いた。ジュベナールの間抜けたニタニタ顔が彼の癇に障ったのだろう。今にも泣き出しそうなジュベナールに代わって、オズワルドが「こいつ、馬鹿で気が小さいから」と言って、震える声で品物を数え上げた。

「ここは事務所ですから、コピー機や金庫があります。他にも……手付かずのまま……」

「留守屋敷で、手付かずだと?!」

呆れたように首領が言った。

「お前たちが持ち出した物があれば、今のうちに白状するんだな。返せとは言わん。その分、分け前から差っ引くだけだ……このところ、カスばかりでな。押し入ったら二番煎じってことが多い」

首領が薄い唇に自嘲の笑みを浮かべた。

それから腕時計に目を落とし、片手を小さく上げると、見張り役が門扉の隙間から顔を出した。首領がうなずくと、彼と入れ替わりにサングラスをした手下が二人、中に入り、建物を一周する。歩哨の武器の押収が目的のようだ。芝刈り鎌など武器になりそうなものを入り口付近に集め終わると、そこに座り込んだ。顔を隠した二人はいかにも下っ端風情である。生きていれば、セレスタンもそこに混じっていたかもしれないとオズワルドは思った。

この時、ジュベナールが断りもなく立ち上がった。トイレにでも行くのかと、オズワルドが訝った。

「どこへ行く?」と、首領。

「夕飯の支度をしに……」

ためらう風もなくジュベナールが答えた。

「ここにいろ!」

呆れたオズワルドが鋭く言った。

「いや、構わん。だが、俺の目の届くところにいろ」

と、首領が穏やかに命じた。

コンロの上で豆が湯気を立て始める前に、辺りは夕闇に包まれた。道路に車が止まった。二人の手下が音を立てないよう門扉を押し開き、幌付の小型トラックを屋敷内に引き入れた。トラック付きの手下二人に、見張りを入れて総勢六人。すでに暗くて顔が見分けられない。手下の一人がドアの鍵を難なく開けると、やおら首領が立ち上がり、ジュベナールを呼び寄せ、二人にそれぞれ三千フランずつを握らせた。

首領は小型ライトを手にして、オズワルドを案内に立てた。小サロンから事務室へと、順序良く屋敷内を見て回り、その都度、何を運び出すのか、てきぱきと手下に指示を与える。彼らは額にヘッドランプを付け、腰に大きな布袋を下げている。両手を塞がないための工夫のようだ。

首領以外、誰一人声を発する者もなく、二人一組で黙々と仕事に取り掛かる。一組は大き目のかごを背負っていて、その中に盗品を次々と投げ込む。その手際の良さにオズワルドは瞠目した。

サロンからは豪華なシャンデリアが慎重に取り外され、台所からは冷蔵庫やガスコンロの他に、鍋釜から食器まですっかり運び出された。ジュベナールは運搬を手伝わされた。

「食料が見つからん。外国人の屋敷なら、どこかに蓄えがあるはずだ。どこだ？」

それは質問というより命令であった。オズワルドは一瞬躊躇した。しらばっくれることもできたが、彼は危険を冒さなかった。

「こっちです」

と先に立って、オズワルドは首領を秘密の扉へ案内した。

食糧庫の中に一歩足を踏み入れた首領が、小型ライトで辺りを照らし、

「おお、これは凄い！」と、驚嘆の声を上げた。それからオズワルドを振り返って低い声で唸った。

「俺に隠していたな？　……」

「とんでもない。旦那様が禁止していたので、中を見るのも初めてです」

「嘘じゃないだろうな」

と言って、首領がオズワルドの顔にライトを当てた。彼は目が眩むと同時に、心の中をのぞかれている気がして慌てたが、幸い、首領はそれ以上追及せず、部下を集めて大量の食料の搬出を命じた。

事務所の金庫は小さく頑丈な担架のようなものに載せて運び出された。トラックには手際よく作業を進めるための道具が色々積まれている。こうして、三十分としないうちに金目の物はあらかた持ち出され、トラックに積まれた。

屋敷を去る時、首領はオズワルド一人を脇に呼び寄せた。

「大家には、数日して知らせるがいい。留守中にやられたと、適当に話をでっち上げろ……。それから、屋敷のどこにもテレビがなかった。お前たちが盗ったのだろう。正直に話せ」

「はい」

「テレビだけか？」

「はい、そうです」膝ががくがく震えた。

「今回だけは見逃してやる」

と、首領は妙に優しげに小声で言った。

強盗団は現れた時と同様静かに去った。彼らはほとんど物音を立てず、車のドアの開閉にも細心の注意を払っていた。屋敷が空っぽになったことを除けば、何事もなかったと言えるほど実に鮮やかな電撃作戦である。去ってしまえば、首領の顔以外何も見ていない。その顔に見覚えがあるような気がしたが、確かではなかった。

トラックが去った後で、オズワルドは門扉がギーギーと音を立てなかったことに気付いた。見張り役が蝶番に油を差したのだろう。それを確かめるには、明日の朝を待つしかなかった。

「あっ、忘れてた！」

ジュベナールが頓狂な声を上げて、駆け出した。

「えっ?!」と、オズワルドが驚く。

「鍋を掛けたままだ！」

「こんな時に、食い物のことか」

と、相棒の他愛ない言葉に救われ、凍り付いていたオズワルドの舌が解けた。

「俺たち、よく助かったな。お前がとんでもないへまをしなくて良かったよ」

コンロに屈み込んで鍋の中身を掻き回すジュベナールは、いつもの彼に戻っていた。

「隠しておいてよかったな、オズワルド。全部、やつらに持っていかれるところだった」

「ああ、あのことか……すっかり忘れていた。これは、ジュベナールのお手柄だ」

数日前、ジュベナールの提案で食料倉庫の食糧の一部を厳重にビニール袋に詰めて、藪の奥に隠したことを彼は思い出したのだ。二人で一か月はもつ分量であった。

オズワルドにおだてられ、すっかり気を良くしたジュベナールが鼻歌を口ずさみながら、コンロの残り火に小枝を投げ込んだ。すると、パチパチと弾ける音と共に赤い小さな炎が生まれ、辺りの闇をほんのりと照らした。いつもと少しも変わらない夕食風景である。

この時になって、建物の方に気を取られ、ジープの存在が首領の念頭に全くなかったことに、オズワルドは初めて気付いた。『屋敷に何がある？』とすごまれた時、もしジープを意識していたら危なかった。彼の不自然な挙動を首領は見逃さなかったに違いない。

首領は最初ジュベナールに口を割らせようとしたが、恐怖の余り口が利けなかったことが、結果的に幸いした。隠し事が露見していたらと考えると、背筋が寒くなる。

こうして、図らずもジープが二人の手元に残ったのである。

豆料理を口に運んでいたオズワルドが、突然スプーンを地面に置き、膝をついて十字を切った。ジュベナールもそれに倣った。コンロの熾火を囲んで、二つの影が深々と頭を垂れた。命が救われたという思いが、彼らをひざまずかせたのである。

二人は、いつ盗賊団に襲われるのではないか、手引きの誘いを受けるのではないかと、びくびくして暮らしていたから、この一件で、むしろ重圧から解放されたと言える。

取り分け、オズワルドには好都合でさえあった。なぜなら、プラザの盗みに加担したことで、ご主人に対し申し開きの必要がなくなった上、命拾いしたのだから不満のあるはずがない。だが、心が虚ろだった。それを気付かせてくれたのは、ジュベナールの言葉であった。

「俺たち、歩哨だろう」

食事の後、彼がしんみりと言った。

「それがどうした？」

「これから何を守ったらいいんだ？　……。お屋敷が空っぽなのにさ」

夕闇が一段と濃くなり、お屋敷を溶かし込んだ。主人や家主の贅沢な品々が持ち去られたことで、貧しい歩哨が心を痛めることはなかったが、それでも、やはり以前とは何かが違っていた。お屋敷は盗賊の蹂躙を受けたのだ。

首領の案内役を務めたオズワルドは、ご主人の寝室に土足で踏み込んだ時、恭順の意を示すため、自ら進んで洋服ダンスの中身を床にぶちまけた。彼が何度となくアイロンを当てた洋服が辺りに散らばり、男たちがそれを鷲掴みにして持ち去った。

今にして思えば、夜も眠らず、オズワルドが守ろうとしたものは、決してテレビやコピー機など金目の物ばかりではなかった。教会が神の聖域であるように、お屋敷もまた犯すべからざる聖域であった。それが、男たちによって凌辱された今、もはや死守するに値しない。

　闇に沈んだお屋敷の方をじっと見詰めていたオズワルドの脳裏に、シャンデリアの下で繰り広げられた家族団らんの光景が浮かび上がった。あれからまだ数か月と経っていないのに、もう二度と戻らない遠い過去の出来事に思われた。

　彼は『まだ、ジープがある』と自分に言い聞かせ、気持ちを奮い立たせたが、相棒のジュベナールは空っぽの食料倉庫が頭から離れず、「やつらにお宝を持って行かれた」と何度も口走る。

　彼は、米や豆など食料の運び出しを実際にその手で手伝わされたから、一層悔しさが募るのだろう。盗賊にみすみす横取りされた宝物は、他ならぬ彼が最初に見つけたものであった。その一方で、オズワルドと違ってジュベナールにとって、お屋敷の思い出は何の価値も無きに等しかった。

　オズワルドは、『セレスタンを知っている』と言った首領の言葉を吟味しようとしたが、考える気力を失っていた。現にセレスタンは殺され、お屋敷は荒らされた。オズワルドの預かり知らぬ影の世界ですべてが仕組まれ、そして成し遂げられた。今更真実を知ったところで何になろう。

　その時、オズワルドは、強盗団の首領と一時間以上も一緒にいながら、ジープの存在が彼の意識から完全に抜け落ちていた理由に思い至り、はっと息を呑んだ。彼は、首領と出会うその直前まで『セレスタンの死』に打ちのめされ、そのことばかり考えて一日中町を彷徨っていた。間接的ではあるが、セレスタンの亡霊が、ジープばかりかオズワルドの命をも救ったのだ。

★　★　★

数日後、オズワルドはマリー夫人の屋敷に出向き、押し入り強盗の件を報告した。

　昨日の午後遅く、オズワルドが市場に出掛け、お屋敷を留守にしている間に、盗賊団の一味が『オズワルドが呼んでいる』と騙してジュベナールを誘い出したため、二人ともお屋敷で何が起こったか全く知らず、今朝方になって初めて建物の内部が荒らされたことに気付いたと、まことしやかに述べ立てたのである。

「何て役立たずのジュベナール！」

夫人は自分が彼を解雇したことも忘れて叫んだ。オズワルドの作り話がばれる気遣いはなかった。誰もが簡単に作り話を信じてしまう程に、その頃、屋敷荒らしが頻発していたのだ。

マリー夫人は直ちに車を駆って屋敷へ向かった。迎えに出たジュベナールを乱暴に押しのけ、入口のドアに駆け寄ると、取っ手をガチャガチャと鳴らし、地団駄を踏んで悔しがった。

「自分の家に入れないなんて！」

と、マリー夫人がヒステリックに叫んだ。

急ぎの仕事にもかかわらず、強盗団は丁寧に鍵を元に戻して退散したのである。鍵の件で大家が煮え湯を飲まされたのは、温水器の修理に次いで、これが二度目であった。

夫人は事務所の窓に駆け寄り、ブラインドの隙間から内部をのぞき込んで、「ああ、ああ」と悲痛な声を上げた。夜と違って、白日の下に晒された犯行の跡は生々しく痛々しい。床に書類が散乱し、ボールペンが数本と引きちぎられた電話機のコードが転がり、観葉植物の鉢が倒れている。

「ドアの陰にあった金庫はどうなったかしら？……盗っ人が置いていく訳がないわね」

彼女の嘆き振りは、まるで自分が被害に遭ったような言い草である。『金庫は持って行かれました』と言ってやりたかったが、事実を明かせばオズワルドの共犯が発覚してしまう。

「マリー奥様」

その時まで無視されていたジュベナールが彼女にすり寄って言った。

「俺たち二人でジープを隠しました」

「そうだ、ジープがあった！」

と言って、夫人が両手をパチンと打ち合わせた。

「隠したって言ったね。そうかい、そうかい。じゃあ、持って行かれなかったんだ。で、どこだって？」

ジュベナールに案内させ、マリー夫人が藪に入った。椰子の葉を二、三枚取り除くと、その下から真っ赤な車体が現れた。指先でボディに触れ、すっかり機嫌を直した夫人が言った。

「これが無事なら、許してやってもいい」

「オズワルドと考えたんです。椰子の葉で隠そうって……。俺たち二人でやったんです」

その時のジュベナールはまさに絶頂の極みであった。人から褒められることのない彼が、鬼のようなマリー夫人に褒められたとあれば尚更である。だが、彼女の本心は違っていた。

「なんだい、その馬鹿面は！　どこかにしまっておしまい」

と、呆れ返ったようにマリー夫人が一喝した。

「いいかい。お前たちは、歩哨のくせに屋敷を離れてたんだよ。警察に突き出されても、文句が言えないことを忘れるんじゃない」

「こっちにガソリンがあります」

ジュベナールは夫人が浴びせる罵詈雑言を掻い潜り、素早く腰を曲げてイタチのように茂みに潜ると、満タンのポリタンクを二本引きずってきた。これは、洋平とオズワルドがガソリンスタンドに長時間並んだ末、手に入れたものであった。


「これはいい。昨今はガソリンが手に入りにくい。ちょっとの間、借りておくとするか……。藪に隠すことを思い付いたのはオズワルドかえ」

彼は先ほどから押し黙っていた。マリー夫人は洋平家族が戻らないと決めつけ、ガソリンを横取りしようとしている。ご主人の苦労を知っている彼は、夫人のやり方が気に入らなかった。そんな使用人の反抗的態度を見逃すはずもなく、彼女の怒りに再び火が付いた。

「オズワルド、ガソリンをそんなところに置いて危ないじゃないか。引火して火事にでもなったらどうするつもりだえ。さあ、ジュベナール、私の車に積んでしまいなさい」

彼はぐずぐずしているオズワルドを押しのけ、ポリタンクに飛び付き、両手に提げてトラックへと運んだ。彼は夫人から邪険に扱われると、かえって献身の限りを尽くそうとする。そんな従兄の卑屈な態度がなぜかひどく疎ましく思えた。オズワルドはその時マリー夫人に対し反抗心を募らせている自分に気付いたのである。

「いいかい、オズワルド、よく聞くんだよ」

マリー夫人は人食い鬼のように目を剥いて迫ってきたが、彼女はそんな外見とは逆にとても賢い女で、オズワルドの心の動きを見抜いていている。

「この屋敷は私のもの。だから、ここにあるものは私のもの。つまりお前たちが警備しているのは全部、私のものだからね。ここからバケツ一つなくなっても、私から盗ったことになる。いいかい、ムッシュー・タテヤマが戻ってきた時のことは、お前の心配することじゃない。その時は喜んでお返しする。私は家賃さえもらえれば、それで文句はないんだから……。だが、戻るまでは私のものということを忘れるんじゃない。法律でこれを『担保』と言う。その賢い頭でしっかり覚えておくんだね！」

マリー夫人は話しながら、自分に対して苛立ちを抑えられない。使用人ごときにまともな口を利くこと自体、彼女には論外なのだ。

マリー夫人は長いスカートを翻し、憤然として屋敷を出て行こうとしたが、オズワルドはその場を動こうとせず、門扉の片方を夫人が自分の手で押し開けるのを黙って見ていた。彼女が金輪際自分のことを許さないだろうと覚悟した上で……。

間もなく、マリー夫人を見送ったジュベナールが戻って来て、へっへっへと笑った。

「マリー奥様、物凄く怒っていたな。警察に知らせるだろうか？」

「ガソリンまで見せることないだろう。持って行かれたじゃないか」

オズワルドがジュベナールに食って掛かる。

「俺たちが隠しておいたのは、マリー奥様のためじゃないぞ」

「どうせ取り上げられるんだ」

「それでも、自分から見せることはないだろう」

「どうせ取られるんなら同じだよ」

珍しくジュベナールが相棒に突っ掛かってきた。

「俺たちのご主人はマリー奥様じゃないぞ」

オズワルドが声を荒らげた。

「そんなこと、どっちだっていいや」

ジュベナールがむきになる。

「奥様は俺をクビにしたんだ。だったら、俺のご主人様は誰だ？　もしかしたら、お前なのか？」

従兄の思いがけない反撃に、オズワルドは一瞬心がひるんだが、マリー夫人に対し怒りを募らせることで、気持ちを立て直した。

「さっき、警察に訴えるって脅したけど、奥様の旦那様こそ泥棒じゃないか。何年も刑務所に入ってたんだぞ……」

一旦火の付いたオズワルドの勢いは止まらない。

「オズワルド、やめてよ」

一転してジュベナールが泣きべそを掻き始めた。

「奥様は恐ろしい人だよ。昨夜のことも、俺たちを疑ってた……」

「そんなこと、かまうものか」

と、ここまできたら破れかぶれである。

「お前だから言うけど」

ジュベナールがおどおどしながら明かした。

「外で奥様に言われたんだ！　オズワルドを見張れって。どうしてそんなことを言ったんだろう？　……」

「馬鹿だな、分からないのか？　俺たちは奥様に操られているんだ」

と喋りながら、沸き上がる怒りでオズワルドの胸は張り裂けそうだった。

「ジープは絶対に渡さないからな……。奥様は自分のもののように言いなさったが、俺は旦那様が戻るまでお守りするんだ」

オズワルドは我を忘れて叫んだが、それが彼の本心でもあった。

「お前まで、奥様、そっくりだ」

「分かったよ……悪かった。もう怒鳴ったりしない」

子供のように怯えるジュベナールを見て、オズワルドはやっと怒りの矛を収めた。

ジュベナールが立ち上がった。朝の時間を芝刈りに当てているが、今日は彼の当番であった。従兄の背中に向かってオズワルドが呼び掛けた。

「ジュベナール、戻ってこいよ。今日は芝刈りをサボって、バオをしよう」

この出来事の後、青年オズワルドの意識の中で地滑りが起きた。歩哨の務めに励んでいれば、これまでは安泰であった。ところが、この頃を境に、ひたすら服従するだけの生き方に納得のいかないもの、不透明でもやもやしたものを心の内に抱え込むようになり、相棒のジュベナールさえも疎ましく遠ざけるようになっていった。

市場に用事がある時はジュベナールに行かせ、自分一人だけの時間を作ると、彼は藪の中のジープを眺めて過ごした。木の葉の屑が降り積もったフロントグラスを手のひらで丁寧に拭い、運転席をのぞき込んで物思いに耽った。

『車を使いなさい』

今も洋平の声が聞こえるようだ。それまで軒下の壁に張り付いてスコールをやり過ごしていたが、その日を境に、スコールが彼の生活を一変させた。柔らかいリクライニングシートに身体を預け、至福の夜を幾度となく過ごしたことか……。

更に遡って、ジープが屋敷に来た日のことを思うと、今も心が熱くなる。彼は、小粒だが優雅なジープにたちまち魅せられた。それは、扇情的なカンナの花弁を思わせ、町で媚を売る女たちさえも色褪せて見える。彼にとって洗車は歓びであった。真紅のボディに自分の顔が映るまで丹念に磨き、その輝きに陶然と魅入るのだった。

車中での雨宿りが許される前、彼はジープの下の乾いた地面に体を滑り込ませてスコールを凌いだことがあった。洋平に見咎められ、二、三回で止めたが、それは実に不思議な体験であった。ジープの腹と顔との隙間は三十センチほどしかなく、シャフトやパイプが複雑に入り組んでいて、人体を連想させる。外出から戻ってしばらくは、ラジエーターの蛇腹やエンジンから生暖かい空気が下りてきて、妙に艶めかしく、冷えた身体に心地よかった。

こうしてオズワルドはいつしか、プラザに代わって自分がハンドルを握る日が来ることを夢見るようになり、それが日々の労働の糧となったが、それはごく自然な成り行きと言えた。

彼は夢見て過ごした。ご主人夫妻を乗せて、タンガニーカ湖畔をドライブする日の来ることを、彼の運転でルサイファ村を訪ねる日の来ることを……。内陸育ちの貧しい一少年が、首都に出て成功を掴み取り、ついに郷里に錦を飾る日の来ることを、彼は夢見たのである。

そして今、すべてが水泡に帰そうとしていた。彼は自分の手をすり抜け、はかなく消えようとする夢の続きにしがみついた。その赤いボティにそっと指を触れるたび、夢は息を吹き返し、熱い奔流となって、夢想の中へと彼を押し戻すのであった。そして甘美な夢想から覚めるたび、彼は決まって更に深い憂愁の淵へと沈んで行った。

赤いジープは彼の間近にあって、フロントグラスの内側でハンドルが彼を手招きしているのに、触れることもできない。彼の人生はゴール直前で、運命の女神から見放されたかに見えた。ご主人の国外退去で一人置き去りにされたことを悟ったオズワルドは、フロントグラスに額を擦り付け、呻き声を上げるしかなかったのである。

見捨てられたのは、オズワルド一人ではない。セレスタンは更に悲惨だった。プラザもその一人かもしれない。あるいは、あの賢人アデルも……。日本人はある日突如ブジュンブラに現れ、そして尻切れトンボの物語のように、皆を置き去りにして去って行った。

『見捨てられた屋敷』で、オズワルドは益々空想の殻に閉じこもるようになった。彼の夢想劇の中に、最近よくマリー夫人が登場するようになり、虎視眈々とジープを狙うのである。

夢想から覚めるたび、彼は強欲なマリー夫人からジープを守る方法について真剣に考えた。彼女はいずれ策を講じて、ジープを我が物にするだろう。夫人のような雲の上に住む階級の人たちには、オズワルドには想像もつかない様々な手段があって、彼女がそれを行使するのは時間の問題と思われた。

考え抜いた末、プラザに相談するしかないという結論に達した。マリー夫人に先手を打ち、プラザに頼んでジープを安全な所に移して、ご主人の帰還を待つ。夫人に問い詰められた時は、盗難に遭ったと言おう。すでに嘘をついているから、もう一つ加えたからといって、今更何であろう。マリー夫人が彼を警察に突き出しても、ご主人が帰還すれば、必ず救い出してくれる。何と言っても、ジープの持ち主は洋平に変わりないのだから……。それに、これは元々プラザのアイデアであった。あの時は突飛なことに思われたが、今はそれが最善の策に思われる。

オズワルドは盗賊団から車を守ることができたが、皮肉にもマリー夫人に横取りされる可能性が出てきた。彼女は盗人よりもずっと手強い相手である。夫人のように高貴な人たちが泥棒まがいのことをするのは、世の中がすさんでいるせいだ。あるいは、ありそうなことだが、公金横領で収監され、出所したばかりの腹黒い夫が、後ろで糸を引いているのかもしれない。

★　★　★

プラザがノボテルのタクシー乗り場に戻ると、オズワルドが思い詰めた表情で佇んでいた。プラザは運転席から「どうした？」と声を掛けた。

「乗れよ。港へ行って話そう」

「いいの？」

と、ためらうオズワルド。彼は私用で知人を乗せたがらないタクシー運転手の習性をちゃんと心得ている。

「分け前の催促じゃなさそうだ」

車が走り出すと、プラザが軽口を叩いた。

「そんな、そんなことはしません」

「つまらんことをわざわざ言いに来る男じゃないものな、お前は……。それに俺は約束を守る男だ。まだビデオの他は捌けてないが、心配するな。焦ると損をする」

彼は港のスタンドバーで車を止め、しばらく店の男と談笑した後、笑みを浮かべながら戻ると、助手席のオズワルドにペプシを手渡して言った。

「テレビの買い手が見つかるかもしれん。バーの男に十パーセント取られるが、それでも九千フランになる。お前の取り分はその半分だ」

根っからの商売人であるプラザは取引を心から楽しんでいる。スリルを感じるのだ。品物が盗品かどうかはさして問題ではない。実際、盗みを働いたことなぞ、きれいさっぱり彼の頭から掻き消えていた。

ブジュンブラ港の埠頭を通り掛かった時、昨日タンザニアから入港した石油タンカーを指さして、プラザが言った。

「これで、当分凌げそうだ」

事件後、ガソリンが配給制となり、供給不足と闇値の高騰で、タクシー業界は苦境に追い込まれている。

プラザが仕事を続けられるのは、日頃培った人脈がこんな時に役立っているからだ。

二人は揃って砂浜に降り、市の下水が湖に流れ落ちるコンクリート暗渠に腰を下ろし、ペプシで喉を潤した。ここは、かつてオズワルドとカミーユが日曜ミサの後に時々訪れた、お気に入りの場所で、カミーユの死後ここを訪れるのは、今回が初めてであった。

この場所から沖合を眺め、よくカミーユと視力を競い合ったものだ。水平線上に姿を見せるケシ粒のような漁船を先に見つけた方が勝ちで、負けた方は昼食のパンを買いに走らされた。今、オズワルドの横にいるのは美青年カミーユではなく、ずんぐりしたプラザの醜い身体であった。オズワルドは水平線に目を凝らしたが一隻の船影もなかった。

彼はプラザに洗いざらい打ち明けた。セレスタンの誘いと彼の非業の死、アデルとの会合、そして強盗団の襲撃とマリー夫人の魂胆について……。この一週間に起こった事件を詳細に物語った。ジュベナールに隠していることもすべて吐き出した。『七千フランの贖罪計画』についてまで包み隠さず話した。一旦話し始めると、不思議なことに自然と淀みなく言葉が出て来た。

オズワルドの静かな独白は、一時間は続いただろうか。隣のプラザの方を見ないで、わずかに泡立つ渚に向かって口を動かし続けた。湖から吹く微風がかすかに磯の香りを連れて、彼の口元を通り過ぎ、彼の胸のうちを清めて行った。彼は親友のカミーユにもレオポールにも、デニスにも話せなかった心の葛藤について話した。その時のプラザは兄のように包容力のある存在であった。

プラザは、話の腰を折らないよう、ただ黙って湖の沖合に目をやっていたが、オズワルドの言葉を一言一句、飲み干すように聞き終えた後もしばらく険しい表情を崩さなかった。

「それこそ、世の中の表と裏、裏と表、まさに真実の物語だな」と言って、ようやくプラザが沈黙を破ったが、昼下がりの重苦しい静寂を乱さないよう小声で話し続ける。

「つまり俺を含め、人は皆救いがたい罪人、欲の深いハゲタカだということだ。その結果、若者の命が犠牲になった。やつが一番の悪党というわけじゃない。お前の親友だったんだろう？　そんなやつが本物の悪党であるはずがないからな」

　プラザは話しながら『セレスタンの非業の死』を見詰めている。オズワルドは周りの空気の中に、むしろ『カミーユの存在』を感じていた。わずか六か月間に二人の親友を相次いで亡くし、オズワルド一人が生き残った。

「それで、マリー奥様に横取りされる前にジープを隠したいんです」

　と、オズワルドが言った。

「それを手伝えというんだな？　……。その前に、なぜお前は他人の問題に首を突っ込むんだ？」

「お屋敷を守るって、旦那様に約束したんです。それが僕の仕事です……」

　自分の気持ちをどのように表現したらいいか分からず、オズワルドは困惑して顔をしかめた。

「そうか、そういうことだな。分かるよ、お前の言いたいことは……。多分、それが分かるのは俺だけだろう。それで俺のところに来たんだ……。お前の気持ちは分かったが、しかし、今更、無理な相談だな」

「でも、プラザさんは以前に……」

「確かにそうだったが、今更遅いよ」

「どうしてです？」

「今更、車を移したら、泥棒にされちまう。あの業突く張りの夫人を敵に回しちゃあ、さすがの俺もお手上げだよ」

　と、プラザがおどけて見せた。

「よく分かりません」

「いいだろう。お前にも分かるように説明してやる。俺があの車を屋敷から持ち出すには、立山さんに頼まれたという口実が必要だ。出国直後なら問題なかったが、今になっては遅過ぎる。特に押し込み強盗の後では、誰も俺の言葉を信じないよ」

「だって、旦那様に頼まれたんでしょう？」

「それは、俺の作り話よ」

　少しのためらいもなくプラザがさらりと答えた。

「そうなんですか?!　ひどいな、僕を騙すなんて」

　オズワルドは膨れっ面をしてみせたが、本気で腹を立ててはいなかった。

「作り話でも、車を守ろうとした俺の気持ちはお前と同じだ。俺とお前の違いは、いずれこうなると、俺には分かっていたということだ」

「…………」

「お前も単純なやつだ。この世で大切なのは何が真実かじゃない。何が真実らしく見えるかだ。それが世間というものよ。だから、今更話を持ち出しても、真実らしく見えないいってことだ」

「他にジープを救う手立てがないとしても、やっぱりだめですか？」

「やっぱりだめだ」と、今度はきっぱり頭を振った。

「それにしても、立山さんには分かっていたんだなあ。ちゃんと先の先まで見通していたんだ。だから俺でなくお前に車を託した」

「何のことですか？……」

「ジープに関しては、俺の完敗ということよ。もっともお前と張り合う気持ちは、これっぽっちもなかったが……。それでも、時に天秤に掛けてみたもんだ。立山さんの信頼は、俺とお前のどっちに傾いているかってね。はっはっはっはっ……」


プラザの押し殺した笑い声が、タンガニーカの湖面を滑るように転がって行った。この日は、上空をそよ風が吹くばかりで、波打ち際は鳴りを潜めていた。港を流砂から守る突堤の先に数人の釣り人の姿があり、その石積みの足下で波が小さく砕けていた。自嘲気味に口元を歪め、プラザが続ける。

「そりゃ、俺はケチなこそ泥さ。だからお前が選ばれた。それは認めるが、こんな俺でも、友人知人の間では信義に厚い男で通っている。さっきスタンドバーの男を見たろう。俺はコミッションを約束したら必ず払う」

「こそ泥だなんて、思っていません。だから、相談に来たんです」

「とにかく、俺を頼ってくれて、ありがとうよ。お前とは長い付き合いだが、こんな風に打ち解けて話すのは初めてだな……」

「僕がツチだから、嫌っていたでしょう？　……」

「俺が？」と、呆れるプラザ。

「馬鹿を言うな。フツの中にはそういう了見の狭い手合いもいるが、俺は違う。俺のことを、殺し合いをして喜んでいるその辺のクズどもと一緒にするな」

「政治集会に行った時、僕を見て鼻で笑ったじゃないですか……」

長らく腹にため込んでいた恨み言をオズワルドがぶちまけた。

「お前が柄になく政治に首を突っ込むから、警告してやろうとしたのをお前は悪く取った……。オズワルド、お前、いつか専属運転手になりたいと言っていたな」

「ええ、今も思っています」

と言って、オズワルドは頭を垂れ、手のひらで足下の砂をすくった。

「ムッシュー・タテヤマがいなくなって、一番痛手を受けたのは、お前かもしれんな」

と言って、プラザが寂しげに笑った。

「確かにお前とはソリが合わないこともあった……。さっき思ったんだが、心のどこかで、旦那を巡って互いに張り合っていたのかもしれんな。だから、こうして旦那がいなくなった今、腹を割って楽に話せる」

いつの間にか、水平線上に漁船が二隻現れ、漁港に向かって全速力で戻ってくる。今はタンガニーカの小魚ダガラ漁の最盛期で、船着場には鮮魚を買い求める人々がダガラの陸揚げを待っている。

「魚河岸に行きませんか？　ジュベナールにダガラを買って帰りたいんで……」とオズワルド。

「ダガラか、いいとも」

物思いに耽けっていたプラザが顔を上げた。

「そうだな、いつか、ダガラを食いに誘うから、俺に付き合わんか。この近くに旨いフライを食わせる、ちょっと粋なレストランがある」

「この辺は高いですよ……」

「俺も何度もタクシーで客を運んだが、遠藤たちに誘われるまで、一度も店の中に入らなかった」

と、当時を懐かしむようにプラザが言った。

「えっ、遠藤さんたちと？」

忘れかけていた名前だ。思えば、二人の間には共通の思い出があった。

「彼らが来て間もない頃のことだ……。レモンを掛けて食うと凄く旨い。あの頃は何もかもが良かった。これから何かいいことが始まるぞって、そんな気がした。だが、もう終わったよ……。これからは、たまにお前を誘ってダガラを食いに行くことにしよう。お前となら昔話ができるし、それに心配するほど高くもない。今度、テレビが売れたら、奢ってやる」

そう言って、プラザがズボンの砂を払い、立ち上がった。

★　★　★

夕食後、ペプシを買いに出たジュベナールが戻らない。満月の晩だけに奇妙である。ゲームに目のない彼が、夕食後のトランプゲームを忘れて、道草を食っているとは思えないからだ。冷えたペプシの瓶を両手に提げて一目散に戻って来ると思っていたオズワルドは、不安になった。

屋敷の防犯灯が消えて以来、彼らの一番の楽しみは、月明かりの下で軽口を叩きながら遊べるゲームだ。時に冗談が過ぎて口喧嘩もするが、しばらくすると何事もなかったように鼻歌交じりにゲームに戻るといった具合である。いまだ家族と連絡が取れない二人は、不安を紛らわすためにも、我を忘れて熱中できる娯楽を必要としていた。

ジュベナールに代わって夕食の後片付けを済ませたオズワルドは、まんじりともせず相棒の帰宅を待った。彼が遅れる適当な理由が思い当たらず、次第に不安が募ってくる一方で、相棒が間抜け面を引っ下げて現れた時は、思いっ切りどやしつけてやろうと待ち受けていた。

東の空に満月が上り、煌々と屋敷内を照らし出すと、我慢できなくなったオズワルドは庭をせかせかと歩き始めた。食事の間、ジュベナールはいつもと変わりがなく、小銭を手に屋敷を出た時も不審な素振りはなかった。角のスタンドバーは十分もあれば往復できるし、バーで誰かと話し込んだとしても、やはり長過ぎる。胸騒ぎを覚えながら一時間が経過し、オズワルドは厳重に戸締まりをしてお屋敷を出た。

四つ角にあるスタンドバーは、鎧戸が下りていた。向かいの雑貨屋がちょうど店を閉めようとしていた。客足が少なく、いつもより早い店仕舞である。店の主人によると、バーは在庫を売り尽くし、次の入荷まで当分開かないという。それを聞いて幾分安堵したが、それにしてもジュベナールはどこに消えたのだろう。

しばらくオズワルドは四つ角の街灯の下に立って思案した。次に近いスタンドバーといえば、スーパー・ボンプリのバーである。そこまで行くとなると、往復三十分は掛かる。頑迷なジュベナールの性格を思うと、彼がボンプリまで足を延ばしたことは容易に想像できるが、それでも時間が掛かり過ぎている。オズワルドはこれ以上、相棒の跡をたどることをためらった。虫の知らせが『そっちに近づくな』とささやくのである。彼は四つ角で動けなくなった。

その時、ボンプリのバーのマスターの顔が不意に目に浮かんで、その顔が強盗団の首領の顔と重なり、オズワルドは『あっ』と心の中で奇声を発した。確証はなかったが、恐怖が彼を呑み込んだ。無論ジュベナールはその事実を知らない。

四つ角からボンプリに至る火炎樹の長いトンネルは、月光が濃い影を落とし、地面に枝の絡み合ったまだら模様を描いている。動く人影がないか、不気味なトンネルに目を凝らしていると、次第に疑惑が確信に変わってきた。見えぬ敵の影に怯えたオズワルドは、お屋敷に向かって足早に歩き出した。角を曲がったところで足を止め、大佐のブロック塀に覆い被さる火炎樹の曲がりくねった太い根元を注視した。あの日、首領が待ち伏せしていた場所である。

震える手で潜り戸の鍵を回す間、首筋に振り下ろされるナタの刃が脳裏にちらつき、生きた心地がしなかった。彼は屋敷に駆け込むと、サルバドールの護身用のナタを握り締め、藪に身を潜めた。

持ち場に戻ったことで、慄《おのの》く心を鎮めたオズワルドは、屋敷を取り巻く四方の闇に神経を張り巡らした。幸い風がなく、研ぎ澄まされた彼の耳は生け垣のかすかな葉擦れさえ聞き漏らさない。そして、煌々と地上を照らす満月は、パパイヤの頂に昇った後も明け方まで沈むことはない。

ジュベナールが失踪した今、見えざる敵と対峙するのは自分ただ一人である。平常心を取り戻した彼は、手のひらに入る大きさの石を集め始めた。裏庭の庭木の根元には、手頃な石やレンガの欠けらが敷き詰めてある。彼は集めた小石を二本の椰子の太い根元に運んだ。遠くへ石を投げるにも、また相手の投石から身を守るにも最適の場所である。

　投石による撃退法を彼に伝授したのは、古兵サルバドールだった。オズワルドが四人組の襲撃を受けて怪我をした時、彼の蛮勇振りを嘲笑って、サルバドールが厳かに忠告した。『一人で多数と立ち向かう時は地の利を生かせ。光と影を味方に付け、石を使え。決して敵を倒そうと思うな。戦いの極意は敵の戦意を殺《そ》ぎ、追い払うことにある』と……。

　隅々まで知り抜いた屋敷内の戦いなら、地の利は彼にあった。接近戦を避け、夜陰に乗じて投石を繰り出せば、多数を相手に有利に戦える。オズワルドは孤立無援の窮地に追い込まれて、老兵サルバドールの言葉を思い出したのである。

　夜明け近く、門扉をかすかに叩く音がした。ためらうような叩き方である。ぎょっとしてオズワルドは飛び起きた。ジュベナールが帰ったと思い、動き出そうとして、はたと思い止まり、ナタをその手に握り直した。ノックが違う。ノックの回数をオズワルドは四回、ジュベナールは三回と取り決めていた。もっともジュベナールは守らないことが多かったが……。

　彼は必死になって耳と目に神経を集中した。月光がベルギー人の屋敷林で遮られ、門扉付近は暗闇の中に沈んでいる。

　ノックから少し間をおいて、「オズワルド」と彼の名を呼ぶ声がしたが、ジュベナールのものかどうか判別できないほど、それはか細かった。それもたった一度切りで、しばらくして門扉から人の気配が消えた。それから一時間して待望の夜明けが訪れた。

　オズワルドは藪の中から這い出すと、一晩中彼を悩ませ続けた疑念を払拭するため、庭の中央にあるレモンの木の下へ行くと、一抱えもある大石を転がした。そして石の下の小石を指で五センチほど引っ掻くと、ビニール袋が現れた。中身を確認するまでもなく、袋の中の一万フラン（約五千円）は手付かずのままである。

「やっぱりあった！」と、思わずオズワルドは声に出して叫んだ。ジュベナールが大事な虎の子を残し、屋敷を立ち去るはずがない。そうである以上、彼は予期せぬ不幸に巻き込まれたのだ、と断定せざるを得なくなった。

それでも、何食わぬ顔でひょっこりとジュベナールが現れないとも限らない。奇跡を祈りつつ午前中が過ぎた。自分が何を待っているのか分からぬまま、ただ待つしかない状態がオズワルドを焦燥へと駆り立てた。彼は何よりも夜を恐れた。再び夜の帳《とばり》が下りる前に、何か行動を起こさねばならない。

正午が過ぎた時、朝から何も口にしていないことに気付いた彼は、意を決してお屋敷を離れ、デニスの街灯食堂へ向かった。

屋敷からルイ王子通りに入ったところで、オズワルドは何度も後ろを振り返った。人通りがあって、それと特定できないが、誰かに跡を付けられている気がしたのだ。

彼は故意に大回りし、何度か横道へ逸れ、無駄な時間を掛けてようやくデニスの店にたどり着いた。

昼食時の街灯食堂は客で立て込んでいた。デニスは常連客に冗談を飛ばしながら、大きな身体を丸めて、厨房と食堂の間をコマネズミのように動き回っている。その彼がオズワルドのテーブルを通り掛るたびに、

「どうした？」

「やけに浮かない顔をして？」

と二言三言、言葉を投げつけては返事も聞かずに足早にテーブルを離れてしまう。これでは落ち着いて相談を持ち掛けることもできない。

「夕べ、ジュベナールが消えたんだよ、煙のように忽然とさ」

と、オズワルドは必死に訴えた。

「ええ、何だって？　話は後だ……」

話半分でデニスは汚れた皿を盆に載せ、厨房へ消えてしまう。皆、デニスの大切な顧客に違いないが、それでも自分は『ただの客とは違う』という気負いがオズワルドにはあった。いつもは店が立て込む昼食時を避ける彼であったが、今日はそこまで考えるゆとりがなかったのだ。

「本当に変なんだよ、デニス。ちょっとの間、動かないで僕の話をちゃんと聞いてよ」

と言って、オズワルドはデニスを強引に引き留めた。

「だから、何が変なんだ？」

オズワルドに服の袖を掴まれ、デニスは迷惑そうに唸った。

「ペプシを買いに行ったきり、まだ帰らないんだ……。だって、ペプシだよ」

「何、ペプシだって！」と叫んで、デニスは片目をつぶってウィンクしてみせた。

「ペプシのことはよく分からんが、帰らん理由は人それぞれ。本人以外誰にも見当もつかないことだってある。若い時は俺にも、半日や一日雲隠れする理由ならわんさとあった。だからと言って、人は簡単に消えたりはせん」

「違うんだ、親父。僕の話をよく聞いてよ！」

オズワルドがヒステリックに叫んだ。周りの客が一斉に振り返った。昨夜からの過度の緊張で、彼の脳は水を吸ったスポンジのように腫れぼったく、うまく回転していないことは自分でも分かっていた。一体どうしたらデニスがちゃんと自分と向き合い、親身になって話を聞く気になるのか、彼は見当もつかないのである。

「大声を出すな、オズワルド。つまらんことで大騒ぎをしているお前の方こそ変だぞ。熱でもあるんじゃないのか？」と言ってデニスが眉をひそめ、オズワルドの顔をのぞき込んだ。

「いいか、こんな時、肝心なことはな、心を落ち着かせて待つことだ。滅多なことは起こらないものだ。俺の経験から言うと、お前の思い過ごしと言うやつさ」

「そうかな？　……」

いつもの調子でデニスに言いくるめられそうになる自分が歯がゆい。

「いなくなって、何日になる？」

「何日って！　まだ一日も経っていないよ。昨夜のことなんだから」

「昨夜だって⁈　いいか、オズワルド、あと一日か二日待ってみろ。何でもなかったような顔をして必ず戻って来る。俺が受け合う」

「そんな悠長なことを！」

「悠長であるものか。これはな、大人になると否応なく身につける経験則というやつだ」

何しろデニスはオズワルドの二倍長く生きている。彼の言葉には重みがあり、その冷静沈着な判断は大抵の場合、正しい。後で失踪のわけを知り、『何だ、そんなことか』と、自分に呆れ返ることもありうる。このように考え直すと、不安に苛まれている自分がデニスの目に滑稽に映っているに違いないと、妙に納得できたのである。

「クーデターの後……」

と、デニスはオズワルドの肩に手を載せてさとすように言った。

「お前の精神が参っていることは俺にも分かっていた。お前らしくないことを、よく口にしていたからな」

そこでちょっと間をおいて、彼は話を続けた。

「ところでジュベナールのことだが、彼がこの時期、お前に一言も言わずに姿を消したとしたら、その原因は一つしかない。彼はお前と違い、お袋がフツだ。そのことで悩んだ末のことだろう」

「それだけは絶対ないよ、親父」

「いいか、オズワルド、俺は二人の仲に水を差す気はさらさらないが、現実から目を背けるわけにいかんぞ。今、内陸で何が起こっているか知っているか？　血を分けた親族でさえ殺し合っているという。二十年前のことを知っている者なら、ただの噂だと聞き捨てることはできん。お前は信じられんという顔をしているが、これは内陸だけじゃないぞ。ここでも、ツチの若造たちが『死の街作戦』と騒いで、勝手にリンチを加えている……」

お屋敷にこもりっきりのオズワルドは、町で何が起きているのか最近の世情に疎く、言い返す言葉が見つからない。急に気分が悪くなり、へたへたと椅子に座り込み、頭を抱えた。彼を打ちのめしたのは、自分の従兄に対するデニスの辛辣な見方であった。彼はそんな目で一度たりともジュベナールを見たことがなかったからである。

「屋敷に戻らないで、自分の小屋に戻って少し寝ろ。それが一番の薬だ」

デニスはオズワルドの背中を押して戸口まで行くと、

「何も考えず、ぐっすり眠るんだぞ」

と念を押してから、彼を送り出した。

★　★　★

オズワルドはデニスの忠告に従って、自分の小屋へ行きベッドに身を投げた。しばらく悪夢にうなされた後、目が覚めた。汗をびっしょり掻いている。まだ日が高かった。目を閉じると、再び底なし沼に引きずり込まれる恐怖を感じたが、それでも屋敷に戻って現実の恐怖と対峙することよりはましであった。彼は再び眠りに落ちた。

夢にジュベナールが出て来た。夢の中の彼は、倉庫から掠めた豆と米をコンロの火に掛け、夕食の支度に余念がない。夢は『今頃、彼はお屋敷にいて、お前を待っている』と告げていた。オズワルドは眠りから覚めると、夢のお告げを信じた。

屋敷に戻る道すがら、ジュベナールがなぜ丸一日姿を消していたのか、時折口元に微笑を浮かべながら、その辻褄合わせの作業に熱中していたが、お屋敷が近づくにつれて、再び不安が募ってきた。たどり着いた時は、期待と不安が半々に入り交じっていた。

オズワルドは祈りの言葉をつぶやきながら合図のノックをした。弱く三回、最後に強く一回。しばらく待って、潜り戸越しに「ジュベナール」と低く呼んだ。その声は今朝方、謎の訪問者が「オズワルド」と呼び掛けた時とそっくりにひどく弱々しく響いた。

しばらく待ったが、人の気配がない。鍵穴に鍵を挿し入れた時、その指先にかすかな違和感を覚えた。あわやと思い、オズワルドはまっしぐらに藪に突進したが、『彼女』は無事であった。椰子の葉で覆われたジープは、粗末な蓑を身にまとった貴婦人のように、狼狽する彼を嘲笑っていた。下賤な使用人に媚びることなく、周りで起きている愚かしい出来事にも素知らぬ顔である。

ジュベナールが失踪した今、ジープの護衛はオズワルド一人にゆだねられた。彼は期せずして『愛しい彼女』と水入らずの自分を発見したのである。その得も言われぬ甘美な感覚は、自分を取り巻く現実を忘却せしめる程に鮮烈であった。

彼は一片の青空を背に、フロントグラスに映った自分の姿を眺めた。その熱い眼差しに、過ぎ去った時がそっくり封印されている。車の中で雨宿りをした時、運転の真似事をして触れたハンドルやギアの滑らかな感触や、クラッチやブレーキを踏んだ時の得意な気持ちが、今も彼の中で色褪せることなく息づいていた。

『もう決して一人にしない』

と、オズワルドは心に誓った。ブジュンブラ中の悪党どもが虎視眈々と狙っているこの時に、半日も屋敷を空けて惰眠を貪った自分を彼は責めた。

彼は初めて恋人の頬に触れるように、ためらいがちに赤いボディに触れた。すると、命を賭してでも『彼女』を守ろうという気概がふつふつと湧いてきた。その湧き上がる勇気と入れ替わるように、昨夜から彼に取り憑いて離れなかった恐怖心が嘘のように消えていった。

ジープに触れて平常心を取り戻した彼は、ラジオのつまみを回したが電池切れであった。その時、彼の耳の奥で音楽が聞こえた。佐和子が椰子の下で新聞を読む時その足下で流れていた曲であった。彼は奥様の畑の世話をしながら、そのエキゾチックな音楽にうっとりと聞き惚れたものである。

久し振りに一人で夕食の支度をしていると、『おおい、今、何時だ?』と、レオポールの耳障りな南部訛りが金網の向こう側から聞こえてきた。一度として金網の境界を越えることのなかった二人の共同炊事……。熱い友情を育みながら、夢のように過ぎた月日が胸に迫ってきた。

あれから三か月と経っていないのに、大昔のように感じるのはなぜだろう。あの頃は、すべてが新鮮で心躍る毎日であった。早朝の芝刈り、昼下がりの水撒き、夕方のアイロン掛け、どの仕事にも彼の心を掻き立てる何かがあった。今この『見捨てられた屋敷』で、青年オズワルドを魅了するものは、赤いジープをおいて他に何もなかった。

食事を終えて、オズワルドが芝生に身を横たえた時、ズボンのポケットの中で、門扉の鍵が太ももに当たった。すると、掛け金を外した時の『妙な感じ』が指先に蘇って来た。扉は閉まっていたが、手応えが軽かった。掛け金が半分上がっていたように感じたのである。

『やっぱり、ジュベナールが戻ったのだ!』

と、無意識に声に出してつぶやくと同時に、オズワルドは飛び起きた。そして、半信半疑で今朝と同じレモンの木の前に立った。月明かりではあったが、石を動かした形跡があり、果たしてジュベナールの虎の子は袋ごと消えていた。彼は腰が抜けるほどの衝撃を受け、その場にへたり込んだ。

留守中に、ジュベナールが金を取りに戻ったということは、とりもなおさず彼が無事であることを意味する。しかし、なぜオズワルドの留守中に戻ったのか？　今朝方、彼の跡を付けたのはジュベナールだったのか？　……。謎は深まるばかりである。その一方で、絶対に確かな事実がある。今オズワルドがいる場所に彼が立ち、そして石を持ち上げたことである。彼以外誰一人、その隠し場所を知るはずがないのだから……。

彼にこの奇妙な行動をとらせたものは、一体何なのか？　オズワルドは全神経をこの一点に集中させた。この疑問は、彼の従兄に未知の一面があることを暗示しているように思われた。それは、デニスがいみじくも言った『他人には想像もつかない何か』なのだろうか。それまで、ただの凡庸なむしろ愚鈍な男と見下していた相棒の正体が突如大きな謎に包まれて浮上してきたのである。

出国に際してご主人から頂いた大金を裏庭に埋めることを言い出したのは、オズワルドである。彼は親友のカミーユが虎の子を小屋の壁のレンガの隙間に隠して悪徳警官から難を逃れたことを思い出し、そのやり方を真似たのであった。二人は所持金をそれぞれ別の場所に埋めた。オズワルドはおよそ六万フラン。並みの使用人なら半年分の稼ぎに相当する。それを、彼は境界の金網のそばのパパイヤの根元の、やはり大石の下に隠した。

しばらくして、一瞬息が止まるかと思うほどの疑念が、彼の心臓を鷲掴みにした。それでも数秒間、彼は悪魔が吹き込んだ浅ましくも汚らわしい想念を力ずくで押えこもうと戦った。が、無駄だった。彼は『そこ』に向かって動き出そうとする自分の足を押し止めることができなかった。

頭の中で嵐が渦巻いている間、彼は暗然としてその場に立ち尽くしていたが、やがて大石に飛び掛かり、思い切り転がした。案の定、彼の虎の子も姿を消していた……。自分の目が信じられないオズワルドは、辺りの土を素手で掻きむしった。

「ああ」と、獣の叫びとも溜め息ともつかない呻き声が彼の胸からほとばしった。それは、妹の学費と牛の購入費、父の長年の夢である家の改造費など、彼の未来がことごとく掻き消えた瞬間であった。オズワルドは一夜にして無一文となった。身体から力という力が抜けて、その場に尻餅を突き、しばらく茫然自失の態であったが、次第次第に腹の底からこみ上げてくる怒りが――従兄に対する強烈な憤怒が彼を奮い立たせた。

彼はその場に居た堪れず立ち上がると、何かに突き動かされるように歩き始めた。その場に崩れそうになる自分に鞭をくれ、狂った機械のようにせかせかと、怒れる野獣のように黙々と夜通し庭を歩き回った。青白い月光が燦々と降り注ぐ中、彼は別人となって復讐を誓ったのである。

その時は怒りですっかり忘れていたが、盗まれたのは所持金の全てではなかった。強盗団の首領とプラザの二人から受け取った『分け前』合わせて一万フランは、別のビニール袋に入れて別の場所に埋めたことを、朝方になって思い出したのである。彼はこの不浄の金を真っ当な金と同じ袋に入れることを潔しとせず、その隠し場所をジュベナールにも教えなかったため、難を免れたのであった。

★　★　★

「オズワルド、ひどく臭うぞ。シャワーを浴びて、少しは身ぎれいにしろ」

と、隣のテーブルの客を気にして、プラザが顔をしかめた。

いつもは洗濯のきいたシャツを身に着けているオズワルドであるが、この数日ジュベナールの探索に明け暮れて、町中を端から端まで歩き回ったため、身体は汗と埃に塗れていた。

お昼前、プラザは市場近くの路上で、肩を落としてとぼとぼと歩くオズワルドを見つけ、タクシーに拾った。前回から十日ほどしか経っていないというのに、その変わり様にプラザは驚愕した。落ちくぼんだ目は熱病患者のように暗い光を放っている。彼の身に何かのっぴきならない異変が生じたのは明らかであった。

プラザは行き付けのパティスリーへ向かう途中、助手席のオズワルドからジュベナールの失踪と裏切りの物語をつぶさに聞いた。

パティスリー『タベルナ』は、パリ仕立ての洒落た雰囲気が評判の店で、白人客も多い。今しも、サングラスを掛けた白人の老婦人が、プラザのタクシーの後ろに白い乗用車を止めると、つんと尖った顎を反らせ、脇目も振らず店に入って行った。

「白人がめっきり減ったが、いなくなってみると寂しいものだな」

　老婦人を目で追いながらプラザが溜め息をついた。

「ここは白人が多いの？」とオズワルド。

「この店ばかりじゃない。ブルンジという国にとって彼らは皆、上得意さ。それを馬鹿なやつらが追い出している。昨日も学生がデモ騒ぎを起こして、死人まで出たというじゃないか。こんなことを続けていたら白人たちが逃げ出し、俺たちブルンジ人が干上がるって寸法だ」

「昨日のデモ、見たよ！」

　オズワルドはジュベナールの探索をしていて、偶然学生デモに行き合ったのだった。

「学生というやつは、頭でっかちの餓鬼どもだ。アデルを覚えているだろう。あいつは中でも特大の頭でっかちだ。金も名誉も投げ捨てて、今もボランティアにこだわっている」


　先ほどの老婦人がつむじ風のように勢いよく店から出てきた。その後ろに、膨れ上がった大きな紙袋を両手に捧《ささ》げた黒人の店員を従えている。いかにも気骨のありそうなベルギー婦人だ。そんな女だから、今もブルンジに踏み止まっていられるのだ。

「ジュベナールは、とっくにブジュンブラからずらかっているよ。もう五日も経ってるんだろう。これ以上、探しても無駄だな」

　プラザがいきり立つオズワルドをなだめにかかる。

「きっとどこかに隠れている。必ず見つけ出してやる。諦めるもんか」

と、息巻くオズワルドの声には怨念がこもっている。

「そんなことをしていたら、お前の方が先に参ってしまうぞ……。それに、難民に紛れてザイールに渡ったかもしれん」

　プラザは探索を諦めさせるため、わざと難民の話を持ち出した。

　今度の混乱で、一旦帰国した難民が再びザイールに逆戻りしている。時折、中央バス乗り場の片隅にうずくまっている哀れな家族連れを見掛けるが、彼らに交じってザイールに渡ったのなら、ジュベナールが見つかる望みは全くない。

「僕はどこかにいる気がするんだ。頼むよ、プラザさん、ひょっこり見かけることがあったら、必ず居場所を突き止めてね。僕はジープのことがあるから、ほんとはお屋敷を空けたくないんだ」

「分かったよ。だがな……」

と、プラザが怪訝そうに付け加えた。

「ジュベナールもおかしなやつだ。そうだろう。お前の金を盗れば、金輪際、村には帰れない」

「それは、僕も考えた……。だけど、金の在り処を知っていたのは、彼以外いないんだ」

「それは確かにそうだ」と、プラザがうなずく。

「僕は、彼が混血のせいではないかと疑った」

オズワルドは熱に浮かされたように話し続ける。

「それまで一度も、そんな考えはなかったけど、ふと、ジュベナールはどうだったんだろうと思った。人の頭の中は見えないから……。でも、こんなことがあった以上、きっと何かあるはずだ……」

「そんな調子じゃ、完全に地獄の一丁目だな。しっかりしろよ、オズワルド」

プラザは先ほどから、冷めた目でオズワルドを観察していた。どこと指摘はできないが、彼の話には腑に落ちない点が多々あったし、彼が躍起になればなる程、話をそのまま鵜呑みにはできないと感じていた。

しかし、無理に絶望の淵から彼を救い出そうと手を貸すと、プラザまでが一緒に奈落の底へ引き込まれそうである。『可哀そうだが、しばらく放っておくしかない』と自分に言い聞かせ、プラザは「仕事がある」と断って、オズワルドと別れた。


プラザが植物園で拾った身なりの良い夫婦連れの客は、行き先を『エデンの園』と告げた。

「旦那、お食事ですか？」

プラザがバックミラーをのぞき込んで言った。

「ああ、そうだ。遅れているから、急いでくれ」

「承知しました」

と言って、プラザはこれ見よがしにアクセルを吹かす。しかし左足でこっそりクラッチを踏んでいるから、音ばかり威勢がよくてスピードは出ない。客のご機嫌を取るための常套手段である。

「エデンの園はいつ再開したんですか？　旦那」

「正式には今日が開店初日でお得意さんが招待されたが、実際は、目立たぬよう営業していたようだ」

「従業員は大勢雇われたんでしょうね」

「料理人を入れて五、六人はいるんじゃないか、な？　お前」

　と言って、男は奥方を振り返った。

「数は十分だけど、皆、揃って無作法だわ」

「マリー夫人も言っていたが、新人ばかりで行き届かないのだろう」

「給仕長が特にひどいわ」

　プラザは後部座席で交わされる会話を聞いて、マリー夫人が給仕長にオズワルドを抜擢しようとしたことを思い出して、にやりと笑った。

　真新しいペンキで『エデンの園』と書かれた門扉の前に車を止めクラクションを鳴らすと、すぐに内側から大きくドアが開いた。見ると、あずま屋の軒下と庭木の間にイルミネーションの電線が放射状に張られ、その下に何組かの招待客の姿があった。


　プラザは庭内に素早い視線を投げたが、ジュベナールの姿はなかった。オズワルドの金を盗んだ後で、こんな近くに潜んでいるはずはない。彼は殺されても文句の言えない立場なのだ。

　住宅地区はどこも未舗装のでこぼこ道である。プラザのタクシーが荒波を乗り越えて進む小船のように激しくピッチングするため、次に拾った若い女性客は、助手席の天井に頭をぶつけないよう、両手でしっかり座席に掴まっている。彼女はカーラジオが報じる一昨日の学生同士の乱闘騒ぎを聞きながら、うんざりとした調子で言った。

「学生はもう少し良識があるかと思ったわ」

「内陸と比べれば、いい方ですよ、お客さん。今朝のフランスの短波放送の話だと、北部の犠牲者は数万人に及ぶという話です」

　と、わざわざフランス放送と断って教養をひけらかし、世間知らずの若い女性客を怖がらせるのも、プラザの罪のない楽しみである。

「ロエロだって安全じゃないわ。三、四日前、家の近くで変死体が見つかったの。この暑さでしょう、風が吹くと、家にいても臭いがきついのよ」

話しているうちに腐臭が蘇ったのか、彼女はハンドバッグからハンカチを取り出し、口元に当てた。

「見たんですか、その死体?」

「そんなもの、見るわけないでしょう」と、彼女は憤然となった。

「弟の話だと、死体は今も下水溝に捨てられたままですって……。一体いつになったら片付けてくれるのかしら?」

タクシーはようやく砂利の悪路を抜け出し、並木のトンネルを滑るように走り出した。

「もう一つ先の、ボンプリの十字路を右……」

『ボンプリ?』と聞いて、プラザの神経が何かにビクッと反応した。彼はスーパー・ボンプリに近い住宅街でタクシーを止めた。

「先ほどの話ですが、お客さん。死体が発見された下水溝というのは、どこです?」

と、車を降りようとする女性にプラザが尋ねた。

「あんたも、物好きね……。私の家の裏手なんだけど、次を右に曲がると下水溝に出るから、左に沿って行ったら分かると思うわ」

下水溝に沿った土手に、人が数人群れていた。大人に交じって子供までが鼻を摘んで溝を見下ろしている。プラザのいる所からは何も見えない。

「へい」と、車の窓から身を乗り出し、手近な男に声を掛けた。

「死体があるんだって?」

土手の上の男が無言でうなずいた。

「身元、分かった?」

男は首を横に振ってから、

「つなぎを着ているから、この辺のザムー(歩哨)らしいよ。ひどいもんだ。顔がメチャメチャだ」

と言って、男が顔をしかめた。

『それだと、死体がジュベナールかどうか知りようがないわけだ……』

プラザは自分の推理を確かめるため、車をターンさせてボンプリまで戻り、スタンドバーから少し離れたところに車を止めた。
十五、六歳の男の子が店番をしていた。プラザはペプシを一本所望してから、その子に尋ねた。

「ここのマスターは？」

「マスターって、誰のこと？　僕、三日前から働き始めたばかりだから、何も知らないよ」

『四、五日前に姿を消したとなると、ぴったり符合する……』

　そう口の中でつぶやくと、プラザは直ちにオズワルドの屋敷に向かった。


　オズワルドはすでに屋敷に戻っていた。彼はジュベナールと思しき死体が発見されたと、プラザから聞かされても、すぐには納得しなかった。

「もしほんとに殺されたのなら、一体誰が僕の金を盗ったって言うの？」

「その点は推測の域を出ないが……ジュベナールはボンプリまでペプシを買いに行き、盗賊団の首領に気付いた。そこで、やつに捕まり、命乞いをしたのだろう。次の日、やつらはお前の外出を待って屋敷に侵入した。その時、金の在り処を突きとめるために、ジュベナールが一緒だったと考えるのが自然だ」

　そこまで言うと、プラザは一息継いだ。


「オズワルド、確か、その日、誰かに付けられているような気がしたと言っていたよな。多分、やつらはお前がしばらく戻らないことを確かめたんだろう……。ジュベナールは単純なやつだ。脅されてペラペラ喋ったに違いない。それが、かえって命取りになることも知らずに……」

　プラザが筋道を立てて話をする間、オズワルドは目を見開き、足下の芝を見詰めていた。自分の従兄を疑い、裏切り者とののしっていたのだから、彼の良心が激震に見舞われたとして当然だ。

「命乞いか……」

　消え入るように、オズワルドがぽつんと言葉をこぼした。

「ジュベナールの仕業と考えた場合、金の在り処を知っていた事実を除くと、お前の話は辻褄の合わないことばかりだ……」

「命乞い……きっとそうです。なぜ変だと、僕は気付かなかったのだろう？……」

「自分を責めることはない。身内なら誰だって冷静ではいられない。俺は部外者だから、客観的に推理できた。やつの失踪が金目的なら、前日に姿をくらます理由がない。かえって怪しまれる」

「最初、僕もそう思った。それが、いつの間にか、犯人だと思い込んで、何日も何日も町中を探し回った……。ああ、悪夢のようだ」

「哀れなやつだ。下水溝に捨てられ、野晒しにされている……。金は戻らないが、あいつを許してやることなら、今からでもできる」

　プラザが乾いた声で言った。

　オズワルドは肩を落とし、項垂れ、やがて呻き声が漏れ、低く地面を這って流れた。激しく波打つ彼の背中が哀れを誘った。

　プラザは人気の失せた屋敷を眺めた。日本人の出国から三か月しか経っていないというのに、当時の面影はすでにない。忠義者のオズワルドにしても、この一週間、仕事が手に付かなかったのだろう。芝は伸び放題。早くも幽霊屋敷の様相を呈し始めていた。屋敷は盗賊に荒らされたが、それ以前にすでに見捨てられていた。その『見捨てられた屋敷』を彼は命懸けで守ってきた……。


『俺との相違点は……』

　と、子供のようにむせび泣くオズワルドの細いうなじに目を落とし、プラザは静かに自問した。

『こいつにとって、この屋敷がすべてだった。まさにすべて……』という思いに至った時、彼は一青年の孤独な心に触れたような気がした。

　間もなくして、オズワルドは流し場へ立って行き、水道の水で顔を洗い、喉を潤して戻って来た。少し腫れぼったくなった目蓋を除けば、青年らしい清々しさが表情に蘇っていた。

「これから、どうする?」と、プラザが尋ねた。

「…………」

「危険だぞ。次はお前が狙われるかもしれん。それに、お前がここに留まる理由はもうないだろう」

「残ります」

『馬鹿野郎!』

　プラザは心の中で一喝した。オズワルドの頑迷さが、彼を居た堪れない気持ちにさせ、なぜか、正体不明の腹立たしさが沸き起こるのを抑えることができない。

「バスが開通したら、一度村に帰るつもりですが、また戻ってきます。給金を打ち切られても、僕はここに残るつもりです」

「ここで、一体、何をするんだ？」

「ご主人の帰りを待ちます」

「どこまでも頑固一徹というわけだ……。どうしても残りたいと言うなら、昼間だけでも『エデンの園』で働いたらどうだ？　こんな幽霊屋敷に閉じこもっていたら頭がおかしくなるぞ」

「ジープがあります……」

「ああ、そうだったな。だが、義理立てはこれくらいにしろ。ここは、もぬけの殻も同然だ。それに彼らはもう戻っては来ないよ」

　オズワルドの説得を試みながら、プラザは内心、どこまでも我を張るのなら、自分が彼の面倒を見てやるしかないと考えていた。

「俺だって旦那に戻って来て欲しい」

　プラザが続ける。

「だがな、アメリカのボランティアも引き上げたし、フランスも近々引き上げると言っている。俺は彼らの事務所に寄って確かめたんだ……。そんな状況で、果たして日本人だけが戻って来ると思うか？　お前はジープがあると言うが、そのために戻って来ると思っているんなら、お前もとんだお人よしだ！　旦那が何を言い残したか知らないが、罪なお方だ。旦那はな、ジープのことなどとっくに忘れ、今頃、別のことで忙しいだろうよ」

「違う！」

　と、我を忘れてオズワルドは叫んだが、彼自身何一つ理解していないのは明らかだった。

「なぜだ！」と、プラザが鋭く切り返した。

「お前は何かというと、ジープを持ち出すが、それがどんなに危険なことか分かっているのか？　今までは運が良かったが、今度こそ命を落とすぞ！」

「誰も隠し場所を知らない。知っている者は、僕らを除いて、全員、死んだ……」

「それこそ希望的観測と言うやつだ。話の分からんやつだ。命懸けで守って、それが一体何になる？　ジープがお前のものになるか？」

　プラザが投げた最後の言葉が、オズワルドの核心を突いたのは確かだ。なぜなら、彼が訴えるような目と悲しげな沈黙で応えたからだ。

「もしお前にエデンの園で働く気があるのなら、マリー夫人に話を付けてやってもいいぞ」

歩きながらプラザが、弟に言い含めるように言った。

「マリー夫人の世話にはなりたくないです」

「勝手にしろ。だが、忠告はしたぞ」

業を煮やしたプラザは、捨て台詞を吐いて屋敷を退散するしかなかった。そこはもう他でもない、『オズワルドの屋敷』であった。

★　★　★

親しかった友や仲間を次々と失い、オズワルドは一人孤独だった。滅多に屋敷を訪れる者とてなく、彼自身、屋敷に閉じこもって誰とも会わなくなり、デニスの店からも遠ざかった。

たった一度の訪問はマリー夫人だった。彼女はその時も例の配管工を伴って来たが、温水器の漏水を結局止めることができず、代わりに水道の元栓を締めて行った。雨季に入って庭木に水遣りをする必要がなくなり、修理よりその方が手っ取り早いと考えたのである。

「ジュベナールが死にました」

帰ろうとする夫人をオズワルドが呼び止めた。スカートを持ち上げて車のステップに足を載せようとしていた夫人は、怪訝そうにオズワルドの顔を見て「そうかえ」と言うと、運転席に着いた。

「奥様、田舎に連絡してやってくれませんか？」

オズワルドが車の窓枠に手を掛けて言った。

「何だって、こんな時に……」

そうつぶやくと、夫人は返事に代えてエンジンの始動で答えた。

工具箱を抱えてジープの荷台に乗り込んだ長身の配管工が、車が動き出した時、オズワルドに片手を挙げてはにかんで見せた。ためらいがちに挙げたその右手が、ジュベナールの死に対し払われた唯一の哀悼であった。

マリー夫人が使用人を庭木以下に貶めたため、その日を境に生活用水が止まった。飲料水はお隣から分けてもらうことができたが、シャワーが使えなくなり、その結果、綺麗好きだったオズワルドの身体と衣服がたちまち埃と垢で塗れ、見るも無残な姿となっていった。

　雨季が大幅に遅れたため穀物が高騰し、使用人など下層階級の日々の暮らしを圧迫した。世の中は不平不満で溢れていたが、オズワルドは、怪しげな静寂と奇妙な平和が支配する『見捨てられた屋敷』に一人こもり、世捨て人のように息を潜めていた。彼はルサイファの家族の安否に目をつぶろうとする余り、益々世情に対し無関心になっていった。

　食糧不足の深刻化に伴い、屋敷に出入りしていた野良猫がいつの間にか数を減らした。使用人らが罠で捕獲し、食料の足しにしているのだ。運良く生き残った猫の中に、文枝らが可愛がっていたカイという名の子猫がいた。毛並みの良かったその灰色猫は、今は見る影もなく痩せ衰え、オズワルドが食べ物を分けてやると傍らを離れなくなり、夜盗に目を光らせている間、彼に体をすり寄せて眠るようになった。

　このところしきりと雨が降った。干ばつのブルンジに恵みの雨も、オズワルドには災難である。彼はビニールシートでテントを作り、通り雨を遣り過ごしていた。そんな時も、子猫のカイが一緒だった。

　ジュベナールの事件以降、庭の手入れを怠っていたオズワルドが、ある日にわかに思い立ち、茫々に伸びた芝を刈り始めた。洋平からその非効率を指摘された鎌を振るって、十日で屋敷を一周する計画を立てた。以前は一か月掛かったが、今は他に仕事がなかった。上半身裸になって働き始めると、俄然労働意欲が湧いてきた。

　そして更に一週間ほど経った晩、夜盗が屋敷を襲った。屋敷の中は空っぽであるが、彼らはそれを知らない。下弦の月が西に傾き、夜襲に程よい月明かりであった。オズワルドは歩哨の一番の敵である睡魔と闘うため、硬い投石用の小石の山に頭を載せて、正門の方角に目を光らせていた。かつて防犯灯で照らされていた正門付近は、お隣の照明が影を落として、盗賊に絶好の物陰を提供しているからだ。

　彼の脇の下で丸まっていたカイが突然首をもたげ、裏手の方角にぴんと耳を立てた。オズワルドは、姿の見えない敵に気配を悟られないよう、息を殺して身体の向きを変え、左手でナタの位置を確かめた。二、三分経った頃、台所のドアのガラスに人影が揺らぐのを見て、彼は右手で手近な石を掴み、半ば腰を浮かせるようにして、ドア目掛けて力いっぱい投げ付けた。

力み過ぎて、石は手前のコンクリート敷きに叩きつけられ、そこで跳ね返って、大音響と共にドアの鉄板に激突した。続け様に投げた第二、第三弾も外れて、石灰岩の外壁にぶつかり、カチと硬い音を立てた。状況を察知した盗賊の一人が叫んだ。

「石だ、気を付けろ！」

台所を離れた人影が二つ、芝生の上を全速力で遁走し、物陰に飛び込んだ。オズワルドは人影が消えた辺り目掛けてやみ雲に投げたが、石は茂みを貫いて、柔らかい芝生に吸い込まれるばかりである。逆に敵側からも投石が始まり、バサッバサッとオズワルド周辺のブーゲンビリアの茂みに小石が突き刺さった。敵は三人と見た。オズワルドは、肘を使ってほふく前進をして、二番目の石積みまで移動した。そして、両手に小石を掴んで立ち上がると、風車のように腕を回して次々と投げた。

オズワルドは、投石合戦を想定し、敵方に利用されそうな小石をあらかた拾い集めておいたから、彼らが投げる石は、外から持ち込んだ小さめの石である。そうだとすれば、いずれポケットの小石は尽きるものと踏んだ。

敵方の投石は、数こそまばらだが、複数の方角からかなり正確に飛んでくる。ガシャンと、後方でガラスの割れる音がしてオズワルドは跳び上がった。彼から二、三メートル離れたところにあったジープの窓ガラスを、敵の投げた石が突き破ったのだ。その破壊音を聞いて、一時、敵の投石が止み、静寂が戻った。

その時になって、隣のベルギー人の番犬が静かなのに気づいたオズワルドは、思い切り遠くへ石を投げた。石は境界を越えてベルギー人のプールサイドに届き、音を立てて転がるのが聞こえた。三つ目の石を投げ込んだ時、ウーウーと犬の低い唸り声で始まり、すぐにワンワンワンと吠え声となって炸裂した。二匹の番犬は、オズワルドの狙い通り、境界の生け垣目指して突進して来た。

背後から猛犬に吠え立てられ、盗賊の一人が芝生に飛び出したが足をとられ、ギャアと悲鳴を上げた。この時とばかり、オズワルドは倒れた男目掛けて小石の雨を降らせた。それを見て、男たちが表通りに向かって駆け出した。総崩れである。けたたましい犬の吠え声に送られて、パタパタと深夜のロエロに盗賊団の靴音が響き渡った。

次の朝、盗賊の一人が倒れた場所を見て、オズワルドはにんまりとした。すっかり忘れていたが、強盗団の撃退法として、レモンの木と木の間に細いロープを人の膝の高さに張ったのは彼自身であった。投石戦法やロープの罠を伝授してくれたのは、知将サルバドールである。彼は屋敷を去った後も、レンガ塀の陰からオズワルドの戦い振りを見守ってくれていたのだ。

オズワルドは変わり果てた姿のジープを前に、しばらく茫然として項垂れた。助手席の窓ガラスが打ち砕かれ、ボンネットに一か所小さなへこみ傷ができた。朝の光を浴びたその姿は無残で、見るに忍びなかった。もはやジープは優美さという点でも神聖さという点でも完璧ではなくなった。ガラスの破片が座席に散乱していて、ハンドルやギアなど内部の装置を外気に晒していた。その姿はむしろ無様で滑稽にさえ見えた。

午前中、オズワルドは日課の芝刈りも休み、ぼんやりとして過ごした。午後になり、やっと重い腰を上げて、車のドアのロックを外し、飛び散ったガラスの破片を片付けた。それから布拭きをすると、『彼女』はずっと良くなった。そこへ、午後の木漏れ日が差し込み、黒革のシートをまだらに染め始めると更に美しくなった。

彼は椰子の覆いをすべて取り除き、隈なくボディを見て回ったが、ボンネットの小さなへこみ以外に傷跡がないのを知り、神のご加護に感謝した。激しく小石が飛び交う中、この程度の傷で済んだのは奇跡と思われたからだ。

しばらくジープを外から眺めていたが、意を決して、黒光りするレザー・シートに腰を下ろした。車内はブーゲンビリアの花びらのフィルターを通った柔らかい日の光が、ピンクと緑色の水玉を散らしている。彼は、ガラス一枚欠いてなお気品を保っている『彼女』に胸が熱くなるのを覚えた。そっとハンドルに手を触れ、動かぬ計器盤の針を眺めていると、心が満たされるのを感じた。

その時まで、彼の居場所はブーゲンビリアの棘だらけの藪の中であった。そこで寝起きして、満足であった。ジープは彼のすぐ傍にあったが、お世話をするだけの存在で、いわば守護すべき貴婦人のような近寄り難い存在であった。

ところが、突如どんでん返しが起こった。主従関係が逆転したのである。彼はハンドルを握る自分の黒い両の手を見詰め、思わぬ成り行きから、ジープを我がものにしている自分に気付いた。

★　★　★

オズワルドは上半身に朝日を浴びて芝刈り鎌を振るう。芝の刈られた面積は確実に広がり、かつてのお屋敷の姿を取り戻しつつあった。彼は曙と共に起き出すと、涼しい早朝に重労働を済ませ、遅い朝食の後、化け物のように縦横にシュートを伸ばした生け垣の刈り込みと、その修理に当てた。余った時間で花壇の雑草を抜き、野菜畑のマニオックの世話をし、午前中休むことなく立ち働いた。

昼食後は、夜の警備に備えてジープのリクライニングシートで眠った。オズワルドは割れた窓をビニールで塞ぎ、夕立をやり過ごした。フロントグラスに雨粒が勢いよく叩き付けるのを車内から眺めるのは痛快であった。夕立が激しく、雨音が強ければ強いほど快感が高まるのだ。

夕方目を覚ますと、まずジープの手入れを行う。夕食はその後である。水道水が使えないから、ホウキで内部を清めた後、乾いた布切れで丁寧に磨く。夕立の中、裸になって洗車したこともあったが、それが、今のオズワルドに許される最大級の愛情表現であった。

しかしどんなに清掃しても、ガラスのない窓からは容赦なく埃と湿気が侵入してくる。彼には日々薄汚れていくジープの姿を目にするのが、何より責め苦であった。しかも、惨状に甘んじているのはジープだけではなく、彼の肉体もまた町の乞食同様、悪臭を放っていた。

夜盗の襲撃から二週間が過ぎた。食料の蓄えはあったが、いつまで続くか知れない籠城に備えて、食事に気配りを始めた。ある日、買い出しのため外出したが、デニスの店に立ち寄らなかった。彼のかつての仕事場である民衆市場までが妙によそよそしく思われ、長らく誰とも接しなかったため、人と口を利くのもおっくうであった。

オズワルドの孤独で平穏な日々は、誰にも邪魔されることなく永久に続くかに思われた。彼の唯一の話し相手である猫のカイを膝に載せ、今は自分の小さな居城となったジープでまどろむ時が、彼の至福の時間であった。そこで、心ゆくまで好きな夢想に浸ることができたのである。

夢想の中では、事務所の専属運転手となったオズワルドが、深いユーカリの森に分け入り、人の背丈ほどもあるサバンナを彷徨い、近頃めっきり姿を見せなくなった『坂の上の巨人』の探索の旅を続けるのであった。そんな夢想の日々を幾週間と過ごすうち、お屋敷の思い出も遠ざかり、いつの日からか、ご主人一家の帰還に関心がなくなり、むしろ彼らが突然現れて、彼からジープを取り上げるのを恐れる心境へと変化していたのである。

そしてある日、妹のナディアが死ぬ夢を見た。目覚めた後、言い知れぬ悲しみが後から後から湧いてきて彼の身体を突き抜け、暗い死の淵へと沈んで行った。こんな時ナディアの救出に駆けつける『坂の上の巨人』が、なぜか現れない。うら寂しい影の国に一人取り残された彼は、現実と空想の見境が付かなくなっていた。

突然、涙が溢れた。この数か月間に溜め込んだ悲しみが、堰を切ったような泣き方だった。カヤンザの嫁ぎ先で病死した姉、カミーユの交通事故、セレスタンとジュベナールの非業の死、親友レオポールとの別れ、そしてご主人一家の出国など、次々と彼を見舞った悲劇と試練が、青年オズワルドをこれでもかと散々打ちのめしたのである。

内陸では殺戮が進行していたが、彼は他人の死に無関心だった。彼自身が尽きることのない悲嘆の源泉であった……。流産した彼のささやかな夢も、また塩辛い涙となって流れ出た。誠意の限りを尽くしても報われることのなかった日々、友に打ち明ける間もなく消えていった思いの数々……。取り分け悲しいのは、誰とも悲しみを分かち合うことなく、心の片隅で一人目覚めて泣く自分の姿であった。

涙が涸れ、感情の嵐が収まった時、オズワルドはもう二度と自分のもとに『坂の上の巨人』が現れないことを知った。それは、少年の頃より影のように寄り添って片時も離れなかった彼の分身、空想の大地から雲のように湧き出て、彼を冒険へ誘う心の友であった。『坂の上の巨人』との決別は、まさしく巨人と共に成長してきた少年オズワルドとの決別でもあった。

激情の嵐が心に堆積した汚泥を洗い流したかのように、この日を境に彼の心は幾分軽くなった。妹ナディアの死の予感から解放されると同時に、幼友達カミーユを見舞った不運の死を受け入れることができた。そして、ナディアとカミーユの恋物語が少年オズワルド自身の恋物語であったことにも気付いたのである。

そしてもう一つの死、セレスタンの横死に付きまとう自責の念をも清算しようとしていた。オズワルドは、セレスタンの現場監督就任が忘れられず、無意識のうちに友の出世を我が身に重ね合わせていた。苦難の下積み時代を共に生きた仲間の型破りな出世は、オズワルドが夢見てきた彼自身の成功物語でもあったのだ。


他方、虫けらのごとく殺害されたジュベナールの死は、オズワルドの心に癒えることのない傷を残した。従兄を疎ましく思い、時に邪険な態度をとったことを彼は深く後悔したのであった。


ある土曜の朝、彼は早朝の芝刈りをサボった。以前にも増して規則正しい日々を淡々と送るオズワルドであったが、この日は朝食を済ませると、一日お屋敷を留守にする予定でタンガニーカ湖へ出掛けた。両手に提げたバッグの中には、垢に塗《まみ》れた彼の衣類と、寝具代わりの薄手のショールなどの汚れ物がすべて詰め込まれていた。

ジュベナールの事件以降、足が遠のいていた教会の前を通り過ぎ、湖畔に向かう坂道を下った。カミーユと日曜ミサに参列した後、駆けっこをした思い出深い火炎樹の坂道を一人とぼとぼと歩いた。

早朝の湖畔はひんやりとして気持ちが良かった。彼は身体を洗った後、汚れた衣類を洗濯して土手の灌木の上に広げた。衣類が乾くまで、彼は砂浜に腹這いになり、焼けた砂に頬を押し付けて、白銀に煌めく湖面を眺めながらまどろんだ。

　空腹を感じた彼は、バッグから二本のバナナと黄金色に熟れたパパイヤを取り出した。お屋敷を出る前、収穫したものだ。お屋敷で働き始めて丸一年が過ぎた。幼い姉妹にせがまれ、よくパパイヤの木に登ったものだが、主人を失った後も、季節が巡ってくれば、実を付けることを忘れない。


　その翌日、洗い立てのシャツを身に着けたオズワルドは、久し振りに日曜ミサへ行き、その帰り道、タクシーを流すプラザと行き会った。彼が道路脇に車を止めたので、二人は五分ほど立ち話をした。最後にプラザと話して以来、この数週間誰とも口を利いていなかったため、オズワルドには彼との短い会話がとても新鮮であった。

　この日のプラザは快活だった。タクシー稼業が再び軌道に乗り始めたのだろう。彼はオズワルドをパティスリー『タベルナ』へ盛んに誘ったが、屋敷を空けたくないオズワルドが誘いを断ると、「テレビの分け前だ」と言って四千フランを彼の手に握らせた。


「どうせ給金もらってないだろう。マリー夫人は人食い女だからな。まあ、いいから、この金はとっておけ。どの道、お前のものだ」

　マリー夫人に対するプラザの辛辣な語り口に乗せられて、オズワルドまでが「水道を止められた」と言って不平を鳴らした。

「人食い女のやりそうなことだ。それにしては、さっぱりしているじゃないか」

「昨日、タンガニーカ湖に行ってきた」

「なるほど、その手があったな。人食い女もお前から湖の水までは奪えないってことだ」

　プラザが『人食い女』を連発し、小気味よくマリー奥様をこき下ろすのを見て、オズワルドは声を立てて笑った。彼がマリー奥様を物笑いの種にしたのはこれが初めてであった。これまで怒りに駆られたことはあっても、嘲笑したことは一度もなかったのである。

　タクシーが走り去った。プラザの様子から察するに、テレビはまだ売れていないに違いない。自分の手に残された四千フランを見て、オズワルドは、ビデオデッキの分け前として七千フランを受け取った時に感じた

『心のやましさ』が、今回は微塵もないことに気付いた。

　プラザと分かれた後、オズワルドはなぜか後ろ髪を引かれる思いがした。お屋敷に帰り着く頃になって、その正体が見えてきた。彼は、ジュベナールの事件の後、悔恨の思いに押し潰されかけ、そこから立ち直ったことを兄貴分のプラザに打ち明けたかったのであるが、その時はそんな自分に気付かず、せっかくタベルナへ誘ってくれたのにあっさり別れてしまったのである。

★　★　★

　毎日徐々にそして確実に『見捨てられた屋敷』の緑の芝は、オズワルドによって刈り取られていった。これが、電気も水道も途絶え、そして略奪を受けた屋敷の唯一目に見える変化であった。そして、芝刈りが時計回りにお屋敷を何周かし終えたところで、オズワルドの平凡だが至福に満ちた日々に突然終止符が打たれたのである。

　強盗団の侵入事件から二か月ほど経った時、久々に訪問客があった。マリー夫人の後に続いて、潜り戸から姿を現わしたのは、アデルともう一人、ネクタイを締めた若い男であった。

「オズワルド！」

　潜り戸を開けた彼を見て、アデルが驚きの声を上げた。

「どうしたんだ、その格好は？……。まるで浮浪者じゃないか！」

　彼は身体も衣服も汗と埃に塗《まみ》れていたが、この数週間は自分の身なりにまるで無頓着で、タンガニーカ湖へ水浴に行くこともなく、多くの『空き家の番人』がそうであるように、これでも人間かと思うほどみすぼらしい風体をしていた。

「まあ、ほんと臭うわね」

　普段使用人の生活に無関心のマリー夫人までが眉をひそめた。それから、若い紳士を目で指し、不承不《ふしょうぶ》承《しょう》言った。

「この方にジープをお見せするのよ。ブジュンブラ市役所からみえたのだから……」

「…………」

マリー夫人の言葉の意味が分からず、茫然と立っていると、アデルが横から補足してくれた。

「カメンゲの下水溝工事を担当している青少年課の課長さんが、ジープを引き取りに来たんだよ」

ジープを見せろと言われて、オズワルドは藪に向かって歩き出した。奥様に命じられると、自分の意思に逆らって操り人形のように手足が勝手に動いてしまう。

「君がジープを隠したって聞いたよ。それで災難を免れたと言うじゃないか……」

オズワルドの後を歩きながら、若い課長がか細い声で話し掛けてきた。神経質そうな小男の彼は、派手な花柄のネクタイで威厳を示そうとしているが、恰幅の良いマリー夫人と長身のアデルの横に置くと、まるで道化のようである。

「屋敷荒らしに遭って、よく無事でしたね」

オズワルドの反応がないので、若い課長がマリー夫人を振り返って言った。

「昨今、車が真っ先にやられます。それをたった一人で……」

「もう一人いますよ。ジュベナールは、どこ?」

と、マリー夫人。

「彼はいません」

オズワルドは夫人に背中を向けたまま答えた。

「いない？　ああ、そうだった。死んだと言っていたわね。いい加減な男だ。私は初めっからあの男を信用していなかったよ」

オズワルドが椰子の葉を取り除き、三人の来客を前に、その下から真っ赤な車体を出現させてみせると、皆の口から「おお、ああ」と一斉に感嘆の声が上がった。それを聞いて、彼はひどく狼狽した。衣を剥ぎ取られ、『彼女』の裸体が衆目に晒されたように思えたからである。

「あれ?!　ガラスがない！」

ジープをのぞき込もうと近づいたマリー夫人が叫んだ。彼女の疑念は直ちにオズワルドへ向けられた。

「これは一体どう言うこと?!　ちゃんと説明してもらいますよ！　オズワルド」

「盗賊団に襲われたんです」

「いつのこと？　そんな話、聞いてないわよ」

「その時、石が当たって割れました」

「作り話じゃないだろうね」

と言って、マリー夫人が疑わしそうに彼を見た。

「でも、僕が一人で撃退しました」

夫人のいわれのない非難に立ち向かうように、オズワルドは小さく胸を張って見せた。

「お前、今日、私が来なかったら黙っているつもりでいたね。呆れてものが言えない。これじゃ、手当だって出せませんよ」

マリー夫人の胸の内を不審と怒りが目まぐるしく駆け巡った。

オズワルドは返事をしなかった。『ジープは奥様のものではありません』と彼は沈黙で答えた。それに、夫人は給金と言ったが、彼女の手からまだ一度も受け取っていなかった。

「これは！」

と、割れた窓から中をのぞき込んで、マリー夫人がヒステリックに叫んだ。

水平に寝かされた座席の上に汚れたショールが敷かれ、空いているスペースには食料の入ったビニール袋が散乱していた。マリー夫人は車内を見回し、口汚くののしっていたが、最後に夫人を烈火のごとく怒らせたのは、運転席の足下からきょとんと姿を現した子猫であった。

「野良猫！」

と叫んで、マリー夫人が乱暴にドアを開けた。子猫のカイは夫人の平手打ちと足蹴りを掻い潜って外に飛び出し、一目散にブーゲンビリアの生け垣へと走り込んだ。

「お前、ドアを開けようとして、わざとガラスを壊したね。歩哨と聞いて呆れるわ！」

我を忘れて、マリー夫人が金切り声を上げた。

「盗賊の投げた石で割れたんです」

顔をこわばらせ、オズワルドが強情に突っぱねた。

「口答えかえ、立派なもんだ。ここで寝泊まりしていた証拠がちゃんとあるんだよ。それに野良猫までが……それだけでも私にゃ屈辱だよ」

「マリー夫人」

アデルが見かねて口を出した。

「盗賊団の襲撃を受けたと言ってるんです。彼は信用できる男ですよ」

「信用できるものか！」

振り上げた怒りの矛先をどこへ転じるべきか、マリー夫人は収拾がつかなくなっていた。

「私が請け合いますが……」

アデルは後に引かない構えを見せた。

「彼は逃げることだってできたのに、命を張って守ったんですよ」

緊迫した状況を見て、青少年課の若い課長がここぞとばかり三人の間に割って入った。

「雨を凌ぐため、悪いと知りながら、君はジープを使った。そうだね……。次からは、奥様の許可を頂くことだ」

さすがの夫人も二人の男からいさめられ、なだめられては引き下がるしかなかった。

「ガラスが一枚割れた以外は問題なさそうだ。さて、キーはと……」

そう言うと、課長は上着のポケットを探り、車の鍵を取り出した。

それを見て、オズワルドが瞠目した。彼は課長の指が摘んでいるキーホルダーに見覚えがあった。

「どうして、それを！」

全員が彼を見た。当のオズワルドはショックの余り目の前がかすみ、キーホルダーを掴んでいる手が洋平の手に見えた。ホルダーにはこれも見覚えのある家の鍵が一緒に束ねてあった。

「君は何も知らないんだ」

と、アデルが哀れむように言った。

「実は、日本から立山さんが手紙を送って寄越したんだ。その中で、自分は戻れないから、自分に代わって車を処分して欲しいと、車のキーを同封して来たんだよ」

「それは誤解です」と、マリー夫人が横やりを入れて、鍵束に手を伸ばした。

「何度も言ったように、彼は私に車を預けて行ったんです。それを、今更、紙切れ一枚で……私は承服できませんよ」

「奥様、今更……」

と夫人をたしなめ、課長は差し出されたその手を慇懃に払った。

「家主である私の権利はどうなるんです。おかしいじゃありません？　あなた、ブルンジ大学を出たんでしょう？　何か言ってくださいよ」

マリー夫人がアデルに助けを求めた。

「それは無理でしょう。たとえ裁判に訴えても、無駄だと思いますよ。私ならしませんね」

アデルがきっぱりと言った。

「これは市長も承認済みのことですから……その点をお忘れなく」

と言って、課長がやんわりとマリー夫人を退けた。

「ジープはアデルさんが持って行くの？」

オズワルドが口を挟んだ。マリー奥様でなければ、他にはアデルしかいない。

「いや、そうじゃない」と、アデルがかぶりを振った。

「立山さんの依頼は、市役所が代理人となって車を競売に掛け、その代金を電気や電話代などの支払いに当てた後、残りを識字教育に寄付するというものだ」

「一番世話になった私を差し置いて、どうして識字教育なんかに……馬鹿にしてる」

と、マリー夫人がやり場のない怒りを溜め息にして漏らした。

「じゃあ、このジープはどこへ行くの？」

オズワルドがうろたえる。

「競売に掛けるのだから、どこかの金持ちの手に落ちるだろうね」

と言ってから、若い課長がオズワルドを小馬鹿にして付け加えた。

「誰でも競売に参加できる。市長だろうが、奥様だろうが……君にも権利がある」

課長は、無駄話にケリを付け、キーを鍵穴に挿し込んだが、グスグスと頼りない音を立てただけで、エンジンは反応しない。

「バッテリーがダメになったらしい。この辺で一番近いガソリンスタンドはどこかな、君？」

課長がオズワルドを振り返った。

「…………」

オズワルドは口を固く結んで答えない。

「返事しなさい」と、マリー夫人がオズワルドをどやし付ける。

彼女の気持ちは決して青少年課長に友好的ではなかったが、使用人の反抗的態度を許さないという使命感がそれに勝ったのである。アデルまでが一緒になって怪訝そうにオズワルドを見たが、彼は頑なに沈黙を守り通した。

「ルイ王子通りに一軒ありますよ」

代わりに、渋々マリー夫人が課長に返事をした。

青少年課長が車のボンネットを開けると、アデルがバッテリーの取り外しに手を貸した。『やめろ！』とオズワルドは心の中で叫んだが、彼に背を向けたまま二人は作業の手を止めない。固定していたネジと電気ケーブルが外され、バッテリーが持ち上げられるのを見た時、オズワルドの中で何かがプツンと音を立てて切れた。

彼にはバッテリーが『彼女の心臓』に思えたのである。目の前にある真紅の物体はもはや彼が愛したジープではなく、大きくボンネットの口を開けた、どこにでもあるただの車でしかなかった。

オズワルドはジープの中を手早く片付け、二つのバッグに身の回り品を乱暴に押し込むと、ジープから二、三歩後退した。

「君、バッテリーを運ぶのを手伝ってくれないのかね？」

青少年課長はバッグを両手に提げたオズワルドを不審げに見た。課長の手にはずっしりと重いバッテリーがあった。

「いいえ、僕は帰ります」

そう言うとオズワルドは二歩、三歩とジープから離れた。

後ずさりしながら、この瞬間に、彼は自分を支配してきたマリー夫人に対してだけでなく、彼女の使用人である自分に対し、そして世間に対し背を向けたことを悟った。

「運びなさい！」と、マリー夫人が恫喝する。

彼女は、主人に逆らうなんてことはあってはならないと、恐ろしい形相でオズワルドを睨みつけた。使用人を震え上がらせることで、万事ケリが付くはずであったが、しかしこの時ばかりはいつもと勝手が違っていた。

「帰るって、どこに?」と、アデル。

「ルサイファへ……」とだけ小さく答えて、オズワルドは出口の方へ向き直った。

「何を寝ぼけたことを！」マリー夫人が再び吠えた。

「そうだよ、君、身分をわきまえないと……。休みが欲しいのなら、ちゃんとお願いしたらいい」

青少年課長が夫人の横に並んで、オズワルドの進路を遮ろうとした。

「辞めるんです……奥様。給金は要りません」

そう言うとオズワルドは、前に立ちはだかる課長の脇をすり抜けようとした。

「引き止めなくって結構よ。主人に楯突いたからには出て行ってもらいましょう」

事態がここに至って、マリー夫人は自らの手で使用人をお払い箱にする他なかった。

彼女の最後の一突きで、オズワルドは自分がマリー夫人の『くびき』から完全に解き放たれるのを感じた。彼は両手に提げたバッグの持ち手を握り直し、一歩踏み出した。すると二歩目はずっと軽かった。思わぬ展開に唖然とする三人の視線を背中に受けて、彼は歩み去った。

潜り戸を抜け、大佐の門の所まで来た時、アデルが追い掛けてきて、二枚の写真をオズワルドに差し出した。

一枚は庭のバナナを収穫した時ご主人が撮ったもので、大きなバナナの房を掲げるオズワルドの脇に文枝ら姉妹のはにかんだ顔があった。もう一枚は、オズワルドが芝刈り鎌を振っている写真で、遠くからこっそり撮ったものに違いない。彼は写真を無造作に胸のポケットに押し込むと、アデルに尋ねた。

「他に、何か？」

「僕宛の手紙にこの写真が入っていて、君に渡してくれるようにとあった。それだけだよ」

写真の外に何を期待していたのか、オズワルドは自身でも分からなかった。

「君の田舎はギテガ州だったよね」と、アデル。

「あの辺りは虐殺があったと聞いている。気を付けた方が良いよ」

「でも、行くしかないです」

少し乱暴に答えると、オズワルドはお屋敷の方を振り返ることなく、故郷ルサイファ村へ向かって歩き出した。

デニスの飯屋に寄って別れの挨拶をして行こうとい

う考えが一瞬彼の頭を掠めたが、すぐにそれを捨てた。もうこれ以上、回り道をしたくなかったからである。

〈完〉

「ブルンジ内戦のまとめ」（解説）

ブルンジ内戦は、一九九三年十月二十一日、ンダダイエ大統領を殺害したクーデターを契機に勃発。約十年間続き、その犠牲者は二十万から三十万人、国外に流出した避難民は四十万人と言われる。

クーデターの四か月前、ブルンジ初の民主的選挙によって、フツ政党フロデブの党首ンダダイエが大統領に選出されたが、それまでは対立するツチ政党ウプロナの党首ブヨヤが大統領であった。

ブヨヤは、その六年前にクーデターで前政権を倒し、大統領の座に就くと、ツチ族（15％）・フツ族（85％）の融和政策を推し進めたが、それに反発するツチ強硬派が二万から五万のフツ族住民を虐殺するなど、政情不安が続いていた。

更に遡ること二十年前（一九七二年）には、ツチ軍事政権によるフツ族住民の虐殺事件が起きていて、犠牲者は三か月間に十万とも二十万とも言われる。

一九九三年のクーデターはすぐに瓦解したが、民主的に選出されたフツ族の大統領がツチ族主体の軍隊に殺害されたため、復讐に燃えたフツ族の民衆がツチ族とフツ族穏健派の住民を虐殺した。

内戦勃発の最初の十日間だけで、首都に近いギデガ州（この物語に登場する第二の都市ギテガ、及びオズワルドの故郷ルサイファ村が所在する州）で数万人が虐殺された。この時、高校生を含むツチ族住民が校舎に閉じ込められて焼き殺される惨事が起こっている。

そして、ブルンジ内戦が勃発した一九九三年十月から十か月後の一九九四年八月に、隣国ルワンダで、わずか三か月間に八十万人が虐殺されるという大惨事が起こった。こちらは、当時のフツ政権がラジオを使って住民を煽り、ツチ族とフツ族穏健派住民を殺害したものである。この時国連の平和維持部隊が駐在していたにもかかわらず、惨事を食い止めることはできなかった。

ルワンダの大虐殺は世界でセンセーションを巻き起こし、『ホテル・ルワンダ』や『ルワンダの涙』などの映画でも広く紹介されているのに対し、ブルンジの惨事は規模が幾分小さく、それが長期に続いたため、不当に小さく扱われて、その実態を知る人は少ない。

ルワンダはその後、民族間の和解が急速に進み、カガメ独裁政権（二十年以上の長期政権）の下、経済発展を遂げた。その一方で、民族的にもほとんど瓜二つの兄弟国ブルンジの方は、開発から取り残され、二〇二二年の一人当たりのＧＤＰ（ＩＭＦ）は、世界一九三か国中、最下位である。

※この本は著者の実体験に基づくドキュメンタリータッチのフィクションである。ここに登場するオズワルド、プラザ、レオポール、ジュベナール、マリー夫人、ボドワン、フィリップ、大佐などは実在の人物であると同時に、全くの作中人物に過ぎない。内戦が始まった一九九三年から翌年にかけて、ジュベナールが変死し、オズワルドが強盗団に入ったとマリー夫人からの手紙で知った。

著者プロフィール

水野 隆幸（みずの たかゆき）

1946年生。名古屋市出身。
北海道大学工学部卒業後、東京電力社員を経て九州地方を放浪。
30歳で国際協力の世界に入り、十数年間アフリカ、中近東に家族と共に赴任。
帰国後長野県に定住。
現在妻と猫と暮らす。

背高のっぽのパパイヤとオズワルドの月

2023年7月15日　初版第1刷発行

著　者　水野 隆幸
発行者　瓜谷 綱延
発行所　株式会社文芸社
〒160-0022　東京都新宿区新宿1－10－1
電話　03-5369-3060（代表）
03-5369-2299（販売）

印刷所　図書印刷株式会社

ISBN978-4-286-24285-9